La Géométrie des possibles

Du même auteur

Les Cormorans, Rivages, 2020 ; Rivages Poche, 2023. Prix de soutien à la création littéraire de la Fondation Simone et Cino Del Duca-Insitut de France, sur proposition de la Commission des Grands Prix de l'Académie française.

Édouard Jousselin

La Géométrie des possibles

Rivages

Retrouvez l'ensemble des parutions
des Éditions Payot & Rivages sur

payot-rivages.fr

Collection dirigée par Émilie Colombani

Li grant les leur en portent uns chacuns en leur terre,
Les autres qui demorent convient sepulcre quere.
Girarz et dame Berte Dieu de bon cuer prërent,
De. ii. nuiz et douz jourz ne burent ne maingerent,
Et jurent que jamais n'useront que pain d'orge
Juqu'à tant qu'à Quarrees ou l'on ore saint Jorge
Soient mis Christïen en noble sepulture ;
D'aux mettre noblement mettent toute leur cure.
Oëz commant Dieux fist pour aux tres grant miracle :
Il trouverent le main pour chascun habitacle,
Les tres plus biaux sarcuz, ja plus biaux ne verrez ;
Il furent en sept jourz tuit dedanz anserrez.
Pluseurs sacuiz y a, li uns sont mis surs l'autre ;
Les granz genz sont dedans senz argent et senz piautre,
Li menuz dedanz terre entres biaux sarcuiz jurent.
Li Sarrazin en croz tuit ansamble mis furent
Nom pas ou les Chritiens ne pres dou cimatiere,
Dyables en leur enfer en font souz aux litieres.

Girart de ROUSSILLON, poème bourguignon
du XIVe siècle

Ça ne fait pas de bruit. Du moins ça n'en fait plus. Le fracas bref, puissant, s'est éteint aussitôt après le formidable craquement de tôle, éphémère comme un lacis de foudre. Sur la route, on ne perçoit pas la moindre trace d'un freinage. Rien. Pas de bandes de caoutchouc en lignes parallèles sur l'asphalte brûlant. Seulement le silence des débris.

La Maserati Quattroporte couleur Bronzo Montecarlo est pliée. Elle gît à moitié sur la bande d'arrêt d'urgence, éventrée sur son flanc gauche. Le capot expectore une fumée grisâtre et malodorante. Ses longerons sont si déformés que la bagnole semble se courber sur elle-même, arquée tels les arbres qui poussent aux vents et les enfants dans le ventre de leur mère. Sous le plancher coule un mélange d'huile de moteur, de liquide de refroidissement et de sang. Il coagule au contact de la chaussée, devenant brun et poreux.

Ça ne ressemble pas à un véritable accident. On dirait du cinéma. Ça donne l'impression d'une reconstitution bas budget. Une modeste production récupère une épave à la casse, la repeint grossièrement avant de la déposer au bord d'une route. L'acteur a le front sur le volant, il gémit quand la caméra s'approche, puis bave pitoyablement, jusqu'à la mort. L'ironie, c'est que jamais il n'aurait autorisé qu'on tournât une scène pareille dans un de ses films. Jamais. Il était, au contraire, des plus attentifs à ce genre de détails. Dès le scénario, il aurait demandé qu'on lui expliquât d'où provenaient les véhicules, et lequel était responsable de la collision. Il aurait juré que cela ne collait pas. La Honda Accord couleur Tiger Eye Pearl devrait être plus proche, peut-être encore encastrée dans la Maserati, plutôt que de ronfler quinze mètres plus avant. Il faudrait qu'il y ait davantage de verre sur le sol, que les pare-chocs branlent, qu'un panneau de custode repose, déformé, sur le macadam. Le mort pourrait geindre encore un peu, ou non, mieux, n'être que blessé. Il taperait à la vitre pour qu'on le sorte de là. Gueulerait. Finirait par perdre un morceau de jambe comme la belle blonde dans *Amours chiennes* d'Iñárritu.

La 101 est déserte, un comble à Los Angeles. Au loin, une sirène hurle. La police, peut-être une ambulance. Il est trop tard, le corps ne se réveillera pas. Le conducteur de la Honda essaie de prendre la fuite au volant de sa ruine. Elle produit un son de roulis métallique et de désespoir. Finalement, il se carapate à pied, tenant son avant-bras gauche contre sa poitrine.

Autour, la chaussée s'évapore. La nuit est douce, un vent océanique caresse le ventre chaud de la ville et charrie des monceaux de poussière. Une odeur de bitume flotte dans l'air et rejoint les notes de sucre, de gras, de café, de friture brûlante, le parfum des beignets à la banane, celui des gazons coupés ras, des fleurs de jardins municipaux et de la pisse des vagabonds.

PARTIE I

La quadrature des pères

Février 2012

Au cœur de la France, comme une marque de charbon, sombre et imposante, le Morvan se dessine dans la brume. C'est un parc de Bourgogne aux charmes austères, semé de vallons, de rivières et de bois. La ligne à grande vitesse lui ampute l'oreille gauche, l'A6 prend soin de contourner par le Nord ses forêts de chênes pédonculés, de bouleaux verruqueux, d'érables, de sapins et d'épicéas. D'où qu'on l'aborde, le Morvan donne cette impression de bouche noire et avide, cette impression de gouffre. Les anciens en racontent bien des choses à son propos, vantent le magnétisme de sa dalle granitique qui combat leurs rhumatismes et les garde en longue santé, narrent ses récits d'antan qu'ils mêlent aux contes de sorcellerie, chuchotent des pans d'Histoire oubliés, ne manquent jamais d'évoquer le souvenir d'un père qui croisa le fer jadis avec l'occupant, dans une vallée encaissée.

Les anciens, ils sont là, une petite quinzaine, les bras croisés dans le dos, certains les mains dans les poches. On croirait des empereurs piétinant la banquise. Le froid de l'est a gagné la plaine. La terre gelée s'évapore lentement, exhalant une timide odeur d'herbe grasse et de pierres mouillées. Une vieille, sous son châle, essuie une larme avec un mouchoir beige brodé de ses initiales. Ils attendent sur le pas de l'église de Quarré-les-Tombes, serrés à l'abri du porche, tandis que le vent baffe le cercueil. Ils se reconnaissent, se saluent, patientent sagement.

Ils ont l'habitude des enterrements, enfin ils s'y sont habitués avec l'âge qui avance, s'y rendent habillés des vêtements du dimanche, résignés à voir partir les partenaires de clubs, celle-là qui était si bavarde, le vieux coureur de jupons qui avait été bel homme, cette malheureuse dont le mari était mort bien jeune, celui-ci qui en avait une sacrée santé pour avoir vécu si longtemps avec les murges qu'il se mettait, l'autre encore dont on disait qu'il ferait un vigoureux centenaire et qui claqua pourtant deux ans à peine après avoir pris sa retraite.

Aujourd'hui, c'est le tour de Lucien Michot de rejoindre la longue liste des amis d'outre-tombe. Pas n'importe qui, le Lucien. Un résistant. Quelques anciens en ont accroché des breloques, au revers de leur veste, que le soleil d'hiver fait scintiller. Le maire fera un discours pendant l'office, il évoquera le maquis, dit-on. Cela fait toujours plaisir, ces vieilles histoires d'héroïsme. Elles sont le sel de cette terre.

En attendant, le froid glace leurs os. Surtout à ce gros type qui s'affaire autour du cercueil, va et vient avec des gerbes, les dispose tantôt sur le sol, tantôt sur le pin de la bière, remet sa cravate droite, puis son col et de nouveau sa cravate, s'éclaircit la voix pour discourir mais ne dit finalement rien, ou juste une chuchoterie à l'oreille de son supérieur resté tranquillement au chaud, sur le siège passager du corbillard, et qui écoute une émission sportive de Radio Monte-Carlo.

La famille arrive, à petits pas depuis la place du village. Enfin, la famille… ce qu'il en reste. Dominique Richard, qui avait été son gendre, Maxime, le petit-fils, et puis Marine, bien sûr, la Parisienne, celle qui fait de grandes études et fera de grandes choses, qui est d'ailleurs assez grande et a l'allure d'une femme puissante dans sa belle robe noire, une femme du grand monde. À tous, elle rappelle sa mère, sa mère absente, absente de l'enterrement de son propre père, voilà qui donnera un sujet de discussion aux anciens, lesquels n'en demandent pas tant, eux qui entrent tête baissée dans l'église.

Et se signent.

Quelques minutes plus tard, tout le monde est assis. Le maire est finalement excusé, un empêchement de dernière minute l'oblige. Le préfet organise une réunion téléphonique relative à l'épisode neigeux, attendu la nuit prochaine. L'édile ne pouvait pas la manquer. Une jeune conseillère prononcera le discours sur le maquis à sa place. Elle est née dans les années 1970, mais évoque les Allemands de son enfance, les combats glorieux des résistants, le souvenir d'en avoir caché un à la maison. Elle lit un texte qui n'est pas le sien. Au dépourvu, elle endosse aussi une certaine Histoire de France.

Un moustachu s'amuse : « Elle nous fait une Hervé Morin. » Son voisin hoche la tête, il n'écoute pas vraiment le discours, ne saisit pas non plus la référence, lui dont pourtant le téléviseur est allumé du matin au soir, et qui a forcément entendu le candidat centriste élucubrer sur ses réminiscences du 6 juin 1944, lui qui ne vit le jour qu'en août 1961. À tous, ici, les croix blanches font partie de leur ADN, personne n'en tiendra rigueur à la conseillère, personne n'en tiendra rigueur non plus à Hervé Morin, lequel se rangera d'ici quelques jours derrière la candidature de Nicolas Sarkozy.

Marine prend la parole, elle parle de son grand-père, l'appelle Papi Lucien, elle parle d'elle, elle parle beaucoup d'elle. Puis au nom de son petit frère, au premier rang, de son père et – plus étonnamment – de sa mère, elle remercie l'assistance.

Vient le tour de l'éloge du prêtre. Il articule toujours les mêmes paroles, implore le pardon, appelle au recueillement, convoque les souvenirs et promet la vie éternelle. Il perd lui aussi un ami, s'en émeut. Il distribue l'hostie et s'autorise une rasade de vin de messe.

Les cloches sonnent.

Le croque-mort est devant l'entrée quand les portes de l'église Saint-Georges sont rouvertes et qu'une bourrasque chasse la prière et les feuilles mortes sur les sarcophages qui cernent l'édifice. Il se tient droit, arbore l'air triste et sérieux de circonstance. Ses cheveux sont désormais totalement plaqués sur son crâne. Une pluie fine et cinglante a verglacé la place pendant les trente-cinq minutes qu'a duré la cérémonie. Il serre la main du Dominique, de la Marine et du Maxime. Il dirige le cercueil jusque dans le corbillard, fourrage dans les gerbes pour leur redonner un peu de tenue, aide quelques anciens à grimper dans les voitures. Il monte enfin dans son fourgon, souffle à pleines joues dans ses paumes. Son chef démarre, prend la rue du Grand-Puits, puis, à gauche, voilà le cimetière de Quarré-les-Tombes. Il se gare devant.

Au niveau du portail, une rafale, chargée de gel et d'aiguilles, s'abat sur l'assemblée, mord les pommettes des femmes, givre la moustache des hommes, vient éteindre en chacun les derniers sentiments, la mélancolie et la tristesse.

Max se les caille. Rentre ses avant-bras sous son manteau et les place sous ses aisselles. Il est au premier rang. Il se penche. Contemple le trou. C'est une cavité sommaire, difficile d'en évaluer la profondeur avec cette brume. Le crachin s'est calmé mais tout reste froid et humide. Il se demande comment on a bien pu fouir un terrain si dur, regarde autour de lui, observe la pelle mécanique stationnée plus haut. Se gratte le menton. Tout s'explique.

Sur la pierre tombale sont déjà inscrits les deux années 1924 – 2012 et le nom du défunt en belles lettres capitales. Tout est prêt, l'au-delà n'a pas attendu. Ce n'est pas son genre.

Les anciens se serrent devant la tombe, emmitouflés dans le silence. Le curé convoque une dernière fois la Vierge, et on demande si quelqu'un veut ajouter quelque chose. Deux octogénaires s'avancent, saluent le mort et entonnent, du bout des lèvres, *Le Chant des partisans*. Le cercueil descend dans la terre, Lucien s'en va retrouver le monde des lombrics et des racines et, dans la ville, c'est comme si les sarcophages se scellaient un peu plus en un puissant claquement.

Sur l'un d'entre eux, un corbeau becquette un rameau de ronce.

*

À quelques cadavres près, cent milliards d'êtres humains sont morts depuis l'apparition de l'espèce. C'est un chiffre qui ne veut rien dire, qu'on trouve sur le Net, qu'un gars a calculé sur un coin de table, qu'on se jette à la figure et qui ne vaut guère mieux que son double, son triple ou son tiers. Mais mettons qu'il soit exact, mettons qu'on s'en contente, que l'approximation nous satisfasse. Alors, si on avait plié chacun de ces cent milliards d'individus dans une tombe d'un mètre carré, il aurait fallu un cimetière de la superficie de l'Islande pour les aligner toutes. Sans compter les allées, les monuments, les fontaines pour arroser les fleurs, quelques arbres pour faire de l'ombre, sans compter les statues de soldats, de rois, de penseurs. Sans compter les colonnes, les ornements, les mausolées.

Les prairies grasses, les pentes des volcans, les glaciers, les chemins côtiers, les sources chaudes et bouillonnantes, tout, chaque centimètre de lande islandaise, serait recouvert de croix, de croissants, d'étoiles de David, d'autels où on disposerait les cendres et l'encens, de bouddhas enduits de feuilles d'or. L'île se résumerait à une constellation morbide, à perte de vue, consacrée tout entière à la mémoire d'hommes qui furent. Organisée comme le cimetière de Montparnasse à Paris, lequel est relativement dense, l'humanité défunte s'agencerait en une nécropole si étendue qu'elle couvrirait entièrement la France, de la cime des Alpes jusqu'aux gorges étroites des Pyrénées, du granit breton au sol crayeux champenois en passant par les berges de la Loire, les mal plats des massifs érodés et les Flandres, l'Alsace, la Provence, le Pays basque.

Il faut bien que les marbres décrépissent, que les pierres se brisent, que les concessions dans les cimetières s'achèvent et que les derniers vestiges humains finissent en ossuaire pour laisser place à des morts plus frais, sur lesquels d'autres vivants pourront se recueillir ; il faut bien des charniers et des fosses, laisser quelques hommes se noyer plutôt que repêcher les dépouilles dans la mer, arrêter les recherches en montagne, abandonner quelques corps à la nature, entasser dans un même caveau tous les membres d'une famille, accepter que les chairs sourdent en panache par les cheminées des crématoriums.

D'autant que des morts, il y en a de plus en plus, on les produit à la chaîne, que certes pour l'instant couvrir un pays de tombes c'est acceptable, un pays s'oublie, se contourne, se survole, un pays s'emmure s'il le faut, mais bientôt, qu'en sera-t-il lorsqu'il faudra en coloniser un nouveau avec des pierres tombales, tapisser un continent de stèles de fleurs et de larmes, quand il faudra vivre dedans, s'abriter dans les tombeaux, habiter le cimetière, s'y préparer ses repas assis sur la sépulture d'un aïeul et dormir dans une crypte, comme les miséreux de la nécropole congolaise de Kimbanseke ?

À Quarré-les-Tombes, dans l'Yonne, une centaine de sarcophages sont disposés autour de l'église. Il y en avait plusieurs milliers un millénaire plus tôt. La ville leur doit son nom. C'est unique en France. Il n'y a guère que Tombebœuf dans le Lot-et-Garonne qui pourrait signifier « abattoir » et La Tombe en Seine-et-Marne qui doit son appellation à son relief et non à une sépulture, si bien qu'on aurait pu nommer cette ville plus prosaïquement « La Butte ».

Quarré-les-Tombes est seule campée sur un cimetière ancien, sur des tombeaux dont on ne sait même pas s'ils furent habités, sur des mystères.

Les sarcophages se sont éparpillés avec les siècles, certains servent d'auge pour abreuver les troupeaux quand ils paissent, d'autres furent cassés pour récupérer de la bonne pierre, d'autres encore sommeillent sous la terre et murmurent des secrets.

*

– Du coup, il en a pensé quoi de la vidéo ?

Clarice se cambre d'un coup. Son dos se cintre. C'est brusque. Elle gémit.

– Attends, ne te mets pas comme ça.

– Comment ?

– Comme ça, là, tes fesses.

Max lui saisit les hanches et la repousse sur le côté.

– Me pousse pas. Sois sympa, steuplait. J'suis pas ton jouet.

– Non. Excuse, t'as raison.

Il se retire.

– T'as pas l'air dans ton assiette. C'est nul, là.

Max se redresse et soupire. Il ne se sent déjà plus très dur.

– On a enterré Papi Lucien ce matin. C'est peut-être ça qui me trotte dans la tête.

– Putain, Max, je t'ai dit justement que je préférais pas venir aujourd'hui. C'est toi qui as insisté. T'abuses.

– Non, mais je suis content que tu sois là. J'avais super envie de toi pendant l'enterrement.

– T'es vraiment glauque.

Elle passe sa main dans ses cheveux humides. Ses tétons pointent délicatement.

– Qu'est-ce qu'il y a ?

– J'aime pas quand tu te plies comme ça. J'ai l'impression de pas être en toi. Je sens rien. Ma bite fait pas un mètre de long, non plus.

Clarice rabat ses jambes contre sa poitrine et s'adosse à la tête de lit.

– Pourquoi tu réponds jamais à mes questions ?

– De quoi tu parles ?

– De ma vidéo. Il en a pensé quoi ?

– On en discutera plus tard, c'est pas le moment.

– C'est jamais le moment avec toi. Sauf pour le sexe…

– C'est bon, grommèle-t-il.

Max se lève et passe son caleçon.

– Remets ta culotte, de toute façon mon père va pas tarder. J'veux pas qu'il nous surprenne.

– Tu l'as mise où ? demande-t-elle en rigolant.

– Sous l'oreiller, et ton soutif aussi. Tu veux une clope ?

Elle vient se serrer contre lui. Il perçoit l'humidité de ses poils pubiens contre le haut de sa cuisse. Elle lui mord doucement l'oreille.

– Dis-moi juste qu'on en parlera. C'est important pour moi. C'est ma vie, tu peux comprendre, je mise tout là-dessus.

– Tu mises tout sur cette vidéo ? plaisante Max en allumant sa cigarette par-dessus son épaule.

– Oui, parfaitement !

Il se dégage, tire une bouffée.

– Je lui ai envoyé l'enregistrement. Le format que tu m'as passé, franchement… Il a fallu que je la charge sur un logiciel pour tout retraiter. Ça m'a pris du temps. C'est un monde où chaque détail compte. Tu ne mesures pas ça, c'est évident.

– Ah mince, et c'était bon avec ton logiciel ?

– Ouais ! J'ai fait du bon boulot.

– Merci, grand geek.

Maxime enfile un futal et s'étire. Le ciel est gris, les nuages bien dodus, solides comme du fromage frais, chargés de neige. Il se frotte les yeux. Il déteste ne pas aller au bout, mais qu'importe, elle s'en fout Clarice, elle reviendra dès demain s'il lui demande. Avec elle, c'est simple. Il écrase son mégot contre le rebord du vasistas.

– Il a regardé l'enregistrement. Il m'a dit que t'étais parmi ce qu'il avait vu de mieux dernièrement. Il m'a parlé de charisme, de spontanéité aussi, je crois. Il t'a trouvée super, mais faut pas s'enflammer, il en a plein des vidéos de meufs mignonnes comme toi, alors il doit réfléchir.

Clarice n'en revient pas. Le beau-père de Max, un grand producteur hollywoodien, la trouve spontanée et charismatique. C'est inespéré.

– Tu dis ça pour coucher avec moi !

– Qu'est-ce que tu racontes ? On couche déjà ensemble. Si tu deviens une star, je pourrai me vanter de nos petites soirées enflammées. Tous les mecs veulent coucher avec des grandes actrices, j'ai tout intérêt à ce que tu réussisses.

– Je sais pas quoi dire…

Clarice éprouve soudain une sensation totalement inédite, au niveau de la nuque et des épaules. Plus qu'un frisson. Comme une piqûre chaude, puis anesthésiante. C'est plaisant et inquiétant.

Elle s'y voit déjà, sur des affiches, placardée dans des chambres d'ados, en une de *Cosmo*, *Grazia*, *Glamour* ou *Closer*. Elle imagine le plateau, la maquilleuse, les objectifs des caméras pointés sur son visage. Elle imagine des questions compliquées auxquelles elle répondrait par une pirouette ou une punchline digne des meilleures répliques de cinéma. Ou non, elle s'imagine rougir, bégayer, soupirer qu'elle ne sait pas, qu'elle ne sait rien. Elle se sent soudain très fragile. Elle attrape la bouteille d'Évian sur la table de nuit, boit deux grandes rasades.

Elle veut lui demander d'insister pour elle, de prévenir son beau-père qu'elle peut envoyer de nouveaux clips, qu'elle a un projet de bande démo. Il suffit d'emprunter du meilleur matériel, parce qu'avec un vieux smartphone, sans micro ni spot lumineux, le rendu fait franchement amateur, c'est certain. L'émotion l'empêche de parler, elle se sent comme asphyxier, Clarice ne parvient même pas à ragrafer son soutif.

Maxime le perçoit, cela lui fait plaisir de la voir si émue, de contempler les mérites d'un simple mensonge.

– Écoute, la prochaine fois que j'appelle ma reum, je lui parle de toi. Y a des castings à Paris aussi, il connaît du monde partout de toute façon, son mec. Ça te fera sortir de ta campagne, tu verras la grande ville. Ça te changera des champs.

– Merci… Tu peux m'aider, balbutie-t-elle.

Il clipse les crochets d'un mouvement souple, tire légèrement sur le glisseur en plastique, remet la bretelle bien droite pour qu'elle se colle sur la peau légèrement transpirante.

*

Quelques minutes après le départ de Clarice, la porte de l'entrée s'ouvre. Dominique dépose son bonnet bleu de l'A.J. Auxerre et ses gants sur la commode. Leur doublure en acrylique est imbibée de sueur. Il revient du match disputé à l'Abbé-Deschamps, transi.

– Alors ? demande Max.

– Un partout. Contre Lorient. On prend le but à la dernière minute, ça fait chier. T'as pas suivi ?

– Non, je révisais, avec ma camarade, Clarice, tu vois qui c'est ?

Le père range sa parka et défait les lacets de ses pompes, le cuir est dur comme du bois. Heureusement, durant l'hiver, il porte deux paires de chaussettes quand il va au stade, sans ça il finirait par perdre un orteil.

L'A.J.A. est encore relégable et même si jouer le maintien est un leitmotiv du club depuis son accession à l'élite, Dominique commence véritablement à se faire du mouron. Sa vie est assez inintéressante pour ne pas avoir, en plus, à se coltiner des matchs de seconde division. Sont-ils seulement diffusés ? Pas qu'il sache. Sans télé, ce sont les oubliettes qui attendent son club. Décidément, cette saison l'inquiète. Il ira acheter *L'Équipe* demain à la supérette, s'assurer qu'il a assisté au même match que le journaliste chargé de le résumer, à savoir une purge frustrante qui augure mal la relégation.

– T'as ramené Marine ?

– Ouais, elle a pris le train de 13 h 30, après j'ai retrouvé Thierry.

– Thierry était au stade aussi ?

– Oui, c'est sa deuxième maison, pour ainsi dire. On a bu un coup après le match chez lui, et voilà.

Dominique se sert d'ailleurs un fond de Label 5. La bouteille est à moitié vide, d'une couleur caramel trop claire. Elle lui a coûté à peine 13 euros, sans compter la réduction valable dès sa prochaine visite au Super U d'Avallon. À ce prix-là, un whisky est un whisky. Il en boit deux gorgées et s'assied en bâillant.

– Marine m'a fait une leçon de morale dans la voiture.

Il secoue ses doigts pour faire circuler le sang jusqu'à la pulpe des extrémités.

– Comme quoi, aller voir un match le jour de l'enterrement de Lucien, c'était pas une chose à faire. Que j'aurais dû inviter les personnes présentes aux obsèques à partager un moment de fraternité avec nous. De fraternité, elle a dit. Tu parles de conneries. Qu'est-ce que ça peut bien lui foutre ? Et puis, ce n'était que mon beau-père. Mon ex-beau-père, même.

Dominique porte son verre à ses lèvres, l'alcool sirupeux lui réchauffe la gorge.

– Elle est comme sa mère de toute façon, on n'est pas assez bien pour elle, reprend-il. Enfin, surtout moi. Tout est bon pour me le signifier. Même sans match, elle aurait trouvé quelque chose.

– Ça… Sans doute.

– Et puis merde, le Lucien il aimait le club aussi. Dix ans qu'il perdait la tête. Ces derniers mois, il ne disait plus un mot, elle le saurait ça si elle était venue le voir un peu. On est tristes, oui, on est tous tristes, mais pas abattus, ça, non. Il faut s'attendre à voir mourir les mourants, c'est la vie.

– Ouais, acquiesce Max en sortant les pâtes du frigo.

– Avec ta mère, elles se sont téléphoné. Tu le savais ? Marine me l'a dit, juste en sortant de la voiture. Tu parles, elle allait pas me le cacher. Tu le savais, toi ?

Dominique secoue la tête.

– Pas se pointer pour enterrer son vieux, franchement, faut le faire… C'est aussi bien, remarque.

– Ouais, répond Max machinalement en plaçant le plat de coquillettes gratinées dans le micro-ondes. C'est bientôt prêt, papa.

– Merci, mon lapin, j'ai besoin d'un plat chaud. Quel courant d'air, ce stade. La ligue a bien fait d'avancer le match, avec la neige qui commence à tomber. L'enterrement était réussi, j'ai trouvé.

– Oui, carrément. Je mange vite fait, j'ai des trucs à faire sur l'ordi.

– Vous avez travaillé quoi, alors, avec Clarice ?

– Surtout la philo. Le bac est dans quatre mois, faut s'y mettre.

– Quatre mois ? Ah oui, tu as raison. C'est bien, c'est bien, mon grand.

Dominique plonge sa fourchette dans le grand récipient en Pyrex. Des lianes de fromage pendent jusqu'à son assiette. En commençant à mâcher, il regarde son fils avec fierté. Depuis son divorce, il se fie tout entier à ce qu'il lui raconte. Il le croit quand il lui dit qu'ils ont révisé avec son amie. Dominique est convaincu que Max fera de belles études, comme sa sœur, mais qu'en sus, il ne prendra pas la grosse tête, et n'adoptera pas ce dédain parisianiste si insupportable. Se figurer les choses ainsi rend le logis vivable, la cohabitation plus douce. Tant pis si son garçon n'en fout pas une, et récolte des notes médiocres dans un lycée au niveau lamentable.

Si une vérité en vaut bien une autre, Dominique se range derrière celle qui le désigne encore comme un bon père. Il ajoute du sel, un tour de poivre du moulin. Il y a la bonne quantité d'emmental, c'est délicieux. Il allume la télévision. *Jour de foot* commence dans pile cinq minutes.

Après une annonce sur la série événement de Canal+, *Kaboul Kitchen*, le journaliste Messaoud Benterki présente les affiches du soir.

Surprise, Caen a gagné à Lyon.

– C'est quand même une saison étrange.

*

Stéphane l'attend sur le quai U de la gare de Bercy, un gobelet frappé Brioche Dorée dans la main droite. Dans la gauche, un pochon en papier, imbibé de graisse, contenant des viennoiseries. Il est arrivé en avance, comme à l'accoutumée. Il a froid.

C'est son petit copain depuis la première année de prépa et Marine espère bien qu'en tandem, ils décrocheront la lune, à savoir l'admission dans une école de commerce au nom ronflant, formant l'élite financière, entrepreneuriale et managériale du pays. Le mot *élite* est important. Ils sont convaincus d'en être. Cette appartenance justifie les journées qu'ils endurent, le traitement que leur infligent des professeurs sadiques, leurs belles années sacrifiées ; elle justifiera bien des choses tout au long de leur vie.

Marine a des bonnes notes, les concours sont dans deux mois et demi, ça devrait bien se passer pour elle. Stéphane ne se débrouille pas mal non plus, montre de-ci de-là quelques lacunes mais rien d'insurmontable. Surtout, il élabore pour le couple d'excellentes fiches synthétiques parfaitement structurées et instruites, ce qui en fait, en plus d'un amant tout à fait correct, un excellent camarade.

– Salut, chérie.

Il la prend dans ses bras, respire son odeur sucrée, les notes envoûtantes du parfum Magnetism d'Escada. Il l'embrasse dans le cou. Ils ne se sont pas vus depuis deux jours. C'est une anomalie dans leur relation tant les élèves de classe préparatoire vivent les uns sur les autres, pour travailler, se détendre, comparer leur réussite, partager leurs doutes, et baiser quand ils trouvent le temps.

– J'espère que tout s'est bien passé. Enfin…, Stéphane se reprend, que ce n'était pas trop dur.

– Ça a été, souffle-t-elle.

– Encore désolé pour ton grand-père.

– C'est bon, je te dis. Il était sénile.

– Ton petit frère va bien ?

– On s'est à peine parlé. Pourquoi tu me parles de lui à chaque fois ?

– Je sais pas, je l'aime bien. On s'est vus deux fois, mais j'ai eu l'impression que ça collait entre nous.

Le visage de Marine se déforme en une moue dubitative.

– T'as pu réviser dans le train ? Ce matin, j'ai fiché le cours d'histoire de jeudi, j'ai fait une photocopie pour toi. Tu veux toujours qu'on passe la journée de demain à la BNF ?

Une semaine cruciale s'annonce. S'y tiendra le dernier concours blanc avant les véritables épreuves, hors de question de sacrifier un dimanche sur l'autel d'un deuil familial, ni laisser Quarré-les-Tombes polluer son esprit. Marine a le mors entre les dents depuis le début de l'année. Bien sûr qu'elle ira à la bibliothèque le lendemain, qu'ils y passeront la journée, courbés sur des manuels, à se saouler de connaissances. La parenthèse funèbre est déjà refermée. Ce soir, ils ne coucheront pas ensemble avant de s'être enquillé deux exos de maths.

*

Les premiers flocons tombent doucement, la météo ne s'est pas trompée, la Bourgogne est tout entière en vigilance orange à partir de ce samedi soir. La neige va tenir au sol. Le mercure n'a pas dépassé zéro de la journée. Les écoles seront certainement fermées lundi et mardi, et les routes risquent d'être impraticables, surtout celles du Morvan qu'on ne déneigera qu'après toutes les autres. Le journal télé emploiera les termes « paralysie » et « pagaille », des automobilistes dormiront dans leur voiture et le présentateur, depuis son studio de Boulogne-Billancourt, ironisera sur le fait que chaque année une bonne partie de la France se fait surprendre. Ensuite, il lancera le sempiternel reportage sur les déneigeuses canadiennes qui raclent les rues de Montréal de décembre à mars, comme s'il y avait lieu de comparaison.

Clarice s'en fout, elle se sent giga bien. Peu lui importe que ses tempes soient piquées par le vent, que le froid s'insinue jusque dans la maille de son écharpe, que la grande nappe nuageuse vire au bleu profond avec la nuit qui s'installe. Elle n'a qu'une envie, qu'une pensée, tourner sa bande démo. Elle ne travaille pas demain et passera son dimanche à peaufiner le script. Elle verra ensuite pour acheter du meilleur matériel. Après tout, elle gagne quelques sous au salon de coiffure, quinze balles par jour de pourboires en moyenne, et puis elle n'a pas besoin d'une caméra hors de prix. Il y a des promotions au Darty d'Auxerre, elle a vu une pub sur un prospectus à la maison. Un caméscope Canon, combien ça vaut ? Deux cents euros, peut-être plus ?

Max aime moquer son matériel et sa méconnaissance des nouvelles technologies. *Il se donne le beau rôle avec ses traitements logiciels, ça le rassure, il se pense utile*, juge-t-elle. *Il est chiant parfois, mais c'est tellement formidable qu'il ait envoyé ma vidéo à son beau-père...*

Clarice ne se rend toujours pas compte. Elle n'y connaît rien, n'est jamais allée aux États-Unis, ne sait pas comment les gens vivent à Los Angeles, ignore ce que c'est un producteur hollywoodien, combien ça gagne, comment ça occupe son quotidien, comment ça dort, ça parle, ça mange. Elle suppose tout de même qu'il s'agit d'une personne importante, sans temps à perdre. Max lui fait une sacrée fleur. *C'est une véritable et puissante preuve d'amour*, songe-t-elle. Clarice sourit. *Spontanée et charismatique, qu'il a dit, ça ne s'invente pas.*

Même s'il la traite parfois avec distance, même s'il peut être dur et rabat-joie, elle éprouve des sentiments forts pour Maxime. Elle est amoureuse. C'est son premier copain, le premier avec qui… Pour une fille, ce n'est pas rien. Elle s'arrête pour secouer son écharpe constellée de frimas. En fondant les flocons coulent en fines traînées jusque dans son dos. Quand ils se sont rencontrés, elle était en troisième, lui en seconde, c'était vraiment cool de se taper un lycéen. Ses copines étaient mortes de jalousie. De toute façon, Clarice s'est toujours sentie plus mûre que les filles de son groupe. Que diront-elles quand elle sera à l'affiche d'un film ? *C'est fou d'être si différente*, quand elle y pense.

Cela fait deux ans qu'elle le retrouve chez lui, certains soirs après sa journée au salon, quand il rentre de ses cours et que son père est absent. Des week-ends aussi. Ils baisent essentiellement. Ne sortent guère ensemble, ne vont jamais marcher dans le centre d'Auxerre ou d'Avallon, ni même d'ailleurs boire un Pago sur la place de l'église de Quarré-les-Tombes. Ne vont pas au ciné ni au Do-mac comme les couples normaux, ne discutent pas des masses non plus. Leur relation s'est développée autour de leur entente sexuelle, chacun exécutant les gestes avec plus d'assurance, jusqu'à expérimenter de nouvelles combinaisons que l'un ou l'autre puise dans l'insondable inventivité des sites pornographiques.

Elle est heureuse ainsi ; le reste viendra avec le temps.

La route se couvre d'une fine pellicule blanche. Clarice accélère le pas, elle est bientôt chez elle. Dans ses cheveux, la neige se fixe et fond lentement. Une légère fumée s'élève au-dessus de son crâne, en volutes élégantes. Si elle reste dehors encore cinq minutes, elle tombera malade, c'est sûr. Heureusement, elle dépasse déjà le portail sur lequel la plaque signalant la présence d'un chien méchant branle sur un côté. Évidemment, les Malcuit n'ont jamais eu de molosse, tout le village le sait. Mais son père y tient à cet écriteau. Il prétend que si des manouches voulaient les cambrioler, ça les dissuaderait. L'allée de pavés autobloquants gris s'est mouchetée à son tour. Clarice manque de glisser, se rétablit. Elle tourne la clef, pousse la porte, puis tape ses Pataugas sur le paillasson.

« J'suis là », crie-t-elle depuis l'entrée, tout en pendant son écharpe à un cintre.

Ses parents regardent *50'Inside*, sur TF1. C'est une bonne émission. Divertissante et documentée. La famille a pris l'habitude de ne pas la manquer, l'érigeant en rituel du samedi soir.

Sur l'écran plat, acheté avant la Coupe du monde de rugby 2011, après le reportage retraçant la *success-story* de Bruno Landisier, un jeune Français audacieux devenu producteur influent à Hollywood, Sandrine Quétier interroge Loana. La star du *Loft* sort tout juste de l'hôpital après avoir tenté de mettre fin à ses jours pour la quatrième fois.

– Elle est méconnaissable, soupire la mère de Clarice.

– T'as passé une bonne journée ? demande le paternel sans quitter l'écran des yeux.

– Ouais, ça va, dit Clarice. J'étais chez Sarah.

– Ah ? Super ! Comment va-t-elle, la belle Sarah ?

– Bien, bien.

À la télévision, Sandrine Quétier, jambes croisées, veste noire sur top rouge : « Donc là, quand vous regardez devant vous maintenant vous avez des projets, expliquez-moi un petit peu. »

Loana, crinière platine, peinant à articuler, mais radieuse : « Je vais être chroniqueuse sur une chaîne câblée, faire une émission sportive, écrire mon livre sur… sur les dix dernières années. Donc ça va être tout ça. »

Sandrine Quétier : « Alors qu'est-ce qu'on peut vous souhaiter maintenant, Loana ? »

Loana, souriante : « Que je rencontre le grand amour. »

Sandrine Quétier, adoucie, connivente : « Bah, écoutez, je vous le souhaite… »

– Tu vois, ma fille, toi qui aspires à la notoriété… Ça n'a pas l'air drôle tous les jours, souffle le père.

– La téléréalité ce n'est pas pareil, reprend la mère. Ces gamins, ils ne sont pas préparés à toutes ces choses qui leur tombent dessus, toutes les sollicitations. Ils deviennent stars du jour au lendemain…

Pauvre Loana, c'était une fille charmante. Une carrière, ça se construit.

La mère ne sait pas trop ce que cette dernière phrase signifie. Elle a toujours cru en la réussite de sa fille et ne veut surtout pas la décourager avec ces histoires de gosses abîmés par la télévision.

– Et puis franchement, tous ces jeunes qui se montrent dans leurs émissions idiotes, avaient-ils quelque part une chance de connaître un avenir meilleur ? ajoute-t-elle, songeuse.

Clarice s'essuie les cheveux. Elle hésite. Elle veut garder son secret pour elle, ne rien dire du casting que Max lui a évoqué, ni mentionner que sa dernière vidéo de promotion fait son chemin à Hollywood. En même temps, elle crève d'envie de tout déballer. Elle tergiverse. Son père ferait sans doute le trouble-fête, comme à chaque fois. Sa mère se tairait, contente et envieuse. Elle saisit son téléphone, elle racontera tout cela à une amie.

– Je vais prendre une douche, on mange quoi ? demande-t-elle.

– Des croque-monsieur maison ! Papa en avait envie, et avec ce froid ça nous fera du bien de manger quelque chose de consistant.

– OK ! s'écrie Clarice, en montant à l'étage.

*

Le Big Tex propose une combinaison gourmande de deux enchiladas fourrées au *jack cheese* et de deux tamales au porc, recouvertes de chili con carne, accompagnées de riz et de haricots rouges. C'est le plat le plus riche de la carte d'El Guapo's, un restaurant mexicain de Tulsa, métropole de l'est de l'Oklahoma. Bruce Taskys commande généralement la version trois piments et agrémente la recette de quelques gouttes de Tangy Jalapeno de la marque Heinz. Il s'assure ainsi que le plat lui arrache bien le palais. Il s'installe à une table située sous un cactus de néons verts et jaunes dans l'épiderme duquel clignote le nom d'une marque de *cerveza*. Les galettes de maïs baignent dans une sauce tomate mêlant délicieusement les saveurs du fromage, du sucre, des épices, de l'huile et de la viande. Bruce éponge la mélasse avec des tortillas chips saveur cheddar, ramollies au micro-ondes. Entre deux bouchées, il aspire une rasade de limonade industrielle glacée. Elle a un goût de liquide vaisselle mais la sensation de fraîcheur n'en est pas moins incroyable.

Dès qu'il aura terminé, il ira se poster devant le cinéma, passera tout l'après-midi dehors, dans la queue, pour s'assurer une place de choix. Le frère de Tyler a même juré l'autre soir qu'il serait le premier à entrer dans la salle, quitte à planter sa tente devant. *Quel cirque ça va être*, songe Bruce.

L'événement est d'ampleur ; la séance est tant attendue qu'elle a été reportée au samedi soir pour ne pas faire concurrence aux autres films qui sortent traditionnellement le vendredi aux États-Unis. Tous les jeunes du pays attendent le dernier volet de *The Last Fighters*, sous-titré *The Survival of the Void*, « la survie du vide ». CNN, Newsworld International et Fox ont dépêché des reporters devant des salles importantes du pays, El Captain et le Grauman's Chinese Theatre à Los Angeles, le Coliseum et le Ziegfield Theater de New York et même dans le parc à thème Douglass' World à Orlando, lequel prépare le mois prochain une attraction autour de l'univers de la saga. Des T-shirts et des masques à l'effigie des protagonistes sont en vente dans les rues commerçantes et les malls. Le pays tout entier retient son souffle. C'est à peine si les chaînes d'info évoquent encore les caucus du Minnesota et du Colorado, ou la récente victoire de Mitt Romney lors de la primaire du Nevada.

Un an, sept mois et vingt-deux jours que la scène finale du deuxième épisode – *The Last Fighters, Burst of Heavenly Thunderstorm*, « l'éclat de l'orage céleste » – s'est achevée sur la chute certainement mortelle de Kate « Angel Face » Swelton, dans un gouffre quadratique créé par un sbire d'Alktor, le démon solaire. Depuis, tout le monde ne pense qu'à une chose : la vengeance des derniers héros, en particulier celle de Neutron, devenu redoutable depuis son accession au grade de gardien stellaire. Des images de la bataille finale entre les quatre démons et les héros ont fuité sur la toile. Même si Bruce a tenu à ne rien regarder, il a entendu dire que les effets spéciaux n'avaient aucun égal, dans aucun autre film, dans aucune autre saga, pas même dans les meilleurs *X-Men*.

Il passe une serviette en papier sur son front. La version trois piments du Big Tex, c'est quelque chose.

Au milieu de la deuxième enchilada, Tyler se pointe. Il porte un bonnet du Thunder, un sac à dos Nike, un sweat à capuche duquel dépasse son maillot de Kevin Durant, bleu, numéro 35. Ses parents lui interdisent de porter ses habits de basket-ball au lycée, alors il se rattrape le week-end, en multipliant les logos à l'effigie de la franchise de l'Oklahoma. Les Kings de Sacramento ont battu OKC la veille, 106-101. C'est pénible, mais ça n'enlève rien à l'excellente saison de l'équipe, qui truste les premières places de la conférence ouest avec un KD en mode MVP. Ce soir, Tyler manquera le match contre l'Utah Jazz ; il s'en fiche, lui aussi attend depuis des mois l'épilogue de la trilogie.

– Salut Bruce. T'as pas fini ? Ça te dérange si je prends des tacos au poulet, rapidement ? On n'est pas en retard de toute façon.

– Non c'est bon, t'as le temps, répond Bruce.

Tyler mange à cent à l'heure, c'est à peine s'il prend le temps de mâcher. Cela explique sa drôle de carrure, son ventre gonflé, campé sur deux jambes fines et droites.

Il revient avec ses galettes de maïs au poulet et les asperge de Tabasco hot pepper sauce.

– T'as hâte, hein ? Ça va être incroyable. Le plus beau jour de notre vie. Steve a dormi sur place, on va essayer de le rejoindre. Je garantis rien. Il est bien parti pour être le premier dans la salle. Quel numéro mon frère !

– S'il nous garde une place, c'est cool, s'enthousiasme Bruce.

– Avec la cohue que ça va être, on verra bien… Mate ce que j'ai acheté.

Tyler fourrage dans son sac.

– Le masque de Greg the Shield ! Tu y crois ?

– Le masque du Shield ? T'as trouvé ça où ? demande Bruce.

Greg the Shield est mort dans le premier épisode de la triade. Bruce se souvient à peine de ce personnage. Dans ses souvenirs, il s'agit d'un mutant en errance, membre d'une ancienne génération de héros, lesquels succombent lentement à cause du virus que Kate a introduit sur Pluton pour soi-disant sauver les mutants. Ils habitent des figures sans contours, se déplacent dans une sorte de brume. Leur voix est hachée, la mémoire les abandonne, chaque geste leur coûte, et pourtant, malgré la vie qui les quitte, leur force est encore prodigieuse.

– T'as vu ça ! C'est un collector, tout le monde l'a oublié ce gars. Il se raconte qu'il pourrait revenir dans une version spectre.

– Ah ouais ? Une version spectre…

– Ouais, c'est ce que disent les forums spécialisés. Ce masque, c'est mon pari, s'amuse Tyler. Et en même temps, s'ils vendent des produits dérivés, ça semble pas trop risqué.

Bruce paraît perplexe. Pourtant, c'est évident, les spectres détiennent la clef de l'affrontement. Selon le camp qu'ils rejoindront, alors le bien ou le mal triomphera. Les morts décideront de l'avenir des vivants.

– C'est tellement excitant, bordel.

*

La neige a tout recouvert en à peine une heure. Et avec elle, chaque maison du village se trouve désormais plus seule et isolée. Dans l'alentour vogue un parfum de résineux et de nuit de Noël. Max allume son ordinateur et se connecte à Internet grâce à une clef satellite. Il ne faut pas se leurrer : ici, la fibre optique, ils seront les derniers à y être rattachés, et alors la France sera déjà connectée par une technologie plus performante, si bien que quoi qu'il arrive, sauf à se tailler de Quarré-les-Tombes et du Morvan, Max doit payer une petite fortune pour accéder à une connexion équivalente à celle des jeunes de son âge qui grandissent en ville.

C'est la fameuse fracture numérique.

La passion des ordinateurs l'a gagné dès son enfance, quand la télévision s'est emballée à propos d'un virus sympathiquement nommé : « *I love you* ». À l'époque, cela l'avait marqué. La science-fiction devenait soudain réelle. On évoquait même un « ver informatique ». Maxime s'imaginait un lombric au corps flasque pénétrant par le lecteur de disquette ou le radiateur à l'arrière de l'unité centrale, mettant un bazar pas possible dans les circuits, les fils électriques et les cartes, jusqu'à ce que l'écran affiche un cœur et une déclaration d'amour paralysant toute la machine.

Au fil des années, avec le développement des forums, avec les magazines sur les jeux PC et tous les articles sur les hackers, il a compris qu'un monde de potentialités sommeillait au bout de sa souris.

Plus tard, Maxime sera expert en la matière. Capable de hacker des sites, d'aspirer les données de pages Internet, de maîtriser une dizaine de langages, de voguer en vaisseau furtif sur le Darkweb.

Pour l'heure, il gagne son argent de poche avec un stratagème assez simple, mais dont il n'est pas peu fier : une judicieuse arnaque commise contre les jeunes obsédés sexuels du lycée. C'est-à-dire une part significative du contingent masculin.

Le gros du travail consiste à débusquer de nouveaux sites pornographiques, fraîchement créés ou provenant de pays si exotiques qu'il est impossible que quiconque dans son bahut les ait déjà consultés. Il faut qu'ils soient gratuits, qu'ils proposent de nombreuses vidéos, de suffisamment variété, et, dans le meilleur des cas, de films en langue française, encore que les dialogues… Cette phase de recherche est la plus critique, la plus chronophage. Elle nécessite de plonger dans les profondeurs du Net. Maxime n'est pas inquiet, il trouve toujours de la matière, plus de 12 % des contenus en ligne sont à caractère porno, soit 25 millions de sites.

Une fois la prospection menée à bien, il rédige un court programme singeant les systèmes de contrôles parentaux. Il code une page d'accueil exigeant un mot de passe pour se connecter au site, assorti d'une demande d'inscription à un tarif exorbitant (dans les 30 euros par mois pour un accès illimité à tous les streams). Il écrit cette demande en anglais, en police Lucida Console, dans une couleur moche, en général le vert.

Ce soir, il fait tenir le petit cadre blanc dans lequel inscrire le mot de passe par une blonde en string aux seins disproportionnés, agenouillée sur une plage de sable fin. Elle est apparue à la page 43 de la requête « Blonde + seins nus + plage » du moteur de recherche Google Images.

Après qu'il a encodé les pages d'accueil, une par site dégoté, le travail technique est terminé. Autant dire que ce n'est pas grand-chose. Il ne lui reste plus qu'à proposer pour la modique somme de 10 euros une clef USB avec un document texte qui affiche simplement un tableau des sites et des mots de passe correspondants.

Par exemple :

nasty-hussy-mappleleaf.ca – UG4A7LM
gran-calor-libertad.cl – 27458966ztb
supramegagigapornsexfinland.fi – aa % aV ? 2àà

Lorsque l'acheteur insère la clef dans le port, le programme de Max s'installe automatiquement sur la machine en moins d'une seconde, et est appelé à chaque fois que l'internaute renseigne une des adresses notifiées sur le document texte. L'onglet avec la femme en string s'ouvre. Le mot de passe la désactive, et l'utilisateur se retrouve sur le site gratuit, croyant avoir économisé l'abonnement. Il accède à une bibliothèque de contenus qu'il pense payants, surévalue sa qualité et en est d'autant plus excité. Le tour est joué, le client est ravi.

Facile.

Ce que Max n'avait pas imaginé au départ, c'est que cette petite affaire, à peine frauduleuse, créerait des clients réguliers. Il vend ainsi trois clefs par semaine en moyenne. C'est assez pour financer sa connexion, quelques achats pour se faire plaisir et surtout étancher une soif qu'il a vue naître en lui : la soif de l'escroquerie.

La neige a cessé de tomber. Il ne lui reste plus qu'un site à trouver, avant de se coucher. Il se méfie de ce sur quoi on tombe dans certains coins du monde : des animaux, des enfants et encore d'autres vidéos toujours plus glauques... Il ne fait pas tout cela pour se retrouver bêtement en prison. Son VPN, bien utile pour se jouer d'Hadopi, ne tromperait pas le bureau chargé de la pédopornographie à la brigade des mineurs. Il se focalise sur les sites allemands, nord-américains et russes, en général plus sûrs, quoiqu'il soit tombé, ce soir encore, sur un site californien exhibant des hispaniques pas bien vieilles. Il a hésité, l'a ajouté à la liste. Il trouve des contenus originaux en Afrique subsaharienne mais on y chasse le mugu à l'arme lourde et Max ne tient pas à ce que ses copains du lycée se retrouvent dans de sales histoires de webcam avec des malfrats équato-guinéens. Ce serait amusant, mais ça ficherait un bon coup à son business.

En bas à gauche, la fenêtre de communication de MSN clignote. C'est Clarice.

_☺ Kikou !!!

_ Slt

_Tu fais quoi ? T'as vu la neige ? Tu crois tu auras cours lundi ? Moi J'irai pas au salon, j'ai prévenu la patronne ☺

_ JSP. Jspr pas

_ OK, on se verra peut etre ☺

_ Je vais bosser sur ma video demain <3 <3 <3

_ Cool

_ Tu fè koi ?

_ Je bosse

_ Merci encore pour ton beau pere !

_ Ouais, c'est cool

_ Et deso pour tout à l'heure. Ce sera mieux la prochaine fois. On se revoit vvvvviiiitttteeee

_ Ouais

_ Jdois finir un truc, jtécris plus tard.

_ C'est ça <3 Allez je me couche en pensant à mon petit max <3

Une rafale de vent soulève un tapis de neige et fait céder une branche du cerisier. Elle vient s'abîmer contre la vitre de sa chambre, en un grand craquement. Maxime sursaute, puis va rapidement fermer les volets. Au loin, derrière les cimes et les toits, il aperçoit le clocher de l'église Saint-Georges. Lucien le promenait, avec sa sœur, dans le centre du village quand ils étaient enfants. Son grand-père devait savoir que son cercueil trônerait un jour dans cette nef, qu'on le descendrait ensuite au cimetière communal, que sa tombe rejoindrait toutes celles de Quarré.

À la fin de sa vie, il répétait constamment les mêmes histoires. Il évoquait les sarcophages et saint Georges de Lydda qui était descendu du ciel et avait permis à de preux chevaliers de vaincre l'envahisseur. Il disait qu'il n'avait pas fait de même, que les fantômes en savaient long sur son compte. Il mentionnait, aussi, le chant des rossignols.

*

On a beau aimer la chanson française, la tenir en très haute estime, il n'en est pas moins surprenant d'écouter la star latina Shakira reprendre un classique de Francis Cabrel. La chanson intitulée *La quiero a morir* prend cette semaine encore la première place du Top-50, et M6 n'en finit plus de diffuser son clip. La mélodie réchauffée par la voix suave de la Colombienne accompagne à merveille le bol de Coco Pops que Clarice engloutit par grandes cuillerées, alors que son père et sa mère s'emploient dehors à dégager la descente du sous-sol enneigée et verglacée. Les pauvres, ils feraient mieux de se capitonner dans la douceur du logis, plutôt que de s'entêter à vouloir lutter contre les éléments.

Cela dit, Clarice aime être seule dans la maison, déguster ses céréales devant la télévision, comme quand elle était enfant, et que ses parents la laissaient regarder les dessins animés en pyjama, jusqu'à midi, les week-ends.

« La vie en mieux », c'est le slogan de la sixième chaîne. Ce matin, il lui semble fort à propos.

Elle dévisse le capuchon de son stylo et commence à jeter des idées sur son calepin. Une bande démo, c'est le curriculum vitae du comédien, un condensé de techniques et d'expressions susceptibles de convaincre n'importe quel directeur de casting d'engager l'actrice ou l'acteur, sans besoin de longs monologues sur les cours dramatiques suivis, et le pourquoi du comment avoir choisi d'embrasser la vie d'artiste. Elle note. *Parler face caméra, se présenter. Ensuite scène dramatique en utilisant la neige pour faire triste. Simuler tambourinement contre la porte, jouer la peur, la colère, postillonner, même cracher sur la caméra. Danser ensuite, de manière sexy !*

Dans le bol, les Coco Pops ont pris une texture molle et ont viré au marron clair, presque gris. Ils ressemblent à de minuscules bouées translucides flottant dans un océan de lait chocolaté. La marque Kellogg's domine le marché d'une telle manière que même le flétrissement rapide de son riz soufflé s'est érigé en canon. Elle plonge sa cuillère dans la mixture.

Une fois le petit déj' terminé, Clarice monte dans sa chambre et s'habille. Elle enfile son crop top Jennyfer vert pomme qui laisse apparaître son piercing au nombril et un jean push up denim, sous lequel son string ne dessine aucune marque inutilement vulgaire. Puis, dans la salle de bains, se maquille et se coiffe. Cela dure une bonne demi-heure. Elle s'emploie à tout faire de manière professionnelle, comme elle ferait au salon avec une cliente. Une fois prête, elle paraît plus vieille. C'est une bonne chose. Elle exécute alors quelques pas de danse fluides et prestes. Les fibres la moulent, c'est inconfortable mais l'élasthanne permet d'exécuter les mouvements avec souplesse.

Elle commence : « Je m'appelle Clarice Malcuit, j'ai seize ans et je suis originaire de Quarré-les-Tombes dans l'Yonne, en France, et je souhaite être actrice de cinéma… »

*

Stéphane n'aime pas faire l'amour le matin. Il trouve cela un peu dégoûtant. Tout l'indispose, l'haleine puissante, la légère odeur de sueur, les draps emmêlés, la dizaine d'heures qui les séparent de la dernière douche. Franchement, il ne désire pas Marine au lever. Il la trouve comme froissée, son visage rougeâtre, ses seins moins fermes que le soir, ses hanches plus larges. Lui-même ne se sent pas à son avantage, avec les marques de l'oreiller qui lui barrent le visage et son pénis qui bande péniblement. Ce qu'il souhaite, au fond, c'est juste un café bien noir.

Mais, puisqu'elle se réveille avec une énergie débordante et qu'il n'a pas la force de la repousser, le moindre dimanche commence par une relation sexuelle torride et exaltée. À la suite de quoi, ils se lèvent tous les deux en même temps, se font couler un expresso en capsule. *Arpeggio* pour elle, *Volluto* pour lui, son préféré. Ensuite, Stéphane passe son crâne sous le robinet et applique une eau micellaire autour de ses yeux, tandis qu'elle alourdit ses cils de mascara.

Aujourd'hui, à peine a-t-il repris son souffle orgasmique, que déjà elle énumère le programme des révisions. Marine a des idées bien précises sur l'organisation optimale d'une journée de travail, réservant les plages où le cerveau est le plus performant pour emmagasiner des connaissances et ceux où il est le moins frais pour s'abrutir au fichage de manuels. Les matières scientifiques et littéraires doivent être alternées car elles ne requièrent pas les mêmes ressources. Il faut manger régulièrement pour ne pas éprouver le sentiment de faim, des fruits secs de préférence, et aller déjeuner le plus tard possible afin de ne pas perdre de temps dans des files d'attente. Surtout, Stéphane ferait bien de se magner au lieu de rêvasser la bite pendante, car s'ils arrivent trop tard, ils n'auront pas de places côte à côte dans la bibliothèque.

– Tu as les annales de maths ? Prends 2009, 2010 et 2011. Je m'occupe des fiches de philo. Tu as révisé jusqu'où ? Descartes ? Pascal ? Je compte faire Nietzsche, Hegel et Heidegger aujourd'hui.

– Nietzsche, Hegel, Heidegger ?

Stéphane tombe à la renverse sur le lit.

– Tu veux pas qu'on reste au pieu toute la journée, plutôt ? J'ai vraiment la flemme. On est déjà prêts pour le concours blanc.

Marine le regarde, se demande s'il est sérieux et pense *pauvre con*.

– C'est ça, ouais ! Allez, bouge-toi, j'ai pas envie de passer la journée à côté d'un loser en BTS.

– D'accord, je me dépêche. *Presto, presto !*

Il s'habille, s'ébouriffe, place les trois bouquins d'annales de maths dans son sac en bandoulière, passe deux coups de brosse sur ses dents, avale un peu de dentifrice pour l'haleine. Est sur le point de sortir, s'arrête.

– J'ai oublié quelque chose, dit-il en souriant.

Marine l'observe, refrène le jugement trop sévère qui lui traverse l'esprit. Le regarde délasser ses chaussures lentement, lui faire perdre son temps, comme un enfant attardé. Elle souffle pour évacuer le mépris. Elle sait, en son for intérieur, que cette histoire avec Stéphane ne durera pas. Ce n'est pas tellement contre lui. Elle l'estime, ses qualités sont indéniables. Mais, cette classe prépa, elle en est persuadée, n'est pas le bon endroit pour bâtir une histoire d'amour pérenne. Quelque chose est déjà condamné.

Il revient sur ses pas, ouvre un placard, puis un second, attrape un Snickers et deux Nuts, qu'il glisse dans les poches de son jean.

– Les vitamines ! plaisante-t-il.

C'est tombé sur lui, ç'aurait pu tomber sur un autre, dans six mois ils ne seront certainement pas dans la même école, chacun occupé à célébrer un entre-deux-vie de travail, un court répit durant lequel Marine sera mieux à même de trouver quelqu'un de plus conforme à ses attentes.

Il ferme la porte, elle l'attend en bas des escaliers, et espère qu'il voit les choses ainsi, lui aussi.

*

Tyler Smith vibre depuis la scène finale. Il a le masque du Shield renversé sur sa tignasse, comme un bandana.

Il s'écrie : « Un putain de film ! Lourd ! Énorme film ! »

Il a besoin de reprendre ses esprits. La bande originale composée par Hans Zimmer prolonge, lors du générique, le souffle de l'épilogue, cette fin inattendue, sans vainqueur, un chaos intersidéral comme une métaphore de la vie ici, à Tulsa, et dans tout le reste du pays. Personne ne se lève, personne n'ose applaudir, la salle entière est statufiée. En tous points, le troisième épisode de *The Last Fighters* rejoint déjà les grands chefs-d'œuvre du genre et même les dépasse. Non seulement la bataille entre les héros et les démons s'est révélée visuellement incroyable, avec une scène de double étranglement opposant Neutron et Alktor d'environ cinq minutes lors desquelles, comme le rapporteront les chaînes d'information, certains spectateurs en apnée se sont évanouis et ont dû être évacués, mais surtout le scénario fourmille de bonnes idées, de clins d'œil à d'autres sagas, de références bibliques et mythologiques et de considérations sur l'Amérique et ses ennemis.

Bruce ne trouve pas les mots. Il étire ses lombaires pour se dégourdir. Il n'a pas bougé pendant les deux heures dix-sept du film. Pas d'un millimètre. Son pantalon colle au fauteuil.

– Mec, on reste, on se fait la séance de 21 heures. C'est trop intense, trop complexe, ça mérite un second visionnage.

– Attends, t'es sérieux ?

– Ouais, demande à ton frère s'il peut venir nous chercher vers minuit. Si ça se trouve, lui aussi, il veut se le refaire.

– Arrête tes conneries ! On est samedi soir, Steve va boire et fumer avec ses potes, tu peux en être sûr.

Tyler se contorsionne pour essayer de trouver son frère dans la salle. Steve est placé en plein milieu, le privilège du premier entré, facilement reconnaissable par la cape rouge de Neutron nouée autour de son cou. Il n'a pas bougé d'un centimètre, lui non plus. Vu de derrière, il semble paralysé devant l'écran sur lequel défilent de plus en plus rapidement les noms des quatrième, cinquième et sixième assistants cameramen.

Tyler ressent une vibration contre sa cuisse. Sur l'écran de son portable s'affiche un SMS, de Steve justement : « C'était ouf ! J'ai adoré ! On enchaîne avec la séance de 21 heures ? Je peux ramener le voisin chez lui, s'il veut rester aussi. »

Hilare, Tyler tend l'iPhone à Bruce.

– On assiste à un moment historique mon ami ! Je vais chercher des pop-corn et du Gatorade, je te prends quoi ?

Avril – mai 1995

La mouche ricoche contre la vitre. Cela produit un grésillement crispant. Isabelle la fixe. Cette bestiole est-elle à ce point dépourvue d'intelligence pour continuer ainsi à se fracasser l'abdomen contre le verre ? La jeune femme se lève et déverrouille la fenêtre. L'air est tiède, des oiseaux pépient sur l'avenue. Avec sa main, elle essaie de propulser l'insecte vers l'extérieur.

Depuis qu'elle vit à Quarré-les-Tombes, c'est comme s'il y en avait toujours une à ses trousses. Elle soupire. Elle n'a aucune envie d'être suivie, encore moins aujourd'hui. Elle voudrait être seule, réfléchir quelques secondes dans la salle d'attente, juste s'éclaircir l'esprit. Son fardeau, elle le porte depuis plus de trois mois, elle en mesure le poids, la violence ; à force, elle se dégoûte. Mais la mouche ne sort pas. Dieu, pourquoi ne sort-elle pas ?

On entend dans le couloir une personne dire merci et au revoir. Des murmures sourdent des murs blancs.

Puis, la porte s'ouvre, et le docteur Mulbert accueille Isabelle.

– Entrez, madame Richard.

Isabelle sent son cœur tambouriner dans sa poitrine. Elle doit penser, *que fais-je ici, pourquoi suis-je venue, que vais-je raconter à ce type ?* Elle doit penser qu'elle n'aurait jamais dû prendre ce rendez-vous. Elle a l'impression, soudain, d'avoir la gorge sèche et a besoin de boire de l'eau. Le col de son chemisier cingle son cou. Mais le médecin est là, il lui tend la main et il continue de sourire. Alors elle se dégage la gorge par un toussotement et entre dans le cabinet sans mesurer à quel point elle baisse la tête, à quel point elle pénètre cette pièce comme on pénétrerait la salle d'audience d'un tribunal.

– Bonjour, madame. Je vous en prie, installez-vous.

Elle s'assied. Devant elle, le psychiatre chausse sur la bosse de son nez une paire de lunettes rondes. Il apparaît alors terriblement à l'écoute.

Isabelle regarde les doigts de cet homme, posés sur le bois vernis de son bureau, osseux, réguliers, précis, elle observe la manière dont il se saisit de son stylo et, avec, tapote une page blanche. Il griffonne en caractères minuscules le nom de sa patiente et, après avoir rapidement consulté la page de son agenda, sa date de naissance.

– Excusez-moi docteur, c'est idiot, elle s'interrompt. Serait-il possible de faire sortir cette mouche ? Elle… disons que j'ai l'impression d'avoir cette mouche qui me suit depuis chez moi, elle était dans ma voiture, je… C'est très déconcertant. Et, vraiment pardonnez mon impolitesse, mais auriez-vous un verre d'eau ?

Elle se sent névrosée. Comme si tout en elle allait de travers depuis qu'elle a franchi le seuil du cabinet. Mais le médecin comprend, il agit, lui, en toute normalité, se lève, se saisit du gobelet en carton, actionne la fontaine à eau, le dépose devant Isabelle, ouvre la fenêtre, chasse la mouche, referme le battant, se rassied, continue de sourire tandis qu'elle boit deux petites gorgées.

– Je ne suis pas… enfin, c'est juste cette mouche. C'était agaçant.

– En effet, oui, c'est déplaisant.

Il replace ses binocles avec son index.

– Madame Richard, que puis-je pour vous ? demande-t-il.

Isabelle commence par balbutier, dire qu'elle pense que les choses s'arrangeront, qu'elle a toujours été quelqu'un de stable, de normal même, qu'elle est heureuse, enfin qu'elle n'est pas malheureuse, qu'elle a d'ailleurs déjà une fille, de deux ans, donc les enfants, elle connaît, qu'avec Marine tout se passe bien. Qu'elle ressent une forte connexion avec sa fille. Que, ça oui, elle aime sa fille.

– Oui, vous ressentez que votre relation à votre fille est saine.

– Oui, voilà.

Elle s'interrompt, laisse passer quelques secondes durant lesquelles le docteur reste silencieux.

– C'était juste pour vous dire que tout va bien, globalement. Tout allait bien avant la naissance de Max.

Ses mains sont moites et des plaques rouge vif parsèment sa poitrine et son cou. Son corps la trahit. Elle a le sentiment de n'être qu'une gamine, elle pourrait chialer de honte. La dernière fois qu'elle a éprouvé cela, ce devait être à l'école, envoyée au tableau pour résoudre un problème mathématique au-delà de sa portée.

Le médecin le perçoit, il a des gestes nets, qui ne révèlent aucune hâte. Ses paumes sont posées à plat, son dos est droit, ses yeux clignent à intervalles réguliers. Ses cheveux restent bien mis, il ne transpire pas, aucune de ses membranes ne vibre, il dégage une saine tranquillité de classe. Il donne l'impression réconfortante d'être prêt à perdre des heures ici avec elle, sans que cela ne porte à conséquence.

– Je vous entends, dit-il simplement. Personne ici ne vous jugera. Nous ne faisons que discuter, essayer de comprendre. Ce n'est pas facile de vous adresser à moi, je le conçois tout à fait.

– Oui, c'est idiot.

Isabelle se reprend.

– Je n'explique pas ce qu'il m'arrive. Elle soupire. J'ai accouché il y a trois mois d'un petit garçon, Maxime. Il… il me fait peur.

Elle se tord les doigts.

– Quand je l'observe, je vois un monstre, il m'inquiète beaucoup, je dors mal. Si le sommeil me prend, je rêve de lui, je rêve d'un être monstrueux. En fait, je cauchemarde. Cette idée ne passe pas. J'ai… j'ai envie qu'il disparaisse. C'est très dur. Quelle mère je suis ? Je me sens atrocement mal. Cet enfant, je devrais l'aimer au-delà de toute chose. Et… et je ne fais que le craindre.

Elle semble recouvrer son calme. En profite pour porter de nouveau le gobelet à ses lèvres. Le liquide est fade, c'est à peine si elle le sent couler dans sa gorge.

– Je comprends.

– Il m'a fait souffrir lors de l'accouchement. Vraiment. Ce n'est pas de sa faute et d'ailleurs sa sœur aussi m'avait fait souffrir. Mais, il a une expression. C'est compliqué à expliquer. Il y a une perversité dans ses yeux. C'est ce que j'observe. Il me fixe, soutient mon regard. Je ne vois pas d'amour, je vois de la défiance.

– Vous vous sentez menacée par son regard.

– Son regard me glace. Les gens autour de moi ne disent pas cela de lui, tout le monde le traite comme un nouveau-né normal. Il… Enfin, c'est comme si j'étais la seule à éprouver cette peur. Mon mari, Dominique, il est tout gaga. Il voulait un garçon de toute façon, pour lui apprendre le foot, vous voyez. Lucien, mon père, le cajole. Sa sœur est jalouse, mais c'est normal, ça aussi. En moi, c'est… c'est viscéral. Au début je l'allaitais, il me pinçait les seins, c'était insoutenable. Même avant, quand je le portais dans mon ventre, j'avais la sensation que mon corps ne le voulait pas.

Elle s'interrompt.

– Plusieurs fois j'ai espéré l'expurger, d'une manière ou d'une autre…

Isabelle se met presque à sangloter.

– Quelle mère je fais, vraiment ?

– En avez-vous parlé avec votre entourage, votre mari, votre père ?

– Non, pas du tout.

Elle marque une pause. Le psychiatre écrit rapidement une série de signes illisibles sur un papier.

– Mais je vis avec lui, je suis sa mère et je crois que ça vient de moi et c'est pourquoi je vous consulte, et…

Isabelle hésite.

– Ça ne peut venir que de moi, n'est-ce pas ?

– Nous sommes ensemble pour en discuter, madame Richard. L'accouchement est une rupture importante dans la vie d'une mère, et cela même s'il ne s'agit pas du premier enfant. Votre corps a connu de profonds changements. En post-partum, votre système endocrinien est bouleversé, tout cela affecte votre esprit. Ce que vous éprouvez est fréquent, vous êtes très courageuse de venir devant moi. Il y a aussi l'angoisse, l'inquiétude d'être responsable d'un nouvel être. Et puis la fatigue. Comment dormez-vous, madame Richard ?

– Je dors mal, oui. Mais davantage à cause de la culpabilité. Le bébé, il se repose convenablement, il a fait ses nuits très vite, il… Enfin, je ne sais pas.

– Peu importe d'où provient cette fatigue, elle est là, vous êtes épuisée.

– C'est vrai, docteur, admet Isabelle, la voix chaude de trémolos. Je suis à bout.

– Je vous entends, vous êtes fatiguée. Madame, la situation dans laquelle vous vous trouvez est normale et nous allons vous aider.

Il dépose ses lunettes sur le bureau.

– Nous allons aller plus loin ensemble, je pense qu'une psychothérapie de soutien, pour passer ce cap, vous permettra de vous sentir mieux. Allaitez-vous votre fils ?

– Non, je n'en ai pas l'envie, pas le courage, souffle Isabelle.

– Dans l'immédiat, je vais vous prescrire un traitement symptomatique, pour que vous retrouviez votre sommeil et que vous vous sentiez moins stressée. Et nous allons nous revoir, une fois toutes les deux semaines, si cela vous convient.

– Merci, docteur.

Pendant quelques minutes encore, le praticien pose des questions, il revient sur le récent décès de sa mère et s'intéresse à sa relation à son père. Isabelle répond que tout va bien, que sa mère lui manque mais que son décès n'avait rien de soudain, elle raconte quelques événements de son enfance que le psychiatre note, sans toutefois rebondir. Elle s'abstient de parler de son père. Elle est rassurée de ne pas s'être trop livrée sur sa vie ni d'être allée chercher une tare familiale enfouie dans les profondeurs de son génome. Elle craignait cela, de devoir se déballer, au-delà de ce qu'elle sait vraiment, de s'abandonner à des suppositions absurdes pour satisfaire l'appétit intrusif et insatiable du médecin. En fait, ça s'est mieux déroulé que prévu. Et puis, c'est évident, ce n'est qu'un coup de fatigue, elle n'est pas folle. Elle aimera son fils, c'est dans l'ordre des choses.

Le docteur Mulbert prescrit un hypnotique et un anxiolytique à prendre en doses légères. Il conseille quelques exercices de respiration, la sophrologie lui paraît adaptée, encore faut-il trouver un bon sophrologue, ce qui n'est pas simple à la campagne. Le psychiatre rédige l'ordonnance de manière appliquée, il donne une impression plus froide désormais, plus professionnelle.

– Pas d'alcool avec ces médicaments. Plus généralement, mon conseil est d'éviter les excitants. Si vous buvez du café, notamment après le déjeuner, essayez de le remplacer un temps par des tisanes, de mélisse ou de camomille, par exemple. Nous nous reverrons dans deux semaines. D'ici-là, bien sûr, si vous en ressentez le besoin… n'hésitez pas à revenir vers moi.

*

Cette dernière année était à coucher dehors, et ce n'est pas qu'une expression idiote. Ils ont campé, América et lui, pratiquement chaque soir dans le Topanga Canyon à l'ouest de Los Angeles, le plus souvent à la belle étoile, parfois entre quatre planches de carton qui faisaient un semblant de cabane perdue dans le chaparral. Il a fallu attendre janvier pour que leur couple dispose d'un toit. C'est arrivé quand la femme de cet imbécile de rouquin qu'il a sauvé d'un glissement de terrain a usé de sa position d'agente immobilière pour leur trouver un deux-pièces et un poste de gardien à l'entrée de la résidence emmurée de l'Arroyo Blanco.

Cándido Rincón n'y a pas compris grand-chose. Soudain, ils étaient dignes d'un abri. Il a même reçu une médaille pour son geste héroïque. Une belle breloque ronde avec écrit dessus Los Angeles County,

In God We Trust. Il se souvient que celui qui la lui a remise s'est livré à un discours qui, à force de superlatifs, s'est avéré gênant. Après quelques minutes, l'audience, bien que débordante de gratitude, a cessé d'applaudir après chaque phrase. Le mot communauté, notamment, a été répété plus que nécessaire, comme s'il subsistait chez les Angelinos quelques valeurs collectives qui supplanteraient leur souci d'eux-mêmes. Eux qui ne se préoccupent que de leur confort, de leurs crises existentielles, du cul moulé de leur femme dans des robes qui coûtent l'équivalent d'un mois de travail, de leur barbecue, de leur belle bagnole, de leurs bières fraîches et houblonnées, de leur métier où ils ne gagnent jamais assez mais possèdent tout de même plus que ce dont Cándido n'aura jamais besoin. De leurs idées aussi. C'est ce que les Américains valorisent le plus au monde, passer du temps à se définir par leurs idées ; des idées parfaitement opposées à la manière dont ils agissent. C'est ainsi que, d'un seul coup, le délire raciste du quartier s'est transformé en charité à leur égard, parce qu'il a tendu la main à un homme blanc alors que le fleuve, nourri de pluies torrentielles, l'emportait.

Et maintenant, qu'est-ce que je fais, moi ? Cándido rit nerveusement, dès qu'il y pense. *Je surveille un mur destiné à isoler l'honnête citoyen du mauvais migrant, celui que je suis aujourd'hui de celui que j'étais hier encore.* Il frotte le court sillon d'une cicatrice sur son visage avec son index droit. *Je travaille à la solde de leur cause paranoïaque. Ils me paient mieux que jamais pour cela. C'est absurde.*

Oui, c'est bien cela, une année à coucher dehors. Elle a commencé par cet accident de la route, qui lui donne encore aujourd'hui une tête de pomme de terre à moitié pelée. Ensuite, avec sa femme, ils ont enduré divers boulots, chacun plus minable que le précédent. Puis il y a eu l'incendie dans le canyon, l'incendie qu'ils ont provoqué, parce qu'eux aussi avaient bien droit à une dinde grillée pour Thanksgiving. S'en sont suivis la naissance de Socorro, *su pequeña niña*, et le glissement de terrain qui a de nouveau tout mis par terre, en emportant leur fille. *Comment une année a-t-elle pu charrier autant de malheurs ?* se lamente-t-il, presque chaque soir.

Peu importe si leur situation matérielle s'est améliorée, si la carte de séjour qu'ils ont obtenue leur a permis de ne plus craindre la *migra* et d'obtenir un vrai travail, ils ont compris tous les deux que le torrent de boue et de merde qui dévalait le canyon ce jour-là a emporté leur dernière opportunité de vivre heureux.

Hier, quand América l'a quitté, s'est joué le dernier événement de sa chance de merde. Ce départ, il était inscrit dans leur destinée, depuis six mois. Chaque matin Cándido attendait qu'elle le lui annonce. Mais quand le jour est venu, ça lui a quand même fichu un mal de chien. Ça lui a raidi les veines avec un courant glacé, plus froid que tous les hivers qu'il a vécus dans ce pays. Et puis, après quelques minutes, il a bien fallu qu'il avale, qu'il admette, qu'il encaisse qu'América, *su mujer*, *su vida*, était partie pour de bon. Elle est retournée dans les jupes de sa mère, à Tepoztlán au Mexique, si loin au sud, peupler ce bled d'un nouveau fantôme du passé de Cándido. Il ne lui en veut pas. Non, il ne lui en veut pas. Comment le pourrait-il ? Il lui a fait miroiter une vie qu'elle ne connaîtrait jamais. Il accepte. Il accepte de payer pour cette fausse promesse. Il a supporté de la voir, avec son visage d'adolescente indienne, tourner les talons, monter dans ce bus, tendre au chauffeur le billet qu'il lui a payé, et ne pas se retourner, ne pas se retourner pour lui dire quelque chose, ou juste le saluer. Pour adieux, elle ne lui a rien offert que son dos et ses mollets qui gravissaient les marches de l'autobus. Et c'est tout. *C'est mieux qu'elle ait agi ainsi. C'est mieux*, s'est dit Cándido en rentrant chez lui.

Ce soir, il longe la CA 27 qui serpente vers le Pacifique, entre les montagnes de Santa Monica. Plus bas, dans le ravin, la Topanga creek river est une traînée de pisse tiède, incapable d'abreuver même un coyote assoiffé. Les voitures rugissent en le frôlant. Cette sensation, il ne la connaît que trop bien. Autour, le canyon est rose, incendié par le soleil qui tombe dans l'océan avec tant de conviction que Cándido en est aveuglé. Le bas-côté est irrégulier, ses huaraches usées lui écorchent les pieds, il a le dos endolori et toujours un reste, pas tout à fait une goutte, de sang dans le blanc de l'œil gauche. Ça sent bon l'herbe chaude et le bitume. Ça sent bon le printemps et les brins de moutarde. À chaque pas, Cándido se demande si la voiture suivante, celle qui arrive en trombe de derrière le virage, sera la bonne, la voiture qui le renverra dans le néant, le grand vide absolu, d'où il n'aurait jamais dû sortir.

*

Elle a besoin d'une mélodie. Les mélodies sauvent le monde. Alors, elle cherche une cassette dans la boîte à gants et tombe pêle-mêle sur Brassens, Brel, Ferrat et Mike Brant. Elle saisit un album de Barbara, finalement n'a pas le cœur pour de la chanson française. « Laisse tomber », murmure-t-elle en sortant la clef de contact de son sac à main. Isabelle respire un bon coup et attrape ses cheveux châtains pour s'arranger une queue-de-cheval. Ça lui donne un air adolescent.

C'est ainsi qu'elle se coiffait jadis quand elle partait à l'aube pour le lycée, et qu'il fallait courir après le bus de ramassage scolaire. Une fois assise sur un strapontin de cuir élimé, elle pouvait reprendre son souffle. Elle renversait sa tête vers le sol, saisissait le maximum possible de cheveux, relançait son cou en arrière et, avec un mouvement de poignet dont seules les jeunes femmes sont capables, enserrait sa chevelure au niveau de l'occipital. Plus tard, elle apprendra que ce geste quotidien a séduit Dominique, jusqu'à le rendre fou d'elle. Il a donc suffi d'un simple toc, chaque matin, pour qu'elle éveille la convoitise de ce jeune homme, celui qu'elle épousera, qui deviendra le père de ses deux enfants, celui qui insistera pour qu'ensemble, ils aillent vivre là-bas, dans ce village construit sur la mort, à Quarré-Les-Tombes.

De la vitre de sa voiture, elle observe, derrière le feuillage d'un platane, la fenêtre au deuxième étage du bel immeuble bourgeois où se trouve le cabinet du psychiatre. *Une bonne chose de faite*, pense-t-elle. Elle se regarde dans le rétroviseur intérieur, ne s'inquiète plus de la taille de ses cernes maintenant que des somnifères lui sont prescrits. Elle constate qu'elle ressemble de plus en plus à sa mère. Avec le contact, l'autoradio entonne le titre *7 Seconds* de Youssou N'Dour et Neneh Cherry. Isabelle ne comprend pas l'anglais mais aime la mélodie.

Elle reprend son activité en début de semaine prochaine, mais elle a décidé de passer par la coopérative viticole dès aujourd'hui pour mieux s'y préparer. Isabelle y travaille à mi-temps, elle s'occupe de la promotion des vins de Chablis, d'Irancy, de Saint-Bris, des côtes d'Auxerre et de Vézelay et de quelques crémants de Bourgogne de la région de Tonnerre. Tandis que sa Corsa s'engage sur la nationale 65, elle refait la liste des appellations dans sa tête, vérifie qu'elle se souvient de tout.

Les métiers du vin ne pardonnent rien aux femmes enceintes. Elle a repris les dégustations à peine une semaine après l'accouchement. Pour se refaire le palais, pour retrouver la sensation du nectar qui ruisselle derrière la langue et contre la glotte. Après de longs mois sans boire, les vins avaient tous un goût de cendre. Même un bougros grand cru lui piquait la gorge, comme si chaque note de miel et de fruits s'était corrompue dans des cuves de rouille. Surtout, elle ne distinguait plus rien, elle avait l'impression que le jus de chaque bouteille provenait du même grain, tout au plus du même cep. Et puis, assez vite, comme on se remémore un vers de Prévert appris à l'école élémentaire en fouissant sa mémoire, son palais s'est ranimé.

Quand elle ne travaille pas à la coopérative, elle est consultante pour des caves à son propre compte. C'est un arrangement qu'elle a trouvé avec son employeur, au service suréminent du vin. Elle donne, partout où on le lui achète, son avis pour que les récoltes livrent leur meilleur breuvage.

Isabelle a déjà recontacté bon nombre de ses clients bourguignons et devrait être pleinement opérationnelle pour le prochain millésime. Elle conseillait aussi, l'an passé encore, une dizaine de vignerons champenois, récoltants et négociants-manipulants. Tout un réseau à réactiver au plus vite avec la certitude que, du travail, elle en trouvera. Son nez, sa jeunesse, son talent inné dans l'association des jus jouissent d'une haute renommée dans le milieu.

À Chablis, elle s'arrête devant l'officine. Le parking est exigu. Son Opel est dégueulasse. Encore une conséquence de la vie à la campagne, elle en rougirait presque de honte. Elle tend l'ordonnance. La pharmacienne la regarde, doit se dire, tiens encore une jeune femme sous Xanax. Vêtue de sa blouse blanche, elle revient avec les médicaments, répète que la posologie doit bien être respectée, souligne que c'est important, avec une insistance qui conduirait presque Isabelle à jurer que non, elle ne se suicidera pas par overdose.

– Et surtout, pas de mélange avec d'autres médicaments ou avec de l'alcool ! Vous avez un enfant ? Vous allaitez ?

Isabelle lève les yeux au ciel.

À la coopérative, plus que des collègues, elle retrouve ses amis. Monique, qui tient solidement la caisse, contourne le présentoir et la prend dans ses bras. « Regardez qui vient là ! » Jean-Claude, responsable des relations avec les vignerons et Sébastien, le directeur, l'embrassent tour à tour chaleureusement. Ici, tous la considèrent comme leur fille surdouée. Et puis une belle gamine comme ça, la côtoyer au quotidien, « ça pique pas les yeux », comme dirait Sébastien.

– Comment va le bébé ? Alors, la nouvelle maison ? Le Morvan, c'est magnifique. Mais pour être sûr d'aimer, il faut y passer un hiver !

Isabelle fait bonne figure, tout va bien, assure-t-elle, elle est heureuse de les revoir, reprendre le travail la ravit.

– Tu as déjà retrouvé ta taille de guêpe, complimente Monique. Tu l'as mis où le bébé ? C'est une cigogne qui vous l'a apporté ? Regarde comme tu es fine.

On se décide à ouvrir un premier cru de Fourchaume pour fêter ça. Isabelle insiste pour n'en prendre qu'un fond, la route est longue pour rentrer chez elle, et sa tolérance à l'alcool n'est pas encore ce qu'elle était. Jean-Claude plaisante, il boira sa part. Sébastien s'exclame : « Magnifique, quelle minéralité ! » Et Monique, qui ne veut pas en manquer une miette, laisse un client patienter, à la caisse. C'est que les affaires sont florissantes. Le chablis 1994 n'est pas le millésime du siècle mais se respecte. Les pluies de septembre n'ont pas permis d'obtenir des grains aussi matures que ceux de 1990, dernière année mémorable en ces climats. Les prix montent malgré tout, cela notamment grâce à un VRP de luxe, en la personne de Guy Roux. Le charismatique entraîneur de l'A.J. Auxerre ne manque pas, à chacune de ses sorties devant les caméras, d'évoquer l'appellation voisine du club. « La télé vous propulse dans un autre monde », atteste Sébastien.

Le chemin du retour est long, une heure de route par les départementales. À partir de lundi, elle devra se l'enquiller deux fois par jour. C'est le prix de Quarré-les-Tombes. Le prix de cette décision étrange qu'elle n'est pas certaine d'avoir prise. Aller vivre à côté de chez son père, pour l'épauler, pour partager la perte de Marianne, sa mère. Pour réaliser aussi le fantasme de Dominique, habiter à la campagne, au milieu de ce grand machin froid et sombre qu'est le Morvan.

Elle baisse le volume de la radio. Les stations évoquent désormais la présidentielle, en boucle. Il n'est question que de cela, dans tout le pays. Jospin, Chirac, Balladur… à qui le tour ?

*

Ben Crawford éteint sa clope contre la semelle de son Air Jordan VII. Il passe devant The Coffee Bean & Tea Leaf, s'arrête, entre, se commande un café long auquel il ajoute une belle rasade de lait froid demi-écrémé. La boisson n'a plus du tout le goût de café. Il sort, s'ébouriffe, craque une allumette et se rallume une cigarette. L'ombre des cyprès s'allonge sur les dalles en béton du trottoir et jusque sur le bitume du boulevard. La ballade *What it Takes* d'Aerosmith s'échappe du vantail d'une boutique.

Habituellement, il ne marche pas dans Los Angeles. La ville n'est pas faite pour cela. Seulement, il a du temps à perdre.

Il repense à son mémoire. Il n'a pas pris de risques démesurés dans le choix de son sujet : la marche de la mort d'Howard Unruh. S'intéresser au parcours meurtrier d'un tueur de masse est assez habituel dans les cursus d'études criminologiques aux États-Unis. Les profs disent narquoisement que ça pourra toujours servir. Ben espère que son développement sur la notion de monstruosité chez Foucault appliquée à ce procès saura plaire au jury et qu'il validera son année. Surtout, qu'un professeur acceptera de le prendre en thèse à l'université de Californie à Los Angeles, ou au moins de produire une lettre de recommandation assez étayée et personnelle pour convaincre un professeur d'une bonne faculté. *Ai-je bien fait de consacrer trois pages à Henriette Cornier ? Ai-je transformé Unruh en victime ? L'ai-je à mon tour persécuté ? L'ai-je traité autrement que comme une bête de foire ?* Il ressasse sa conclusion. Il doute. Formuler les limites de son étude sonne comme un constat d'échec. *Le jury comprendra, je n'avais aucune chance de m'entretenir avec le plus vieux mass-killer encore en vie, dans son hôpital psychiatrique.* Il éteint sa nouvelle cigarette contre sa semelle et balance le mégot dans un caniveau. Il fait déjà chaud, un vent d'ouest balaie la cité, les palmiers se courbent par-dessus la rue.

Il est vêtu d'un de ces vieux T-shirts publicitaires qui traînent dans son armoire, qu'il a gagnés sans savoir comment, et qu'il porte plus que n'importe quelle autre fringue, juste parce qu'il se fiche de l'abîmer. Ses mains sont profondément ancrées dans son bermuda marron, il tapote de la droite son paquet de Philip Morris et du bout de sa basket, donne des coups de pied dans des cailloux. Il cogite, ne parvient pas à faire le vide salutaire, *et puis merde*, il s'en rallume une. Ben joue son avenir, chaque bouffée d'air mêlée à l'odeur grise de cigarette le lui rappelle. Une bonne note et il est bon pour l'un des *PHD programs* les plus respectables au monde en matière de droit criminel. Cela lui ouvrirait toutes les portes. À terme, songe-t-il, sans doute celles du *Federal Bureau of Investigation*, le Graal.

Arrivé sur Westwood Boulevard, il aperçoit Jess. Elle est accompagnée. Par un garçon. « Fait chier », grogne-t-il. Sans y penser, il les file à bonne distance. Pour sa colocataire, la journée n'est pas moins importante. Jess aussi a son rendu de mémoire, et elle aussi compte bien faire sa thèse en Californie du Sud. Hier, Ben lui a proposé de se rendre ensemble à l'université, il a suggéré qu'ils pourraient errer un peu, fumer des clopes, penser à rien en attendant le verdict. Elle a dit « OK », et puis finalement a découché.

Il boit une rasade de sa boisson au café. Quel con de ne pas avoir ajouté de sucre. Ce truc a un goût de salissure.

À force d'observer Jess, d'imaginer sa conversation avec ce type, il finit par ne plus regarder devant lui. Sa jambe heurte la pancarte d'un fast-food. « Bordel. » Il la remet à peu près droite. Il est bon pour un bleu au tibia. Il soupire. Ce qu'il voudrait, c'est traverser le boulevard, aller lui taper sur l'épaule, lui dire : « Salut Jess, je croise les doigts pour toi », mais vu qu'elle est escortée par un trouduc avec une veste de fraternité et une casquette des Dodgers, ça craint, il passerait pour un idiot et risquerait l'humiliation. Il les observe. Boit une gorgée. Benjamin se trouve ridicule. *Arrête-toi cinq minutes sur ce banc, il ne manquerait plus que tu te fasses remarquer. Ça fait chier, putain.*

Jessica Dahlgren est inscrite au département de langues, dans un autre bâtiment de l'UCLA. Elle s'est spécialisée en littérature française, et a rédigé son mémoire sur Boris Vian. Elle aurait préféré Camus, mais sa prof l'en a dissuadée, pour motif de sujet « archi défriché ». Déjà que Vian…

Avec Ben, ils ont bûché ensemble ; elle l'aidait à déchiffrer les textes français de Foucault et lui à structurer ses idées, grâce à son satané cartésianisme. Plusieurs fois, il a pensé qu'après les heures de bachotage, ils iraient boire un verre, dîner, et puis pourquoi pas finir dans le même lit. Cela arrive dans toutes les colocs. Du moins, c'est ce qu'il croit savoir. Régulièrement, ils vont voir un nanar dans un cinéma de quartier, mais jamais il n'a osé ne serait-ce que poser sa main sur la sienne dans l'obscurité. Bordel, se taper sa voisine de chambre, ce n'est quand même pas demander la lune ! Il y pense toujours. S'ils obtiennent tous les deux une bonne note, ils resteront dans cet appartement de Westwood, au moins quatre ou cinq années encore. La voie sera libre. Une doctorante en littérature n'est pas censée perdre indéfiniment son temps avec un supporter de baseball, évoluant quelque part au mitan du bodybuilding et de l'obésité.

Benjamin finit par se présenter dans les couloirs du département de droit. Les résultats sont affichés depuis 11 heures. La majorité des étudiants a déjà récupéré ses notes. Il s'approche, cherche fébrilement la ligne Crawford. Il la trouve, passe son doigt sur les résultats. Quasiment que des A ou des B et un gros A souligné dans la colonne « Mémoire ». Le seul du département. Jackpot ! Il passe sa main droite dans sa tignasse brune et expire tout le stress accumulé depuis l'aube.

« Ah, c'est bon ça ! Merci Foucault, merci gros taré d'Howard Unruh. À l'année prochaine », jubile-t-il. Il pense à plein de trucs, appeler ses parents, appeler Jess, appeler son grand-père à New York, appeler son directeur de mémoire. Il est trop heureux.

« La journée va être longue, ce soir, tournée des bars. »

*

À moins d'une dizaine de kilomètres, tandis que la fraîcheur tombe et que Ben débute sa nuit de beuverie,

Cándido arrive au bout de la CA 27. La route rejoint en un grand embranchement la Pacific Coast Highway et Topanga Beach. Il a marché longtemps, sans se jeter sous une voiture, va savoir pourquoi. Sans doute ne veut-il pas être confondu avec ces moins-que-rien qui cherchent à tondre un conducteur en causant un accident, dans le but étrange d'échanger un joli paquet de pognon contre un préjudice corporel. Comme si mieux valait être infirme que pauvre… De toute manière, avec sa chance de merde, il finira sa puante et piètre *pinche vida* en fauteuil roulant, errant quelque part entre Toy District et Skid Row, là-bas, dans la lie du monde où les rats fuient le voisinage des hommes. Et alors, qu'aurait-il gagné ?

Il retire les mains de ses poches, se retourne, contemple les montagnes incandescentes derrière. Un pygargue survole la roche blonde. Prêt à fendre sur un rongeur ou un *gopher snake*. Cándido est fatigué. La plante de ses pieds est à vif, on croirait qu'il a couru sur une râpe. « *Cabrón* », peste-t-il, en passant son doigt sur les chairs noircies et boursouflées.

Le Pacifique se dresse à perte de vue et vient s'échouer à quelques mètres de lui, d'où il ronge le littoral de ses va-et-vient. L'océan commet un bruit de roulis qu'on entend depuis assez loin et qui couvre même celui du moteur des voitures. À droite, devant la station-service, sont garés un pick-up, une Honda et une Mustang avec une carrosserie si métallisée qu'on dirait qu'un second soleil se couche sur son capot. Un Hispanique ouvre la portière, il tient un sac en plastique, au travers duquel on distingue une brique de lait, des tortillas, et des paquets colorés qui pourraient aussi bien contenir des bonbons que des chips. Cándido trouve que ce type ressemble à une version plus jeune de lui-même. Il lui fait signe, mais le Chicano l'ignore.

Il remet ses huaraches et traverse la grande route dans les clous, puis descend la bute piquée de graminées jusqu'à la plage, manque de glisser à cause de la sévérité de la pente et se retrouve au milieu de petits groupes, des familles surtout, qui attendent que le soleil soit totalement noyé sous les flots pour décamper. Personne ne le regarde, personne ne le voit. Il s'assied. Le sable est encore chaud.

Il ne sait pas nager, alors il songe qu'il pourrait se jeter à l'eau, qu'on ne retrouverait pas son cadavre, qu'il se perdrait comme s'est perdu le corps de sa petite fille, que c'est le mieux qu'il puisse faire à présent. Il sort de sa poche un paquet de chewing-gums, se saisit d'une dragée et commence à ruminer. Il suffit d'attendre que les familles s'en aillent, que la nuit s'installe pour de bon et qu'avec elle tout le comté de Los Angeles sombre en divers événements que le jour ne saurait concevoir.

Il rêvasse à peine et, déjà, il n'y a plus personne. L'obscurité est venue d'un coup. Les serviettes, les râteaux, les pelles en plastique, les parasols ont retrouvé le coffre d'une berline. Les joggeurs ont fini de transpirer et peuvent prendre leur douche. Au loin, les touristes s'agglutinent dans les installations clignotantes du Santa Monica Pier.

Alors il se lève et avance, un pied après l'autre.

« *Puta madre*, que l'eau est froide. »

Il a l'océan à mi-cuisse, les vagues se rompent contre son bassin. Ses mollets sont glacés, anesthésiés, c'est presque bon. Et puis, d'un coup, son corps s'affaisse, il n'y a plus de fond sous ses pieds. Plus de sol. Il exécute rapidement quelques mouvements circulaires avec ses jambes mais ne parvient pas à maintenir sa tête hors de l'eau. Quelque chose l'aspire vers les profondeurs. Une baïne, un courant. Le sel lui entre dans les narines. Ça lui brûle la gorge. Il recrache et aspire, mais avale de l'eau, il panique, il se noie. L'océan est si sombre, c'est déjà la mort. La mort si soudaine, si simple, si intraitable. Et que voit-il à présent ? Quelle forme surgit de l'obscurité marine ? Oui c'est bien elle, c'est bien sa fille qui nage autour de lui, sa petite fille d'amour, les yeux grands ouverts. Toujours ce bébé, si fort, si fragile. Ils se fixent, et elle le reconnaît, elle le voit, elle peut le voir. Il essaie d'articuler mais ingère toujours plus de flotte. Sa *hija* s'approche, elle le saisit avec vigueur, paraît déterminée. Que fait-elle ? Elle le tire en arrière. Elle y met toutes ses forces. Comment un petit individu pareil peut-il être doté d'autant de puissance ? Les talons de Cándido touchent de nouveau le sable, il parvient à se hisser et sortir la tête à la surface.

Où est-elle à présent, *su pequeña niña* ? Il la cherche. Essaie de crier son nom. « Socorro, Socorro », siffle-t-il à peine. Une vague le repousse, et déjà il est de retour sur la plage. Il vomit les haricots rouges en boîte qu'il a mangés froids ce midi.

À Tepoztlán, avec tous les autres enfants de son âge, Cándido suivait les cours de catéchisme à l'école primaire. C'était une obligation à laquelle il ne prêtait pas mieux qu'une oreille distraite. Et pourtant, il se souvient à présent, presque mot à mot, les paroles enseignées, celles que Dieu tint à Job et celles que Job tint à Dieu. « *Jehová dio, y Jehová quitó.* » Alors il se met nu pour de bon, s'allonge à côté de ses habits trempés, il n'a plus rien et s'endort sur la plage.

« *Sea el nombre de Jehová bendito.* »

*

Quand Isabelle rentre chez elle, Dominique tient Max dans ses bras. Ils jouent ensemble, son mari est un clown. Elle se sent transparente, mais tout lui semble normal. Elle se dirige directement vers la cuisine, où elle se sert un grand verre d'eau et avale la moitié d'un comprimé, selon la dose indiquée par le psychiatre. Pour une raison ou pour une autre, elle a toujours imaginé qu'elle finirait par prendre ce genre de médicament contre la dépression, le stress ou elle ne sait quel trouble mental. C'est inscrit dans la destinée des femmes françaises de la classe moyenne.

Sur la table, parmi d'autres prospectus, il y a une publicité de l'Intermarché d'Avallon. Ce matin, a commencé la « Semaine du Bœuf », annoncent les quatre feuillets à grand renfort de majuscules. SEMAINE DU BŒUF – Origine France. Le papier glacé exhibe une série de morceaux de viande bovine rouge et grasse de manière obscène, voire pornographique. Rosbif, tendre de tranche, onglet, poire, viande à fondue, bavette et même rognons. C'est de la vache laitière réformée mais les prix sont attractifs. Isabelle pourrait éventuellement faire deux, trois achats, cet après-midi ou demain. En bas de la troisième page, un type avec une longue mèche, des yeux noisette et une fossette au menton s'exclame dans une bulle : « L'accord parfait, un côtes-du-rhône 1993, propriété Jules Gaspard. Ce vin saura relever les pièces du boucher avec sa puissance tannique et ses notes de fruits noirs. » Elle pouffe, elle connaît le verbatim. *Du rouge qui tache à treize francs, même pas un vin du coin... La grande distribution et ses gros sabots.*

Dominique la rejoint.

– Alors, chérie ? Tu es passée à la coopérative ?

– Oui.

– La route, qu'est-ce que ça donne ?

– Il faut une bonne heure.

– Ah, tout de même... Tu as pu voir avec Sébastien ? Ce serait bien que tu n'y ailles pas tous les jours. Un trajet si long pour une demi-journée à chaque fois...

– Je lui en parlerai, il faut qu'on s'organise.

– Tu as validé notre grille de Loto ?

– Non, Dominique, je n'ai pas eu le temps. Marine est dans sa chambre ?

– Ouais, elle est avec ses poupées. Ton père est passé ce matin, il vient pour le dessert et le café. Les commémorations le travaillent, à mon avis. Je commence à le connaître, l'ancêtre.

– C'est à chaque fois pareil, soupire Isabelle. Dès que ses trucs de résistants approchent, il en fait tout un foin. Ça le met dans un état…

– Le repas est bientôt prêt, annonce Dominique, je m'occupe de la viande, je vais faire du canard. Tu peux donner le biberon à Max, il doit avoir faim.

Le cœur d'Isabelle s'accélère, elle pince ses lèvres, ne panique pas non plus. C'est un bon test. Elle doit bien continuer de s'occuper de son fils. Elle verse le lait en poudre, met l'eau à chauffer, homogénéise le mélange et, pendant toutes ces petites tâches, se prépare à retrouver Maxime. Elle pense aux mots du Dr Mulbert au sujet de la culpabilité. Il lui a dit qu'elle était certainement une bonne mère. Ce genre de phrases compte, dommage que Dominique n'ait jamais appris à les prononcer. Finalement, après avoir vérifié que le liquide est bien tiède, elle retrouve le bébé dans son couffin. Il commence à gémir. Elle le contemple, prend une profonde inspiration et le saisit. Elle ne sait plus quoi penser de son regard. Il pose sa minuscule main sur le biberon pendant qu'elle le tient légèrement basculé, le dos contre son bras.

Tout cela est ridicule, pense-t-elle.

*

Le café est une étrange lubie américaine. C'est comme si toute une nation s'était convertie à la pire version de cette boisson et, non satisfaite d'en consommer des litres trop dilués, avait décidé d'inonder le monde de son jus de chaussette, que seuls le lait et le sucre sont en mesure de sauver.

William Smith, un bon Américain que ses amis surnomment Bill, statisticien pour la SSA, la Social Security Administration, verse la moitié de sa cafetière dans son Thermos. Il est crevé. Tyler fait enfin ses nuits mais Steve, son aîné, a vomi tout le petit matin et semble bon pour une grosse gastro. Avec Lucy, ils se sont relayés à son chevet. « Pas de répit pour superpapa », souffle-t-il en boutonnant sa chemise. Il noue sa cravate, observe ses yeux creux dans la glace de la salle de bains. À côté, Lucy rassemble les draps souillés et les plonge dans la machine à laver.

– Je peux rester avec toi, si tu veux. C'est évident, tu as besoin d'aide, tu n'y arriveras pas toute seule.

Le rapport sur les vétérans de la guerre du Golfe est presque terminé, Bill doit juste vérifier quelques ratios et relire deux ou trois paragraphes ainsi que les notes méthodologiques. Il sera aussi bien chez lui pour rédiger l'introduction et la conclusion. Il s'était prévu un mercredi plutôt tranquille.

Elle le remercie, mais ce n'est pas la peine. Il est préférable de quitter ce nid de microbes.

– Tu travailleras mieux au bureau, Tyler va te déranger. Je m'occupe d'emmener Steve chez le médecin. Je déposerai bébé chez une voisine. Regarde-toi, tu es déjà tout beau. J'aime quand tu portes cette cravate. Elle va bien avec tes yeux.

– Tu veux dire, avec mes cernes ? plaisante-t-il.

– Allez, file ! N'oublie pas ton café.

– Merci.

Il l'embrasse sur le front.

– Je ne vais pas rentrer trop tard, de toute façon. Je demanderai à un collègue d'effectuer une dernière relecture.

– Je peux compter sur toi pour faire quelques courses chez Homeland, sur le retour ? Tiens, prends la liste. Attends, je vais juste vérifier qu'il reste suffisamment de beurre. Reprends des couches aussi. Je t'aime.

Il est à peine 8 heures ce 19 avril quand la Volvo de Bill Smith quitte le quartier résidentiel où il habite avec sa famille depuis deux ans. Un beau quadrillage vert au nord d'Oklahoma City pour famille sans problème d'origine protestante. Le ciel est nuageux, il ne fait pas vraiment chaud mais pas froid non plus, c'est un de ces jours où des types en T-shirt en croisent d'autres en parka. Bill a opté pour une chemisette jaune pâle sous son costume. Le revers de sa veste lui gratte les avant-bras. *Ça m'apprendra à me fringuer chez Foley's*, récrimine-t-il.

Vers 8 h 20, il gare sa voiture et pénètre le bâtiment fédéral Alfred P. Murrah, un grand machin en béton armé construit en 1977 pour rassembler les administrations fédérales dans le centre d'Oklahoma City. Il colle son badge à la borne et observe, derrière les sas, la bannière étoilée et les plumes d'aigles du drapeau de l'État.

William est bienheureux de travailler dans un endroit pareil, dans le plus imposant building de toute la ville, un bâtiment qui porte un nom, celui d'un juge respecté. Pour Bill, ces choses-là comptent. Elles ont toujours compté. Quand il n'était qu'un enfant, son père l'encourageait à entrer un jour dans l'administration, à obtenir un métier de prestige, en insistant bien sur ce mot. Cela s'est ancré en lui, comme souvent les idées des pères. Désormais, il ressent une immense fierté quand on lui demande ce qu'il fait dans la vie et qu'il se voit offrir le plaisir de répondre : « Oh, disons un petit métier, statisticien pour la SSA, au quatrième étage du bâtiment Alfred P. Murrah. »

Devant l'ascenseur, il croise son ami Mark et sa fille. Ils échangent rapidement, évoquent l'épidémie de gastro, si tardive cette année. Bill accompagne son collègue jusqu'à la garderie du building. Il doit prévenir le personnel de l'absence de Steve. Puis, comme son café n'est pas assez dilué, il s'arrête au deuxième dans la coffee room, pour y ajouter du lait. Sous le poster de l'équipe de hockey des Oklahoma City Blazers, le broc de demi-écrémé est vide. *Chaque matin, les mêmes lacunes*, s'agace-t-il. Un collaborateur, en cravate lui aussi, entre à son tour pour se servir.

– Le pichet de *half/half* est vide, mon pote.

Le jeune cadre secoue la tête.

– C'est toujours le même cirque.

À 8 h 45, William pousse la porte de son bureau. Il laisse sa veste sur le portemanteau, dépose sa montre sur l'étagère et se malaxe les poignets. Une fois assis, il remarque que le basané chargé de laver les lieux a encore déplacé les photos sous verre de sa femme et de ses enfants situées juste à côté de son Macintosh. *Ce n'est quand même pas compliqué de les mettre bien face au fauteuil. Putain de Mexicains.* Il bâille, se frotte les yeux, avale cinq ou six gorgées de café, ouvre le tiroir à gauche, sort un verre et une aspirine, verse la fin de sa bouteille d'eau, regarde le comprimé se dissoudre et boit le médicament d'une traite.

Quelques secondes passent, la porte s'ouvre, Mel lui apporte son exemplaire de *The Oklahoman*, le journal de la région. Elle lui demande s'il souhaite plus de café et Bill lui tend son Thermos.

– Avec du lait, s'il vous plaît.

Mel s'exécute en souriant. Mel est bien sympa.

– Et votre bébé, monsieur Smith ?

– Aujourd'hui, c'est le grand qui est malade ! Vous verrez quand vous aurez des enfants, Melania. Soudain, on cesse de vivre. C'est génial. Mais on cesse de vivre. Enfin, vous êtes si jeune…

Un peu après 9 heures, un grand souffle vient abolir l'espace entre chaque paroi du bâtiment. Comme si le vide qui sépare les plus fines particules de matière était comblé en un instant, et que la terre tout entière se rassemblait dans une boule d'à peine quelques mètres de diamètre. Le fracas est si puissant qu'il résonne même à l'intérieur des hommes, dans leurs artères, leurs organes, dans leurs poumons et fait vibrer chaque membrane de leur maudit corps. Bill a le dos propulsé contre le mur derrière lui. Sa main gauche est broyée par une poutre métallique tombée du plafond. Il a à peine le temps de ressentir quoi que ce soit, une haleine brûlante envahit tout l'étage.

*

Ben a le crâne fracassé. Il faut en passer par là si on veut fêter dignement un heureux événement. Sauf qu'il n'est plus sûr d'avoir bu pour célébrer ses résultats.

En fait, il a plutôt noyé son chagrin.

Jusqu'à hier après-midi, tout était encore possible. Le B obtenu par Jessica pour son mémoire pouvait parfaitement lui ouvrir les portes d'un PhD à UCLA. C'était du 50/50, d'autant qu'elle entretenait des rapports tout à fait cordiaux avec sa professeure. Une admission dans un programme doctoral doit beaucoup à la qualité de la relation entre un étudiant et son tuteur. Ben a essayé de ne pas trop conjecturer avant que la décision ne tombe. Il a passé deux heures au téléphone avec son grand-père new-yorkais, puis est allé faire un plein de courses chez Safeway. Il a acheté des bières, des chips, quelques gâteaux empaquetés dans du film plastique, des nouilles chinoises et des saucisses italiennes. Il a pris un bouquet de fleurs qui trempait avec des semblables dans un grand bac posé devant la caisse. *Ça fera plaisir à Jess*, qu'il a pensé. Il l'a attendue ensuite pendant une ou deux heures, lors desquelles une rencontre de basket universitaire, retransmise à la télévision, faisait bruit de fond dans le salon.

En fin d'après-midi, elle a appelé. Sa prof venait de lui dire qu'elle ne la prenait pas en thèse, qu'elle ne la recommanderait pas non plus auprès de ses collègues de UCLA. Elle ne lui conseillait en rien de renoncer, seulement de reculer d'un petit cran… En répétant ces mots dans le combiné, « reculer d'un petit cran », la voix de Jess s'est saccadée, comme quand on essaie de parler entre deux sanglots. Il a essayé de la consoler, a traité sa professeure de « vieille salope mal baisée », a tenu des propos absurdes comme « on s'en fout de ce mémoire à la con ». Bien sûr, il était prêt à sacrifier la célébration de sa propre admission. Si Jessica était partante, ils pouvaient passer la soirée ensemble. Los Angeles ne manque pas d'endroits pour oublier un échec. Il s'engageait à ne pas mentionner une seule fois toutes ces conneries de notes, de mémoires, de thèses, tout ce qui a trait à l'avenir. Elle a répondu « j'sais pas, pour l'instant c'est dur, j'te rappelle dans une heure », un truc du genre. Mais elle n'a pas rappelé.

Benjamin est finalement sorti avec un groupe d'étudiants de son département. Il a jugé que, tout de même, sa réussite méritait bien une pinte ou deux. Il avait prévu de rentrer pas trop tard, puis pas trop tôt, et finalement il s'est retrouvé chez Amy avec deux de ses copines et leur mec. Et puis, c'est arrivé, comme d'habitude quand il finit chez Amy.

Il est 9 h 15 et son cœur tambourine dans sa boîte crânienne. Il rentre chez lui, à pied. Le chemin n'est pas long, Amy habite de l'autre côté du campus. Ben respire par bouffées. Il tuerait pour deux cachets de Tylenol. Les jeunes joggeurs qu'il croise doivent le prendre pour un de ces clochards qui pullulent sur la côte ouest des États-Unis. Il se rend compte qu'il n'est pas beau à voir, qu'on n'est que mercredi matin, que ça craint. Il ébouriffe sa tignasse, et se fait une queue ridicule avec un élastique revenu du fond de la poche arrière de son pantalon. Chez The Coffee Bean & Tea Leaf, il commande un allongé avec un shot d'expresso en supplément, puis il blinde le tout de sucre pour faire passer l'âcreté. Il a beaucoup clopé hier soir, sa bouche est pâteuse. La boisson chaude, rendue liquoreuse par la surdose de saccharose, lui fait grand bien. Il ne ressemble à rien avec son vieux sweat à capuche des Bruins, l'équipe de basket-ball de l'université. En passant le pas de la porte, il se dit qu'il ferait mieux de ne pas trop se pavaner devant Jess avec ce genre de vêtement publicitaire, qui donne l'air de s'en foutre mais qui signifie le contraire, qui signifie « Je suis membre d'un club, celui des élèves d'une des vingt meilleures universités du monde ». Finalement, il enfile le vêtement à l'envers, ce qui a, en sus, le bon goût de dissimuler les nombreuses taches parsemant le tissu.

Jessica est avachie sur le canapé. Elle n'est pas fraîche non plus. Devant elle, le bouquet de roses du Safeway, toujours dans son emballage plastifié, a déjà commencé de flétrir sur la table basse.

– Salut, Jess !

– Salut, Benjamin, t'as une sale tête, tu sais ? T'as pas dormi ici ?

– Non, je suis sorti, j'ai dormi chez Erik.

Même si c'est inutile, Ben préfère lui mentir à propos d'Amy.

– T'inquiète, j'ai pas dormi ici non plus.

Il pense au *douchebag* et sa casquette de baseball à la con, au bras duquel elle se promenait hier matin, avant d'aller chercher ses notes. Ça n'arrange pas sa migraine.

– Ça va, toi ?

– Ouais, souffle-t-elle. Je dois reconsidérer mes plans maintenant, tu vois.

– Ouais.

– On verra si j'poursuis, si j'reste à L.A., si… enfin, tout dépend.

– Ouais.

Ben ne sait pas trop quoi dire.

– Ce serait cool si tu restais dans le coin, c'est sûr.

– On verra. En même temps, y a pire, faut pas se plaindre. Avec ce qu'il se passe à OKC, ce serait mal venu.

Ben fait semblant d'acquiescer. Il ne sait rien de ce qui se joue en Oklahoma et, au fond, il s'en fout pas mal. Pourtant, tous les programmes télévisuels et radiophoniques tournent en boucle sur l'attaque du bâtiment fédéral Alfred P. Murrah. Une explosion si forte que les sismomètres du musée des Sciences de l'Oklahoma, à sept kilomètres du building, ont mesuré une secousse de 3 sur l'échelle de Richter. Les bilans provisoires, revus tous les quarts d'heure, évoquent déjà des dizaines de victimes, tandis que les premières images aériennes montrent la structure en béton armé totalement éventrée et laissent craindre une hécatombe. Tout entier, le centre-ville d'Oklahoma City est sinistré. Ça fait froid dans le dos.

– Tu me donnes une gorgée de ton café ?

– Tiens, fais attention, c'est brûlant.

– Tu t'es lâché sur le sucre, putain…

Elle repose la tasse sur la table basse en verre.

– Tu te rends compte, ces pauvres gens. Et moi qui me plaignais hier, comme si j'étais moi aussi écrasée sous tous ces gravats.

– Les catastrophes, et le malheur des autres en général, n'interdisent pas de…

– Arrête, Ben, tu vas dire une connerie. Mes examens, les notes, ça n'a aucune importance.

Elle prononce ces mots avec son regard cinglant, celui qui sonne la fin d'une discussion.

Il se gratte le menton, à la recherche d'une dernière réplique. Rien ne vient. Les États-Unis s'apprêtent à connaître le visage de leur plus grand tueur de masse. Mais Benjamin Crawford, pourtant aspirant-expert du sujet, se détourne totalement de cette information et contemple celle qu'il aime sombrer dans un mélange d'auto-apitoiement et de relativisme pathétique.

Il se vautre à son tour sur le canapé, boit dans son mug et s'allume une Philip Morris.

– C'est toi qui as acheté ces fleurs ?

– Non… Je sais pas ce que ce vieux bouquet fait là.

*

– Bonjour, ma fille.

– Salut, papa.

Isabelle embrasse Lucien.

– Est-ce que ton idiot de mari t'a dit qu'il compte voter Jospin ?

Lucien observe Dominique qui se gausse en se levant de sa chaise.

– Encore, le Mitterrand, ce bon à rien, il était du coin, je peux comprendre. Mais Jospin, franchement… La SNCF est devenue un sacré repère de rouges !

– Comme si ce n'était pas déjà le cas à votre époque, vous exagérez !

– Si, si, y en avait déjà… déjà trop, à mon avis. Toi, tu savais ça, ma fille ? Jospin…

– Oui, papa, je sais. Arrête ton cinéma.

Lucien soupire bruyamment et répète le nom du candidat socialiste avec dédain.

– Et vous, alors, ce sera Chirac ou Balladur ? Lequel de ces deux truands aura votre voix ? s'enquiert Dominique, toujours hilare.

– Ce sera le plus gaulliste.

À quatre jours des élections, difficile d'échapper aux discussions politiques dans les familles. Pour Lucien, l'affaire est d'autant plus importante qu'il serrera la main du nouveau président le 8 mai prochain, lors des commémorations du cinquantième anniversaire de la capitulation allemande. Il aimerait autant que ce ne soit pas celle d'un socialo. Encore moins Jospin, avec ses cheveux frisés, on dirait une pâle réplique de Darry Cowl. Et puis, quatorze ans, c'est largement suffisant pour démontrer que la gauche n'a aucune solution aux problèmes français. Lucien espère empoigner la main d'un homme droit, d'un homme qui voit loin pour son pays. Lundi, il faudra une fois encore renouer avec l'esprit patriote des résistants.

Marianne est morte il y a dix mois, à seulement cinquante-trois ans. Durant toute sa vie, elle a semblé en mauvaise santé. Il y a des personnes, hélas, faites d'un mauvais bois. Depuis, pour conjurer la solitude, Lucien donne beaucoup de son temps à la mémoire de la guerre. Les années 1994 et 1995 ne manquent pas d'offrir les occasions pour cela. Un à un, chaque bled de l'ancienne zone nord célèbre sa libération. Ici on se remémore Patton, là-bas Leclerc ou de Guillebon. Lucien sait qu'il ne sera plus de ce monde pour le centenaire. En fait, il n'y aura plus personne. Alors, depuis juin dernier, il égrène les cérémonies, se rend dans les écoles, les collèges, les lycées. Il témoigne, raconte, simplifie et enjolive. Ce faisant, il contribue avec d'autres, sans totalement y penser, à transformer l'histoire en mythologie. Et c'est ainsi que, discours après discours, chacun fond ses actes dans le grand creuset de la Résistance.

– Asseyez-vous, Lucien, ne nous fatiguons pas avec ces élections. J'apporte le gâteau.

Dominique a pris sa journée et a cuisiné une sorte de tarte aux fruits à la crème amandine. C'est plutôt réussi.

– Les enfants font la sieste ?

– Oui, Marine dort à poings fermés, elle est crevée en ce moment. Faut dire qu'elle pousse. Et Max s'est endormi, il y a cinq minutes. Un petit miracle !

– Tu veux ton café maintenant ? demande Isabelle.

– Oui, très bien, avec le gâteau, c'est parfait.

Lucien admire la pièce, autour de lui. Sa fille a toujours disposé d'un goût raffiné pour la décoration. Le salon arbore un charme bourgeois qui dénote avec l'apparente simplicité extérieure de la maison. L'intérieur est chaleureux, il ne saurait trop dire pourquoi. Peut-être les plantes vertes, ou l'agencement des bibelots sur la bibliothèque. Peut-être simplement le fait qu'il y a une bibliothèque. Qui lit ici ? Lucien n'imagine pas Dominique bouquiner. Ce doit être Isabelle, du coup, ce serait à elle, tous ces romans. Deux grossesses rapprochées doivent donner le goût des mots. À moins que ce ne soit Quarré-les-Tombes, la peur que, sans les livres, il ne reste plus que la téloche, et les forêts alentour comme des gardiennes de prison.

– Vous êtes drôlement bien installés, commente Lucien en saisissant sa tasse.

– Vous avez vu ça ? Y a encore quelques travaux à faire en haut mais ça prend forme. Et puis Isabelle a le don pour transformer notre logis en un petit cocon. On est bien.

– Je vois ça.

– On respire ici, ajoute Dominique. C'est sûr, il y a les distances, mais quand même… être chez soi, ne pas avoir de voisins, pas de voitures qui passent devant la maison toutes les deux minutes. Voir les champs, les bosquets plus loin…

– Et je suis là ! ajoute Lucien.

– Eh oui, vous êtes à côté, c'est bien pour les enfants, qu'ils voient leur grand-père.

Isabelle les écoute, elle trouve le gâteau de son mari un peu écœurant. Elle s'est préparé une tisane, la boit sans sucre ni plaisir. Elle aussi a envie d'une sieste. Entre le stress du rendez-vous chez le psy, le comprimé, et le verre de chablis, elle est au bord de la migraine.

– Ils sont à toi, tous ces ouvrages, ma fille ?

– Pardon ? répond Isabelle qui rêvassait.

– Tous les livres dans la bibliothèque, je savais pas que tu lisais.

– Ah oui, je lis. Je lis beaucoup en ce moment. Comme un nouveau monde qui s'ouvre.

– Un nouveau monde qui s'ouvre, commente Dominique, vous entendez ça, Lucien ? On a vraiment trouvé notre bonheur ici !

*

William Smith se réveille. La douleur le réveille. Ses doigts le font incroyablement souffrir. Il ne pensait pas que ce pouvait être si douloureux, un doigt. Enfin si peut-être, mais pas de cette douleur chaude et sourde. Il ne saurait trop estimer combien de temps il a dormi, et s'il s'agissait véritablement de sommeil. Il se souvient à peine de l'explosion, à peine du souffle, il n'y a que la sensation de chaleur intense qui se rappelle à lui. Sa gorge est sèche. La lumière criarde l'agresse. On dirait qu'elle rend chaque chose plus sale.

Peu à peu, les formes prennent des contours. Les sons, une identité définissable. Des bips surtout mais peut-être bien des paroles aussi. Oui, c'est certain, il y a des gens, beaucoup de gens autour de lui. Il aimerait dire quelque chose mais n'en a pas la force. Une brume l'absorbe. D'elle, n'émergent que ses cinq phalanges et sa paume, sa main est seule véritablement tangible, le reste existe désormais pour Bill mais lévite, lévite dans le brouillard.

Lucy est arrivée sur place il y a à peine dix minutes. Elle a juste eu le temps de déposer Steve et Tyler chez la voisine puis s'est rendue au Mercy Hospital, à un quart d'heure à peine de chez eux. Quand l'explosion a fendu la ville de son cri, elle a tout de suite pensé à Bill, au fait qu'il lui était arrivé quelque chose. Ce pressentiment terrible a enflé durant toute la matinée. Devant lui, elle s'est sentie seule, faible, pétrifiée. Savoir son homme hors de danger à présent, parmi des médecins et des infirmiers, la soulage au plus haut point. Elle en a pleuré de joie. Quand l'hôpital l'a appelée pour lui dire qu'il était là, qu'il n'avait rien de grave, elle a eu l'impression qu'on lui apportait une bonne nouvelle et qu'en le retrouvant tout à l'heure, il y aurait motif à célébrer.

Pour l'instant, elle patiente. Son mari est en salle de réveil. L'opération s'est bien déroulée. L'opération de quoi ? Elle n'en sait rien. Ce n'était pas long, lui a-t-on dit. Les précautions qu'on réserve à d'autres personnes affolées autour d'elle l'invitent à penser que son mari ne s'en sort pas trop mal. « Il va bien, il va bien, lui répète une bonne femme noire à l'accueil, vous aurez plus de nouvelles rapidement. Voyez autour de vous, pour l'instant il faut attendre. » La confusion dans le hall est impressionnante. Du personnel en congés accourt pour offrir son aide, des ambulances charrient des blessés en divers états, certains couverts d'un drap blanc imbibé d'hémoglobine. Une odeur de Bétadine imprègne les murs.

La police est présente. On évoque un attentat. Au centre-ville, c'est très clair, une bombe a explosé, mais Lucy n'en sait rien, n'ose demander. Tout le monde est trop occupé, elle ne voudrait pas paraître idiote en donnant à son cas plus d'importance qu'il n'en mérite. Elle est déboussolée. Après l'explosion, elle a tenté de joindre des dizaines de fois le bureau de Bill, elle a entendu toute la matinée les sirènes qui parcouraient les avenues. Avec son fils malade et son bébé à la maison, elle a pensé à cette nouvelle vie de femme seule, à ses enfants orphelins. Refrénant au mieux ses sanglots, elle a commencé à considérer le passé, leur existence avec William, leur jeunesse encore vigoureuse. Elle s'est remémoré du jour de leur mariage.

Elle cède sa chaise à une vieille femme qui semble sombrer dans une terrible détresse. Lucy ne lui pose aucune question, ne veut pas savoir. Ce serait obscène. Il y a une queue d'au moins quinze personnes derrière chaque cabine téléphonique. C'est idiot, elle n'a même pas pensé à prévenir les parents de William, leur dire que leur fils est vivant. Les échos faisant état de dizaines de morts n'ont pas manqué de leur parvenir. Un type lui tombe dans les bras, il vient d'apprendre que sa femme est gravement blessée, il prononce des paroles inaudibles. Il est déchiré. Elle l'aide à s'asseoir par terre, il se vautre, se roule. Le personnel manque pour s'occuper des familles. À mesure que les informations parviennent, naissent de nouvelles victimes, celles du deuil, et personne pour panser leurs blessures. Lucy éprouve pour cet homme un sentiment indescriptible, et finalement une forme de honte. Elle ne peut pas rester dans ce hall. Elle doit sortir, prendre l'air.

Elle dépasse un distributeur et s'achète un Dr Pepper. Elle ne boit jamais de soda, mais là, elle en a envie. Elle glisse deux *quarters* de dollars dans la fente. Observe le bras métallique se contorsionner et saisir le soda. Elle tire l'anneau de la capsule et boit à grandes gorgées. Ce n'est pas mauvais. Très sucré, avec un goût chimique de cerise, mais pas mauvais.

Elle franchit les deux immenses portes automatiques. Dehors, elle respire. Il fait frais, le soleil est caché par les nuages et l'intense fumée qui émane du centre-ville. « C'est insensé. » Comment tout cela a-t-il bien pu se produire ici, dans l'État des Sooners ? « C'est insensé », murmure-t-elle encore. Un oiseau moqueur saute de branche en branche sur l'arbre qui jouxte l'entrée de l'hôpital. Elle le regarde. Ça lui fait du bien, à Lucy, d'imaginer que ce piaf ne sait rien de l'agitation qui traverse Oklahoma City, une ville qu'il habite pourtant autant qu'elle. Elle essaie de le siffler et il s'envole.

Une ambulance vire à droite, hurlante, puis se gare devant les urgences.

*

Après quelques jours, la déception s'est transformée. Les questions ont trouvé des réponses, des projets se sont ébauchés. Jessica s'est convertie à l'idée que son mémoire ne valait pas mieux qu'un B, et qu'elle a eu tort de ne pas se donner au moins le plaisir d'écrire quelques pages sur Camus. Les ambitions académiques de Benjamin ont déteint sur elle, mais tout bien considéré, elle n'a jamais désiré s'inscrire en thèse. Elle s'en fout d'être une experte, elle pense même qu'en matière de littérature, l'expertise abîme la passion, la magie des mots et de la langue. L'expertise assèche. Elle n'était pas faite pour se lancer dans l'exégèse des œuvres d'un obscur auteur parce que, soi-disant, tous les écrivains qu'elle aime constituent des sujets « archi défrichés ». Sa vie ne consistera pas à réanimer les lettres de morts oubliés.

Ses parents ont de l'argent, et elle a du temps. Elle envisage d'étudier une année en France. Elle pourrait s'inscrire à la fac, avec les équivalences, elle validerait une maîtrise. Tout ce qu'elle a lu, les textes formidables des grands auteurs français, l'attire vers ce pays. Elle souhaite vivre à Paris, une ville qu'elle n'a visitée qu'une fois, à seize ans, avec son père qui trouvait le service dans les hôtels à chier, et sa mère qui l'exhortait à ne surtout pas manger quoi que ce soit qui n'aurait été cuit à cœur. En somme, tout reste à découvrir, là-bas.

– T'es certaine que tu veux pas persévérer ? Il n'y a pas que UCLA, ici. D'autres bonnes universités proposent des programmes doctoraux passionnants… Tu pourrais devenir professeure de littérature française après, et…

– Je le pourrais encore plus si je passe un an en France.

Ben acquiesce, c'est évident. Il n'est pas tout à fait certain que les meilleurs professeurs de littérature française se trouvent à Paris, mais il sait qu'en agitant cet argument, il passera pour un idiot. De toute façon, Jess semble sûre d'elle, et il n'est jamais parvenu à la convaincre de quoi que ce soit, alors…

– Si je comprends bien, la colocation, c'est terminé ? Je me dis qu'on pourrait prendre un colocataire en dernière année pour te remplacer l'an prochain, et ainsi, disposer d'une place si tu revenais, après la France.

– Mais non, remplacez-moi par quelqu'un de sympa que vous pourrez garder le plus longtemps possible. Quelqu'un qui bosse et qui sait aussi se détendre, un bon colocataire, tout simplement…

– Je veux être sûr de nous donner une chance si tu reviens, Jess.

Il a articulé cette phrase d'une traite, pour l'expulser, pour qu'elle soit dite, qu'elle résonne une fois dans cette maison, qu'elle résonne contre toute logique, qu'elle soit prononcée même contre sa propre volonté.

Jess le regarde, passe sa main dans sa chevelure, et pince l'intérieur de sa joue avec ses molaires.

– Benjamin, tu ferais mieux de ne pas compter sur mon retour et de ne rien attendre à propos de nous et de cette… chance que tu évoques, parce que si ça n'a pas eu lieu, c'est que ça ne devait pas avoir lieu, que je n'en avais pas envie, et que je n'en aurai jamais envie de toute manière… dans le futur, tu vois. On est amis, on est de supers amis, tu viendras me rendre visite en France, ce sera sympa, ça te fera du bien pendant ta thèse, de changer d'air, d'aller, je sais pas moi, dans des bibliothèques à Paris. Depuis notre rencontre, dans ce bus, j'ai su que tu serais important pour moi. Mais juste oublie ça, oublie les histoires qui n'existent pas. Oublie cette possibilité à laquelle tu t'accroches. Tu es un type formidable, franchement, perds pas ton temps, Benjamin.

Ben est un peu à sec. Il n'y a rien à ajouter.

– Dis-moi juste ce que tu fais, quand tout sera décidé. Qu'on se dise au revoir. Je viendrai te rendre visite en France, si c'est là-bas que tu veux aller. Je sors fumer une clope. Ne m'accompagne pas, s'il te plaît.

*

L'infirmier est un type adorable. Tous les jours, il commence par lui appliquer les crèmes cicatrisantes sur le visage, puis défait le pansement autour de son moignon et s'occupe de la plaie. La suture est belle, elle suinte légèrement mais rien d'anormal. Il n'y a pas de trace d'infection, ça donnera quelque chose de pas trop effrayant. Certainement d'assez net.

– Vous sentez encore vos doigts, n'est-ce pas ?

– Ouais, ils me font souffrir, ces enfoirés, répond Bill.

L'infirmier se gondole.

– C'est toujours la même chose avec les amputés. Ils n'ont plus leur main ou leur pied, mais encore la douleur. Quel bordel ! On appelle cela les membres fantômes. Ça n'a rien de sorcier, en fait, c'est juste les connexions avec le système nerveux central qui perdurent.

Il badigeonne la cicatrice de Bétadine, passe un gant de toilette sur l'avant-bras, s'occupe de quelques coupures sur le corps de William pendant que l'antiseptique sèche, puis refait le pansement au niveau du bras gauche.

Le chirurgien a coupé juste sous le poignet. Avec tous les blessés et la salle d'opération qui ne désemplissait pas, il n'a rien tenté de mieux. Sa main était en charpie, ce n'était plus des fractures mais de la purée d'os et de chairs. Il fallait prendre une décision, et libérer le bloc. Bill s'estime déjà heureux d'être en vie. Il ne prend pas encore le temps de songer à ses collègues disparus. Tout est fait ici, dans cet hôpital, pour qu'il se concentre sur des pensées positives.

– Alors, vous allez à Dallas, ce week-end ?

L'infirmier secoue la tête.

– Non, l'équipe joue à Los Angeles. Et puis, après la défaite contre Phoenix, ça commence à bien faire ! C'est une saison difficile, monsieur Smith. En plus, il faut cinq heures de route, j'ai beau aimer le basket-ball, j'peux pas y consacrer tout mon temps… j'ai une copine, vous comprenez.

Bill lui sourit.

– Mais le futur est pour les Mavericks. Il suffit de voir notre rookie. Jason Kidd, qu'il s'appelle. C'est un monstre. Un futur All Star. Je me trompe jamais sur ces trucs-là. On aura un bon pick encore à la prochaine Draft, l'avenir sourit, je le sens.

– Je vous crois, répond Bill que l'enthousiasme de son infirmier amuse. Vous pensez qu'il y aura une équipe sérieuse, un jour, en Oklahoma ?

– Je ne crois pas, non. Vous n'êtes pas trop basket-ball, vous monsieur, n'est-ce pas ?

Et Bill, toujours amusé, soulève son moignon.

– Ça viendra peut-être, qui sait ?

*

Jacques Chirac leur a fait la nique. Elle revient de loin, cette grande gaule corrézienne. Il les a tous coiffés au poteau. Exit Balladur au premier tour, balayé Jospin au second. Le 7 mai au soir, Paris est en effervescence. La foule klaxonne, fête, pleure, espère et désespère. Comme à chaque élection.

Lucien est bien content. De son minable hôtel du 15e arrondissement, il perçoit l'agitation dans la capitale. Il croit entendre des feux d'artifice, ou des pétards. Ce ne sont peut-être que des gosses descendus de leur HLM, et qui s'amusent. Peu importe, quand il serrera la paluche de ce grand malin de Chirac, demain, lors des commémorations de la capitulation allemande, c'est au futur président de la République qu'il fera ses hommages. « La bonne nouvelle ! »

Dans sa petite chambre, il pourrait tout faire sans quitter le lit, tant l'espace est rationalisé. Il y a une catégorie d'hôtels dans Paris dans lesquels on peut trôner sur les toilettes et prendre sa douche concomitamment, le regard rivé vers le téléviseur ou la fenêtre qui donne sur la rue. Lucien allume la bouilloire pour faire chauffer de l'eau, le temps de se laver. À la télévision, Bruno Masure organise les débats. On sent que la page Mitterrand se tourne, la France n'attendait que cela. Une fois qu'il est propre et habillé, il descend au rez-de-chaussée, passe devant l'hôtesse, qui lui sourit. Il contourne le comptoir sur lequel est disposée une corbeille emplie de bonbons emballés dans des aluminiums colorés, et arrive à un renfoncement de la pièce où se situe la cabine téléphonique. Il glisse une pièce de 2 francs dans la fente. Frotte le combiné avec le revers de sa manche et se le coince entre le menton et l'épaule.

« Allô, Isabelle ? Oui, je suis bien arrivé. Oui. Oui, ça va. Oh, tu sais, c'est surtout pour la nuit. Mais ça va, le lit est bon. Ah, ça non, c'est pas grand. Bah oui, à Paris, tout est comme ça. Demain. Demain, 7 h 15, j'ai le courrier avec l'adresse et l'invitation. Oui. Merci de m'avoir amené à la gare. Non, ça va. Un sandwich. C'est tout. Avec du jambon et des cornichons. Oui, je mangerai mieux demain, c'est ça. Non, non, je n'ai pas le trac. Oui, Chirac ! Bien sûr. Qu'en pense Dominique ? Je regrette de ne pas voir sa tête de gaucho défait. Tu lui diras. Oui. Oui, ça le fera pester. Je l'embrasse aussi. Et les enfants. Ah, bien sûr, ils sont couchés. Demain soir, 20 h 22. Je peux prendre un taxi, écoute. Non mais…, oui, mais comme tu travailles mardi. Bon, eh bien formidable. Merci. Merci, oui, 20 h 22. Eh bien, dans ce cas-là, tu es bien gentille, ma fille. Ah, d'accord. Oui faudra regarder. Sur Antenne 2, ça doit être en direct. Voilà. Je t'embrasse. Je…, c'est bien ça, bisous. »

Il remonte les deux étages, verse l'eau chaude dans une tasse et y trempe le sachet de tisane censée l'aider à dormir. À la télé, Bernadette prie un motard qui suit le cortège de faire attention à lui ; Jacques entre dans l'Hôtel de Ville. Lucien peine à croire que ces événements ont cours à seulement quelques kilomètres d'où il se trouve.

Le matin, il est déjà éveillé quand son réveil sonne. Il a mal dormi. C'est un grand jour, le sommeil ne pouvait faire obstacle trop longtemps. Lucien a la marque des draps en Nylon sur le visage. Il décide de prendre une bonne douche fraîche et vivifiante. Il se déshabille, regarde sa peau de plus en plus distendue dans la glace. Il tourne la manette. Depuis le pommeau coule un filet d'eau froide. Ce n'est pas désagréable, avec la chaleur qu'il fait dehors. Il sort de la salle de bains sans se sécher. Il ouvre la fenêtre. Les hydrocarbures ont infusé le parfum de l'aube. C'est sûr, ce n'est pas comme ça, chez lui, en Bourgogne. Il remonte le loquet de la bouilloire. Attend l'ébullition, assis sur son lit. Le café lyophilisé est franchement imbuvable. C'est dingue de produire des merdes pareilles. Il ajoute une sucrine. Rien n'y fait.

Il sort sa housse de costume du dressing. Dedans, son uniforme est parfaitement plié. Il l'a fait laver pour l'occasion. Il le passe, l'ajuste devant le miroir. Lucien a fière allure. Puis il accroche les médailles et insignes. Ils lui couvrent le poitrail, tout le côté gauche, au niveau du cœur. Il s'observe. Souffle. Ressent une émotion qu'il ne sait pas qualifier, mais qui n'est certainement pas de la fierté. Enfin, il est prêt. Il rassemble ses affaires et descend dans le hall attendre le taxi qu'on lui a commandé. En passant devant le comptoir, il imagine l'impression qu'il donne. Le type à l'accueil, celui qui a remplacé l'hôtesse de nuit, lui demande s'il a correctement dormi et lui sert un « Monsieur » plein d'obséquiosité.

Vers 7 h 45, Lucien arrive cour des Invalides. Il y a là tout un attroupement, aux uniformes impeccables et médailles bigarrées, mais aussi les bicornes, sabres et vestes noirs des polytechniciens et les grosses godasses brunes et képis bleus de la Légion étrangère. Lucien a le cœur pincé. Il va assister à un mini 14-Juillet. Avec des défilés de blindés, des détachements d'une cinquantaine d'armées étrangères, les motos de la garde républicaine, le tout devant un parterre de chefs d'État. Il a presque les jambes qui tremblent. Il pense à Bonaparte, à son tombeau juste derrière, à cette phrase : « Soldats, songez que du haut de ces pyramides, quarante siècles d'histoire vous contemplent. » Il se demande qui le regarde, à quoi on songerait, en le contemplant, et que penser de son siècle.

Il ne connaît pas les autres résistants qui seront honorés à ses côtés. Il y en a bien un qui lui dit vaguement quelque chose, avec lequel il a déjà dû se retrouver lors de commémorations précédentes, un chauve avec une moustache remarquable, épaisse, fournie. Une bonne femme fait l'appel.

– Lucien Michot ?

– Présent.

Puis ils embarquent dans un bus, direction la place de l'Étoile et l'Arc de Triomphe. Le bâtiment lui fait une sacrée impression. Il ne se souvenait pas d'un bloc si gros. Tout bouillonne autour de lui. Les avenues sont longues et droites, les arbres de taille égale, les pavés, au sol, bombés comme des torses de boxeurs. Un type passe avec un gros chien dans la tribune présidentielle, des policiers déplacent des rambardes, la bonne femme qui faisait l'appel tout à l'heure compte le contingent des résistants. Elle explique rapidement le déroulement de la cérémonie. Lucien est trop éloigné pour entendre. Un vétéran a l'air mécontent. Ils ne serreront pas la main de Chirac, ni celle de Mitterrand.

– Ah bon ? demande Lucien.

– C'est ce qu'elle vient de dire.

Tant pis. Leur place est tout de même excellente. Ils sont au spectacle. Édith Bongo est de vert pomme vêtue, du tailleur jusqu'à la calotte de son chapeau, de même qu'Élisabeth Diouf s'est parée de rouge carmin, Sophie d'Espagne d'un vert à peine plus clair que celui de la première dame du Gabon, Danielle Mitterrand de jaune canari. Le rose de Tipper Gore tire sur le fuchsia, celui de Bernadette Chirac paraît plus terne. Lucien trouve le va-et-vient des chefs d'État un tantinet longuet. Il y a bien la poignée de main entre Chirac et Kohl, Balladur qui rejoint la tribune, droit comme un « i », ou encore le foulard de Danielle Mitterrand, que le président élu – décidément bien galant – ramasse et lui tend ; mais en dépit de cette légère agitation des puissants, on éprouve, parmi le groupe d'anciens combattants, un début de lassitude.

Enfin avec l'arrivée de Mitterrand, la célébration commence. La *Marseillaise* de Berlioz est entonnée, suivront la Sonnerie aux morts, les discours qui évoquent la paix, le besoin de se remémorer le courage des hommes, quelques palabres diplomatiques. Les résistants encaissent tout cela, chacun à sa manière, chacun avec les images qui se sont ancrées en lui, avec ce que la mémoire a sélectionné. Le voisin de Lucien éprouve le besoin de s'asseoir. Il tremblote un peu plus désormais. Puis, avec les derniers chants et les chars qui regagnent les avenues annexes, la cérémonie se dissout.

C'est passé terriblement vite. Lucien est ému. Il avait vingt ans en 1945. Une vie s'est déroulée depuis. Et, peu importe si à deux heures d'avion de Paris, la guerre déchire encore une partie du continent, au moment de quitter le pavé, il en est certain, le monde est meilleur, Chirac est là, et la France, entre de bonnes mains.

*

Cent soixante-huit morts, plus de six cent quatre-vingts blessés, trois cent vingt-quatre bâtiments endommagés, quatre-vingt-six voitures brûlées et une jambe retrouvée sans tronc. C'est le bilan définitif du pire attentat terroriste jamais commis sur le sol américain.

Cela fait bientôt trois semaines que Bill Smith est retourné auprès de Lucy et de ses enfants, chez lui, dans son quartier résidentiel, dans ce grand quadrilatère vert ; où les haies séparent les jardins, où chacun tond son gazon une fois par semaine ; où le journal est lancé sur les perrons tous les matins vers 9 heures ; où les odeurs de barbecue, le soir, donnent à l'atmosphère comme un parfum de miséricorde.

Bill a eu le temps. De comprendre que Steve aurait été avec les autres mômes de la garderie de l'immeuble s'il n'avait pas été malade, qu'il aurait été sans doute le seizième enfant à y perdre la vie. De se souvenir d'avoir croisé des collègues ce matin-là, pour lesquels il a fallu utiliser des rayons X, des analyses dentaires, des tests sanguins et ADN, pour lesquels il a bien fallu conclure que la constellation de leurs fragments avait constitué un corps. De se rappeler ce quartier du centre, où il mangeait tous les midis, ce quartier qui a entièrement été soufflé, organisé maintenant autour d'un énorme cratère, comme une termitière sauvagement piétinée. Bill a eu le temps de repenser à toutes les heures de travail, toute la fierté d'être statisticien pour la SSA, au quatrième étage du bâtiment fédéral Alfred P. Murrah, tous les rapports, toutes les données, le cadre photo avec sa femme et ses enfants, son Macintosh, une partie de sa vie qui n'est plus que cendres.

En revanche, Bill ne sait pas encore, ou plutôt, il ne perçoit pas pour l'instant ce que signifie être un rescapé, un miraculé, ce que les nuits réveillent chez les survivants, quand les morts les visitent dans leur sommeil. Il ne mesure pas non plus de quoi est fait le quotidien des atrophiés, les humiliations involontaires qu'ils subissent, les regards inquiets des enfants quand ils aperçoivent le moignon de leur père, à quel point nos vies sanctionnent le handicap, à quel point on oublie leurs douleurs et les malheurs que dissimule la laideur des cicatrices.

Mai 2012

Désormais, la maison de Lucien sent le renfermé. Une légère ombre s'est déposée sur les murs, à peine visible, juste un voile d'humidité qui dévore lentement le papier peint et embaume l'intérieur d'une délicate fétidité.

Au début, ils l'ont aérée, Dominique et Max se relayant, un le matin, l'autre le soir. Ouvrir les volets, laisser l'air froid du Morvan entrer, circuler d'une pièce à l'autre et puis les clore quand la nuit tombe, faire place au vide jusqu'au lendemain. C'est arrivé que Max y invite Clarice, lors des premiers mois, disons jusqu'à fin mars. C'était plus simple que d'attendre l'absence de son père, de guetter les créneaux propices, de faire semblant de réviser le bac à l'étage, dans sa chambre. Mais elle n'aimait guère cet endroit. Elle le jugeait trop suranné. Sans doute à cause des couleurs, des murs beiges et rouille, de la moquette foncée, des livres abîmés sur les étagères, de la manière dont les meubles sont fermés, d'une manière qui jure que plus personne ne les rouvrira. Il s'agissait de la demeure d'un mort, aussi. Selon Max, ça la répugnait. Certains humains ont ce genre d'étranges scrupules.

Plus tard, Dominique finit par comprendre qu'il ne récupérerait pas un iota de sa vente, et puisque Maxime ne l'employait plus comme baisodrome, ils laissèrent le pavillon se faner.

Ça pue la moisissure. Le printemps pluvieux n'a pas dû aider, certes, mais Max aurait tout de même pu éviter cela, pense Isabelle en ouvrant tout en grand. Le mécanisme des volets couine comme une portée de porcelets. C'est formidable, peste-t-elle, les champs autour regorgent de senteurs végétales, de la couleur éclatante des tournesols, des coquelicots et des bleuets et il faudrait que cette baraque soit restée dans le jus de l'hiver, crépi dans sa sève comme un arbre qui pourrit doucement de l'intérieur. Elle monte à l'étage. Sous le toit, il fait déjà chaud. Les combles empestent l'insecte mort. Les plinthes se sont ourlées d'un suintement brunâtre. Quelque chose a coulé, de l'eau, un liquide. L'étanchéité du toit a peut-être souffert avec le gel et la neige. Les hivers à Quarré-les-Tombes.

Au sous-sol, les araignées ont tissé leur toile et la cave est quasi vide. Il y a bien quelques bouteilles pour rester droites sur leur culot, mais il ne s'agit pas des meilleures. Elle ricane nerveusement, Dominique a cru la tromper en laissant cette armée de petits vins décimée encore debout, comme si Lucien avait décidé, juste avant sa mort, de faire son compte à chacun de ses grands crus, lui qui les conservait jalousement.

Un côtes-d'auxerre 2008 est ouvert, la bouteille aux trois-quarts vide. Isabelle regarde à peine les étiquettes. Tout finira à la poubelle, ou embarqué par les gars qu'elle paie pour débarrasser la maison. Ils pourront même tout boire sur place, s'ils le souhaitent. Peu lui importe, à vrai dire, elle ne veut rien garder de Lucien. Elle n'est pas venue pour récupérer des reliques. Elle est ici parce qu'il le faut, parce qu'il n'y a qu'elle pour s'occuper de la succession, que tout cela, elle le fait pour ses enfants.

La sueur perle sur ses épaules à cause de la chaleur, elle rêve déjà d'une bonne douche. Parfois, un morceau de mur semble lui dire quelque chose, une ombre lui conte un instant de sa jeunesse, elle revoit alors sa mère assise sur le fauteuil défoncé. Des souvenirs habitent encore certaines pièces. Un sanglot la traverse. Isabelle inspire une grande bouffée. Le chagrin passe. Les images se dissolvent. La pestilence, seule, demeure.

Très vite, elle retournera aux États-Unis et, enfin, elle laissera ce passé, son premier mariage, les sépultures de ses parents et Quarré-les-Tombes derrière elle. Au rez-de-chaussée, elle s'assied sur le vieux canapé, il date de son enfance. Il est resté bombé et moelleux face au temps, perdant seulement ses reflets et sa senteur de cuir. C'est une belle maison, concède Isabelle en regardant autour d'elle, la cheminée, le salon, les immenses poutres couvertes de nœuds et de callosités. Avec du goût et de bonnes idées, on la transformerait en un lieu accueillant et convivial, parfait pour y recevoir ses amis ou sa famille. Parfait pour y élaborer de nouveaux mensonges.

« Très bien, dit-elle en se levant. Trêve de nostalgie idiote. »

Elle franchit le pas, verrouille la porte et cache les clefs dans l'emplacement habituel, celui qu'elle indiquera aux déménageurs. Elle ne regarde pas derrière elle en dépassant la clôture.

Lundi, elle ira chez le notaire, puis contactera des agences immobilières à Vézelay, Avallon et Auxerre, des agences avec des sites Internet et un réseau national, Foncia ou Century 21, car un logis pareil fera le bonheur de citadins qui cherchent à posséder un bout de campagne pour leurs week-ends. Elle souffle, ces démarches l'ennuient d'avance. Elle voudrait déjà retourner auprès de son mari, dans sa belle villa avec piscine et palmiers de Beverly Hills, observer chaque soir le soleil se baigner dans le Pacifique.

Pour l'heure, elle crèche dans un gîte trois épis à Saulieu et partout règne l'odeur des bouses.

*

La mémoire de neuf guerres, quatre-vingt-huit mille tombes rangées, dont celles de quatorze détenteurs de la Medal of Honor, distinction suprême de l'armée américaine, voilà le paysage qui se dresse devant Benjamin Crawford, quand, chaque matin, il allume sa cigarette, jette un œil par la fenêtre de son bureau et aperçoit derrière une belle rangée de palmiers et devant les collines jonchées des villas de stars, le cimetière national de Los Angeles.

Ben s'est toujours demandé si on avait construit les bureaux du FBI en face de cet endroit à dessein, si cela constitue une sorte de message. Ce serait tout à fait plausible dans un pays où on érige l'héroïsme et le dévouement à sa patrie à un stade quasi religieux. Du reste les cimetières nationaux sont des endroits paisibles, idéaux pour flâner et se vider l'esprit, occulter un instant les images lourdes, lesquelles sont le quotidien d'un agent fédéral préposé à la traque des crimes sexuels sur le Net. Benjamin s'y promène souvent, à l'occasion de ses pauses déjeuner. Son grand-père, Lawrence James Stephen Crawford, y est enterré, sa sépulture semblable à toutes les autres. Il passe devant parfois, mais n'y dépose plus de fleurs comme ils le faisaient avant, avec son père. Il se contente de lire quelques noms sur les stèles, s'amuse de compter tant d'homonymes, puis s'assombrit quand il observe l'âge des trépassés.

Dans les nécropoles militaires, le malheur se manifeste par les dates.

Ce matin, son ordinateur retransmet les images d'un site pornographique clandestin. Ben suspecte fortement les jeunes femmes mises en scène d'être mineures. Il a la gorge nouée. Se faire une idée implique de s'attarder sur des détails, de se poser des questions qu'il aimerait s'épargner. Le corps d'une femme, le corps d'une ado, le corps d'une enfant. Son métier l'exige. Pour qualifier un crime, il faut le regarder en face. Les images, c'est sa vie, son quotidien. Il accepte leur poids, il accepte les blessures sourdes qu'elles lui infligent. Il les traite avec intensité puis tâche au mieux de les laisser s'envoler. Depuis qu'il s'est spécialisé en criminologie, il sait qu'il n'existe pas de borne à la désolation, qu'il est toujours possible d'imaginer pire, de rencontrer un esprit plus maléfique encore que tous les précédents.

Ben a dû dévisser le détecteur pour pouvoir fumer tranquillement au bureau. C'est peut-être bien un crime fédéral d'ailleurs, mais, bordel, qu'est-ce que c'est bon d'en griller une quand il faut se coltiner un rapport sur de nouvelles méthodes sophistiquées de hacking. On ne fait pas écrits plus ennuyeux. La notice du premier appareil électroménager importé du Mexique apparaîtrait distrayante en comparaison. Les aspects techniques l'épuisent. Il ne s'y fait pas. Il y a toujours un nouveau langage, une nouvelle procédure, jamais de quoi se reposer sur des acquis. La dernière taffe, les cendres s'envolent, le mégot tournoie dans le vide comme une samare d'érable.

Heureusement, il travaille en binôme avec un informaticien recruté comme analyste par le FBI. Ce dénommé Justin Laitner Junior a fait planter trois fois en l'espace d'un an, tous les ordinateurs du service paye de l'agence, se vengeant ainsi de ne pas avoir réussi les épreuves d'admission au Bureau. C'est chose fréquente dans le monde singulier des hackers que de pirater son futur employeur. Justin est un gars sympathique. Il porte des T-shirts une taille trop grande avec un imprimé de poisson dessus, est originaire de Seattle, a lu tout Tolkien, a les dents jaunes, des auréoles jaunes sous les bras, se rameute chaque matin avec un sac à dos jaune, vote indépendant, a trafiqué sa carte de cantine pour pouvoir manger deux desserts chaque midi, adore organiser des soirées de FPS en LAN avec des amis, dispose de quatre ordinateurs dans son garage, de trois applis de rencontres sur son téléphone, de deux casquettes, la jaune pâle pour les jours pairs, la jaune orangée pour les jours impairs, d'une montre à chaque poignet, chacune à l'heure californienne. Il ne boit pas de café.

– Salut Ben, tu veux un muffin ?

– Tiens, Justin, t'es presque à l'heure, aujourd'hui. Non, merci, je préfère fumer, c'est toujours plus sain que de s'empiffrer d'acides gras saturés.

– Comme tu voudras, chef. Merde, tu lis ce rapport ?

– Oui, je n'y comprends rien. Sérieusement, c'est du chinois. Je crois que je vais me reposer sur toi.

– Ouais, t'inquiète pas trop, je connais bien les gars qui ont développé ces protocoles, ça va pas chercher loin.

– T'auras du temps pour les Salvadoriennes, aujourd'hui ? J'aimerais qu'on boucle le dossier d'ici à la fin du mois. C'est une architecture plus complexe que ce que je pensais. L'immatriculation du site en Californie n'est qu'une façade.

Il y a quelques semaines, un réseau tentaculaire de prostitution de jeunes Salvadoriennes a été découvert par la LAPD, la police de Los Angeles. Au départ cela semblait être une affaire classique, mais à mesure que l'enquête avançait, les autorités ont découvert qu'en plus de les contraindre à faire le trottoir, le réseau les filmait, alimentant un site pornographique sordide. Le service de Ben est sur le coup. Son objectif est de récupérer un maximum d'informations sur les adresses IP des consommateurs. Elles seront ensuite comparées avec des empreintes de connexion, recueillies lors d'opérations semblables.

– C'est encore un truc bien glauque. Les pauvres filles, bordel.

– Tu attrapes quoi dans tes filets ?

– Ce site est fait pour les connaisseurs, faut vraiment le vouloir pour le trouver sur le Net. Il doit y avoir des mots-clefs non conventionnels dans son référencement… On devrait pouvoir recouper pas mal d'adresses intéressantes.

– J'espère.

Justin pianote à toute vitesse, s'arrêtant seulement une seconde parfois pour engloutir un énorme morceau de muffin aux myrtilles.

– C'est fou, il y a une activité en France, pas énorme mais anormale. Je ne comprends pas, dit-il, la bouche pleine.

– En France ?

– Ouais, enfin c'est très concentré.

– Concentré, dans une zone en France ?

– C'est ça. Vu la proximité géographique des données, ça ne ressemble pas aux réseaux de pervers comme on en a l'habitude. Ça circule parmi des gens qui se connaissent, c'est sûr.

– Je ferai un signalement aux autorités. Peut-être que les pédophiles habitent tous le même village, dans ce pays. Va savoir.

Ben referme son rapport. Il tapote à l'arrière de son paquet de Philip Morris, deux cylindres blancs affleurent. Il observe Justin.

– C'est quoi, aujourd'hui, le poisson sur ton T-shirt ?

– Un espadon.

– Un espadon ? répète Ben, pensif.

– Attends, tu ne reconnais même pas les espadons ?

– Non, je n'y connais rien en poissons, je t'ai déjà dit.

*

C'est terminé.

Juillet 1980 – mai 2012.

L'A.J. Auxerre est reléguée pour de bon. Le couperet est tombé une semaine avant la fin du championnat de France de football. Et dire qu'il y a dix-huit mois, le club accueillait le Réal Madrid en Ligue des Champions… Dominique peine à y croire.

3 – 0, à Marseille, un score net.

3 – 0, contre ces connards de Marseillais… Et la messe est dite.

Thierry est prostré sur son vieux canapé de célibataire, couleur vert-taches-suspectes. Il est allé chercher dans le frigo deux nouvelles canettes de Schultenbraü, et en a déposé une devant lui et une devant Dominique.

« Il n'y a plus qu'à boire, maintenant. » Boire un peu plus, de l'alcool triste.

Rien ne bouge dans l'appartement du centre-ville d'Auxerre, tout s'est glacé. Rex, le chien, est couché, le museau blotti entre ses deux pattes avant. Il a vu son maître s'affaisser avec le coup de sifflet final et la bête, consciente de la puissante lourdeur de la défaite, s'est recroquevillée à son tour. Le cliquetis de l'horloge s'est tu, le four a fini son refroidissement et ne vrombit plus, les ressorts du BZ ont cessé leur grincement. Dehors par la fenêtre, pas un bruit, même pas le piaulement d'une tourterelle, et dans le salon, mis à part les journalistes de Canal+ qui osent encore bavarder derrière l'écran, c'est comme si plus rien ne vivait. Les deux amis sont assis, aucun n'a ouvert sa cervoise. Ils attendent. Mais quoi, au juste ? Peut-être qu'un scandale éclate, qu'on fasse rejouer le match, qu'on annule la saison, que tout cela ne se soit jamais produit.

Thierry souffle, « putain, les cons ».

Dominique répète, « les cons », à petite voix. Et ouvre sa canette.

Ce n'est pas l'histoire de deux supporters qui s'apitoient sur un mauvais résultat de leur équipe. Ce n'est pas une contrariété. Ce n'est pas une élimination comme les autres. C'est un deuil. C'est une déchirure, interne, profonde, une hémorragie du cœur, du foie, de la rate. C'est une noyade. Thierry, abonné depuis vingt-sept ans au club, a pris part aux déplacements les plus mythiques, Amsterdam, Dortmund, la victoire à Highbury. Toute sa vie, les hauts et les bas, résonne avec les performances de l'A.J.A. Quant à Dominique, il était perdu lorsqu'Isabelle l'a quitté, totalement perdu. Elle l'a lâché pour un homme qu'il ne sera jamais, son exact opposé, un homme riche, de pouvoir, avec une gueule grande comme le monde, un homme qui l'a exilée, sa femme, là-bas aux États-Unis, un pays où il n'ira jamais, un homme qui l'a amputé, mutilé sans anesthésiant, sans aiguiser sa lame, comme un barbare.

Et le club, une bouée, une formidable bouée à laquelle ils se sont accrochés, le club, un tuba pour respirer alors qu'ils avaient la tête sous l'eau, le club, un ventilateur à oxygène.

Dominique et Thierry se sont rencontrés là, sont devenus amis dessus, sur les victoires, sur les défaites, sur le sentiment le plus fort de tous, celui de la jubilation dans un stade, comme une messe à ciel ouvert. L'A.J. Auxerre a récompensé ses supporters pour cela, a rétribué formidablement leur croyance, elle leur a offert des nuits, des soirs, des matins de liesse. L'équipe a fait plus pour eux – quand ils y pensent – que leurs parents, que leurs femmes, que leurs amis, plus que les enfants de Dominique ne feront jamais pour lui.

Et tout ce que le club leur a donné, soudain, toute cette joie, il la reprend. Il la reprend pour se vautrer à son tour dans ce quoi les deux amis s'enlisent, la seconde division, dans ce qui est leur quotidien partout où ils vont, dans les transports, dans les magasins, dans les relations humaines, chez le médecin. La seconde division.

– Reprends un bout de pizza, dit Thierry.

– J'arrive pas à réaliser. Les cons, bordel.

Thierry non plus n'y croit pas. Il se lève pour fermer la fenêtre. Son regard est grave.

– Ça tombe pile au moment où mon ex-femme est dans le coin, en plus.

– Ah oui ? Je croyais qu'elle venait plus.

– Si, y a la baraque de son père à vendre, je t'ai dit qu'il est mort en février. C'était un brave type, lui, en revanche. Même si, à la fin, il avait perdu la tête.

– Ah, oui ! agrée Thierry, qui ne se souvient plus.

– Les problèmes ne viennent jamais seuls, murmure Dominique.

– T'es sûr, pour la pizza, je prends la dernière part ?

– Vas-y.

De nouveau, tout se tait devant la télé désormais éteinte. Thierry rumine le dernier morceau de croûte. Il toussote. Et demande :

– Tu vas la voir, ton ex-femme ?

– Non, tu parles ! J'sais même pas si elle passera voir son fils, pour te dire. Je crois que si je la croise, j'aurais envie de la cogner, dit Dominique en buvant une lampée de bière. Tu te rends compte, un homme doux comme moi qui dit des choses pareilles ?

– C'est normal, ça.

Thierry observe Dominique. Il est bouleversé de voir son ami dans cet état. C'est la première fois qu'il évoque son mariage avec lui. Ça le touche, les confessions dans les décombres. D'autant plus que Thierry a bien conscience de ne pas être en mesure de donner des conseils. Il sait que sa conversation se limite à acquiescer et à sortir une grivoiserie de temps en temps. Mais, puisque Dominique se confie à lui, il est ému. Il se sent considéré. Alors, même s'il vit dans un cagibi en désordre qui lui fait honte, il propose à

Dominique de rester pour la nuit, d'oublier la route, de boire autant qu'il veut, tout un pack de Schultenbraü s'il le faut, et ensuite, comme des ados, dormir côte à côte sur le canapé-lit, continuer de discuter de la fille qui crève les cœurs, du club rétrogradé, de leur vie chienne, jusqu'à sombrer dans le sommeil.

*

Le train se cintre au gré d'un long virage bien renflé à l'entrée de Montgeron. Clarice aperçoit l'étendue urbaine, indistincte, grise et sans fin, avec en contrebas le KFC et le Auchan et, à peine au-dessus, les avions qui piquent du nez pour rejoindre les pistes d'Orly. Devant ce spectacle urbain, elle comprend qu'elle franchit une frontière. Elle entre dans ce monde qu'elle est venue trouver, le pénètre par une effroyable laideur.

Elle colle sa joue au plexi de la vitre, éprouve sa tiédeur et examine, au travers, le grand bordel des bâtiments de la banlieue sud qui défile à toute allure. Au niveau de Villeneuve-Saint-Georges, le rail rejoint la Seine, longe sa rive, se glisse entre la nationale 6 et le fleuve, coule sous un pont, paraît acculé un temps puis enfle à gauche, et se multiplie en une dizaine de voies, avec, posé sur l'une d'entre elles, un long TER entièrement tagué, abandonné. Écrites sur son flanc, elle distingue des lettres, DIAZ, DUNGA, GURSZ et d'autres blazes. C'est sinistre à souhait.

À droite, se succèdent de grands hangars en tôles peintes, battant des pavillons d'entreprises. Lapeyre, Conforama, Schmidt, puis un buffet asiatique promettant de se goinfrer sans limite pour 13,90 € le midi, et 19,90 € le soir. Ensuite, le McDonald's, en camaïeux de verts, le concessionnaire Honda, Cuir Center et, surgissant partout, de grands panneaux publicitaires métalliques. C'est à peine si on peut les voir tous, tant ils sont nombreux, tant ils sont colorés, tant ils en racontent des choses. Leroy Merlin à cinq minutes à gauche, Maison de la Literie après le feu, une pub pour le vingtième anniversaire d'Eurodisney, une autre pour un écran plat chez Darty, la box de Bouygues Telecom plus rapide que ses concurrentes. On indique à la prochaine intersection la présence d'une boulangerie industrielle, la suivante abrite un Buffalo Grill, à moins qu'il ne s'agisse d'un grill Courtepaille, ou d'un grill La Boucherie ou encore d'un autre grill. Clarice se saoule des enseignes, en découvre qu'elle ne connaissait pas, contemple certaines qu'elle côtoie seulement au revers des papiers déposés en masse dans la boîte aux lettres de ses parents. Soudain, cela cesse, l'amas commercial cède place à des ensembles résidentiels, des blocs aux façades constellées de paraboles satellites.

Dans Maisons-Alfort, le train dépasse ce que Clarice imagine être une cité, bordée de béton, avec des arbres prisonniers de la chaussée qui grandissent dans un minuscule cercle de terre, et des bagnoles sagement garées devant les immeubles. Plus tard, la locomotive s'engage sur un nouveau pont. Depuis, elle distingue un grand édifice de style chinois, qui se révèle être l'hôtel Huatian Chinagora et à propos duquel on se demande pourquoi les autorités municipales d'Alfortville ont permis qu'une bâtisse aussi hideuse soit construite ici. Mais déjà le train entre dans Charenton-le-Pont et bientôt Paris, gare de Bercy. Terminus, tout le monde descend.

Elle quitte le quai avec les derniers occupants de son wagon. Sur le parvis, elle observe les taxis garés en file et, en dessous, la station de Vélib'. Elle cherche un panneau indiquant l'entrée du métro. Elle n'ose demander son chemin, elle a tout le temps pour trouver un plan, tout le temps pour se perdre. Elle sait la ville capable de mesquineries avec les campagnardes de sa trempe. Ses parents l'ont briefée sur les Parisiens, mais aussi à propos des pickpockets, des Roms et des Arabes. Pour l'instant, elle a surtout l'impression que tout le monde l'ignore. Les voyageurs la contournent comme un piquet.

Elle doit se rendre au 7 ter rue du Louvre, littéralement au cœur de la capitale. Maxime lui a organisé ce rendez-vous. Il a demandé à son beau-père de lui obtenir une place pour le casting d'une grosse comédie française dont le tournage commencera dès juillet. Kev Adams serait au générique avec d'autres noms ronflants du cinéma français, bref, c'est sa chance. Max lui a assuré que sa bande démo a plu, que la directrice de casting est une très bonne amie de son beau-père, qu'elle se présente avec de réelles chances, que si ça foire, elle ne devra s'en prendre qu'à elle-même.

Clarice descend l'Escalator. Se tient à la rampe. Se sent fébrile. La bouche de métro l'avale, ligne 14, deux arrêts, une autre la recrache à Châtelet.

L'escalier de l'immeuble est saturé de jeunes gens qui le gravissent et le descendent. Ils ont tous à peu près son âge, sont tous assez beaux à leur manière, donnent tous l'impression de sortir d'une série pour adolescent du genre *Beverly Hills, 90210.* Les regards qu'elle croise sont sévères, ça pue le parfum cher, le stress et la poudre. Clarice se demande ce qu'elle fait dans cet endroit. Elle imaginait quelque chose de différent, de bien plus personnel. Elle interroge un blond à lunettes. Il la dévisage, répond vaguement à sa question par un « ouais, c'est plus haut ». Elle s'arrête devant une porte où trois filles et un garçon patientent en ligne. Les deux premières discutent, le suivant lit un bouquin, la quatrième a les mains plongées dans les poches arrière de son jean et se balance contre le mur en chantonnant la musique que son casque hurle dans ses oreilles. Ça ressemble à du Rihanna ou du Katy Perry. La porte s'ouvre, cinq jeunes sortent, ceux qui patientaient sur le palier entrent.

Un type, les cheveux ras sur les côtés, plus longs sur le haut du crâne avec une raie bien marquée, le front dégagé, de grosses Ray-Ban de vue, une légère moustache fine qui colle à la lèvre supérieure, le menton en galoche, les joues émaciées et les yeux très noirs demande à chacun de décliner son nom.

– Clarice Malcuit.

Il cherche sur sa liste, en tournant rapidement les pages dans un sens puis dans l'autre.

– Malcuit, avec un M, c'est ça.

– Oui, je suis recommandée par…

– Ah, voilà ! Clarice Malcuit, juin 1995, c'est bien toi ! Ouais, super, écoute, attends là, t'es mignonne.

Elle entre dans une petite pièce vide avec des chaises dépareillées rangées le long d'une cloison. On entend l'audition d'une autre candidate au travers de la porte. Elle se sent gagnée par la peur. Elle réfléchit à tous les conseils glanés sur YouTube : sa voix doit être bien posée, son débit, ni trop lent ni trop rapide. Elle est ici pour une comédie, il faut sourire, il faut qu'elle pétille comme dirait sa mère dans son vocable de spectatrice d'émissions de téléréalité. Elle inspire une grande bouffée. Dans deux mois, elle aura peut-être un rôle, elle côtoiera les grands noms de l'humour français, c'est complètement fou. La porte s'ouvre, on convoque une autre fille. Elle s'est levée pour rien, est passée pour une idiote, commence à rougir, *merde* pense-t-elle. Elle se reprend, expire calmement, se redresse, déjà la porte s'ouvre à nouveau, la fille précédente a dû bien se manquer, Clarice est appelée, cette fois c'est la bonne.

– Alors, tu es bien mademoiselle Malcuit, *right* ?

– Oui.

– Tu as ton texte ? s'enquiert la femme derrière la caméra, regard blasé, cheveux courts, stylo coincé derrière l'oreille droite, certainement la directrice de casting.

– Euh… non, je…

– Stan, passe-lui le texte, *please*.

L'homme à la moustache fine et à la raie bien droite se lève, prend une feuille sur la commode et la tend à Clarice.

– OK. On va faire cette scène. Ça se passe dans une salle de classe. Boulard est un redoublant indiscipliné, il est à côté de toi, il copie sur toi. Donc ça ne te plaît pas, tu comprends, *you don't like it*. S'ensuit une dispute lors de laquelle il va s'enticher de toi, c'est clair ? Moi, je vais faire les répliques de Boulard. Je commence, *understood* ?

– Oui.

« Eh ! Soulève un peu ton bras… Pschitt, ton bras, s'il te plaît.

– Non mais oh, pas question, pour qui tu te prends bordel ? »

– OK, stop. Alors, Clara, écoute chérie, on est dans une salle de classe, pendant une interrogation, donc, juste, tu ne peux pas te lever comme ça et te mettre à gueuler, *you see*. Ça ne se fait pas dans une classe. Ce n'est pas crédible. Le personnage que tu joues, c'est une élève normale, pas un cancre. C'est assez *obvious*, tu vois ?

– Oui, oui, pardon. Je m'appelle Clarice.

– Quoi ?

– Clarice.

– Oui, parfait Clarice, reprenons.

« Eh. Soulève un peu ton bras… Pschitt, ton bras, s'il te plaît.

– Non mais oh, pas question, pour qui tu te prends ?

– Fais pas ton intello, t'as mis quoi à la question deux ?

– Arrête quoi, je te dis… »

– OK. OK. *Good, thanks,* merci Clara, on va s'arrêter là.

– Ah…

Clarice est surprise.

– Déjà ? J'ai pas assez bien…

– On te rappelle si tu es retenue au *second round.* Il y a plusieurs tours, *that's how it works.*

– D'accord. Vous avez vu ma bande démo, je suis recommandée par M. Landisier, c'est un producteur à Hollywood…

– *Amazing* ! Super, chérie, à bientôt.

*

Son rendez-vous avec le notaire a duré bien plus longtemps qu'elle ne l'avait anticipé. Isabelle enrage. Une heure et demie pour une succession si simple : une baraque, un compte épargne et deux trois babioles sans valeur. Tout cela aurait pu être réglé en un quart d'heure mais il a fallu que maître Machin-D'Elle-Ne-Sait-Quoi lui tienne la jambe, lise chaque article, explique, récapitule, vérifie encore ; et, surtout, après déjà tant de longueurs, lui donne son sentiment sur la délicate situation française, sur les implications de cette élection pour le pays, celle d'un « capitaine de Pédalo », d'un « mou », d'un « petit gros qui honnit les riches », tout cela durant d'interminables minutes où elle aurait dû simplement lui dire : « Qu'en ai-je à foutre, je vis à Los Angeles. » Los Angeles, justement, quelle idiote d'avoir mentionné sa vie américaine : Et que les Ricains ceci, *clin d'œil,* et qu'ils bouffent cela, et que lui est allé à New York, et qu'il n'a pas croisé une seule librairie, et qu'ils sont tous gros, que tout ce qu'ils veulent ce sont des burgers, *nouveau clin d'œil*, qu'on finira bien assez vite comme eux, que c'est une drôle d'idée que d'aller vivre là-bas, chez eux, que bien sûr l'amour en fait faire, des drôles de choses, *dernier clin d'œil.*

– Oui, vous avez bien raison, pardonnez-moi, je suis vraiment pressée. Au revoir, maître.

Elle dépose son sac Céline, acheté un mois plus tôt à la boutique de Rodeo Drive, sur le siège passager de sa voiture de location. Elle jette un coup d'œil dans le rétroviseur intérieur. Isabelle serre les dents. Jamais elle n'aura le temps de déjeuner avec Maxime. Elle l'appelle.

« Salut Max, ça va ? Écoute je suis encore à Auxerre. Oui, je suis désolée, tout a traîné, le notaire, l'agence immobilière, enfin, tu sais comment ce pays fonctionne… Non, je sais, on ne pourra pas déjeuner ensemble. Pose-toi quelque part, un restau, j'en sais rien, mange et j'arrive pour le café. Max ? Je t'invite, tu ne paies pas, d'accord ? Très bien, je me dépêche. »

Quarante-cinq minutes plus tard, elle se gare dans le centre d'Avallon. Elle attrape ses lunettes de soleil et balance l'anse de son sac sur son épaule. Elle a acquis une gestuelle précise et élégante, parfaitement adaptée à sa vie quotidienne mais qui pourrait paraître ici sophistiquée, voire prétentieuse. Enfin, ce n'est pas comme si ces choses pouvaient être modifiées sur commande. Ses talons dérapent sur le pavé. Elle manque de se briser une cheville, se rétablit, reprend sa démarche bourgeoise et élégante. Autour la rue est de pierres et de tuiles, Isabelle ne côtoie plus de lieux pareils, son monde est de dalles et de verre.

– Max, me voilà, vraiment désolée.

– T'inquiète.

– Tu t'es bien installé, au soleil, c'est parfait. T'as pris quoi ? Je vais prendre un café.

– J'ai pas le temps, j'suis déjà en retard. Les cours reprennent à 14 heures.

– Oh, si ! Un café, quand même.

– Vraiment, j'peux pas, maman.

– Tu ne pourrais pas, euh… je sais pas, sécher ? Ou juste dire que tu te sens mal. Max, j'ai couru, je suis désolée. Je repars aux États-Unis demain soir, on n'est pas près de se revoir.

– J'suis désolé y a le bac dans un mois, je dois y aller.

– Le bac, oh mon Dieu ! déjà le bac. C'est venu vite, hein ?

– Ouais.

– Écoute, si tu l'obtiens, Isabelle hésite, tu vas l'obtenir, n'est-ce pas ? Oui, bien sûr. Bon, si tu l'obtiens, je te paie un billet et tu passes au minimum deux semaines chez nous. Bruno sera heureux de te voir, tu sais, il aimerait mieux te connaître.

– Je sais pas si… j'ai des trucs cet été, j'crois.

– Je ne te demande pas de l'aimer, Max, mais tu n'as jamais échangé un mot avec lui, ça fait plus de dix ans, désormais… Viens nous voir. Après, ce sera les études, l'université, tu ne pourras plus… Tu comptes faire des études, n'est-ce pas ?

– Oui, c'est juste que cet été, j'ai des trucs. Enfin, on verra. Je dois y aller maman, je suis en retard. Je m'en fous moi que t'aies quitté papa, c'est pas mes histoires. Tu devrais moins culpabiliser.

– Ah, bordel, c'est trop idiot, on se voit si peu. Tu me fuis, c'est ça ?

– Non… C'est juste que j'ai cours. Désolé.

Isabelle s'affaisse un peu.

– T'as raison, ce n'est pas ta faute, dit-elle, c'est con, voilà tout, on aurait pu bavarder…

Elle le retient par la manche.

– Qu'est-ce que je voulais dire ? Ah oui ! Maxime, c'est important, ce soir, passe chez ton grand-père et prends ce que tu veux. Des déménageurs vont tout balancer, ensuite la maison sera en vente. Vas-y, s'il te plaît. Et vas-y seul, sans ton père.

– OK.

– Et la prochaine fois que je t'appelle, accepte de dire deux mots à Bruno, ça lui fera plaisir.

– Tu m'appelles jamais.

– C'est toi qui ne réponds pas. T'exagères. N'oublie pas, la maison de ton grand-père, ce soir.

L'adolescent a déjà son Eastpack sur le dos. Il se lève, ne l'embrasse pas, souffle juste un « salut », puis il se met à courir en direction de son lycée. Elle l'observe partir, descendre la rue en contrebas, sans se retourner vers elle, inconséquent, comme s'il quittait un ami qu'il reverrait le lendemain. Ça ne marchera jamais entre eux deux, c'est inexplicable. Son fils reste un inconnu, il le sera pour toujours, c'est une sorte de brûlure que de se l'avouer, mais c'est ainsi. Max est un étranger qui a grandi loin de chez elle, un étranger qui s'est servi de la distance géographique pour agrandir toutes les autres. « J'espère que tu viendras voir ta mère », murmure-t-elle, sans trop y croire. Peut-être que là-bas, en Californie, ils pourraient enfin nouer des liens. *Pourquoi je lui ai parlé de Bruno ? Quelle idiote.*

La place est vide, il n'y a que cette fontaine publique à faible débit qui fait résonner autour un bruit fugace de pissotière et le serveur qui revient avec son expresso et la note. Max a pris le plat du jour et un verre de marsannay-la-côte 2010, le plus cher de la carte, le meilleur incontestablement, elle aurait aussi fait ce choix, elle sourit.

Telle mère, tel fils.

*

À Tulsa, Oklahoma, le soir vient et, avec lui, un lourd nuage chargé de pluie et d'électricité. C'est la saison des tornades dans le centre des États-Unis. Les éléments s'y déchaînent comme rarement dans le monde. L'année dernière, la ville de Joplin, Missouri, a été terrassée, bilan 158 morts et 1 150 blessés, c'est à même pas cent miles de la maison des Smith.

Alors, dans la moiteur de ce soir, des météorologues surveillent la formation d'un entonnoir sous le nimbostratus, ils guettent la rotation des vents, mesurent la température des courants qui alimentent le phénomène. La télévision et les radios invitent les habitants à se tenir informés, l'orage pourrait être violent.

Steve se hâte. Il aimerait prendre sa caisse avant que la pluie ne tombe, avant que les caniveaux ne puissent plus écluser l'eau et que d'énormes flaques se forment sur la chaussée, menaçant de noyer le moteur de sa vieille Volvo. Il doit retrouver ses amis pour une soirée dans l'abri des parents de Marcus, lesquels sont en vacances sur des îles mouillant quelque part dans une mer au sud de l'Europe, des îles situées personne ne sait trop où, sinon qu'elles sont bien trop loin pour que quiconque en revienne cette nuit, en catastrophe.

Une Tornado Party, ça s'appelle. Les jeunes fêtards investissent la grande capsule de béton que toute bonne famille prévoyante habitant la Tornado Alley a fait creuser dans son jardin, et saturent son espace de musique, de corps et de sueur. Ils avalent des ecstas et de la meth, parfois de la kétamine, boivent des quantités d'alcool, dansent, se ruent à plusieurs sur les lits de camping et se mélangent, ivres de la vie. Sous la dalle, les montres sont interdites, les portables, les ordis, tous ces trucs qui relient à la mesure du monde, restent dans la maison. Les noctambules sortiront de cet endroit quand l'oxygène viendra à manquer, quand l'aération ne suffira plus à contenir la chaleur, quand les bouteilles d'alcool seront vides, quand les drogues seront entièrement dissoutes dans les organismes et auront délivré par décharges puissantes toutes les réserves de neurotransmetteurs contenues dans un corps humain.

C'est à ce moment-là, en repoussant la lourde trappe, revenus des profondeurs, que les participants contempleront l'état du monde avec leurs yeux de réfugiés, espérant secrètement que la tornade aura tout ravagé et qu'il ne restera rien, ou plutôt qu'il ne restera qu'eux, et que tels les pionniers d'un autre temps, ce sera sur leurs mœurs, leurs gènes et leurs idées qu'une terre nouvelle sera peuplée.

Pour l'heure, Steve s'enquille une tequila à peine diluée dans du Schweppes agrumes. Il vient d'arriver, l'ambiance est cheloue, tout le monde attend que les premiers effets des drogues se manifestent et qu'on se décide à fermer cette putain de trappe pour enfin être confiné comme il se doit.

Une meuf arrive de derrière, tape son épaule, lui tend la main.

– Waouh. J'm'appelle Cindy.

– Ouais je sais, Cindy, on était dans la même classe pas plus tard que l'an dernier, je te vois à chaque soirée de Marcus et on a couché au moins deux fois ensemble.

– Waouh, putain. T'y vas pas par quatre chemins, toi, t'es une sorte de pervers, c'est ça ?

Elle recule avec une grimace de dégoût.

– Laisse tomber, t'as pris quoi Cindy ?

– Je te dirai ça quand tu m'auras donné ton nom. Waouh, ça va être un fantastique orage.

– Mais bordel, t'as pris quoi Cindy ?

– Je. Veux. Ton. Nom ! Un fantastique orage…

– C'est Steve, Cindy, bordel, Steve Smith, arrête de me faire marcher.

– Ha ha, tu es un gros idiot, Steve, j't'ai bien eu. Bon, ils la ferment cette trappe, j'ai envie de respirer les bonnes vapeurs de la fête !

– T'es pas la seule !

– Ouais, c'est bizarre cette ambiance, on se croirait dans ce foutu film de Jeff Nichols.

– C'est clair.

Par l'échelle, descendent des salves d'invités, des têtes familières, des habitués des soirées de Marcus. Tulsa est une grosse ville, 400 000 habitants, mais, dans ce quartier, les jeunes de l'âge de Steve ne sont pas si nombreux. Ils fréquentent le même bahut, les mêmes cafés et les mêmes soirées, si bien que, de près ou de loin, tous se connaissent.

Des gars plus vieux débarquent les bras chargés d'alcool. Enfin ! Jusqu'à présent, les jeunes rapportaient chacun une petite bouteille chourée dans la réserve de leurs parents. Voir ces types déposer des jéroboams de vodka sur les étagères annonce une grande soirée. Vu les quantités de tise, ils doivent forcément avoir aussi ce qu'il faut en cannabis et pilules, du moins c'est ce que Steve s'imagine.

On a allumé la chaîne hi-fi, ça prend forme. Il y a de plus en plus de monde dans l'abri, les derniers arrivés s'asseyent sur les lits de camp.

– Encore cinq minutes et on ferme la trappe. Malheur aux retardataires, gueule Marcus.

Une fois l'abri isolé du monde, empli de lumières kaléidoscopiques et d'une sorte de slow trance, alors c'est comme si tout l'univers se résumait à cette poche de béton blottie contre la terre, laquelle d'ailleurs commence à s'enfoncer profondément dans le sol, s'engluer sous l'argile et les glaises, perforer les roches, de plus en plus dures, et venir flotter sur une poche magmatique qui les cuit tous à l'étouffée. La capsule tangue. Steve a l'impression de léviter, c'est ce qu'il préfère dans ces débuts de soirée.

Cindy revient avec deux verres en plastique rouge, remplis à ras bord de vodka-quelque-chose. Elle regarde Steve, sort sa langue, dessus un ecsta est joliment déposé juste avant son piercing. Steve s'approche, ferme sa bouche sur la sienne, avale l'ecsta et un peu de sa salive, tourne sa langue encore, ressent le piercing contre ses dents, aime cela, tourne encore sa langue et s'éloigne lentement.

– T'as mis quoi dans la vodka ?

– J'en sais rien.

Elle sort un autre ecstasy, et l'avale avec une belle rasade du cocktail indéterminé. Elle a déjà l'air très schlass. Elle recommence son truc de la pilule sur la langue avec un autre adolescent, à côté, et encore avec un troisième. Une légère brume s'est installée dans la pièce depuis que des personnes se sont mises à fumer. L'air devient alors palpable et visqueux. Une matière s'immisce entre chacun et emplit le vide. Désormais, ils ne se déplacent plus, ils planent, ils surfent, ils glissent. Marcus gère l'aération. Il fait tourner le système de circulation de l'air avec parcimonie, sans jamais aller jusqu'à risquer que tout le monde s'asphyxie.

La musique est répétitive, elle provoque un lent mouvement des corps. Le temps n'a plus de repères, plus d'axe sur lequel avancer, on fume des deux feuilles et dans le coin là-bas, un type distribue des pilules de meth. Ça y est, Steve éprouve sa première hallucination, putain, il l'attendait. Mais oui, il est Alktor, le démon solaire qui combat les héros de *The Last Fighter*. Il se sent super puissant. Il balance des éclairs en cadence. Il les pulvérise tous. En dansant en plus ! C'est le pied. Une extermination musicale. C'est bon d'être un démon. Wow ! Greg the Shield est là aussi, la vache. Il utilise son bouclier pour lui renvoyer une attaque. Merde il est touché. « Je suis touché, *motherfucker* », crie Steve. Sa main gauche est entièrement déchiquetée. Il y a du sang partout, c'est dégueu. La planète est souillée par l'hémoglobine rose fluo du démon. « Fait chier, putain. » Il va se retrouver manchot comme son père. Toute sa vie avec une main en moins, lui aussi. La *lose*. La putain de grosse *lose*.

– Steve, t'es défoncé.

– Quoi ?

– Steve, t'es trop défoncé, mec. Je t'aime.

– Ah ouais. Merde, Joshua, je t'ai pris pour Greg the Shield.

– Hein ?

– Greg the Shield.

– C'est qui, ce mec ?

– Tu connais pas ? Un putain de surhomme.

– Ah bon ? Je comprends rien, mec, je t'aime Steve.

– Tu m'as brisé la main, enfoiré.

– Quoi ?

– La main. La main gauche, regarde.

– Elle a quoi ta main ? demande Joshua qui ne tient pas en place.

– Ah euh…

– Je t'aime toi, quand t'es comme ça.

– La main putain, elle va bien y a juste un verre dedans, s'amuse Steve.

– Ouais, un beau cocktail rose fluo, c'est du Redbull ou quoi ? Tu m'fais goûter ?

– Mec, j'ai rien à la main, en fait. C'est pas du sang !

– Steve, je t'aime. Je t'aime trop, putain.

Joshua disparaît d'un coup. Cindy a enlevé le haut, et on la comprend parce qu'il fait vraiment chaud. Marcus ferait mieux de faire plus attention à la qualité de l'air. Seulement, il tourne à la cocaïne depuis un bon quart d'heure et se désintéresse du circuit d'aération. Les lits de camping ploient sous le poids de quatre ou cinq personnes, chacune plus comateuse que son voisin, les yeux rougis par la fumée et la dope. Une fille a réussi à fracturer la porte du garde-manger et s'amuse à ouvrir toutes les boîtes de conserve, balançant en l'air les soupes de champignons Heinz, les sauces Heinz, les ragoûts de légumes Heinz, les haricots rouges sauce chili Heinz, et tout ce qu'elle trouve. Steve passe son doigt sur l'épaule de Cindy maculée de purée rouge. Il goûte, c'est pimenté. Il trouve cela délicieux. Il en reprend une larme et étale le reste sur le dos dénudé de son amie.

– Salut Steve, tu planes ? demande Marcus, arrivé de derrière.

– Ouais, un peu, et toi ?

– Ouais, pas tant que ça. La coke est supra coupée, je pense. T'en veux ?

– Allez !

Marcus sort un sachet en plastique et dépose grossièrement une ligne de poudre sur la base de son pouce.

– Sniffe, mec.

Steve sniffe.

– T'as vu, pas terrible.

– Ouais, répond Steve qui ne ressent rien d'autre qu'une forte irritation dans sa narine. Tu devrais faire attention avec l'aération, on respire pas très bien.

– Ça sent bon l'herbe, hein ! s'amuse Marcus.

Les jeunes autour ont tous l'air détruits. Les visages se sont floutés. On dirait qu'un logiciel d'anonymisation a fondu leurs traits. Steve se croirait dans Google Street view, c'est hilarant. Il a du mal à distinguer si les corps dénudés qui l'entourent sont de filles ou de garçons. Tout est de plus en plus indistinct. Steve se demande si lui aussi a perdu ses formes, baisse le regard vers son buste et ses jambes, s'amuse d'être nu comme les autres, ne voit pas non plus ses propres contours, tousse, tousse beaucoup. Attrape un pénis bien dur et commence à le masturber. Il aime ce contact. Il tousse, tousse encore.

Qu'est-ce qu'il fait chaud !

*

Tous les jeudis soir, Ben, Justin et d'autres analystes du département des crimes en ligne se retrouvent pour boire un verre et manger un burger, un hot-dog ou des tenders au Christies Sports bar and grill situé dans Westwood Village, un coin sympa de Los Angeles, dans le quartier de la faculté, cet endroit que Ben n'a jamais véritablement quitté. Il aime bien se retrouver avec les geeks et les stagiaires du bureau. L'atmosphère est plus détendue.

Une dizaine de télévisions chapeautent le comptoir central où Chris et Stessy assurent le service. Elles diffusent du sport universitaire, de la NFL et parfois de la NBA. Ce soir, les Bruins de UCLA affrontent l'équipe d'Oregon State pour un derby de la côte ouest.

L'équipe du FBI s'assied à une grande table au fond, qui lui est plus ou moins réservée. Le lieu est idéal pour se changer les idées et ne pas trop évoquer les affaires en cours. Ben et ses collègues y viennent pour déconner, et boire de la bonne bière californienne.

– Ça ne te fait pas chier d'être aux crimes sexuels parfois, Ben ? Tu bosses dans ce service depuis un bail, à voir tous ces trucs glauques.

Ben se redresse et dépose sa pinte devant lui. Il a entendu la question, mais prend quelques secondes pour réfléchir.

– En fait, j'étais agent stagiaire et il n'y avait qu'un poste d'agent spécial ouvert cette année-là à Los Angeles, c'était en 2004. Il était dans la division des crimes en lignes… Je ne peux pas me plaindre. Je suis heureux que ça me soit tombé dessus.

– Tu sais pourquoi ? Pourquoi c'est tombé sur toi ? demande Justin.

– Regarde-le ! C'est parce que c'est le plus à même de se mettre dans la peau d'un pervers, plaisante un autre analyste.

Les collègues sont hilares, l'ambiance est agréable.

– Non, justement.

Ben boit une toute petite gorgée et semble vouloir ménager son effet.

– Pour remplacer Gary qui occupait ce poste avant, ils avaient une dizaine de profils. Des stagiaires comme moi, avec diverses expériences toutes plus impressionnantes les unes que les autres. Vraiment, sur ce qu'on faisait ici, en tant que recrues stagiaires, on se valait tous.

– Alors ? demande Justin.

– Alors, j'ai été choisi parce qu'après enquête, mes historiques de navigation Internet étaient les plus cleans. Je ne consultais pas de sites pornos, aucun paiement sur une plateforme d'escort girl n'avait été décelé, aucune communication étrange avec des femmes ou des hommes sur mes messageries. J'étais vierge de tous ces trucs. Et de tout le reste d'ailleurs : pas le moindre problème fiscal, tous mes points sur le permis, aucun enregistrement de moi proférant une insanité, aucune vidéo bizarre à l'université, aucune plainte de mes voisins pour tapage nocturne, pas de trace de la moindre drogue dans mes bilans sanguins, mes déchets domestiques toujours bien triés, les poubelles sorties le bon soir sur le trottoir, jamais de contravention de stationnement… Rien.

Tous l'écoutent, un peu ahuris. Ils n'en reviennent pas. Se regardent, et éclatent de rire.

– Putain, le bon Américain puritain quoi !

– Buvons au père Benjamin Crawford, la brebis la moins égarée de toute l'histoire des brebis !

– Ça n'a rien à voir avec le puritanisme, les gars. Les recruteurs du Bureau savaient pertinemment que je n'étais pas un saint. Ils ne se font aucune illusion sur notre moralité et s'en foutent royalement de recruter des anges. Simplement, je savais que ça allait arriver. Je savais que ça se présenterait. Je savais qu'ils feraient ces recherches. C'était évident qu'ils les feraient. Ils voulaient un type prêt, un type qui pouvait prendre le poste de Gary, sans attendre. Quand ils ont épluché mes historiques sur mon ordinateur perso ou mon portable, quand ils ont mené l'enquête, qu'ils ont bien tout vérifié, ils n'ont pas vu un mec plus sain que les autres ou moins pervers. C'est pas du tout ce qu'ils cherchaient. Ils ont vu un type qui s'était préparé. J'avais trente-trois ans, j'étais mûr. C'était mon rendez-vous avec le destin, les gars, croyez-moi, je l'avais fixé depuis longtemps. J'avais le costume sombre, j'avais l'eau de Cologne, j'avais la paire de Ray-Ban, j'étais sur la ligne de départ depuis des mois. Pas les autres. Et ils m'ont choisi. Ils m'ont choisi sur ce seul critère. Cette boîte fonctionne comme cela. C'est exactement de cette façon qu'on devient agent spécial. Sans jamais rien laisser au hasard. Prenez bonnes notes, ça pourra vous servir.

– Bordel, soupire Justin.

À la télévision, les présentateurs s'animent, *touchdown* des UCLA Bruins ! Tout le monde se lève dans le bar pour célébrer l'équipe de football de l'université.

– Et en plus, je supporte les Bruins, applaudit Ben.

*

Elles s'installent dans un boui-boui, un restaurant de ruelle, de gouttière, de pénombre. Un bouchon qui sert de la terrine de foie maison, des œufs mayonnaise, des escargots au beurre persillé, de la truite fumée au bois de hêtre. À la carte ce soir aussi, de la viande limousine, des quenelles de brochet, un tartare de bœuf au couteau, une salade de croûtons et gésiers, le plateau de fromages et puis le coulant au chocolat, le petit pot de yaourt fermier, une île flottante. La nappe vichy rouge porte en rosaces les stigmates du vin d'Auvergne qu'on sert aussi bien au verre qu'au pichet. Le garçon les salue avec un accent bougnat. On se croirait très loin, on ne saurait où d'ailleurs, et pourtant Marine et Isabelle se retrouvent rue Saint-Marc, dans le quartier de la Bourse, en plein Paris.

– Tu voulais un restaurant français, j'ai fait dans l'authenticité.

– J'imaginais quelque chose de plus « bistronomique », mais c'est bien. Si on omet l'odeur de friture.

– Je pensais que tu voulais un restau terroir.

Marine regarde sa mère, *c'est dingue, elle rajeunit, elle est de plus en plus belle.*

– Terroir… tu sais je reviens de deux jours en Bourgogne, alors…

– On peut changer. C'est pas les adresses qui manquent ici.

– Non, ma chérie, c'est parfait, l'important c'est de te voir. J'ai manqué ton frère ce midi, j'ai à peine fait mieux que l'embrasser.

Elle pose son sac contre le pied de table et glisse l'anse sur sa cuisse pour ne pas l'oublier, ni se le faire voler.

– Puis il m'a fuie, ajoute Isabelle.

– Ah.

– Oui, il y a des choses qui ne changent pas, enfin bon… je lui ai proposé de venir cet été à Los Angeles, s'il a son bac. On verra bien. Toi aussi d'ailleurs, tu es la bienvenue !

– Avec plaisir, ça dépendra des résultats.

– Raconte, ces concours, justement. Tu m'as dit au téléphone que tu pensais t'en être bien tirée. Tu es contente, c'est ça ? demande Isabelle.

– Difficile de dire, j'ai bien réussi les maths, je pense. C'est ce qui fait la différence en général. Le reste, je ne sais pas trop, mais je ne crois pas m'être loupée.

– Ça ne m'étonne pas. Tu es une gagneuse toi.

– Je pense aussi. J'ai ça en moi, sourit Marine. Donc là, je prépare les oraux, y a encore des maths et de nouvelles épreuves. On a des espèces de tests de personnalité et des entretiens, aussi. Bon, je ne te cache pas que je suis parmi les meilleurs dans ce genre d'exercice. Je pense que je la tiens de toi, cette force, pour impressionner le jury.

– Oh, détrompe-toi, à ton âge, je n'étais pas…

– Je suis confiante, je bosse douze heures par jour, je vais à la bibliothèque les week-ends, j'écoute des podcasts d'émissions culturelles, j'ai des fiches qui me permettent d'être pertinente sur n'importe quel sujet, bref, je suis à fond.

Marine passe la main sur sa frange.

– C'est bien, commente Isabelle.

– Même physiquement, j'ai la forme. Ça fait du bien de sentir la fin arriver. Les premiers résultats sortent lundi prochain et, ensuite, les oraux commenceront. Je dois organiser mon agenda. Je devrais être admissible dans beaucoup d'écoles, alors je ne vais pas perdre mon temps avec celles de seconde zone, tu comprends. Je vise le plus haut possible.

Isabelle regarde Marine, l'écoute parler de l'avenir. Les paroles de sa fille sonnent étrangement. Ça ne ressemble pas à ce qu'est leur famille, enfin ce qu'elle était quand on pouvait encore la qualifier de famille. Elle est fière. Pour la première fois depuis qu'elle a posé le pied en France, elle se sent heureuse. Le serveur apporte deux assiettes de truite fumée et blinis.

– Ils ne s'embêtent pas avec la présentation des plats, en tout cas.

– Maman, tu me diras un jour, pourquoi tu étais fâchée avec papi ? Je pensais que tu viendrais à son enterrement. Je sais que ça faisait loin pour toi, mais…

Isabelle repose sa fourchette avec, planté au bout, le morceau de poisson rose bonbon.

– Je ne sais pas si je te le dirai. C'est entre nous, entre lui et moi.

Marine enroule sa tranche dans un bout de pain. Elle porte le côtes-d'auvergne blanc à ses lèvres, le juge légèrement râpeux, pas non plus imbuvable.

– T'as tes raisons, j'en suis sûre.

– Oui, crois-moi. C'est une histoire qui mourra avec moi, ou avant si je perds la mémoire. Tout ce que je peux te dire, c'est qu'on ne connaît jamais totalement les personnes qui nous entourent, que tout le monde peut nous tromper, qu'il faut une saine distance avec chacun, même avec son père ou sa mère.

– Tu me dis de te méfier de toi, c'est ça ? plaisante Marine

– Arrête, déjà que nous sommes trop éloignées et que ça me fait souffrir... C'est... juste dans l'absolu, il faut être prêt... Tout le monde peut nous décevoir.

– Je suis prévenue !

– Mais bon, aimer, oui, aimer quand même, c'est important. Tu as toujours ton petit copain, d'ailleurs ?

– Stéphane ? Oui, toujours.

– Ah, c'est bien ! tu me le présenteras, la fois prochaine ?

– Euh, Marine hésite. Faudra que tu reviennes vite, j'pense pas que ça va durer.

– Ah, d'accord. J'imagine que c'est toujours mieux de le savoir à l'avance, répond Isabelle.

C'est un boui-boui, un restaurant de ruelle, de gouttière, de pénombre. Et elles, de quoi ont-elles l'air ? De deux femmes puissantes, deux femmes de leur siècle, deux femmes contre lesquelles les hommes ne peuvent rien. Dominique, Max, Stéphane, Lucien, assis à cette table, à quoi ressembleraient-ils ? À quoi ressemblent les hommes quand ils s'asseyent à la table des femmes puissantes, à la table des femmes de leur siècle ?

*

Quand Steve sort de l'abri, il ne s'attend pas à trouver le soleil rutilant de midi. Ses yeux se plissent et il cille au moins dix fois de manière frénétique. Il pensait n'avoir passé que trois ou quatre heures sous terre. *Bordel, l'effet de ces drogues sur le cerveau.* Les jeunes s'aident pour gravir l'échelle, certains se font porter au dehors, d'autres hisser par les bras, d'autres encore jaillissent dans une forme olympique et gravissent les barreaux deux par deux.

Steve frotte son visage, il n'y a pas eu de tornade, pas non plus de tempête, il a juste beaucoup plu et l'herbe est trempée. Elle fait luire le jardin. Il s'allonge sur le gazon mouillé, frais et chatouillant. Il porte un pantalon qui fait deux fois sa taille et c'est étonnant parce qu'il aurait juré que c'était le sien en le récupérant sur une des étagères couvertes de cadavres de bouteilles et de bouillie Heinz. Il a dû se tromper. *Putain, on s'en fout.*

– Tu veux du café, vieux ? J'en ai fait couler des litres.

Marcus a l'air frais, il est impressionnant.

– Oh ouais, autant que tu peux m'en donner.

– Ha ha, j't'apporte ça dans mon mug des Golden Hurricane, il est gigantesque.

– Trop cool.

– Ah, au fait, tu connais bien Cinderella toi. Elle ne se sent vraiment pas bien, je sais pas s'il faut appeler une ambulance.

– Wow, non j'crois pas. Jamais faut faire ça, en fait.

Steve ouvre grand ses yeux. Il a la voix complètement cassée.

– Elle a dix-neuf ans, ajoute-t-il.

– Ouais, c'est ce que je pense aussi mais… elle semble mal en point.

Steve a la nuque toute mouillée, l'herbe lui caresse les épaules et pour rien au monde il ne romprait ce parfait équilibre du soleil qui lui réchauffe le ventre et de la terre qui rafraîchit son dos.

– Elle fait quoi ? demande-t-il, toujours allongé.

– Elle balbutie des trucs, elle est à l'ouest quoi, genre comateuse.

– Ah, ça va alors ! Faut l'allonger sur le côté et accrocher sa langue à sa lèvre inférieure en utilisant une pince à linge, avec son piercing ça ne sera pas difficile. Et puis, tu verras, au bout d'un moment, elle ira mieux. Au pire elle vomira un peu…

– Une pince à linge ? Bordel, Steve, t'as vu ça où ?

– Si, crois-moi. Ramenez-la ici, je m'en occupe.

– Je vais chercher le café, je dis aux autres de l'allonger à côté de toi et tu feras ce truc bizarre avec sa langue. T'aimes bien, faire des trucs bizarres avec sa langue, hein !

– Carrément, mec.

Plus tard, Steve gare sa voiture devant la maison familiale. Il a un foutu mal de crâne et a bien flippé de se faire arrêter par la police, avec ce qu'il doit encore avoir dans le sang. Enfin, la Volvo est à bon port, il a l'air épuisé mais rien de plus douteux que s'il avait passé une nuit blanche à jouer à des jeux vidéo avec deux copains. Sauf, éventuellement, ces innombrables taches de sauce, de soupe et de chili parsemant son T-shirt. Si on lui demande, il dira qu'il a fait… une bataille de sauces. Voilà.

William l'attend depuis l'aube. Angoissé, il s'est rongé les cinq ongles de la main droite, un à un, jusqu'à l'apparition de la membrane translucide. Il tremble encore un peu. Il observe son fils traîner sa carcasse dans l'allée qui fend droit son gazon impeccablement taillé. Il ressent un mélange de colère et de soulagement.

– Enfin, Steve, je te l'ai déjà dit, mince. Tu pourrais répondre à ton téléphone quand tu sors.

– Ouais bah… j'ai pas vu.

– Mon pauvre fils, t'as pas vu. T'as pas vu. Regarde-toi, tu as une tête de déterré.

Steve souffle. Bill ne pourrait pas lui lâcher un peu la grappe de temps en temps, pourquoi son vieux est si chiant au juste, pourquoi tout lui fait si peur ?

– Mon pauvre père, je suis là, tu vois bien. Tu vois bien. Regarde-toi, tu as une tête de manchot.

*

Le soleil rase la cime des frênes et, par bandes, ses rayons se réfléchissent sur son casque. Maxime goûte le vent contre ses pommettes, chargé des odeurs de bois, d'herbes et de ronces. Il aime le mouvement de son scooter Peugeot Ludix 2, lancé à 45 kilomètres-heure sur la départementale 10. Il aime son bruit. Il aime ses vibrations. La route est belle, elle serpente, bordée de champs et de forêts. Ses pneus crissent dans un virage, il dérape, se rétablit, se penche en avant pour gagner en vitesse. Des hirondelles jouent à le suivre. Il se sent bien, oublie tout, laisse la journée et les cours derrière lui, et crée un vide, comme il se doit. La bécane contourne les reliefs, longe les enclos des vaches et des moutons, cahote quand le bitume se déforme. Au niveau de l'étang de Marrault, il aperçoit un pêcheur qui plie sa canne et, plus loin, un éleveur qui guide le troupeau vers l'étable. Ses oreilles sont saturées du son du moteur et du feulement de l'air, ses avant-bras se gorgent de sang à force de tenir droit le guidon, son nez se charge de l'haleine des vallons et, dans sa bouche, résonne une mélodie qu'il peut vociférer sans que personne ne l'entende, parce qu'ici, il est seul au monde.

« *Si le monde est à moi, le monde est à nous,*
Scarface »

À l'entrée du village, il s'arrête devant la maison de Lucien, un gros bloc rectangulaire coiffé d'une toiture pyramidale, elle-même flanquée d'une cheminée de briques. Elle est grande, ne paye pas de mine, ne dénote pas des autres maisons alentour, si ce n'est que le jardin n'est plus entretenu. Sa mère lui a demandé de passer pour rassembler les derniers souvenirs. Ça l'emmerde un peu, mais il comprend qu'il faut le faire.

À l'intérieur, l'électricité est coupée, ce n'était pas le cas lors de sa dernière visite. Max ouvre en grand les volets pour faire pénétrer la lumière tiède du soir. Des images se bousculent dans son esprit. C'est étonnant, il ne pensait pas avoir vécu d'instants mémorables dans cet endroit. Sans trop savoir pourquoi, il se dirige d'abord vers la bibliothèque. Elle est maigrement garnie, de tranches dépareillées. À hauteur d'yeux, s'allonge une collection d'ouvrages recouverts de cuir rouge. Max saisit un d'entre eux, c'est une encyclopédie sur la faune et la flore. Les plantes sont crayonnées avec un trait noir très fin, autorisant de nombreux détails et des arabesques plus artistiques. Il repose le volume. Il existe des livres que ne possèdent que les grands-parents. Parmi les autres bouquins, Max passe le doigt sur les *Contes du Nivernais et du Morvan* par Achille Millien, un guide des chemins de randonnées du département, les *Mémoires de guerre* de De Gaulle, *Un peu de la France* par Sempé, *C'était de Gaulle* de Peyrefitte, *L'Amour de la France expliqué à mon fils* de Max Gallo, *L'Aventure du XXe siècle 1900-1945*, un autre livre de Max Gallo sur Napoléon Bonaparte, *Notre-Dame de Paris* de Victor Hugo, un abécédaire sur les animaux, un dictionnaire illustré, un recueil de fables de La Fontaine, le Larousse vins et vignobles de France.

« Que de la merde ! » souffle-t-il en s'éloignant des étagères.

Il entre dans la chambre, ouvre l'armoire, reconnaît les vieux costumes de Lucien, à l'exception bien sûr de son complet militaire avec lequel il a été inhumé. Max enfile une veste. Elle est trop large, surtout au niveau des épaules. Il se dirige dans la salle de bains pour se regarder devant la glace, et se met à rire. Il fouille aussi le tiroir des cravates et même celui des sous-vêtements, espérant tomber sur un bas de laine empli de billets, de bijoux ou tout autre chose que son grand-père aurait voulu cacher et qui serait doté d'une valeur pécuniaire.

Soudain, ce qu'il pensait être une tâche rébarbative imposée par sa mère se transforme en une chasse au trésor. En quelques secondes, il se retrouve dans le même état d'excitation que lorsque, enfant, il cherchait les cadeaux de Noël cachés dans la maison familiale. Il va tout mettre à sac jusqu'à trouver quelque chose. La perspective du désordre le délecte. Il soulève le sommier, le repose, va dans la cuisine, en revient avec un couteau muni d'une longue lame, éventre le matelas d'un coup sec, plonge sa main dans la mousse, rien. Il attrape les boîtes une à une et les jette sur le lit, décroche les chemises de la penderie, fait voleter les pantalons en velours. Il plonge son bras dans le vide des rayonnages supérieurs, tapote, cherche. Chou blanc. « Bordel. » Il renverse les deux tables de chevet, elles éclatent, il se met à genoux, pousse la paperasse inutile sur la gauche, essaie de mettre la main sur un vieux chéquier ou des codes bancaires. « Le désert ! » Qu'à cela ne tienne, il retourne vers la bibliothèque, balance les livres sur le sol, les admire s'écraser sur leurs pages et prendre des positions de damnés, aucun n'est creux, aucun ne dissimule ce qu'il recherche. Il en saisit un, arrache d'un coup toutes ses feuilles. C'est si bon de casser. Dans la cuisine, chaque placard est vidé d'un coup de poignet. Cela fait un boucan d'enfer. C'est amusant. Il va fermer la porte de l'entrée pour que les voisins n'entendent rien. Être confondu avec un cambrioleur serait dangereux, les armes de chasse pullulent dans la région. De nouveau dans la cuisine, il attrape dix assiettes, soupèse la céramique, laisse la pile s'écraser sur le carrelage. Max est en nage et s'amuse bien, il va faire son compte à la salle de bains, c'est la prochaine étape, le trésor qu'il poursuit est sans doute dissimulé sous la baignoire. Mais son téléphone sonne.

– Allô ?

– Allô Maxime, j'te dérange ?

– Euh, non.

– Ça va ? T'es essoufflé ?

– Non, ça va. Pourquoi ?

– J'sais pas, t'es bizarre.

– Non, ça va, j'te dis. Qu'est-ce qu'il y a ?

– Bah, euh, rien. J'étais à Paris aujourd'hui, tu t'rappelles ? Pour le casting.

– Ouais. Le casting.

– J'attends le train, là. Gare de Bercy. J'voulais te dire que… bah j'suis pas trop sûre de moi, quoi.

– Ouais, bah c'est normal ça.

– J'pense que ça s'est mal passé, en fait.

– Pff. T'en sais rien, Clarice. Pourquoi tu dis ça ?

– Parce que ça a duré à peine une minute et…

– Écoute, j'fais un truc là, tu me raconteras ça plus tard. On se voit bientôt de toute façon, on a un bac à réviser toi et moi.

– Je plaisante pas, même quand je leur ai parlé de ton beau-père, je…

– J'dois te laisser, on en reparle, salut Clarice.

Il sort péniblement de la cuisine tant les ustensiles et les débris sont éparpillés, fracturés sur le carrelage.

« Elle m'a coupé dans son élan, cette conne », fulmine-t-il.

Il descend au sous-sol, regarde les quelques bouteilles restantes, remonte, continue jusqu'au grenier, rien d'intéressant non plus. Le soleil éclaire assez mal au travers des vasistas, et la pièce paraît figée. *C'est vrai que ça chlingue en plus.* Des dizaines de punaises sèches sont entassées sous une fenêtre, comme si elles s'étaient donné rendez-vous à cet endroit précis, pour mourir ensemble. C'est poétique, mais ça pue. Il est sur le point de redescendre quand, au fond, dans la pénombre, sur une pauvre étagère de contreplaqué, il reconnaît une caisse.

C'est un coffre qu'il a déjà vu, il y a longtemps, là-bas dans son enfance. Il s'en souvient, c'était un samedi, il s'amusait ici même avec sa sœur, et Lucien les gardait. Sa mère avait déjà foutu le camp. Cet après-midi-là, ils faisaient un cache-cache, ils jouaient à se surprendre, à se faire peur. Quand ils ont découvert cette boîte, ils ont tout de suite pensé à un trésor. À l'époque, Marine était nourrie par des récits de Stevenson et de Verne. Ils l'ont manipulée, ont cherché la clef, ont tenté de la forcer avec un couteau à beurre volé dans la cuisine, sans réussir, bien sûr. Après un long moment, durant lequel ils étaient absorbés tous les deux par cette entreprise de piraterie, Lucien est monté pour voir ce qu'ils fabriquaient. Il les a surpris, luttant avec ce coffre, et ça l'a mis dans une colère noire. Jamais ils ne l'ont connu si fâché, ni avant ni après.

Plus tard, quand il est redevenu le grand-père parfait, celui qui jouait avec eux et leur cuisinait des frites et des gâteaux au chocolat, quand il est redevenu drôle et aimant, quand il n'était pas encore oublieux et distrait, pas encore taciturne, pas encore mutique, ils ont pensé que tout cela était trop étrange et que cette caisse, sans doute, n'avait jamais existé.

Max s'en saisit, descend les escaliers, pousse la porte, referme la maison, la laissant dans un bazar monstrueux, cale le coffre dans le compartiment sous le siège de son scooter et rentre chez son père.

Janvier 1996

France 2, 20 heures, le 8 janvier 1996.

Vidéo introductive.

« L'ex-président de la République, M. François Mitterrand, est mort ce matin, à Paris, à l'âge de soixante-dix-neuf ans, des suites de son cancer. Cette image, symbole de M. François Mitterrand, c'était le 17 mai dernier, quelques minutes avant la passation de pouvoir avec M. Jacques Chirac dans les jardins, dans le parc de l'Élysée. Il aimait la nature, il avait tenu à se promener une dernière fois dans ce parc où il avait vécu pendant quatorze ans – deux septennats –, en compagnie de son médecin ; il était déjà très marqué par la maladie qui devait l'emporter quelques mois plus tard. M. François Mitterrand est donc décédé ce matin, à 8 h 30, à Paris.

Daniel Bilalian en plateau, sur fond bleu et gris.

Madame, Monsieur, bonsoir. Cette édition spéciale du journal est – bien entendu – consacrée entièrement à la disparition de l'ancien président de la République,

M. François Mitterrand. Reportages, témoignages en direct, pendant plus d'une heure, suivis tout à l'heure d'une *France en direct* qui retracera l'ensemble de la carrière, des cinquante années de vie politique, du chef de l'État qui est disparu ce matin.

Mais avant les personnalités, avant les reportages, avant le monde politique, nous voulons vous faire entendre les réactions de Français qui, ce matin, ont appris dans la rue, à leur travail, la disparition de l'ancien chef de l'État. Écoutons-les.

Voix off, féminine : Paris à 11 heures ce matin, la nouvelle vient à peine de tomber.

Journaliste femme : François Mitterrand vient de décéder ce matin.

Homme en ulster beige sur costume cravate, d'un bel âge, front dégarni, lunettes sur le nez : Pardon ?

Journaliste femme : François Mitterrand vient de décéder ce matin.

L'homme en ulster : Oh ! C'est vrai ça ?

Homme en veste bordeaux sur un polo jaune pâle, le ruban rouge du sidaction au revers de la veste, la soixantaine, visage carré : C'est une blague ou quoi, non ?

Journaliste homme : Non, ce n'est pas une blague.

À côté, homme en Chesterfield beige sur T-shirt noir, la soixantaine, front dégarni s'étirant sur des cheveux frisés châtain foncé, moustache épaisse et lunettes d'aviateur à verres transparents (d'abord hors champ) : Ah bon ! Ce matin ? Ah d'accord. Ah ben.

Journaliste homme : Décédé d'un cancer de la prostate.

Homme en veste bordeaux et homme en Chesterfield : Oui bien sûr, ah oui ça on savait, on savait qu'il était… ouais. Ça, j'savais qu'il était malade. Voilà. Eh bien voilà. Zut alors ! Mais c'est vrai que ça faisait un moment euh… qu'ils en avaient parlé que ça devait…, que ça n'allait pas très bien. Eh bien voilà.

Voix off féminine : Les heures passent, l'émotion laisse peu à peu alors la place à la réflexion.

Homme en parka rouge sur costume bleu, chemise blanche et cravate bariolée rouge, la quarantaine, visage poupon : C'était, je crois, l'un des plus grands politiques que nous n'ayons jamais eus. Euh, c'était un… alors pour certains un Machiavel, pour d'autres un fin stratège, je crois que, euh, la droite ne peut que tirer les leçons du parcours politique de François Mitterrand, qui était exceptionnel.

Voix off féminine : 15 heures, c'est l'affluence autour des kiosques, la mort de François Mitterrand fait la une des journaux du soir.

Vendeuse de journaux : Ça fait quelque chose de vendre un journal pour annoncer une mort.

Un jeune, cheveux dans les yeux : Une image qui reste comme ça ? Bah c'est l'homme digne qui marche tout droit sous le porche de l'Élysée en partant de ses deux septennats et qui, malgré la douleur de la maladie et tout ce qu'on pouvait dire sur la politique qu'il a menée, restait toujours très droit et le regard pas fuyant du tout.

Retour Daniel Bilalian.

Dans un peu moins d'une minute maintenant, le chef de l'État M. Chirac prononcera une allocution à la suite du décès de M. François Mitterrand, mais, tout de suite, nous allons nous rendre dans le 7e arrondissement de Paris où nous rejoignons Benoît Duquesne, là où est mort ce matin M. François Mitterrand et où les Français ne cessent de défiler maintenant.

Benoît Duquesne en duplex.

C'est vrai qu'ici on a assisté toute la journée à un défilé de personnalités, d'amis, d'intimes de François Mitterrand et puis aussi un défilé d'anonymes qui venaient témoigner aussi de leur amitié. Mais, d'abord, je voudrais montrer cette image, celle de l'épouse du chef de l'État, de Mme Mitterrand qui a quitté, il y a à peine une heure, ses bureaux parisiens.

Daniel Bilalian coupe Benoît Duquesne.

Voilà donc Mme Mitterrand quittant l'immeuble où est mort ce matin M. Mitterrand et tout de suite l'allocution du président de la République M. Jacques Chirac.

Jacques Chirac.

Mes chers compatriotes. Le président François Mitterrand est mort ce matin. Les Français ont appris avec émotion, la disparition de celui qui les a guidés pendant quatorze ans. Je voudrais saluer la mémoire de l'homme d'État, mais aussi rendre hommage à l'homme dans sa richesse et sa complexité. François Mitterrand, c'est une œuvre, grand lecteur, amoureux des beaux livres. L'écriture était pour lui une respiration naturelle. Sa langue classique fut toujours la traductrice fidèle et sensible de sa pensée. François Mitterrand, c'est une volonté, volonté de servir certains idéaux, la solidarité et la justice sociale, le message humaniste dont notre pays est porteur et qui s'enracine au plus profond de nos traditions… »

Dominique éteint la télévision, il est affecté. Il passe la main sur son cou, malaxe machinalement sa peau au niveau de l'artère carotide, puis, furtivement, s'essuie le visage. La génération Mitterrand, celle qui était adolescente en 1981, c'est la sienne, celle qui ne pouvait pas voter mais attendait si fort que la gauche arrive au pouvoir, c'est la sienne. Elle est orpheline à présent. Il insère une cassette VHS, lance l'enregistrement du journal avec son magnétoscope. Il regardera la suite plus tard.

« Adieu tonton », souffle-t-il les yeux noyés de larmes.

Isabelle descend l'escalier et le trouve prostré sur le canapé devant l'écran noir.

– Que se passe-t-il ? demande-t-elle.

– Chérie, je… C'est ridicule, je suis ému. Mitterrand est mort.

*

Ses proches disaient de lui qu'il se remettait d'une manière surprenante. Certes, ses trapèzes se contractaient un peu quand une porte grinçait ou que Tyler faisait tomber un jouet sur le sol. La sensation d'être suivi de près en marchant dans la rue le saisissait parfois. Sa main droite, aussi, se mettait à trembler légèrement, sans raison. Mais cela arrive à tout le monde, en de brèves périodes d'angoisse. Ceux qui venaient lui rendre visite, boire un café, déguster une part du fameux cheesecake de Lucy, préféraient souligner sa formidable résilience, sa manière de se moquer de son handicap, de garder son sourire et sa fierté, comme si rien ne s'était produit ou que tout était déjà pardonné.

Seulement, les batailles de l'âme sont longues. Elles s'enlisent en conflits gelés. Et aucune victoire n'en signe la fin.

Un matin de juillet, le sol s'est dérobé sous ses pieds. Il a ressenti un puissant vertige, et il a fallu qu'il aille se coucher. L'oxygène lui manquait. Ça l'a repris, une ou deux fois, les semaines suivantes. Des sons sont devenus intolérables, une cuillère qui racle le fond d'une assiette, le léger craquement du fil dentaire de Lucy quand il glisse entre deux dents, le sifflement du vent dans les soupiraux, deux contenants en plastique qui s'entrechoquent, le crépitement du barbecue, le vrombissement de la tondeuse du voisin.

Aux vertiges se sont ajoutées les nausées et les palpitations. En quelques semaines d'été, dans la moiteur d'Oklahoma City, les menaces se sont accumulées : un écureuil qui brise une branche en escaladant un arbre du jardin, la démarche d'un hérisson le soir, le silence de la nuit, le crissement des pneus d'une camionnette de livraison qui quitte son parcage, le regard appuyé d'un passant…

Les enfants ont tout aggravé. Tyler n'a cessé de grandir et Steve est devenu un petit homme survolté. Des semaines durant, il a trempé son pyjama d'une pisse malodorante. Chaque nuit, il venait hanter la chambre conjugale de ses pleurs incontinents. Comment Bill pouvait-il se reposer dans de telles conditions, son fils mouillant ses draps jusque dans ses rêves ? Lucy a pris sur elle. A changé l'aîné chaque nuit. A lavé les linges chaque matin. Bill lui doit tellement. Et pourtant, aussi formidable soit-elle, elle n'a pu s'empêcher de lui tenir de longues répliques fourmillant de reproches mal dissimulés. Des répliques qui commençaient par : « Ce serait bien que… » ou « Pour ton bien, tu devrais peut-être… » Elle a fait comme si les cicatrices n'existaient pas sur son corps, s'est appliquée à ne pas les toucher, à ne plus le toucher. Elle ne pouvait pas mieux lui montrer qu'il la dégoûtait. Non, elle ne pouvait pas mieux s'y prendre, et pourtant, en apparence, de quoi pouvait-il l'accuser ?

– Lucy, je n'en peux plus. On doit partir, c'est… Je ne peux plus vivre ici.

La phrase est sortie de la bouche de Bill, au tout début de l'hiver 1995. Il l'a crachée comme un relent gastrique, une glaire bileuse impossible à contenir.

Sa femme s'est approchée, a posé sa main sur son front, elle était tendre. Elle a soufflé :

– D'accord, nous allons partir.

Elle n'a pas résisté une seconde. Elle lui résistait auparavant. Dieu qu'il aimait ça quand elle lui résistait. Elle lui a simplement demandé où il voulait aller, quelle ville, quel État, quel pays.

Tulsa est devenue une option, de plus en plus simple, de plus en plus évidente. La banque où Lucy travaillait disposait de locaux où se faire muter, la ville était assez grande pour que Bill puisse trouver un emploi rapidement, assez proche pour pouvoir suivre la longue procédure judiciaire consécutive à l'attentat, assez loin, aussi.

Tulsa, donc, une grande agglomération grise et verte, à l'ouest de l'Oklahoma, parcourue du nord au sud par la rivière Arkansas avec un pont formidable pour réunir les deux rives. Son centre, défendu par quelques gratte-ciels, encadré par deux larges autoroutes de deux fois quatre voies qui se croisent en des échangeurs prodigieux noués comme des cordages de bateau. Au nord, on trouve une antenne de l'université de l'État d'Oklahoma et de tristes quartiers résidentiels, à l'est l'université de Tulsa et d'autres quartiers résidentiels. Au nord-ouest, la réserve Osage autorise l'implantation de casinos en bordure de la ville, privilège des Indiens depuis 1988, quand une loi autorisa ces peuples infortunés à faire fortune sur l'infortune des joueurs.

Lucy et Bill Smith ont trouvé un pavillon cossu dans un quartier nommé Renaissance juste au sud de la mythique route 66. Toutes les maisons y sont de briques rouges avec des toits en tuiles et des jardins bien entretenus. Leurs voisins, les Taskys ont un fils, Bruce, de l'âge de Tyler. Ils se montrent accueillants et très sympathiques. Le gazon est de bonne qualité, d'un vert tendre, Bill le tondra chaque week-end.

Renaissance, il ne pouvait y avoir de zone mieux nommée pour les accueillir.

*

On retrouve Jessica Dahlgren dans le 5e arrondissement de Paris. Elle habite un studio au premier étage du 52, rue Broca, situé juste avant que le boulevard de Port-Royal n'enjambe la chaussée. Les rayons du soleil ne se posent sur les vitres de son appartement que lors de la semaine du solstice d'été, et une odeur de nems frits remonte chaque soir des cuisines du traiteur chinois donnant sur la cour intérieure de son immeuble.

Son calendrier affiche la page du lundi 8 janvier, avec écrit « Rentrée » en rouge. Elle est à la bourre, comme d'habitude. Elle regagne sa chambre à cloche-pied, en manteau et culotte, parce qu'au moment de sortir, avec sa godasse gauche, elle a filé le collant noir qu'elle avait prévu de revêtir sous sa jupe, celui qu'elle a acheté au Tati de Montparnasse et qui, comme prévu, est de piètre qualité.

Encore une journée en blue jeans. Allez, grouille-toi, bordel.

C'est dommage, elle aurait aimé être apprêtée, pour une fois, pouvoir montrer ses jolies jambes à cet étudiant en lettres, habillé toujours élégamment, avec des yeux verts et intenses. Elle pense à lui depuis quelques jours. De plus en plus. Ils ne se connaissent pas, étaient placés côte à côte lors du partiel de linguistique de décembre, ont juste eu le temps d'échanger des regards profonds et quelques sourires timides.

« Dépêche, dépêche », vitupère-t-elle en se tortillant dans un Levi Strauss.

C'est peu dire que Jessica ne souhaite pas voir se prolonger les fêtes de fin d'année. Les deux semaines de pause se sont révélées franchement décevantes. La faute d'abord à celui qui était encore son petit ami en arrivant à Paris. Il l'a rejointe pour Noël et s'est comporté comme un gros naze, bon qu'à disserter sur la victoire d'Atlanta lors des World Series et à dénigrer la France et les Français. Après avoir veillé deux nuits blanches pour mater du football dans un bar américain et l'avoir à peu près correctement sautée à trois reprises, ce trouduc a inventé une histoire rocambolesque au sujet de sa mère pour changer son billet d'avion et retrouver la Californie du sud deux jours plus tôt que prévu. Ils se sont à peine dit au revoir, et chacun a compris que leur relation n'irait pas plus loin. Ensuite, comme si cela ne suffisait pas, elle a dû se farcir les cartes de Noël et de vœux que Benjamin lui a envoyées. Pas moins de quatre missives en deux semaines, chacune plus nourrie que la précédente en conjectures, jérémiades, regrets et divagations nostalgiques à propos du temps passé ensemble dans cette colocation de Westwood, ce temps où, tout de même, « les choses auraient pu être si différentes ». *L'enfer sur terre*, pense-t-elle.

Jessica descend les marches deux par deux et se retrouve en quelques enjambées sur le trottoir. Elle n'a plus de temps à perdre. Elle doit valider ses inscriptions administratives aux électifs optionnels du second semestre. Elle va choisir théâtre, métiers du livre, commencer une langue (certainement le russe) et peut-être bien poursuivre la linguistique pour continuer de côtoyer le beau garçon aux yeux verts. Cela, bien sûr, si les cours ne sont pas complets. En France, beaucoup de choses fonctionnent ainsi : premier arrivé, premier servi, et malheur aux retardataires.

L'année commence à la Sorbonne par un cycle de conférences d'une semaine. Cela devrait attirer bien du monde et rajouter à l'attente devant les bureaux de l'UFR de lettres. Elle prend à gauche la rue Claude-Bernard. « Vite, putain Jessica, pourquoi t'es jamais à l'heure, bordel de merde. » Elle adore jurer en français. En fait, elle adore la France. Elle ne devait passer qu'une année à Paris pour revenir parfaitement bilingue, et oublier l'échec de UCLA. Mais, désormais, cela paraît moins clair. Elle se sent chez elle, ici.

Elle songe fortement à rester au moins une année supplémentaire. Être loin de sa famille lui est bénéfique, rien ne l'attend plus en Californie et il y a quelque chose de gratifiant à habiter cette ville, juge-t-elle, quelque chose qu'elle imagine liée aux bâtiments et à l'harmonie architecturale. Elle aperçoit justement le Panthéon, quand elle s'engage à droite, rue d'Ulm. Prend à gauche et entre dans la faculté.

Six rangées de treize pupitres plongent droit vers le savoir. L'éminent Igor Mel'čuk est assis au centre, derrière le bureau en bois qui doit bien faire sept mètres de long. Il porte une chemise bleue, des lunettes rondes et larges. Sa soixantaine a dégarni son crâne et les rides dessinent sur son visage des traits sympathiques.

Ce savant canadien, grand polyglotte, est un des plus fameux linguistes mondiaux. Les rangs sont fournis, sa présence est un événement. Parfois, deux copines ou un couple se partagent un même siège. Derrière, déjà, quelques jeunes se résolvent à l'écouter debout. Jessica se contorsionne dans les dernières travées de l'amphithéâtre Turgot. Elle demande l'autorisation à un garçon plus grand de se mettre devant lui. Un jeune avec une barbe fournie comme celle de Karl Marx se retourne, il demande le silence.

Igor Mel'čuk déclare : « La langue est un système de règles qui permet aux locuteurs de faire deux choses. D'abord, parler, ce qui signifie être capable de faire correspondre à un sens tous les textes d'une langue qui peuvent véhiculer ce sens, et choisir parmi tous ces textes celui qui est le mieux à même d'être compris.

Ensuite, comprendre la parole, c'est-à-dire être en capacité de faire correspondre à un texte, parmi tous les sens qu'il peut véhiculer, celui qui passe le mieux dans les circonstances concrètes d'un acte langagier donné.

L'objectif du travail méthodologique d'un linguiste, l'objectif de mon travail, est de déterminer un modèle, comme une sorte de modèle mathématique, entre le texte et le sens, qui définisse les mêmes correspondances entre sens et textes que celles qu'établissent les locuteurs. De tels systèmes de règles forment ce que nous appellerons des Modèles Sens-Texte, ou MST. »

Avec ces trois lettres, l'assistance, bien que raffinée, laisse échapper quelques sourires et Jessica saisit ce moment pour lorgner de l'autre côté, au troisième rang, à côté d'une fille plutôt mignonne, le bel étudiant français. Il a le visage fin, les pommettes hautes comme on les porte en Europe de l'Est, un léger bronzage, les cheveux châtains ébouriffés. Son regard est posé sur le conférencier, on le sent absorbé, attentif, concentré. Mécaniquement, il porte le bout de son Bic à ses lèvres.

Igor Mel'čuk reprend : « Le concept de modèle est crucial dans toutes les sciences. Les chercheurs qui ne sont pas en mesure d'observer dans sa globalité la structure interne de l'objet ou du phénomène qu'ils souhaitent étudier ont habituellement recours à des modèles. Cela aussi bien en cosmogonie qu'en géophysique, en biologie moléculaire qu'en chimie, en neurologie ou en sociologie. En exagérant, je pourrais dire que, par science, j'entends construction de modèles. »

Il porte une veste grise, et une écharpe écossaise nouée autour de son cou. Dessous, Jessica observe le col d'une chemise blanche. Il a replié sa jambe gauche sur la droite, l'utilise pour poser son cahier et ainsi écrire le dos bien droit, légèrement reculé.

Igor Mel'čuk continue : « Un modèle fonctionnel ne garantit pas la vérité de la description obtenue, mais sa simple approximation. Vous devez comprendre, plus nous étudions l'objet modélisé, plus nous nous approchons de la réalité. Cependant, le linguiste qui accepte de travailler avec des modèles fonctionnels doit se rappeler constamment qu'un seul contre-exemple bien choisi suffit à compromettre le modèle qu'il propose, ce qui veut dire, démontrer son inadéquation. Un modèle fonctionnel est donc facilement falsifiable et, pour cette raison, il peut être considéré comme un instrument scientifique de valeur. Vous êtes tous ici, j'en suis sûr, familiers de l'épistémologie poppérienne. Le caractère hypothétique du modèle est essentiel ; cette réalité, le linguiste doit humblement l'accepter. »

L'audience applaudit, Jessica n'a pas écouté grand-chose. Déjà, elle se faufile vers l'escalier de pierre.

*

Depuis que l'Arroyo Blanco s'est emmurée pour devenir une *gated community* comme on en fait dans de nombreux endroits aux États-Unis, il faut bien admettre qu'il ne se passe plus rien au bord du Topanga Canyon. On ne croise plus de migrants agressifs le long des routes, et même les coyotes semblent avoir pris leurs distances des habitations. La peur a-t-elle cédé pour autant ? Vaste sujet. La peur est vorace.

Cándido a passé un automne calme et morne, un automne à se demander pourquoi il vivait encore ici, pourquoi il n'est pas parti à son tour, un automne à se demander pourquoi préférer la solitude d'une contrée étrangère à sa patrie. Après tout, il a encore une tante au Mexique. Il s'est interrogé fin octobre sur l'opportunité de repasser la frontière au sud, de revenir à Tepoztlán ou même à Cuernavaca, au pied du parc national et des falaises aztèques. Avec ses économies, il pourrait reconstruire une vie, aider la communauté. Il a hésité, a craint de ne rien trouver pour l'accueillir.

Il sait, il a eu cette vie déjà, celle d'un expatrié qui envoie ses maigres revenus au pays, qui s'échine et se prive dans le réconfort de la gratitude des siens. Mais, ils sont nombreux les cocufiés, qui se rêvent sauveurs. Il y a un verbe pour eux au Mexique, *sanchearse* – il signifie qu'un dénommé *Sancho* s'occupe de la femme des travailleurs pendant leur expatriation. Pour ceux-là, le retour au pays n'est jamais la fête qu'ils espèrent. C'est même tout le contraire : un embarras. Ils deviennent comme ces soldats des guerres longues, des héros éloignés que l'on vénère à bonne distance, mais dont on n'est plus certains de souhaiter le retour. Alors Cándido n'a pas acheté de billet de bus. Et l'automne est passé.

Pour Noël, les habitants de la résidence lui ont offert des cadeaux. Cela, jamais il n'aurait pu l'imaginer.

Il a reçu, enrobés de papier coloré, du chocolat, un bonnet des Lakers, une bouteille de vin de la région de Napa et d'autres babioles qui lui ont réchauffé le cœur. Même les familles les plus distantes à son égard, celles qui ont manifesté de la défiance quand il a obtenu son poste de gardien, celles qui ne le saluent pas toujours derrière les vitres teintées de leurs crossovers, lui ont témoigné une marque d'affection. Il a accroché dans la cabine à l'entrée de la résidence le dessin d'une fillette nommée Ashley, montrant son visage sombre souriant sous un arc-en-ciel. Tout cela lui a fait grand bien, et le mène à penser que, peut-être, sa place est ici, parmi les gringos.

Il habite seul le logement de fonction, un deux-pièces attenant à la clôture avec une chambre, une salle de bains minuscule et une cuisine qu'il a aménagée. Une petite cuisine comme América en rêvait. « América » soupire-t-il. La simple évocation de son ex-femme est une blessure ardente. Elle lui rappelle ce passé merdeux que rien n'effacera, tous les événements qu'il résume en une formule : *su suerte de mierda*, sa chance de merde. Il soupire.

Un jour, un jour ça oui, *con Dios como testigo*, il ira la chercher, il la ramènera ici, il la ramènera dans sa vie triomphale, celle qu'il construit chaque mois en épargnant la moitié de sa paie, celle qui est le destin de ceux qui travaillent dur en Amérique. Oui, que Dieu lui en soit témoin, il la ramènera dans une bien meilleure vie, bien meilleure même que ce qu'elle n'a jamais osé imaginer. Il la ramènera à lui et elle verra, *diablos si*, elle verra quel homme il est devenu. Elle sera stupéfaite de découvrir qu'à la banque, le guichetier l'appelle señor Rincón et le banquier lui serre la main. Elle constatera que désormais il se fait comprendre en anglais parce qu'il assiste à des cours, trois soirs par semaine, dans le quartier de Canoga Park. Elle se rendra compte qu'il mange mieux, qu'il boit moins, qu'il s'habille convenablement, que les cicatrices sur son visage s'effacent derrière ses yeux doux et un sourire véritable, parce que, oui, ça aussi elle le verra, il lui arrive d'être heureux.

Aujourd'hui, le fond de l'air est frais et les nuages s'amoncellent dans le canyon. Il s'emploie à colmater une brèche dans le mur d'enceinte de la résidence. Tout à l'heure, il passera un coup de coupe-bordures le long des haies et, cet après-midi, allez savoir, il balaiera peut-être les feuilles mortes devant l'entrée. Sous ces latitudes, les chênes perdent leurs ramures jusqu'aux derniers jours de l'hiver.

En surplomb du virage, il aperçoit la voiture des Jardine. Elle fait un boucan pas possible avec son V10, ses quatre cents chevaux et sa boîte six vitesses. Quand elle arrive à son niveau, la vitre se baisse.

– Bonjour, c'est la fissure, c'est ça ? On dirait que le béton s'est fendu.

– Ce n'est pas très grave, mais avec l'humidité, c'est mieux de réparer avant que ça empire.

– Ce mur est tout neuf, c'est dingue…

– Oui, il faut l'entretenir, c'est comme ça.

– C'est votre chance mon vieux, vous êtes déjà irremplaçable. Bonne journée.

– Bonne journée, répond Cándido, en haussant les épaules, tandis que la Dodge vrombit en franchissant le portail électrique.

*

Ce matin, le dernier camion arrive à Tulsa, après cent vingt miles de routes plates et droites bordées de bouquets d'ormes et d'érables sans feuilles. Il est chargé de cartons de vaisselle, de jouets d'enfants, de bibelots et de tous les dossiers que Bill gardait chez lui pour travailler depuis la maison. Il y a aussi des albums photos, des livres, de la paperasse. Beaucoup de souvenirs que la famille Smith n'a pas voulu jeter. Le déménagement était trop précipité pour donner l'occasion d'un grand tri.

Le Chevrolet se gare au plus près de la porte d'entrée, les roues arrière à moitié sur le gazon. Les déménageurs ne perdent pas de temps, ils se relaient entre la remorque et le salon, où les affaires s'entassent sommairement. Ils travaillent en silence, mâchouillent seulement un mot de temps en temps, avec un accent improbable. Ce sont deux *rednecks* de l'Oklahoma. Le premier est roux, gras, taiseux, souriant, mal denté, possède des bras énormes, des rouflaquettes, un T-shirt large à l'effigie d'un groupe de métal, une moustache rousse ; le second, plus court sur pattes, porte une casquette profondément vissée sur la tête et une salopette tachée, a les bras couverts de tatouages, une cicatrice au menton, la voix aiguë, traîne une puissante odeur de sueur.

Lucy essaie de leur signifier que certains cartons doivent être manipulés avec précaution, elle a écrit FRAGILE en lettres majuscules avec un gros feutre rouge sur chacune des faces. Ils pourraient au moins tenir compte de cela. Les types s'excusent, lui servent un « ouais m'dame », se montrent plus soigneux et puis, au bout de deux ou trois passages, se remettent à balancer les boîtes sans faire attention. Steve se rue sur chacune d'entre elles. Il est à la recherche de sa figurine Winspector, un superhéros japonais dont les Powers Rangers américains se sont inspirés. Il était certain de l'avoir gardée avec lui lorsque la famille a fait le trajet en Volvo, mais elle reste introuvable depuis le déménagement. À trois ans, il est plein d'énergie et ne comprend pas à quel point il est pénible. Agité, il manque de faire tomber le gros *redneck* roux à la moustache et rouflaquettes. Le déménageur articule quelques sons qui doivent signifier : attention, mon garçon.

– Steve, bon sang, tu vois bien que le monsieur travaille, gronde Lucy. Ne te faufile pas dans nos pattes. Désolée, monsieur, il est très excité. En revanche, si vous pouviez poser plus doucement les cartons fragiles, j'apprécierais… Oui, comme ça, voilà, c'est parfait. Non, c'est juste que je l'ai déjà dit à votre collègue et que je me suis donné la peine d'écrire au feutre, là vous voyez ? FRAGILE, c'est inscrit en rouge. Merci.

De l'autre côté de la pièce, Bill, taciturne, trie les caisses au compte-gouttes, chacune en fonction de la pièce de destination. La nouvelle maison est configurée à peu près comme la précédente. C'est l'avantage de la standardisation des quartiers résidentiels américains.

Il ouvre une caisse avec des dossiers qui datent de l'époque du Bureau. Ces trucs sont supposés détruits, réduits en cendre lors de l'explosion. Leur contenu est peut-être bien confidentiel. Il n'aura pas à les rendre, qui lui demanderait ? De toute façon, personne ne s'est véritablement préoccupé de lui depuis l'attentat et tout traîne, la justice, les assurances, les avocats.

Il ouvre un dossier. Le rapport porte sur le handicap, William l'a écrit en 1991. Il s'en souvient, une de ses premières études dans son beau bureau au quatrième étage du bâtiment fédéral Alfred P. Murrah. *Quelle ironie*, pense-t-il. Il le feuillette. Il pointait, dès l'introduction, le retard du pays concernant l'accès des personnes à mobilité réduite aux transports publics. Les pages ont jauni, l'encre est terne, le mauvais papier se déchire autour des agrafes. Bill les tourne avec précaution. C'est troublant, chaque forme de handicap est définie par un groupe nominal, comme s'il fallait une périphrase pour ne pas dire les choses d'un bloc et que l'agencement des mots adoucissait quelque chose. Ce devait être la manière la plus convenable de traiter le sujet, à l'époque. Comment dirait-il aujourd'hui, d'ailleurs ? Je suis un type qui a perdu une main ? Je suis un homme dont la main a été arrachée lors d'un attentat ?

« Je suis un manchot, souffle-t-il. Voilà ce qu'il faut dire. »

– Papa, je trouve pas Winspector. Papa ? Je trouve pas Winspector. Pa-pa ?

– Steve, chéri, attends, tous les cartons ne sont pas encore livrés. Calme-toi un peu, supplie Lucy.

Janvier 1996

– Papa, tu sais il est où mon Winspector ?

– Steve, tu vois bien que papa est en train de lire un document. Tu lis quoi d'ailleurs, chéri ? Ce n'est peut-être pas le bon moment, les livreurs ne font pas attention aux objets fragiles, on ferait mieux de surveiller un peu.

– Mais je veux mon Winspector.

Steve se met à chouiner.

– Ah non, stop, ne te mets pas à pleurer, Steve, on va le retrouver. Et arrête de t'agiter, tu vas réveiller Tyler. Tu vois bien que nous sommes occupés, monte dans ta chambre, veux-tu ?

– Mais. Je. Le. Veux. Tout. De. Suite.

Pour bien marquer les mots, il piétine entre chaque.

– Alors continue de chercher, tu finiras par trouver. Fais-le en silence, sans crier, pour l'amour du ciel.

– Mais il est où ?

– Regarde dans les cartons, Steve, et calme-toi à la fin. Non, pas ceux-là, ton père les a déjà triés. Non, Steve.

Lucy se retourne vers son mari.

– William, tu ne veux pas m'aider une seconde ? Il me met à bout de nerfs.

– Papa, pourquoi tu cherches pas mon Winspector ?

Bill se lève, soupire, il a l'air encore tout aspiré par ses pensées, avance vers son fils et avec la main qu'il lui reste, bien droite et bien ferme, lui colle une baffe mémorable.

*

– Salut.

– Salut.

– Tu me reconnais ? On était assis à côté au partiel de linguistique…

– Bien sûr, oui.

Le garçon aux yeux verts referme son sac et passe la bandoulière par-dessus sa tête. L'anse tombe juste, épousant le revers de sa veste.

– Pardonne-moi, je ne suis pas trop réactif, cet exposé m'a mis K.-O. C'est fou. Combien de cerveaux possèdent ce genre de types ? J'ai trouvé la conférence vraiment passionnante. Tu as aimé ?

– Oui, c'était super. Enfin, Jessica s'éclaircit la voix, Igor Mel'čuk est impressionnant… Je ne sais même pas si j'ai tout compris.

– Cet après-midi ça s'annonce génial aussi, la leçon sur les mythes. Tu as le temps pour un café ?

– Je dois m'inscrire aux électifs du second semestre, faut que j'y aille tout de suite, avec ce monde. Mais après, ou plus tard, ou même ce soir ?

– Très bien, il hésite, ça te va si je t'accompagne ?

Elle rougit légèrement, passe la main dans ses cheveux et replace une mèche derrière son oreille.

– Oui, avec plaisir. Je suis désolée, je…, enfin, je ne sais pas comment tu t'appelles.

– Moi, c'est Matthieu.

– Jessica.

– Enchanté, Jessica ! Alors quels cours comptes-tu choisir ?

– Théâtre, métiers du livre, je vais commencer le russe je pense, et puis pour le reste, je prendrai comme toi pour être sûr de te croiser, au moins de temps en temps.

Elle sourit. Il ne s'attendait pas à ça.
– Tu vas devoir aimer la linguistique.

Matthieu a beaucoup d'allure et semble très à l'aise. Il se comporte de façon précise et cool comme les acteurs dans les films qui sortent toujours la bonne réplique au bon moment et adoptent constamment une posture décontractée et craquante. Il est distingué, revêt chaque jour des vestes de costume cintrées, de type blazer. Aujourd'hui, elle est grise, motifs prince-de-galles en laine flanelle et revers à piques. Dessous, une chemise blanche, col britannique écarté. Son pantalon à pinces tombe parfaitement sur des richelieus. Ça lui va si bien qu'il n'a pas l'air d'être accoutré. Descendre à ses côtés les escaliers de la cour d'honneur de la Sorbonne et l'écouter parler des subtilités de sa langue conforte Jessica dans l'idée qu'elle se fait du charme et du raffinement français. Aucun jeune Américain, même de la haute société new-yorkaise, n'arborerait ce style soigné et un peu précieux. C'est tellement inconcevable qu'à Los Angeles on demanderait certainement à Matthieu s'il est déguisé pour Halloween ou s'il se rend à un mariage, à moins qu'il ne soit un dandy ou un homosexuel, et plus certainement un dandy homosexuel.

– Et donc tu es américaine. Tu n'as presque pas d'accent, félicitations.
– Merci. Oui, je viens de Californie, de Los Angeles. J'ai des ancêtres français, c'est peut-être dans mes gènes.

– Tes parents parlent français ?

– Non, j'ai commencé tôt à l'école, dès le primaire, en fait, et puis j'ai fait mon mémoire sur Boris Vian à UCLA, et voilà, je suis ici pour me perfectionner. Si tout se déroule comme prévu, je deviendrai prof.

– Beau programme de vie !

– Et toi, tu veux faire quoi ?

– Tu connais Roland Barthes ? Je veux faire Roland Barthes, c'est… a priori, c'est plutôt ambitieux.

– Non, je ne connais pas, enfin je ne l'ai jamais lu. Je devrais, j'imagine.

– Ne t'en fais pas, il n'était pas au programme du précédent trimestre, de manière surprenante d'ailleurs. Mais il le sera forcément au prochain.

L'après-midi, Pierre Brunel donne une conférence de littérature comparée sur les mythes. Matthieu a quitté Jessica juste avant d'aller déjeuner. Elle est rentrée manger chez elle, pour ne pas dépenser tout son argent dans les brasseries hors de prix du 5e arrondissement. L'amphi Turgot est aussi plein que le matin et elle n'est guère plus en avance. Elle s'en veut de devoir encore écouter depuis le fond. Heureusement, Brunel est parfaitement intelligible, il parle suffisamment fort, articule et fait durer la dernière syllabe de chaque mot. Suivre n'est pas difficile mais elle ne peut pas prendre de notes, ni se reposer le dos et les jambes.

Pierre Brunel commence : « En préambule, le mot "mythe" est employé à tous propos. Je me souviens avoir lu quelque part, pour le retour de Michael Jordan au basket-ball, "le retour du mythe". Cela est exagéré, à mon sens. Un premier exercice consiste donc à définir le sens de ce mot. Mircea Eliade (écrivain, mythologue et historien des religions) dit : “un mythe raconte un événement qui a eu lieu dans le temps primordial, le temps fabuleux des commencements”. »

De nouveau Jessica cherche Matthieu dans l'auditoire. Par les fenêtres, à gauche, entre une lumière timide, fondue dans les éclairages criards des six grandes lampes fixées au mur. Elle aurait vraiment adoré déjeuner avec lui, s'asseoir au même pupitre, partager un sourire, lui susurrer un commentaire à l'oreille, sentir son parfum. Déjà, il l'obsède.

« D'une manière générale, les mythes grecs sont fortement liés aux éléments. Sisyphe est le fils d'Éole, dieu des vents, lié d'ailleurs au dieu des mers, Poséidon, deux figures homériques considérables aussi bien dans l'*Iliade* que dans l'*Odyssée*… »

Ça y est, elle le voit. Encore une fois, il a une place assise, ce doit être un garçon ponctuel.

« Les chansons de geste du Moyen Âge, en revanche, se focalisent davantage sur un exploit militaire, prenons l'exemple de la fameuse chanson de Roland, ou encore la chanson de Girart de Roussillon. On y mêle volontiers les dimensions héroïque et hagiographique. On y vante aussi bien Charlemagne que saint Georges. »

Il a remis son écharpe autour du cou, mais sans la nouer. Matthieu est toujours si attentif, si passionné. Jessica remarque aussi qu'il est assis à côté de cette même fille, celle qui était déjà là ce matin pour la conférence d'Igor Mel'čuk. Ils n'ont pas vraiment l'air d'interagir. Ah, si, tiens justement, elle lui parle. *Elle est jolie, putain.* Matthieu lui répond, ils ont l'air de plaisanter. Ce n'est pas grand-chose, mais ça l'énerve. Elle laisse échapper un « *fuck* ». Une fille se retourne, elle se sent idiote, « pardon » murmure-t-elle. Soudain, tout l'indispose, à gauche l'odeur du type à la barbe de Karl Marx, toujours debout derrière lui aussi, devient intolérable. Il pue le frigo en panne. Une épaule lui obstrue la vue. Un autre étudiant niaque un chewing-gum dans son oreille. *Allez, je me casse*, et elle s'en va.

Le soir, Jessica fume devant ses plaques de cuisson. Toutes les trois bouffées, elle glisse sa clope entre deux vantaux de la persienne et laisse la cendre voleter dehors avec la bruine. Depuis son lecteur K7, Chris Isaak évoque un hôtel bleu et une route solitaire, sur un rythme lancinant. Elle ne peut refréner un mouvement d'épaule. Deux œufs crépitent dans la sauteuse. Elle les dépose sur une tranche de pain de mie grillé. L'odeur d'huile d'olive chaude embaume la pièce. Une pincée de poivre, de sel, et d'emmental râpé, le dîner est prêt. Elle tire une dernière fois sur sa cigarette.

Elle imagine Matthieu habitant un grand appartement avec moulures au plafond et parquet ciré. Que fait-il en ce moment ? Est-ce qu'il mange en famille, avec son père en bout de table qui distribue la parole ? Est-ce qu'il lit un bouquin pendant qu'une domestique prépare un bouillon de volaille ? Est-ce qu'il déguste un de ces vins français aux reflets rubis, qu'on décrit avec plus de mots que nécessaire pour composer un roman de gare ?

Jessica écrase son mégot dans un vieux pot de yaourt. Elle emporte son assiette et s'assied en tailleur sur son lit. Chris Isaak continue de s'égosiller sur son *Blue Hotel*, la soirée est douce.

*

On lui avait dit, pour être bien sûr d'aimer le Morvan, il faut y avoir passé un hiver. À l'époque, c'était le printemps et Isabelle, déjà, n'était pas certaine de s'y plaire. Elle se disait toutefois que cela pouvait changer, qu'elle serait peut-être gagnée à son tour par l'enthousiasme qui avait saisi son mari, et que, comme lui, elle finirait par se convaincre que la vraie vie est à la campagne parmi les arbres et les animaux. Mais l'hiver la conforte. Ils sont venus se perdre ici, elle, lui et leurs deux enfants. Se perdre bêtement, sans que rien ne les y ait obligés.

À Quarré-les-Tombes, le soir vient tôt, parce que la lumière des hommes n'y brille pas comme dans les villes, où les jours se prolongent d'artifices. Les pavillons deviennent les derniers îlots de vie dans la nuit, avec seulement le bruit du vent contre les tuiles pour se raccrocher au monde. Dehors, le froid, le froid règne en maître. Pour le conjurer, Dominique fait des soupes. C'est sa dernière lubie, ça le rend heureux. Il compose des potages de légumes, bons certes, mais guère variés, composés chaque fois de poireaux, navets, pommes de terre, carottes et d'un Kub Or de la marque Maggi.

En accompagnement, ils se servent une tranche de jambon, Herta s'ils sont allés au Super U, Madrange à l'Intermarché, du pain et une salade verte. En dessert, ils savourent des Danettes, crème de marrons pour lui, saveur vanille pour elle, parfois chocolat. Les jours se ressemblent. Le logis est douillet. Il y a le feu dans la cheminée, l'odeur du bois brûlé, et le son de l'écorce qui se consume patiemment au milieu des crépitements. De temps en temps, Isabelle insère un disque dans la chaîne hi-fi, alors la voix rauque et libidinale de Gainsbourg remplace la morosité par une autre.

Chaque soir, les enfants mangent, pleurent, urinent et dorment à la même heure, réglés comme des moines. Maxime, seulement, prend plaisir à se réveiller et à gémir si Dominique et elle se décident à faire l'amour. Pourquoi fait-il cela ? Cela n'a aucune logique. Il ne peut pas les entendre depuis l'étage, c'est impossible, ou alors il entendrait d'abord le craquement du volet, les voix dans la télévision, le roulis du vieux ballon d'eau chaude qui se remplit la nuit pour faire des économies ; alors il ne dormirait jamais. Non, bien sûr, Isabelle en est convaincue, il se réveille parce qu'il sent, il se réveille parce qu'il sait, il sent et sait qu'il peut nuire.

La route, c'est le quotidien. L'hiver, la chaussée est dangereuse, le verglas se dépose par plaques, et colmate les nids-de-poule. Les virages se transforment en patinoires, une roue dans le bas-côté et le véhicule devient incontrôlable. Isabelle choisit un itinéraire plus sécurisé à partir de fin octobre, va chercher la départementale au niveau de Rouvray et la remonte jusqu'à Avallon, Joux-la-Ville, Nitry, où elle quitte la route de Tonnerre en bifurquant sur la gauche, direction Chablis. Le matin, vers 7 heures, il fait encore nuit quand elle allume le contact pour faire chauffer la Corsa. Elle attend un peu, rentre au chaud, le temps de partager un café avec Dominique. Ils observent la vapeur émaner du capot, sirotent leur tasse, se souhaitent une bonne journée, puis elle revient à la froideur pour gratter le pare-brise, les vitres et les rétroviseurs.

Les lundis et jeudis, son mari travaille plus tôt, elle doit faire un détour pour déposer les enfants chez Lucien. Il lui offre un deuxième petit jus, elle lui récite des instructions qu'il connaît. Cela lui semble nécessaire de les répéter, chaque fois. Elle retourne ensuite à sa course contre la montre. Entre les troncs blancs des bouleaux et les épines nues des ronces, la chaussée sinue jusqu'à Saint-Léger-Vauban et elle passe les virages à 15 kilomètres-heure pour être certaine de ne pas glisser. Il lui faut une heure pour se rendre à la coopérative. Une heure, c'est long, ça donne le temps de réfléchir, de se dire que les hivers à Quarré-les-Tombes, c'est évident, cela ne pourra pas durer toute la vie.

Monique est la première arrivée, comme chaque matin. La boutique ouvre ses portes dans une heure. Elle prend le temps de mettre les bouteilles en place sur les étagères et de faire couler une cafetière pour toute l'équipe. Elle balaie rapidement la surface de vente, tourne la page du calendrier dans la réserve, range les piles de paperasse sur le bureau de Sébastien. Monique est une collègue formidable.

Des pneus crissent en entrant sur le parking, elle se retourne, et observe l'Opel se garer derrière le magasin.

– Te voilà, ma grande ! Oh, toi tu as la tête des mauvais jours ! Viens me biger. Je t'ai pris un croissant.

Isabelle dépose son écharpe sur le comptoir, saisit la viennoiserie et embrasse sa collègue.

– Tu sens mes joues ? Il fait un froid pas possible… Et je me lève si tôt… J'en ai déjà marre.

– On va prendre un café et discuter un peu. Y a du courrier pour toi, ça vient de la foire de Migé, j'imagine qu'ils veulent que tu sois jurée du concours cette année encore.

– Ah oui, c'est vrai. Eh bien, s'ils le veulent…

– Bon alors, pourquoi tu fais cette tête ?

– J'ai l'impression de ne prendre que des mauvaises décisions, soupire Isabelle. Enfin… j'ai l'impression que je ne prends aucune décision, plutôt, mais qu'on m'en impose de mauvaises. Je vis dans un trou, je ne voyage que pour le travail, j'ai vingt-six ans, deux gosses, un mari qui fait des soupes, une libido en berne… J'ai deux heures de trajet pour aller et revenir du travail pendant lesquelles j'écoute Michel Delpech…

– Pour la musique, tu peux facilement changer.

– Monique, je t'en prie, dis-moi que je ne suis pas déjà vieille.

Monique lui tend un bol fumant.

– Vieille comme je le suis, c'est ça ? demande-t-elle en plaisantant.

Elle s'assied, ajoute deux carrés de sucre et touille avec sa cuillère.

– Regarde-moi. Tu vois, ça c'est être vieille. Mais c'est pas le problème, ça. Je vais t'expliquer pourquoi ça ne m'affecte pas. Je vis avec Patrick depuis trente-huit ans. Il m'a connue, ma taille était deux fois plus fine qu'aujourd'hui, et lui, ce gros bonhomme, à l'époque, il courait des marathons. Je n'ai jamais voulu autre chose que l'avoir près de moi, élever nos enfants dans notre maison à la campagne, recevoir des amis, ouvrir une bouteille de bon vin, de temps en temps. Je suis une femme simple avec des désirs simples. C'est ma chance, je ne suis jamais bien loin du bonheur. Patrick et moi avons vécu, avons vieilli, sans y penser. Nous nous sommes déformés ensemble. Le corps et l'esprit. Surtout l'esprit. C'est ce que font les couples. Ils se déforment ensemble. Chacun sculpte patiemment l'autre. Les couples heureux aussi bien que les couples malheureux. Isabelle, ma fille, tu es un don du ciel, à un point que tu ne réalises pas. Ne l'oublie jamais, je t'en prie. Quand tu seras déformée comme moi, il y a intérêt que ce soit par une vie de bonheur !

*

D'où viennent-ils, ces sarcophages ? Et pourquoi ne campent-ils pas sous terre, comme les millions d'autres, partout ailleurs sur la croûte terrestre ? Ils sont cent douze en rang d'oignon autour de l'église Saint-Georges de Quarré-les-Tombes, couverts de lichens et de mousses, rectangulaires, sans ornements. Cent douze tombes, tombées du ciel.

Une bourrasque s'abat sur le clocher. La pierre tremble, la cloche frémit, une corneille s'envole. Les rafales sont puissantes à réveiller les morts.

Marine saute sur les blocs calcaires. Sa parka turquoise et fuchsia la boudine. Bientôt, elle ira à son petit frère. Elle manque de chuter à cause du vent. Elle s'amuse. Lucien la surveille, tandis que Maxime, dans sa poussette baffée par les courants d'air, dort profondément.

– C'est la tempête, on va bientôt rentrer ma chérie !

– Regarde papi, j'escalade les rochers.

Elle se retourne avec un grand sourire, et montre les paumes de ses mains toutes vertes.

– Ce ne sont pas des rochers. Ce sont des sarcophages.

– Ça veut dire quoi, papi ?

– Un sarcophage, c'est… comme un lit. Pour des personnes très vieilles ou très fatiguées, répond Lucien.

Marine regarde le morceau de pierre sur lequel elle est juchée. Elle pose les genoux dessus et descend prudemment, soucieuse de ne pas déranger celle ou celui qui y sommeille.

– Et pourquoi leurs lits sont dehors ? Ils n'ont pas froid ?

Lucien lève les yeux au ciel.

– Vous vivez ici depuis des mois, et ton père ne t'a pas raconté l'histoire du rossignol ? C'est tout de même formidable, ça…

– C'est quoi un rossignol ? demande Marine qui s'est assise.

– Un oiseau. Un joli oiseau avec un chant magnifique. Il ne piaille plus dans les forêts alentour à cause d'une bataille qui a eu lieu, il y a très longtemps. Une bataille de roi et de chevaliers.

– Il y avait des chevaliers, ici ?

– Oui. Au Moyen Âge, à l'époque des châteaux forts et des princesses. L'un d'entre eux, nommé Renaud, fils d'Aymon, roi des Ardennes était à la tête d'un groupe de chevaliers chrétiens. Face à eux, il y avait une armée de Sarrasins, des musulmans, plus nombreux et mieux armés qui venaient pour conquérir le royaume. Mais, le jour de la grande bataille, au lieu de manœuvrer ses troupes pour vaincre l'envahisseur, Renaud s'est assoupi au pied d'un chêne. Il s'est assoupi parce que le chant d'un rossignol l'a distrait, et qu'il devait être fatigué, j'imagine.

– Alors, il a perdu la bataille ?

– Non, il l'a gagnée de justesse ! Grâce à saint Georges, le protecteur des chevaliers. Il est descendu du ciel avec sa lance, et il a embroché les Sarrasins par dizaines, puis il a réveillé Renaud pour qu'il dirige son bataillon et emporte la victoire. Quand les combats se sont terminés, Renaud a maudit le rossignol qui l'avait endormi, et saint Georges a fait pleuvoir des sarcophages blancs pour que les chrétiens se reposent. Cela explique pourquoi il y a tant de sarcophages autour de l'église et pourquoi les rossignols ne chantent plus dans la région.

Marine semble perplexe.

– Et c'est vrai, cette histoire, papi ?

– C'est une légende. Les légendes sont toujours en partie vraies et en partie fausses.

Lucien regarde Marine et s'assombrit un peu.

– J'ai réentendu un rossignol, pas loin d'ici. J'étais jeune..., murmure-t-il. C'était aussi durant une guerre.

Ils viennent de saint Georges, ces sarcophages, évidemment. Georges de Lydda, cousin de l'isapostole sainte Nino, Georgos en grec, celui qui travaille la terre, officier de l'armée romaine, élevé par Dioclétien au premier grade de l'armée de l'empereur, Georges, saint patron de Beyrouth où il terrassa le dragon qui asservissait la ville, où les chrétiens le nomment Jergis et les musulmans Khodr, Georges de Lydda où l'on vénère son tombeau, Georges le Grand-Martyr pour les Grecs, après que le même Dioclétien décida de le persécuter, lui et ses coreligionnaires, Georges, l'emblème des armoiries russes, Georges, le Saint patron de l'armée bulgare, de la Géorgie, de l'Éthiopie, de Gênes, de Venise, de Barcelone, le saint patron de la Catalogne où les hommes d'honneur reçoivent sa croix, *la creu de Sant Jordi*, le saint national d'Angleterre, dont le drapeau porte son insigne, le saint des Slaves et des Roms, Georges, le saint patron des scouts, de l'ordre Teutonique, des frères de l'ordre du Temple, le saint patron des gendarmes à cheval en Belgique et de l'armée blindée-cavalerie française qui a pour devise : Et par saint Georges, vive la Cavalerie !

Ils viennent de saint Georges, ces sarcophages, le saint protecteur des chevaliers chrétiens et de la Bourgogne, rempart devant les Mahométans, et qui fit tomber les tombes sur Quarré.

*

Depuis que Jessica a acheté un téléphone fixe noir, de marque Alcatel, un nombre inattendu d'interlocuteurs cherchent à joindre son zéro-un. Le plus souvent, ils souhaitent lui vendre de nouvelles fenêtres, lui proposent un diagnostic énergétique de son appartement et d'autres travaux pour lesquels la locataire qu'elle est n'a pas son mot à dire. Parfois, un prénommé Étienne ou François avec un fort accent du Maghreb l'invite à s'abonner à une chaîne cryptée. Parfois, elle a gagné à un grand jeu concours. Parfois, il n'y a personne au bout du fil et il faut rappeler un numéro surtaxé. Régulièrement, on demande Jeanne avec une voix tremblante, et Jess doit répondre que non, ce n'est pas elle, que ce numéro n'est plus celui de Jeanne, que Jeanne en a sans doute changé, et elle ne peut s'empêcher de penser que si ces vieillards trouvent que Jeanne aurait pu prévenir, que s'ils pensent que Jeanne devrait donner plus souvent des nouvelles, que si le numéro de Jeanne a été réattribué, c'est peut-être simplement que Jeanne n'est plus. Elle s'est procuré ce téléphone pour pouvoir échanger avec ses parents et enfin remplir les dix cases qu'exigent de nombreux formulaires administratifs français, mais n'a reçu, pour l'instant, que des appels publicitaires, frauduleux ou désespérés. Et ce soir, son téléphone sonne au pire moment.

« Laisse-le sonner ! »

La sonnerie sature l'espace comme si tout claironnait dans l'appartement de la rue Broca, les murs, les meubles, l'électroménager.

« Réponds pas, reste dans le lit. »

Il est tard, au moins minuit, c'est vraiment le pire moment. En même temps, c'est une heure idéale pour la Californie, juste après le déjeuner. Jessica n'a aucune envie de répondre mais elle sait bien qu'aucun centre d'appels ne ferait travailler ses employés à une heure pareille, y compris les Marc, Pierre et Gilles dans leur call center de Pondichéry. Ni les amis de Jeanne qui doivent être couchés depuis longtemps, et rêver leurs songes de liberté et de jeunesse. C'est sans doute ses parents, qui d'autre ? Elle ne serait pas mécontente de savoir qu'ils vont bien, de savoir qu'ils s'intéressent un peu à ce qu'elle fait.

« Mais non ! »

Elle se lève et passe sa robe de chambre. Sort de la pièce et se dirige vers le téléphone.

– Allô ?

– Jess ? C'est moi, Benjamin.

– Ben ?

– Je suis désolé, il doit être tard en France, je ne sais plus si c'est six ou sept heures, tes parents m'ont passé ton numéro…

– Neuf heures, Ben, neuf heures de décalage horaire.

– Ah, mince. Je te dérange, je voulais… discuter un peu. Tu as reçu mes lettres ?

– Ben, oui tu me déranges, il est minuit.

– Minuit ? Ah ouais, ça fait tard, désolé. Je voulais juste savoir pour mes lettres, tu n'as pas répondu, donc…

– Ben…

– Ça appelait une réponse, ce que j'ai écrit, soupire-t-il dans le combiné.

– *For God's sake*, Benjamin, pourquoi tu ne veux pas comprendre, pourquoi tu m'écris encore ces choses sur nous deux ? Ben, je suis en France. Tu vois la France, ce truc en Europe. J'y suis heureuse, plus qu'à L.A., je ne veux pas que tu m'écrives des mots insensés.

– Jessica, c'est que… Je me suis rendu compte que je veux être avec toi, que je t'aime. C'est ça, je t'aime. Bordel, je devais te le dire. Je peux essayer de venir à Paris pour les prochaines vacances, je veux juste qu'on se voie. Nous sommes déjà le 15 janvier, j'attends chaque jour depuis deux semaines que tu m'envoies tes vœux… Je devais t'appeler. Tu dois comprendre.

– Désolée, il faut que je dorme, j'ai cours demain. Je ne veux pas que tu viennes. Je t'écrirai, on s'écrira, mais seulement une fois que tu auras compris que cette relation ne sera pas… que ce ne sera pas ce type de relation. Salut.

Jessica raccroche, elle est en colère. Elle s'en veut de lui faire du mal. Ce n'est pas comme si cela l'amusait, mais putain, c'est ce qu'il cherche, il doit aimer ça.

Elle regrette de s'être levée, elle était si bien, si comblée avant que le téléphone ne sonne.

Elle enlève sa robe de chambre et dévoile sa belle poitrine. Magnifique, symétrique, charnue, droite, défiant la gravité. Elle a les tétons roses, épais et larges. Son nombril ovale est chapeauté d'un piercing argenté, un petit crochet avec une boule de métal à chaque extrémité. Son sexe est taillé en un triangle régulier, il est encore gonflé, encore un peu plus rose, encore humide.

Matthieu sort des draps, nu comme un ver, le sourire coquin.

– Pourquoi t'as répondu ? Encore cinq minutes et il fallait reprendre à zéro. Il est beau, ébouriffé, il a ses hautes pommettes saillantes et son regard vert et pénétrant. Il a encore le pénis raide et tout son corps invite Jessica à le rejoindre.

– *Sorry*, t'avais raison, j'aurais pas dû répondre. Allez, viens là, toi.

*

Quand Lucy rentre de l'église avec Steve, c'est comme si elle était une nouvelle femme, comme si elle revenait gonflée d'espoir et que la vie était devenue soudain belle et simple. Elle fréquentait déjà une communauté baptiste à Oklahoma City. À Tulsa, elle a trouvé un temple pas trop loin de chez eux, avec des personnes sympathiques, ouvertes, en quête de vérité et d'amour. Elle a discuté, après l'office, avec un jeune vétéran. Il a servi sept mois en Bosnie. L'église l'aide à chasser certaines images, à réintroduire la grâce et la volonté divine parmi les errements humains. Il lui a raconté le bien que lui faisait la communauté, le bonheur de retrouver la confiance en l'homme, un sentiment qu'il pensait avoir perdu à jamais. Lucy a immédiatement pensé à son mari et regrette que Bill ne l'accompagne pas. Il est si buté et cartésien. Elle est certaine que lire les Saintes Écritures et prier lui ferait grand bien. Il a besoin de pardonner et d'être consolé, de réintroduire à son tour dans sa vie la grâce et la volonté de Dieu. Mais non, il reste des jours entiers, prostré sur le canapé, rivé à des émissions télévisuelles sans intérêt, à se morfondre. Si seulement il venait avec elle…

Satan se nourrit de politique, de division, se faufile de chaque côté des frontières, dans chaque fissure laissée par des conflits sans importance, il conduit de pauvres bougres, imbéciles et faibles, aux pires forfaitures pour étendre son royaume d'âmes désolées. Mais il est si facile à combattre, si facile à désarmer pour celui qui marche aux côtés de Dieu.

Bill n'a toujours pas repris le travail et sort peu. Il a eu un entretien téléphonique avec l'antenne de la SSA à Tulsa, la semaine dernière. La Social Security Administration est toujours supposée être son employeur, mais justement, cela pose problème. Pour des raisons administratives et juridiques, il ne pourra pas être intégré dans un nouveau service avant le jugement relatif à l'attentat d'OKC. D'ici là, son assurance aura cessé de lui verser son salaire, et il devra trouver un poste ailleurs parce que jamais les revenus de Lucy ne pourront suffire à faire vivre toute la famille. La situation est insoluble. Il lui reste quelques mois avant de l'affronter mais, secrètement déjà, elle le hante : lui l'atrophié, obligeant sa femme et ses deux gosses à déménager de nouveau, dans un quartier pauvre cette fois, un quartier de Noirs, avec des rues sales, des rats, des drogués et des écoles délabrées. Il se dit parfois qu'il préférerait mourir plutôt que cela se produise.

– Je suis passée au magasin après la messe ! Le sermon était magnifique aujourd'hui, Steve s'est bien tenu, je pense qu'il commence à comprendre.

Lucy dépose un sac de courses sur la table du living-room.

– Formidable, tu en feras certainement un bon citoyen, persuadé que la Terre est plate.

– Ne sois pas sarcastique, il a besoin d'amour, de l'amour du Seigneur, en attendant d'avoir l'amour de son père.

– Lucy, je t'en prie, ne dit pas des choses pareilles, je n'aurais jamais dû le gifler, je sais.

Bill tousse.

– Et, s'il te plaît, ne parle pas d'amour, ce serait trop pénible pour toute la famille.

– Qu'est-ce que tu sous-entends ?

– Rien.

Elle trie ses achats, les denrées fraîches dans le réfrigérateur, les conserves, la confiture et le beurre d'amandes dans le placard, l'huile dans le tourniquet et le riz, transvasé dans un bocal en verre. Bill ne se lève pas pour l'aider, il est devant la télé, absorbé par un programme local sur les réserves pétrolifères de l'État ; il y en aurait plus que ce qu'on croyait et, grâce aux méthodes dites de fracture hydraulique, les extraire ne serait pas un problème.

– Bill, chéri. Il faut que tu sortes, il faut que tu repartes de l'avant. Le pasteur l'a dit aujourd'hui, notre pouvoir d'élévation est sans limite. Ce n'est qu'une main, rien qu'une main, ce n'était qu'un instant, ce n'était qu'une seconde. On a déménagé, on ne peut pas fermer toutes les vannes et se terrer en nous-mêmes, dans l'espoir que demain tout ira mieux. Ce n'est pas de cette manière que les choses s'arrangent. Propose aux Taskys de venir dîner, tu t'entends bien avec Roger. Tyler et Bruce sont adorables quand on les met ensemble. Je ferai mes macaronis, les enfants adorent ça.

Bill souffle, se lève du canapé et prend Lucy dans ses bras. À cause des anxiolytiques, ses mouvements sont plus lents. C'est à peine perceptible, sauf si on y prend garde. Elle se laisse attraper. Cela fait longtemps qu'il ne l'a pas saisie par la hanche, longtemps qu'il n'a pas senti profondément son odeur.

– Tu me dis ça, comme si c'était simple. Je sais bien que je te dégoûte, depuis combien de temps ne nous sommes-nous pas embrassés, depuis combien de temps ne m'as-tu pas désiré ? Et tu dis que ce n'est qu'une main, pourquoi est que je te dégoûte autant, si cela n'a pas d'importance ? Si être manchot n'est pas si grave ?

– Bordel, ce n'est pas Bill le manchot le problème, s'écrie-t-elle en le repoussant, c'est Bill le dépressif, Bill le mélancolique, Bill l'absent.

Elle le regarde droit dans les yeux et ils ne cillent pas.

– Je veux t'aider à chasser ce Bill-là, et retrouver celui d'avant. Peu m'importe s'il en manque un petit bout. Laisse-moi t'aider à redevenir celui que j'ai épousé, celui qui m'a fait ces beaux enfants, celui qui était fier de ses études et de sa situation, viens avec moi la prochaine fois, à l'église, il ne te faut rien qu'un peu d'espoir. Il ne te faut rien qu'une flamme. Puis tu retrouveras un poste, des activités, un élan. Il y a du travail à Tulsa, il y a tellement d'emplois dans ce pays… Tant pis si ce n'est pas pour la SSA. Ma banque, embauche par exemple, tu es statisticien, les entreprises n'ont besoin que de ça : de statisticiens et d'informaticiens. Tu as toutes les compétences pour cette vie, il faut juste que tu le veuilles.

Bill se rassied, fixe ses pieds une seconde, et acquiesce.

– D'accord, tu as gagné, je viendrai avec toi, samedi prochain.

Avril - juin 1997

Un *bluebird* des Rocheuses se pose sur la haute façade à colonnes du tribunal de Denver, Colorado. On en voit rarement, en ville, de ces beaux oiseaux des parcs naturels. Ils ont été relégués au fil des décennies vers la nature préservée et peuplent ce qu'il reste de l'Amérique antique et originelle. Pour quiconque doit pénétrer le tribunal ce matin, observer le spectacle de son manteau bleu constitue assurément un répit avant les six semaines de procès, au menu desquelles seront proposées haine, souffrance et horreur.

Une voiture se gare. Des policiers affluent au pas de course, plus ou moins rapide selon leur âge et corpulence. Une foule hue l'accusé et l'oiseau s'envole.

La salle est comble, nous sommes le 24 avril 1997, et dans cette ville sertie de montagnes où se tient le procès de l'attentat d'Oklahoma City, en dépit du printemps bien avancé, il fait encore frais. Les hommes - il n'y a pratiquement que des hommes au tribunal –, jettent leur tasse de café en carton à la poubelle, se défont de leur trench, s'installent en silence. Beaucoup se connaissent, se saluent avec pudeur. Les phrases ne durent guère plus de quatre mots.

Les deux battants de la porte d'entrée se referment et un courant d'air hérisse les cheveux bruns de Benjamin Crawford. Il se retourne, fourrage sa tignasse et se ronge un ongle. La tension est palpable. Il lève les yeux, croit l'horloge du prétoire cassée, tant la première seconde, celle où son regard se fige sur le grand cadran cuivré, s'étire comme un soupir. Mais ce n'est pas le cas, devant la persistance du silence, l'aiguille finit par passer un cran et ses mains deviennent plus moites. Ben fait rouler ses épaules, croise les jambes, ouvre son calepin, mime la posture des hommes plus âgés qui l'entourent. Le voilà au cœur de l'action.

Le procureur Joseph Hartzler commence son exposé introductif. Sa voix est claire, précise, saccadée :

« Mesdames et Messieurs les membres du jury,

Le 19 avril 1995 était une belle journée à Oklahoma City – disons plutôt que cette journée commençait bien. Le soleil brillait. Les bourgeons s'épanouissaient. C'était le printemps. Quelques instants après 6 heures du matin, la mère de Tevin Garrett le réveille pour qu'il se prépare. Il n'avait que seize mois ; et comme certains d'entre vous le savent si vous avez déjà eu affaire à des enfants en bas âge, les nourrissons ont un goût particulier pour les bêtises. Lui, son jeu préféré, c'était d'attraper le fil du fer à friser et de tirer dessus jusqu'à ce qu'il tombe.

Ce matin-là, sa mère l'a pris dans ses bras et il s'est débattu tandis qu'elle l'habillait. Elle s'en souvient précisément parce que Tevin Garrett vivait déjà ses derniers instants. »

La cravate du procureur est rouge, lacée d'un nœud Windsor, peut-être même un double Windsor, Benjamin n'y connaît rien de toute façon. Il est mal placé et distingue à peine Hartzler, assis sur sa chaise roulante, et qui a donc décidé de commencer son exposé par évoquer le décès d'un enfant. Il prend une grande inspiration sans parvenir tout à fait à dissoudre la boule qui s'est formée dans son ventre. Il s'attendait à entendre des paroles pénibles. C'est inévitable pour qui veut travailler au plus près des barbares. *Tu y es, dans le vif du sujet, les deux pieds dedans.* Il se ressaisit, il ne peut sombrer dans une tristesse qui n'est pas la sienne. Il ne peut pas tomber dans le piège de l'empathie. *Mais tout de même, pauvre petit bébé,* pense-t-il.

Sa présence ici, il la doit aux innombrables relations de son directeur de thèse, lequel fréquente les mêmes clubs que le procureur, et entretient une amitié de longue date avec Janet Reno et Jamie Gorelick. La justice, comme le reste, est un petit monde de connexions. De ce fait, Benjamin est certainement le seul doctorant dans la salle. Pour lui, ces six semaines sont une aubaine, une formation accélérée. Il écoute, il se concentre, il analyse. Bientôt, par la force de l'habitude, il sera immunisé contre les discours les plus horrifiques, il ne verra plus un visage d'enfant quand on parlera d'un nourrisson assassiné, il ne pensera plus à la douleur de la mère, à la détresse du père et à toute ces absurdités. Bientôt, les mots seront des données, les crimes des cas, les tueurs des objets d'étude. *Et moi, je serai un chercheur prometteur de la grande Université de Californie à Los Angeles.* Un jeune criminologue bardé de distinctions, apte à intégrer le FBI.

« À 9 h 2 ce matin-là, une explosion épouvantable a déchiré l'air du centre-ville d'Oklahoma City. Elle a instantanément démoli l'intégralité de la façade de l'édifice Murrah, a fait s'écrouler des tonnes et des tonnes de béton et de métal, a démembré des personnes et a détruit à jamais la vie de dizaines d'Américains innocents, celle de secrétaires, de forces de l'ordre, d'employés de caisse de crédit et de bureau, de citoyens affiliés à la sécurité sociale et de jeunes enfants.

La seule raison pour laquelle ils sont morts, la seule raison pour laquelle ils ne sont plus avec nous, plus avec leurs proches, c'est qu'ils se trouvaient dans un bâtiment appartenant à un gouvernement que Timothy McVeigh déteste, qu'il déteste à un tel point, qu'il a élaboré un plan, un plan qu'il a développé des mois et des mois avant l'attentat à la bombe, et qui visait à supprimer leurs vies innocentes pour servir un objectif insensé. »

William Smith a la gorge nouée. Avec deux doigts, il desserre son nœud de cravate. Il sent son cœur battre puissamment dans ses tempes. Une sueur glaciale ravine depuis sa nuque jusqu'en bas de son dos. Il n'a pas pris ses pilules. Sa main tremble, jamais sa main n'a tant tremblé.

Il voulait être ici. À tout prix. Assister au début du procès, comprendre sur quel ton tout cela commencerait avant de témoigner, dans deux ou trois semaines selon l'avancée des débats. C'est dur, mais il se doit d'éprouver ce stress, les multiples picotements, la sensation d'étouffer jusqu'à devoir déboutonner un bouton supplémentaire de sa chemise. Il est des moments où on ne peut tricher, où on ne peut s'anesthésier, des moments où le Xanax n'est pas une option.

Bill a pris deux jours de congé. Son nouvel employeur, une banque dans laquelle travaille aussi sa femme, n'a pas fait de complications. Hier, vers 8 heures, il est monté dans la Volvo, l'a lancée sur la *highway*, a contourné la réserve Osage par le sud, puis l'ouest, a longé les champs pétrolifères, s'est arrêté prendre un sandwich à Hays, Kansas, et a passé la nuit dans un hôtel sans prétention de Denver. Cet après-midi, il reprendra la route et roulera toute la soirée jusqu'au milieu de la nuit pour rejoindre Tulsa. L'aller-retour express est épuisant. Mais il s'est persuadé que cela faisait partie de sa convalescence. William se gratte. Le mauvais coton de sa chemise le démange. Chaque pore de sa peau se gorge de transpiration. Il déglutit avec peine tant sa glotte est sèche. Peu importe. Il doit vivre ce procès pour se convaincre qu'il est capable de tout affronter, les images, les souvenirs, les mots, les mensonges, les vérités, tout affronter.

Cinq secondes d'inspiration, cinq secondes d'expiration, il décompte dans sa tête. Cela s'appelle la cohérence cardiaque. Grâce à la synchronisation de l'esprit et de la respiration, son cœur ralentit, sa main se stabilise. *Tiens bon, Bill, tiens bon.*

Le procureur est aussi handicapé. Au début cela l'a soulagé, comme s'ils étaient un peu plus dans le même camp, lui le manchot, l'autre dans son fauteuil, liés par l'alchimie fraternelle des corps meurtris. Mais les mots d'Hartzler effleurent à peine la cause de ses malheurs. Bill ne s'y attendait pas. L'exposé n'évoque pas son histoire, pas l'explosion qui lui a brûlé le corps et écrasé la main, l'exposé traite de quelqu'un d'autre. Il parle de Steve. De son fils aîné. William toussote. Une gastro, la rencontre avec un putain de microscopique virus digestif, voilà ce qui distingue son Steve du petit Tevin Garrett. Rien d'autre. Ah, si, peut-être le fait que Steve est en pleine forme actuellement alors que Tevin a été disloqué dans l'attaque.

« Putain de merde », souffle Bill.

Benjamin se courbe. Il aperçoit sur sa gauche cet homme qui chuchote et s'applique à respirer lentement. Il remarque le moignon au bout de son bras, et, au-dessus, les cicatrices qui s'enchevêtrent comme un filet de pêcheur. Il se sent solidaire de sa peine. Le 19 avril 1995, il était dans le salon de sa colocation, à écouter Jessica élaborer des plans de départ. Des plans qu'elle a menés à bien. C'était aussi une matinée sinistre pour lui. Aussi le début d'un deuil. Benjamin fait un signe en direction de William, pour lui dire, *je vous vois, vous n'êtes pas seul, je morflais aussi ce matin-là*, Bill incline la tête, comme pour lui répondre, *ne t'inquiète pas gamin, ça va aller, j'ai juste besoin de respirer un bon coup.* Et le procureur continue de plaidoyer.

*

– Nous sommes si heureux de vous compter parmi nous. J'espère que le voyage s'est bien déroulé. Merci d'avoir répondu positivement à notre invitation.

– Je suis honorée, répond Isabelle. Me retrouver ici, c'est…

– Mais non, c'est nous qui sommes honorés. C'est nous. On nous imagine sectaires dans le Bordelais, mais c'est très mal nous connaître. La qualité et elle seule, voilà ce qui guide ce château. Donnez donc ce sac.

– Je peux le porter, merci.

– Sachez que nous sommes une petite équipe pour l'assemblage. Mais une équipe de choc ! Un commando ! C'est bien d'avoir votre regard neuf sur notre vin. Moi, je ne m'occupe que de trancher parmi l'excellence, à la toute fin… et encore.

– D'accord, dit Isabelle timidement.

– Ce soir, vous rencontrerez le maître de chai, Samuel. Il a à peu près votre âge, c'est un grand talent ! Le meilleur de sa promotion. Je suis fier de l'avoir embauché avant les autres. Demain, l'œnologue du château nous rejoindra. Et puis Régis, un copain sommelier qui travaille pour un restaurant. Il nous aide, chaque année. Souvent, d'autres amis cavistes ou amateurs viennent goûter la première bouteille. On organise une fiesta. Vous allez en voir du monde.

Isabelle note la drôle d'intonation de son hôte au moment de prononcer le mot « fiesta ». Ce léger décalage la fait sourire. Elle n'est pas à l'aise avec les gens snobs, devant eux, elle se sent toute petite. Que Jacques emploie « fiesta » plutôt que « réception » ou « cocktail » la rassure.

Arrivé au bout de la grande allée de la propriété, il se retourne, se saisit du sac de son invitée, passe une porte.

– Suivez-moi, sur notre gauche. L'escalier est étroit. Encore à gauche. Voici votre chambre. Le lit est confortable, il y a des couvertures dans l'armoire, mais vous ne devriez pas en avoir besoin.

Il pousse la porte et présente le cabinet de toilette.

– Admirez par la fenêtre, on aperçoit la Garonne. Juste derrière, en contrebas. Madame Richard, durant ces deux jours, vous faites partie de la famille alors n'hésitez pas, si vous avez besoin de quoi que ce soit…

– Merci.

– Le dîner est servi vers 20 heures, descendez un peu avant, on ouvrira une bouteille.

Le propriétaire du château, Jacques Landisier, est un homme distingué, d'une belle cinquantaine d'années, au regard généreux et subtil. Il se tient droit, porte un foulard en soie bleu noué autour du cou, une chemise rose et un pantalon à pinces. Il parle avec un léger accent et de longs gestes simples. Malgré son allure de grand bourgeois, il revendique quelque chose du monde agricole. Cela met Isabelle en confiance. Ce domaine classé quatrième grand cru à Saint-Julien-Beychevelle lui a échu il y a quinze ans. D'après ce qu'elle comprend, ses parents en avaient déjà hérité et, avant cela, ses grands-parents. Jacques s'inscrit dans la longue tradition familiale de la vigne. Dès qu'il a pris la tête de l'exploitation, il a décidé de rajeunir le vin produit sur ses coteaux. En 1983, il a fait arracher trois parcelles de cabernet sauvignon, remplacé les vieux ceps par des nouveaux, en a profité pour effectuer un profond labour du sol et un beau chaussage. En 1985, c'est une costière de cabernet franc qui s'est vue refaire une beauté et l'année suivante, un tiers de ses pieds de merlot. Les premiers millésimes en ont souffert : moins de profondeur aromatique, moins de longueur en bouche, mais les deux dernières années se sont montrées particulièrement intéressantes. Elles coïncident avec l'embauche de Samuel, le sympathique maître de chai.

– Vous percevez, entre le 1992 et le 1995, déjà les notes de réglisse et de tabac qui se développent. Le fruit rouge est toujours présent, pas éclipsé, juste arrondi, comme il faut. Je trouve le cassis sublime. Il donne beaucoup de rondeur au vin. Le 1992 manque de bois, c'est assez évident. Il est bon, mais encore simple par rapport à ce que je veux faire. Peut-être fallait-il l'élever plus longtemps, t'en penses quoi, Samuel ?

Jacques se retourne vers le jeune homme.

– C'est un bon vin, voilà tout, à peine assez complexe. Alors que le 1995, déjà…

Ils font tourner le vin dans leur verre.

– Cette couleur rubis, je ne m'en lasserai jamais.

Isabelle déguste en silence, prenant bien le temps de tout analyser, de tout comprendre. Elle le connaît, ce vin, elle l'a déjà goûté lors de concours, mais il lui faut aller plus loin à présent, apprivoiser la moindre note, la moindre texture, pénétrer la chimie des arômes, leur savante combinaison, et se montrer capable de juger ce qu'il y a de trop et ce qu'il manque. Au-delà, le nectar instaure un dialogue, suscite des sentiments, charme, séduit celui qui le déguste. Des questions se posent. Quelle émotion le vigneron veut-il transmettre, en quelle occasion faut-il boire son vin ? Il y a des bouteilles pour être heureux, d'autres pour être triste, certaines qui se boivent seul ou à deux, et d'autres qu'on ouvre avec des amis.

Isabelle est venue depuis Quarré-les-Tombes pour travailler à l'assemblage du millésime 1996. C'est son premier dans le Bordelais, le genre de mission qu'on ne refuse pas, encore moins quand on vient de Bourgogne, là où les vins ne sont composés que d'un même cépage. C'est une chance inouïe d'être conviée dans l'atelier des maîtres bordelais, de se voir confiées les clefs de leur recette. Cela ressemble tellement à un casse qu'elle a du mal à en profiter pour le moment.

– Vous faites souvent des consultations dans des domaines, Isabelle ? demande Samuel.

– En Bourgogne, oui. Un peu en Champagne. Ici à Bordeaux c'est rare, déjà parce que je ne suis pas de la région, les techniques diffèrent, et puis c'est loin, j'ai deux enfants, alors…

– Deux enfants ? interrompt Jacques. Mais vous êtes si jeune !

Isabelle rougit un peu.

– J'ai vingt-sept ans, murmure-t-elle.

– Et toi, Samuel, quel âge as-tu déjà ?

– Bientôt trente, je vieillis Jacques, je prends de la bouteille.

– Bientôt trente ans, non mais tu plaisantes ? Vous maintenant, avec vos études et vos cerveaux incroyables, vous nous démodez à une vitesse… Jamais, à mon époque, jamais ! alors que j'ai été élevé dans les vignes, on ne se serait enquis de mon avis sur le vin à votre âge. Mon père a attendu mes quarante ans pour me demander de me prononcer sur le pinard. Avant, rien du tout. Et vous deux, vous avez à peine la moitié de ma sagesse et je vous laisse les pleins pouvoirs. Après on dira que nous, les agriculteurs, sommes des conservateurs. Tu parles.

Le repas se déroule dans une bonne humeur doucement compassée. Ils dînent d'une volaille et de légumes poêlés. Une crème caramel en dessert.

On propose des cafés, ils acceptent, elle refuse, opte pour une tisane de mélisse et camomille.

Isabelle monte se coucher tôt. Par la lucarne, des teintes bleu clair se reflètent encore sur le fleuve. Il est à peine 22 heures, mais elle veut être certaine d'être en pleine forme pour le lendemain. Elle a acheté à la gare, tout à l'heure, un bouquin avec un joli titre : *Demain dans la bataille, pense à moi*. Il a été primé. Elle s'est dit que c'était bon signe, même si, comme pour les vins, de mauvais livres le sont parfois. La lecture est un plaisir du soir et une formidable manière de préparer le sommeil. Elle s'installe, l'ouvrage posé sur le matelas, se courbe par-dessus. Les premiers paragraphes sont intrigants. Plus loin, il est écrit que les mères sont les premières assistantes et traductrices du monde, qu'elles interprètent et reformulent ce qui n'est même pas une langue, les grimaces, les gestes et les diverses significations des pleurs. Bien sûr, elle pense à Max, à son incapacité de traduire ce fils inquiétant. Ou son refus de le faire.

La mère du roman ne vaut pas mieux qu'elle. Elle reçoit son amant à dîner et s'empresse de mettre son fils au lit pour se coucher à son tour, en bonne compagnie. Le narrateur prononce des phrases qui pourraient être les siennes : « Moi-même je me sentais accusée, d'abord par l'effort de l'enfant à ne pas se rendre, mais aussi par son attitude et sa façon de me fixer : à aucun moment il ne s'était approché trop près de moi, il me regardait avec une incrédulité mêlée d'un besoin ou d'un désir de confiance, ce qui était surtout perceptible lorsqu'il me parlait par interjections ou par mots isolés, presque toujours énigmatiques, prononcés d'une voix étrangement puissante pour quelqu'un de sa taille. »

La chambre est d'un luxe passé de mode. Isabelle regarde autour d'elle la pièce dans la pénombre, à peine éclairée par la lampe de chevet et les derniers rayons du jour qui glissent sous les volets. On ne se représente pas assez à quel point le soir tombe différemment dans chaque région de France, comme si la courbe du soleil divergeait lors des minutes précédant sa disparition derrière l'horizon.

Elle glisse une jambe en dehors du drap et se replonge dans sa lecture. Le narrateur déshabille la mère adultère. Il palpe son corps, soudain envahi de désir ; et cette femme qui devrait en faire de même, agonise et meurt. Isabelle éteint la lumière. *C'est formidable, les livres, il y a toujours une phrase qu'on croirait écrite pour soi-même.*

*

De toute évidence, le vendeur ne se réjouit pas de vendre une de ses bonnes bagnoles américaines à une face de taco. Il fait des grands gestes d'agacement dans son costume trop large acheté sur les bons conseils de sa femme, au Nordstrom de Topanga Plaza. Tous les types de son genre vont se fringuer dans ce centre commercial, au point qu'on évoque même la construction d'un troisième niveau qui en ferait le plus grand mall de la San Fernando Valley et peut-être bien du Los Angeles County. C'est que, des gars comme lui, il y en a de plus en plus dans le coin, résultat d'une course des classes moyennes aux périphéries. Ils vivent chacun dans l'illusion de leur singularité, ce qui explique leur goût pour l'habitat individuel et les voitures. Ainsi va la dynamique des villes américaines, les centres s'appauvrissent et les banlieues n'en finissent plus de se parer de parkings et de grands ensembles commerciaux où les marques de prêt-à-porter côtoient les restaurants de burgers et la grosse cloche rouge du Taco Bell.

– Ça coûte 13 590 dollars, crache-t-il, en mâchant un chewing-gum empestant la cannelle.

– D'accord, répond Cándido, le regard toujours rivé vers la Plymouth Breeze blanche fièrement exposé par le concessionnaire Chrysler.

– Eh, l'ami. Écoute, ici on ne négocie pas, nous sommes une boutique officielle. Si tu cherches des véhicules de seconde main, tu en trouveras vers Van Nuys, tu vois ? *¿ Tienda oficial, understandes ?*

– D'accord, répète Cándido en faisant le tour de la voiture.

Il regarde à l'intérieur, se penche, prend bien soin de ne pas poser sa main sur la carrosserie.

– 13 500 dollars c'est ça ?

– Non, non, non, mon ami, on ne se comprend pas. *No understandamos*. C'est À PARTIR DE 13 590 dollars. À PARTIR DE, ça veut dire que ça pourrait être plus cher avec d'autres options. Je viens de te dire qu'on ne négocie pas ici. Incroyable !

– Oui, je ne négociais pas.

Il essaie de se figurer cette somme, de mesurer si elle a un sens par rapport à son salaire, à sa vie de gardien de communauté, à ses économies.

– Bon, écoute mon gars, c'est pas contre toi, tu vois y a du monde ici et je veux pas de problème…

– Y a pas de problème, coupe Cándido.

– Laisse-moi finir. Le prix, il ne bougera pas, pas à la baisse. C'est un pays qui va de l'avant et les prix avec, faut accepter ça. Donc je te laisse le temps de réfléchir et je vais voir d'autres clients, parce que t'es pas tout seul, tu vois bien, y a d'autres gens, des Américains. Tu vois.

– Des Américains ? demande Cándido.

– *Amigo*, on se comprend, ne fais pas semblant avec moi. J'ai un métier sérieux et une prime à la vente, je joue contre la montre, chaque jour, c'est pas compliqué. Regarde, réfléchis. Le paiement, il est comptant, en une fois. On n'est pas une banque non plus.

– D'accord, répète Cándido.

Il n'a jamais pris l'avion et détesterait revenir au Mexique en bus, comme tous les va-nu-pieds qui ont trimé dans les cultures maraîchères pendant la saison et retournent au pays en hiver, s'assurer qu'ils ont encore une famille et que tout le monde profite comme il se doit du fric qu'ils envoient. Acheter une voiture, c'est être un peu plus américain, revenir à Tepoztlán un peu plus triomphant. S'offrir une Chrysler, ce serait comme rompre définitivement avec le passé, et sa vie de piéton malheureux.

Il y a plusieurs types d'acheteurs pour un seul type de vendeur, ça, il l'a bien compris. Arriver les mains dans les poches, le front en sueur, ne plaide pas en sa faveur. Pourtant, les 13 600 balles que ce gringo impoli réclame, il pourrait bien se les permettre. Il vit chichement sans personne à entretenir, se nourrit de haricots rouges et de tacos et boit de la Tecate en canette à 75 *cents*. Gérer son épargne en bon père de famille est d'autant plus facile pour qui n'est pas père et n'a pas de famille.

Il souffle. Soudain, c'est trop douloureux de s'évoquer cela : la famille, ne plus être père.

Pour se donner un peu de consistance et parce que désormais plus personne ne s'occupe de lui, il va se chercher une boisson au distributeur. Il hésite, opte pour un Mountain Dew. C'est frais et caféiné. À côté, une femme avec un petit chien craintif au bout d'une laisse saute littéralement d'une voiture à une autre en posant, à très haute voix, des questions idiotes du type : Elle a de bons freins, celle-là ? Vous croyez qu'elle peut prendre tout type de virages ? Est-ce qu'on vole davantage les voitures lorsqu'elles sont rouges ? Son vendeur répond humblement que oui, que oui et que non.

« Alors je vais la prendre en rouge ! » jubile-t-elle.

« *Dios mío* », murmure Cándido.

Une bonne demi-heure plus tard, un commercial mieux disposé que le précédent décide de s'occuper de lui.

« La Plymouth Breeze est une bonne voiture, c'est idéal dans votre situation. En blanc, avec le soleil qu'il peut faire ici en été, c'est la couleur recommandée. Absolument. Si vous la choisissez aujourd'hui, il faut compter une dizaine de jours, grand maximum. Vous souhaitez aller au Mexique, oui en effet, ce sera parfait pour un premier voyage. Aucun risque. Si vous avez le code, il faut juste valider la pratique. Ah, vous êtes déjà inscrit, vous êtes bien prévoyant, c'est parfait. De combien ? Oh alors ça ne va pas chercher loin, si vous n'avez pas de prêt en cours, il n'y aura pas de problème. Oui, voilà, on est aux États-Unis, si on ne peut pas s'acheter une voiture à crédit, alors que peut-on ? Eh bien c'est génial, signez ici. Vous paierez à la livraison. Pardon ? Ce montant, oui c'est une pénalité si vous ne la prenez pas. Ah oui, du coup, mieux vaut la prendre, c'est un engagement, en effet. Très bien. C'est le principe du contrat. Monsieur ? Rincón, je note. Ça me dit quelque chose. J'en ai connu un Rincón. Oui, je suis originaire du Texas, donc… voilà. On vous appelle dès qu'on reçoit votre voiture. »

Quatre années qu'il n'est pas revenu dans sa ville, à l'époque il n'était qu'un alcoolique créchant chez sa tante, subsistant en fabriquant du charbon de bois qu'il vendait aux ménagères, lesquelles en avaient besoin pour leurs braseros et les poêles confectionnés dans de vieux barils de Pemex. Mais tout cela est terminé, tout cela est loin derrière lui. Il a des papiers et les paumes propres, peut franchir les frontières et ne se fera plus prendre comme un coyote par les services de l'immigration. Désormais, il peut rentrer la tête haute dans la province de Morelos, venir chercher sa femme dans les pattes de ses crétins de parents, à Tepoztlán. S'il n'est pas mort, il embrassera son grand-père et ne manquera pas non plus de se pavaner devant Teófilo Aguadulce, ce *Sancho*, qui lui a volé sa première femme.

Sa douce América est bien moins idiote que Resurrección, elle comprendra où se trouve son bonheur et, ensemble, ils reprendront leur vie là où ils l'ont laissée, sur le trottoir d'une station d'autobus.

*

Ainsi, on juge depuis ce matin Timothy McVeigh, né le 23 avril 1968 à Lockport, New York.

Il est assis, semble concentré, à l'écoute, comme un étudiant sérieux. À chaque fois qu'il est fait mention de la ville d'Oklahoma City, il plisse les yeux. Parfois, il se retourne brièvement vers l'audience. Il sent que la salle le scrute, perçoit son hostilité. Ben l'observe avec attention, il prend des notes, griffonne son visage grossièrement sur le revers de son carnet, précise le moindre mouvement de ses paupières et de sa bouche. McVeigh ressemble à ce jeune rappeur *white trash* à la mode, qui se fait appeler Eminem et qui semble lui aussi avoir des comptes à régler avec l'Amérique. Ben ne lui trouve pas le visage d'un monstre, avec ses cheveux coupés ras, son visage symétrique et anguleux, sa mauvaise peau et son nez fin. Mais à quoi ressemblent les monstres ?

C'est évident, songe Benjamin, tous ces procès, de tueurs, de terroristes, de psychopathes, ce sont des crashs, des crashs de la société, de l'éducation, de l'espérance, des forces et des souffrances des pères, des crashs de l'espèce tout entière ; des crashs que les avocats comme Stephen Jones essaient de rationaliser, non pour dédouaner mais comprendre, comprendre ce qui à hauteur d'intelligence humaine n'est qu'éparpillement.

Stephen Jones, avocat de la défense, porte une veste de costume beige à boutonnage croisé, une chemise bleue et une cravate marron. Il a le front dégarni, parle d'une voix posée, sans effet, soutient les regards, se montre déterminé, clair, professionnel. Croit-il au témoignage de Dana Bradley, qui jure avoir vu un type brun quitter le camion Ryder, cette bête de la mort contenant plus de deux mille kilogrammes de nitrate d'ammonium, de nitrométhane et de mélange de carburants ? Croit-il ce témoignage assez fort pour dédouaner son homme ? Que perçoit-il quand il regarde Timothy McVeigh ? Que voit l'avocat dans l'œil de son client ?

« Hier, Timothy McVeigh a eu vingt-neuf ans. Fils de William et Mildred McVeigh frère de Patricia et Jennifer. Son père, Bill était un travailleur de l'industrie automobile et sa mère, Micki, a occupé divers emplois, dont celui d'agent de voyages. Ils se sont rencontrés lors d'un tournoi de bowling et ont divorcé en mars 1986. Tim a continué de vivre dans la maison familiale avec son père. Il est entré au cours élémentaire en septembre 1974 à Lockport, une petite ville juste à l'extérieur de Buffalo, New York. Il y a poursuivi toute sa scolarité. Il a obtenu de bonnes notes, sauf peut-être en dernière année – mais tout de même, bien au-dessus de la moyenne. Il a été admis à une bourse pour une université d'État ; mais il ne s'y est pas rendu. Il a servi chez Burger King de l'automne 1986 au printemps 1987. Puis il a changé d'emploi et est parti travailler comme chauffeur de véhicule blindé pour Burke's Security à Buffalo, du printemps 1987 au printemps 1988. C'est au cours de cette période qu'il a fréquenté les personnes que le procureur Hartzler a évoquées plus tôt. »

Stephen Jones s'éclaircit la voix, il boit un verre d'eau.

« Tim a travaillé au Burns International Security Services, à partir de mars 1992. Il avait un poste de superviseur qu'il a quitté en janvier 1993. Il est allé en Arizona, et a rejoint le magasin TrueValue Hardware à Kingman comme agent de sécurité au cours de la même période. Puis il s'est mis à son compte. Il achetait, vendait et échangeait des armes à feu lors des nombreuses foires aux armes qui émaillent le pays.

En mai 1988, il est entré dans les forces armées et y est resté jusqu'en décembre 1991. Après Fort Benning, son lieu de garnison était Fort Riley, au Kansas. En moins de trois ans, il a connu une progression extraordinaire, passant de simple soldat à sergent. Alors, lorsque l'opération Bouclier du désert, qui est devenue ensuite Tempête du désert, a commencé, il a servi au Koweït puis en Irak. Il était littéralement sur la ligne de front. Il connaît les honneurs, détient entre autres la Big Red One, la Bronze Star Medal et la Commendation Medal. Après la guerre, il est retourné aux États-Unis. Il souhaitait intégrer les forces spéciales. Il a été recruté, mais avait perdu beaucoup de poids lors de ses missions au Moyen-Orient, et n'était plus à la hauteur physiquement. Il est retourné à Fort Riley, est resté quelques semaines encore sous les drapeaux et les a finalement quittés. »

La suite, Benjamin Crawford la connaît. La suite c'est une banale histoire d'ennui et de radicalisation. Il partage les idées de quelques types du Klan, porte un T-shirt « White Power ». Il fait publier des articles dans le canard de Lockport où il dénonce la discrimination positive qui l'empêche de trouver un travail, mais aussi la fiscalité, la surpopulation carcérale ou l'interdiction de chasser pour se nourrir. Il trouve par-ci par-là des métiers de merde, parie sur les Buffalo Bills, grande équipe de football américain des années 1990, se ruine en misant gros sur le Superbowl 1993 qui les oppose au Dallas Cowboys. Il déprime, est de plus en plus frustré, quitte la NRA, qu'il trouve trop modérée dans la défense du port d'arme, passe la plupart de son temps à squatter le canapé de sa frangine, Jennifer. Début 1993, il gagne la Floride, pense y trouver une nouvelle vie mais doit rembourser, en plus de ses dettes de jeu, un trop-perçu du département de la défense. Il est de nouveau à terre, il en veut au gouvernement et s'enlise toujours plus dans la défaite et le vagabondage.

Et, comme si cela ne suffisait pas, il s'est passé quelque chose de terrible aux États-Unis. Quelque chose qui va laisser une trace dans de nombreux esprits. À Waco, Texas, une secte établie dans une propriété baptisée Mont Carmel fait l'objet d'une demande de perquisition car on soupçonne ses membres de disposer d'un arsenal conséquent d'armes lourdes et illégales. La police se présente fin février devant son gourou David Koresh, mais l'opération tourne au vinaigre. Les types de l'ATF (Bureau of Alcohol, Tobacco Firearms and Explosives) ouvrent le feu et l'assaut fait une dizaine de morts, dont quatre agents. Le FBI prend la suite des opérations et décide d'un siège. Il durera cinquante et un jours et sera en partie retransmis à la télévision. Le 19 avril 1993, le Mont Carmel part en fumée avec ses occupants à l'intérieur, au cours de l'action la plus meurtrière du gouvernement américain contre ses citoyens depuis la guerre de Sécession. Pour McVeigh, qui n'en a pas perdu une miette, le siège de Waco est une preuve supplémentaire que l'État est dangereux pour ses concitoyens, qu'il commet les pires crimes contre son propre peuple, des crimes qui ne sauraient demeurer impunis.

*

Isabelle se réveille dès potron-minet. Elle prend une douche. Se coiffe. Boit un verre d'eau, comme elle le fait chaque matin. Elle a pris cette habitude lorsqu'elle était sous antidépresseurs et l'a conservée. Elle se brosse les dents. Se maquille rapidement, juste un peu de blush et de mascara. Ça lui suffit, sa beauté est naturelle.

Quand elle arrive en bas des escaliers, la table est mise et une tasse vide avec un reste de thé trône parmi les miettes. Elle n'ose pas s'asseoir, tousse pour attirer l'attention de Jacques ou de sa femme. Finalement, elle s'installe, se sert une part de quatre-quarts et du café qu'elle agrémente d'une rasade de lait. Puisqu'on lui a dit de faire comme chez elle…

Elle retourne une assiette, c'est du Limoges, elle en aurait mis sa main à couper. Tout ici est conforme aux standards bourgeois. C'est sûr, cela la change. Elle aurait aimé grandir dans un château comme celui-ci, au sein d'une famille de vignerons, développer son propre vin, inscrire son histoire dans celle du domaine. Mais tout cela, on ne le choisit pas.

– Ah, Isabelle, vous êtes déjà levée. Vous êtes presque aussi matinale que moi, on dirait. Non, restez assise, ne vous dérangez pas, déjeunez tranquillement.

Jacques pose sa main sur son épaule.

– Oui je me suis permis de…

– Permettez-vous, permettez-vous. Comment avez-vous dormi ?

– Très bien, merci.

– Je suis ravi que vous vous sentiez bien chez nous. Vous vous rendez compte, ce soir on aura l'assemblage du millésime 1996. C'est excitant ! Cette journée, c'est mon Noël à moi, vous comprenez. Bon, le temps que tout le monde soit là, vous ne commencerez pas avant 10 heures. Vous avez croisé mon fils, Bruno ? Il est arrivé dans la nuit.

– Non, je n'ai vu personne.

Il est 7 h 30. Elle a deux bonnes heures à tuer. Elle opte pour une promenade, et descend vers la Garonne. Le fleuve est brun, bordé d'alluvion. Autour les champs de maïs sont encore bas, et on entend le bruit du vent frôler les jeunes épis. Au bord de l'eau, elle reprend sa lecture, toujours ce roman étrange. Plus tard, elle traverse le centre du village. C'est petit, calme, les volets des maisons sont blancs. Un type lui dit bonjour. Elle lui répond par un signe de tête. Il n'est pas impossible qu'il la mate un peu. Elle n'ose se retourner. Sur la gauche, dans la pente, les premiers ceps sont feuillus, chargés d'un vert tendre. Elle s'avance dans les allées.

Les pampres lui fouettent les cuisses et elle s'accroupit pour sentir l'odeur de la terre. Plus loin, deux types relèvent la vigne à la main en attachant les rameaux avec de l'osier.

– Salut !

Isabelle sursaute, il y a un homme derrière elle. Il est jeune, brun, les yeux gris comme une aire d'autoroute, mocassins et polo Lacoste.

– Désolé, je ne voulais pas te faire peur. Je suis Bruno, le fils de Jacques. Tu es Isabelle, j'imagine, c'est ça ? Ça ne te dérange pas que je te tutoie ? On doit avoir le même âge.

– Euh, pas tout à fait, mais vous pouvez… enfin tu… tu peux me tutoyer, oui.

– Tu sentais la terre ? C'est important pour le vin ?

– Absolument, c'est la terre qui fait le vin.

Isabelle hésite.

– C'est sans doute plus compliqué que ça, en définitive, ajoute-t-elle.

– Moi, je n'y connais rien, tu peux me dire ce qui te chante. J'aime juste boire de bonnes bouteilles. Enfin, je me doute bien que le sol est important, on peut être ignorant sans être idiot, ce n'est pas la même chose, tu crois pas ?

– Eh bien…

– Tu vois le chêne un peu plus haut, là-bas, qui domine le domaine ? Mon père veut être enterré juste en dessous. Il en parle tout le temps, il a peur que j'oublie. Il dit toujours : « Je veux reposer là où mes vignes puisent toute leur magie. » Enfin, c'est un bel endroit pour une sépulture, j'imagine.

– Oui, c'est un bel endroit, répète Isabelle, toujours agenouillée au niveau des ceps.

– Moi, j'étudie le cinéma. Je veux être acteur, ou réalisateur, ou producteur.

– Ah oui ? Ce sont les mêmes formations ? Je n'aurais pas dit.

– Non, pas tout à fait. Mais à vingt-trois ans, on rêve rarement d'être régisseur ou étalonneur. Je suis fait pour la lumière, tu te doutes bien.

Isabelle acquiesce, sans trop comprendre. Elle se redresse et attend quelques secondes. Elle a l'impression d'être devant un ambassadeur de cette jeunesse dorée, perpétuellement à l'aise, devant laquelle elle se sent insignifiante.

– Belle comme tu es, ce ne doit pas être facile de faire un métier d'homme.

– Pardon ?

Isabelle n'en croit pas ses oreilles. Comment se permet-il ?

– Bon, je te laisse, tu m'as l'air concentrée. Désolé de t'avoir dérangée. On se voit plus tard. J'ai hâte de goûter votre vin. À toute !

*

Avec les saints de glace, ce 10 mai 1997, une brume épaisse s'est posée sur Quarré-les-Tombes. N'en émergent que le clocher de l'église et les plaintes des renards aux lisières des forêts. Lucien pousse le rideau. Sur sa pelouse, une corneille becquette un rameau de ronce.

« Hum, soupire-t-il, en fronçant les sourcils, nous aurons de la visite ce soir. »

Il prend une grande inspiration, ôte sa chemise, se lave avec un gant imbibé de savon de Marseille, et revêt des habits propres. Avec un vieux peigne qui devait appartenir à Marianne, il coiffe ses quelques cheveux en arrière. Il fredonne une chanson de Trenet, elle interroge, non sans insistance, ce qu'il reste de nos amours.

Il dresse le couvert sur la table en frêne massif. Une assiette creuse devant chaque chaise et à droite une grande cuillère en argent. Il ne connaît jamais le nombre de ses convives. Sa femme vient parfois, quelques collègues de la Société nationale des chemins de fer, de jeunes maquisards tués dans les bois alentour par la Gestapo, peut-être des chevaliers chrétiens, peut-être des Sarrasins, et même saint Georges en personne. D'autres fois, il n'y a qu'un orphelin du Morvan pour lui tenir compagnie, un gosse mal coiffé, en blouse et sabots, le revers des mains couvert d'ecchymoses, avec lequel la soirée passe, silencieuse, à se regarder le blanc des yeux, et pleurer une enfance malheureuse.

Depuis quelques années, quand les nuits sont de brouillard, des fantômes viennent le visiter. Cette épiphanie a gagné en récurrence, jusqu'à ne plus lui paraître étrange. Ses invités s'évadent de leurs sarcophages au crépuscule, poussant leur lourde vasque de pierre, traversent la ville depuis l'église Saint-Georges et s'avancent jusqu'à son perron. Lucien les attend, un brin inquiet, leur ouvre avant même qu'ils ne frappent à la porte. Avec eux, il dîne d'un miot ou d'un potage de légumes fanés, dans le silence des reproches. Quand les regards deviennent trop insistants, il fait pénitence. Il avoue avoir trahi le maquis, admet qu'il le trahit encore, lorsqu'il se pavane en commémorations. Marianne le fixe, susurre des paroles sévères du bout des lèvres. Lucien sent son sang qui se glace dans ses veines, balbutie, est incapable bientôt de manger la potée qui refroidit. Peu à peu, son visage prend la couleur de ses hôtes, celle des gencives des fauves affamés.

Ce soir, il porte un polo à manches longues. Il a aspergé deux jets d'eau de Cologne dans son encolure. Dehors, une bourrasque fait vibrer la gouttière de zinc, la girouette couine sur le toit. Il jette un œil par le judas, déverrouille le loquet, hoche la tête.

– Je vous en prie, entrez.

– Ça sent le chou, dans cette maison.

– J'ai cuisiné du chou, c'est exact.

Ils ne sont que quatre ectoplasmes, à se serrer dans l'encoignure de la pièce. Lucien les reconnaît, mais ne saurait se souvenir de leur nom. Ils tapent leurs grolles sur le paillasson, produisant un bruit de parade militaire. Chacun s'installe, au hasard, devant une rasade de soupe. Le curieux repas commence. Lucien est le seul à manger.

– J'ai une fille, vous savez. Elle travaille dans le vin. C'est une très jolie femme. Elle est peut-être devenue mère trop jeune.

Il abaisse encore ses épaules sur son plat.

– Essayez de manger un peu. S'il n'y a pas assez d'assaisonnement, servez-vous, la salière est sur la table. N'allez pas croire que je pense avoir tout bien fait. Je reconnais mes torts. Mais avant d'y entrer les pieds en avant, comme vous autres, la vie doit bien continuer.

Il déglutit.

Vers vingt-trois heures, les convives s'en vont. Ils laissent derrière eux des vestiges de trempé au lait, de soupe au chou et des miettes de pain. Lucien débarrasse la table. Puis, il retranscrit ses entretiens dans un carnet qu'il garde bien précieusement, enfermé dans un coffre. Il y griffonne de longues phrases mal orthographiées, lesquelles répondent à des questions que personne ne lui pose. Quand il a fini d'écrire, il passe une laine et revient à la cuisine pour faire la vaisselle. Il éprouve un soulagement au moment de faire couler la mélasse dans la poubelle et de nettoyer les assiettes, comme s'il se délestait d'un poids.

Quelques années plus tard, en lieu et place des fantômes, Isabelle viendra lui rendre visite dans la brume. Elle contemplera les huit écuelles pleines de ragoût fumant avec, à leur surface, des dômes de carotte, de pomme de terre et de navet. Pris au dépourvu, terriblement fébrile, Lucien lui racontera ses dîners d'outre-tombe, leur silence et les histoires des ombres qui le poursuivent. Il lui dira comment il a donné des hommes à l'occupant, pourquoi les histoires de résistance qu'il raconte dans les collèges et lycées ne sont pas les siennes, il lui confessera qu'au lieu de soutenir sa femme dans la maladie, il a préféré guérir sa propre peine auprès de maîtresses mieux portantes. Il se justifiera, invoquera ses peurs, la jeunesse qui fait commettre tant de fautes, incriminera la faiblesse des hommes. Et elle, au lieu de tout pardonner, au lieu de l'absoudre, tournera les talons sans dire un mot, quittera bientôt Quarré-les-Tombes, s'envolera pour le bout du monde avec un homme qu'il ne connaît pas.

Même longtemps après sa mort, elle ne se recueillera jamais sur sa sépulture, la rancune tenace.

*

Les deux années parisiennes de Jessica sont passées bien vite. Elle n'en revient pas de recevoir déjà son beau DEA de la Sorbonne. Matthieu la serre dans ses bras. Lui aussi a validé son année, avec autant de distinctions qu'un étudiant sait en recevoir. Il est d'ores et déjà inscrit dans une préparation à l'agrégation de lettres, évoque sa future thèse avec emphase, lorgne un professeur de Normale sup pour l'encadrer. Jessica est heureuse pour lui, c'est ce qu'elle lui dit en l'embrassant sur l'oreille. Elle aimerait peut-être seulement que tout tourne un peu moins autour de sa réussite et de son avenir glorieux. Il lui rappelle tellement Benjamin. Si Matthieu était moins bel homme, moins exotique, moins charismatique, on pourrait les confondre l'un, l'autre. Ils partagent une même ambition, qu'ils croient saine et vertueuse parce qu'elle s'épanouit dans le cadre de l'université et parce qu'elle a trait à la connaissance. Mais Jessica en saisit bien la part ombrageuse. Ils sont chacun mus par la soif d'être reconnus dans leur domaine telles des sommités indépassables, animés par le désir de clouer des becs à grand renfort d'arguments doctes et massues, qui sont les armes des tyrans à lunettes. Ce caractère attire Jess autant qu'il la révulse.

Elle préfère, de son côté, nourrir sa curiosité au contact des autres. Ceux qui savent, ceux qui ne savent pas, ceux qui doutent et surtout ceux qui ont tout à apprendre. Elle deviendra prof, au collège ou au lycée. Elle enseignera le français ou l'anglais à des gamins qui un jour, grâce à elle, partiront rencontrer le monde. Elle sera de cette armée des salles de classe, un poil du gras mammouth. Elle a hâte d'œuvrer à l'enseignement secondaire.

Le soir, le père de Matthieu, le très introduit Charles de Bailly, organise une fête en l'honneur de son fils. En arrivant dans le bel appartement haussmannien, rempli de quinquagénaires en costume et de femmes en robe longue, Jess se fait une raison, elle va s'emmerder. Dans la famille de Matthieu, chaque motif de célébration prend la forme d'une réception mondaine, qui le dénature.

– Et vous, qu'en pensez-vous, fallait-il dissoudre l'Assemblée nationale ?

– Bien entendu, Chirac est un malin, il aura les pleins pouvoirs.

– Et si les socialistes gagnaient, il aurait l'air de quoi ? Un mois de campagne peut en changer des choses…

– Vous déraillez Jean-Pierre, les socialistes sont sous l'eau. Vous ne croyez tout de même pas au retour de Jospin, encore moins de Fabius... Quelle plaisanterie !

– Je dis juste que dissoudre une assemblée quand on a déjà la majorité...

– Regardez qui est là, c'est notre petite Américaine francophile, s'enthousiasme le père de Matthieu. Venez par-là, Jessica, ne soyez pas timide. Voici la petite amie de Matthieu, Jessica. Vous pouvez la féliciter, elle est diplômée, elle aussi.

Les amis se retournent, lui serrent la main avec un sourire rieur, lui disent bravo, certains lui tendent leur coupe de champagne pour trinquer. Elle a l'impression qu'on se comporte avec elle comme on le ferait avec une gamine qui rentre au collège. « Très mignonne », se permet de commenter un oncle en faisant un clin d'œil vers le père de Matthieu.

– Et que comptez-vous faire à présent, jeune fille ? demande une femme coquette, aux longs yeux en amande.

– Je vais rentrer aux États-Unis, environ un mois cet été, puis je reviendrai en France pour être prof, ou quelque chose du genre.

– Vous vous lancez, vous aussi dans la préparation de l'agrégation ? Ou peut-être avez-vous déjà obtenu une bourse de thèse.

– J'ai trouvé un poste d'assistante dans la section bilingue d'un collège en banlieue, répond Jessica sans se démonter.

– Assistante ? Eh bien, il en faut, c'est certain. Bonne soirée mademoiselle, et encore félicitations, vraiment !

Tandis que les derniers rayons du soleil se couchent dans l'appartement du 16e arrondissement de Paris, le salon devient un brouhaha de rires, de verres Baccarat entrechoqués et de tirades grandiloquentes.

– Je vais rentrer, je pense, je suis crevée.

– Si tôt ? Tu peux dormir ici, si tu veux.

– Je préfère mon lit à celui de la chambre de bonne.

– Tu plaisantes, avec ce qu'ils boivent ce soir, je n'aurai aucun mal à te rejoindre sans me faire prendre.

– Viens avec moi, j'en ai ma claque, insiste Jessica.

– Je ne peux pas, regarde tous ces gens, ils sont là pour moi. Pour nous.

– Arrête, Matthieu, ce n'est pas vrai. Ils ne savent même pas de quelle fac on est diplômés. Ils sont ici pour boire l'excellent champagne de ton père et parler d'eux. C'était déjà le cas le mois dernier pour ton anniversaire. Allons rejoindre nos amis dans un bar, allons chez moi, tout ce que tu veux, mais quittons cette mascarade.

– Jess, putain, je peux pas. Tu rentres en Californie dans trois jours… Reste avec moi, ce soir. On ira chez toi après, si tu veux. Je commanderai un taxi. Mais plus tard.

– Ma porte sera ouverte, viens quand tu veux. Même si je dors, je serai heureuse de me réveiller à tes côtés demain.

Les dernières teintes du crépuscule donnent à Paris une allure de décor de mélodrame. Elle est soulagée d'avoir quitté la cacophonie bourgeoise de ses beaux-parents. Malgré l'heure tardive, les voies sur berge sont encore fréquentées, un rugissement émane du cours de la Seine. Elle arrive au pont de l'Alma, à l'endroit où la jeune princesse d'Angleterre se tuera, trois mois plus tard, dans un accident de la route. Elle dépasse de grandes affiches Cartier sur lesquelles une blonde lascive tient une panthère noire en laisse. Un Bateau-Mouche remonte le fleuve et scintille de flashs.

Rive gauche, elle croise des jeunes gens qui titubent. De certains cafés sourdent des clameurs festives et des notes de Boney M. « *Sunny, yesterday my life was filled with rain* ». Jess regrette de ne pas avoir fait la tournée des bars avec ses amis. Elle ne se sent pas de les rejoindre. La mélancolie est trop puissante.

Fuck, Jess ! T'as gâché ta dernière soirée d'étudiante.

*

Treize mille six cents balles pour une Plymouth Breeze, ce n'est d'évidence pas assez pour être équipé d'un air conditionné digne de ce nom. Cándido étouffe. À chaque station-service, il achète une nouvelle bouteille d'*agua minéral* et passe aux *mingitorios* pisser la précédente, s'il ne l'a pas déjà transpirée tout entière. Il s'éponge la nuque avec un vieux T-shirt. Le trajet est interminable. Les routes se vident et se remplissent comme des chasses d'eau. En s'éloignant des villes, les berlines, les hatchbacks et les cabriolets cèdent place aux crossovers et pick-up hérissés de pelles et de matériels de chantier.

Franchir la frontière du nord vers le sud est rapide. Seulement parfois un douanier mexicain se montre plus sourcilleux. Il vérifie les papiers d'identité, scrute le visage du conducteur, demande éventuellement à inspecter le coffre. Il se livre à cette mascarade parce qu'il ne supporte pas d'être le gardien d'un moulin à vent quand son homologue du trottoir d'en face laisse la file s'allonger à la porte de son club sélect.

Cándido s'avance, le gabelou mexicain le regarde au travers de son Plexiglas, incline du chef, le moteur ronfle, et la Chrysler dépasse la barrière. Cándido appuie sur l'accélérateur, plonge le poignet dans un sachet de Doritos saveur paprika, avale un trait de flotte. Le voilà bon pour cinq heures de ligne droite. « *La calor de su abuela.* »

À mesure qu'il s'enfonce dans son pays natal, la peau des hommes s'obscurcit, les bas-côtés deviennent plus poussiéreux, l'air plus chaud, l'essence moins chère. Parfois, il a l'impression que les roues de sa voiture vont disparaître dans le bitume fondu, que la chaussée l'engloutira telle la mer, les épaves. Il somnole, augmente le volume de la musique. *Que jodido calor !* La route est bordée de cactus, poussant Dieu sait comment dans le sol sec et craquelé. Des virevoltants se perdent dans la lande aussi bien que dans les génériques des westerns. Le vent de l'ouest souffle, ardent comme l'haleine des enfers. Il charrie une odeur d'hydrocarbures et de cuir en décomposition.

Des rapaces se posent, s'envolent, tournoient par-dessus les ranchs isolés. En s'approchant d'un village, la Plymouth dépasse une femme qui marche avec un gros sac pendu à son bras. Plus tard, Cándido manque d'écraser un coq à moitié déplumé. Il avait oublié cette pauvreté qui, pourtant, jadis, était la sienne. Il avait oublié aussi à quel point l'air pouvait être sec.

Son autoradio entonne un titre de Maná, un groupe mexicain à la mode. Il reprend le refrain : « *Un ángel cayó ; un ángel murió, un ángel se fue ; Y no volverá.* » De l'index, il tapote le volant brûlant et passe une vitesse. Quand les anges pleurent, quand les anges pleurent.

L'obscurité finit par tomber à quelques kilomètres de Guamúchil. Le soleil rase les montagnes et disparaît dans les champs de maïs et de pommes de terre. En pleine province de Sinaloa, mieux vaut ne pas s'attarder dans la nuit, qui plus est avec une voiture de gringo, fût-elle une entrée de gamme mal climatisée. Cándido a collectionné assez d'emmerdes dans son existence pour ne pas provoquer les caïds de la cocaïne ou de l'opium. S'il pleut des tombes à Quarré, il pleut des morts dans certaines provinces du Mexique.

Vers 20 heures, il dépose son barda dans un hôtel routier, ressemblant à s'y méprendre à un motel d'autoroute américaine. Le parking s'étend telle une flaque devant le bâtiment aux murs mal chaulés. Dessus, des sacs en plastique emmêlés dans des touffes d'herbe, des canettes de soda écrasées, un jerrican vide. Une famille d'urubus fourrage les détritus et dévisage les clients.

À la réception, il demande une chambre calme et commande des *chimichangas* avec une *chelita*, qu'une jeune fille, à peine adolescente, portera dans sa chambre environ une demi-heure après son installation.

Il se sent enfin pleinement au Mexique.

« *Con madre* », souffle-t-il en s'étalant sur le matelas. C'est bon d'être au pays. « C'est vraiment bon. »

Quatre bouchées suffisent à venir à bout du plat et deux gorgées de la bière. Il étire ensuite longuement ses lombaires. Son dos le fait souffrir à cause des quinze heures de route, plié en deux sur le siège conducteur de cette bagnole de bonne femme. En s'allongeant, cela devient plus supportable. Il allume la télévision. Elle grésille, puis joue une *telenovela* intitulée *Esmeralda*. La merveilleuse Leticia Calderón tient le rôle éponyme. Tous les quarts d'heure, le programme est interrompu par une réclame pour du Fanta *naranja* ou un fast-food. Cándido n'a pas le temps de zapper. Déjà, il s'endort, tout habillé, sans s'inquiéter de la kyrielle de cafards gros comme un pouce qui s'attaque aux restes de sauce et de crème. Il ronfle. Est bien trop crevé pour rêver.

Vers 3 heures, un grand fracas le réveille. Il écarquille les yeux. Cándido pense à des tirs. Des tirs en rafale. *Seigneur*. Une femme crie. Un silence. Elle hurle de nouveau, plus fort encore. *Puta madre, que se passe-t-il ?* Il frissonne. Des bruits mécaniques proviennent du parking, mêlés de vociférations. Cela ressemble fort à une rixe. Cándido tressaille. « Bordel. »

Il n'a pas fait tant d'efforts, opéré tant de changements dans sa vie, pour finir trucidé à cause d'un règlement de comptes entre narcos. « *Dios mío, Dios mío* », geint-il en s'enroulant dans le drap. À présent, des gémissements retentissent dans la nuit. Les lumières extérieures de l'hôtel s'allument, toutes d'un même coup. Ses rideaux filtrent à peine leurs faisceaux. On se croirait dans un foutu roman d'Ellroy. *La pinche madre que me parió.*

Des voix se rapprochent. Un homme gueule : « attrapez-les » puis, « courez-leur après, je ne veux pas les perdre, ces salopards ». Cándido se reprend. Il se lève. Essuie ses paumes moites sur son T-shirt. Mobilisant toutes ses forces, il pousse le lit contre la porte, prends garde de ne pas passer devant les fenêtres. *Les parois sont minces, une balle les traverserait sans problème.* Une fois la chambre barricadée au maximum, il se réfugie dans la minuscule salle de bains et se cramponne au cabinet de douche. De grosses gouttes de sueur coulent le long de son poitrail. Il respire par grandes bouffées et tend l'oreille.

La voilà ! Aquí esta, *la conclusion de* ma pinche vida. *Je vais crever la veille de mes retrouvailles avec ma femme, je vais crever pile au moment où tout était en train de s'arranger.* Su puta madre que me parió. Su putissima madre. Il serre les poings. *América, chérie, j'étais venu te chercher.*

Mais les bruits s'estompent et la nuit se calme. La transpiration refroidit sur ses flancs, dégageant une odeur forte et âcre. Saoul de fatigue, Cándido s'endort finalement, assis dans le bac de douche.

Il émerge vers 8 heures, son dos encore plus douloureux. Sa chambre est retournée. *Quel chantier j'ai foutu.* Il replace le lit au centre et, avec prudence, pousse la porte pour observer le dehors. La rue est calme, le parking du motel couvert de plumes et de duvet d'oiseau.

Il prend rapidement une douche et se brosse les dents avant de rendre les clefs à la réception. On lui apprend que la remorque d'un camion transportant des poulets vers un abattoir voisin s'est ouverte et qu'une bonne partie de la cargaison s'en est échappée.

– La volaille ne veut pas plus mourir que nous autres, plaisante la réceptionniste avec un rire qui se transforme en toux, tant sa voix est éraillée par le tabac.

– J'ai eu une peur bleue, j'ai pensé à un règlement de comptes, confesse Cándido.

– Non, où allez-vous chercher tout ça ! Ce n'est pas la guerre, ici. Vous, les Américains, vous avez des pensées…

– Je ne suis pas…

Il hésite.

– En effet, c'est ridicule. Tout de même, toute cette agitation pour des poulets. Voici les clefs, je… Bonne journée, madame.

Il entend murmurer « *mariquita* », « poule mouillée », derrière lui, tandis qu'il rejoint sa Chrysler.

« Américain ». Elle lui a dit : « Américain. » Bon sang, celle-là, Cándido ne l'avait pas vue venir. Il se regarde dans le rétroviseur, c'est confirmé, il n'a pas du tout une gueule de gringo. Il lui a parlé espagnol avec l'accent du sud. Elle s'est moquée de lui. À 9 heures, la voiture est déjà brûlante. L'air qu'il fait entrer par sa fenêtre ouverte se réchauffe dangereusement. Il ressasse. *Quelle plaisanterie ! Un Americano ?* Les pensées dodelinent dans son esprit. *Dans l'Arroyo Blanco, qui dirait que je suis Américain ? Personne ! Je ne rentre pas au Mexique pour qu'on me traite d'étranger comme à Los Angeles.* Il gratte son menton. *Pourquoi ? Parce que j'ai eu peur, parce que ma voiture neuve est immatriculée en Californie, parce que j'ai payé en dollars ?*

La peur, la voiture, le dollar, le compte est bon !

*

On se croirait dans un laboratoire de recherche moléculaire, si ce n'est que personne n'est en blouse blanche ni ne porte de lunettes en résine. Les tubes à essai, béchers, éprouvettes graduées et erlenmeyers s'amoncellent sur la grande table en bois du chai comme sur les paillasses d'un cours de chimie de terminale S. Dedans, un liquide pourpre et brillant. Chaque fiole est étiquetée du nom d'un cépage d'une parcelle du domaine, d'un nombre de mois et d'un code qui correspond au bois utilisé pour l'élevage du vin.

Samuel a rempli une trentaine de verres, chacun contenant un jus pur, non assemblé. Isabelle déguste méticuleusement. À ce stade, il s'agit de noter des caractéristiques, lesquelles, une fois le mélange effectué, permettront de donner au produit son goût unique et sa complexité. La théorie veut que le merlot apporte de la souplesse à l'assemblage, et que la structure tannique du cabernet sauvignon permette une longue conservation du nectar. Au-delà, tout est possible ou presque. Jacques Landisier n'est pas le plus orthodoxe des vignerons, il laisse à Samuel une marge pour le surprendre. Le maître du chai la connaît, ne la dépasse pas. Le jeune homme est à la baguette, concentré, attentif aux moindres réflexions des membres de l'équipe. Isabelle évoque une belle acidité sur un cabernet franc, il s'empresse de se la confirmer. Rien ne lui échappe, tout est consigné sur un bloc papier.

Le travail du jour est colossal, trois bouteilles doivent être composées, un grand cru classé, un grand vin qui ravira les sommeliers des bonnes tables, et un bon petit rouge qu'on vendra un peu trop cher dans les Monoprix et Nicolas parisiens. Bien évidemment, ce dernier leur donnera moins de travail, et ne verra pas la couleur des meilleurs grains.

L'ambiance est studieuse. Ils n'ont pas droit à l'erreur. Aucun domaine ne peut s'autoriser de manquer un millésime. La concurrence est trop rude, en France et dans le monde.

Vers 13 heures, Jacques dépose sur la paillasse une grosse miche de pain, du pâté de campagne, un foie gras, un fromage basque et un cageot de griottes bien noires et charnues.

– C'est l'heure de la pause ! Comment ça se passe, les enfants ? Samuel, dis-moi !

– On avance bien, Jacques. On a de beaux équilibres. On cherche encore un peu de corps sur le grand cru, mais on a un joli bois déjà. Pour le grand vin, comme l'an passé, on mise sur l'épice. Le girofle en particulier. Cela avait beaucoup plu. On a une belle rondeur de prune apportée par le merlot. Il a bénéficié d'un ensoleillement exceptionnel. C'est vraiment sympa. Dans deux heures, vous pourrez goûter.

– Formidable, Samuel, formidable, on ne lâche pas les efforts les enfants, vous tenez le bon bout, je le sais. Alors, ça vous plaît ? demande Jacques à Isabelle.

– Oui, beaucoup, c'est passionnant.

– Isabelle a un palais impressionnant, commente Samuel.

– Tout chez Isabelle est impressionnant.

Ce commentaire vient de Bruno, arrivé derrière son père, et qui a pris soin de ne pas se faire remarquer dans la pénombre de la cave afin que sa réplique fasse mouche.

– Tiens Bruno, tu es là. Au lieu d'embêter Isabelle, tu pourrais te présenter peut-être ?

Jacques se retourne.

– C'est mon fils, Bruno, il a un goût certain pour la théâtralité. Faut dire, monsieur fait des études de cinéma.

Jacques secoue la tête avec dédain.

– Bruno, voici Isabelle, notre invitée d'honneur pour l'assemblage de…

– Nous nous sommes rencontrés tout à l'heure, l'interrompt Bruno. Le courant est bien passé.

Isabelle regarde ses pieds. *Quel connard*, pense-t-elle.

– Allez, allez. Restaurez-vous, gardez l'allure, n'oubliez jamais, nous sommes des orfèvres, nous sommes des horlogers, chaque millésime est une frontière et nous sommes des pionniers.

Jacques tape dans ses mains, chacun sait ce qu'il lui reste à accomplir.

Après une sieste et une douche, Isabelle est régénérée. Ils ont réussi trois belles associations et le grand cru a tout ce qu'il faut pour se bonifier avec le temps et s'ériger en millésime mémorable. Elle est heureuse de la soirée qui s'annonce. Elle dessine un trait de khôl sous ses yeux et s'applique un rien de blush pour uniformiser son teint. Une queue-de-cheval et le tour est joué ! Elle quitte sa chambre et, déjà en bas des escaliers, perçoit l'effervescence qui gagne le château.

Le 3,5 tonnes d'un traiteur est garé dans la cour, deux types en nœud papillon transportent des plateaux sous film plastique. Les gravillons crissent sous leurs pas. Dans le jardin, trois femmes se font prendre en photo devant un parterre de roses et de pivoines. Soudain, Isabelle se demande si sa robe Jacqueline Riu est assez habillée. *Merde, j'ai l'air d'une paysanne*, songe-t-elle.

– Je te dois des excuses.

Isabelle sursaute.

– C'est fou, cette manie que tu as de surprendre les gens. Ils t'apprennent ça dans tes études de cinéma ?

– Tu n'aimes pas, n'est-ce pas ? Je suis certain que tu détestes ça.

– Quoi ?

– Être surprise.

– Pour commencer, Bruno, tu devrais t'abstenir de chercher à deviner ce que j'aime ou déteste. Nous ne nous connaissons pas, et permets-moi de te dire que tu es très inconvenant.

– Justement, c'est pour cela que je te dois des excuses. Je ne suis pas du genre à faire de bonnes premières impressions…

– Tu devrais peut-être commencer par me traiter comme une adulte et pas comme une ado de ton âge.

Bruno fait semblant d'ignorer cette réplique.

– Je ne manque jamais les soirées de fin d'assemblage, même si je dois prendre un train ce soir et devrai donc écourter celle-ci. On boit toujours plus que de raison et mon père est d'une humeur superbe. On se voit tout à l'heure.

– Bruno, attends. Tu as bien compris ce que je t'ai dit ?

– À propos de quoi ? Ces deux, trois années qui font de toi une femme respectable et de moi un petit branleur immature ?

Bruno s'éloigne, les mains dans les poches de son chino vert pomme, et disparaît dans les émanations de petits fours. Elle a accompagné sa démarche du regard, s'est surprise à lorgner la forme bombée de ses fesses moulées par le pantalon. *Tu es folle, ma pauvre, ce n'est qu'un fils à papa impoli.*

Les invités continuent d'affluer en berlines et voitures de sport plus ou moins exubérantes. Tous sont des amis de Jacques et du domaine, des cavistes, des restaurateurs, des notables de la bonne société bordelaise…

À peine arrivés, ils se font servir un verre de ce nouveau nectar qui, en dépit de sa jeunesse, se révèle déjà délicieux. Jacques improvise un discours, se félicite de recevoir une telle assemblée et insiste lourdement pour remercier son équipe, en particulier Samuel et Isabelle qui sont applaudis. Il élucubre ensuite sur la richesse du savoir-faire bordelais et ironise sur la concurrence chilienne, sud-africaine et californienne.

« Tarte aux poireaux, pizzetta, mini-quiche, gougère ? » Isabelle se saisit d'un feuilleté. « Merci, monsieur. » Un caviste s'approche, tend son verre, la complimente pour son travail. « Le millésime 1996 est magnifique, très féminin je trouve. C'est votre touche ? » Elle ne sait que répondre et souffle finalement un « merci » timide.

Les pichets descendent. On se donne de grandes tapes dans le dos, on parle de plus en plus fort. Jacques revient avec un magnum de blanc dans chaque main. « Blanc sur rouge, rien ne bouge ! »

– On se revoit quand ?

– Bruno, c'est pas possible.

– Je veux mieux te connaître, je te trouve magnifique. Je ne peux pas me faire à l'idée de te voir t'évaporer d'un coup. Ce serait trop cruel.

– Tu ne comprends pas, j'ai deux enfants et un mari. Est-ce que tu veux que je dise à ton père que tu es grossier et lourd ?

– Tout à l'heure tu étais l'adulte et moi l'enfant et maintenant tu veux aller cafter à mon paternel comme une élève de primaire ? J'ai flashé sur toi, Isabelle.

– Mais…

– Voilà, c'est dit. Je suis un romantique, c'est comme ça ! C'est mon côté artiste, j'y peux rien. Écoute, j'ai mis toutes mes économies dans un court-métrage qui va tourner en festival cet été. Nous serons forcément proches, à un moment ou à un autre. Je t'invite, on dîne ensemble. Promis, je ne serai pas, comment tu dis, « grossier », c'est ça ?

– Mais Bruno, bon sang !

– Quoi ? Je ne te plais pas ?

– Ce que tu ne réalises pas, petit malin, c'est que je ne me pose même pas la question.

– Je sais, mais ça viendra, j'en suis sûr. Tiens, tu peux m'appeler à ce numéro quand tu veux.

Il lui tend une carte.

– Et moi ? Comment je te joins ?

Isabelle se saisit du bout de carton. Elle hésite, ne sait pas trop quoi faire, le déchire finalement en deux, griffonne un numéro de téléphone sur la partie vierge et la tend à Bruno. Elle n'a pas eu le temps de réfléchir, pas eu le temps d'esquiver, peut-être pas eu l'envie non plus.

– J'ai un train de nuit pour Paris, alors je dois partir maintenant. Merci pour ce numéro, même si c'est un faux, je suis content.

Bruno, s'avance, s'approche de son visage, Isabelle le regarde sans bouger. Leurs lèvres se frôlent, se touchent.

*

Après les deux jours de route qui le mèneront jusqu'à Tepoztlán, il ne retrouvera pas América auprès de sa maudite famille. Il apprendra qu'on ne l'a plus revue dans l'État de Morelos depuis leur départ en bus, tous les deux, il y a quatre ans. Elle aurait écrit une courte lettre à sa sœur pour lui annoncer son installation à Mexico, avec un homme rencontré lors de son long trajet retour vers le Mexique. Mais Cándido n'en sait rien, et croit Resurrección capable d'inventer cette histoire pour le simple plaisir de le peiner. Dans son souvenir, sa femme n'était pas d'humeur à chavirer dans les bras du premier venu quand elle l'a quitté, et qu'elle est montée dans ce bus, sans même se retourner pour lui dire adieu.

Il fera le tour de la ville dans sa Chrysler, vitres baissées, ralentira devant les venelles aux murs d'adobe, inquiet de la reconnaître parmi les putes qui tapinent dans la poussière. Il fouillera tous les *barrios*, celui de San Miguel au sud, de San Pedro au nord, et les autres tous semblables, avec leurs maisons de briques rouges, les lacis de câbles téléphoniques emmêlés par-dessus les rues, leurs chiens errants et leur parfum de miel. Il furètera dans les longues avenues où, à côté des taquerías, clignotent les néons d'un sex-shop ou d'un magasin de chaussures. Il ira dans les bars, dans les restaurants, poser ses questions policières à des moustachus féroces comme des iguanes, qui lui répondront que non, ils ne la connaissent pas sa petite amie, que quand bien même, ils ne lui diraient rien, et qu'au passage, il faut être un sacré *pinche tonto* pour perdre la trace de sa femme. Il concèdera qu'ils ont raison.

Au bout de ces deux mille miles, il ne trouvera finalement que la vieille carcasse de sa tante, assise devant sa ruine, qui tricote et rumine des histoires du passé. Elle ne le reconnaîtra pas tout de suite. Étonnée, peut-être, de sa longue cicatrice sur le visage et de son allure de gringo. Elle le serrera dans ses bras, sans chaleur ni reproches. Il s'excusera malgré tout de ne jamais lui avoir écrit, l'assurera d'avoir souvent pensé à elle, à cette ville et ses montagnes, aux peuples glorieux qui veillent sur la vallée, à ces odeurs, ces couleurs que les hommes ne quitteraient pas s'ils prenaient le temps de les éprouver vraiment.

Elle lui parlera de rumeurs à propos d'inconnus, lui décrira les pluies diluviennes consécutives au passage de l'ouragan Douglas, l'été précédent. Puis, parmi d'autres nouvelles sans intérêt, lui racontera la mort de son grand-père, au bout du bout des souffrances qu'un homme sait endurer. Ils mangeront une birria de vieille chèvre filandreuse, boiront du pulque dans des tasses en terre, chiqueront du tabac humide. Le second soir, il la conduira jusqu'au village de Santo Domingo Ocotitlán. Ils emprunteront un long sentier sinueux à pied, au bout duquel, sur un petit tertre de glaise, exposé aux éléments, trônera un spectaculaire pied de maïs coiffé de douze épis.

« Il est enterré, dessous, ton grand-père. Il doit être content que tu sois venu le voir, lui dira-t-elle.

Tu venais chercher ton bois par ici quand tu faisais du charbon pour les ménagères. Tu t'en souviens, Cándido ? Je t'entretenais, je te choyais comme un fils, je veillais sur toi comme une mère inquiète. Tu dois en voir des fantômes, mon enfant, tu dois en voir tous les jours pour avoir fait toute cette route, pour avoir cru que nous t'attendions. Ramène-moi à ma maison avec ta voiture de malheur, et va-t'en retrouver ce pays de merde au nord du Río Bravo. Va-t'en par-delà le *tortilla curtain*, va-t'en dans leur nuit, là où les hommes deviennent des spectres, et disparais une bonne fois pour toutes avec tes démons. »

Le chemin retour, Cándido le fera d'une traite, sans manger, sans boire presque, sa Plymouth Breeze poursuivie par le vol des vautours. Les jours suivants, il essaiera d'oublier ce séjour. Jamais il ne retournera à Tepoztlán, ni ne repassera la frontière sud.

Pendant vingt ans, il n'entendra plus parler d'América.

*

La Cour : « Le jury nous informe qu'il est arrivé à un verdict. Avant de le recevoir, je tiens à avertir tout le monde ici, qu'il ne doit y avoir aucune réaction audible ou visible à sa lecture. Quiconque violerait cet ordre sera renvoyé de la salle d'audience. »

Bill se demande pourquoi cette règle. S'il s'agit d'une marque de respect pour les victimes, pour le coupable, et peut-être pour le genre humain tout entier. Mais pourquoi rester apathique au summum de la tension ?

Pourquoi fête-t-on les *home run* au baseball, les paniers au basket, les buts au hockey et les *touchdown* au football, si on ne peut célébrer la défaite d'un terroriste ? Quelle loi autorise que la liesse des vainqueurs humilie un finaliste vaincu et veut qu'on se taise pudiquement lorsque justice est faite dans un tribunal du peuple ? Pourquoi les Ibères s'enthousiasment-ils lors des mises à mort des taureaux en corrida, s'il faut que les bons Américains se taisent quand tombe la sentence des monstres ?

La Cour lit la déclaration du jury : « Devant le tribunal de district des États-Unis pour le district du Colorado, action pénale 96-CR-68, le 2 juin 1997, États-Unis d'Amérique contre Timothy James McVeigh. Nous, le jury, sous serment, concluons à l'unanimité ce qui suit :

Chef d'accusation 1, complot en vue d'utiliser une arme de destruction massive. Coupable.

Chef d'accusation 2, utilisation d'une arme de destruction massive. Coupable.

Chef d'accusation 3, destruction par explosif. Coupable… »

Et ainsi s'ensuivent les onze chefs d'accusation, pour lesquels immanquablement McVeigh est reconnu coupable.

William s'efforce de ne pas manifester sa joie, de la contenir. La justice n'a pas tremblé. *Merci, merci. Le peuple au nom duquel elle a été donnée, peut être fier d'elle.*

La Cour : « La question de savoir si M. McVeigh doit être condamné à mort pour ses crimes doit être tranchée par le jury, lequel est la conscience de la communauté. Le droit applicable en l'espèce et la Constitution des États-Unis ordonnent que le jury suive une procédure spécifique en examinant attentivement les éléments qualifiés de facteurs aggravants et atténuants, qui seront présentés lors d'une nouvelle audience. »

Cette allumette rousse sera condamnée à mort, cela ne fait pas l'ombre d'un doute. Elle le sera plusieurs fois de sorte que, même en cas de résurrection, on ne manquerait pas de tuer McVeigh à nouveau. Tous ici le savent, ce salopard retournera aux abîmes desquels il n'aurait jamais dû sortir. Une injection de chlorure de potassium vengera les suppliciés.

Devant la haute façade du tribunal de Denver, Colorado, ce 2 juin 1997, les va-et-vient des journalistes et des avocats en costume réduisent à néant toute chance d'observer le manteau bleu d'un *bluebird* des Rocheuses. Sur le trottoir, règne l'odeur des *foodtrucks* et des victoires qui n'en sont pas. Une femme blonde, vêtue d'un ensemble bleu clair, s'avance vers le boulevard, ses doigts en V, elle fait un léger pas de danse et la foule attroupée devant le palais de justice applaudit. Elle est suivie d'une rouquine, drapée de jaune, qui s'exclame de sa voix chaude : « *That's right, we've got him.* »

Des personnes s'embrassent, d'autres pleurent. D'autres pleurent.

Septembre 2001

À Tulsa, il fait une chaleur de bête en ce début septembre, mais Steve Smith s'en moque. Depuis son retour de l'école, cloîtré dans la touffeur des combles, il lit frénétiquement le nouvel opus de *The Last Fighters*. C'est à peine s'il bat des paupières tant il est absorbé par la BD. Au travers de la fenêtre le soleil tape sur son crâne mouillé de sueur, laquelle embaume la chambre qu'il partage avec son frère Tyler. « Chéri, tu devrais au moins te mettre à l'ombre », lui conseille sa mère qui ne l'a jamais vu aussi concentré.

Il ne répond pas.

La bande dessinée a paru la veille, et elle est déjà en rupture de stock ce matin. L'auteur a prévenu qu'il s'agissait du dernier numéro de la saga, et la rumeur court que les droits ont été vendus au cinéma pour une trilogie. Le coup marketing est parfaitement ficelé. HLN a ouvert son journal de la mi-journée sur cette information. L'envoyée spéciale, campée devant un *bookstore* de Chicago, a confirmé que plus aucun exemplaire n'était disponible dans tout le pays, et que l'éditeur en a commandé cent mille de plus à son imprimeur.

Miraculeusement, Lucy a eu la présence d'esprit d'en réserver un numéro chez Gardner's Books & Comics. Steve doit être le seul de sa classe à disposer du livre, il n'en revient pas.

Les yeux des principaux héros sourdent de l'obscur sur la couverture entièrement noire et rouge sang. Dès la première page, le lecteur apprend qu'Alktor vit encore. Son âme s'est réincarnée. Il a le crâne incandescent, son dos est couvert d'écailles grosses comme trois fois celles des pangolins, ses incisives sont longues et tranchantes, aiguisées tels des katanas, trois cœurs battent continuellement dans sa poitrine à la manière des immenses pompes d'un cargo transocéanique. Plus puissant, il fait planer une nouvelle menace sur les États-Unis, plus meurtrière encore.

Une série de planches décrit son parcours lors duquel il a fomenté sa vengeance. Sur un satellite de Saturne, Alktor a découvert le repère des spectres qu'il a essayé de rallier à sa cause. Plus loin, aux confins de l'Univers, là où aucune lumière ne filtre, il s'est muni de la lance en vibranium de son père, Alpha Blue, lequel l'avait jetée juste avant de succomber, pour ce qui constitua l'épilogue de la BD : « *L'exode du capitaine maudit.* »

À son retour dans notre galaxie, le démon s'est allié avec une bande de tristes esprits exilés, des vagabonds stellaires aux poils mauves, des lamproies filantes à la peau curarisante, des nymphes succubes momifiées dans des feuilles de Borgia, des drosophiles à queue-de-rat et une horde d'araignées-louves géantes juchées sur des libellules carnivores. Alors qu'il se dirige vers la planète Terre, enfourchant son Léviathan astral, Alktor se dresse tel saint Georges de Lydda sur son cheval, prêt à terrasser le dragon.

Steve tourne les pages. Il n'en manque pas une miette.

« Steve, viens au moins boire un peu d'eau, tu vas faire une insolation. »

Ces comics, derrière leurs airs de contes violents pour préadolescents, en disent plus long que l'on imagine sur notre civilisation. Ils racontent les monstres tapis dans les caves de nos sociétés. Les forces de l'ombre qui guettent nos failles. Ils racontent qu'on peut vaincre le mal mais que cela ne dure qu'un temps, qu'il faut sans cesse y revenir, par de nouveaux moyens, par de nouvelles coalitions. Il y a trois mois, le 11 juin 2001, après de nombreux recours et reports, et une coupe glacée vanille-menthe-choco en guise de dernière volonté, Timothy McVeight, le plus grand terroriste de l'histoire des États-Unis, a été exécuté par injection létale. Demain, mardi 11 septembre, un escadron funeste lui ravira ce titre.

McVeight a terminé sa vie dans une cellule de la prison Florence ADMAX ou « l'Alcatraz des Rocheuses ». Il y a côtoyé toute une troupe de *villains*, parmi lesquels Ramzi Youssef, celui qui en premier a ciblé le World Trade Center, celui qui en premier a imaginé un attentat aux avions de ligne, celui qui a permis ce passage de relais sinistre entre assassins. De quoi ont-ils bien pu discuter, claquemurés dans la nuit de leur réclusion ? À quoi rêvent ces morts-vivants ? À quoi cauchemardent-ils ? Susurrent-ils encore des plans de vengeance contre l'Amérique au moment où se lève l'aube de leur mort ?

*

C'est une lettre qui provient de France, avec, dans son coin droit, trois jolis timbres orangés reproduisant une œuvre de Toulouse-Lautrec intitulée *Yvette Guilbert chantant* Linger, Longer, Loo. L'adresse est manuscrite en belles lettres replètes. Un petit rond chapeaute le *j* et le *i* de son prénom en lieu et place du point habituel. L'écriture d'une femme.

Son cœur accélère, il ressent son pouls battre dans ses tempes. *Qui peut m'écrire depuis la France ?* feint-il de se demander. Benjamin porte la cigarette à ses lèvres pendant qu'il prend bien soin de découper l'enveloppe au niveau de son arête supérieure. Sans se presser, il ouvre la missive comme les enfants sages leurs cadeaux de Noël.

> « *Cher Ben,*
>
> *Voilà un long moment que je ne t'ai pas écrit et j'espère que cette lettre te trouvera (je l'ai adressée au département de criminologie de UCLA, parce que je suis sûre que tu en es encore la coqueluche).*
> *Désolée de tout ce temps. Je réalise que j'ai été dure avec toi. J'avais besoin de couper avec ma famille et finalement avec tout ce qui me*

ramenait vers Los Angeles. J'espère que tu comprends. Jusqu'à mardi dernier, la Californie ne m'a jamais vraiment manqué. J'ai même écourté mon dernier séjour, à l'été 1997. Au bout d'une semaine, j'éprouvais déjà le mal de France. Une partie de moi se sent désormais davantage française qu'américaine. Arrivé à un certain âge, on devrait avoir le droit de choisir sa nationalité, tu ne crois pas ?

Mardi, quand ces événements atroces se sont déroulés à New York, une vague d'émotion m'a submergée. Comme une claque. J'ai fini de donner mes cours vers 15 heures et quand je suis rentrée chez moi, j'ai vu en direct ce qui se déroulait. Le second avion dans la tour sud... C'était comme un film catastrophe et je ne parvenais pas à me détourner des images terribles diffusées en boucle sur mon écran de télévision. Les Français avec qui j'en ai discuté ont essayé de me réconforter. Les élèves à l'école aussi. J'ai senti beaucoup de solidarité. Je suis impressionnée par le cœur de ces gens.

Et puis, hier, alors que j'attendais le bus, j'ai croisé un homme qui patiente souvent devant l'arrêt à la même heure que moi. C'est un type sympa, très souriant. On s'est salués, il m'a demandé comment j'allais, pour faire la discussion, comme chaque matin. Je lui ai dit que j'étais bouleversée par les attentats et j'ai dû laisser couler une larme (je ne cesse de pleurer depuis mardi). Il m'a répondu que ce n'était pas si grave, que les Américains l'avaient peut-être bien cherché (pour que tu comprennes, je parle un français sans accent, si bien que personne ne soupçonne mes origines). Je me suis sentie comme paralysée et, finalement, j'ai acquiescé. Ce matin, j'ai pris le bus plus tôt pour ne pas le croiser.

J'ai compris que j'avais besoin d'écrire à quelqu'un là-bas, pour dire que je suis aussi touchée que vous autres sur place, que j'aimerais être parmi vous, et allumer chaque soir des cierges, puis les déposer sur le rebord de ma fenêtre en signe de solidarité avec les victimes.
J'ai réalisé que tu étais le seul à qui je pouvais dire tout cela, même après les quatre ou cinq années de silence qui nous séparent.

Tu dois avoir terminé ta thèse, tu es peut-être professeur dans une faculté prestigieuse, ou grand avocat pénaliste, ou peut-être même déjà un agent du FBI ou encore de la CIA (j'aime t'imaginer agent secret avec un costume et des lunettes noires).
Moi, je suis en couple depuis quelques années, nous vivons dans un bel appartement à l'ouest de Paris. Il s'appelle Matthieu, il écrit des articles dans tout un tas de journaux illustres et m'emmène parfois dans des soirées mondaines. Ça semble

fou. Tu serais heureux de me voir avec un homme intelligent et cultivé. J'aimerais que nous fassions un enfant, et aussi que nous nous mariions, mais il n'a pas l'air pressé. Vous, les garçons...

Donne-moi des nouvelles, j'aimerais vraiment renouer contact, encore désolée pour tout ce temps, je sais, c'est ma faute.

Jess »

Benjamin se serait bien passé du dernier paragraphe. Enfin, il n'en sait rien. Est-ce qu'il pense toujours à cette fille ? Est-ce que tout cela compte encore ? « Bien sûr que non », souffle-t-il. « Bien sûr que si. » Peu lui importe qu'elle ait un copain et qu'ils couchent ensemble. Cela arrivait ici aussi. Qu'elle pense à se marier est déjà plus dur à accepter. Mais, le pire, c'est cette histoire d'enfant. « Putain », murmure-t-il. Il inspire une grande bouffée de fumée et écrase sa clope contre sa semelle avant de jeter le mégot dans le lavabo. Un enfant, on ne peut pas revenir dessus, on ne peut pas l'ignorer, c'est indélébile. Ben rallume une cigarette machinalement. La pose en équilibre sur un sous-verre. La laisse se consumer entièrement sans tirer dessus. Il replace la lettre dans l'enveloppe. *Bon sang, pourquoi je pense à ce genre de truc ? C'est ridicule. Cette histoire est derrière moi, loin derrière. Ben, mon vieux, ne commence pas à repenser à cette fille.*

Sa soutenance est dans quinze jours. Il aura mis presque six ans pour écrire sa thèse. Six années d'une richesse incroyable. Il ne les a pas vues passer. Durant cette période, aucune relation n'a duré plus de quelques mois. Il a rompu il y a quelques semaines avec Sandy, qu'il avait rencontrée lors du pot de départ d'un professeur du département de socio. A-t-il éprouvé quoi que ce soit pour l'une ou l'autre de ces femmes ? Non. La seule chose qui comptait, c'était son doctorat.

Pas moins de cinq colocataires se sont succédé dans l'appartement de Westwood, un quartier thaï a été créé à Long Beach, les Lakers ont gagné les deux derniers titres de NBA dans leur nouvelle salle du Staples Center, la dernière édition de l'Electronic Entertainment Expo s'est déroulée au Los Angeles Convention Center, James Hahn a glané l'hôtel de ville en juin, et pendant tous ces événements excitants, il noircissait des pages de notes et de commentaires, délaissant tout le reste.

Benjamin plie l'enveloppe et la dépose dans un tiroir. Qu'est-ce qu'elle croit, Jessica ? Lui aussi, il a pleuré. Lui aussi s'est demandé pourquoi tous ces morts. Pourquoi ces innocents qui ne faisaient que travailler dans leur tour de verre ?

Il verra plus tard s'il lui répond. En attendant, il doit relire une cinquantaine de pages ce soir encore. À ce rythme, il sera largement dans les temps et pourra présenter à un jury composé des plus grands criminologues des États-Unis le pavé relié intitulé : « Meurtres de masse dans une perspective politique aux États-Unis, la radicalité idéologique à l'épreuve de la pathologie psychologique – Andrew Kehoe, Ma Anand Sheela, Timothy McVeight ».

*

Durant les quatre dernières années, jamais Isabelle ne s'est avoué qu'elle trompait Dominique. Jamais. Au contraire, il lui a semblé qu'elle devenait une meilleure femme, une meilleure mère.

Elle a revu Bruno quelques semaines après son séjour bordelais. C'était dans la région lyonnaise. Il présentait son court-métrage dans un festival du film. Elle s'était d'abord dit qu'elle n'en ferait rien, mais l'idée de le rejoindre s'imposa. Un désir irrésistible de mettre sa main au feu. Il lui avait fait très mauvaise impression lors de leur rencontre au château de son père, mais ce qu'elle éprouvait s'avérait plus complexe. Il avait touché juste avec certaines remarques. Il l'avait bousculée, elle ne pouvait pas lui en vouloir pour cela. Des jours suivants son retour dans le Morvan, était née en elle une envie irrépressible de lui dire : *tu te méprends, espèce d'idiot, je peux parfaitement laisser mon mari et mes deux enfants chez moi, faire ce que bon me semble, prendre la route pour retrouver un apprenti producteur dans un festival inconnu. Je peux faire tout cela, je suis une femme libre.* « Je suis une femme libre », répétait-elle encore, en conduisant sa Corsa pour le retrouver. Elle avait besoin de s'en convaincre.

Ainsi, ils ont passé toute une journée de fin d'été ensemble, à regarder des films sélectionnés par le salon, à serrer des mains, à écouter des cinéastes se répandre sur leur œuvre et des acteurs de seconde zone comparer leur interprétation à celle de Kevin Spacey dans *L.A. Confidential.* Bruno lui a raconté le succès inattendu de ses huit minutes de pellicule, a mentionné des prix qu'elle ne connaissait pas, puis a parlé de l'académie des César qui avait son court-métrage dans le viseur. Il lui a confié avoir trouvé sa voie, et décrit le rôle de producteur avec passion. Elle a aimé sentir que quelque chose vibrait en lui, découvrir une profondeur qu'elle n'avait pas soupçonnée, qu'elle n'avait jamais perçue non plus en Dominique.

Le soir, il l'a invitée dans un restaurant chic de Roanne, s'est de nouveau laissé aller à des tirades extravagantes et n'est finalement pas parvenu à la faire monter dans sa chambre, ainsi qu'il l'avait manifestement prévu. Il lui a quand même volé un baiser au moment de se séparer. Isabelle s'est laissé faire. Peut-être même a-t-il retiré ses lèvres un peu avant elle. Peut-être même a-t-elle légèrement allongé son cou, pour prolonger le contact.

À partir de ce jour, sa vie s'est comme simplifiée. Rien ne lui semblait plus fade ni contraignant. L'adultère déposait un doux voile sur son existence, lui rendant l'enthousiasme de ses vingt ans et une légèreté qu'elle avait laissée s'envoler depuis. Elle ne se lassait plus du manque d'ambition de son mari, complu dans la répétition de ses modestes activités campagnardes : travailler à la gare, jardiner, couper du bois, voir chaque jour les mêmes programmes à la télévision, couper la haie une fois par trimestre, et seriner que Chirac était un bon à rien.

Le quotidien lui parut moins lourd, la route, chaque jour, plus agréable, l'organisation des activités de Marine – équitation, cours de chant, devoirs –, moins pénible. Même ses rapports avec Maxime s'améliorèrent. Son regard cessa de la pétrifier, ils partagèrent des gestes tendres, comme une mère avec son fils.

Bruno n'a pas obtenu le César en février 1998. Il avait espéré le gagner contre toute logique, mais la marche était trop haute. Qu'il y eût cru préfigurait sa volonté immense d'élévation dans un métier qui exige une extrême confiance en soi. Quelques semaines plus tard, il vendait sa bobine à Canal+ et empochait ainsi assez d'argent pour continuer de produire.

En mai, il partageait son temps entre quatre projets, dont un moyen-métrage dans lequel Jacques Villeret tenait un rôle. Il avait de nouveau été invité à absolument tous les festivals de cinéma de l'automne et puisqu'Isabelle était de toutes les foires du vin, ils organisaient leurs week-ends pour ne jamais être trop loin l'un de l'autre. Elle redécouvrait le charme des contrées bucoliques dans des Relais & Châteaux de mi-chemin, sous les draps desquels ils faisaient l'amour comme des adolescents, plusieurs fois par nuit, autant que possible, leurs tempes et leurs reins mouillés de désir. Ils ne se virent qu'à deux occasions entre novembre 1998 et mars 1999, puis ils se retrouvèrent plus fréquemment avec le printemps.

– Regarde-moi ça, Isabelle, viens voir, l'appelle Dominique.

– Qu'est-ce qu'il se passe ?

– Le brouillard est si opaque, qu'on ne voit même par le portail.

– C'est fou…

– C'est arrivé d'un coup. Je voyais encore à peu près la haie, et le temps de peler cette carotte…

– Mince, c'est pénible. Je veux passer voir papa ce soir, souffle-t-elle.

– Pourquoi donc ?

– Avec la foire du week-end dernier, ça fait un moment que je ne l'ai pas vu, et demain soir j'emmène Maxime chez le pédiatre pour ses vaccins.

– Si tu ne passais pas tout ton temps à ces salons du vin…

– Je sais, chéri, je sais. Je voudrais être avec vous les week-ends, je suis désolée. Mais ça met du beurre dans les épinards, c'est qu'il faut se dire.

*

Ce mardi matin, William a fait couler son café et a levé les garçons. Il achète depuis quelques semaines un arabica d'une nouvelle marque qu'il trouve délicieux. Il est inscrit sur le sachet que le producteur, un Amazonien en pagne, touche une juste rémunération. *Tant mieux pour lui*, pense Bill tandis que la cafetière émet son râle. Lucy prend sa douche. Steve boit un jus d'orange et Tyler un chocolat chaud, fortement cacaoté. L'aîné a obtenu la permission d'emporter sa bande dessinée, *The Last Fighters*, à l'école pour la montrer à ses copains. Il l'a lue d'une traite hier soir. Il n'a jamais été aussi heureux de retrouver sa classe. Il va pouvoir frimer, autoriser ses amis à la feuilleter, interdire aux gosses qu'il n'aime pas d'y jeter un œil.

La famille tient le timing de la routine matinale où chaque geste compte. Les garçons sont habillés. Lucy vérifie qu'ils brossent bien leurs dents, surtout Steve maintenant que sa dentition d'adulte est constituée. Dehors, le soleil rase à peine la cime des pins à encens, et déjà la chaleur écrase la ville.

La sonnette retentit. Bill ouvre. C'est Roger. Les Smith et les Taskys s'arrangent pour emmener les enfants un jour sur deux à l'école. Aujourd'hui c'est à leur tour de s'occuper du petit Bruce. William propose un rapide café, mais Roger refuse, il doit se rendre sur un chantier au nord, il n'a pas éteint le moteur de son pick-up qui ronfle devant la maison, il est déjà en retard.

– T'as entendu Bill ? Quelque chose est arrivé à Manhattan.

– Non, absolument pas. Que s'est-il passé ?

– Je sais pas, mais ça a l'air grave. Une explosion, je crois.

– J'ai une minute, je vais voir si Fox en parle. Bonne journée Roger !

William se retourne vers les enfants.

– Chaussez-vous, on part dans un instant. Steve, ferme ton sac si tu ne veux pas te faire voler ton Comics.

Les tours jumelles sont en feu, elles ont été percutées en un fracas de verre, de métal et de poussière. New York est à genoux. Dans les étages, des corps prisonniers agitent des linges par les fenêtres, certains sont déjà morts, d'autres désespérés se jettent dans le vide.

Souvent, on apprend la survenance de tels événements par des phrases vagues, du type : « Quelque chose est arrivé à Manhattan. » Quelque chose.

À chaque nouvelle attaque, les victimes passées du terrorisme se voient remettre le nez en plein dans la merde qu'ils ont vécue, et dont la majorité d'entre eux n'est jamais sortie. Le 11 septembre 2001 se vit en mondovision comme une finale olympique. L'excitation des téléspectateurs est au moins aussi intense. Un savant allemand a qualifié cette journée de premier événement mondial historique au sens strict.

Ben Crawford à Los Angeles, Jessica Dahlgren à Paris, Cándido Rincón dans sa loge de gardien de l'Arroyo Blanco, Isabelle et Dominique Richard à Quarré-les-Tombes, Lucien Michot sur son canapé, William et Lucy Smith dans le matin de l'Oklahoma, Bruno Landisier quelque part sur la route d'un festival du film ou sur un plateau de tournage, tous reçoivent un flux d'ondes décrivant la trajectoire d'hommes se jetant d'une tour en flamme pour s'écraser à une vitesse folle sur la dalle new-yorkaise. Aucun ne peut détourner le regard ni éteindre son émetteur radio. Aucun ne comprend complètement ce qui se déroule. Aucun n'ose y croire. Un seul sait ce que ça fait, être dans un bâtiment qui s'ébranle, un corps de béton soudain incandescent, une prison, un tombeau, où la chaleur est telle qu'on sent sa peau caraméliser comme du sucre dans un poêlon. Un seul sait le bruit de l'acier qui brûle. Un seul sait les réflexes qui s'activent. Un seul sait les cris. Un seul étouffe.

L'ambulance se gare devant le pavillon d'en face. Lucy saute sur le perron, en furie. « Par ici, vite ! Il fait une crise cardiaque. Mon Dieu, venez vite ! » Les ambulanciers sortent au petit trot. Le conducteur se saisit d'un gros appareil à roulettes avec des tuyaux branchés à une bonbonne d'oxygène. Dans le salon, Steve est en pleurs, tandis que Tyler et Bruce ont été priés de rester dans une chambre de l'étage. Bill est sur le sofa, il tremble. Il se plaint de la poitrine, du bras, de la tête. Un secouriste lui prend le pouls. William halète. Il répète qu'il ne sent pas bien. « On va le transporter à l'hôpital. Il lui faut des examens. »

Il est à peine 9 heures, sur le téléviseur, la tour sud s'affaisse et un monticule de fumée rejoint les nuages dans le ciel.

*

– Vous regardez ça vous aussi !

Cándido fait volte-face et un rai de lumière caresse son visage, illuminant sa vieille cicatrice qui marque une légère variation dans la teinte de sa peau entre la joue et le cou.

– Oui, pardon j'avais presque oublié notre rendez-vous, répond Cándido en se redressant sur sa chaise. Ce malheur à New York, c'est incroyable !

Le visage de l'ouvrier s'illumine quand il s'aperçoit que le gardien de la résidence est aussi mexicain.

– *¿ Quizás se prefiere que hablemos español ? ¿ De donde viene ?*

– De l'État de Morelos, vers Cuernavaca. Mais j'aime autant parler anglais maintenant. Ça fait un bon bout de vie que je n'ai pas franchi le Río Grande. La dernière fois ne m'a pas laissé un bon souvenir. Vous savez, on croit toujours que nos racines sont ailleurs et puis un jour, vous vous rendez compte que vous n'êtes pas plus de là-bas que d'ici.

– Ma famille vient de Monterrey, mais j'ai grandi à Santa Ana alors…

– Ouais…

– *¿ Tierra o sangre, sangre o tierra ?* Pour mes parents, c'est assez clair, c'est le sang. Mais pour mon fils ?

– C'est une bonne question, ouais…

– Vous avez des enfants ?

– J'ai eu une fille, répond Cándido.

– C'est fou. Ils repassent les images de l'effondrement des tours en boucle, constate le technicien pour changer de sujet, en fixant l'écran devant lequel Cándido est installé. Allez savoir qui a commis une chose pareille ?

– Des malades mentaux, pour sûr !

– On était chez un particulier, ce matin. Un Blanc des beaux quartiers, vous voyez. Le type s'est mis à pleurer quand la première tour est tombée. À chaudes larmes, vous imaginez ? Comme une fillette. Même nous, ça nous a émus.

– Même nous ? demande Cándido.

– Ouais, même nous, répète le mécanicien en souriant. Mon collègue fait le tour de la clôture. Sacré mur, dites-moi ! Avec la vidéosurveillance vous allez vivre dans un bunker, comme dans les films.

– À ce point-là ?

– Ouais, les films comme *Matrix*, par exemple… avec les robots et les caméras partout. Bientôt, il n'y aura plus besoin de personne dans cette cabine. Le gardiennage se fera à distance avec tout un tas de capteurs et de détecteurs. On pourra même surveiller les résidences par satellites, d'après mon patron.

– Ah oui ? s'inquiète Cándido. D'ici là, je serai à la retraite, j'espère.

L'ouvrier hausse les épaules.

Muni d'un long tournevis, il se fait conduire au boîtier électrique, auquel il compte raccorder le câble qui suit le mur d'enceinte et qui permettra aux huit caméras d'envoyer un signal à deux récepteurs dans la loge.

– C'est surtout dissuasif, tous ces appareils, vous n'aurez pas à dormir devant vos écrans.

Cándido peine à savoir si le type plaisante ou s'il est au contraire très sérieux. Qu'il soit bientôt remplacé par un satellite ou qu'il doive rester 24 heures/24, 7 jours/7 devant les téléviseurs en noir et blanc qui filment un bout de trottoir et des touffes d'herbe, lui semble farfelu.

– Je pourrai dormir, alors, répond-il en se donnant un air léger.

– En principe, oui. On va mettre une alarme. Elle vous réveillera si les caméras détectent quelque chose. Il faut régler la sensibilité au début, pour ne pas que ça sonne à cause d'un chien ou d'un coyote. Mais on reviendra si le problème se pose… C'est dans le contrat. Les contrats prévoient tout en Amérique !

En trois heures à peine, le matériel de surveillance est installé. Les deux Chicanos remontent dans leur camion, direction un autre chantier. Cándido admire leur travail. Les caméras telles des sentinelles sur un chemin de ronde donnent à l'enceinte la dimension d'un rempart.

Plus tard dans l'après-midi, quand les résidents rentrent du travail, beaucoup s'arrêtent pour le saluer et observer les nouvelles installations. Tous sont en extase devant le nouveau système de sécurité. Mme Mossbacher lui glisse :

– C'est rassurant, d'autant plus avec ce qu'il s'est produit aujourd'hui à New York.

Cándido acquiesce. Il acquiesce toujours, peu importe ce que disent les habitants, mais, en l'espèce, ne voit pas le rapport. Elle conclut :

– Heureusement que vous êtes là. On ne craint rien.

*

Isabelle ne supporte pas que Bruno appelle sur le fixe de la maison. Elle le lui a dit des dizaines de fois. Le pire, c'est quand il tombe sur Dominique. Il prétend alors vendre des fenêtres ou des portails ou elle ne sait quoi d'encore plus grotesque. Elle n'aime pas que Bruno prenne son mari pour un crétin. Et elle se désespère que

Dominique tombe immanquablement dans le panneau. Elle déteste l'entendre s'excuser, l'entendre expliquer à l'amant de sa femme que son portail lui convient bien, que oui, peut-être, il lui faudrait un petit coup de peinture, que non le foyer n'a pas les moyens pour ce genre de travaux. Elle n'aime pas quand il remercie l'auteur du canular pour son appel. Il n'y a aucune nécessité à tout cela, il n'est jamais nécessaire d'humilier quiconque. Les cocus pas plus que les autres.

Ce soir, c'est elle qui répond. La voix de Bruno est chaude et joviale. Sans préliminaire, il entonne : « J'ai une opportunité à Hollywood, Isabelle. » Avec ces mots, elle ressent comme un coup de poignard dans la poitrine. Hollywood, Los Angeles, la Californie. Elle lui demande de répéter. « Tu as bien entendu, Hollywood, les cocotiers, la capitale du cinéma, Shaquille O'Neal, Jack Nicholson, Venice Beach, Hollywood, quoi ! » Elle reprend son souffle, laisse un silence et songe, *le voilà, il est arrivé, l'appel qui sonne la fin de la récréation, c'est maintenant que ma double vie s'achève, cette double vie qui rendait tout plus facile.*

Elle sent les sanglots monter. « Je t'emmène ! C'est décidé. » Isabelle ne comprend pas. « On va à Los Angeles ensemble, on va vivre dans cette putain de Californie, au bord de l'océan Pacifique, toi et moi, mon amour. » Elle regarde autour d'elle. Elle détesterait que Dominique la voie aussi tendue et vulnérable, incapable de prononcer la moindre parole dans le combiné. Il comprendrait que quelque chose cloche. S'il était à côté, elle ne saurait pas quoi inventer cette fois-ci. Mais elle est seule.

– Qu'est-ce que tu racontes, t'es stupide ou quoi ? houspille-t-elle en chuchotant dans le combiné.

– Pas du tout. Je ne peux pas refuser, c'est pour travailler dans une major. On me fait un pont d'or ! C'est inespéré ! On part au soleil.

Elle entend Dominique qui se lève de son fauteuil dans le salon.

– Vous faites erreur, monsieur, au revoir.

– C'était qui ?

– Je sais pas, un fou qui faisait des blagues, répond Isabelle, encore troublée.

– Un fou ?

– Oui, ça n'avait pas de cohérence.

– Mais c'est inquiétant ? On devrait prévenir quelqu'un, tu crois ? La police, peut-être.

– La police ? Mais non… n'importe quoi. C'était peut-être des enfants. On verra si cela se reproduit. Mais je ne pense pas. Bon, j'y vais, mon père va passer à table, je ne veux pas le déranger.

– Tu devrais attendre que le brouillard se dissipe. On ne voit pas à cinq mètres.

– C'est juste à côté, t'inquiète.

Elle se saisit de son manteau et embrasse Dominique sur le front, tandis que sa gorge se noue de trémolos.

*

« Monsieur Crawford, non seulement votre propos tombe à point nommé, mais je pense pouvoir dire au nom de ce jury que votre thèse est une contribution importante, d'autant plus en cette sombre époque. Importante au-delà du champ de la criminologie. Elle doit être diffusée largement, elle doit être lue, elle doit éclairer tous ceux qui dans l'abîme actuel essaient de formuler des réponses. À titre tout à fait personnel et malgré ma bonne trentaine d'années de pratique, je tiens à vous dire que je compte sur les doigts de ma main, les soutenances de PhD qui m'ont autant passionné. Au nom de ce jury, de cette université, du secrétariat à l'Éducation des États-Unis d'Amérique, je vous déclare docteur, et je vous adresse les félicitations du jury. Je compte, si vous le voulez bien, vous recommander pour le prix Clifford Shaw. Enfin, mon cher Benjamin, vous trouverez toujours ma porte ouverte. J'ai entendu dire qu'un stage au FBI pourrait vous intéresser, nous en parlons quand vous voulez. »

Dans l'assistance, la mère de Ben s'émeut, ses yeux s'emplissent de joie et de larmes. Les quatre autres membres du jury rivalisent à leur tour de compliments. Tous finissent par se lever, applaudissent l'étudiant, puis viennent lui serrer la main, lui taper dans le dos. Ils lui susurrent qu'un poste d'assistant professeur s'ouvre dans leur laboratoire, chacun situé dans une des dix plus grandes facultés du pays. Ben ne sait que leur répondre, il ne s'attendait pas à un tel triomphe.

Pour le déjeuner, la famille Crawford a réservé un restaurant au nom français, proche de UCLA. Le genre d'établissement propret qui gratifie ses clients d'un petit pain brioché et d'une belle tranche de beurre avant même leur commande. La carte propose une dizaine de plats plus ou moins élaborés. Le père opte pour des aiguillettes de canard aux airelles, la mère pour une ratatouille provençale et Ben pour le *juicy pulled porked* sandwich. Il s'agit d'une sorte de hamburger avec de la moutarde sur la base, une belle boule de porc effiloché baignant dans la sauce barbecue, un *coleslaw* amélioré de pickles d'oignons rouge macérés dans du xérès, le tout chapeauté d'une feuille de laitue et de la seconde moitié du *bun*. Un pic en bois avec un drapeau américain en papier traverse le sandwich de part en part, et assure le maintien de l'édifice. Au diable la grande gastronomie, la soutenance lui a donné une faim de loup.

Le père commande trois coupes de champagne de Napa, puis une bouteille de zinfandel. Il demande à chacun si tout convient et répète qu'il est très heureux. Il saisit plusieurs fois la main de sa femme, avec une tendresse qu'il ne s'autorise qu'en de rares instants. La mère regarde intensément son fils, son visage n'est qu'un grand sourire. Elle bénit le ciel pour cet enfant prodigieux qui, à chaque stade de sa vie, leur a apporté tant de félicité.

Plus tard, le serveur apporte les deux cafés et le thé.

– Il fait beau, on pourrait peut-être aller au cimetière, c'est à trois blocs. Je viens trop peu souvent par ici.

Le père repose le café brûlant sur la table.

– Ton grand-père serait fier de toi, j'en suis certain. J'aimerais vraiment que nous passions déposer des fleurs sur sa tombe en ce jour spécial.

– Tu es sûr ? demande la mère.

– Oui, enfin ça dépend, si Benjamin est d'accord. D'ailleurs, ça lui donnera l'occasion de passer devant son futur bureau. Le FBI est situé juste en face du cimetière national, tu sais ça ? Si, si, ne prends pas cette expression dubitative, tu y arriveras. Tu feras tout ce que tu voudras de ta vie, de toute façon. C'est le privilège des gens comme toi, le privilège des êtres surintelligents. Ta mère et moi-même sommes si heureux, si heureux de t'avoir pour fils !

Vers 18 heures, après une longue marche dans les allées de la nécropole militaire, ses parents le déposent devant le portail de sa colocation. Ils ne vivent pas très loin mais le trafic est tel à Los Angeles, qu'ils arriveront chez eux la nuit tombée. Son père l'embrasse et lui dit qu'il a passé une journée magnifique. Sa mère lui murmure :

– Maintenant, il te faut une femme, mon fils.

Ben leur fait signe. Dès que la Ford a viré à gauche au bout de la rue, il se jette sur son paquet de cigarettes, craque une allumette, prend deux grandes lattes frénétiques et sent la nicotine remonter son sang et infuser son cerveau. « Putain, c'est bon », souffle-t-il.

Passé la porte, ses narines détectent ce parfum bon marché dont s'asperge abondamment la nouvelle copine de son coloc. *Ça sent quoi, au juste ? La lavande, le jasmin, la fleur d'oranger ?* Ça lui évoque surtout le spray désodorisant des toilettes. *Est-ce qu'elle se parfume avec la bombe des chiottes ? Va savoir*, pense-t-il en souriant. Le ruban bleu est posé sur la poignée de leur porte, comme si Ben ne les entendait pas s'ébattre. C'est toujours la même chose, ils geignent comme des bestiaux et reviennent l'air de rien dans le salon pour se faire une tisane.

Dans sa chambre, Benjamin s'installe devant son ordinateur et monte le volume de son casque sur un titre de Bikini Kill. *Maintenant, il me faut une femme… Ouais maman, tu as raison, c'est ce qu'il me faut.* Il ouvre son tiroir, relit la lettre de Jessica. *Putain de Français*, pense-t-il. Il commence de rédiger :

« *Chère Jess,*

Merci de ta lettre, désolé, je réponds un peu tard, j'étais absorbé dans l'écriture de ma thèse.
Sache que je suis docteur depuis pas plus tard qu'aujourd'hui.
Les attentats ont ébranlé chacun d'entre nous…
La résilience dont nous sommes capables n'est plus à démontrer et…
Et donc, tu aimerais te marier…
Sur ce plan d'ailleurs, de mon côté, les choses n'ont pas vraiment décollé mais… »

Édition. Sélectionner. Sélectionner tout. Supprimer.

Il s'empare de la lettre reçue il y a quelques semaines, en fait une balle de papier et vise la poubelle comme s'il s'agissait d'un panier de basket.

« Va chier, Jess, toi, ton mec et tes envies d'enfant. Va chier, putain. »

*

Crise de panique. Aucun problème cardiaque. Après une batterie de tests, Bill peut rentrer chez lui dans l'agonie du jour, sous un ciel aux nuages sombres.

Le docteur insiste pour qu'il se repose et ne s'expose plus aux images de l'attentat, ni d'ailleurs aucune autre image violente. Lucy fait remarquer que ce ne sera pas simple et le docteur le lui concède. Il lui donne le numéro d'un psychiatre spécialisé dans ces troubles, un confrère en qui il a toute confiance.

Les médecins emploient tous les mêmes types de phrase. Ils pèsent leurs mots, manient une forme de poésie, sans totalement faire exprès. Lucy a l'impression de revenir six ans en arrière. Bill s'en était sorti de justesse, avait failli basculer dans la dépression, la vraie, celle qui détruit les familles. L'Église l'avait un peu aidé, et le procès du monstre avait éteint la colère qui l'habitait. Surtout, Bill a obtenu ce poste dans la même banque qu'elle. Un travail prenant, dans lequel il a pu se réfugier, tandis qu'elle s'occupait presque toute seule de faire grandir les garçons. Ce soir, elle ne se sent pas la force pour porter de nouveau le foyer sur ses épaules. Elle aussi aurait bien besoin d'un psy, quand elle y pense. Le Seigneur l'éprouve. Il est juste et bon, elle croit en Son infinie miséricorde. Mais pourquoi, pourquoi sa famille doit-elle endurer tant d'épreuves ? Quel est le message ? Que faut-il comprendre ?

Elle referme la portière sur lui. Il a la tête rentrée dans les épaules, frissonne à peine quand elle enclenche le contact, il fixe ses baskets en silence, tandis que la radio entonne un nouveau point info sinistre. Lucy coupe le son, Bill se tourne doucement vers elle.

« Ça va aller », souffle-t-elle, pour lui. Ou pour elle.

Lucy n'aura pas le choix. Elle sera la colonne vertébrale de la famille encore des années. Elle prendra Bill dans ses bras quand il se réveillera en furie après un cauchemar, elle le calmera quand il voudra casser la figure d'un pauvre type qui n'a pas démarré assez rapidement lors du passage d'un feu au vert, elle endurera ses crises de nerfs, protégera les enfants de ses accès de violence, cherchera les mots qui lui redonneront un peu confiance en lui. Plus tard, Steve finira de tuer le père. Steve la tornade, la tempête qui frappe indistinctement, sans penser à mal, juste parce que la nature des ouragans est de tout détruire sur leur passage. Il deviendra la figure d'autorité, le caïd de la famille, devant lequel Lucy abdiquera de guerre lasse. Tyler arrondira les angles de son tempérament bonhomme. Il finira néanmoins d'adouber le frère en lieu et place du père.

Les dimanches seulement, quand chacun aura peigné ses cheveux, quand Lucy et William seront revenus de l'office, quand la dinde lustrée de jus sera posée sur la table, avec autour des pommes de terre rattes et des carottes, ils joueront encore à la petite famille américaine parfaite.

*

Un héron s'envole des herbes hautes. Les grandes ailes cendrées de l'échassier sortent du brouillard, surprennent Isabelle et disparaissent presque aussitôt. Elle sursaute. Son esprit vagabondait entre la perspective de suivre Bruno en Californie et celle de le laisser partir seul, pour rester ici, jusqu'à la fin de ses jours. Il fait frais, elle se rend chez son père à pied. Il vit à moins d'un kilomètre, plus haut dans Quarré-les-Tombes.

C'était il y a bien longtemps. Et les hérons planaient déjà majestueusement au-dessus des étangs. À cette époque, le Morvan était encore plus profond, froid et impénétrable. À cette époque, surtout, il y avait une guerre. Une guerre comme on n'en fait plus et comme on n'en fera plus jamais. C'était un temps si différent, que pour le raconter, il faut l'avoir vécu, ou avouer que ce qu'on en dit est approximatif et parcellaire, que ce qu'on en dit n'est qu'une lente édulcoration des choses, que ce qu'on en dit n'est pas digne des actes de cette période, dont nombreux pourtant furent indignes.

Le Morvan était une terre idéale pour constituer des maquis. On y trouvait peu d'infrastructures routières, pas de grandes villes, la région était recouverte de bois. La zone avait perdu près des trois quarts de ses habitants lors de l'exode rural du XIXe siècle, si bien que des ruines inhabitées étaient réquisitionnables çà et là. Ceux qui étaient restés grandissaient pauvres et durs au mal, avec leurs bras de forçats et leur accent paysan.

Administrativement, quatre départements se partageaient ce territoire, et les kommandanturs d'Auxerre, Nevers, Chalon et Dijon ne se concertaient guère, les Allemands contrôlaient mal la zone. Pour cette raison, en 1944, vingt-sept maquis évoluaient dans ce territoire et sa proche périphérie. Ils portaient le nom de Camille, Le Loup, Socrate, Louis, Bernard, Garnier, Sanglier, Lagneau, Maurice… Certains étaient communistes, d'autres gaullistes, d'autres giraudistes, certains recevaient un commandement depuis Londres, d'autres depuis Paris, d'autres encore s'autogéraient.

Lucien Michot célébrait à peine ses quinze ans. Son père avait exercé le difficile métier de flotteur de bois, sur la Cure. Un rondin l'avait emporté, quelques mois avant la guerre. Le corps ne fut jamais retrouvé, et le jeune Lucien entretint longtemps l'espoir que le paternel avait dérivé jusqu'à une terre meilleure où il refaisait sa vie. Sa mère était, comme beaucoup de femmes du Morvan, nourrice à Paris. Pour gagner son pain, elle s'occupait des enfants d'une riche famille et laissait le sien à ses pauvres parents. Ils élevèrent Lucien dans leur ferme de Saint-Agnan, laquelle produisait peu, seulement quelques pommes de terre gelant à même le sol.

Lucien aidait aux tâches, participait aux récoltes, coupait du bois. Chaque matin, avant que l'aube se peigne de couleurs, il allait à la source, puis faisait bouillir des marmites d'eau dans l'âtre de la cheminée, rêvassant aux hanches des femmes quand les flammes ondulaient aux flancs des rondins. Puis, il allait aux champs, traîner une herse sur des hectares de terrain pour veiner le sol, sans savoir pourquoi, juste parce qu'on lui avait intimé l'ordre. Lucien endurait une éducation à l'ancienne, inculquée à coups de torgnoles, et, depuis qu'il avait quitté l'école, il ne fréquentait quasi pas d'autres adolescents.

En 1943, Armand Simonnot, dit « Théo » passait de temps en temps à la ferme. Il s'entretenait avec le vieux Michot, puis récupérait quelques bidons d'huile entreposés dans la grange. Cet homme gigantesque, ancien de la Marine, serait le premier franc-tireur et partisan de l'Yonne. Chaque semaine, on percevait l'agitation de plus en plus vive dans la région. La guerre, qui avait jusque-là paru assez lointaine, rattrapait le Morvan, à mesure qu'une résistance s'y implantait.

Lucien était tenu à l'écart, prié par son aïeul d'aller voir ailleurs s'il y était à chaque fois qu'un visiteur se présentait devant le perron. Ces secrets agaçaient, peinaient, humiliaient le jeune homme. Un soir, il parvint à intercepter un résistant alors qu'il était sur le point de quitter la ferme. Il était prêt à se battre, qu'il raconta, tentant de se donner l'épaisseur d'un chef. Théo, car il s'agissait de lui, posa son énorme paluche sur le crâne de Lucien et lui dit d'un ton légèrement moqueur que le temps viendrait pour lui de prendre les armes mais qu'il lui fallait encore grandir un peu et attendre que la barbe pousse sur ses joues.

Au début de l'année 1944, les maquis menaient la vie dure aux occupants. Les Boches étaient harcelés par des groupes mobiles, aussi insaisissables que des gouttes de mercure. La nervosité gagnait la SS. Un matin, un détachement allemand se présenta avec deux voitures devant la ferme de Saint-Agnan. Les soldats la fouillèrent et ne trouvèrent rien de plus que des courges éventrées par le gel et des topinambours durs comme du bois. Le grand-père fut tout de même embarqué, pour être interrogé à Saulieu. Il revint le lendemain, fatigué mais sauf. Il n'avait rien donné. Le soir, à table, peut-être pour libérer la tension énorme que les Chleuhs avaient exercée sur lui, le vieux Michot se répandit en détail sur le maquis Bernard, auquel il rendait une série de menus services. Lucien ouvrait grand les oreilles. Il était surexcité par ces histoires.

Trois jours plus tard, au hasard d'une course, Lucien croisa un fourgon nazi sur la route de La Roche-en-Brénil. Il déposa sa bicyclette sur le bas-côté, et fit signe au conducteur de s'arrêter. Il prévint les Allemands qu'il venait d'apercevoir un homme avec plusieurs fusils dans une grange au lieu-dit de Moulin-Colas, à Quarré-les-Tombes. Les soldats toisèrent son corps sec et ingrat vêtu misérablement, ne décelèrent aucune malice dans son regard et le remercièrent de cette information. Lucien éprouva une forte montée d'adrénaline. Il faisait à son tour son entrée dans la guerre. Cela surpassa toute considération sur la nature de sa traîtrise. Le camion fit demi-tour devant lui et le caporal sur le siège passager le salua. Il resta quelques minutes prostré au bord de la départementale. Comme ivre.

En pédalant pour rentrer à la ferme, dans le froid mordant de l'hiver, il fut accompagné de bout en bout du chant d'un rossignol.

Le lendemain, au souper, devant le pain qui trempait dans un potage clair, le grand-père se désespéra : « Un autre au cœur misérable a dû être plus loquace que moi avec les Boches. Figurez-vous que le Girard, le Blin, le Dion et le Kalck ont été attrapés. Ils ne tarderont pas à se saisir du Loriot, aussi. Le maquis Bernard tout entier décimé. Pauvres gars, paix à leur âme, vraiment. »

Lucien sentit une crampe dans l'estomac, il avait le souffle coupé. Les trois nuits qui suivirent, il ne ferma pas l'œil, élaborant des scénarios pour se dédouaner, se convaincre qu'il n'y était pour rien.

En juillet de cette même année, la tectonique des maquis permit un grand rassemblement d'insurgés dans le hameau des Îles-Ménéfrier au sud-ouest de Quarré-les-Tombes. Un type de dix-neuf ans le dirigeait. Il s'appelait Jean Chapelle, dit Verneuil. Durant les mois de juillet et d'août, sa troupe grossit et, bientôt, deux mille résistants s'organisèrent dans un camp de baraques en bois. Chaque soir, dans les forêts de sapins encaissées, ils entonnaient la *Marseillaise*. Elle résonnait jusqu'aux places des villages alentour, et plus loin encore. Quand le vent soufflait, dit-on, il portait l'espoir de la libération jusqu'en Auxois.

Lucien rejoignit le bataillon. Il espérait y trouver l'occasion d'effacer sa forfaiture, laquelle torturait son esprit, chaque soir.

En août, les embuscades se multiplièrent contre les convois allemands. La peur changeait de camp. Ce mois-ci, pourtant, Lucien Michot tomba malade, à cause de son manque de disposition pour cette vie de maquisard si difficile. Il ne participerait que de loin à la libération de Tonnerre, de Chablis puis de Noyers, arrivant dans ces villes plus de trois jours après que les derniers Boches eurent décampé. Début octobre, les volontaires du régiment Verneuil intégrèrent l'armée régulière au sein du 1er régiment du Morvan. Ces troupes participeraient à la bataille d'Alsace et des Vosges lors de l'hiver 1944-1945 et démontreraient leur courage jusqu'en Bade-Wurtemberg. Mais Lucien était déjà rentré dans la ferme de ses grands-parents depuis l'automne, sans avoir contribué à la moindre opération contre l'ennemi. S'ensuivit une année de dépression lors de laquelle, plusieurs fois, il espéra mourir. Il se retint pourtant de commettre l'irréversible.

En 1947, allons savoir comment, il fut confondu avec un autre Lucien Michot, lui aussi membre du 1er régiment du Morvan et certainement mort dans l'Est. Lucien reçut des lettres, beaucoup, des invitations auxquelles, d'abord, il ne répondit pas. Mais cela ne cessait pas, au contraire même, le besoin de fonder le mythe d'une France combattante multipliait les sollicitations. Les missives qu'il recevait chaque semaine commençaient même à lui faire plaisir. Après tout, il y était bien, lui aussi, dans le maquis Verneuil, à crapahuter dans la forêt. Soir après soir, la fierté gagnait sur la honte. Et bientôt, vaincu par cette plaisante confusion, Lucien se persuada qu'il était bien de ceux qui avaient planté à la cime du ballon de Guebwiller le drapeau du régiment Verneuil. Ainsi, lui qui de toute la guerre ne fut que responsable de la mort de cinq partisans en février 1944, devint un héros de la Résistance et un compagnon de la libération.

On toque.

– Ah c'est toi ?

Lucien blêmit. Il fixe sa fille et reste dans l'encadrure de la porte.

– Oui, comme j'étais de foire le week-end dernier, je voulais venir te saluer. Ça fait longtemps. Tu ne me fais pas entrer ?

– Tu veux, ma fille ?

– Eh bien, oui, répond Isabelle légèrement déconcertée.

– Alors, je t'en prie.

– Tu as vu cette brume ? interroge Isabelle.

En franchissant le pas de la porte, elle hume une puissante odeur de chou cuit et, derrière, le parfum plus subtil du fenouil. La table est dressée pour huit personnes, avec le service en Gien.

– Mais, tu attends du monde ?

Lucien s'assied. Il souffle et sent déjà venir les pleurs.

– Ils sortent des sarcophages, Isabelle. Ils sortent et viennent me demander des comptes. Ils veulent me tourmenter.

– Mais de qui tu parles enfin, papa ?

Isabelle est surprise de trouver son père si fébrile.

– Ils sont nombreux, je ne les reconnais pas tous. Il y a Roger Loriot et Serge Girard, souvent, ta mère aussi. Des francs-tireurs et partisans… parfois, des preux chevaliers chrétiens. Forcément, ces sarcophages sont les leurs.

– Je ne comprends pas. Qu'est-ce que tu racontes ? demande Isabelle, plantée au milieu du salon.

– Je suis un menteur, ma fille. Un grand menteur. Tu peux regarder dans cette boîte sur la table basse, tout y est consigné. Je suis désolé, il est tard pour te l'apprendre. Je suis un vil dissimulateur.

– Mais attends, papa…

– J'étais jeune, Isabelle, je n'ai jamais pensé à mal. Je suis aussi une victime de moi-même. Je n'ai de toute la guerre, que tué des résistants français, je n'ai, de mon mariage que trompé ma pauvre femme malade, je n'ai de toute ma vie, qu'asséné des mensonges. Chaque soir de brume, je dîne avec eux.

Isabelle lit quelques pages des cahiers rangés dans le coffre. Elle est sidérée. Cela n'a ni queue, ni tête.

– Ma fille, j'espère que je ne t'ai pas transmis ce virus. J'espère que tu es honnête. Sinon, tu finiras comme moi. Assiégée par des fantômes.

Elle jette les papiers au sol, des larmes de colère coulent sur ses joues.

– Papa, papa, c'est quoi tout ça ? C'est qui cette Monique qui t'envoyait des lettres en 1993 ? Pourquoi écris-tu que des hommes ont été torturés à cause de toi ? Papa, c'est quoi ce tas de conneries ?

– Ma fille, Lucien déglutit, ma fille, ils m'ont tous rattrapé. Un à un. Ils nous rattrapent. C'est inéluctable. Ce sont de véritables fantômes. Des spectres, bien vivants.

– Je ne comprends rien à ce que tu racontes.

Lucien se lève. Verse la soupe dans les assiettes. Dépose une tranche de pain rance au centre de chaque portion de mixture fumante. Il paraît désormais plus calme, son visage comme résigné.

– Si tu veux passer à table avec nous, tu es la bienvenue, Isabelle. Tu découvriras bien des histoires guère reluisantes à mon propos.

Septembre - décembre 2012

Max ne feignit pas de croire en sa réussite. Cela lui évita d'être déçu. Pourquoi aurait-il accordé subitement de l'importance à ce qui n'en avait jamais revêtu pour lui ? Il n'avait pas besoin du bac, ni d'aucune autre connerie de diplôme. Il envisageait son avenir de manière plus simple et pragmatique. Ses parents, en revanche, voyaient tout cela d'un autre œil, bien sûr.

Mais il avait un plan.

Il savait que son père ne consulterait pas les résultats sur Internet. Il en était bien incapable. Il lirait le journal. Qu'à cela ne tienne, il n'en trouverait pas un numéro. Max acheta les quinze exemplaires de *l'Yonne républicaine* vendus au Proximarché de Quarré-les-Tombes. Il décida aussi d'aller arracher quelques pages du canard que Le St Georges mettait à disposition de ses clients, aux cas où Dominique s'y serait arrêté pour boire un verre de blanc, comme il aimait le faire après avoir bricolé toute la journée. Pour plus de précautions, Max dévalisa les six exemplaires du Barboulotte, l'épicerie-bar-restaurant de Saint-Léger-Vauban. Le patron avait d'abord refusé de laisser partir tout son stock dès l'ouverture, arguant que ses clients habituels réclameraient leur copie. Mais Max ajouta à son panier deux terrines de sanglier, une bouteille de rouge et la totalité des tablettes de chocolat Milka disposées sur le présentoir. Le tout devait représenter la recette journalière de l'échoppe. Le marchand ne fit plus de difficulté à propos des journaux. Cela ne coûta à Maxime que le produit de cinq ventes de clef USB renseignant des sites pornos.

Ensuite, il créa une page Internet postiche avec en haut le logo du journal local, titrée « Les Heureux Bacheliers bourguignons », puis une liste de noms, dont le sien. Il l'imprima, la donna à son père, ne lui laissa pas le temps des félicitations, lui dit qu'il devait passer rapidement au lycée, prit son scooter et partit faire un tour.

Arrivé au niveau de l'étang du Griottier-Blanc, il s'allonge dans l'herbe, débouchonne la bouteille de bourgogne, la boit à même le goulot, par petites lapées. Au loin, il observe un pêcheur. Le type remonte du gardon, comme les enfants les canards en plastique dans les kermesses d'école. C'est impressionnant.

Max songe à sa mère, à ce qu'il lui racontera. Elle tient à ce qu'il fête son baccalauréat dans sa baraque de Los Angeles. *Quelle angoisse*, juge-t-il, *qu'est-ce que j'irais branler là-bas*. Elle verra rapidement sur le site de l'académie qu'il n'y a rien à célébrer. Son idiot de mari se moquera, et elle gagnera un motif supplémentaire pour attiser ses ressentiments envers son fils. S'il pouvait signer une rupture définitive entre eux, cet échec serait une bénédiction. Maxime décide qu'il tuera dans l'œuf toute discussion à propos de l'examen, en évoquant le coffre qu'il a trouvé chez Lucien, juste avant que les déménageurs ne débarrassent la maison. La boîte n'a pas été compliquée à forcer. Il a parcouru tous les cahiers couverts d'une écriture minuscule évoquant, parmi les délires de la sénescence, bien des histoires infamantes pour son grand-père et pour la famille. Max garde ces pages sagement, certain qu'il pourra s'en servir dans une situation délicate, forcément contre sa mère. En l'occurrence, il suffit qu'il confie ce trésor au musée de la Résistance de Saint-Brisson. Un scandale ne manquera pas d'éclater et éclaboussera la femme d'un grand producteur de films américains, régulièrement vanté dans les émissions télévisuelles françaises comme une des plus belles *success-stories* hexagonales. Jamais Isabelle ne prendra le risque.

Max cueille une marguerite et lui arrache ses pétales un à un. Légèrement ivre, il sourit aux monceaux de nuages dans le ciel.

Ça l'emmerde bien moins de faire du chantage à sa mère que de prendre son père pour un imbécile.

Se servir de ce coffre et l'oublier, voilà ce qu'il veut. Les cahiers lui ont fait de la peine, à lui aussi. Il aimait Lucien. Il aimait les journées d'été passées avec lui, à visiter de vieilles pierres fourmillant d'histoire, tandis que ses parents travaillaient. Il aimait quand il venait le chercher à l'école et le gratifiait d'une petite brioche au beurre et d'une brique de jus de pomme. Il l'aimait l'entendre chantonner Trenet dans la voiture, juste du bout des lèvres :

« Il revient à ma mémoire, des souvenirs familiers, je revois ma blouse noire, lorsque j'étais écolier. Sur le chemin de l'école, je chantais à pleine voix, des romances sans paroles, vieilles chansons d'autrefois. Douce France, cher pays de mon enfance, bercée de tendre insouciance, je t'ai gardée dans mon cœur. »

Il n'est pas certain de croire en ses traîtrises, en ses tromperies. L'esprit du vieux a très bien pu inventer tout cela. La vieillesse peut causer ce genre de délire autodestructeur. Max utilisera ces histoires pour affaiblir sa mère, mais les effacera ensuite de sa mémoire pour ne pas ruiner ses meilleurs souvenirs d'enfance. Ne pas ruiner ses meilleurs souvenirs. Et puis, quelle différence ça fait, qu'il ait été ou non le résistant qu'il prétendait être ? Quelle différence, si longtemps après la guerre ? Quelle différence, vraiment ?

*

Bruno leur a donné rendez-vous dans un salon du Peninsula, sur Santa Monica Boulevard, où il a ses habitudes. Il est en retard et jette les clefs de la Maserati ainsi qu'un billet de vingt dollars, au voiturier. Quand il arrive au troisième étage du palace, ils sont déjà assis sagement sur les canapés satinés à renifler l'odeur légère des hôtels de luxe. Les silhouettes de quatre hommes se dessinent devant la baie vitrée. Derrière, après la terrasse, deux bimbos en Bikini et un quinquagénaire bedonnant flottent dans la piscine.

– Restez assis, je vous en prie.

Bruno s'avance, leur serre la main et perçoit l'humidité de leur paume. Puis, il s'assied sur un fauteuil Voltaire. L'auteur lui fait une triste impression. Il a encore morflé depuis ses dernières sorties télévisuelles. Ce génie n'a pas griffonné une planche depuis le dernier numéro de *The Last Fighters* sorti en 2001. Son apparence est maigre, son visage émacié, ses yeux enfoncés profondément dans leurs orbites, son teint pâle, sa dentition en ruine. Sa peau desquame depuis son cuir chevelu jusqu'à ses tempes, d'épaisses plaques de psoriasis se détachent de son crâne à la manière des affiches publicitaires sur les murs par temps de pluie. Il porte un sans manches à l'effigie d'un groupe de métal et deux lourdes chaînes dorées à l'instar des rappeurs dans leurs clips. Son corps est parcouru de tics, sa bouche se déforme toutes les dix secondes, comme s'il cherchait à gober une mouche. Il exhale une pestilence âcre et tenace.

Devant lui, sur la table basse en noisetier lustrée, repose un grand verre de Hennessy. Il ne dira pas un mot de l'entretien, ce qui économisera du temps à tout le monde. À sa gauche, son éditeur porte un costume mal taillé. Son parfum musqué ne camoufle pas totalement celui de sa sudation. Il se mordille la lèvre et ne cesse de fixer le gros lustre au plafond, comme s'il craignait qu'il lui tombât dessus.

L'avocat de la maison d'édition porte de petites lunettes d'avocat. Il tapote frénétiquement son attaché-case d'avocat et ne peut s'empêcher de conclure chaque phrase par diverses expressions d'avocat. Seul le directeur commercial semble globalement à son aise, avec ses traits harmonieux et son long sourire bourgeois. Il se prénomme Amaury, est français lui aussi, a les yeux bleus, les dents blanches et une raie sur le côté gauche. Bruno aurait bien des questions à lui poser sur son parcours mais l'heure n'est pas aux mondanités. Assisté par deux de ses conseils restés debout dans leurs costards gris, le producteur a organisé cette rencontre pour racheter les droits de la saga, dans le but de donner une suite à l'incroyable succès de la trilogie *The Last Fighters*.

Mais ça commence mal.

Le directeur commercial lui apprend que la Douglass Company dispose d'une option et envisage un préquel. Des scénaristes plancheraient déjà dessus. L'avocat assure que rien n'est signé mais qu'en cas d'offre concurrente, la société de production des trois premiers épisodes pourrait s'aligner et conserver toutes prérogatives en matière d'adaptation. Le directeur commercial ajoute que compte tenu du succès du dernier opus, il faudrait proposer un prix record pour dissuader la Douglass Company de prolonger l'aventure. Bruno note le rictus au moment où le mot *record* sort de sa bouche. Cela l'amuse. Un Américain n'aurait pas perdu son temps à souligner qu'il s'agit d'une affaire de gros sous. C'est bien trop évident.

Bruno se retourne vers ses conseils.

– Messieurs, c'est le genre de clauses anticoncurrentielles que vous êtes habitués à faire sauter, n'est-ce pas ?

Ils acquiescent avec sérieux.

– Vous plaisantez, rétorque l'avocat en remontant ses lunettes sur son nez. Il s'agit d'articles tout à fait standards. Tout à fait standards, répète-t-il. Jamais de telles conditions n'ont posé problème. Et d'ailleurs…

– Et d'ailleurs, nous ne comptons pas débuter notre fructueuse relation par perdre notre temps devant des tribunaux. J'aime votre œuvre monsieur, dit Bruno en fixant l'auteur, j'aime vos comics, tout le monde les aime. Jeunes, moins jeunes, hommes, femmes. Bien sûr, les premiers films ont rencontré un large public, mais je vous propose d'aller plus loin. Je vous promets non seulement de remplir les salles mais aussi la galerie à trophées : Oscars, Golden Globes, Palme d'or… Votre œuvre a la force pour réconcilier le public et la critique.

L'auteur semble s'endormir sur son cognac tandis que l'éditeur a des paillettes dans les yeux.

– Vous serez associé à l'écriture des scénarios, si vous le souhaitez, cela va de soi. Au choix du réalisateur aussi. Michael Bay est un ami, je dîne ce soir avec Guillermo del Toro, et pourquoi pas Harmony Korine… Hein ? Histoire de casser les codes ! Son dernier film a fait grand bruit à la Mostra de Venise, la semaine dernière. J'ai une envie immense, monsieur, de proposer un nouvel éclairage sur votre formidable univers, une envie que je compte payer au prix fort. Au prix *record* même, s'il le faut, ajoute-t-il en regardant désormais le directeur commercial droit dans les yeux. Laissez-moi quinze jours pour rédiger un contrat et retrouvons-nous dans ce bel endroit pour signer ce que j'appellerai modestement : la coopération du siècle.

En attendant, que diriez-vous d'un délicieux cocktail au bord de la piscine ? Commandez ce que vous voulez à boire et manger, et mettez tout cela sur la note de Bruno Landisier. Je vous recommande leur lobster roll, un délice. Je vous rejoins dans une minute.

L'auteur se lève mollement, manque de trébucher et franchit le pas de la porte vitrée avec l'allant d'un vieux crabe au seuil de la mort. L'avocat répète qu'il n'a pas le temps, et qu'il ne prendra qu'un verre, l'éditeur hésite par crainte de se compromettre, le directeur commercial en habitué, se fera servir les mets les plus onéreux.

À peine les quatre hommes sont-ils sortis, que Bruno se retourne vers ses deux conseils. Ils ne sont pas inquiets, ils connaissent leur métier.

– Messieurs, c'est simple comme bonjour. Vous savez qui s'occupe de ce dossier chez Douglass. Ce ne sera pas difficile de le dissuader de renchérir. Il est de notoriété publique sur la colline de Beverly que tout chez lui tourne autour de sa verge. Si vous ne l'avez pas déjà à disposition, montez-moi un dossier bien salace, avec des photos et des témoignages à peine anonymes. Faites-moi cela dans la semaine. Je me charge de l'inviter à déjeuner pour lui montrer les fruits de notre enquête. Il comprendra rapidement que, dorénavant, *Les Derniers Combattants*, c'est nous !

*

Dominique coche encore les mêmes numéros de sa grille du Loto. Y compris celui de la date de son mariage et du jour de naissance d'Isabelle. Cela fait trop longtemps qu'il mise sur cette combinaison pour la modifier. Il ne se pardonnerait pas de voir ce tirage sortir sans l'avoir joué, tant pis si la signification des nombres est devenue cruelle pour lui. Il salue le buraliste, achète *L'Équipe*, commande un café et valide son Quinté +. Il a suivi un expert de *Tiercé Magazine* qui conseille de parier sur une jument à quarante contre un. Si le cheval rentre, il empochera quelques dizaines d'euros. Dominique ne gagne ni ne perd jamais gros, il se rend dans ce tabac parce qu'il en aime l'atmosphère et connaît les habitués, parce qu'il est le dernier cœur battant du village.

Son expresso refroidit devant lui. Il déchire le sachet plastique, en libère un sablé et le trempe dans sa tasse. Dehors, le vent chasse les feuilles mortes sur la place. Un couple de jeunes sort d'une voiture immatriculée dans le Loiret et se dirige vers l'église. Ils prennent les monolithes en photo. Des touristes s'arrêtent parfois par ici. Dominique les imagine suivre les petites routes, serpenter dans les forêts, s'arrêter pique-niquer au bord d'un lac morvandiau et sentir, puissant, le parfum résineux des épines. Ils viennent de Vézelay, iront se restaurer chez Loiseau à Saulieu, se gareront, s'ils ont le temps, le long d'une départementale pour lire sur une stèle le nom d'un maquis et de ses martyres. Les plus curieux visitent

Quarré-les-Tombes, attirés par le nom de la ville, séduits par son évocation macabre.

L'an dernier la tourelle nord de l'église a été restaurée. Ses pierres sont lisses et propres, désormais. Sur le porche, une association locale a fait fixer une plaque. Dessus est écrit :

> « Au XIVe siècle ne s'élevait ici qu'une modeste chapelle dédiée à Saint Georges qui aurait, selon la légende, sauvé QUARRÉ des Sarrasins.
>
> Reconstruite au XVIe siècle, il ne reste de cette époque que le chœur. Au XVIIIe siècle le curé Blaise BEGON fit agrandir la nef et le transept et reconstruire le clocher.
>
> Le curé Henry au cours du XIXe siècle va donner à l'église son aspect actuel.
>
> OLIVIER, comte de CHASTELLUX, seigneur des lieux décédé en 1617 est enterré ici, ainsi que son père (monument à droite en entrant).
>
> Les 112 éléments de sarcophages vides disposés autour de l'église (46 cuves et 66 couvercles) représentent les derniers vestiges d'un important ensemble de tombeaux (1 000 ou plus) amassés entre les VIIe et Xe siècles.
>
> Ils sont en pierre calcaire et proviennent de carrières éloignées d'au moins 25 kilomètres du bourg de QUARRE.

> Pourquoi ces sarcophages en si grand nombre à Quarré ? Était-ce une nécropole ou un dépôt ? Des historiens se sont penchés sur cette question mais le mystère reste entier. »

D'après les synaxaires byzantins, Georges a été élevé dans la foi du Christ par sa mère Polychronia, qui s'était convertie à l'insu de son mari. À la mort de celui-ci, elle retourna à sa patrie, la Palestine, et éleva son fils dans les vertus évangéliques. Plus tard, Georges commença sa carrière militaire. Il fut promu au grade de tribun de la garde impériale, puis à la dignité de préfet. En Pamphylie, il vainquit le dragon qui tenait la fille d'un roi de Cappadoce en otage. Devant cette prouesse, les païens se convertirent à sa religion.

Au début du IVe siècle, l'auguste Dioclétien convoqua en Nicomédie tous les gouverneurs d'Orient pour leur communiquer ses décrets contre les fidèles du Christ. Ils signeront le début de la Grande Persécution. Lorsqu'il apprit cela, Georges légua tous ses biens aux démunis, affranchit ses serviteurs et se rendit devant l'empereur. Face à l'assemblée, il reprocha au souverain sa scélératesse. Il ajouta qu'il croyait au Christ, vrai Dieu, et que, fort de sa croyance, il se présentait sans crainte devant son suzerain pour lui adresser ses reproches. Dioclétien, craignant l'agitation, proposa à son préfet de le couvrir d'honneurs à condition qu'il accepte d'adorer les dieux de l'Empire.

Mais Georges répondit : « Ton règne se corrompra et disparaîtra rapidement, sans te procurer aucun profit ; mais ceux qui offrent un sacrifice de louange au Roi des Cieux règneront avec Lui pour l'éternité ! »

*

« Shall we ? Yes ? Okay, so my name is Jessica Dahlgren, I am your English assistant for this term. This is my first year here, so I look forward to working with you. »

Stéphane n'en croit pas ses yeux. La prof d'anglais est canon. De ce genre de femmes plus âgées qui le fait fantasmer. Quel âge peut-elle bien avoir ? Trente-cinq, quarante ans ? Elle a de grands yeux bleus, des cheveux blonds mi-longs, de belles jambes fines et il croit deviner une imposante poitrine sous son chemisier.

– T'as vu comme elle est bonnasse ? glisse-t-il à son voisin.

– Qui ça, la prof ?

– Ouais ! Une vraie *milf* !

– Ouais, elle est pas mal.

– Ouais. Je suis sûr que c'est une coquine. Je te parie que je vais me la faire avant la fin du trimestre.

– Quoi ?

– T'as bien entendu !

– T'es con, toi, ma parole. T'as pas dessaoulé d'hier soir ou quoi ?

– Non, je déconne pas. Je la trouve incroyable.

– OK, alors pari tenu.

– Crois-moi, une femme comme ça, qui goûte ses dernières années de jeunesse, sans bague au doigt… Si elle vient enseigner dans une école de commerce, à coup sûr c'est pour se taper des élèves, prétend Stéphane, tout excité.

– T'es vraiment grave, mec. Faut te faire soigner.

Depuis la rentrée, chaque jour est une fête. Une grande célébration désordonnée de la jeunesse et de la liberté des fauves dont l'adolescence, tenue en cage durant deux ans pour préparer des concours, ne demande qu'à exulter. L'école supérieure de management et de commerce de Lille, aussi appelée Sumaco Lille, est réputée pour ses associations. En ce début d'année, elles rivalisent de soirées alcoolisées pour attirer les étudiants les plus cools dans leurs rangs. Chaque soirée, chaque événement est codifié, comme dans une pièce de théâtre. Pour s'assurer une bonne scolarité, mieux vaut accepter de jouer.

Stéphane n'a jamais autant picolé, ne s'est jamais autant amusé. Il n'éprouve aucune fatigue, malgré les nuits de trois heures, d'un sommeil chahuté par l'alcool. La voici, la vraie vie. Celle qu'on leur a promise quand ils en bavaient devant leurs exercices de maths. Stéphane la mérite, en profite, la saisit. Il surjoue même le jeune décontracté qu'il n'a jamais été, adopte des airs, parle de manière grossière, se sent invincible. Il prend sa revanche sur les années collège et lycée, quand il était estampillé intello, qu'il se faisait bolosser par les garçons à la mode et éconduire par les jolies filles. Désormais, il est du côté des puissants, de ceux qui s'éclatent, jouissent et dictent les règles.

Seul bémol en cette rentrée fantastique, il n'a pas encore chopé. Il n'était pas loin à deux reprises mais il a merdé et un autre mec a attrapé la fille. Les occasions ne manqueront pas, il n'est pas inquiet. C'est juste dommage, la meuf en question lui plaisait bien. Marine l'a largué dans l'été, la chienne. Il a peut-être besoin de temps. C'est ce qu'il se dit.

Ce soir, le journal des élèves de l'école, *L'Ovazyl*, du nom de son fondateur légendaire, Oscar Vazyliev, organise sa soirée. C'est une fête importante parce que Stéphane aimerait rejoindre l'asso. Elle est parmi les plus convoitées, tout en haut de la hiérarchie des clubs de l'école. L'identité de ses membres reste secrète. Ils disposent de nombreux dossiers sur les étudiants, et peuvent détruire des réputations. Le comité de rédaction se compose de bonnes plumes, d'esprits tordus et plus généralement de bonnes plumes à l'esprit tordu.

L'événement a lieu dans un bar du centre-ville, privatisé pour l'occasion. Le DJ porte une casquette et des lunettes de soleil aux reflets bleutés. Il passe essentiellement des playlists électro, qu'il imagine pointues, mais qui tournaient déjà l'an passé au Rex, au Social Club ou au Glazart, à Paris. Ça s'ambiance sur la piste. Comme les autres soirs, c'est OB, open bar. Il est 22 heures, Stéphane croise déjà beaucoup de personnes bourrées. Ça promet.

Des affiches recouvrent les murs avec inscrit dessus : « Oscar Vazyliev sait qui vous êtes au fond », « Vous couchez aussi avec Oscar Vazyliev », « L'Ovazyl. Partout. Tout le temps », « Oscar Vazyliev wants you », « Oscar en sait plus sur vous que vous-même », ou encore « Oscar Vazyliev protège ses délateurs ». Le numéro de l'été est distribué à l'entrée. C'est un best of des meilleures chroniques publiées l'an passé, auxquelles s'ajoute le palmarès de la promotion précédente. Il est très attendu. On y découvre « la grande pupute de l'année » qui récompense la fille qui aurait le plus couché, « le dur queutard », son alter ego masculin, « le maxi nobod que vous avez déjà oublié », un élève timide qui n'a pas fait parler de lui, « le trou de la promo », celui qui boit le plus, « la grande débarrasseuse », un jeune homo qui a fait son coming out lors de l'année, « la timbreuse », son alter ego féminin, et puis des titres plus ironiques, « le bo gosse » et « la belle gosse » pour ceux dont les photos sur le trombinoscope fourni par l'administration sont les plus laides, « le canon », un homme petitement membré, « le triathlète », un éjaculateur précoce, « nuit magique », une femme réputée pour être un mauvais coup, « petit cadeau », un élève ayant, soi-disant, une maladie sexuellement transmissible…

Tout le monde juge cela hilarant. Les autres, pisse-froids, ne viennent pas aux soirées, de toute façon. La porte n'est grande ouverte qu'aux cruels.

Jessica rentre chez elle après sa première journée à la Sumaco. Elle est satisfaite, les élèves ont l'air sympas et ils parlent globalement déjà tous un bon anglais. Elle est libre de construire ses cours comme elle le souhaite, l'administration s'en moque. L'important, c'est que les étudiants lui donnent au moins une note de 6/10 à la fin de chaque trimestre pour qu'elle soit reconduite l'année prochaine. Elle allume la théière et glisse le nouvel album d'Arctic Monkeys dans la chaîne.

Elle sent qu'elle repart d'un bon pied. Ces dernières années n'ont pas été faciles. Ils se sont séparés avec Matthieu, après dix années passées ensemble. Leurs vies étaient devenues trop différentes. Ils n'avaient plus de points communs, ne construisaient rien, ne parvenaient pas à avoir d'enfant, et il ne voulait pas entendre parler de mariage. Le couple s'est épuisé pour devenir sans substance, comme un corps vidé de ses organes. Elle a dû déménager, quitter Paris, se trouver un appartement sans charme dans une cité-dortoir pour classe moyenne basse, où les loyers se permettent tout de même d'être chers parce que la ville dispose d'une gare RER et d'un petit parc pour se promener le dimanche.

Comme elle est non-titulaire, l'Éducation nationale l'a baladée d'un établissement scolaire à un autre, parfois même en cours d'année et, bien sûr, sans jamais prendre en compte son lieu de résidence. Ses emplois du temps ressemblaient à du gruyère, un cours le matin, un autre six heures plus tard, dans des collèges cernés de tours HLM, à un train, deux métros et un tramway de chez elle. Côté cœur, elle est sortie avec Fabrice pendant un an et demi. C'était son voisin de palier, alors forcément cela simplifiait les choses. Seulement elle n'est jamais tombée amoureuse et elle a préféré mettre un terme à leur relation plutôt que de s'obstiner et finir par le blesser plus encore.

Il y a deux ans, elle a regardé, non sans un pincement au cœur, la première émission culturelle de Matthieu, *Les Mots du monde*. Il convie chaque vendredi soir, sur une chaîne du service public, des penseurs à la mode. Ensemble, ils discutent de grandes questions de manière policée. Avec eux, le monde trouve un sens qu'il n'a pas. Elle doit bien admettre qu'elle restera toute sa vie impressionnée par son aisance, par cette lumière qui éclaire ses yeux au moment de lever la tête de sa fiche pour saluer l'audience.

Finalement, elle a eu vent, l'hiver dernier, de ce poste dans une école de management lilloise. Il était occupé par une jeune femme de son profil qui souhaitait retourner aux États-Unis. Elle n'a pas hésité.

Stéphane siffle sa bière. Un type titube vers lui. Il porte un masque avec un groin et une grande cape rose. Dieu que la musique est forte. La tête de cochon s'arrête, le plastique souple plisse légèrement :

– Salut, grand loup !

– Salut, répond Stéphane.

– Alors, grand loup, ça va ? Mon petit doigt porcin m'a dit que tu voulais faire partie de l'équipe ?

– Quelle équipe ? demande Stéphane, soucieux de montrer à son interlocuteur qu'il respecte la confidentialité dans laquelle la sélection des recrues du journal doit s'opérer.

– L'équipe des verrats ! Des nouveaux petits cochons ! Notre portée de porcelets !

– Eh bien, oui, ça me dirait bien.

– Tu sais écrire, au moins ? Tu pourrais rédiger, ici, maintenant, un article ? Par exemple, sur cette fille là-bas qui danse toute seule ?

– Ouais, je pourrais.

– Et tu en dirais quoi, gros dégoûtant ?

– Je commencerais par me moquer de sa jupe trop longue de petite Juive coincée qui se prend pour une grande fêtarde et qui ne sucera de toute sa vie que de la bite circoncise de…

– OK, wow, pas mal, tu démarres au quart de tour, dis-moi. Et le mec, là-bas, celui qui gigote au fond, proche du DJ.

– Eh bien…

Stéphane observe les yeux bleus qui poignent du silicone. Il connaît la ligne éditoriale outrancière du journal, il n'y a pas de limite.

– Je ferais un article sur son petit cul qui se dandine. Je dirais qu'il y a sur la piste un orifice qui demande à se faire écarter par un bon gros chibre, qu'on tient un favori pour le titre de « grande débarrasseuse », et que…

– Ça va, c'est bon. Tu es très sale. Suis-moi !

La tête de cochon ne titube plus et fend la foule à grands pas. Stéphane, derrière, cherche à prendre son sillage entre les serveurs, danseurs et les couples qui se chopent sans pudeur au beau milieu de la piste. Il est fier de lui.

– Entre ici, lui enjoint l'étudiant masqué en désignant les toilettes handicapées. Allez, mon gars, si tu veux faire partie de l'équipe, ne doute pas. Un disciple d'Oscar, jamais ne craint d'entrer dans une porcherie.

Stéphane pousse la porte lentement, et à peine a-t-il entrouvert le battant qu'il est saisi par la manche. La lumière s'éteint. Une, deux, trois secondes. On l'assied sur la lunette. La minuterie est réenclenchée. Autour de lui dans la cabine, quatre hommes sont affublés de visages porcins en plastique, arborant chacun un long sourire. Le plus grand d'entre eux sort de sa poche un portrait représentant Oscar Vazyliev.

– Embrasse la photo !

Stéphane s'exécute et pose ses lèvres sur l'icône.

– Alors, il paraît que tu veux faire partie de l'aventure. C'est bien, c'est bien… Il a réussi la première épreuve ? demande le plus grand à celui qui a amené Stéphane dans les chiottes.

– Ce jeune loup a opté pour du classique mais efficace : de l'antisémitisme teinté de sexisme et de l'homophobie crasse. Il n'a pas fait dans la dentelle.

– Il connaît ses standards, je vois. Prêt pour la seconde étape, grand loup ?

– Prêt, répond Stéphane, se voulant sûr de son coup.

– Alors, baisse ton froc !

Le néon s'éteint. Une, deux, trois secondes. La lumière clignote et revient.

Les quatre cochons ont ouvert leur braguette et sorti leur sexe. Ils pendent sur leur Levi's.

– Attendez les gars, proteste Stéphane.

– Qu'est-ce que tu crois ? Que tu peux rejoindre la grande équipe du secret sans donner de ta personne ?

– Vous plaisantez, je…

– On ne plaisante pas, mon loup, réplique un porc qui s'était tu jusqu'à présent. Ça a toujours fonctionné comme ça, depuis la création de notre journal par Oscar. On va chacun te sodomiser, puis tu seras des nôtres, et on n'en parlera plus jamais.

– Sauf si tu trahis la soue, ça va de soi.

– Baisse ton pantalon !

Stéphane déglutit. Il ose à peine regarder ses bourreaux. Après une longue expiration, il déboutonne le premier bouton, puis le second. Il se sent soudain très faible. Il reprend son souffle, se relève et fait descendre son futal le long de ses cuisses. Il attrape l'élastique de son boxer.

– Tourne-toi ! Mets-toi dos à nous.

Il se retourne lentement. Quitte son caleçon. Il tremble. *Bordel, bordel, bordel,* pense-t-il.

La minuterie cliquète. L'obscurité tombe de nouveau. Une, deux, trois secondes. L'éclairage revient. Il sent quatre claques contre sa fesse gauche et entend pouffer derrière lui.

– Tu as réussi la seconde épreuve. On n'allait quand même pas enculer ce derrière bien blanc. Tiens, garde la photo d'Oscar avec toi. Derrière, il y a une adresse. Tu t'y rendras mercredi à 19 heures. Tu y rencontras un collège de six porcs.

– Respecte-les et fais tout ce qu'ils te demanderont, certains étaient à ta place il y a plus de vingt ans. Quand on veut intégrer une institution, on s'incline devant ses rites et son histoire. Nous avons confiance en toi.

– Ils t'auditionneront et tu sauras ensuite si tu es digne d'écrire dans *L'Ovazyl,* tu sauras si tu es digne de tout connaître, je dis bien tout connaître, de ce qui se déroule sur le campus.

Stéphane se reculotte. Il est soulagé mais a terriblement honte. Les quatre étudiants masqués sont sortis des toilettes sans qu'il ne s'en rende compte.

Il s'asperge un peu d'eau sur le visage. *Putain, j'étais prêt à le faire.* Une adresse est manuscrite derrière le portrait. Elle indique une rue de la zone d'activité de Villeneuve-d'Ascq. Il replace la photographie dans sa poche arrière, puis observe son reflet dans le miroir. *Laisse tomber, je vais me coucher.*

*

À quoi servent les chiens de berger quand il n'y a plus de fauves qui rôdent autour des troupeaux, et que les brebis paissent dans des champs cerclés de clôtures électriques ? Quelle tâche peut bien justifier qu'on leur jette encore un os, qu'on caresse leur crâne, qu'on gratte leur flanc en félicitant la brave bête ? Et quand enfin on souhaite se débarrasser de l'animal, ne dit-on pas de lui qu'il a la rage ?

Ces dernières semaines, les habitants de l'Arroyo Blanco lui ont paru plus distants. Cándido sent un malaise. Ça l'inquiète. Personne ne lui a souhaité son cinquantième anniversaire la semaine dernière, pas même les enfants de la résidence. D'habitude, quand vient la rentrée des classes, il reçoit une flopée de dessins qu'il placarde dans sa loge, mais pas cette année. Au passage de la barrière, la petite Ashley continue de lui faire signe au travers des vitres feutrées du Toyota RAV4 familial, mais son père ne baisse plus la sienne pour le saluer et commenter un résultat de MLB. Cándido se demande ce qu'il a bien pu faire. Il se creuse la tête, rien ne vient. Ou éventuellement cette prostituée postée au niveau de Lemon Grove Avenue. Une Dominicaine. Il s'est acheté ses services trois fois. Il la récupérait sur le trottoir devant le O'Reilly Auto Parts, puis ils se dirigeaient plus loin, dans le quartier de Los Feliz, où elle avait une chambre. Il s'est comporté correctement, enfin c'est ce qu'il croit. Elle lui a rappelé América avec ses épaules charpentées comme celles des filles qui, dès le plus jeune âge, doivent endurer des tâches physiques. Est-ce qu'un résident l'a vu ? Si loin de Topanga Canyon, ce ne serait vraiment pas de chance. Est-ce qu'ils se doutent qu'il va aux putes ? Est-ce que cela suffirait à faire de lui un pestiféré ?

Bon sang, des années d'ascétisme, à me démener, à parler un anglais parfait, à rendre des services sans demander ne serait-ce qu'un billet, tout cela rayé d'un trait parce que je suis allé payer une femme. J'ai cinquante ans, pas de famille, pas de copine, qu'espèrent-ils, à la fin ? C'est peut-être une autre histoire. Peut-être une méprise. Quelqu'un pourrait-il lui vouloir du tort ? Propager des rumeurs sur son compte ? Il devra en discuter avec Mme Mossbacher. Elle lui expliquera. Il a confiance en elle.

Le conseil des propriétaires de l'Arroyo Blanco est tombé d'accord au début du mois. À la quasi-unanimité. Même ceux qui, lors des réunions précédentes, avaient émis des doutes envers le nouveau système sont désormais convaincus. Il faut dire que l'option la plus chère propose un prix encore bien inférieur au salaire mensuel de Cándido. Ce soir, sera enfin signé le contrat avec le nouveau prestataire de gardiennage électronique.

Sur l'estrade du centre communautaire, Jack Cherrystone, un petit homme avec une lourde voix, le répète une nouvelle fois : cela fait des années qu'ils auraient dû adopter cette solution technologique.

– Les caméras sont fixées depuis plus de dix ans, il n'y avait qu'à installer une antenne relais et le tour était joué. On a perdu beaucoup d'argent pour conserver notre gardien. Beaucoup d'argent. Nous pouvons être fiers de l'avoir tant aidé. Souvenons-nous de ce qu'il était avant de bosser pour nous, souvenons-nous de ses crimes. Dans d'autres communautés, il aurait connu la prison, et qui sait alors la vie que mènerait maintenant notre brave señor Rincón, dit Jack Jardine en roulant les « r » plus que nécessaire. Grâce à nous, il a des papiers, il a une voiture, il est, comment dit-on déjà…, assimilé…, non intégré, voilà le mot que je cherchais. Il ne peinera pas à retrouver du boulot. On est en Amérique, ici.

Bill Vogel prend la parole à son tour :

– J'ai lu dans une revue économique que c'était une grave erreur de vouloir protéger les métiers voués à disparaître. Les bonnes gens comme nous pensent toujours à celui qui perd son emploi, mais l'article disait justement qu'il faut fuir ce genre de raisonnement. Si la technologie permet de se passer des caissières dans les supermarchés, alors il ne faut pas s'en faire pour les caissières. Si les acheteurs veulent se fournir sur Amazon, alors il n'y a aucune raison de vouloir sauver Safeway de la faillite, ou n'importe lequel des hypermarchés traditionnels. Vous comprenez, on pense trop court. On songe à notre cousin qui a perdu son job, ou à notre sympathique gardien, ou à je ne sais qui. Mais, globalement, et j'insiste sur ce mot, globalement, tout le monde y gagne si on supprime les emplois inutiles, les emplois du passé. Notre Cándido y gagnera aussi. Ça s'appelle la destruction créatrice. C'est bien trouvé, n'est-ce pas ?

– Sans compter, ajoute Doris Obst de sa voix masculine, qu'il ne s'agit pas simplement d'une opération financière. M. Rincón est travailleur, mais il dort la nuit, il sort parfois le soir, il prend des pauses, s'absente certains dimanches… Notre système satellite nous protégera 24 heures/24, 7 jours/7, nuit et jour, été comme hiver. Notre sécurité gagnera avec ce changement. Et, avec toute l'amitié que j'ai pour Cándido, c'est bien de notre sécurité qu'il est question, pas de l'avenir d'un migrant que nous avons largement aidé jusqu'à maintenant.

Tous abondent encore un peu, et la discussion se prolonge dans le centre communautaire. La décision d'avoir recours à la surveillance par imagerie satellite est prise, mais les habitants semblent décidés à l'appuyer plus encore, comme s'ils cherchaient à se convaincre définitivement d'avoir commis le bon choix. Puis, alors que chacun s'apprête à rentrer chez lui, Vogel demande :

– Bon, eh bien, qui lui annonce ? Il faut bien le tenir informé. Il va perdre son travail mais aussi son logement de fonction. Ce serait cruel de le laisser dans l'ignorance, maintenant que nous avons signé le contrat.

Les voisins se toisent. Doris Obst ne préfère pas. Mme Mossbacher prétend qu'ils ne se connaissent pas si bien. Helena Brassy, nouvelle dans le quartier, craint qu'il réagisse violemment.

– Hum, si je peux me permettre, interrompt Cherrystone sur un ton grave. Nous allons mettre fin à une relation professionnelle, dans ce type de situation, il faut le prévenir par courrier recommandé, en bonne et due forme.

*

Clarice observe la pièce. Une minuscule cuisine avec deux plaques, un évier et un frigo, un canapé, une télévision munie d'une console branchée en dessous, un bureau avec un ordinateur posé dessus et qui fait aussi office de table à manger.

– Et donc, à côté, tu as une chambre et une salle de bains avec toilettes. C'est pas mal du tout. Je pourrais venir m'installer chez toi. Maintenant que j'ai le permis, tu n'as qu'à décrocher ton téléphone.

Maxime ne répond pas.

– C'est fou que tes parents te paient un appartement en plein centre de Dijon pour étudier, alors que tu n'as même pas eu le bac.

Il pianote le clavier et des lignes de codes barrent le fond noir.

– Comment tu les as convaincus ?

Il clique sur entrée, une série de calculs défile sur l'écran à une vitesse folle.

– Mon père pense que j'ai réussi et que je suis inscrit à la fac, alors ça n'a pas été difficile ; et ma mère, je ne l'ai pas convaincue mais persuadée. C'est très différent.

Clarice fouille dans les placards. Elle y trouve essentiellement des céréales Kellogg's, du chocolat en poudre Poulain, des sachets de M & M's entamés et du miel. Les ustensiles de cuisine sont encore emballés, le lot de casseroles et poêles Tefal toujours dans son carton, rien n'a servi.

– On va faire un tour ou…

– Je finis de lancer un truc et je suis à toi.

Elle regarde les murs blancs, sans photos ni cadres. Elle juge cela un peu triste, d'autant qu'à travers la lucarne ne pénètre aujourd'hui qu'une lumière grise et automnale. Elle se demande ce que Max peut bien faire de ses journées, sans cours, sans connaissance dans la ville. Est-ce qu'il s'ennuie ? Est-ce qu'il passe vraiment tout son temps sur son PC ? Ses parents regardaient un reportage, la semaine dernière, diffusé à l'occasion de la rentrée universitaire, à propos des étudiants qui quittent le foyer familial et qui ne se rendent jamais en classe. Beaucoup s'enferment dans une réalité virtuelle. Apparemment, certains se masturbent jusqu'à douze fois par jour, d'autres visionnent des vidéos de djihadistes, d'animaux en souffrance ou de gangs new-yorkais ; tous finissent sans repère, sans but, sans perspective, broyés par la honte et le dégoût d'eux-mêmes.

Certains se suicident ou commettent des violences. C'était sur une chaîne de la TNT.

– Tu es souvent ici, enfermé ?

– Ben, je suis chez moi, tu vois.

– Je veux dire, tu sors, quand même ?

– Oui, Clarice. Je travaille sur mon ordinateur, mais je prends l'air.

– Ah, tu travailles ?

– Je mets des textes, des images sur des pages et on me paie pour ça. C'est un emploi. Tu vois là, je prépare un algorithme pour être alerté quand des mots-clefs sont postés sur des sites. Et quand c'est le cas je réponds pour le compte de celui qui me paie. Actuellement c'est un parti politique.

Clarice est surprise, jamais Maxime n'a semblé intéressé par la politique.

– Regarde, le programme va tourner tout seul. Pendant ce temps-là, je vais pouvoir te faire visiter Dijon.

– Maintenant ?

– Maintenant ! Prends ton sac.

Elle le regarde enfiler son blouson. Le trouve pressé. Son Max de Quarré-les-Tombes aurait d'abord proposé un rapport sexuel. Elle n'aurait pas dit non.

Ils longent le quartier de la gare par l'avenue Albert Ier, font un tour dans le jardin de l'Arquebuse, continuent jusqu'au puits de Moïse. Ils reviennent sur leurs pas en suivant le cours de l'Ouche, puis à gauche l'avenue Jean-Jaurès, la rue Condorcet, au bout de laquelle ils entrent dans la cathédrale Saint-Bénigne. Dans le centre, tout y passe, le palais des Ducs et des États de Bourgogne, l'église Notre-Dame, la tour Philippe le Bon, la place de la Libération et le musée des Beaux-Arts. À la Mie-Câline, ils commandent un Pepsi chacun et la formule cinq cookies. Clarice en choisit trois, pépite de chocolat, chocolat blanc framboises, noisettes grillées, et Maxime deux, praliné et orange chocolat.

Il a décidé de la promenade, elle est conforme au parcours que l'office du tourisme de la ville appelle « Dijon en deux heures » ou, en anglais, « Dijon *in a nutshell* ». Clarice trouve cela très sympathique. Elle a toujours tout visité de la sorte avec ses parents : se rendre sur un lieu remarquable, prendre une photo, dire, au choix « c'est beau », « c'est cher », « c'est décevant », « c'est magnifique », puis rejoindre un nouvel endroit pittoresque, et ainsi de suite jusqu'à ce que le guide touristique n'ait plus rien à offrir.

– Tu prends lequel alors ? Chocolat blanc framboises ?

– Merci, Max.

Elle se redresse sur le dossier du banc municipal. À ses pieds, des pigeons se rassemblent, rameutés par l'odeur grasse des gâteaux et la perspective d'en becqueter des miettes.

– J'ai reçu un mail à propos du casting, tu te souviens ? Celui que tu m'avais trouvé, grâce à ton beau-père. Eh bien, ils ne m'ont pas sélectionnée. Ça me blesse un peu.

– S'ils t'ont envoyé un mail, c'est déjà bien. En général, ils ne prennent pas le temps d'écrire. Tu as dû bien t'en tirer mais pas assez pour…

– Il ne m'a pas soutenue. Ton beau-père ne m'a pas soutenue.

Max expire.

– Je ne pense pas, en effet.

– Pourtant, il disait que j'étais charismatique. Il avait ma bande démo. Tu la lui as bien envoyée, n'est-ce pas ? Je…

– C'est une merde, ce type.

– Pardon ?

– Une merde. Faudrait qu'il crève.

– Non, attends, pas du tout. Il pourrait m'aider une prochaine fois, proteste Clarice.

– Je ne crois pas qu'il le fera un jour. Laisse tomber.

Les larmes montent soudain. Elle ne s'attendait pas à ça. Maxime a toujours entretenu l'espoir. Qu'est-ce qu'il lui prend ? Il a certainement appris quelque chose. Est-ce qu'elle s'est à ce point loupée lors de son essai ? Elle refrène ses sanglots.

– Tu sais, ces types, ils vont droit dans le mur. Tu pourras lui dire. Avec Facebook, Myspace, YouTube. Bientôt on n'aura plus besoin d'eux. On pourra devenir des stars, sans rien attendre de tous ces connards qui choisissent en lieu et place des spectateurs ce qui a de la valeur ou non !

Elle s'essuie les yeux.

– J'ai plein d'abonnés sur Facebook. J'ai toujours mon compte Myspace. Ça intéresse beaucoup de gens. Je ne suis pas près de me décourager.

Maxime observe Clarice. Il éprouve de la pitié pour elle. Pour sa naïveté. Pour ses croyances. Pour la jeunesse qu'elle incarne. Il lui saisit la main. La serre un peu.

– Écoute Clarice, il faut que je te dise. Le mieux ce serait qu'on ne se voie plus. Maintenant que je suis ici… Enfin bref, tu ne vas pas venir tous les week-ends. C'est terminé. Je suis désolé. Je vais te raccompagner à ta voiture.

*

Cette semaine, Cándido emménage dans une minuscule maison du quartier Van Nuys, au nord de Los Angeles, où le soleil se couche chaque soir dans les avenues comme une montgolfière qui se pose au loin. D'autres Latinos vivent dans sa rue, des gens de la classe moyenne basse qui parlent indistinctement espagnol ou anglais à la maison. Quelques Noirs. En trois allers-retours de vieille Plymouth Breeze, le déménagement est terminé. Il ne possède pas grand-chose, il repart de zéro. Ce sentiment lui est familier, il ne le désespère pas.

Il s'installe sur une chaise sous la minuscule pergola, se sert un grand verre de Coors Light, contemple le petit espace à aménager. Il se sent chez lui désormais. Fini le logement de fonction attenant à la porte de la résidence, le voilà locataire d'une baraque aux murs en stuc, avec toit de tuiles orange, imitation bâclée du style mission espagnole. L'air de la ville gonfle ses poumons. *Ça devait se terminer ainsi, Cándido. Ça ne pouvait pas durer indéfiniment, cette vie aux frais de la princesse. J'étais le Kleenex oublié dans un vieux jean, mon destin était de finir jeté à la poubelle.* Une sirène hurle derrière la clôture, et passe. Terminés, les buissons de chamise, les épis de faux indigo et de muflier, les arbustes de manzanita avec leurs baies grosses comme des cerises, les asclépiades, les fougères, les parterres de baccharis, de moutarde noire et de calandrinia, la beauté sauvage du canyon. Bonjour, les boulevards à six voies, les boutiques CVS, les restaurants Wendy's, les Wells Fargo Bank et les stations-service Arco ou Union Oil. *J'avais fini par l'aimer, ce canyon, au-delà de toute logique.*

Il avale d'un coup l'équivalent de trois gorgées de bière. Elle est délicieusement fraîche. Il se tord les doigts et réprime un rot. Malgré le loyer modique, il n'aura pas les moyens de continuer longtemps sans boulot. Aux États-Unis, il y a du travail pour tout le monde, sauf les fainéants, bien sûr. À peine remercié par le conseil des propriétaires de l'Arroyo Blanco, Cándido s'est mis à la recherche d'un emploi. Un poste de gardien dans une résidence ou des bureaux. Il est aussi allé à Studio City, à Burbank, à Toluca Lake, proposer ses services à Warner, Universal, CBS. Il serait content de travailler pour les stars hollywoodiennes, guider les grandes actrices dans les coursives des plateaux pour contourner la presse ou les fans.

Chaque matin, il revêt son costume Hilfiger acheté en solde chez Macy's, s'asperge d'eau de Cologne, arrive en avance au lieu mentionné sur l'offre, déclame un court texte de présentation, fait valoir son expérience, démontre son sérieux, se propose pour une période d'essai non rémunérée. Mais à mesure des entretiens, il commence à comprendre, il est trop vieux, trop balafré, trop petit, trop Mexicain. On ne veut pas d'un homme comme lui, c'est bien simple.

Son dernier rendez-vous était décourageant. Le type en face de lui n'a pas pris la peine d'écouter ses arguments, de tester la qualité de son anglais, ni même de lui poser des questions sur son précédent poste. Il cherchait quelqu'un, certes, mais désolé, ce ne serait pas lui. Il l'a raccompagné à la porte, seulement cinq minutes après son arrivée.

Au moment de le saluer, il l'a observé, a dû éprouver de la pitié et lui a dit :

– Et les fast-foods, vous avez essayé les fast-foods ? Ça marche du feu de Dieu, ils recherchent toujours du monde. Y a un Taco Bell, juste au coin de la rue. Vous voyez, sur la gauche, au niveau du parking. J'y vais souvent, il y a toujours des offres placardées sur la porte. Bon, faut aimer l'odeur du piment et de la graisse de viande mais vous êtes Mexicain, n'est-ce pas ? La sauce salsa coule dans vos veines !

– Oui, vous avez sans doute raison.

Il est rentré chez lui à pied, dépité. *La sauce salsa coule dans mes veines.* Vete al diablo. Gilipollas. *Espèce d'idiot. Gringo de malheur*, a-t-il fulminé en traînant ses savates sur les trottoirs gris. Soudain, tout lui a semblé laid. Thanksgiving approche. Les vitrines des magasins vomissent des dindes emballées dans du plastique gonflé comme de la baudruche. « Comment peut-on produire tant de volailles dans ce pays ? Et moi, suis-je déjà bon pour l'abattoir ? » s'est-il demandé.

Cándido s'inquiète. Et si l'autre abruti avait raison ? Et si la seule solution pour s'en sortir était de plonger dix heures par jour des pelletées de frites congelées dans d'immenses marmites d'huile bouillante chez McDonald's ? *Mais putain, qu'est-ce j'ai fait à Dieu, moi ?*

Un passereau se pose sur les lattes de bois de sa courte terrasse. C'est un moqueur polyglotte. Cándido le regarde ouvrir et fermer ses ailes frénétiquement. « Hey, toi, t'en penses quoi ? » Les nuages s'amoncellent dans le soir. Il fait doux. Le vent rameute l'écho de l'océan jusqu'au pied des montagnes. L'oiseau le regarde, tourne sa tête vers le verre de Coors Light. Sa queue oscille de droite à gauche. « *¿ Cuál es tu nombre* ? Hein ? Petit piaf. Tu sens le sel ? Tu aimes ça ? C'est le Pacifique qui se mêle à l'air. Moi, je m'appelle Cándido. Ça veut dire candide, naïf, *crédulo*. Tu crois ça, toi ? Quel genre de mère peut bien appeler son fils Naïf, hein ? Pourquoi n'a-t-elle pas choisi Idiot, tant qu'elle y était ? » Le passereau se rapproche de lui en sautillant. « Toi, je vais t'appeler América. C'est un beau prénom. C'était celui de ma femme. C'est bien mieux que Candide, tu ne crois pas ? L'Amérique n'est pas faite pour les candides, ça, avec le temps, vois-tu, je l'ai bien compris. »

Cándido hausse les épaules. « Non, mon petit ami, j'irai pas les cuire leurs burgers à la chaîne, je vaux quand même mieux que ça. Plutôt crever ! »

*

Maxime s'abîme les yeux. Il le sait. Son écran Asus PB278Q de 27 pouces lui sera livré la semaine prochaine. Il travaillera mieux avec du matériel professionnel. *Quelle heure il est ?* Depuis minuit, il erre sur des sites obscurs où tout est écrit en russe. Il se lève de son tabouret en plastique, s'étire, rallume la résistance sous la cafetière électrique. Elle se met à ronfler. *Encore dix minutes et je me couche.* Il se verse une tasse. La boisson est à peine tiède. *Dégueulasse.* Tant pis pour ses recherches, il faut qu'il dorme. Bientôt 3 heures du matin. Il n'en saura pas plus ce soir sur le logiciel espion qui permettrait de modifier le code HTML d'une page Internet sans avoir besoin de décrypter le mot de passe ni le code admin. Cela s'apparente à un cambriolage sans effraction, mais sans non plus posséder de clefs ni le code d'entrée…

Maxime doit bien admettre qu'il n'y pige rien, pour l'instant. *Une soirée foutue en l'air.* Il jette son fond de café, ouvre quelques secondes le vasistas pour dissiper l'odeur de sueur qui règne dans la pièce principale. La nuit est silencieuse. Il se brosse les dents, observe dans le miroir les cernes bruns dessinés sous ses yeux. Sa mine est effroyable. Pendant qu'il passe un maillot de corps, il lance un nouvel épisode d'*Arrow*. Cette série l'endort, il ne sait pas pourquoi.

Il est enfin sur le point de sombrer quand la lumière bleue de son téléphone s'allume sur sa table de nuit. *Putain, c'est qui, bordel.* Il attrape le portable, lit le nom qui s'affiche sur l'écran. Stéphane Marine. L'ex de sa sœur. Max ne comprend pas. *Qu'est-ce qu'il me veut, ce bolosse ?* Il hésite. Soupire. *Pourquoi il m'appelle si tard, ce con ?* Il regarde de nouveau l'écran. « Laisse-moi dormir trouduc », bougonne-t-il en coinçant son crâne sous son oreiller. Le cellulaire s'éteint.

Se rallume.

– Ouais ?

– Ah, tu es réveillé ? Tu te souviens de moi, Stéphane, le…, euh l'ex-copain de ta sœur. Allô, Maxime ?

– Ouais.

– Je te dérange ?

Maxime perçoit presque les effluves chargés d'alcool de l'haleine de Stéphane au travers du combiné. *Bah ouais, il est 3 heures du mat.*

– Non, pas de problème.

– Cool. Ça va, toi ? Quoi de neuf ?

– Bien. Pourquoi tu m'appelles au milieu de la nuit ?

– Ah ouais ! Tu es réveillé à cette heure-là, toi aussi, je te dérange ?

Il est con, ma parole, pense Maxime.

– Écoute, je voulais t'appeler parce qu'on s'appréciait bien, toi et moi. On s'est pas vus beaucoup mais à chaque fois ça a bien fonctionné entre nous. Tu trouves pas ?

– Ouais. *Non pas du tout.*

– Cool. Cool. Je me demandais… euh. Ta sœur m'a dit que tu travaillais dans l'informatique, et elle a eu l'air de dire que tu faisais des choses louches, tu vois, des trucs pirates. C'est ça ?

– Tu parles encore à ma sœur ?

– Euh ouais, un peu ouais, enfin pas dernièrement, non. Toi, plus trop non plus, je crois. Enfin, ce ne sont pas mes affaires.

– Non. Bon, et du coup, qu'est-ce que je peux faire pour toi ?

– Si je te payais, Maxime… Attention, si je te payais au prix fort, tu pourrais me montrer des petites techniques, tu sais pour récupérer des mots de passe, ou des adresses mail. Parce que je travaille pour le journal des étudiants de mon école, donc plus j'ai d'infos… Allô, Max ?

– Oui, je t'écoute.

– Je te paierai le prix fort pour une mission de conseil.

– Une mission de conseil ? *Pourquoi j'ai répondu à ce connard ?*

– Ouais, appelle ça comme tu veux. Tu viens un week-end chez moi et tu m'apprends des trucs de hackers. J'habite à Lille.

– Je ne sais pas, je comprends rien là je t'avoue, et, en plus, j'ai du mal à prendre des décisions quand il est si tard. *Il est taré, ma parole.* Écoute, on peut dire que demain, dans la journée, tranquille, tu m'envoies un message avec ce dont tu as besoin. Tu prends le temps d'être sobre pour rédiger ton texto. Et si j'accepte, *ce qui n'arrivera pas*, et que je peux t'aider, on organise ma venue, un week-end.

– Fin novembre, Max ! Ça te dérange pas que je t'appelle Max ? Comme on s'entend bien, c'est plus convivial. Fin novembre ! Parce que faut faire ça vite. Le plus vite possible !

– Écris-moi demain, on verra. Bonne nuit.

Trois semaines plus tard, Maxime descend d'un TGV, gare de Lille Flandres. En posant le pied sur le quai, il se demande ce qu'il fait dans cette ville. Une telle absurdité l'amuse.

Stéphane l'attend à côté de l'escalator. Ils ne se sont croisés que deux fois et chacun s'étonne d'avoir si vite reconnu l'autre, au milieu de la foule. L'ex-copain de Marine porte des Stan Smith, un jean sombre, un sweat à capuche estampillé Sumaco sous une parka, et une New Era siglée Yankees vissée sur le crâne. Il fait froid. Des volutes de vapeur s'échappent de sa bouche. Les mains dans les poches, il contemple son jeune invité en souriant. Max est intimidé, il pense à la faiblesse des liens qui les unissent. Il ignore tout de la rupture de Stéphane et de sa sœur. Il préférerait qu'on ne parle pas de Marine, ce week-end. Il sent comme une boule dans son ventre, se demande aussi s'il doit exiger d'être payé tout de suite, comme les tueurs à gage dans les films américains. Stéphane s'approche. L'étreint comme un vieux pote.

– Ça fait longtemps ! T'as fait bon voyage ? Tu dois avoir faim. Tiens, je t'ai pris un pain au chocolat chez Paul.

Ils sortent de la gare à pied, et se dirigent vers la station de tramway. Maxime se fait rapidement expliquer le programme. Ils vont se poser dans l'appartement de Stéphane. Son colocataire est sympa, il dormira chez sa copine, cette nuit, il lui laisse son lit. Il y a une soirée du BDE, le bureau des élèves, prévue ce soir. C'est une association puissante. Max comprend que l'événement a son importance. Stéphane compte l'emmener.

– Vu comment se déroule ce genre de fête, mieux vaut que tu m'expliques un maximum de choses dès cet après-midi, parce qu'on ne sera pas frais demain. À quelle heure est ton train retour ?

Ils pénètrent dans la rame de tram.

L'ex de sa sœur habite dans le centre-ville. L'appartement est propre pour les standards étudiants. Stéphane installe son ordinateur sur la table basse, se lève, allume la Nespresso et fait couler deux cafés.

– La raison pour laquelle tu es là ce week-end doit absolument rester secrète. Absolument. Le journal des étudiants, c'est une sorte d'institution mystérieuse, tout le monde l'attend chaque mois et personne ne sait qui l'écrit. Ça nous offre une liberté totale et beaucoup de pouvoir.

– Ouais, pas de soucis, je ne dirai rien. C'est pas comme si je connaissais qui que ce soit ici, de toute façon.

– T'as raison, c'est vrai.

Ce genre de réplique rappelle à Stéphane qu'il y a un monde en dehors de Sumaco. Il a tendance à l'oublier.

– Bon je te fais confiance, j'imagine que tu tiens aussi à ce que je sois discret sur tes activités.

Max acquiesce, pour être sympa. Il n'a rien à cacher.

– Nos articles sont sulfureux, plus c'est trash, mieux c'est. Il y a beaucoup d'inventions, d'exagérations, d'amplifications, des trucs un peu racistes, un peu homophobes, un peu gores, bref, ce sont des blagues mal pensantes, tu vois. Mais au fond, y a rien de méchant. J'ai voté Hollande, alors… En fait, moi, j'aime surtout écrire, mais je ne vais me lancer dans un roman tout de suite. J'ai pas le temps. Ce journal, aussi démoniaque soit-il, c'est aussi une œuvre d'art, comme *Harakiri*, tu vois ?

– Ouais.

– Bon, il nous faut aussi des informations. Tu comprends, savoir qui couche avec qui. Principalement.

– Qui couche avec qui ? OK.

– C'est une préoccupation assez centrale des élèves. Enfin, de notre lectorat en tout cas. Les histoires de cul sur le campus.

– D'accord.

– Dans la majorité des cas, c'est facile de le savoir, il suffit d'aller en OB et d'observer. C'est le gros de notre travail, ce que j'appellerais le journalisme de terrain, dit Stéphane avec un grand sérieux. J'ai besoin de toi pour l'aspect journalisme d'investigation, pour récupérer de l'information privée.

– Et comme personne ne sait que tu es un des rédacteurs, il te faut la trouver à l'insu des étudiants, d'où ma présence. J'ai compris, pas vrai ?

– Exactement. Tu sais à qui tu me fais penser ? À Q, dans James Bond.

Stéphane dépose l'expresso devant Maxime et s'allume une Marlboro, qu'il crapote en se donnant des airs.

– Pirater des adresses mails, je ne sais pas faire, reconnaît Maxime. En fait, très peu de monde en est capable. Il y a beaucoup de sécurité, de cryptage, comme tu peux t'en douter… Les meilleurs pirates travaillent pour les boîtes du Net, ou pour les gouvernements, contrairement à ce qu'on imagine… Ce qu'il faut donc c'est que les utilisateurs eux-mêmes te donnent les informations dont tu as besoin. Et pour cela, il faut les piéger.

– Alors, c'est que tu vas m'apprendre ?

– Les gens cherchent tout le temps à naviguer sur Internet. Pour faire plein de trucs inutiles, d'ailleurs, mais c'est pas le sujet. Ils se connectent au premier réseau WiFi qu'ils trouvent et sont contents tant qu'ils peuvent surfer un peu, aller sur Facebook, etc. Avec un PC portable comme le tien, créer un réseau partagé est très simple. Tu permets ?

Maxime déplace légèrement l'ordinateur pour se placer en face, Stéphane s'installe à côté de lui, lui souffle la fumée de cigarette au visage.

– Là, je crée un réseau WiFi ouvert. Les appareils autour de nous vont le détecter. Je vais lui donner un nom approprié. Elle s'appelle comment ton école, déjà ?

– Sumaco Lille.

– Alors, par exemple, appelons le réseau Sumaco_freewifi. Tu vois, il apparaît sur ton téléphone aussi. Et maintenant, pour accepter la connexion d'un tiers, on va lui demander des identifiants, en cliquant sur cette case, juste ici. C'est bon pour toi ?

– Je note, oui.

– Voilà. Toutes les personnes qui voudront se connecter devront renseigner une adresse mail et un mot de passe.

– OK.

– Avec un programme tout simple, je vais te montrer comment on les récupère sur un fichier texte. Au passage, ton PC ne permettra pas aux personnes d'avoir un accès Internet, mais ça, tu t'en fous. Tu peux toujours partager une connexion, mais on s'en fiche, en fait.

– Carrément.

– Ce qui est cool pour toi, c'est que dans la grande majorité des cas, les utilisateurs renseignent le même mot de passe que celui de leur boîte mail. C'est débile, mais les gens font ça. Donc, il suffit de créer des réseaux dans des endroits clefs de ton école : la cantine, la bibliothèque, des amphis. Tu récoltes un maximum de données, et tu essaies ensuite de te connecter. Ça te prendra du temps, mais assez rapidement tu obtiendras des résultats.

– C'est super ! C'est hyper facile !

Stéphane exulte.

– Oui, c'est facile. Mais tu ne m'as pas fait venir ici pour que je te montre ça. Tu aurais trouvé tout ça sans difficulté sur le Net.

– Bah…

– Je vais t'apprendre maintenant à ne pas te faire remarquer. À ne pas laisser de traces. Chaque *log-in*, laisse une empreinte. Il faut passer derrière avec un petit plumeau. C'est plus compliqué que ce qu'on croit. Et encore, ce que je vais te montrer, c'est juste pour que personne ne se rende compte de rien. Si tu avais affaire au FBI, ce serait une autre paire de manches… dans ce cas, je te serais pas d'une grande aide.

Maxime est particulièrement à l'aise. Stéphane le cache, mais il est impressionné. Il note tout sur un carnet, réutilise les symboles qu'il employait quand il fichait ses cours. Chaque manipulation est simple, mais les vérifications sont plus nombreuses qu'escompté.

Au bout d'une heure, ils ont terminé. Stéphane tend deux billets de cinquante à Maxime et le remercie.

– Faut qu'on se prépare. La soirée est assez loin. Le campus est en banlieue. Avant que j'oublie, j'ai une autre demande à te faire. C'est plus perso. Faut vraiment que ça reste entre nous. Vraiment !

Max baisse les yeux. C'était trop beau. Stéphane allait forcément lui évoquer Marine.

– C'est délicat, donc j'ai besoin de ta confiance.

Maxime le regarde. Il pense, *non, Stéphane, je n'intercéderai pas auprès de Marine, c'est une peste prétentieuse qui se prend pour la reine du monde et ne se sent plus depuis qu'elle a réussi un concours encore plus prestigieux que le tien. Non, Stéphane, je ne veux pas savoir que tu l'aimes encore, je ne veux pas savoir le mal qu'elle a bien pu te faire, ce ne sont pas mes oignons. Non, Stéphane, je ne sais pas si elle a un nouveau mec, je m'en fiche. Mais tu dois comprendre qu'elle ne sera pas célibataire longtemps. Je sais d'avance que son futur copain sera un fils à papa parisien. Je l'imagine de droite, jouant au tennis, buvant des whiskys chers avec ses potes et fumant le cigare. Je l'imagine empruntant la Porsche de son père les week-ends pour emmener ma sœur dans des restos bourgeois où le brunch est à soixante balles. Je l'imagine de ton genre, en un peu mieux.*

– La prof d'anglais me rend fou. Je la trouve magnifique.

Il fait craquer ses doigts.

– C'est con, mais je suis en train de tomber amoureux d'elle.

Max est rassuré. *Ce mec est barge*. Il laisse échapper un rire. Stéphane est décidément un sacré numéro.

– C'est ça, moque-toi de moi.

– Toutes mes anciennes profs d'anglais étaient à cinq ans de la retraite maximum, alors forcément…

– Je veux pas grand-chose. Je sais que tu es doué, je viens de le constater. Si je te donnais cent balles de plus, tu pourrais me faire une sorte de… petit rapport sur elle…

Maxime hésite. Stéphane le fixe. Il n'a pas l'air de plaisanter.

– Tiens, je t'en donne cent cinquante. C'est une Américaine, elle doit avoir trente-cinq ans, peut-être quarante. J'en sais pas plus. J'aimerais bien lui proposer un verre, ou un café. Mais c'est super cliché, ça ne marche que dans les séries télé à la con. J'ai besoin d'infos pour l'aborder comme il faut. Elle a forcément un Facebook ou un Twitter, bref tu peux faire ça pour moi, non ?

– OK ! Comment elle s'appelle ? demande Maxime.

– Mademoiselle Jessica Dahlgren.

*

La villa se dresse sur un terre-plein en surplomb de Sunset Boulevard et de Baroda Drive qui, après la patte-d'oie du croisement, sinue entre les ormes et les pins ponderosa. De style anglo-américain, son intérieur a été aménagé par le designer de la Maison-Blanche, Michael Smith, un ami de Bruno. Cela fait trois ans qu'ils vivent dans ces six cents mètres carrés de salles toutes plus belles les unes que les autres. Ils ont acheté cet écrin de luxe quand le plain-pied cossu de Mar Vista ne suffisait plus pour rendre les invitations de la jet-set hollywoodienne. Il fallait de l'espace, du standing. Il fallait gagner les reliefs. Alors, ils n'y sont pas allés de main morte, Bruno a même emprunté quelques milliers à Jacques, promettant qu'il ferait fructifier son coteau aussi bien que son père. En deux ans, il a tout remboursé, le succès d'un seul film a suffi.

La maison est somptueuse. Des plafonds du salon saillent d'immenses poutres en chêne longues et brunes comme les mélèzes de Californie du Nord et, entre elles, tels les globes des cabinets d'astrologie, pendent de formidables lustres de fer forgé. Le papier peint Zuber habille la salle à manger, un foyer factice crépite dans la cheminée en plâtre vénitien, le sol de la cuisine est semé de larges dalles en marbre de Séville, et la draperie de la chambre provient de la maison Porthault. Mais l'endroit préféré d'Isabelle, c'est le jardin. Il a été spécialement conçu par Christine London. Il s'agit d'une véritable composition de plantes vivaces, de buissons, d'arbustes, comme un gigantesque bouquet provençal noué par un lacis d'allées de graviers dont certaines se perdent dans la lavande. Après la terrasse, un chemin en calcaire, bordé de sauges, de phlox et de roses, serpente jusqu'au belvédère. Isabelle aime s'y installer pour lire ou se reposer, bercée par le son de l'eau jaillissant de la fontaine à double vasque contiguë.

De l'autre côté, après les quatre portes de garage, la piscine à débordement offre une vue imprenable sur le canyon et la coiffe des immeubles de Los Angeles Down Town. Elle en sort dans son une-pièce décolleté.

– Tu rentres tard, ce soir. Je me suis mise à l'eau, en t'attendant.

– Regarde ce que je nous rapporte.

Bruno agite deux bouteilles de champagne. Il exulte.

– Ce soir, c'est la fête ! Quelques amis vont passer, on reprend le traiteur de samedi dernier, il était bien, non ?

– Du dom pérignon ? Tu t'es cru dans une boîte de la Côte d'Azur, plaisante Isabelle en se séchant les cheveux. Le traiteur était parfait. Qu'est-ce qu'on fête ?

– Une grande nouvelle. Une putain de grande nouvelle.

– Ah oui ?

– Je te raconte : j'ai pris ma paire de tennis, un vieux piolet rouillé, une corde tout élimée, je me suis pointé devant l'Everest et j'ai dit : « OK, vieille pierre, à nous deux. » Une heure plus tard, à peine, j'étais en haut ! Rien que ça ! Bonjour, bonsoir ! Viens là que je t'embrasse.

– Tout de même, répond Isabelle en souriant.

– Plus sérieusement, on fête l'acquisition de droits et pas n'importe lesquels : *The Last Fighters* !

Bruno est déchaîné. Isabelle se demande si elle l'a déjà vu aussi heureux.

– *Les Derniers Combattants* ! Les putains de *Derniers Combattants* ! J'ai les droits !

Isabelle enroule la serviette sur le haut de son crâne. Elle semble dubitative.

– Ah, tout ça pour ça. Je pensais ton Everest plus impressionnant qu'une histoire de superhéros débile !

– Quoi ? C'est une blague ?

– Non, je pensais qu'on t'avait promis un Oscar ou un truc du genre.

– Un Oscar ? Pas du tout. Qu'est-ce que je ferais d'un Oscar ? Isabelle, tu ne te rends pas compte. Je viens de signer un contrat d'adaptation de la saga la plus en vue du moment. Tu sais combien ils ont fait au box-office en février ? Ils ont frôlé les deux milliards, trois de recettes. Moi, Bruno Landisier, je vais être le premier producteur à atteindre les trois milliards de dollars de recette. Le premier au monde. Je vais me fumer un cigare.

– Et tu ne trouves pas ça étonnant que le précédent producteur ne les ait pas conservés, ces droits ?

– Oui et non. Oui parce qu'il se serait encore fait un sacré blé, et non, ce n'est pas étonnant, parce qu'il est tombé sur Bruno Landisier qui est bien, mais alors bien plus fort que lui, vois-tu ? J'aurai mon étoile sur Hollywood Boulevard !

– Ah, c'est donc ça ! s'exclame Isabelle en venant coller son maillot humide contre sa chemise.

– Tu veux une coupe ? Le coffre est plein de champagne ! Quatre caisses, six mille dollars bien investis. J'en aurais pris plus mais j'ai vidé leur stock. On va commander un buffet pour une vingtaine de personnes. Tu veux faire venir des amis ? demande Bruno, toujours aussi agité. Non, attends, pour trente personnes, bien sûr que tu vas inviter des amis. Buffet cubain et cocktail à la française. Ce soir, on célèbre l'ascension record de l'Everest !

*

Estéban Diaz, un quadragénaire avec qui Cándido suivait des cours d'anglais à Canoga Park est venu manger la dinde farcie chez lui. C'est aussi bien de se retrouver entre amis célibataires, plutôt que de rester seul dans son coin pour Thanksgiving. La solitude blesse plus encore les jours de fête, les deux hommes ont eu l'occasion d'en prendre conscience depuis leur installation à Los Angeles.

Estéban dépose sa veste sur le fauteuil en simili cuir, fait le tour du propriétaire, entre dans la petite chambre et la salle de bains, admire la cuisine.

– Eh bien, tu as un logement fonctionnel, bien équipé, tu as même un fer à repasser ! Qui a dit qu'un Mexicain n'était rien sans une femme ? Et ça sent bon, en plus, j'ignorais que tu savais cuire une dinde, toi.

– C'est ça, mon ami, moque-toi de moi.

Ils passent à table, papotent de tout et de rien. Cándido décrit sa rencontre avec América, le petit oiseau qui s'installe chaque soir sur sa terrasse, et auquel il a donné le nom de son ancienne épouse. Il l'a littéralement domestiqué, ça paraît fou. Le piaf sautille sur ses deux petites pattes et Estéban lui jette quelques cacahuètes que le passereau s'empresse de becqueter. Les deux amis s'esclaffent en le regardant. Mais, avec l'évocation d'América, le passé revient immanquablement dans la discussion et, avec lui, ses traumatismes. Pour conjurer les mauvais souvenirs, ils plaisantent à propos de leurs petits métiers, de cet accent mexicain qui ne les quittera jamais, de leurs huaraches trouées, de la *migra* qui peuple toujours leurs cauchemars de Chicanos. Ils rient presque d'avoir tant souffert. Les vieilles histoires refont surface. Cándido raconte l'épisode du feu accidentel qu'il a causé dans le Topanga Canyon, il y a longtemps, quand il appelait encore cette fête *el Tenksgeevee*. Un feu comme une tornade qui sautait d'un buisson à un autre et remontait des gorges avec la fureur d'un volcan.

Il narre aussi cette nuit passée dans un hôtel minable sur la route de Tepoztlán. Un camion transportant des centaines de poulets s'était renversé au niveau du parking. Le charivari était tel qu'il a cru à une rixe entre narcotrafiquants.

– Je suis allé me réfugier dans la cabine de douche de ma chambre, raconte-t-il en pleurant de rire. J'ai dormi, plié sur le carrelage blanc. La réceptionniste m'a traité de *mariquita* quand je suis parti le lendemain.

Estéban s'étouffe tant cette histoire l'amuse. Il est obligé de recracher dans son assiette un morceau de cuisse.

– *Cabrón*, regarde ce que tes idioties me font faire. J'en dégueule ma viande.

– Bois un peu de Modelo, ça passera.

Cándido recouvre son sérieux.

– Et après, j'ai retrouvé ma tante, celle dont je te parlais tout à l'heure, et c'est là qu'elle m'a appris la mort de mon *abuelo*, puis qu'elle m'a maudit. Elle hurlait : retourne d'où tu viens, pars dans ton pays maudit, et jamais, jamais ne reviens. Elle était vraiment en colère. Je ne savais quoi répondre. J'étais pétrifié.

Elle m'en veut, je crois, de ne pas lui avoir donné de nouvelles durant toutes ces années.

– Mon ami, c'est triste d'être refoulé ainsi, commente Estéban.

– Et voilà comment, en plus d'avoir perdu ma femme, je me suis retrouvé complètement sans famille…

– S'ils se rendaient compte, les gringos, de ce qu'on endure. Je veux dire au-delà de la route, de la pauvreté, des métiers harassants. Au-delà d'être considéré comme de la merde. S'ils imaginaient juste nos déchirures, souffle Estéban. On perd nos femmes, on perd nos amis, on apprend un matin que nos parents sont morts, on ne sait même pas si on pourra un jour aller se recueillir sur leur tombe. On n'est nulle part chez nous, en fait. Jamais…

La voix d'Estéban se saccade.

– Quand j'ai quitté la maison, j'avais dix-neuf ans. J'étais un enfant, j'avais à peine quelques poils sur le menton. Peu importe, j'étais bien décidé à prendre tous les risques pour aider la famille. Mais comment j'aurais pu imaginer que c'était la dernière fois que je parlais à mon père, hein ? Comment j'aurais pu imaginer que je ne le reverrais plus, à seulement dix-neuf ans ?

Le ciel se strie vers l'est et les montagnes. Les deux amis se taisent et finissent la volaille. Les navets ont pris le goût de la graisse de dinde. Ils sont délicieux. Ce sont, de tous les légumes, les plus mésestimés. Cándido sert des rasades d'une bière blonde qui n'enivre rien. Elle aide seulement à déglutir.

Au café, divers sujets ont redonné un peu de légèreté à la conversation. Estéban prétend qu'on peut facilement devenir taxi, désormais. Il faudrait dire « chauffeur privé », mais c'est pareil. Une compagnie s'est créée plus au nord, à San Francisco, il y a un ou deux ans. Elle permet à des conducteurs de véhiculer des clients grâce à une application mobile qui les connecte les uns aux autres. Il suffit de disposer d'un téléphone performant et d'une voiture, c'est simple.

Uber est à Los Angeles depuis mars.

– Toi qui possèdes une bagnole…

– Oui ! Enfin, elle n'est pas toute jeune. Mais cela dit…

– Tu pourras vite t'en payer une nouvelle. Avec Uber, plus tu travailles, plus tu gagnes. Tu aimes conduire ? Tu connais bien la ville ?

– Surtout le nord et l'ouest. Il faut faire quoi pour être embauché ? demande Cándido. J'ai pas la cote avec les recruteurs, en ce moment.

– Il n'y a pas de recruteurs. Il faut juste leur dire que tu travailles pour eux. J'en sais pas beaucoup plus. Mais ça a l'air simple. Si je n'avais pas déjà un travail et ce fichu mal de dos, je ferais ça. J'ai toujours pensé que c'était la meilleure vie, d'être taxi. Choisir ses horaires, manger dans sa voiture, discuter avec des clients de toute sorte, se lever quand on veut…

– Tu as raison, c'est un rêve. *Un sueño maravilloso.*

Novembre 2016

À chaque fois qu'elle rejouera le cours de sa vie, et jusqu'au seuil de sa belle mort en 2054, le mois de novembre 2016 demeurera indéfectiblement une énigme pour Isabelle Landisier. Chaque matin au réveil et chaque soir avant de se coucher, elle ne pourra s'empêcher de se demander comment une histoire si tragique a bien pu advenir.

*

9 h 8, Justin Laitner Junior franchit le pas de la porte, T-shirt jaune avec un imprimé de poisson-clown sur le dos. Il passe sa main dans ses cheveux gras, s'assied sur une chaise contre le mur, finit de siroter un thé noir. Personne ne se retourne pour lui dire bonjour, ou moquer son éternel manque de ponctualité. Tout le monde est tendu, au bureau, à l'approche des élections. Dans la salle de réunion, il fait froid, la clim a tourné toute la nuit. Il frissonne.

Le briefing est rapide. Le FBI est de nouveau au centre de l'attention depuis que James Comey a annoncé que ses équipes allaient rouvrir le dossier des courriels non protégés de Hillary Clinton. Justin a beau n'être qu'un simple analyste, il est assez malin pour comprendre que c'est une belle connerie. Les services de surveillance des crimes en ligne ont déjà fort à s'occuper avec les soupçons d'ingérence russe dans le scrutin. Ben Crawford, le nouveau chef de la division dédiée à l'antenne de Los Angeles, ordonne à ses agents de focaliser leur attention sur tout ce qui a trait aux élections. Les autres dossiers peuvent bien prendre une semaine de retard.

« On ne plaisante plus », murmure Justin en balayant un dossier reproduisant des pages 4chan et Reddit.

– À toutes les équipes, je vous demande d'être en vigilance maximale lors du mois à venir. Annulez vos dîners, venez plus tôt le matin, laissez vos enfants à la famille les week-ends. Je veux tout le monde sur le pont jusqu'à ce que l'épisode électoral soit complètement derrière nous, recours compris !

*

Depuis son installation à Dijon, Maxime multiplie les projets sur Internet. En plus de sa publication de messages politiques pour le compte d'une association basée en Transnistrie, il crée des sites pour des petites entreprises ou des particuliers, donne quelques cours au black et développe des sites pirates qui proposent en libre accès des bibliothèques de films ou de chansons.

Les autorités les ferment, mais il les recrée aussitôt sous un nouveau nom de domaine. Ça l'amuse davantage que ça le rémunère. Pour qu'on remonte jusqu'à lui, il faudrait employer des moyens considérables et Max sait que personne ne les déploiera pour un peu de pornographie et de musique à la mode.

Et puis, certaines nuits, il emprunte des voies plus périlleuses. Il se rend dans l'obscurité, là où les monstres du Net se dérobent. Il visite les grottes sans fonds, et, lien après lien, glisse vers la totale noirceur. Le Darkweb est un vaste univers de liberté, de haine et d'égarement, un vaste réseau de caves où on se dirige à tâtons, où les doigts palpent des formes incertaines et suintantes, une bibliothèque des enfers. Des annuaires classent les sites en catégories : ovnis et fantômes, services financiers, matériel de défense, marché de la drogue, service de cryptomonnaie et NFT, manifestes, essais et plaidoyers, adultes.

Max chérit cet endroit. Il y passe des heures, curieux de ce que l'on vend, pense et montre dans les revers du monde. Le commerce de drogue fonctionne bien. Il s'en est rendu compte en achetant de la marie-jeanne sur une marketplace basée en Belgique. Il a été livré dans la journée par un jeune dealer au teint encore plus livide que le sien. *La bête a des tentacules jusqu'à Dijon*, a-t-il pensé. Il se demande si les citoyens savent que, sous l'humus sur lequel ils bâtissent leur maison, s'agite une armée des cavernes, recluse dans les catacombes du numérique. Une simple commande d'herbe confirme qu'il suffit de quelques clics pour faire jaillir à la surface un de ses soudards.

Pour le reste, il croyait avoir vu les pires immondices dans un album photo de corps mutilés et putrifiés, mais il a découvert, la semaine dernière, un vlog de cuisine anthropophage où des cannibales expliquent comment dépecer et mijoter de la chair humaine. Certains prétendent que son goût se rapproche du porc « en un peu plus amer », d'autres du cerf. Un gourmet, qui la déguste crue, évoque des ressemblances avec un morceau de veau « pas trop jeune mais pas non plus du bœuf ». Max se tient à l'écart de la pornographie déviante, mais fait régulièrement un tour sur les foires aux armes à feu où se recycle le matériel des guerres récentes.

Il y a deux mois, il a créé un site de tueur à gage, pour rigoler. Il propose à ses visiteurs de mettre un prix sur la tête de personnalités connues. Chaque semaine, il publie le palmarès des plus hauts primés. Il l'illustre de photomontages d'exécutions sommaires. C'est vraiment marrant.

Ce soir, Obama occupe encore la tête, devant la candidate Clinton et son adversaire Trump. Le pape François, George Soros, Kim Kardashian, Abou Bakr al-Baghdadi, Colin Kaepernick, Poutine et Bill Gates complètent le top 10. À côté de chaque nom, un bouton permet d'entrer en contact avec l'administrateur du site. Plusieurs fois, des personnes se sont renseignées sur les modalités d'un assassinat. Max ne leur a jamais répondu.

Il tire sur son joint et expulse la fumée par la fenêtre. L'herbe l'aide à s'endormir, à se sentir bien. Et il aime son odeur.

*

Les élections tombent à point nommé, Bruno en est un peu plus certain après chaque débat. L'écho avec son film est prodigieux. C'est rare, une telle symbiose entre la réalité et une œuvre de fiction. Elle est la marque du génie. Il l'avait anticipée. Les spectateurs, à l'instar des électeurs, ne veulent plus des récits manichéens. Ils aiment l'ambiguïté, la contagion du bien par le mal. Au fond, ils la réclament, cette violence sourde et triomphante, cette violence qui ébranle jusqu'aux fondations de la morale. *The Last Fighters 4, The Roots of Anger*, « aux racines de la colère », traite exactement de l'état d'esprit du pays à la veille du vote.

– Mon Alktor ressemblerait au produit de la fécondation de Hillary par Donald. Tu vois, s'ils avaient enfanté ensemble, la bête que ça aurait donné…

– Je préfère pas imaginer, non…

Isabelle traverse la pièce entièrement nue.

– Ils se fréquentaient, auparavant, à New York. Si ça se trouve, le personnage principal de mon film est bien vivant, tu te rends compte : c'est leur fils caché.

Elle attrape un peignoir.

– Ça expliquerait pourquoi ils se détestent autant. Ils doivent frémir de peur qu'on découvre leur petit secret et que sorte d'on ne sait quel trou leur progéniture interdite, laide et démoniaque. Putain, c'est terrifiant.

Je devrais mettre un scénariste là-dessus. Ça ne t'intéresse pas, chérie ?

– Si, si, répond Isabelle. C'est juste que, comme tu le vois, je suis sur le point de prendre ma douche.

– J'ai dit à l'équipe que je ne voulais pas d'avant-première, car le vrai teaser, celui qui va tous nous mettre l'eau à la bouche, se tiendra le 8 novembre, dans chaque bureau de vote du pays.

Isabelle fait une moue dubitative.

– Tu surévalues peut-être la portée de ton œuvre. Je comprends ton enthousiasme, mais tout de même... Passe-moi une serviette.

– Je ne surestime rien du tout. Je suis parfaitement lucide. Ce pays est un volcan. Le magma est en fusion. L'art a toujours un pouvoir révélateur.

Isabelle entre dans la cabine.

– Tu sais pas la dernière, non plus ? On va distribuer cent millions de flyers publicitaires !

– Quoi ?

– On va distribuer des flyers à chaque foyer américain, c'est du jamais vu.

Isabelle n'entend plus rien sous la pluie de gouttes de la douche italienne.

– C'est la grande idée de l'équipe marketing. Des milliers et milliers de prospectus. Vraiment une grande idée ! Ce sont comme des coupures arrachées d'un cahier, ou d'une feuille volante. Tu sais, le genre d'antisèches qu'on s'échangeait à l'école. Dessus, l'Amérique s'adresse à ses fils, avec des messages simples et énigmatiques. Ça va faire du bruit !

La vapeur envahit la pièce et la buée se dépose sur les miroirs.

– On a investi deux millions de dollars dans l'opération, sans compter le coût de la distribution. On a même des exemplaires en espagnol pour les quartiers latinos et en créole pour la Louisiane. Tiens, je t'en lis un ou deux, je les ai pris en photo sur mon portable : « L'éclipse sera bientôt totale, préparez-vous », « Dans la nuit sans fond, saurez-vous entendre nos derniers cris ? » Chaque billet est signé : « Ce qu'il reste de l'Amérique. » C'est pas mal du tout, tu trouves pas ?

– Je n'entends rien de ce que tu dis sous l'eau, chéri, gronde Isabelle, lasse d'entendre son mari soliloquer à gorge déployée dans la salle de bains.

– Je sais, je sais, t'énerve pas, murmure-t-il pour lui-même. J'ai tellement hâte que le film sorte.

*

Benjamin éteint la télévision. Après l'Ohio et la Floride, Trump rafle la Pennsylvanie. Cela plie la partie. C'est dingue, The Donald a déjoué tous les pronostics. L'Amérique vire dans l'inconnu. Il ne sait que penser de ce résultat, sinon que l'incendie au FBI n'est pas près de s'éteindre. Il secoue la tête, ses équipes sont déjà exténuées. Il se brosse les dents, passe un T-shirt en coton à l'effigie des Bruins et se couche. Se retourne, se met sur le dos, se contorsionne, se retourne de nouveau, finit, au bout d'une heure, par s'endormir.

Pour la première fois depuis longtemps, il rêve de Jessica. Elle marche le long de la promenade maritime de Venice Beach, parmi les touristes. Il est derrière elle, il l'appelle, elle ne répond pas. Il essaie de courir mais ne parvient pas à accélérer. Ses pas s'enfoncent dans la chaussée, ses foulées sont inefficaces, il perd du terrain, de plus en plus, et elle disparaît dans la foule.

*

Les crédits de *The Last Fighters 4* défilent sur l'écran de l'IMAX. La salle est figée. Les spectateurs semblent dans l'expectative, les voisins se toisent. Des rires nerveux éclatent. Tyler et Steve lisent les noms du générique attentivement. Ils veulent s'assurer de bien les retenir, en particulier celui de Magnus Rosberg, l'acteur danois qui joue la forme humaine d'Alktor. Comment peut-il si mal camper ce rôle ? Comment a-t-on pu confier à un inconnu fade et efféminé le soin d'incarner le méchant le plus charismatique de l'histoire des comics ? Quels sont les auteurs de ce forfait ?

En rentrant chez eux, ils dresseront la liste de ceux qui les ont trahis, de ceux qui ont ruiné la plus belle saga du cinéma américain. Steve serre les poings. Toute cette attente pour quoi ?

– De la daube.

– C'est pas possible…, soupire Tyler.

– De la grosse daube, répète Steve.

– Vraiment pas possible…

– Il faudra qu'ils paient pour cette merde ! Plus de quatre ans à trépigner d'impatience et quoi à la fin ? Cette trahison… sérieusement ?

*

Avec l'élection de Trump, les prix pour occire les célébrités évoluent. Obama a reculé à la huitième place et Clinton à la cinquième. Dans quelques semaines, ils sortiront du classement. Jimmy Fallon fait son entrée à une honorable neuvième place. Kim Kardashian, Colin Kaepernick et Bill Gates quittent le hit-parade au profit de l'acteur principal de *The Last Fighters 4*, Magnus Rosberg, de Harmony Korine, le réalisateur et Bruno Landisier, le producteur.

Maxime éclate de rire. Il recrache même son café sur son sweat. Le mari de sa mère, le con qui a fait le tour des plateaux pour vanter son film, l'imbécile qui clamait que rien de plus grand n'avait été produit avant cet épisode, bientôt au pilori ! *C'est magnifique.* Max a presque envie d'envoyer une capture d'écran à Isabelle pour lui montrer quel loser elle a épousé. Pour le plaisir, il rajoute une enchère faramineuse sur Bruno, afin qu'il monte sur le podium.

« *Les Derniers Combattants*, à la guillotine ! »

*

Encore une grosse journée pour Cándido Rincón. La vie de chauffeur n'est pas ce qu'il imaginait. Uber ne lui laisse que des miettes. Ou plutôt, les miettes des miettes. Il travaille dix heures par jour pour payer son loyer, rembourser sa nouvelle voiture, et manger à sa faim. Il vit littéralement dans sa Honda. Elle a un mois et déjà dix mille bornes au compteur, une folie. Son dos le réveille chaque nuit. Il peut suivre jusqu'à la moelle épinière le cours de son nerf sciatique, tant il le fait souffrir. Il n'a pas les moyens d'une couverture santé, alors il endure et achète des plaquettes de tramadol sous le manteau. Les journées s'allongent comme les embouteillages sur les *highways* de Los Angeles, il est stressé, engraisse, n'a le temps pour rien, et doit, par-dessus le marché, s'astreindre à être sympathique avec ses clients, pour ne pas voir sa note se dégrader.

À peine sorti de chez lui ce matin, l'application lui enjoint d'aller chercher un dénommé Benjamin qui habite Valley Village et souhaite se rendre à UCLA. *Rapido, rapido.* Il dépasse sa boîte aux lettres au pas de course, elle dégorge de courriers. *Bordel, oui, putain, j'ai le temps de rien.* Cándido l'ouvre, attrape la liasse de papiers et enfouit le tout dans la boîte à gants. *Je verrai ça plus tard.* Il dépose son Thermos de café à côté de l'accoudoir, allume le moteur, ajuste son téléphone au niveau du pare-brise et s'engage sur Kester Avenue. Comme un pied de nez, la radio joue le titre *Starboy*, de The Weeknd, dont le premier vers est : « J'essaie de te mettre de la pire humeur. » *Pas la peine d'essayer*, songe Cándido.

– Bonjour, monsieur. Je vous en prie.

Il ouvre la portière

– Bonjour. Belle voiture, elle est toute neuve ? J'aime beaucoup cette couleur.

– Eh oui, eh oui, répète Cándido. C'est exact. Vous avez de l'eau si vous voulez. Devant vous, dans la poche.

– Merci.

– Alors, direction UCLA, c'est ça ? Vous êtes professeur ?

– Si on veut. Je donne un cours de cyber-criminologie. Vous voyez, les crimes en ligne. Je travaille dans ce domaine, pour le compte du gouvernement.

– Je vois très bien. La cybercriminalité, je connais. Un ordinateur a volé mon précédent *job*. Il faudra songer à le coffrer à l'occasion, cette affaire m'a causé un sacré tort, plaisante Cándido.

– Ça nous arrivera à tous ! Un code informatique nous bottera le cul en touche. En même temps, regardez, sans les prodiges du numérique nous ne partagerions pas ce trajet, répond Benjamin en pianotant sur sa tablette.

*

« Pour dix fois moins cher, je le bute. »
« Pour dix fois moins cher, je le bute. »
« Pour dix fois moins cher, je le bute. »

Le même message posté à une minute d'intervalle sous les photos de Landisier, Rosberg et Korine. Max sent un frisson le parcourir. L'utilisateur, un dénommé Steve, n'a visiblement pas compris le principe de son site. Il n'est pas à la recherche de tueurs mais de commanditaires. Il est 2 heures du mat à Dijon, il finissait son joint et était sur le point d'aller se coucher. Il hésite. Pianote une réponse sur Google traduction, puis l'envoie.

« Salut, Steve. Merci de ton intérêt. Nous avons nos tueurs. Ce sont des hommes expérimentés qui ont grandi en Biélorussie. Si tu veux que ces trois gars meurent, il faut me payer en bitcoins. En attendant, regarde cette vidéo. »

Max envoie le lien d'un photomontage où l'équipe de *The Last Fighters* pose devant un cinéma avant qu'une fausse bombe ne s'écrase sur eux. Des os et du sang sont projetés sur l'écran, devant un nuage nucléaire.

« Merci. Excellent ! Trop drôle. Ils vont les tuer à la bombe ? »

Maxime se demande si ce Steve est sérieux. Le film devait tout de même être incroyablement mauvais pour mettre les fans dans un tel état. Il prend le temps de réfléchir. Peut-être que ce visiteur est vraiment disposé à payer. *Si tu veux perdre de l'argent mon ami, n'hésite pas,* se dit-il.

Il pianote : « Tu es prêt à mettre combien pour leur mort ? J'accepte que les bitcoins. »

« J'ai pas de bitcoins. Mais l'équivalent de 1 000 dollars pour l'acteur et le réalisateur. Je connais pas le producteur, et je m'en fous. »

Max se gratte le front. Le type est prêt à mettre 1 000 dollars dans son arnaque, il doit être sacrément dérangé, ou sacrément riche. *Mais oui mon ami, je le veux ton pognon.* Il se lève, laisse un peu poireauter l'interlocuteur, verse un fond de café dans un bol et le passe au micro-ondes. Ce n'est pas tous les soirs qu'il se fait 2 000 balles. Il sent monter en lui la tiédeur de la satisfaction. *Tu as des bitcoins, mon nouvel ami ? Dis-moi que tu as des bitcoins !*

« Si tu me convertis ces 1 000 dollars en bitcoins, je fais tuer l'acteur. Le réalisateur est trop connu, c'est beaucoup plus cher. Quant au producteur, je n'exige aucun paiement, sa mort est un cadeau. »

Steve tapote son clavier.

« Super, merci. »

Il se tourne vers Tyler.

– Viens par-là, frérot. Regarde, ce mec propose de faire tuer le producteur et l'acteur qui joue Alktor, pour 1 000 dollars.

– Ouais, faut les zigouiller.

– Tu pourrais me passer la moitié. Les parents ne me donnent pas tant de fric que ça et tu sais, à l'université… ça part vite.

Le visage de Tyler se fige, comme s'il allait dire quelque chose mais qu'une nouvelle information faisait comme un blocage dans son cerveau. Il fixe Steve avec inquiétude.

– Attends, c'est pas une blague ?

– De quoi ?

– On va payer des tueurs ?

– Ouais, sur le Darknet, ça risque rien.

– Non mais même. Tu trouves pas que c'est exagéré, Steve ?

– Exagéré ?

– Bah oui !

– Ah ! Voilà ce que ça fait, petit frère, d'avoir été élevé par un père tremblotant. Tu ferais bien de ne pas avoir peur de tout à ton tour.

– 1 000 balles ? tu dis ? demande Tyler.

– Ouais, 1 000 dollars, et il tue l'acteur. Il les veut en bitcoins. Pour le producteur, pas de problème, il le fait gratuit, il a dit.

– Je suis sûr que c'est une arnaque, personne ne tue un homme pour 1 000 dollars, surtout un acteur hollywoodien.

– Bien sûr que si, même pour dix fois moins. T'es pas drôle, Tyler. Ton père a fait de toi un pleutre. Allez, je vais te déposer à la maison. Tu diras pas que je t'ai ramené, je ne veux pas m'attarder. Tu salueras maman et le manchot !

– Ne l'appelle pas comme ça, s'il te plaît.

*

Le hot-dog est imbibé de sauce moutarde. Elle recouvre entièrement la saucisse. *Délicieux.* Cándido incline le siège conducteur vers l'arrière. Il sort le courrier de la boîte à gants. *Quelle journée encore.* Y me duele tanto su puta espalda. Le soir tombe sur le parking du Trader Joe's. *Qu'est-ce qu'il y a là-dedans ? Des factures ? Des publicités ?* Une larme de Ketchup coule sur une enveloppe. *Putain, Cándido, essaie de manger proprement*. Il l'ouvre. C'est une lettre de Mme Mossbacher. Elle lui donne des nouvelles de l'Aroyo Blanco, raconte que rien n'y a changé depuis son départ. Elle lui propose de l'inviter à venir boire le thé, un dimanche. Cándido secoue la tête, *Y a rien à comprendre, rien du tout*.

Il classe les missives en deux tas. Les courriers importants qu'il faut garder et ceux qu'il mettra direct à la poubelle. Il place cette invitation absurde dans le second paquet. Un petit billet tombe sur le sol, au niveau du tapis passager. Il se plie en deux, son énorme bourrelet l'empêche de se courber totalement et sa sciatique se réveille. « Aïe ! Bon sang ! » Il tend le bras et l'attrape.

Il le lit : « *Los recuerdos también dejan huellas hermosas.* » Les souvenirs laissent aussi des belles traces. C'est signé *Lo que queda de América*. Le papier est arraché d'il ne sait quoi. Dans son coin en bas à droite, est inscrit « TLF-4 ». Cándido ressent une boule dans le ventre. *C'est quoi ce truc ?* Est-ce qu'América aurait pu glisser ce bout de feuille dans sa boîte aux lettres ? Le texte est imprimé, comme les cartes que déposent certains mendiants à côté des voyageurs dans les transports en commun. *Qu'est-ce que c'est que cette histoire ?* « Qu'est-ce que c'est que cette histoire ? » Il répète à haute voix.

TLF est l'abréviation de *teléfono*, téléphone en espagnol. Alors, sans grande conviction, il presse la touche 4 de son portable. Rien ne se produit. « América, c'est toi, après tout ce temps ? C'est encore toi qui reviens ? »

Il observe le ticket blanc, déchiré sur ses quatre côtés. Il ne pige rien, cela l'agace. « Les souvenirs laissent aussi de belles traces ? Qu'est-ce que cela signifie à la fin ? » *On verra ça demain*. Il ouvre la portière, se dirige vers la poubelle, jette la pile de courriers et l'emballage du hot-dog. Plus loin s'allument les lumières publicitaires du Whole Food, du Ross et du Nordstrom qui donnent aux palmiers de la 3e rue des allures d'arbre de Noël.

Il aspire les dernières gouttes de son soda et avale un tramadol. Il n'est pas conseillé d'en prendre en conduisant, mais il n'a pas le choix, il passe sa vie au volant. Il démarre. La route est encombrée, la nuit s'intensifie. Cándido songe à América, à la vie qu'ils auraient eue tous les trois, s'il avait su les protéger, elle et leur petite fille. Il ne peut s'empêcher de penser à sa femme. *Quel âge aurait-elle à présent ? Une quarantaine d'années, à peine ?* Il regarde les lampadaires défiler. Les bras de lumière squelettiques se penchent sur lui et le dévisagent, comme de vieilles femmes courbées sur un landau. Elles lui susurrent que cela aurait pu être pire aussi. Cándido n'est pas certain de comprendre. Ses yeux se plissent. La Honda Accord couleur Tiger Eye Pearl s'engage enfin sur la 101, la route est peu fréquentée. Il se sent fatigué. Une Maserati s'avance à droite, il ne la voit pas, ne sait pas qu'elle est pilotée par le premier producteur au monde dont le film dépassera les trois milliards de dollars de recette.

Bruno n'a pas le temps de freiner.

Cándido réagit trop tard.

PARTIE II

Le côté des gagnants

Décembre 2015

Il se retourne, décale l'oreiller, place son avant-bras sur son front, essaie de respirer plus lentement et de ne pas penser. Et de ne pas penser.

Il vaut mieux que cette entrée chaotique dans le monde des adultes, mieux que ces années à se débattre en permanence face à des injonctions absurdes, des objectifs, des attitudes qui ne racontent rien de ce qu'il est. D'un côté, les stages en cravate, fondations d'un curriculum vitae préparant une carrière de cadre dans une boîte prestigieuse, dans laquelle il occupera un poste chiant et rémunérateur ; de l'autre, son rôle de clown vulgaire au grand cirque de l'école de commerce, un rôle éculé mais dont il retrouve le costume à chaque fois que l'alcoolémie remonte dans ses veines. Au milieu, il n'y a guère que ce roman à paraître, son seul véritable accomplissement, un manuscrit fraîchement imprimé qui excuse tout, qui dit « je suis mieux que tout ce dont j'ai l'air et peu importe ce que vous pensez de moi, car je suis un artiste ». Il sort une jambe de sa couette et retrouve l'air frais de la chambre.

Parfois, Stéphane aimerait ne pas exister. Ou alors exister moins, exister reclus. Mais ne plus participer aux jeux olympiques de l'ego, du matin au soir. Toute cette énergie pour qu'on dise quoi ? Qu'il réussit, qu'il est cool, qu'il sait boire, qu'il est *smart*, qu'il aura une bonne place dans l'échelle sociale, qu'il sera riche ? Ce mélange de vain et d'important.

C'est l'amour qui l'a foutu en l'air. L'amour. Avec lui, au moins, il n'a pas triché, il a osé le ridicule. Il a été ce petit être qui est sa vraie nature. Il repense à Marine. Revoit les légers tressaillements de son visage quelques minutes avant qu'elle le quitte. À peine un tic, juste une vibration sous ses fossettes. Ce qu'on perçoit d'infime, et qui est si éloquent chez ceux qu'on aime. Oui, il avait tout de suite compris, elle aurait même pu s'abstenir de formuler les choses, de prononcer les mots. Heureusement, elle l'a exécuté sans circonvolution, droit au but, comme elle savait si bien agir. Son pied caresse le drap en un mouvement répétitif censé l'aider à se calmer.

Jusqu'où pensait-il aller avec elle ? Comment le savoir maintenant que tout a été tant de fois ressassé, qu'il ne rejoue plus leur histoire à chaque insomnie, mais juste un dérivé recomposé avec de faux souvenirs. Marine et ses réponses cinglantes, Marine et son caractère si sûr, Marine et ses doutes mal dissimulés, Marine et ses goûts de petite provinciale qui singe la bourgeoise. Marine et la taille impeccable de sa chatte brune. Marine et sa boulimie de sexe à chaque lever du jour. Stéphane sent son pénis durcir un peu. Il pose sa main sur son caleçon et commence à emmêler sa verge avec son index. Puis, une fois bien dur, il se masturbe avec vigueur, plisse les yeux, *putain, à quoi elle ressemblait à poil ?* Il s'astique énergiquement, sa veine cave barre son front, il bande chacun de ses muscles, son dos se cintre. Et maintenant qu'il est sur le point de juter dans ses draps, ce sont les traits de Jessica qui tapissent son esprit. Qu'à cela ne tienne, elle fera l'affaire ! Il se concentre sur la forme des seins de son ancienne prof d'anglais, calque sur elle des poitrines de hardeuses avec d'épais tétons. Les images se donnent et se dérobent. Et soudain, que lui dit-elle ? Qu'il ferait mieux d'arrêter de la gêner avant qu'elle ne fasse remonter ses agissements à l'administration. Que son comportement est indigne d'un élève d'une telle école. *Tais-toi, bordel !* Il tend sa main gauche pour fermer cette bouche imaginaire tandis que la droite enserre sa queue. Mais la honte l'a déjà emporté, son sexe se replie, il n'a pas joui.

« Putain », soupire-t-il.

*

En bonne santé, heureux, riche, respecté dans son milieu, Bruno Landisier ne peut imaginer que dans moins d'un an, badaboum, collision sur l'autoroute, voiture pliée, accident mortel, générique de fin.

Si une gitane, conteuse de mauvaise aventure, lui avait lu l'avenir dans les lignes de sa main ce matin, il aurait été abattu, mais n'aurait rien modifié ;

depuis son installation à Los Angeles, il mène l'existence dont il rêvait plus jeune.

Rares sont ceux qui peuvent en dire autant, il le sait.

Hollywood, West Olive Avenue, Los Angeles.

La dernière prise de *The Last Fighters 4, The Roots of Anger*, vient d'être tournée.

« Dans la boîte. Coupé. Merci les gars, on peut tous s'applaudir. Beau boulot ! »

Le réalisateur, Harmony Korine, accepte le cigare que Bruno lui tend.

« Plus que trois mois de postprod », plaisante Landisier. Korine hausse les épaules. Il espère boucler le montage avant février. Il observe les régisseurs ranger le matériel, les ingénieurs du son remballer leurs micros, tous les stagiaires s'affairer sur le plateau qui doit être libéré fissa pour un prochain tournage. La fierté le gagne. Son épisode est introspectif et psychologique. Le budget effets spéciaux a été divisé par deux par rapport au projet initial, et de nombreuses scènes ont été tournées en décor naturel, dans la baie de San Francisco. Les fans vont redécouvrir les personnages sous un angle plus humain, voilà qui impulsera un nouveau souffle à la saga. Ils sont peut-être bien en train de révolutionner le genre.

Les Derniers Combattants 4, aux racines de la colère.

En préambule, le spectateur apprend que les Chinois ont été les premiers à marcher sur Mars, suivis des Russes. Bientôt le vaisseau américain amarsira à son tour, après huit mois de voyage, tandis que le retour de la navette soviétique sur terre est imminent.

Le début du film, se concentre sur le jeune Alan Ktoren, le fils de Mike Ktoren, capitaine de la mission étatsunienne et surnommé Alpha. Jeune physicien brillant, Alan termine son doctorat en astrophysique à l'université de Berkeley au nord de San Francisco. Il étudie une particule élémentaire fraîchement découverte, le zéton. Elle serait produite en quantité par les trous noirs et certaines étoiles déliquescentes, notamment le soleil. Avec son ami, le microbiologiste Gregory Stankevich, ils prétendent qu'une exposition répétée peut modifier l'ADN humain. Alan et Gregory convoitent la jolie Kate, une chimiste de la faculté. Certaines scènes la montrent proche de l'un, d'autres prête à succomber au second.

L'histoire n'a rien d'une aventure palpitante, jusqu'au retour sur Terre de la fusée russe. Sur le tarmac, les cosmonautes ont la mine grave. L'un d'entre eux manque à l'appel. Il s'agit du plus jeune, Neelov Utronipov. Moscou est furieux. Depuis le cosmodrome de Baïkonour, le ministre des Affaires étrangères demande des explications à la Chine. Selon les premières investigations, Utronipov a été attaqué lors d'une sortie de contrôle, par deux hommes portant des combinaisons siglées du drapeau rouge aux cinq étoiles.

Dans leurs grandes salles pleines d'écrans, les Américains se frottent les mains des tensions entre leurs rivaux. Ils décident de retransmettre en direct l'amarsissage de leur navette et montrer leur maitrise dans l'art de la conquête spatiale. Des milliards de téléspectateurs sont scotchés devant leur téléviseur. Le premier pied en aluminium se pose lentement sur le sol ocre. Pendant une minute, rien ne se passe. On croit apercevoir au second plan une silhouette furtive. Peut-être n'est-ce que l'ombre de la fusée.

Le capitaine Alpha sort de la capsule, suivi de près par un autre astronaute. Il commente : « En posant le pied sur Mars, c'est toute l'humanité qui enjambe le vide interplanétaire. Plus qu'un pas, c'est un franchissement, celui d'une nouvelle frontière. »

En Californie, Alan est fier de son père. Kate est à côté de lui quand la bannière étoilée est plantée sur le sol ocre et que le Star-Spangled Banner résonne depuis sa télé. Émus, ils échangent un langoureux baiser. On croirait la fin d'un film de guerre patriotique, comme ceux produits à la pelle dans les années 1990. Mais soudain, deux figures s'approchent derrière le capitaine Alpha. La caméra bouge, vibre, tremble. Un énorme lézard s'extirpe du vaisseau en se contorsionnant. Puis plus rien. Aucune image, aucun signal.

La narration s'emballe. Alan court jusqu'à son labo. Les oscillomètres satellitaires ne laissent aucune place au doute, une formidable éruption solaire a propulsé des trillions de zétons dans la galaxie, peu avant l'arrivée sur Mars des Américains. Alan en mesure les conséquences, il décide de s'engager avec le commando spatial chargé de récupérer l'équipage américain et de le ramener à sa bonne vieille patrie. Gregory veut l'en dissuader, c'est bien trop dangereux. Alan ne reculera pas. Son ami embarque à son tour.

Durant le voyage, le vaisseau est traversé par de nombreuses radiations. Gregory éprouve les premiers signes de mutation dans son corps. Son taux de mélanine diminue de jour en jour, et sa peau devient transparente comme celle de certains amphibiens. Il se construit une combinaison protectrice en alliage métallique. Il deviendra Greg the Shield. Alan Ktoren n'a pas cette chance, il mute petit à petit en Alktor, le démon solaire. Sur Mars, Neelov Utronipov a déjà pris la forme de Neutron. Il n'y a pas encore de bons, pas encore de méchants. La Terre court à sa perte, et les mutants sont prêts à en découdre.

Fin de l'épisode 4.

*

S'agissant de Thierry, on dirait qu'il est un homme moyen. Peut-être même un peu en deçà de la moyenne.

De ces hommes qui emploient modestement leur allocation journalière de vingt-quatre heures. On ajouterait que cela n'est pas grave, que chacun mène sa barque au rythme qu'il entend. Certains, avec une pointe mal dissimulée de condescendance, renchériraient d'ailleurs qu'il faut aussi des hommes moyens, qu'on ne peut pas tous être médecin, architecte ou ingénieur, et que si tout le monde était comme lui, au moins, il n'y aurait pas de guerres et tous ces malheurs.

S'agissant de Thierry, on devrait surtout dire qu'il n'emmerde personne.

Il referme deux incisives sur le bout de son ongle, pince, tourne légèrement le doigt, serre encore sa mâchoire jusqu'au craquement, puis tire lentement pour décoller l'extrémité blanche. La rognure passe sur sa langue, voyage sous son palais, avant d'être mâchouillée, réduite en poudre de kératine et avalée. Il est stressé, les jours de match. Comme si un poids l'accablait. Non pas que l'enjeu soit d'importance, l'A.J.A. erre déjà dans le ventre mou du classement, et on perçoit bien qu'il ne faut rien attendre de l'équipe cette année non plus. C'est juste une habitude, ses reins pulsent de l'adrénaline dans ses veines chaque fois que les blanc et bleu s'apprêtent à chausser les crampons. Ainsi vont ses week-ends, il est connecté avec le club, comme il aime le dire. Magie des vies de supporters.

La journée est prometteuse, ce soir, il dort chez Dominique. C'est toujours un événement. Ça le chamboule même un peu.

Il prépare son sac, dans un mélange de gestes aussi méthodiques que confus. Plonge sa brosse à dents aux poils hérissés dans une trousse de toilette clairsemée de taches de savon blanc, ajoute sa bille de déodorant quasi vide et une mignonnette de gel douche glanée, il ne sait plus quand, dans un hôtel de seconde catégorie.

« Merde », gronde-t-il. Il n'a pas étendu la lessive de l'avant-veille, l'a oubliée dans la machine. Il plonge ses bras dans le tambour. « Le con ! » Les vêtements puent le rance et sont tout froissés. Il les passe un à un sous son nez. Renifle. Grimace. Un pull semble préservé de l'odeur. Il le dépose à plat sur l'étage supérieur du Tancarville. En dessous Rex roupille.

« Tant pis, je vais pas y aller à poil », ronchonne-t-il.

D'aussi loin qu'il s'en souvienne, c'est-à-dire la veille au soir, toutes les bières ont le même goût. Parfum amer, légèrement sucré, notes de flocons d'avoine, de métal et de citron. Seulement, une émission diffusée sur France 5 en fin de matinée semblait soutenir le contraire, la palette aromatique serait d'une richesse sans fond, plus profonde encore que celle des whiskys ou des vins. Thierry n'en est pas revenu. « Plus que les vins ou les whiskys », a-t-il répété. Il n'aurait pas dit. Ça lui a donné une idée, il trouvera mieux que la traditionnelle Schultenbraü d'Aldi pour leur soirée à Quarré-les-Tombes. Il passe le pull-over encore humide sur son T-shirt, saisit son bagage, cherche les clefs de sa voiture, les trouve, fait monter le labrador dans le coffre, et s'en va vers l'hypermarché de la ZAC nord. La perspective de surprendre son ami l'amuse.

Après l'enchevêtrement de voies de bus, de ronds-points et de panneaux cédez-le-passage, le parking est bigarré de voitures décotées à l'Argus et de prospectus que l'humidité fait coller au sol, comme d'épais fragments de mosaïque. Le vent balaye le bitume. C'est sinistre et froid. En général, Thierry préfère se tenir à l'écart de ce genre d'endroits et du risque d'emboutir un Caddie, un piéton, une bordure de béton ou une autre bagnole. Mais il faut bien savoir ce que l'on veut, et c'est déterminé qu'il pénètre dans le temple de néons et de taules.

Le rayon bière du Géant Casino est drôlement achalandé. Deux fois quinze mètres linéaires de binouzes conditionnées en bouteilles ou canettes, assemblées dans des packs pouvant en contenir jusqu'à vingt-cinq. Il s'interrompt, laisse passer une forte douleur intestinale. Reprend son souffle. L'ampleur du choix le déstabilise quelque peu. La déclinaison de teintes, Blanche, Blonde, Rousse, Brune, se complexifie d'une série d'appellations, Ale, Triple, I.P.A., Saison, Sour, Lager, Stout… Les prix varient du simple au quadruple. Les bières proviennent de Belgique, d'Allemagne, d'Angleterre ou des Pays-Bas. Une bouteille massive, droite et prétentieuse, posée fièrement sur son culot, affiche en grosses lettres ses origines brooklynaises. Elle est vendue à l'unité et vaut à elle seule le prix d'un pack de 33 Export. Thierry s'en saisit, se demande qui peut bien se payer ce luxe. Pas lui, c'est certain. Au-dessus, une bière d'abbaye attire son œil. Sur l'étiquette, des nonnes ramassent des céréales au champ. Elle n'est pas donnée non plus, mais bon. Il en dépose un carton dans son panier, avance un peu, se ravise. Peut-être ferait-il mieux d'opter pour une marque plus connue, en définitive. À quoi bon l'audace si le goût ne convient pas ? Avec son drapeau français, le conditionnement bleu de la 1664 paraît plus sûr, plus conforme à ce qu'ils sont, son ami et lui. Adjugé, vendu !

« Dominique ne va pas en revenir ! » s'enthousiasme-t-il en passant à la caisse.

*

– Bonsoir, Madame, Monsieur, bienvenue sur TF1, en cette grande première. Je suis très heureux d'être avec vous pour donner le coup d'envoi de votre nouvelle émission intitulée *La Piscine*. Son principe, vous avez dû en entendre parler. Seize célibataires, huit femmes, huit hommes, la plus grande piscine du monde, et, flottant dessus, un petit espace de vie par candidat, spécialement conçu pour accueillir une personne au maximum, un matelas pour dormir et quelques affaires. Si deux participants souhaitaient se retrouver dedans, à l'abri de vos regards, ils couleraient immanquablement et avec, leurs espoirs de gagner le chèque de 100 000 euros promis au vainqueur. Plus de cent caméras et micros sont installés autour du bassin de 4 000 m^2. Chers amis, vous n'en manquerez pas une miette. Car TOUT, je dis bien TOUT, se passera dans la…

– … PISCINE ! crie le public chauffé à blanc.

– Et ce soir, chers amis téléspectateurs, lors de ce premier *prime*, nous allons rencontrer nos seize candidats. Ils sont beaux, ils sont jeunes, ils ont prévu de vivre soixante-quinze jours en maillot de bain sous vos yeux, faites un maximum de bruit pour le premier d'entre eux : Gary-Emmanuel !

Benjamin Castaldi retrouve ses premières amours avec cette nouvelle version de *Loft Story*, directement inspirée de l'épisode séminal des téléréalités sulfureuses à la française, la scène torride entre Loana et Jean-Édouard, dans une piscine, justement. Il est un peu plus costaud, le visage légèrement bouffi, et quelques cheveux gris blanchissent sa coupe à la brosse. Sa voix n'a pas changé en revanche, ni son incroyable sens du rythme qui, ce soir encore, saisit les téléspectateurs.

– Bonjour, Gary-Emmanuel. Venez par ici. Vous avez vingt-trois ans, vous êtes coach sportif dans l'Essonne, et je lis sur ma fiche que vous voulez qu'on vous appelle J-M.

– Voilà, J pour la lettre G en anglais et M comme le début d'Emmanuel.

– Vous connaissez la règle J-M, vous devez me remettre votre téléphone avant d'entrer dans la…

– … PISCINE ! hurle la partie la plus attentive du public.

Le candidat dépose son portable dans une caisse en plastique. Il semble soudain attristé de délaisser cette partie de lui-même.

– Combien de maillots de bain avez-vous emportés, J-M ?

– Sept, un par jour de la semaine, répond le candidat.

– Eh bien, je vous en prie, c'est le moment de vous changer.

Gary-Emmanuel entre dans une cabine, disposée au milieu du plateau. Il en ressort en slip de bain autour duquel saille une jolie panoplie de muscles. L'audience apprécie. Le présentateur s'approche, complimente galbe et moulures, et invite le candidat à enfermer ses affaires dans un large sac étanche, sanglé de flotteurs.

– J-M, vous êtes le premier à entrer dans la Piscine. Une fois dedans, vous serez coupé du monde, à l'exception des échanges quotidiens avec moi-même. Je vous laisse tremper vos pieds dans le pédiluve et on se retrouve dans la…

– … PISCINE !

Après un reportage sur le dispositif technique exceptionnel mis en œuvre par les équipes du groupe TF1, et les commentaires d'un psychiatre sur la vie dans un environnement hostile – en l'occurrence l'eau chlorée –, l'écran géant retransmet les premières images de Gary-Emmanuel. Il se présente sur la plateforme amovible, seul moyen d'entrer et de sortir du bassin qui ne dispose pas même de margelle pour s'asseoir quelques secondes au sec.

– Vous êtes prêt à vous jeter à l'eau ?

– Prêt comme jamais, Benjamin, s'exclame-t-il à destination des nombreux microphones.

Il s'élance. La flotte lui arrive au niveau du nombril. « Elle est beaucoup trop bonne » commente-t-il, en s'éclaboussant.

– Et voilà, Madame, Monsieur, le baraqué J-M vient de lancer l'aventure. Il va découvrir son abri flottant, son lit, la cuisine semi-immergée et toutes les surprises que vous réserve ce concept inédit, spécialement imaginé pour notre chaîne. Dans un instant, vous rencontrerez Clarice, notre candidate venue de Bourgogne, attention aux yeux !

Le public applaudit, et une première page publicitaire évoque pêle-mêle les mérites de l'iPhone 6s, de la Twingo 3, de la Passat 8, des gnocchis à poêler Lustucru, des pizzas Domino's, et la gamme de préservatifs « Surprise Me waterproof » par Durex, le partenaire de l'émission.

– Bonsoir Clarice, vous avez vingt et un ans et vous venez d'un village avec un drôle de nom, puisqu'il s'appelle Quarré-les-Tombes !

– Oui, c'est ça, parce qu'on y a trouvé des sarcophages anciens.

– Ah oui ?

– Du Moyen Âge !

– Quelle histoire ! Et pourquoi avez-vous souhaité rejoindre cette aventure ?

– Eh bien, pour trouver l'amour, d'abord. J'ai eu une grosse déception amoureuse et il m'a fallu beaucoup de temps pour pouvoir faire de nouveau confiance. Et puis, je suis un peu influenceuse, j'ai un blog et je fais des clips vidéo, donc je compte sur *La Piscine* pour booster ma carrière.

– Combien de maillots de bain ?

– Une dizaine, sans compter celui que j'ai déjà sur moi.

Clarice se change à son tour. Ses courbes sont félicitées, et elle rejoint dans le bassin Gary-Emmanuel, lequel barbotte comme un gamin en poussant des cris d'extase comme s'il n'avait jamais connu, de toute son existence, les plaisirs de la baignade.

Le troisième candidat se prénomme Matt, il arbore un T-shirt « Stay Strong Paris », lequel donne l'occasion à la production de faire un flash d'une minute sur les attentats. Des phrases sont prononcées. Difficile de juger leur niveau d'indécence, difficile aussi de passer les atrocités du 13-Novembre sous silence, même ce soir, même au royaume de la vacuité.

Matt s'est muni de deux boxers de bain, trois shorts, des strings pour les grands soirs. Et c'en est un ! Il sort de l'isoloir, presque nu donc, le public se gausse, son corps est bronzé et lisse. Pas un poil ne dépasse. Une musique techno survoltée accompagne son entrée dans le bassin, qu'il célèbre par un salto arrière.

*

Le directeur est assis dans la grande pièce éclairée par le soleil bas de décembre. La réunion de ce matin avec les autres antennes de l'agence confirme ce qu'il sait déjà : l'année 2016 sera celle de tous les dangers. En trente ans de carrière, il n'a jamais connu son pays aussi vulnérable, sa société fracturée par les inégalités, le déclassement, la désinformation, les luttes communautaires, la colère sur les réseaux sociaux et bien d'autres problèmes que les nations occidentales appellent *la crise*, pour mieux se convaincre que leurs maux sont passagers. Il s'est rongé l'ongle de l'annulaire droit jusqu'au sang, et les chairs à vif le font souffrir. Hier, son épouse lui a dit qu'il avait besoin de vacances. Elle le trouve soupe au lait en ce moment, elle aimerait que cela cesse, pour son bien à lui et pour son bien à elle.

Il enroule un pansement sur la pulpe sanguinolente de son doigt, et avale une rasade du brandy qu'il conserve dans le premier tiroir de son bureau. L'écran de son ordinateur lui renvoie son reflet ; il a pris un coup de vieux, n'a pratiquement plus de cheveux, sa paupière gauche tombe sur son œil, sa peau s'est épaissie et ridée comme celle d'une vieille orange. Devant lui, est encadrée une photographie de toute sa famille face au fjord du Troll en Norvège, un souvenir des dernières vacances avec les cinq enfants, en juin 2013. On distingue aussi, posés sur le chêne lustré, une construction de Lego Star Wars, une pile de dossiers colorés de diverses épaisseurs, la reproduction d'un aigle royal en bronze, un fanion à l'effigie des Phoenix Suns, un stylo argenté, une édition de poche de la Bible de Jérusalem.

Il observe son subalterne, prend le temps d'une grande inspiration et porte une nouvelle fois le verre de brandy à ses lèvres.

– La vie au Bureau ne m'a pas appris énormément de choses. Moins que ce que j'espérais à votre âge. C'en est presque décevant. Mais je tire quand même un enseignement de toutes ces années, et je tiens à le partager avec vous. J'ai acquis la conviction que les hommes comme nous, Benjamin, portons une dette qu'il faudra payer toute notre existence. Un crédit dont on ne peut pas s'acquitter comme on le ferait d'un prêt immobilier, ou pour s'acheter une voiture.

Cette dette, il faut la nommer : c'est notre intelligence. Mon père, un homme de grande valeur, qui a servi en France et en Corée, m'a dit quelques semaines avant de mourir : « Je regrette de ne pas t'avoir conçu plus stupide. » Il avait raison, l'intelligence est tout sauf une chance. Elle engage, elle oblige, elle est responsable de mes cernes et de la pile de documents qui s'amoncellent un peu plus chaque matin sur mon bureau.

Vous travaillez dans cette agence, donc vous savez déjà que le seul moyen honnête de tirer profit de vos talents, c'est d'en faire bénéficier votre pays. Vous vous êtes mis au service du public, comme on dit, et vous êtes devenu, pour tous les ignares dehors, rien de mieux qu'un imbécile qui gagnerait cinq fois son salaire dans une entreprise privée mais qui est trop con pour sauter le pas. Un pauvre bougre qui a fait de longues études sans avoir le cran de s'enrichir ensuite. Je suis sûr qu'on vous a déjà tenu ces discours. J'imagine qu'ils vous ont fait sourire, vous ont agacé, mais jamais fait douter de votre parcours.

Je sais cela car depuis votre recrutement, j'ai la conviction que nous sommes du même bois. De loin, je vous ai gardé à l'œil, et vous êtes ce qu'on appelle dans les réunions de directeur un haut potentiel.

Benjamin, je vous ai proposé cet entretien car j'ai besoin que vous deveniez chef du service des crimes en ligne. Ce poste est stratégique et le deviendra plus encore, année après année. Chez vous, je vois au-delà de l'homme de devoir, au-delà de l'homme de service. Vous êtes un garçon indulgent. L'indulgence est la plus grande des qualités pour qui est doué tel que vous l'êtes. Il faut en être capable devant la bêtise, devant les bas instincts, devant la masse qui vit très en deçà de votre niveau.

Les ennemis du FBI, voyez-vous, sont des personnes aussi talentueuses que nous autres, mais totalement dénuées d'indulgence. Elles ne paient pas leur dette à la nature, au contraire, elles agissent comme des tumeurs malignes, profitant de chaque voie capillaire, de chaque cellule pour prospérer contre le corps social. Ce sont les vraies brutes, les vrais monstres. Il vous faudra les traiter sans pitié, vous apprendrez à le faire. Agent Crawford, vous avez les épaules pour les traquer, pour châtier d'un côté le mal et pardonner, de l'autre, les déviances de l'âme, lesquelles sont la croix des petits flics de quartier et des tribunaux de districts.

Une fiche de poste va être publiée pour appel à candidature. C'est la procédure, mais elle ne servira à rien, la place est pour vous.

– Monsieur le directeur, je ne sais comment…

– Non, ne me remerciez pas. Je ne vous fais pas une fleur. Je ne fais qu'amenuiser très légèrement votre dette.

*

Le vol AF66 en provenance de Roissy-Charles-de-Gaulle et à destination de Los Angeles LAX est annoncé sur l'écran du terminal international Tom-Bradley, entre le MU7305 effectuant sa navette quotidienne depuis Shanghai et le QTR39B reliant la cité des Anges à Doha.

Isabelle patiente à l'étage des arrivées dans les effluves d'un vendeur de donuts qui infusent l'aérogare d'une odeur de sucre chaud. *Les compagnies françaises, toujours en retard,* s'agace-t-elle.

Marine est inscrite à UC Irvine, pour un semestre à l'étranger, obligatoire dans le cursus de son école de commerce. Le campus se situe à cinquante miles au sud de Los Angeles. Isabelle se réjouit d'enfin passer plusieurs mois proche de sa fille. Elle pourra discuter d'autre chose que du quatrième volet de *The Last Fighters*, sujet sur lequel Bruno revient sans cesse, avec une frénésie qui lui paraît totalement exagérée.

De l'autre côté des cloisons, Marine s'apprête à passer la douane. Quelle idiotie de faire atterrir deux A380 à la suite ! Le hall est plein à craquer. La procédure Esta réserve aux Européens un interrogatoire rapide mais, comme ils sont mélangés aux passagers du vol Qatar Airways, cela ne sert à rien. La file serpente devant les portiques, où les douze cabines de police des frontières éclusent le flux très lentement. Au-dessus d'elles, des écrans diffusent en boucle une vidéo du président Obama souhaitant la bienvenue aux voyageurs. Elle sera remplacée dès l'année prochaine par un message policier moins engageant.

Enfin, elle récupère ses deux bagages, passe une porte battante et arrive dans le hall. Le soleil cogne sur les grandes baies vitrées. Elle cille. Cherche autour d'elle. Juste là, sur sa droite.

– Salut, maman !

Peut-être est-ce la forme de son menton et de sa bouche, ou de ses oreilles aux lobes joints. Peut-être est-ce la manière dont ses yeux fatigués s'illuminent en apercevant sa mère, un instant, Isabelle ne perçoit de sa fille que les traits de son ex-mari. Cela la pétrifie.

Elle songe rarement à Dominique. Se désintéresse de l'existence qu'il mène, s'il est de nouveau en couple, s'il est heureux. Mais parfois, sans qu'elle s'y attende, son souvenir se manifeste. Il est assis à la table d'un rêve. Il l'insulte, la menace, il attrape son bras et l'enserre fort, comme le jour de son départ, pour imprimer sa poigne jusque dans les chairs et laisser une trace au moins quelques semaines encore. Puis, il se calme, se referme, sanglote à l'intérieur de lui-même et prend la mine des animaux blessés. Parfois, il la précède dans des escaliers interminables, s'assurant toutes les six marches qu'elle le suit toujours. De derrière, elle observe son pantalon bouffant, la semelle usée de ses Asics, les motifs au dos de sa vieille polaire Lafuma. Il pose sur elle un regard doux et rassurant, celui qu'elle aimait jadis, quand elle ne désirait rien de mieux qu'une petite vie sans histoire. Et puis, à la faveur d'un virage ou du palier d'un étage, il disparaît.

Dominique sera toujours quelque part dans son esprit, enfoui parmi d'autres histoires du passé. Elle se demande simplement ce qu'elle a pu trouver à cet homme médiocre, sans beauté ni caractère, sans astuce, jamais, dans les yeux, sinon le confort de ne pas être seule et la force de l'habitude.

– Te voilà enfin.

Isabelle prend Marine dans ses bras.

– Le passage de la douane n'en finissait pas. Le flic m'a interrogée sur le motif de ma venue. Je lui ai dit que tu vivais ici et il m'a demandé très sérieusement si ta situation était légale. Je me suis mise à rire et ça m'a valu deux ou trois questions supplémentaires.

– On ne plaisante pas avec ces types. J'ai mis la voiture au parking, donne-moi une valise.

Une fois sorties de l'aéroport, elles s'engagent dans l'embranchement de la 405, direction plein nord. L'autoradio entonne un titre d'Ellie Goulding tandis que défilent les blocs d'Inglewood.

– Je suis contente que tu nous rejoignes quelques mois. Tu te plairas, ici, j'en suis certaine. On organisera des week-ends, on visitera San Francisco et San Diego, par exemple. On pourrait aussi planifier une escapade à travers les grands parcs pendant une dizaine de jours. Cela laisse le temps d'une belle boucle jusqu'en Utah. J'imagine que tu auras mieux à faire pour Spring Break, mais on trouvera forcément un moment.

– Ce serait formidable.

– Bruno va te bassiner avec son futur film.

– Celui avec Channing Tatum ?

– Non, celui-là, il s'en fout. Pourtant, ça a l'air bien. Je parle de sa saga de superhéros. Le tournage est terminé. Il paraît que l'épisode va révolutionner le genre…

– Ah oui ?

– C'est ce qu'ils disent tous, soupire Isabelle. Lui, Marvel, DC Comics… L'enjeu, le vrai, ce sont les recettes. Sera-t-il le premier producteur à atteindre les trois milliards de dollars ? C'est la grande question.

– Ah quand même !

– On est aux États-Unis, que veux-tu ? L'argent est l'étalon de toute chose. Ce n'est pas un mythe, surtout dans le cinéma.

– Ils ont encore diffusé un documentaire sur lui à la télévision. Sur Canal+, je crois. *Landisier, le Français, roi d'Hollywood*, un truc du genre.

– Oh là là. Ils devaient en faire des tonnes, j'imagine. Tu sais bien, c'est quelqu'un de plus simple qu'il n'y paraît.

– Et toi ? demande Marine. Tu te plais toujours à Los Angeles ?

– Moi, tu sais… c'est la belle vie. Je travaille pour le plaisir. Je suis constamment invitée pour conseiller des vignerons. Je suis obligée de refuser des missions. Accompagne-moi, une fois, si tu peux. On visitera mes caves préférées.

Isabelle raconte les vallées californiennes, le goût des grains issus de cépages qu'on ne trouve pas en Europe, la manière dont les Américains vinifient, assemblent, boivent. Les Français se bouchent le nez, mais le Nouveau Monde a depuis longtemps comblé son retard dans l'art des belles bouteilles. Elle décrit ses relations avec les propriétaires, évoque le prestige de certains domaines, et les médailles qui, ici aussi, connaissent leurs petits arrangements.

L'ennemi, dans cette région, ce sont les incendies. Ils ravagent des vignobles entiers à la fin de l'été. Cette année, le Valley Fire a fait des dégâts terribles dans les comtés de Napa, de Lake et de Sonoma. Les forêts, les friches, les quartiers résidentiels, tout a été dévasté. Dans les vignes bien rangées, le brasier ralentit sa course. Les ceps brûlent un par un. Ils restent debout, dignes, deviennent noirs comme du charbon. Un crève-cœur ! Alors, lorsque les feux mugissent derrière le vallon, les exploitants hâtent la cueillette, pour sauver une partie de la récolte. Les fruits sont assez sucrés mais les arômes manquent de développement, quand ils n'ont pas déjà pris le goût du roussi. C'est triste, chaque année, de potentiels grands vins finissent en petits pinards sans intérêt.

Isabelle tourne la tête. Marine s'est endormie.

Plus tard, après une longue sieste et une bonne douche, Marine rejoint sa mère sous le belvédère du jardin. Au loin, l'humidité descend lentement dans le canyon et le ciel se strie des couleurs du soir. L'horizon et le Pacifique se fondent l'un en l'autre. Isabelle lit un magazine dans lequel se succèdent de courts articles sur la mode, les activités immanquables à Los Angeles ou les méthodes pour redonner un élan à son couple, le tout régulièrement interrompu par des publicités de parfums et de sacs à main. Elle observe sa fille s'avancer vers elle. Cette fois, ce ne sont pas les traits de Dominique mais ceux de Maxime qu'elle décèle à travers son visage. Elle se sent à nouveau troublée, c'est comme si l'arrivée de son aînée régurgitait un peu du passé familial.

– Tu as des nouvelles de ton frère ? demande-t-elle, comme un réflexe.

Marine s'arrête, étonnée que ce sujet conflictuel soit abordé si tôt.

– Pas récemment.

– Ah bon ? D'accord.

– Enfin, quand je lui ai annoncé que je venais ici, pour quelques mois et que je passerais du temps avec toi, il m'a dit : parle-lui du coffre de papi. Voilà.

– Le coffre ?

– Selon lui, c'est à cause de ça que vous ne vous parlez plus. Il a ajouté qu'il se pourrait que vous ne vous parliez plus jamais. Il dit que c'est ta faute.

– Je te jure, je me demande quel crime j'ai bien pu commettre pour mettre au monde un gosse pareil.

Marine hausse les épaules et s'assied. Elle regarde sa mère, son visage prêt à imploser, plus rouge encore que les fleurs qui parsèment son chemisier. La colère est montée d'un coup. Elle meurt d'envie de poser des questions, mais se refrène.

– Ce coffre, s'emporte Isabelle, ton frère l'a trouvé dans la maison de ton grand-père. Depuis, il imagine détenir un trésor.

– Qu'est-ce qu'il y a dedans ?

– Des foutaises, souffle Isabelle en secouant la tête.

– Des foutaises ?

– Exactement, des pages et des pages de bêtises inintelligibles. Il perdait la tête, ton grand-père, tu sais bien. Alors, forcément…

– Oui, acquiesce Marine qui ne se figure rien de la nature des écrits.

– À mon avis, au début de sa maladie, quelqu'un de très mal avisé lui a conseillé de consigner méthodiquement la matière qui pourrissait dans son crâne. Et ton frère, encore moins bien avisé, pense détenir un pouvoir sur moi parce qu'il a recueilli toutes ces notes. Ça l'amuse, de me faire du chantage.

– C'est à cause de ça que toi et papi, vous étiez brouillés ? Ce devait être grave.

– Ton grand-père a écrit qu'il n'était pas un vrai résistant, qu'il n'avait pas participé à la guerre. Dans ses cahiers, il prétendait même qu'il avait collaboré.

– Collaboré ?

– Mais tout ça ne vaut rien, il délirait. Qui peut savoir si ce qu'il disait était faux ou vrai ?

– Je ne sais pas. Si tu lui en veux, c'est sans doute que tu y crois.

Isabelle soupire.

– En fait, il y avait aussi plein d'autres documents. Et notamment, des lettres, beaucoup de lettres. Des lettres de femmes. Il entretenait des correspondances avec plusieurs femmes, des femmes qu'il voyait aussi. Avant et après la mort de ma mère.

Les yeux d'Isabelle se voilent, elle prend une seconde pour inspirer un bon coup et avaler sa salive.

– Et ça ne s'est pas arrêté quand elle est tombée malade. Il n'y a pas eu de pause. Ça, je ne l'ai jamais accepté, c'est impossible, je ne lui pardonnerai jamais. Je n'ai pas tout fait bien moi-même, mais ce degré de trahison, c'est...

– Oh, maman, je suis désolée.

– Ce sont de vieilles histoires. Je ne voulais pas t'en parler parce qu'elles me font honte. Elles lui faisaient honte à lui aussi, je crois.

*

Lévitique 18 : 22 : *Tu ne coucheras point avec un homme comme on couche avec une femme. C'est une abomination.*

Steve Smith a fêté ses vingt et un ans, l'an passé. Il est majeur. Cela signifie qu'il peut entrer dans n'importe quel bar de Tulsa et se faire servir une bière ou un gin tonic. Cela signifie aussi qu'il n'a de comptes à rendre qu'à lui-même. Il repense à ce verset. Il l'a entendu plusieurs fois lors d'offices à l'église baptiste. Ces dernières années, la question du mariage entre deux individus du même sexe a agité la société américaine. Le parlement de l'Oklahoma avait interdit les unions homosexuelles en 2004 mais, en juin dernier, après de nombreux recours un peu partout dans le pays, la Cour suprême des États-Unis a érigé le mariage gay au rang de droit constitutionnel. La Maison-Blanche s'est même parée des couleurs de l'arc-en-ciel pour célébrer cette avancée, qualifiée d'historique…

Il n'empêche, l'homosexualité est une abomination. Ça lui semble aller de soi, aujourd'hui encore.

Il a essayé d'en discuter avec sa mère quand il s'est rendu compte que, peut-être, lui aussi… Ce devait être en 2012 ou 2013. Lucy semblait capable d'écouter. Les mères préfèrent leurs enfants aux Saintes Écritures ; c'est inscrit dans leur nature profonde, une nature plus ancienne encore que les religions. Il ne se souvient plus de la manière dont il a abordé le sujet, seulement qu'elle a reçu la nouvelle comme un uppercut à la mâchoire.

– N'en parle jamais à ton père, lui a-t-elle intimé. Dans son état psychologique, il ne manquerait plus que ça. Par pitié, épargne-le.

Elle le somma d'attendre. Lui suggéra de bien réfléchir. Cette inclination pouvait très bien n'être qu'une passade d'adolescence. Il avait le temps de se raisonner. De se rendre compte que tout cela était insensé, et ne pouvait pas se produire chez eux, dans ce foyer déjà tant éprouvé.

– Il y a forcément écrit quelque part que tous les malheurs ne peuvent pas frapper la même famille, bon sang !

Steve prit sur lui.

– Tu as raison. Pardon maman, c'est rien, j'aurais pas dû t'embêter avec ça.

Quelques semaines plus tard, comme chaque samedi matin, il y avait du jus d'oranges pressées, des pancakes et du beurre de cacahouètes Skippy au petit déjeuner. Ils étaient tous les quatre réunis autour de la table quand Lucy proposa d'emmener Steve au centre commercial de Woodland Hills pour, soi-disant, refaire sa garde-robe. Tyler avait entraînement de baseball à 11 heures, et Bill, tout à sa routine, passerait la matinée devant la télé, sans quitter l'écran des yeux, si ce n'est pour ouvrir un paquet de noix de cajou ou de chips. Steve fut surpris, il s'achetait ses propres fringues depuis belle lurette, mais ne protesta pas.

Ils montèrent dans la Volvo, roulèrent une dizaine de minutes et firent un stop dans son restaurant de milk-shake préféré. Lucy insista pour s'installer dans un recoin de la salle, alors que la serveuse semblait décidée à les asseoir juste derrière une vitre, soucieuse de respecter la consigne de son patron selon laquelle le client appâte le client. Steve commanda un frappé au goût *salt caramel and brownie* et Lucy un thé brûlant à la bergamote. Elle lui paraissait très agitée. Elle chuchotait, Steve ne comprenait pas pourquoi. Il n'entendait pas un mot de ce qu'elle disait. Il crut un instant qu'elle lui annonçait son divorce d'avec Bill. Il s'était préparé à cette nouvelle depuis toujours. Ça le réjouissait. Mais non, au détour d'une phrase alambiquée, il comprit qu'elle voulait parler de ses problèmes à lui, de ses attirances.

Il existait des stages dits de conversion, susceptibles de remettre chacun dans le droit chemin. On pouvait tout à fait guérir une sexualité déviante. Elle regarda son fils droit dans les yeux et revint sur le mot « sexualité » pour le remplacer par « penchants ». Elle l'avait inscrit à un séminaire de quatre jours, duquel il reviendrait soigné pour de bon. Guéri.

– De ce que je comprends, plus on traite ce mal tôt, moins on s'expose à des rechutes.

Il acquiesça tout en aspirant par sa paille l'épaisse crème fouettée et le coulis de chocolat.

– Il ne faut pas aller chercher bien loin pour comprendre que tout est lié à l'accident de ton père. Ton frère et toi avez souffert plus que votre part. C'est notre faute et nous en sommes désolés, nous aurions dû mieux vous préserver. Bientôt, tu redeviendras toi-même.

Trois semaines plus tard, ils se rendirent au rendez-vous fixé sur le parking d'un Walmart au sud de Tulsa. Un bus attendait les stagiaires pour les conduire dans une forêt située à la frontière avec l'Arkansas. Les autres hommes étaient en moyenne plus âgés, bien que le groupe comptât quelques adolescents. Un Juif arborait une kippa, les cheveux torsadés aux tempes. Un type portait un blouson de l'armée, un autre se présentait comme italien et avait fait le voyage depuis Rome, un *redneck* se grattait sans cesse le dos et chiquait du tabac. On décomptait aussi un pasteur, un agent immobilier, deux étudiants, un vendeur de smartphones, un Afro-Américain, deux Indiens, un retraité, un forain et un chanteur de cabaret. La moitié étaient pères de famille et vivaient avec une femme, le pasteur avait même sept filles. Pendant l'appel, ils semblèrent tous un peu gênés. Steve se demanda si c'était à cause de la situation, ou bien si cela était plus profond, s'ils se sentaient toujours tous honteux d'eux-mêmes.

L'instructeur faisait au moins deux mètres, il était chauve, possédait la carrure des hommes musclés devenus obèses. Il prit la parole alors que le car prenait la voie rapide dans un silence de mort.

– Messieurs, écoutez-moi. Soyez attentifs. Deux maîtres-mots : confessions et virilité. Le travail que nous allons réaliser ensemble est basé sur une méthode mêlant psychologie et exercice physique.

Il mit ses doigts en V pour indiquer le chiffre deux. Corps et Esprit. Il annonça le programme des journées suivantes. On pouvait le résumer par : quand le camp scout rencontre les homos anonymes.

Ils s'installèrent à la tombée de la nuit dans une sorte de centre de vacances avec des baraquements disposés en arc, une salle de conférences, un coin barbecue et un panier de basket-ball. D'autres hommes étaient arrivés plus tôt, ils paraissaient déjà plus décontractés.

Dans la salle de conférences, on diffusa une vidéo de bienvenue. Ensuite, les formateurs se relayèrent au microphone. Ils se présentèrent tous comme d'anciens stagiaires ayant réussi leur conversion. En réalité, certains étaient des paroissiens, deux sortaient de cures de désintoxication, un de prison, un autre avait réussi à mettre Jésus entre lui et l'alcool. Ils étaient tous repentis de quelque chose, voilà ce qui importait.

Dans la nuit, le feu illuminait les visages et des saucisses cuisaient sur un impressionnant brasero de cinq mètres de long. La première soirée devait permettre de faire connaissance et de marteler le message : on peut vaincre sa SSA, *Same Sexe Attraction*. Steve reçut son feuillet composé d'extraits de la Bible et d'autres coupures rédigées par des psys. Les messages alternaient entre récrimination et indulgence. Les stagiaires devaient les lire chaque soir avant de s'endormir.

Ce n'est pas ta faute, tu es une brebis égarée, tu peux revenir dans le droit chemin. L'orientation sexuelle est une invention qui date des années 1960.

Décembre 2015

L'être humain est régi par des lois naturelles, notamment la reproduction, entre un homme et une femme.

La sodomie est une forfaiture. Elle a causé la chute de l'Empire romain.

Steve plia le document et le mit dans sa poche. La première activité était sur le point de débuter. Elle s'intitulait : « Pourquoi je suis parmi vous. » À tour de rôle, les participants se levèrent et évoquèrent la raison de leur présence à ce stage. Mike se défendait d'être homophobe, mais cette vie n'était pas faite pour lui, il avait trop d'affection pour sa femme. Joey tremblait, un oncle l'avait tripoté pendant son enfance, depuis, tout en lui était détraqué, il ne pouvait pas être indéfiniment la victime d'un pervers. Greg avait été surpris par sa femme à visionner du porno gay, il devait se faire soigner, ou sinon elle dirait tout à leurs enfants, et pire, à son père, lequel n'aimait guère les pédés.

Certains se prétendaient progressistes, jugeaient positivement les évolutions de la législation, avaient voté Obama. Ils étaient tous piégés par leurs croyances, leur famille et parfois leur religion. Lorsque vint son tour, Steve se leva. Il avait commencé par masturber un ami lors d'une soirée orgiaque dans un abri anti-tornade où tous les jeunes se mettaient nus à cause de la chaleur étouffante. Il avait aimé ça, sentir le pénis durcir plus encore à chaque mouvement de son poignet. Lors d'une autre fête, il avait pris un sexe dans sa bouche. Il continuait de fréquenter des filles, mais chaque beuverie devenait un prétexte pour se rapprocher des autres hommes. Il n'était pas sûr d'être homo, et trouvait même cela répugnant. Il ajouta qu'il détestait son père, un raté qui se cachait derrière son handicap pour tout se faire pardonner et pourrir la vie de sa famille. À son avis, cela expliquait tout.

Ils se couchèrent tôt. Un instructeur surveillait chaque chambrée, allez savoir pourquoi. Ils n'étaient pas venus jusqu'ici, tous le rouge au front, pour partouzer à la première occasion. Quand les lumières s'éteignirent, on entendit monter les premiers sanglots.

Le lendemain, ils furent levés aux aurores. La cloche les tira du lit tandis que les rayons du soleil s'insinuaient entre les bouleaux à l'écorce laiteuse. Steve avait à peine fermé l'œil de la nuit. Il salua le pasteur installé sur la couchette d'à côté. Il prit une douche, s'habilla avec de vieux vêtements de sport et s'installa au bout d'une table du réfectoire où il trempa des tartines de miel dans un café clair.

Le gros instructeur chauve se leva, traversa la pièce de son pas lourd et se saisit du porte-voix.

– Parmi les causes qui expliquent la SSA, certaines sont physiologiques. Vous ne produisez pas assez de testostérone. Les homosexuels sont généralement frêles et de mauvaise composition. Ils ne pratiquent pas le sport, ne sont pas virils. L'activité physique est centrale dans la cure. Après le petit déjeuner, nous formerons deux équipes. Chacune construira un barrage sur un bras de la rivière. Vous devrez couper des arbres à la hache et déplacer les branches et les troncs. Vous sentirez vos muscles se gonfler de sang. Vous serez harassés mais vous prendrez conscience de votre force. Certains d'entre vous éprouveront un sentiment nouveau qui n'est rien de moins que la fierté d'être un homme.

Ils applaudirent et se scindèrent en deux groupes, prêts à en découdre avec des rondins de bois de cinquante kilos. Comme les autres, Steve crapahutait dans l'eau froide lui arrivant aux genoux, poussait de lourdes pierres dans l'enchevêtrement de ramures, éclaboussait ses voisins sans le vouloir, s'éraflait les paumes et les chevilles. Le forain leva la tête vers lui et lui dit, sourire aux lèvres : « Doit pas y avoir de gays chez les castors ! »

Dans l'après-midi, un prêtre fit une allocution et, la nuit tombée, ils se retrouvèrent de nouveau en ronde, humant les effluves de viandes grillées. La fatigue aidant, les confessions prirent une tournure plus dramatique. De nombreux stagiaires pleurèrent. Chacun trouvait désormais dans son passé les raisons de sa déviance. L'Italien fut pris d'une transe et vomit. Le pasteur prétendit qu'il expurgeait ses fautes et l'encouragea. D'autres hommes essayèrent de gerber leur morceau de poulet, certains y parvinrent. La formule était vieille comme le monde. Épuisés, les participants se livraient sans dissimulation, chaque expérience traumatique devenant l'explication toute trouvée de leur orientation sexuelle. La catharsis les soignerait, et deux jours plus tard, le bus déposerait sur le parking du Walmart une belle bande d'hétéros.

Ce soir encore, il a montré sa carte d'identité au videur, puis a commandé une bière sous des néons roses à un barman en marcel moulant, qui se fait appeler Pépita. Il avale une rasade de blonde et soupire. La musique est agréable. Ce n'est pas du Boy George. Il songe à sa pauvre mère. Elle ne supporterait pas de le voir dans cette boîte pour tafioles. Il se déteste. Il se déteste de trouver mignon ce type là-bas, avachi sur la banquette avec sa belle barbe bien taillée.

Tout ça, à cause de cet enfoiré de manchot. Il a flingué ma vie.

*

Jessica se livre chaque semaine à ce rituel étrange et masochiste. Elle allume la télévision pour regarder son ancien petit ami briller de mille feux parmi les spots lumineux et les réflexions informées de ses invités. Le visage de Matthieu sur l'écran l'hypnotise toujours autant. Elle aime songer que cet homme lui appartenait, se remémorer la forme de sa bouche quand il dormait, l'odeur de sa peau au réveil. En fermant les yeux, elle pourrait retrouver les notes de poivre qui parsemaient sa chevelure. Elle se demande si la notoriété lui laisse le temps de penser à elle, s'il se souvient des longs matins, à se serrer l'un contre l'autre, et à échafauder des plans pour leur avenir ensemble. Tout cela semblait si certain à l'époque.

Comment le temps brise-t-il les évidences ?

Elle ouvre un paquet de chips et plonge sa main parmi les lamelles de pommes de terre graisseuses.

Pour ne pas s'infliger de peine inutile, elle imagine Matthieu célibataire, se réfugiant seulement parfois dans les bras d'une passade qu'il oubliera dès le lendemain. Elle ne s'intéresse pas à ce que les magazines people rapportent de sa vie, elle ne consulte pas sa page « Actualités » sur Google. Il n'y a que son émission hebdomadaire, comme un pont entre eux, et qui commence dans quelques secondes, avec la traditionnelle lecture d'un texte.

« "Mille cris divers retentissent autour de moi. Je loge juste au-dessus d'une salle de bains. Représentez-vous toutes les espèces de bruits qui peuvent offenser nos oreilles. Quand les plus robustes balancent leurs bras chargés de masses de plomb, quand ils se fatiguent ou feignent d'être fatigués, j'entends des gémissements ; quand ils reprennent leur haleine, j'entends leurs sifflements et leurs respirations forcées. C'est bien pis encore, s'il survient des joueurs de paume qui se mettent à compter leurs points. Ajoutez à cela les ivrognes, les filous pris sur le fait, et ceux qui trouvent que leur voix fait bon effet dans le bain ; puis les gens qui sautent dans la cuve en faisant résonner l'eau à grand bruit. Outre tout ce monde-là, dont les intonations sont du moins naturelles, représentez-vous l'épilateur qui fait presque continuellement entendre une voix aiguë et criarde pour qu'elle soit davantage remarquée, et ne s'arrête que lorsqu'il a trouvé des aisselles à épiler et un patient à faire crier à sa place."

Bonsoir, soyez les bienvenus sur France 3, pour votre émission culturelle, *Les Mots du monde*, avec en introduction cette lecture d'un extrait de *La Lettre à Lucilius*, de Sénèque. Depuis les premiers thermes que l'édile Agrippa fit construire sur le Champ-de-Mars aux prémices de l'empire, jusqu'au renouveau de la piscine Molitor à Paris, et du bassin Déligny flottant sur la Seine, la piscine est un lieu à part, un lieu civilisationnel. Ce soir, après deux numéros consacrés aux événements terribles survenus à Paris, nous allons essayer de retrouver un peu de légèreté pour nous intéresser, une fois n'est pas coutume, à une émission de télévision autour de laquelle enflent chaque jour un peu plus le scandale et la polémique. Je veux bien entendu parler de la nouvelle téléréalité de TF1, *La Piscine.* »

Matthieu de Bailly s'est entouré de trois intervenants. Alain Finkielkraut fait figure d'invité d'honneur. Il a un livre à promouvoir et aime l'odeur ouatée des plateaux, plus encore depuis qu'il craint de s'encroûter sur son siège de l'Académie française. Paraphrasant Cioran, il entame son propos par ces mots : « Cette émission de téléréalité me révulse, non pas en ce qu'elle est l'énième manifestation d'un déclin culturel, mais parce qu'avec elle, l'agonie de l'Occident me semble plus indigne encore de son passé. » La sociologue spécialiste du sujet, Nathalie Nadaud-Albertini, est assise à la droite de Vincent Cespedes, auteur d'un ouvrage de référence sur le sujet, intitulé *I Loft You*.

– Je vous ai vu sourire, cher Alain Finkielkraut, lors de ma lecture de Sénèque. Est-ce la drôlerie du texte ou bien le fait que je convie l'antique philosophe pour évoquer ce programme qui a provoqué en vous un tel rictus ?

– J'apprécie l'effort d'élever d'emblée le niveau, car avec un tel sujet, il risque, si vous me permettez ce jeu de mots facile, de plonger rapidement.

– Vincent Cespedes, qu'en pensez-vous ? demande Bailly.

– Il fallait oser Sénèque, oui ! Cela dit, c'est assez bien vu de nous renvoyer aux temps anciens. La natation était une activité importante durant l'Antiquité romaine. On disait d'un ignare, par exemple, qu'il ne savait ni lire, ni nager. Vous auriez pu tout aussi bien opter pour un épisode que relate le poète Martial. Il raconte que des hommes, d'âge mûr et tout à fait recommandables, écoutent d'une oreille discrète, au bord de la grande piscine froide d'un bain public, un déclamateur s'essayer à quelques vers. Ils feignent de s'intéresser à la poésie mais détournent le regard aussitôt qu'un jeune homme puissamment membré arrive au bord du bassin.

– Ah, vous voyez, on arrive déjà dans le vif du sujet, s'amuse Nadaud-Albertini.

– Justement, reprend le présentateur, nombreux sont les textes antiques qui dressent des situations finalement assez semblables à celles de l'émission de TF1. La grande histoire des bains publics a connu une profonde rupture avec le Moyen Âge, au cours duquel, pour des motifs sanitaires mais aussi religieux, les piscines publiques ont disparu. Ce nouveau *concept*, est-ce qu'il nous dérange parce que nous sommes devenus, au fil des siècles, puritains et chastes ?

– Très exactement, les thermes romains ont participé de l'édiction du citoyen, avant même la création de la citoyenneté romaine. Selon Néron, si on va au forum, si on va au spectacle, si on va aux thermes et si on porte la toge, c'est qu'on est Romain. Mais cela n'est en rien transposable à cette espèce d'aquarium pour humain, se lamente l'académicien.

– Ici, c'est très différent, renchérit Nadaud-Albertini, nous excluons des jeunes de la société pour les observer, à la manière du *Loft* finalement. On revient à une formule ancienne des téléréalités, où les candidats sont coupés de la communauté. C'est l'opposé d'un acte de citoyenneté. Cette émission est étonnamment régressive. C'est l'un de ses aspects les plus déplorables, je crois.

– Voilà qui est amusant, car TF1 vante la nouveauté de son programme. D'ailleurs, les Hollandais en ont déjà acheté une adaptation, coupe Bailly.

– Je remarque que cette émission se synchronise avec les réseaux sociaux, au premier rang desquels figure Instagram. C'est comme si on avait emprisonné les jeunes corps dénudés dans l'application et qu'au lieu d'aller sur son portable pour regarder des bimbos, on pouvait juste allumer son téléviseur.

Alain Finkielkraut soupire et passe sa main sur son visage.

Vincent Cespedes acquiesce :

– C'est intéressant, ce que dit Nathalie Nadaud-Albertini. La téléréalité c'est le royaume du cynisme. J'ai dit avec le *Loft* qu'on parquait des jeunes gens pour vendre du Coca lors de spots publicitaires. Désormais, j'ai l'impression que les candidats se servent des codes de la téléréalité pour leur propre publicité, pour leur propre cynisme. On assiste à un véritable pacte faustien. Il y a une transaction. Cela, je l'explique simplement : les candidats actuels ont regardé les candidats d'hier, ils sont prêts à donner autant que nécessaire, leur corps, leur réputation, leur temps, mais en échange ils veulent recevoir. Prenez le « allô » de Nabilla, c'est devenu une marque, elle a réussi à devenir une célébrité par une seule réplique !

Les débats se poursuivent. Ils évoquent Delon, Schneider, Ronet et Birkin, *La Naissance de Vénus* de Botticelli et les mythes des naïades. Au fil des tirades, Matthieu comprend qu'aucune référence culturelle n'adhère au programme de TF1 et les tentatives d'élever le propos apparaissent bientôt prétentieuses et artificielles. Dans un dernier sursaut, Vincent Cespedes cite Platon mais rien n'y fera. *La Piscine* est un chef-d'œuvre du vide. Matthieu décide de mettre un terme à la séquence. Tant pis, il allongera la dernière partie de son émission, laquelle est consacrée à un jeune auteur. Avec un peu de chance, ils finiront tous sur une bonne note.

– Pour clore cette soirée, je vous propose maintenant d'accueillir Stéphane Malino pour son premier roman, *Les Vagues et la digue*. Un récit intime et crépusculaire sur l'amour impossible. Celui qu'éprouve un jeune homme de la bourgeoisie nantaise pour une quinquagénaire dont l'époux pêcheur a disparu en mer depuis trois ans. Par petites touches poétiques, le primo-romancier nous transporte dans un récit qui convoque jusqu'aux plus belles pages de la littérature romantique du XIXe siècle.

Installez-vous, Stéphane Malino. Quel roman ! Franchement, quelle maturité dans votre écriture. Vous n'avez pas trente ans et déjà la plume très sûre. Bravo !

Jessica se redresse d'un coup sur son canapé. Elle s'était presque assoupie. Elle croit délirer. Son plaid a reçu une giclée de tisane dans le feu de l'action. « *Shit* », peste-t-elle en repoussant le tissu mouillé et brûlant. « *Oh my goodness*, ça, c'est incroyable ! » Elle s'approche de l'écran, pour être certaine de bien voir. « *Fuck !* C'est bien lui ! »

Stéphane Malino, le petit pervers qui la draguait quand il était son élève à Sumaco, Stéphane Malino qui la harcelait pour partager un café après ses cours, Stéphane Malino qui avait appris, elle ne sait comment, toute une myriade de détails sur sa vie privée, Stéphane Malino qui, une fois, avait posé sa main sur son genou, qui lui faisait des clins d'œil, qui lui avait offert une boîte de six macarons saveur rose-framboise en forme de cœur et des boucles d'oreilles fantaisistes pour son anniversaire, ce Stéphane Malino présente un roman dans *Les Mots du monde*. Un roman sur l'amour en plus.

Elle hausse le volume. Stéphane et Matthieu conversent.

Eh bien, Jessica, tu ne comprendras jamais rien à rien, se dit-elle, en éclatant de rire.

*

Les gousses d'ail grésillent dans la sauteuse. D'un geste du poignet, Bruno les fait revenir dans l'huile d'olive. Elles prennent une jolie couleur caramel et distillent, dans la maison, un arôme sialogène. Il a ouvert un Château-Landisier, et s'est servi le verre du cuisinier, celui qui permet au vin de mieux s'oxygéner dans la bouteille. Dans la casserole l'eau commence à bouillir, sa vapeur monte jusqu'à la hotte. Du gros sel, deux feuilles de laurier-sauce. Il verse quatre cents grammes de penne rigate et les laisse cuire sept minutes. Cela lui donne le temps de savourer quelques gorgées de vin. *Magnifique*, se ravit-il. Les pâtes sont al dente. Il les déverse avec un peu d'eau de cuisson dans la sauteuse. L'huile crépite. Il saisit la poignée et effectue le même mouvement rotatif et rapide afin que l'oléolat s'insinue dans les stries des pastas. Il hache les feuilles de basilic et découpe grossièrement la pancetta. Il mélange. Pousse le feu à son niveau maximum une trentaine de secondes, l'éteint, répartit la préparation dans trois assiettes. Tour de poivre du moulin, pincée de sel.

– C'est prêt, mesdames ! Penne à la pancetta et vin de Bordeaux. Vous m'en direz des nouvelles !

– Eh bien, tu as de la chance, Marine, dit Isabelle. Bruno est davantage du genre livraison de pizza, le week-end. Si nous n'avions pas une cuisinière, nous ferions déjà cent kilos chacun.

– Oui, mais cent kilos de bonheur !

– Ça sent délicieusement bon, complimente Marine.

– Un bon conseil, goûtez ce vin avant que l'ail ne vienne éteindre votre palais.

Isabelle se saisit d'un ballon, fait tourner le nectar.

– Alors, tu le reconnais ? C'est le millésime 1996, il m'en restait une bouteille. C'est le meilleur de tous !

– C'était une année particulière ? demande Marine.

– Non, répond Isabelle. Une année normale. Mais très bonne tout de même.

– Tu plaisantes ? C'est la meilleure année pour ce château, reprend Bruno. Celle où la magie a opéré. Mon père avait recruté une équipe de choc dans laquelle se trouvait…

– C'est bon, chéri, interrompt Isabelle. Ne dévoile pas les secrets de votre propriété. Laisse-nous déguster tranquillement.

La réplique est cinglante, le ton ferme, les premiers coups de fourchette, seuls, interrompent le silence.

En décembre, le soleil se couche tôt à Los Angeles. Les cocotiers battent leurs palmes dans la nuit, tels de lourds oiseaux maladroits. De la maison on aperçoit un tapis de lumières, qui s'étend à perte de vue. Il contraste avec le noir du canyon sur lequel débouche le jardin, au nord. Marine n'a plus très faim. Le vin lui tourne la tête. Ça ira mieux après une bonne nuit de sommeil. Son corps est totalement déréglé à cause des neuf heures de décalage horaire. Elle observe par la grande vitre de sa chambre les petites rues qui sinuent entre les villas. Les spots bleutés donnent aux piscines des teintes turquoises, dignes des mers les plus limpides. Tout est symétrique, propre, rangé. Les cyprès, les rosiers, les pins sont taillés, les pelouses rasées de près, les murs repeints chaque saison, comme si le temps n'avait pas de prise ici. Les caméras de sécurité semblent se répondre d'un clin de LED, et le calme règne sur la colline. Au loin, on distingue des autoroutes, elles se vident et se remplissent comme des chasses d'eau.

Bruno a une formule pour cette topographie, il prétend qu'à mesure qu'on s'éloigne vers l'horizon, on quitte le côté des gagnants.

*

Une voix. Une voix de télévision, ronde, structurée, claire. Une voix interrompt le silence et réveille les candidats. Les projecteurs s'allument progressivement et des couleurs de plus en plus chaudes se reflètent sur l'eau.

« Bonjour amis baigneurs. Demain, lors du deuxième *prime*, l'un d'entre vous sera éliminé. Ce sera un garçon. Nous vous proposons une épreuve d'immunité. Des tapis flottants sont disposés au centre du bassin. Celui qui tiendra le plus longtemps debout en équilibre sera assuré de poursuivre l'aventure pour les deux prochaines semaines. »

Tous sortent la tête de leur cabine flottante, les yeux encore ensommeillés. Ils se tournent vers le toit du plateau depuis lequel est diffusé le message. Une fille s'enthousiasme : « Allez les mecs, faut tout donner ! »

La voix : « Un petit déjeuner est servi dans la cuisine semi-émergée. Vous avez jusqu'à 10 heures. Prenez des forces. »

Les candidats se jettent à l'eau un à un et nagent ou marchent jusqu'aux tabourets immergés, s'installant à la manière de vacanciers anglo-saxons au bar aquatique d'un hôtel-club *all inclusive.* Comme chaque matin, la production a fait déposer cafetières et théières, des viennoiseries et un grand panier de fruits frais sur la table.

Marie-Alicia : « Y en a un qui ronfle, je l'entends plus encore que le bruit de l'eau ! »

Bryan : « Ou peut-être une ! »

Marie-Alicia : « Je reconnais encore les ronflements des mecs… Bryan, pourquoi faut toujours que tu reprennes les gens, tu peux pas déjeuner en silence ? Tu me prends le ciboulot. »

Matt : « Calme-toi, Marie-Al, Bryan faisait juste une blague. »

Bryan : « Non, c'est la vérité ! Si ça se trouve, c'est elle, cette paysanne, qui a le nez trop près des oreilles quand elle dort ! »

Marie-Alicia : « C'est moi que tu traites de paysanne ? »

J-M : « Les amis, déjeunons en silence, soyons cool. »

Bryan : « Elle me provoque, wesh. Marie-Al, t'as rien d'autre à foutre, sérieux ? Bouffonne ! »

Samira : « Tu la traites de bouffonne ? Mais attends, tu t'es cru où ? La vie de ma mère, tu lui parles pas comme ça. »

Matt : « Sérieux, Bryan, tu vas un peu loin. »

Bryan : « C'est elle, elle joue avec mes nerfs. Marie-Al, désolé, mais en vrai, toi-même tu sais, on n'a pas élevé les poissons ensemble. »

S'ensuit une longue conversation sur le droit de chacun à exprimer ses émotions.

Clarice fait profil bas. Elle serait très peinée d'être traitée de bouffonne et plus encore de paysanne. Pour elle qui vient de la campagne, cela deviendrait vite une sorte de sobriquet déshonorant. Elle sait que l'émission fait beaucoup parler, à l'extérieur. Certains participants doivent déjà avoir la cote quand d'autres déchaînent les haines sur les réseaux sociaux. La ligne de crête est fine. Clarice s'est employée jusqu'à présent à tenir le rôle de la jolie fille sympathique. Celle qui s'entend avec tout le monde et ne se mouille pas. Enfin, façon de parler, bien sûr. Elle hésite à demander le calme, choisit finalement de se taire.

Elle sait : surtout, ne pas être trop fade, trop tiède. Les producteurs détestent ce type de candidats. Ils truquent les votes pour les jarter de leurs émissions le plus tôt possible. Elle repense à ce que sa mère lui a dit : les couples vont toujours loin dans les téléréalités. C'est d'autant plus évident quand le concept de l'émission rend impossible toute intimité physique. Elle observe. Il lui faut trouver le bon cheval et jouer le grand amour. Elle regarde Matt, il est vraiment mignon. Dommage qu'il s'entête à porter des strings ridicules, cela ne le mènera nulle part. J-M ? Elle réfléchit. *Va pour Gary-Emmanuel*, pense-t-elle.

Au fil de sa pensée, les esprits se sont calmés et Bryan prend Marie-Alicia dans ses bras pour un câlin synonyme de paix. L'épreuve peut commencer.

Les garçons se livrent à une lutte acharnée. Matt trouve qu'on se croirait dans *Koh-Lanta*. Ça fait marrer Bryan qui s'effondre dans le bassin. Gary-Emmanuel bande ses abdominaux, plus que nécessaire. Les filles admirent les gladiateurs en gloussant.

Quarante-cinq minutes plus tard, au bout de l'effort, Ahmed emporte l'immunité, qu'il célèbre par une rondade arrière.

La voix : « Ahmed, vous avez été brillant. Les votes des téléspectateurs contre vous ne seront pas comptabilisés et, sauf à couler dans votre cabine, vous êtes certain de participer aux deux prochaines semaines de l'aventure. Félicitations ! Ce soir, en l'honneur de votre victoire, la production vous convie à une grande fête ! »

Un jour sur deux, une *pool party* est organisée. Les spots lumineux virent au multicolore au-dessus des têtes, les microphones jouent des tubes à la mode, et le réfrigérateur est fortement pourvu en alcool. Cela permet des rapprochements, assure une belle collection d'images de corps déhanchés, de jeunes gens qui nagent dans le bonheur. Clarice se rapproche de J-M, ils jouent ensemble. Dans le feu de la fête, il lui verse sa piña colada sur le crâne en éclatant de rire. Le liquide blanchâtre coule en une nappe autour d'elle.

Clarice embrasse J-M. Il passe sa main sous la bretelle de son maillot de bain au niveau de l'omoplate.

Ils se collent l'un à l'autre et elle sent son corps se raffermir. La sono crache du Bruno Mars.

Lors du *prime*, le lendemain, Benjamin Castaldi est en duplex avec le bassin. Il commente le best of de la semaine et lit des tweets de fans.

Benjamin Castaldi : « Bryan, vous savez que votre dispute d'hier avec Marie-Al a fait beaucoup parler l'oiseau bleu. »

Bryan : « Justement, Benjamin, merci de me donner l'occasion de dire que, bah, ce Bryan-là, déjà, c'est pas moi, c'est pas celui que je veux montrer. Je vais le laisser derrière moi ce Bryan-là, le Bryan écorché vif, on va dire. Je veux présenter encore une fois, et devant la France entière, mes excuses à Marie-Al. Marie-Al, tu sais que je t'adore. »

L'émission touche à sa fin et le moment fatidique arrive. Les votants ont décidé d'éliminer Matt. Les candidats sont choqués. Samira est en pleurs.

Benjamin Castaldi : « Matt, la plateforme amovible va se déployer et vous pourrez quitter vos amis. Vous avez le temps d'une page de pub pour les embrasser. Nous discuterons ensuite de votre aventure. Elle s'achève prématurément pour vous. Vos strings nous manqueront ! »

*

Thierry rajoute un sucre dans son café. Dominique sourit. L'expresso de son ami a pris une consistance sirupeuse à force de saccharose.

– Avec un trait de calva, ce serait encore meilleur. Ou du whisky, si t'en as. Comment ils appellent ça déjà, tu sais, dans les bars ?

– Un irish-coffee, mais je crois qu'il y a du lait aussi.

– Peut-être bien, acquiesce Thierry, tandis que son hôte verse une larme de scotch dans sa tasse. Dommage, j'aime pas le lait. Je le digère pas. Ah, regarde dans le cabas, j'ai pris des bonnes bières pour ce soir. De la 1664 ! Je voulais changer. Le toubib m'a dit que je devais calmer un peu sur l'alcool, alors j'ai visé la qualité.

– Mais tu me gâtes maintenant, dit Dominique sur un ton mêlant la gratitude et l'amicale moquerie.

Les deux amis se retrouvent à Quarré-les-Tombes, dans la maison des Richard, ou plutôt du Richard puisque Dominique habite seul, désormais. Depuis toutes ces années, il n'a pas quitté le logis familial. Il n'en a pas eu le courage ni l'envie. Il se sent toujours bien chez lui, à la campagne. Même si l'hiver, tout de même… Oui, l'hiver, c'est autre chose. L'hiver, la plaine meurt tout à fait, et ravive des souvenirs que l'on pensait guéris.

Les bourrasques font vrombir la cheminée et se coucher les flammes.

– Bon sang, commente Thierry, quel zef !

Dehors, le labour a retourné la terre, les forêts ont perdu leurs plumes, et les places des villages vivent au rythme du chant des corbeaux. Les grosses rafales font sonner les cloches des églises, à moins qu'on ne célèbre le départ d'un ancien ayant succombé au froid. Les ornières creusées par les tracteurs le long des départementales trop étroites se sont remplies d'eau.

Les bas-côtés gèlent chaque nuit et il n'est pas rare de trouver avec l'aube des bagnoles le nez dans le fossé. Un paysan du coin viendra les tirer d'affaire, et avec un peu de chance, les dégâts seront minces, rien de plus grave qu'un peu de tôle déformée et un radiateur à changer. C'est arrivé à Thierry, l'année dernière, à peu près à cette époque. Il n'avait pas appelé les secours de peur de devoir souffler dans le ballon. La nuit avait été longue et polaire. Alors dorénavant, quand il rend visite à Dominique, il reste pour une nuit. Les deux hommes partagent même la même couche. Pour faire baisser les charges, Dominique ne chauffe pas l'étage.

– On écoute le match à la radio, ce soir ? France Bleu le commente en direct.

– Oui, très bien.

– On devrait peut-être se cotiser et payer l'abonnement télé. À deux ça ne coûte pas si cher. Et puis on pourrait regarder aussi la Coupe d'Europe.

– Non, la Coupe d'Europe, c'est encore une autre chaîne. Si tu aimes le foot, faut être plein aux as !

Pour gonfler on ne sait quels revenus, l'accès au sport le plus populaire du pays est devenu le privilège d'une minorité d'abonnés. Les réclames de la mi-temps, les sponsors sur les maillots et les pancartes de bord de pelouse ne devaient plus suffire. Aux smicards de mettre au pot ! Avec une souscription d'une vingtaine d'euros, il est possible de regarder un tiers des matchs des championnats italien, espagnol et allemand, tous les matchs français sauf les deux meilleurs de chaque journée, et la moitié des rencontres européennes. Une autre chaîne améliore le bouquet. Une dernière permet de suivre le « choc » de deuxième division, mais aussi certaines courses cyclistes et la Coupe du monde de ski alpin.

Ce soir, Auxerre s'incline sur la plus petite des marges face au Havre. Les deux amis ne s'affligent plus de si peu. Ils se décapsulent une nouvelle bière et remettent une bûche dans le foyer. Ils sont à peine rassasiés par la pizza surgelée Buitoni Fraîch'Up So Creamy. Dominique propose de faire cuire des pâtes et Thierry répond bonne idée. Il se lève, se dirige vers la fenêtre pour observer les champs. Le givre mange la vitre. Ses cristaux décrivent des figures complexes et symétriques.

– C'est fou, on croirait que le brouillard remonte du sol.

– Ce sont des fantômes, Thierry. Ils sortent de leur tombe, de leur caverne, et ils s'installent dans ce village. C'est chez eux, ici, je te l'ai déjà dit mille fois.

– Arrête, tu me fais peur avec tes histoires. Après, je dors mal.

– Si c'étaient des histoires, alors pourquoi tous ces tombeaux dans la ville ? Les dents des herses en déterrent encore chaque printemps. Tu ferais mieux de fermer les volets et de tendre ton assiette. Les nouilles sont cuites.

Le réveil sonne à 6 heures. C'est tôt. Encore plus un dimanche matin. Thierry se retourne en grognant. Il s'est levé deux fois dans la nuit prendre du paracétamol pour calmer la douleur causée par des polypes intestinaux et pour nourrir Rex, qui ronfle dans une vieille cabane en plastique dans le garage. Dominique le laisse dormir, il le retrouvera pour le déjeuner. Désormais, il travaille à Montbard, une gare dynamique entre Paris et Dijon. Ce n'est pas la porte d'à côté.

Ces dernières années, les mailles de la toile SNCF se sont desserrées. Faute de passagers, dit-on. La ligne Avallon-Autun a fermé définitivement. Les liaisons Auxerre-Clamecy par Avallon sont réduites. On ne peut plus effectuer un aller-retour Saulieu-Autun en train dans la même journée. Le trajet, pourtant, n'est long que de quarante kilomètres. Dans ce même monde, des touristes visitent New York depuis Paris, en un week-end.

Dominique connaît le procédé, il est identique dans toutes les régions rurales. Tout d'abord, on décide de modifier les horaires de la ligne : la micheline de 7 heures du matin est décalée à 10 h 30, celle du soir est avancée au milieu de l'après-midi. Forcément, les wagons se vident. Et puis, fatalement, un jour, on prétend que tel ou tel tronçon n'est plus rentable, et on abandonne les rails aux adventices, aux orties et aux pissenlits. Les citoyens, de leur côté, n'ont plus qu'à prendre la route. Il ne manquerait plus qu'une nouvelle taxe sur le pétrole. Alors, la coupe serait pleine.

Au nord du département, plus densément peuplé, on investit dans des TER flambant neuf, bleu et vert, avec des sièges confortables et des toilettes. Il s'en présente un toutes les vingt minutes à Laroche-Migennes, faisant de certaines bourgades de l'Yonne un lointain bout de banlieue parisienne. Lors d'une réunion à la gare d'Avallon, organisée en 2011 par la CGT, un syndicaliste avait tracé un trait sur une carte du réseau bourguignon. Il avait montré le secteur de Dominique avec son doigt sur le plan.

« Tu vois, lui avait-il dit, tu habites sous cette ligne. Eh bien, c'est ce qu'on appelle, entre nous, le côté des perdants. »

*

Les dimanches soir, quand Isabelle revenait de ses foires au vin, et embrassait ses enfants qui – soi-disant – lui avaient tant manqué, Max percevait, au creux de son cou, les notes boisées d'un parfum masculin qui n'était pas celui de son père. C'était l'effluve raffiné d'un prince, songeait-il. Une fois, il la fixa droit dans les yeux et lui dit avec malice :

– Qu'est-ce que tu sens bon, maman !

Elle rougit de honte, et répondit :

– Merci, Maxime, toi aussi tu sens bon.

Il existe une hygiène du mensonge. Il suffit de répéter les phrases, comme une récitation de cours élémentaire. Après un certain temps, mentir ne coûte plus rien. Cela devient aussi facile que de dire la vérité. Plus tard encore, le vrai et le faux se dissolvent l'un dans l'autre, comme deux solubles dans un même vase. Ce n'est pas qu'ils sont indissociables, non, ils disparaissent tout simplement, et laissent place à quelque chose de bien plus beau : une histoire.

Maxime a bien compris cela.

Depuis l'enfance, il était à bonne école.

Tout a commencé avec son installation dans son logement de Dijon. À l'époque, son père, qui le pensait inscrit en Licence, le gratifiait d'une petite somme, laquelle payait tout juste son loyer. Sa mère avait versé, à sa sœur et lui, vingt mille euros de l'héritage de Lucien. Toutefois, entre les petits plaisirs du quotidien, la *weed*, et ses dépenses en matériel informatique, ce pactole s'amenuisa.

Max chercha une activité rémunérée. Le Darknet débordait d'astuces pour s'enrichir. Une partie d'entre elles consistait en des investissements douteux en cryptomonnaies, transitant via des pays de l'Est. La Lituanie, la Biélorussie, la Moldavie. D'autres exigeaient une prestation dans le monde réel : deals, transit de voitures chargées de drogue ou d'armes, dons d'organes ou de moelle osseuse, prostitution…

Il fut intrigué par une offre « d'agent en e-réputation ». Il contacta l'adresse mail afférente et reçut une réponse dans un français manifestement rédigé par un traducteur automatique. Le travail était simple : il consistait à laisser des avis, positifs ou négatifs, sur des sites Internet spécialisés. Quoi de plus facile ?

Chaque semaine, Maxime recevrait des listes de prestataires et des objectifs de notes, exprimées le plus souvent en étoiles. La consigne mentionnait un nombre minimum de commentaires à écrire dans un laps de temps assez étendu. Le style, les fautes d'orthographe, la grammaire, tout cela n'avait aucune importance, pourvu que le film, le restaurant, l'entreprise de plomberie ou encore le cabinet de médecine générale gagnassent en considération. Il se débrouillait très bien. Il développa des routines informatiques pour rédiger et poster automatiquement des messages crédibles, sur différents sites.

Un jour, il reçut un courriel lui demandant s'il voulait augmenter ses revenus en postant des contenus politiques sur les réseaux sociaux. Bien sûr qu'il voulait augmenter ses revenus. Les instructions lui parvinrent, provenant d'adresses mails éphémères, à peine ouvertes que déjà clôturées. Elles étaient signées par César, Jeanne d'Arc, Hitler, Mandela ou Maradona. Il fallait soutenir Jana Bobošíková en République Tchèque, Beppe Grillo en Italie, l'Alternative für Deutschland lors des législatives allemandes, Orban en Hongrie, et, dernièrement, le Front national lors des élections régionales françaises. Pour ses faux comptes, en référence aux histoires que lui racontait son grand-père, Maxime choisit de poster sur Twitter sous les pseudonymes Sant Jordi, saint Georges, Georges de Lydda ou encore Sveti Georgije.

*

Stupeur dans le bassin ! À quelques jours de la grande finale, entre les quatre derniers candidats, Clarice et Gary-Emmanuel ont fauté. Au milieu de la nuit, ils ont essayé de se cacher des caméras dans la cabine flottante de J-M et l'ont fait couler. L'embarcation s'est penchée de plus en plus, et l'eau a pénétré à l'intérieur. Le jeune homme a bien tenté d'écoper avec ses mains, mais très vite, son abri s'est retrouvé au fond de la piscine.

Elle éclate de rire.

« Oh putain, c'était vrai, ce truc coule vraiment quand on est deux dedans ! »

J-M passe la main dans sa tignasse mouillée, il ne sait comment réagir.

Les spots s'allument très progressivement. La production est prise de court. La voix reste silencieuse, l'acteur qui l'interprète doit sommeiller chez lui. Elle viendra annoncer au couple de candidats son élimination, au petit matin.

Cent mille euros partis à l'eau. Gary-Emmanuel est prostré. *Quel con*, pense-t-il. Il avait les ressources pour tenir encore une semaine. Il ne comprend pas. Pourquoi a-t-elle insisté pour entrer dans ce radeau de la méduse ? Pourquoi est-elle soudain si joviale ? *Je me suis fait piéger ou quoi ?*

– Ne fais pas cette tête, bébé, on a bien rigolé !

– Euh, ouais. Enfin, on a pris l'eau, avec toutes mes affaires. Et maintenant, on a perdu.

– On a perdu quoi ?

– Bah ça, le jeu ! *La Piscine*. C'est… On a passé deux mois dans la flotte pour rien, quoi.

Clarice l'observe, il est tout penaud. Elle ne le pensait pas si stupide. Il est déçu comme un enfant qui échoue en finale d'un tournoi interclasse. Il ne bande plus ses puissants pectoraux et ses cheveux lui tombent sur les yeux, conférant à son visage l'expression d'un chien triste. *Le pauvre, son petit univers vient de s'effondrer. Il n'a même pas eu le temps de tirer son coup avant la noyade.*

– On aura fait un beau parcours, c'est le principal !

– Clarice, on allait peut-être gagner cent mille balles. La finale est dans deux jours. Tu imagines tout ce qu'on aurait pu faire avec ce fric ?

– Et alors ? Je ne vaux pas plus à tes yeux ?

– Euh, si, mais…

– Alors tant pis, conclut-elle, en l'éclaboussant.

Le plan avait germé progressivement. Il était imparable. Elle pouvait faire mieux que gagner ce jeu idiot, elle pouvait vaincre le concept. *Les vraies stars trouvent toujours un moyen de sortir du cadre*, elle se répétait cette phrase, prononcée jadis par elle ne sait plus qui. Ici, elle l'avait mise en pratique.

L'émission tablait sur son dernier direct, samedi, pour faire un carton. Le suspense était au paroxysme. Deux couples étaient encore en lice. C'était idéal. Lequel des deux allait l'emporter ? Les réseaux sociaux, les cours des collèges et des lycées, les ménagères de moins de cinquante ans et la presse people ne pensaient qu'à cela.

Clarice vient de tout gâcher, plus de match, plus de finale. Samira et Bryan se partageront l'argent. Ils forment le couple gagnant, faute de candidats en face. Ils l'emportent sur tapis vert. Victoire par forfait. Plus de votes des téléspectateurs pour départager les derniers baigneurs, plus d'appels surtaxés, de SMS à cinquante centimes hors taxes. Clarice a tout saboté, comme une pirate. Elle l'a fait sciemment. Méthodiquement. Elle a joué avec et contre les règles.

Le prochain *prime* ne parlera que du naufrage, il ne parlera que d'elle, le record d'audimat consacré tout entier à ce suicide symbolique, celui de la petite candidate sage et bien foutue qui aurait pu aller jusqu'au bout mais qui en a décidé autrement.

Le plateau sera illuminé par des dizaines de projecteurs. Des vidéos passeront l'aventure en revue. Un bêtisier sera diffusé. Benjamin Castaldi commentera la scène de la submersion. Différents angles seront étudiés. Les psychologues élucubreront sur la notion d'acte manqué, d'auto-sabotage, d'impulsivité. Le fabriquant des cabines indiquera comment il a calibré l'équipement pour ne supporter qu'un certain poids. « Une technologie seize fois brevetée », se félicitera-t-il. J-M confessera à quel point il est déçu de cette séquence. Il présentera même ses excuses à ses fans, usant d'une solennité grotesque. On ne l'y reprendra pas, il s'engagera à être plus mûr, plus solide devant ses émotions et désirs. Les anciens participants se diront surpris. Ils les imaginaient bien plus forts. Matt aura cette phrase : « Franchement, quand j'ai vu ça, ça m'a choqué ! » Bryan concèdera qu'il aurait aimé connaître les votes du public. Samira ajoutera qu'elle est quand même fière de la victoire.

– Et vous, Clarice, vous devez vous en vouloir. L'attirance envers J-M était trop forte, c'est ça ? Qu'est-ce qui vous a pris ?

– Non, pas du tout. Ce qui m'a pris, Benjamin ? Vous ne comprenez pas. Moi, je fais ce que je veux, quand je veux !

Novembre 2016

Cándido cligne des yeux.
S'écrie : « *¡ No mames !* »
Et le choc.

Sa tête a heurté la vitre. Cándido est déboussolé. Son souffle coupé. Il ne parvient pas à inspirer le moindre millilitre d'air. Le temps s'arrête. Un instant. Mais déjà une douleur aiguë se fait sentir et irradie dans tout son corps. Un filet de sang lui coule sur la joue, il glisse depuis l'arcade gauche. Il est incapable de déterminer de quel organe provient son martyre. *Que s'est-il passé, bordel ?*

Il pousse un râle en essayant de se dégager. Deux voyants clignotent sur le tableau de bord. Il tente d'analyser la situation. Sa voiture est en biais sur l'autoroute. Il a été percuté. Il regarde dans son rétroviseur. Une autre bagnole, derrière, semble foutue. Un bourdonnement ininterrompu siffle dans son oreille.

Il jure, pense déjà aux milliers de dollars que tout cela va lui coûter.

La souffrance se précise. Bon Dieu que ça fait mal. Elle remonte depuis son bras et son épaule gauche. Il a fortement percuté sa portière au moment de l'impact. Sa clavicule est cassée, il commence à sentir l'os fracturé bouger sous son cou. La douleur est exquise. Sa ceinture de sécurité a cinglé ses chairs jusqu'à les pénétrer. Il est groggy. L'airbag de sécurité se dégonfle lentement. Un élément métallique a dû le percer. Déjà, il se sent un peu moins engoncé. Cándido prend une courte respiration. Que ça fait mal ! Les côtes ont morflé, elles aussi. Une puissante sensation de chaleur l'envahit.

Il doit déguerpir.

Il appuie sur le contact. Rien ne se produit. Il essaie encore en maintenant son doigt plus longuement sur le bouton de démarrage, sans effet. Il place le levier de vitesse au point mort puis de nouveau dans la position « D ». La voiture tousse, ronfle, fume, mais reste immobile. « *Su putissima madre* », geint-il.

Il n'a pas une seconde à céder au désespoir. Cándido se glisse sur le côté passager. Se fraie un chemin entre le siège et l'airbag et sort enfin de l'épave. Son flanc gauche l'élance. La plèvre de son poumon est certainement décollée. Chaque expiration est un supplice. Un nouveau râlement. Se barrer d'ici, vite ! Grâce à Dieu, ses jambes ne souffrent que de quelques éraflures et il peut marcher en boitant. Avec son T-shirt, il arrange une gouttière dans laquelle il place son bras en écharpe. Sa poitrine est en feu. Il serre les dents. Du sang goutte sur la chaussée. Au loin, on entend déjà une sirène. Il n'y a plus de temps à perdre. Il enjambe la glissière, attrape le tronc d'un arbuste de sa main droite et se hisse sur la bute qui longe la 101 à ce niveau. Il jette un dernier regard vers le crash. Rien ne bouge. Tout est détruit.

*

Page d'accueil du site de TMZ,

Flash : Breaking news, Bruno Landisier, The three billions dollars movies producer,

Dies in car crash...

Pics from his latest appearances in Hollywood.

More to come on this webpage.

*

« Priorité au direct, information BFM-TV.

Selon le média américain TMZ, le célèbre producteur français, Bruno Landisier, serait décédé dans un accident de voiture à Los Angeles. On rejoint tout de suite Cédric Fraiche, en direct de New York. »

À l'image, le reporter plaque ses cheveux et ajuste sa cravate.

– Cédric, c'est le début de la nuit chez vous, et on apprendrait le décès du producteur français, Bruno Landisier, un producteur dont on parle beaucoup actuellement puisque son film, *The Last Fighters*, est en train de battre tous les records au box-office.

– Oui, bonjour, Céline. En effet, il est très tard ici à New York, un peu moins à Los Angeles, là où, selon le site TMZ, l'accident se serait produit.

– Justement, que savons-nous de cet accident, Cédric ?

– Pour l'instant, très peu de sites relaient la nouvelle de TMZ. Les rédactions sont certainement en train de vérifier l'information. TMZ, vous le savez, c'est ce média américain, créé au début des années 2000, qui s'est fait véritablement connaître en annonçant, avant tous les autres, le décès de Michael Jackson, en juin 2009. Ce journal dispose de nombreuses sources, notamment en Californie. Il peut être considéré comme plutôt fiable.

– Qu'apprend-on sur les circonstances du drame qui concernerait Bruno Landisier, une véritable star de la production à Hollywood ?

– Très peu de choses pour l'instant. Nous savons seulement que Bruno Landisier aurait été victime d'un accident de la route et qu'il y aurait succombé. Il faut savoir qu'ici, aux États-Unis, ce Français de quarante-quatre ans est déjà considéré comme un poids lourd du cinéma hollywoodien. En 2012, il a racheté les droits de la saga *The Last Fighters*, et a produit le dernier opus qui bat tous les records d'audience, au point qu'il se dit que *The Last Fighters 4* sera le premier film à générer plus de trois milliards de dollars de recettes. Et c'est pour cela, d'ailleurs, que la dépêche de TMZ surnomme Landisier de *The three billions dollars producer*, le producteur aux trois milliards. C'est dire le succès de cet homme, ici aux États-Unis.

– Merci, Cédric, pour ces informations éclairantes, n'hésitez pas à revenir vers nous si vous disposez de nouveaux éléments sur ce qui pourrait être un terrible drame pour le cinéma américain mais aussi français, donc, là-bas, à Los Angeles.

États-Unis, toujours, le nouveau président élu, Donald Trump s'est exprimé ce soir depuis son QG new-yorkais…

Chaque matin, Dominique boit son café devant la première chaîne d'informations en continu de France. Le son du téléviseur crée une présence et l'aide à oublier qu'il est seul, qu'il fait froid, qu'une bonne heure de route l'attend pour rejoindre la gare de Montbard.

Il éteint la télévision. L'écran noir reflète son visage ébahi.

« Eh ben ça, alors… »

Il reste prostré. L'air dans la pièce s'est alourdi, comme avant un orage.

« Eh ben ça, alors », répète-t-il.

Il esquisse un sourire. La nouvelle est censée être bonne. Il se force à l'applaudir, hoche la tête et mime le contentement. Dominique serre les poings. Mais, en dépit de ses efforts, le nid de papillons n'explose pas dans son ventre. En fait, il n'éprouve rien. Rien du tout. Pourtant, il a souhaité bien des fois la mort de ce petit connard prétentieux. Il a désiré le voir souffrir, aurait aimé l'émasculer avec une cisaille aux lames rouillées, comme celle qu'il conserve dans le garage et avec laquelle il taille ses rosiers à l'automne. Non, la joie ne monte pas. Au contraire, Dominique éprouve de la tristesse. Pas pour le macchabée dont il se fiche, mais pour lui-même. Dans son esprit, une voix interroge, *Tout ça pour ça ? Toutes ces années de douleur, et pour quoi ? Un vulgaire accident de bagnole.*

Il soupire. Il ne faut pas s'attendre à récupérer sa femme. Elle ne va pas revenir et lui annoncer : « L'autre option vient de péricliter, reprenons le cours des choses. » C'est absurde. Depuis leur séparation, il a parfois fait semblant de croire qu'il tenait encore un rôle dans la vie d'Isabelle. Il s'est inventé des scénarios rocambolesques, dans lesquels il réapparaissait triomphant. Mais, il n'y a jamais eu deux histoires en parallèle, il le réalise bien ce matin. Landisier n'était pas son rival. Ce coq a séduit son épouse et est parti avec, voilà tout. Déjà à l'époque, ils ne s'étaient pas croisés. Et pour cause, ils n'ont jamais habité le même monde.

Le sentiment d'un vaste gâchis l'étreint. Il se lève, dépose sa tasse dans le lavabo, fait couler un filet d'eau, et la retourne sur l'égouttoir. Il se souvient de ce qu'un explorateur anglais avait dit à son épouse, au retour d'une expédition avortée en Antarctique, alors qu'il avait rebroussé chemin à moins de deux cents kilomètres du pôle Sud : « Mieux vaut un âne vivant qu'un lion mort. » Ça lui semblait aller de soi, pourtant, ce matin, Dominique n'en est plus bien sûr.

Après quelques kilomètres sur la départementale, le flash info de RTL confirme le décès. Un journaliste énumère les mérites de ce briseur de vie. On évoque un drame pour le rayonnement français dans le monde, et diffuse les premières réactions de confrères éplorés. Guillaume Canet a perdu un fidèle ami, Thomas Langmann un frère, Julie Gayet une source d'inspiration, Fabrice Lucchini récite la morale de *La Mort et le bûcheron*. Dominique change de fréquence. Radio Nostalgie joue un titre de Patricia Kaas.

Après son service, Dominique ira voir Thierry, hospitalisé à Auxerre. Le vieux copain se fait retirer un segment d'intestin pour endiguer le développement d'une tumeur dans le côlon. D'après ce qu'il comprend, la situation est sous contrôle, la maladie ne s'est pas propagée et son stade de développement n'est pas inquiétant. La chirurgie ne présente aucune difficulté et son ami devrait bien s'en remettre, les intestins se soignent comme de la plomberie. Il devra seulement lever un peu le pied sur la charcuterie et l'alcool… Thierry pourra compter sur sa vigilance, déjà que sans lui, pas sûr qu'il se serait fait dépister. Il semblait préférer souffrir plutôt que de se découvrir une maladie. Dominique secoue la tête en y repensant. Il a fallu déployer une énergie folle pour le convaincre de consulter, alors que les coliques foudroyaient son ventre. Sacré Titi.

Avant sa visite, Dominique récupérera des vêtements propres et le courrier dans le petit appartement du centre-ville d'Auxerre. Thierry n'a personne de plus proche, pas de famille pour s'occuper de lui, alors Dominique gère la paperasse, discute avec les médecins, envoie les documents à la Sécurité sociale. Il est naturel que ce rôle lui incombe.

J'espère que l'opération se déroulera bien, songe Dominique en tapotant son volant sur l'air d'*Il me dit que je suis belle*. Pour les types comme Thierry, il n'y a pas de flash info si les événements tournent mal.

*

Il est tard et Tyler traîne sur son téléphone. Inlassablement, YouTube lui propose une nouvelle vidéo, et il se laisse emporter par l'algorithme dans des contrées numériques loufoques et embarrassantes, jusqu'à tomber de fatigue. À l'écran, un vieux fermier japonais, édenté et aux cheveux longs, confectionne du fromage de lait maternel. Une femme, les seins équipés chacun d'une prothèse en plastique reliée à un seau par un tuyau, se fait traire, tandis qu'à côté d'elle, le vieux dispose les palets de caillé sur des étagères en Inox. *Ça doit être dégueulasse*, juge Tyler. Plus tard, cette même femme déguste son crottin, elle affiche un large sourire constellé de morceaux de fromton. C'est glauque à souhait !

Le portable vibre. Une dépêche barre la vidéo puis disparaît. Le producteur de *The Last Fighters 4* serait décédé. La notification glace le sang du cadet Smith. Il doit reprendre son souffle. Il clique sur l'application d'actualités préinstallée par Apple. Un accident de voiture. « Alors, c'est pas une blague », souffle-t-il. Il ne peut s'empêcher de penser à la discussion qu'il a eue avec son frère, il y a quelques jours. Steve prétendait pouvoir faire tuer l'acteur qui joue Alktor pour seulement 1 000 dollars. En prime, le producteur serait occis gratuitement. Ça ressemblait fort à un canular, mais maintenant que Landisier est mort, Tyler n'est plus certain de rien. L'autre conducteur impliqué dans l'accident est introuvable et la police de Los Angeles diligente une enquête. L'article indique qu'à ce stade, la piste criminelle n'est pas exclue. L'absence de traces de freinage de la part de la voiture qui a embouti celle de la célébrité intrigue les enquêteurs. « Criminelle », répète-t-il à haute voix.

Son cœur ne cesse de tambouriner dans sa poitrine. Il éteint la lumière, ferme les yeux et se concentre pour s'endormir. Une multitude d'images remontent à son esprit et se télescopent. Leurs collisions font bouillir son cerveau. Ici une femme, nue et à quatre pattes, jute du lait telle une vache dans une étable, là un vieil Asiate gobe des fromages comme des flambys, des commissures de ses lèvres dégouline un substrat blanc et visqueux, enfin un homme en capuche s'approche du grand bâtiment fédéral Alfred P. Murrah d'Oklahoma City, il dépose une lourde charge explosive devant l'entrée, l'actionne, se retourne avant de s'enfuir, et malgré son visage déformé par la haine, Tyler reconnaît Steve.

Il rallume sa lampe. Avale une gorgée d'eau. Il a le front mouillé de sueur.

Son grand frère est fragile en ce moment, depuis des mois, son humeur se détériore et il vit en marge. Lucy est inquiète pour lui, il vient rarement à la maison et, quand c'est le cas, il ne fait que tenir des propos insensés et blâmer leur père pour tous les maux du monde. Chaque repas de famille se termine en crise de larmes. Si le crash sur l'autoroute de Los Angeles est bien un meurtre déguisé, Steve pourrait-il être mêlé à ce genre de conneries ? Tyler en doute. Ne sait pas, en fait. Il a besoin de lui parler.

– Allô ?

– Salut Tyler, je sais pourquoi tu m'appelles.

– Ah oui ?

– Ouais, et ne t'inquiète pas. Moi j'ai juste proposé de buter l'acteur. Le producteur c'est l'idée de l'autre mec.

– L'autre mec ?

– Le type du Darkweb !

– Mais Steve, tout ça, c'est ridicule. On n'a jamais voulu qu'ils meurent…

– … Si, si, on voulait qu'ils meurent, autant toi que moi, ils ont niqué la meilleure saga de tous les temps. On ne rigole pas avec l'art, bordel ! Tu prends trop les choses à la légère, petit frère.

– Sérieusement ?

– Tyler, fais pas ta peureuse. Ça craint rien. C'était sur le Darknet.

– Mais, Steve, c'est juste un film, on s'en fout.

– Tyler, tu as dix-neuf ans. Il faut t'endurcir. Ce type est peut-être mort par notre faute, et alors ? Ça a eu lieu à L.A., y a toujours plein de trucs qui se passent là-bas. C'est plus certainement un Noir qui lui a tiré dessus, si tu veux mon avis. Seulement, on nous cache tous les problèmes dans ce pays. Je dois te laisser, j'ai des trucs à faire. Ce n'est pas notre affaire, merde.

Steve raccroche. Il s'allume un joint et décolle une croûte sur son bras gauche. La plaie suinte doucement une matière translucide et collante. Ça paraît un peu gros. Il tire une grosse taffe sur le cône et répète : « Ça paraît un peu gros. » Il n'a pas viré un *cent* à cet étrange interlocuteur, prétendument à la tête d'une bande de tueurs à gage. Pas le moindre *cent*. Steve sourit. Ça l'amuse que son petit frère l'imagine impliqué. Il en éprouverait presque de la fierté. Ouais, ce serait magnifique qu'il s'agisse bien d'un meurtre. Qu'un membre de la communauté ait fait mordre la poussière à ce producteur stupide.

« T'allais faire quoi avec tes milliards de dollars, hein ? Te faire sucer par des enfants, toi aussi ? »

Il expire la dernière bouffée.

« C'est bien fait pour sa gueule », conclut-il, en s'étalant sur ses draps.

L'herbe l'aide à oublier ses démangeaisons et calme ses idées noires. Quand Steve fume, il n'a plus tellement peur. Alors que le reste du temps… Comment se l'avouer ? Disons qu'il est simplement victime de la contamination paternelle, touché à son tour par un minuscule parasite faisant vaciller ses émotions. Les phobies le rongent, gagnent du terrain, par vagues successives. Souvent, il suffoque. Sans raison, il manque d'air. Ça se produit quand la musique est trop forte, quand le trafic est dense, quand il traverse un pont, quand une salle est soudain trop pleine. Et puis cela s'éteint. Cela s'éteint d'un coup. Mais reprendra.

Il est allé voir un psy, il y a quelques temps, un docteur mis à la disposition des élèves par l'université de Tulsa. Dans les années 2010, les facs américaines ont recruté des psychologues à tour de bras. Les programmes insistaient sur la nécessité d'aider les élèves à faire front devant la pression induite par les études et l'entrée incertaine dans le marché du travail, avec en prime une dette colossale sur le dos. En vérité, elles étaient surtout inquiètes de la multiplication des tueries de masse sur les campus. Il fallait bien faire quelque chose.

Le psy lui a donné quelques conseils pratiques en cas de crise de panique : respirer dans un sac en papier, se concentrer sur ses orteils et remonter jusqu'à son front en scannant chaque partie de son corps, respirer lentement, et d'autres conneries inefficaces. Il l'a encouragé à faire de la méditation guidée, arguant qu'il y avait sur YouTube des centaines de tutoriels tout à fait opérationnels pour méditer en pleine conscience. Tu parles.

Steve se souvient surtout d'avoir eu honte. De s'être senti jugé. Peut-être même l'analyste l'a-t-il classé parmi les psychopathes potentiels, les élèves à surveiller. Il a imaginé cela car le docteur avait une voix trop douce, il lui parlait comme à un gosse qui aurait fait un cauchemar. Il avait pitié de lui, c'était évident, mais surtout il cherchait à le calmer, à l'adoucir, comme on traiterait avec un chien ou un loup. Tout cela lui avait rappelé la manière dont sa mère avait agi avec lui, quand elle avait compris qu'il était gay. Oui, il retrouvait cette commisération mêlée de crainte. Alors, il n'est pas retourné consulter. À quoi cela aurait-il rimé ? À la place, il s'est rabattu sur ce qui fonctionne : le Xanax et la marie-jeanne.

Encore une latte. Le joint rougeoie à son extrémité. Steve commence d'éprouver le doux vertige de la défonce. Il se retourne sur lui-même, dépose le cône incandescent sur la table de nuit. S'enroule dans la couette.

« Ah, la merde ! » se réprouve-t-il. Fallait s'en douter, il a saigné sur le protège-matelas. *C'est pas possible.* Il devrait s'occuper de ses plaies un peu mieux. Il expire la fumée tout d'un coup. Lucy lui a conseillé mille fois de retourner voir un dermato. Il avait dit oui, qu'elle avait raison, mais la flemme. Ça passera, comme le reste. Il se relève, titube un peu et va passer son avant-bras sous un trait d'eau claire. Il cherche sa crème à la cortisone. En étale une noix.

« Ça paraît un peu gros, répète-t-il en repensant à la mort de ce maudit producteur. Ça paraît un peu gros. »

*

La séquence a fait d'elle un phénomène. La semaine suivant la finale de *La Piscine*, la une des *Inrocks* titrait : « Clarice fait ce qu'elle veut : une candidate bat la téléréalité à son propre Je ». Tous les animateurs vedettes du PAF l'ont invitée dans leurs talk-shows, fascinés par son acte révolutionnaire. Chez Ruquier, Moix et Burggraf ont moqué le concept de *La Piscine*, mais l'auteur a vanté sa rébellion, citant des littérateurs qu'elle ne connaissait pas, pour ériger son acte « en œuvre puissante et absolue, quasi littéraire ».

Hanouna lui a fait bel accueil, ensemble ils ont rejoué la scène du naufrage juchés sur une bouée flottante à la surface d'une piscine pour enfant, dans laquelle le pauvre Matthieu Delormeau a été jeté tout habillé, en fin d'émission. Ardisson l'a élue « Terrienne de la semaine », a mené une interview complaisante, et l'a épargnée au montage. Même ce mielleux de Matthieu de Bailly a voulu la recevoir dans son émission barbante pour écrivains inconnus, retraités de l'Éducation nationale et intellos coincés. Sur conseil de son agent, elle a décliné la proposition.

Eh oui, Clarice a un agent ! C'est lui qui est venu à elle, c'est une pointure avec un sacré portefeuille. Il faut dire que, depuis *La Piscine*, elle s'est métamorphosée en une véritable petite entreprise ; une stagiaire s'occupe de répondre aux fans sur les réseaux, un attaché de presse lui assure une présence média continue et son agent, donc, la dirige vers les meilleurs castings. Elle dispose de 226 000 followers sur Instagram, 112 000 sur Facebook, et 144 000 sur Twitter. Ces chiffres augmentent chaque jour. Clarice est ce qu'il convient d'appeler une figure montante.

Chez les Malcuit, on ne touche plus terre. Sa mère n'en revient pas que sa fille soit devenue une star et son père a décidé d'acheter un chien de garde pour de bon, afin de dissuader les adorateurs de faire pèlerinage devant chez eux. Le dogue allemand engloutit 70 euros de croquettes et de pâtée par semaine, c'est le prix de la tranquillité. Pour l'instant, personne ne s'est présenté, mais mieux vaut prévenir que guérir, se plaît-il à rappeler. Sa femme acquiesce. Tous deux portent des lunettes de soleil dès qu'ils quittent Quarré-les-Tombes.

Plusieurs carrières attendent les starlettes des téléréalités, une fois sorties de leurs émissions. Toutes ne sont pas triomphantes. En fait, très peu le sont. La voie pornographique a le mérite d'être sûre et rémunératrice. Il est aisé de figurer parmi *Les Anges de la téléréalité* ou dans *La Villa des cœurs brisés*, lesquels sévissent dans le recyclage d'anciens candidats, mais cela ne fait que repousser la question épineuse de l'après. L'animation constitue un débouché convoité, mais les places y sont très chères. Les concurrents charismatiques se tourneront plus facilement vers un rôle de chroniqueur à la radio ou à la télévision, deux grosses lessiveuses dans le tambour desquelles ils gagneront en respectabilité. La grande majorité des autres errera un temps sur les réseaux sociaux, partagera des codes promotionnels sur Insta pour des produits aussi glamours que le Boursin ail et fines herbes, les sauces fromagères Entremont ou les saucisses fumées Herta, puis, de guerre lasse, abandonnera ses espoirs de notoriété pour se trouver un métier et une vie *comme tout le monde.*

Clarice ne connaît pas d'exemple de reconversion tonitruante dans le cinéma.

Mais elle y croit.

Depuis sa sortie du bassin, elle loue un studio confortable dans le haut du 3e arrondissement de Paris, aussi appelé par une jeunesse à la mode le Noma, pour Nord Marais. C'est la première fois qu'elle vit seule, dans une grande ville, en plus. Enfin, seule, c'est vite dit, il y a toujours quelqu'un qui rapplique, une amie influenceuse, un membre de son équipe, un podcasteur pour l'interroger, ou un mec du moment.

Elle est bien dans son chez-elle. Admire le mobilier intégralement acheté chez Habitat, son harmonie, son impersonnalité. Elle habite une sorte de logement d'exposition, comme on en rêve lorsqu'on doute de ses goûts ou qu'on lit trop de presse féminine. Elle pense parfois au jour où Maxime lui a annoncé qu'il allait prendre un appart à Dijon, à quel point elle était envieuse. Elle aurait tué pour qu'il lui propose de s'installer avec elle dans la capitale régionale qui paraissait déjà un autre monde.

Elle se voyait descendre les étages pour aller faire les courses au Monoprix d'en bas, se rendre au cinéma ou chez Quick à pied, et se faire apporter des plats par un livreur en scooter. Elle aurait arrangé une déco chaleureuse avec des contreplaqués colorés de Conforama, des assises en Skaï vendues en soldes chez But, de fausses plantes en plastique Casa ou Gifi. Après quelques mois, ils auraient pris un chat ou un petit chien, elle aurait trouvé un poste dans un salon de coiffure, et un enfant aurait fini par naître. Elle y a pensé longtemps à ces perspectives qui font rêver les ados à la campagne. Pauvre Maxime, s'il avait cru en elle, au lieu de la congédier comme une malpropre. La tête qu'il doit tirer quand il la voit à la télé ou en une d'un magazine ! *C'est dingue la vie*, songe-t-elle.

Son téléphone s'allume. Elle sourit. Le nom d'un acteur à la réputation solide s'affiche sur l'écran. Ils se sont croisés sur un plateau, et ce quinquagénaire lui fait miroiter, depuis, un rôle à ses côtés dans une grande fresque en trois épisodes telle qu'en pond parfois le cinéma français. Elle lit le message, les formules alambiquées. Comme si elle n'avait pas parfaitement compris qu'il voulait la sauter.

*

Alors que les Romains préconisaient d'inhumer les corps hors de la cité, on assista, à partir des ve et vi[e] siècles, au retour des morts dans l'enceinte des villes. Les aristocrates firent installer des tombeaux dans la crypte des églises et des espaces funéraires se délimitèrent aux épaules des prieurés. À la fin du haut Moyen Âge, les clercs s'investirent dans les rites funéraires, jusqu'alors laissés aux soins des familles des défunts. Les cérémoniaux se sophistiquèrent et une liturgie de plus en plus codifiée accompagna le grand passage vers les cieux. Les cimetières, *dortoirs* en grec, devinrent des monuments importants dans les paroisses chrétiennes et, sur proposition d'Odilon, l'abbé du puissant monastère de Cluny, on établit que le 2 novembre commémorerait les trépassés.

À côté de l'église Saint-Georges de Quarré-les-Tombes, le folklore raconte qu'on trouva jusqu'à deux milles cénotaphes de l'ère mérovingienne. Une bataille entre les envahisseurs Vikings et les preux chevaliers bourguignons aurait eu lieu à Champ-Culan au IXe siècle. Une légende prétend que Renaud des Ardennes aurait vaincu les Normands à Chalaux ; un mythe, que saint Georges lui-même serait descendu du ciel pour décimer les Sarrasins au VIIIe siècle. Deux chansons de geste du Moyen Âge tardif narrent une bataille sanglante entre Girart de Roussillon et le roi Charles le Chauve à Pierre-Perthuis. Après avoir vaincu le monarque, Girart aurait enseveli ses frères d'arme tombés au combat, dans de beaux cercueils trouvés à Saint-Georges, au lieu-dit Quarré.

Quelques années après l'installation de la famille Richard, cet environnement funèbre a commencé à peser sur Isabelle. La mort était partout. Dans le nom du village. Dans le cimetière municipal en contrebas, où était enterrée sa mère. Dans les traits vieillissants de Lucien et bientôt dans ses délires. Malgré sa jeunesse, la prémonition de son propre trépas s'insinua de plus en plus dans l'esprit de la jeune maman. Tout était prévu, tout était tracé. Elle mourrait dans ce bled, prisonnière de cette longue jachère froide et vallonnée où le temps passe vite sans pourtant donner jamais l'impression de s'écouler. Et alors, se demandait-elle, qu'aurait-elle fait de son existence ?

En quittant le Morvan, elle a voulu quitter une fin inexorable et écrite. Une vie comme on en fait à la chaîne. Une vie de rires et de larmes, une vie de repas et de sommeils, d'amours et de souffrances, de naissances et de maladies, une vie de voisins, d'emmerdeurs et de collègues. Une vie banale et petite. Enfin, elle a voulu quitter son destin provincial qui, pauvre d'elle, l'avait menée au village de la mort.

Mais la Camarde ne s'en est pas formalisée. C'est ici, en Californie, qu'elle lui avait donné rendez-vous.

Les murs de la chambre mortuaire sont blancs, immaculés. Les portes coulissantes en plastique vitreux reflètent une lumière crue, tirant sur le vert. Il fait froid. Le corps de Bruno est allongé. Raide et droit. De fines coupures lardent son visage. Elles ressemblent davantage à des rayures qu'à des cicatrices. À leur niveau, les tissus sont durs comme de la corne. Ses lèvres ont bleui. Sa peau, pâli. Il n'a aucune expression. Le rapport du légiste ne fait pas plus de deux paragraphes. Il a succombé rapidement après l'impact à cause de multiples hémorragies dans le bas-ventre. Rien n'aurait pu le sauver. Il n'y avait ni alcool ni drogue dans son sang. Isabelle opine du chef devant le compte rendu que lui tend l'infirmière. Elle ne peut s'empêcher de penser, *une longue vie m'attend*.

Devant l'hôpital, des fourgonnettes chapeautées de larges paraboles sont garées en épis. Des journalistes et des cameramen campent devant. Ils attendent de pouvoir interviewer un membre de la famille ou un responsable médical, et s'animent soudain quand le studio qui les emploie leur demande de réciter à nouveau le déroulé des événements. Les chaînes d'information en continu s'interrogent sur les circonstances du drame. La police de Los Angeles a annoncé un peu plus tôt avoir ouvert une enquête, indiquant toutefois qu'en l'état, elle privilégiait la piste accidentelle. Isabelle observe cette meute de hyènes depuis une fenêtre du deuxième étage. Elle préférait les journalistes et les photographes des tapis rouges, ceux qui interviewaient son mari avec connivence et qui lui demandaient en conclusion si elle était contente pour lui. Elle repousse le rideau. Bien entendu, elle quittera le bâtiment par une porte dérobée.

Jacques, le père de Bruno, s'est fait cueillir par la presse à scandale dès sa sortie de l'aéroport. Le vieil homme, déjà fragile et terriblement affligé, a été assailli de questions par une quinzaine de reporters informés de l'arrivée de son vol, on ne sait comment. Il aurait fait un malaise si la sécurité n'était pas intervenue. Il s'est installé chez Isabelle pour quelques jours. Ensemble, ils doivent réfléchir à l'organisation des obsèques et décider de l'endroit où Bruno sera enterré. Elle doit affronter tant de tracas paperassiers qu'elle en oublierait presque sa tristesse. C'est une bonne chose que la mort soit complexe, réalise-t-elle. La bureaucratie contre le deuil.

Elle ne peut refuser à Jacques le rapatriement du corps. Le père Landisier est vieux, il a le droit de pouvoir visiter la tombe de son fils sans traverser le monde. D'autant que Bruno serait revenu en France au bout d'un moment, il en était convaincu, on ne s'expatrie qu'un temps, même à Hollywood, surtout quand un domaine classé vous attend.

Les rides de Jacques se sont creusées en sillons et de lourdes poches cernent ses bajoues. Il s'approche de la baie vitrée, observe la cité tentaculaire, fait un pas en arrière, comme pour éviter de tomber. La dernière fois qu'il est venu ici, la maison lui semblait plus petite, moins haute dans la colline, moins à l'écart du reste de la ville aussi. Il croise ses bras dans son dos, puis devant lui, revient vers la cuisine et plonge une nouvelle aspirine dans un grand verre d'eau. Les bulles remontent et crépitent en éclatant à la surface. Bien sûr, la mort n'a pas de sens caché. Elle arrive, et puis c'en est fait. Celle de son fils n'était pas plus prévisible que réversible. Rien de tout cela n'était écrit, Jacques ne croit pas au destin. Mais tout de même, mourir ici, au bitume d'une de ces autoroutes qui quadrillent ce morceau de plaine du bout du monde, quelle absurdité pour un homme comme Bruno !

Jacques s'emmêle les doigts. Son crâne le fait tant souffrir. Il prend une grande inspiration. Son arrière-grand-père faisait du vin, son grand-père faisait du vin, son père faisait du vin. Lui-même n'a de toute sa vie que fait du vin. Et il pourrait remonter encore la lignée sur des générations. Sa famille, son domaine, ses bouteilles portent le même nom. Alors, forcément, quand il est allé voir son fils tout à l'heure à la morgue, quand il entend le show-business le pleurer sur les ondes, quand il observe cette vue depuis la villa, cette immensité urbaine si loin du cours de leur Garonne, Jacques se demande ce qu'il a bien pu rater. Et ça lui consume le cœur.

*

Il fait nuit pleine, des clameurs remontent de la cité somnambule. Le pneumothorax lui brûle la poitrine, et sa clavicule, cassée en deux, manque de provoquer un malaise à chaque fois qu'il déglutit. Il replace son bras en écharpe, serre les dents et continue d'avancer.

Cándido s'est réfugié sur un talus d'où le vent baffe de hautes herbes emmêlées de détritus. Que pense-t-il fuir ? Il ne le sait pas lui-même. Il a laissé son téléphone dans sa voiture, laquelle est légalement immatriculée. La police n'aura besoin que de quelques minutes pour connaître son identité. Dans quelle merde s'est-il encore vautré ? Il endure chaque pas, s'arrête quelques secondes pour laisser la douleur s'estomper et repart dans sa fuite en avant. Il est aux aguets, se retourne régulièrement, s'attend à ce que des chiens le poursuivent. Le débusquer ne sera pas difficile, il pue la poisse. *Pinche vida.*

Il repense aux clébards de la migra qui le traquaient jadis, quand il n'était rien de mieux qu'un sale migrant clandestin, et qu'avec une somme d'autres insectes comme lui, ils s'essayaient chaque soir à franchir la frontière texane. Bien sûr, les gardes lourdement armés qui surgissaient à toute blinde dans leur pick-up de malheur les terrifiaient tels les monstres des rêves enfantins, mais Cándido craignait par-dessus tout leur molosse à la gueule baveuse, et dont les yeux reflétant la lumière éblouissante des phares semblaient deux ouvertures vers les flammes de l'enfer.

Il se courbe et progresse désormais le long d'un mur bordé de cyprès et de buissons hauts d'à peine un mètre. Dieu que la ville est éclairée au sud. Il se glisse derrière une touffe de sauge du désert, et s'adosse contre le béton. Le moindre mouvement est une épreuve. *La pinche madre que me parió*. Il accuse le coup. C'est trop stupide. Tout ce travail, tous ces efforts, ces heures consacrées à rendre sa vie meilleure, envolés. Il regrette à présent. Il aurait dû attendre les secours. Si ça se trouve, il n'était pas en tort. Il crache une glaire ensanglantée. Qu'importe, de toute façon, il n'aurait pas eu l'argent pour se soigner. Il la maudit, son existence absurde.

S'il veut être à l'abri quelques heures, il doit s'enfoncer plus encore dans la végétation. Il marche, penché sur la partie gauche de son corps, comme si elle l'attirait déjà sous terre. Son pied bute contre une racine, le tressautement supplicie ses côtes. *Maldita mierda*. Il se fraie un chemin entre des arbustes, leurs branches lui fouettent les oreilles. Il n'ira pas bien loin dans son état, alors il finit par se blottir près d'une souche, là où dorment les rongeurs. Ça ira bien ainsi, dans ces fourrés, personne ne peut le voir depuis la route en contrebas. Il en est certain, il va crever. Il se couche sur son flanc droit, et ferme les yeux.

Mais il n'est pas mort et aucun chien n'aboie autour de lui. Est-ce qu'il a dormi ? Il se redresse lentement. Dieu n'en a pas terminé, il réclame une nouvelle journée pour éprouver son corps et tourmenter son esprit. Cándido tapote la croûte de sa blessure à l'arcade sourcilière. Il imaginait l'entaille plus longue. Le ciel se strie de bandes bleues, de plus en plus claires. Il doit être vers les 5 heures du matin.

Son futal est trempé et ses vêtements empestent la terre, la sueur et le sang coagulé. Dans certains quartiers de Los Angeles, il passerait presque inaperçu. On penserait qu'il s'est pris une raclée, lors d'une rixe entre addicts à la meth ou au crack. Les passants détourneraient le regard, les flics feraient semblant de l'ignorer. Mais ces endroits sont loin et, de toute manière, il n'a aucune envie de s'y rendre.

Il réfléchit. Impossible de rentrer chez lui. Ce serait du suicide. Il pense à son ami Estéban. Il pourrait l'aider. Il n'habite pas si loin. Il suffit de traverser le Griffith Park. Il le ferait quand l'obscurité tomberait, dans son état cela lui prendrait peut-être bien deux nuits. Il lèche la rosée sur les feuilles du mahonia devant lui, et se rallonge pour se reposer. Il n'a rien d'autre à faire. *Si je pouvais m'endormir et ne jamais me réveiller*, songe-t-il. Il trouve une position dans laquelle la douleur est tolérable. Au-dessus, derrière les feuilles crénelées des buissons qui frissonnent dans la brise légère, le soleil commence à illuminer la voûte. Il écoute, reconnaît ce son familier derrière le chuintement des ramures. L'oiseau se pose, il piaille. C'est bien le chant de son moqueur polyglotte.

– Hey, c'est toi ? C'est toi, mon petit oiseau ?

Cándido peine à articuler, sa bouche est sèche.

Le passereau saute d'une branche à une autre et se rapproche.

– C'est toi, América ? Comment tu as fait pour me retrouver ?

*

C'est ainsi que les vagues se brisent, comme les sentiments de nos jeunesses, sans cesse repoussées par les digues puissantes et les lois de l'amour en société. Par cette phrase un tantinet longuette et grandiloquente s'achève le premier roman de Stéphane Malino, *Les Vagues et la digue*. Le clin d'œil à Fitzgerald manque peut-être de subtilité, mais son éditeur ne s'est pas opposé à ce que la référence soit appuyée. Il faut toujours placer sa première œuvre sous le patronage d'un grand. Cela fait sérieux et s'annonce prometteur. Deux adjectifs que la critique n'a pas manqué d'employer pour qualifier le jeune auteur.

Il est loin, désormais, le temps du journal de l'école, celui où il rédigeait toute une page sur le dépucelage d'une timide camarade réputée studieuse qui « enfin, a fait la rencontre du loup, dans les vapeurs d'alcool et les toilettes de la boîte », celui où il menait l'enquête sur les étudiants chinois, lesquels « vivent tous dans la même coloc, s'habillent pareil, paraissent tellement identiques, que si vous en croisez un dans un couloir, contentez-vous de l'appeler Tchang et de tracer votre route », celui encore où il intitulait une notule sur la professeure d'anglais : « À Sumaco, on aimerait bien que toutes les meufs s'appellent Jessica ! »

Ce temps est loin mais pourrait facilement le rattraper. Ses écrits dans *L'Ovazyl* l'inquiètent. Il ne faudrait pas qu'ils refassent surface. Il a perdu contact avec certains membres du collège éditorial. Il suffirait que l'un d'entre eux cherche à lui nuire, pour une raison ou pour une autre. La société ne pardonne plus les erreurs de jeunesse. Les réseaux sociaux sont des juges puissants, chacun y dispose d'une balance et d'un glaive mais n'utilise que l'arme blanche et froide. Stéphane se réveille certaines nuits en sursaut, les tempes mouillées. Ses cauchemars mêlent humiliations moyenâgeuses en place publique et actes de contrition de ministres ou patrons asiatiques qui se présentent à la télévision pour demander pardon au peuple. Les plus courageux s'enfileront un katana dans le bide, afin de ne pas survivre dans la honte. Pour l'instant, c'est une épée de Damoclès qui l'empêche de savourer pleinement sa réussite littéraire. C'est con, pour une fois qu'il est véritablement fier de lui.

Comme tout le monde, il a appris la mort de Bruno Landisier, ce matin. Ça ne lui a fait ni chaud ni froid, bien sûr, mais il a aussitôt gratifié ses réseaux sociaux d'un *in memoriam*, publié en story, entre le re-post d'une chronique laudative sur son livre et une photo *pornfood* toujours efficace pour achalander l'abonné. Maintenant qu'il a publié un livre, il s'oblige à ce genre de réactions inutiles dès qu'un quidam du milieu culturel passe l'arme à gauche. Il s'imagine que grâce à cela, sa communauté le jugera introduit et que ses amis seront d'autant plus impressionnés par sa réussite. De même, en attendant que ses comptes soient certifiés un jour, il a accolé l'adjectif officiel derrière son nom sur Twitter et Facebook. Ça fait célèbre. Tiens, ça lui rappelle qu'il doit relire les critères d'homologation d'une page Wikipédia.

L'accident lui a surtout beaucoup fait penser à Marine. Il se demande ce qu'elle éprouve, si elle est triste, si elle considérait cet homme comme un second père.

Il en veut à son ex de s'être si peu intéressée à son roman. Elle ne lui a même pas envoyé un message de politesse pour le féliciter. Qu'est-ce que ça lui aurait coûté, bordel ? Elle sait pourtant qu'il s'agit pour lui d'un formidable accomplissement. Que pouvait-il de plus pour attirer son attention ? Son indifférence est nécessairement dirigée, réfléchie pour le blesser. Il ignore si elle a lu son roman. Il suppose que non, du coup. Trouve cela insultant envers leur relation passée. Ce n'est pas comme s'il révélait leurs petits secrets, l'histoire du livre n'a rien à voir avec elle. Sans sa reconnaissance, la satisfaction est incomplète. Les années ont éteint la douleur mais pas dissipé l'amertume. Il lui sert une occasion en or de se montrer magnanime, de lui reconnaître un talent et c'est comme si cette pimbêche le snobait encore. Quand il y pense, ça lui fout la journée en l'air.

Il lui envoie un texto, adresse ses condoléances pour son beau-père, en profite pour prendre des nouvelles, imagine qu'elle en fera autant, au moins par politesse. Tout l'après-midi, il attend une réponse. Elle ne vient pas.

*

« *Wake Up ! Wake Up ! Wake Up !* » Le réveil Pikachu s'égosille. Ses yeux de plastique clignotent, mimant une attaque tonitruante, que les connaisseurs appellent « fatal-foudre ».

Justin Laitner Junior se retourne dans son lit. Dans sa volte, il se saisit de son oreiller et l'écrase sur sa tête. C'est trop dommage, il était en train de rêver de Melany, la plus belle fille de son lycée… Elle se déshabillait et allait se donner à lui. Il est dépité, une occasion pareille ne se représentera pas de sitôt. Il tape un bon coup sur la figurine, se concentre pour se rendormir et retrouver son rêve.

Mais, cinq minutes plus tard :

– *Wake Up ! Wake Up ! Wake…*

– Laisse-moi tranquille !

Il attrape le Pokémon en polyéthylène jaune et le jette au bout de sa chambre. Voilà qui suffit à le faire taire pour de bon.

Justin se lève, bâille, s'étire, se gratte le dos et fourrage un peu dans son caleçon. Il attrape l'ordinateur portable posé au pied du lit, le coince sous son bras, traverse le couloir en titubant et le pose sur la table de la cuisine. Dehors, le jour est déjà bien installé. Il ouvre le MacBook, lance une musique au hasard sur Spotify, bâille une nouvelle fois. *Pourquoi faut-il toujours que je m'endorme si tard ?* Dans le réfrigérateur, il attrape le jerrican de thé Red Diamond, remplit un mug du liquide sombre et sucré, le place deux minutes au micro-ondes, en profitant pour se saisir de la boîte *family-size* de Froot Loops. Il verse les céréales multicolores dans un grand bol et résout le jeu pour enfant que Kellogg's fait imprimer au dos de ses paquets.

Après son petit déjeuner, il décide de ne pas prendre de douche. Il s'asperge les aisselles de déodorant et s'éclabousse le visage. Une vraie toilette de cow-boy. Dans son placard, une panoplie de T-shirts jaunes décline des espèces aquatiques lithographiées. Il opte pour le modèle maquereau. Un poisson grégaire, qui fait corps avec le banc. *La solidarité, voilà ce dont le FBI a besoin actuellement !* se dit-il. Justin emmanche ensuite une veste noire qui lui donne un aspect plus professionnel et visse une casquette sur son crâne. Il enfonce son ordinateur dans son sac à dos qu'il garnit aussi d'une poignée de snacks ensachés dans des plastiques vert et rose.

Il est 8 h 30, l'odeur des hydrocarbures a remplacé la brise fraîche de l'aube, et Los Angeles n'est déjà plus qu'un flux. Il y a ceux qui marchent, ceux qui montent dans un Uber, ceux qui quittent un taxi, ceux qui conduisent leur propre voiture, il y a le parfum des beignets qui s'élève depuis les *foodtrucks*, celui des cafés que tous trimballent dans une cup en polystyrène non recyclable, l'odeur du bitume sur lequel glisse un emballage de burrito, il y a la transhumance des clodos qui bringuebalent leurs oripeaux d'un quartier à un autre, il y a les Mexicains au volant de leur camionnette, les illégaux qui cherchent une corvée pour la journée, il y a les hommes importants en costume cintré, les belles femmes en lunettes de soleil, les punks, les étudiants au jean troué, les touristes munis d'un guide guettant le nom des rues aux croisements, il y a des clebs au bout des laisses, des chats sur les murets, il y a des piafs qui zinzinulent depuis leurs pylônes de béton, des insectes qui bourdonnent, et des enfants.

Au Starbucks du coin, Justin commande son chai tea latte quotidien avec un muffin éclats de noisette pépites de chocolat. Il ne laisse pas de pourboire quand la préparation est prête et se dirige, musique dans les oreilles, vers l'angle de la sixième. Il saute dans un long bus rouge et gris dont il ressort au cœur de Westwood Village. Après cinq minutes de marche, vers 9 h 20, il arrive au Bureau.

L'analyste Laitner Junior s'installe devant l'ordinateur, renseigne les clefs de cryptage, puis fait défiler les emails sur son écran. De nombreux courriels évoquent l'ingérence russe dans la campagne présidentielle. Ils sont précédés de la mention « secret », ce qui signifie qu'ils traitent d'un sujet qu'on ne pourrait pas même évoquer à son chien lors d'une balade dans un parc. Son téléphone sonne. Au bout du fil, la secrétaire du chef de service Crawford. Justin est attendu. Il se laisse le temps de faire bouillir de l'eau et d'y tremper un sachet Lipton, puis traverse le couloir au pas de course, jusqu'à une grande salle de réunion insonorisée.

– Désolé de t'avoir fait attendre, la climatisation est si forte que je n'entre jamais dans cette pièce sans un thé fumant.

– C'est bon, Justin, installe-toi. J'ai besoin que tu regardes une affaire rapidement, pour moi. T'as entendu parler de l'accident sur la 101 avec le producteur de film, il y a trois jours ?

– Oui, bien sûr, j'ai vu ça.

– On a un gamin en Oklahoma qui prétend que c'est un meurtre. Il a appelé la police et dit que son frère et un autre type ont discuté de l'assassinat des membres de l'équipe du film *The Last Fighters 4*. Impossible de passer à côté du phénomène, ils ont placardé une affiche sur tous les lampadaires de la ville.

Justin acquiesce.

– C'est sûr, ça paraît assez invraisemblable, mais bon les flics n'ont toujours pas retrouvé l'autre conducteur, alors on va regarder un peu s'il y a quelque chose à démêler.

– D'accord, le subordonné marque une pause. Mais c'est à nous de faire ça ?

– Oui, pardon, l'adolescent a dit que son frère avait discuté sur le Darknet avec le commanditaire du meurtre. La police de Tulsa a arrêté un certain…

Ben tourne les pages de sa chemise.

– … Steve E. Smith. Tu vas recevoir le dossier et les données de son ordinateur. Regarde rapidement s'il y a matière à ce que l'on s'implique dans cette histoire, en espérant que ce ne soit pas le cas. Tiens-moi au courant, s'il te plaît.

– Ça marche, chef ! répond l'analyste, en se saisissant de son mug et se levant pour quitter la salle.

Alors qu'il est sur le point de sortir, Ben demande :

– C'est une sardine, n'est-ce pas ? Ton T-shirt ? Dis-moi que j'ai reconnu le poisson, cette fois-ci.

– Presque, répond Justin en souriant. En fait, c'est un maquereau. Mais tu t'améliores, ça y ressemble. Bonne journée, Ben.

Benjamin a une petite mine. Ses yeux sont creux, son teint est gris. Le FBI est dans la pire des situations. Les pressions s'accumulent, James Comey, le directeur général, est sur la sellette. Quiconque connaît l'administration sait que ces vaisseaux-là tanguent par la proue. Le chef est mis en cause et les ordres vacillent, chacun pense au prochain coup et déplie la partition qu'il tenait bien cachée sous ses déférences. Crawford revient à son bureau, dévisse le détecteur, ôte les piles, sort une cigarette et s'en grille une. Le bout crépite tant il tire fort sur le filtre. Il était étudiant lors du siège de Waco. Il imagine que la crise actuelle est à peu près aussi aiguë. Son téléphone ne cesse de sonner, les dossiers s'amoncellent sans que personne n'ait le temps de les lire.

Pourvu que ce ne soit qu'un banal accident de voiture.

*

Un bandeau apparaît en bas de l'écran et Sean Hannity interrompt Laura Ingraham. Effet de lumière, musique dramatique, branle-bas de combat dans l'un des talk-shows les plus conservateurs du pays.

– Une information Fox News vient de nous parvenir depuis Los Angeles, Californie. Elle vous intéressera certainement, Laura. Nous en savons plus sur le conducteur responsable de la mort de Bruno Landisier. Pour rappel, nous parlons d'un homme qui a fui le lieu de l'accident sans porter secours au célèbre producteur hollywoodien et reste, encore à ce jour, introuvable.

J'ajoute que, d'après nos sources, aucune trace de freinage n'a été repérée derrière son véhicule, ce qui intrigue les enquêteurs. Eh bien, selon la police, il s'agit d'un Mexicain arrivé en situation illégale sur notre territoire en 1994. Il se nomme Cándido Rincón, il exerce la profession de chauffeur privé. En dépit d'une vie dissolue, il a obtenu des papiers sous la présidence démocrate de Bill Clinton, et tenez-vous bien, en 1995, la ville de Los Angeles lui a remis une médaille pour acte de bravoure. Alors qu'on est toujours sans nouvelles de l'individu, nous apprenons ce soir, et c'est une information exclusive Fox News, que la police a trouvé à son domicile quantité de médicaments, notamment des opiacés, obtenus sans ordonnance.

Laura Ingraham acquiesce et ajoute :

– Quel malheur, Sean ! Il y a, parmi ces populations, beaucoup d'hommes qui cèdent à la drogue et à l'alcool, c'est un véritable problème pour la société américaine.

Le présentateur reprend :

– En effet, Laura. Quelle catastrophe quand de telles dérives affectent des vies innocentes et créatives ! Cela fait écho à tellement de problèmes de sécurité dans ce pays. Nous avons, en direct, une personne qui a bien connu ce Mexicain, il s'agit de son ancienne employeuse, Mme Mossbraler. Bonsoir, Kyra.

– C'est Mossbacher, bonsoir, Sean.

– Mossbacher, pardonnez-moi. Vous étiez l'employeur de Cándido Rincón, il était gardien de votre résidence, c'est ça ? Quel genre d'homme est-il ?

– Oui, nous l'employions avec les autres habitants de l'Arroyo Blanco. Je lui avais trouvé ce poste, il y a plus de vingt ans. Notre communauté a beaucoup fait pour lui. C'était un homme étrange, mais charmant. Il avait le visage couvert de cicatrices, il faisait peur aux enfants de la résidence, de ce que je me souviens. Oui, les enfants n'aimaient pas lui parler.

– Des cicatrices ?

– On ne sait jamais quel genre de vie ont mené ces gens, et par quoi ils sont passés. Mais il travaillait convenablement. Il dénotait bien sûr du reste des habitants, il vivait seul. Sa femme l'avait laissé, on ne sait pourquoi. J'ai essayé de le recontacter récemment pour boire un thé. Je l'aimais bien. Il ne m'a pas répondu. Je ne savais pas qu'il avait sombré dans la drogue.

– Bonsoir, Kyra, c'est Laura Ingraham. Vous ne saviez pas qu'il se droguait ?

– Non, absolument pas. Vous comprenez, notre communauté a essayé de l'aider au maximum, sans chercher à le juger. C'est malheureux si, à cause de lui, une personne honnête est morte.

– Merci, Kyra, de votre témoignage dans votre show quotidien, bonne journée en Californie, dit Sean Hannity avant de raccrocher. Laura Ingraham, quelle tragédie ! Vous avez entendu la voix de cette pauvre femme. On sent qu'elle a vraiment voulu aider ce gars. On percevait sa déception. C'est un témoignage fort sur la perte d'illusions d'une Amérique qui a ouvert ses bras à tous, et n'a pas été récompensée à la hauteur de ses sacrifices. Loin de là.

– On peut la comprendre, elle s'est fait leurrer, elle a aidé un homme à obtenir ses papiers, à trouver un emploi stable. Tout cela sans le juger. Récemment, elle dit l'avoir invité à prendre le thé. On imagine sa déconvenue. Si vous voulez mon avis, et cela rejoint notre conversation précédente, ce drame est une nouvelle preuve de la nécessité de construire ce mur à la frontière mexicaine.

*

« Le sale Caïn ! »

Steve ne peut refréner un violent sanglot.

« Le fils de putain ! M'avoir fait ça ! M'avoir fait ça, à moi ! Comment c'est possible ? »

Il n'arrive pas à y croire. Balancé par son propre frère. À la police. Par son petit frère. Celui à qui il prêtait ses jouets. Celui qu'il a protégé et guidé, durant l'enfance et jusqu'à l'âge adulte. Celui dont il pensait être l'exemple, malgré tout. Trahi par son meilleur allié. Par son unique allié. Steve vomit sur le bitume en quittant le commissariat. Son petit frère, putain. Il dégobille de nouveau et la vomissure tache ses chaussures. Il s'accroupit, pose une main sur le sol, essaie de respirer sans y parvenir. Il fait nuit à présent, il a passé quinze heures dans ce foutu bâtiment, pour rien. Son ordinateur est confisqué, sa vie a été passée au peigne fin, jamais il ne s'est senti aussi humilié. Il n'a pas le droit de quitter l'Oklahoma, le temps de l'enquête. Il a envie d'en finir.

Ils sont venus le cueillir au petit matin, dans son studio. Les policiers ont saisi le matériel informatique, quelques papiers et des produits dérivés de la saga. Un juge les avait autorisés à entrer chez lui. Il était à peine réveillé quand ils ont tambouriné à la porte. Ils ont demandé s'il avait des armes et de la drogue. Il a indiqué détenir un peu de kétamine et du poppers. Un chien est venu renifler ses affaires. Ça aussi, un juge l'avait permis. Plusieurs fois, Steve s'est enquis de ce qu'ils cherchaient.

« La kétamine, c'était juste pour essayer avec un ami, je suis pas un junkie. Vous faites erreur. »

Mais personne ne lui a répondu, et sans qu'il ne comprenne rien, un lieutenant lui a annoncé son arrestation. Au commissariat, un sergent moustachu a décliné le Miranda warning. Comme quoi, il avait droit au silence, que tout ce qu'il dirait pourrait être retenu contre lui, qu'il pouvait être assisté d'un avocat et que s'il n'en avait pas les moyens, on lui en trouverait un commis d'office. Steve a souri parce que les phrases étaient exactement identiques à celles prononcées dans les séries Netflix. Puis, il a commencé à comprendre. Il s'agissait du décès de Bruno Landisier, à Los Angeles.

Cela l'a rassuré, il n'avait rien à voir avec cette affaire. La méprise était grossière. Steve a protesté. Mais le moment n'était pas à l'interrogatoire et il devait attendre qu'on revienne vers lui avant de pouvoir s'exprimer. Il a patienté seul dans une petite salle vide et sans fenêtre, se demandant comment il avait été confondu. Ses démangeaisons étaient terribles, mais il s'est retenu de s'arracher la peau, ça aurait donné l'image d'un coupable. Face à l'angoisse qui montait, il s'est concentré sur le parfum du détergent qui avait servi à nettoyer la table devant lui. *Citron ? Pamplemousse ?*

Une femme est venue prendre ses empreintes et lui a demandé, une nouvelle fois, de décliner son identité.

– Steve Elliott Smith, Oklahoma City, 12 avril 1993.

Elle devait vérifier s'il était fiché au registre des criminels du pays. Évidemment que non. Ils se rendraient bien compte qu'il n'était pas un citoyen à problèmes. Une heure s'est écoulée au bout de laquelle une agente, qu'il n'avait pas vue précédemment, s'est assise en face de lui. Elle mâchouillait un chewing-gum tout en griffonnant son carnet gris. La gomme passait sur ses dents du fond et contre sa langue, distillant dans son haleine des arômes de sucre et de cannelle. La policière lui a répété le Miranda Warning, mais cette fois Steve l'a écouté avec sérieux.

– Vous avez compris ?

– J'ai pas besoin d'avocat, c'est un malentendu.

– Parlez-nous de Bruno Landisier.

– Je connaissais pas ce nom jusqu'à hier.

– Vous prétendez ne pas connaître Bruno Landisier. Vous ne savez pas qu'il était le producteur de la saga *The Last Fighters* ? On a retrouvé chez vous quantité de produits dérivés.

Elle a ouvert un dossier, a tourné quelques pages, elle voulait lui montrer qu'ils détenaient déjà de nombreuses informations.

– Je veux dire que je m'intéressais pas au producteur, j'avais pas retenu son nom. Vous connaissez les producteurs de vos films préférés, vous ?

– Contentez-vous de répondre aux questions. Qu'allons-nous trouver en fouillant dans votre disque dur ?

La mention de l'ordinateur a troublé Steve. La policière l'a perçu. S'est montrée plus insistante.

– Monsieur Smith, si nous cherchons dans votre *laptop* ?

– J'ai rien fait. Vous avez le droit de fouiller dans mes affaires ?

– Permettez que je pose les questions. Nous préférerions tous éviter de perdre notre temps. Qu'allons-nous trouver dans votre PC portable ?

– Il n'y a rien.

– Nous sommes en train de l'éplucher. Ça ne nous prendra pas longtemps.

Steve s'est senti soudain submergé par les émotions. Ils exhumeraient tellement de secrets dans ses fichiers, tous ses vices, tous ses fantasmes, tout ce qu'il est vraiment.

– Je…

– Vous voulez un verre d'eau peut-être ?

– C'est le type du Darknet, c'est ça ? C'est lui qui vous a contacté ? Il ment, moi je n'ai rien fait, j'ai rien payé. C'était juste une blague. J'avoue, une mauvaise blague. Mais rien qu'une blague. Il m'a demandé de payer pour tuer l'acteur et le réalisateur, le producteur c'était son cadeau. Mais j'ai pas versé un centime. Il voulait des bitcoins, j'ai pas de bitcoins. Je sais même pas comment on en trouve. Je sais pas ce qu'il vous a dit, mais j'ai rien fait. Je le jure.

– Parlez-moi de cette personne.

– Je ne sais pas ce qu'il vous a raconté, mais il faut me croire, je jure que j'ai rien fait, madame. Il a avoué ? Je sais même pas d'où il vient. Il a dit que ses tueurs étaient russes ou un truc du genre. La presse dit que c'est un accident.

– Comment êtes-vous entrés en contact ?

– J'étais sur le Darknet, je traînais.

Steve s'est éclairci la voix. Il devait se reprendre.

– J'aime la liberté, je suis américain.

Il s'est interrompu, conscient du caractère ridicule de son propos.

– Je regarde parfois des vidéos… gores…

La voix de Steve s'est de nouveau saccadée, il a repris son souffle et poursuivi.

– Et je suis tombé sur ce site humoristique.

– Humoristique ? a répété la policière.

– Je pensais, oui. Il proposait de tuer des célébrités. On place des enchères sur qui on veut. Ça donne un classement des personnalités les plus détestées. Y a Obama, et tout. Personne n'a cherché à tuer Obama, que je sache. Et il y avait déjà en bonne place l'équipe du film *The Last Fighters 4*. Nous les fans, on est déçus du dernier opus. C'était franchement pas à la hauteur de la trilogie précédente. À mon avis, c'est trop romantique, c'est pas un vrai film de superhéros.

– Et vous avez décidé d'enchérir pour faire tuer ces personnalités.

– Non, j'ai juste dit que je pouvais m'en charger moi-même. Mais c'était qu'une plaisanterie. Je vis à Tulsa, j'allais pas me rendre à Los Angeles, ou je ne sais où. J'ai pas d'arme, j'ai pas de casier, je suis pas un tueur, vous savez bien.

– Vous disiez que votre interlocuteur se chargerait gratuitement du producteur, c'est bien cela ?

– Il m'a demandé de le payer. Qu'il avait ses équipes. Que c'était 1 000 dollars en bitcoins pour l'acteur et le réalisateur et qu'il s'occuperait du producteur en bonus.

– Mille dollars ? a demandé l'agente dubitative. Et alors ?

– Alors rien, j'ai pas versé un *cent*. Dans quelle histoire me suis-je foutu, a-t-il murmuré.

La policière est sortie une minute. Steve était comme assommé sur sa chaise. Quand elle est revenue, elle lui a fait signer le compte rendu de ses déclarations. Il la trouva plus détendue, comme si elle avait compris qu'il n'y était pour rien. Cette première déposition était suffisante en attendant que les données informatiques révèlent ou non une autre vérité. Sans y penser, peut-être par zèle, assurément par inattention, elle a interrogé encore :

– Et cette personne sur le Darknet, vous l'avez contactée comment ? Par une messagerie ?

Steve était sur le point de répondre, l'a regardée, a réfléchi une petite seconde encore.

– Mais vous le savez déjà, non ?

L'agente a mal dissimulé sa surprise, s'est arrêtée, a ouvert furtivement son calepin gris, a balbutié des paroles inaudibles, a toussoté même, et annoncé enfin qu'elle en avait fini pour le moment.

C'est à cet instant que Steve a compris, à cet instant que, bien sûr, tout est devenu plus logique, sa présence ici ne pouvait être due qu'à une seule personne.

Tyler.

*

Le rapport de police est arrivé sur le bureau de Laitner Junior. Il est inhabituel qu'un analyste se voit ainsi confier le traitement d'une affaire, fût-elle secondaire. Mais Ben a confiance en Justin, au-delà de toute considération statutaire.

Les flics de Tulsa ont conclu à l'absence de preuve démontrant l'implication de Steve Smith dans la mort de Bruno Landisier. Les premières analyses techniques ne signalent aucune acquisition de cryptomonnaie, ni quoi que ce soit qui contrevienne à la loi américaine. Le suspect a collaboré et fourni aux officiers les informations permettant de suivre ses pérégrinations dans les profondeurs du Web. Il n'était pas obligé de le faire ; d'autant que, bien souvent, les utilisateurs du Darknet sont persuadés d'évoluer dans un environnement parfaitement inviolable, à l'abri des contrôles policiers.

Justin passe en revue les fichiers stockés sur l'ordinateur. Un monde d'images, de vidéos, et de textes, rangés dans des classeurs numériques aux noms plus ou moins équivoques. Il décompte une douzaine de films pornographiques, certains hétéros, d'autres homos dont un totalement lesbien, ce qui est rare, et quelques photos érotiques exhibant des hommes et des femmes en pleine possession de leurs moyens. Une page intitulée « Choc » collectionne les clichés de scènes de désolation, mais rien qu'on ne saurait dénicher sur Google Images. Ils pourraient être le support d'un projet artistique ou journalistique. Beaucoup d'entre eux ont été pris à la suite d'attentats à la bombe, survenus dans des marchés moyen-orientaux, des transports en commun européens, des casernes africaines ou des administrations. On y distingue parfois des morceaux de corps dispersés dans les gravats.

Enfin, dans un dossier parfaitement ordonné, des dizaines de documents sont consacrés à la galaxie pléthorique de *The Last Fighters*. Les comics ont été numérisés, les films téléchargés en haute définition, tout comme une galerie de portraits hagiographiques des personnages.

Justin poursuit son exploration jusqu'à une liste de textes témoignant de la contribution du suspect à un journal ou un blog de fanfiction. Un article dénonce les choix narratifs commis dans le dernier volet, lequel rivalise avec *Green Lantern* et *Les 4 Fantastiques* dans la liste des pires films de superhéros réalisés dernièrement.

« OK, passons aux choses sérieuses », dit-il en se redressant sur sa chaise. Justin aspire une gorgée de thé fumant et entre les coordonnés de connexion de Steve Smith sur le navigateur Tor, principale porte d'entrée vers les mondes souterrains du Web. La page affiche un oignon sur un fond vert pomme. Justin s'étonne, le jeune Oklahomien n'a pas jugé nécessaire d'endosser un pseudonyme. *Quel inconscient !* En quelques clics, il retrouve le site de tueurs à gage de célébrités, créé par un certain San Giorgio Cappadocia. Les montages sont grotesques. En page de garde, une animation montre Donald Trump en train de courir après sa moumoute blonde qui s'envole au vent, frôle le sol des prairies, s'élève par-dessus un désert de cactus, plane par-delà le Grand Canyon et se pose enfin sur les rails d'un chemin de fer. Le président élu se jette sur sa perruque sans voir le train qui le réduit alors en bouillie… Un slogan énonce : « Vous n'avez pas à vous en faire, on dira toujours que c'est un accident ! »

« Salut, bravo pour le producteur. Tu as été efficace », écrit Justin. Il se demande si le ton correspond. De ce qu'a rapporté Steve à la police de Tulsa, l'interlocuteur est probablement étranger, mieux vaut employer des phrases courtes et simples. Il attend quelques minutes. Ajoute : « C'est Steve, on s'est parlé, l'autre fois. »

Rien ne se produit jusqu'à la pause déjeuner. Justin Laitner Junior se sustente d'un sandwich à la mode de Philadelphie avec du bœuf émincé et un fromage coulant, qu'un *foodtruck* prépare à la perfection à même pas deux blocs du bureau. Il l'avale en une demi-douzaine de bouchées. À son retour, San Giorgio a répondu.

« Trois balles dans la tête ! Je t'avais dit, c'est mon cadeau. Si tu veux qu'on s'occupe des deux autres, tu sais quoi faire. »

Justin capture l'écran et recopie la réponse sur un cahier.

« Trois balles dans la tête ? À la télévision, ils disent que c'est un accident de voiture. »

Il sent monter l'excitation en lui.

« Non, mes hommes lui ont tiré dessus sur l'autoroute et ont remplacé le corps par un autre pour faire croire à un accident. Ce sont des professionnels, je t'avais dit. »

Tu me prends pour un imbécile, toi. Justin ne peut s'empêcher de rire.

« Dingue ! Bravo ! »

Il farfouille sur son bureau et se saisit du rapport du légiste. Le corps conservé à la morgue est bien celui de Bruno Landisier, il est décédé des suites d'hémorragies dans la zone abdominale, causées par un accident de la route. Son crâne ne présente aucune lésion grave, seulement quelques coupures provoquées par des projections de verre.

Justin ne peut s'empêcher de rire. Il pianote : « Je vais payer pour les deux autres. Mille dollars, c'est ça ? »

La réponse se fait attendre.

« Mille dollars, oui. Ça fait 1 bitcoin chacun. »

L'analyste secoue la tête. Il a bien compris qu'il perdait son temps, mais tout cela l'amuse. Le prix d'un tueur à gage sur le Darknet frôle les vingt mille dollars et c'est encore plus cher pour les personnalités.

« Je n'ai pas de bitcoins. Je peux te faire un virement bancaire ? »

« Non, hors de question, ça ne marche pas comme ça. Tu veux qu'on se fasse repérer ou quoi ? Il y a des tutos sur Internet pour obtenir des bitcoins. Sans ça, on ne fait pas affaire. Je te l'ai déjà dit, Steve. Je ne peux pas savoir moi, tu es peut-être flic. »

En effet, mon ami !

« OK, je comprends. Non, t'inquiète, j'emmerde les poulets ! Je t'écris, dès que j'en ai. »

« Super ! »

*

Quand la nuit tombe, la douleur est sourde. Son passereau est toujours à côté de lui, sautillant de branche en branche, pour l'inviter à bouger.

« *Sí amigo, me voy contigo.* »

Il se redresse péniblement, comme si son squelette s'était déjà calcifié et qu'il n'était bientôt plus qu'un être minéral. Le Griffith Park n'est qu'à quelques encablures derrière une petite colline. Il attrape les branches de sa main droite et tire lentement sur ses muscles pour se hisser dans la végétation dense. Le moqueur l'accompagne, prend de la hauteur, lui indique un passage moins pentu et dégagé dans les fourrés. « On retourne dans le canyon, tous les deux, América », siffle Cándido, à destination de son oiseau.

Bientôt, il débouchera sur un chemin et tout sera plus simple. Il longera le sentier qui encercle le Hollywood Reservoir, un lac artificiel dans lequel il pourra étancher sa soif et laver ses blessures. Il prendra son temps ensuite pour contourner les habitations sans se faire repérer, et cherchera au petit matin un abri dans lequel se cacher pour la journée. Si tout se déroule comme il l'espère, Cándido sera chez Estéban dans deux jours. Jusque-là, il ne pensera à rien d'autre qu'à survivre.

*

Depuis 2009, le FBI traite avec l'entreprise israélienne Cellebrite pour lutter contre le crime en ligne. Leur collaboration a connu un fort coup de projecteur ces derniers mois, quand la presse a rapporté qu'ensemble ils avaient débloqué le système de sécurité de l'iPhone d'un terroriste de l'attaque de San Bernardino, alors qu'Apple refusait de coopérer. Justin Laitner Junior faisait partie de l'équipe qui avait réussi cette prouesse, couverte par le secret-défense.

L'enquête sur Steve Smith se dégonfle. Laitner Junior a vite compris qu'il n'avait affaire à rien de mieux qu'un jeune crétin, se faisant balader par plus malin que lui. Il devrait classer cette histoire et se concentrer sur des dossiers plus sensibles. Mais l'arnaqueur est revenu à la charge durant la nuit, exigeant un paiement pour ses méfaits. Et Justin éprouve le besoin de le punir. Après tout, c'est son métier.

Son clavier est constellé de pépites de chocolat au lait et de fragments de noisette. Il humidifie son index et tapote les miettes de muffin avant de se lécher le doigt. Il essaie de se souvenir du protocole exact. Comment contourner les pare-feu, neutraliser les alertes, ne pas laisser de traces. Pour aspirer le contenu de l'ordinateur de ce San Giorgio Cappadocia, il lui faut une stratégie, une porte d'entrée, et puisque ce petit carotteur tient à être payé, elle est toute trouvée.

Novembre 2016

Une transaction en cryptomonnaie est vérifiée à un niveau très déconcentré par une kyrielle d'autres utilisateurs, constituant une chaîne de confiance appelée *blockchain*. La validation de chaque échange par des parties tierces garantit un commerce sécurisé dans un environnement dématérialisé. L'outil employé par l'analyste du FBI vise à répliquer cette chaîne. Sauf qu'il oriente la validation de la transaction vers des dizaines d'ordinateurs complices, lesquels agréent l'envoi d'un faux bitcoin. Par son vecteur, un cheval de Troie s'installe sur l'ordinateur cible. En moins d'une paire d'heures, ce programme transfère toutes les données vers le poste de Justin, à Los Angeles.

– On referme la page Landisier, il n'y a rien. J'ai rédigé mes conclusions. Tu n'as plus qu'à les signer et les envoyer à la LAPD et à Tulsa.

– Pas d'assassinat, alors ? Quelle bonne nouvelle, sourit Benjamin.

– Rien qui ne vienne d'Oklahoma, et encore moins du Darknet. Cependant, l'internaute en question est intéressant. C'est l'incarnation du petit escroc en ligne. Loin d'être un génie, mais assez habile. Il s'est fait payer par une usine de trolls installée dans le Donbass, en Ukraine. On a récupéré son adresse IP lors de l'enquête sur l'immixtion russe dans nos élections. Il est français, vit dans une petite ville. Le genre de profil qui passe sous les radars en général.

– Tu crois qu'il faut le signaler ? Il y a matière à l'entendre.

– Franchement, rien d'assez gros. C'est juste un petit futé.

– D'accord. Alors, on transfère les informations dans l'énorme foutoir sur l'enquête russe et on peut clore le dossier Landisier, si tant est qu'on l'ait véritablement ouvert. Ils retrouveront l'autre conducteur, tôt ou tard. Ce n'est plus notre affaire.

– Entendu. Ah oui, j'allais oublier le principal.

Justin semble soudain moins à l'aise.

– Il y a aussi quelque chose de très curieux dans l'ordinateur du Français. Un rapport sur une ressortissante américaine. Ça date un peu.

– Un rapport ?

– Ouais, y a pas vraiment d'autres mots. Il l'a rédigé pour le compte d'un type, peut-être un ami. J'imagine que c'est une histoire de séduction… Enfin je ne vois pas ce que ça pourrait être d'autre. C'est une Californienne, la fille.

– *Okay*, écoute, laissons tomber, surtout si c'est vieux. Elle n'est pas morte, au moins ?

– Non, non, mais… c'est un peu étonnant, parce que ce rapport parle de toi, à un endroit.

– De moi ?

– Ah, voilà !

Laitner Junior retrouve la page de son cahier et pose le doigt sur un nom.

– Elle s'appelle Jessica Dahlgren.

Benjamin sursaute.

– Jessica Dahlgren ?

Printemps 1993

« *One, two, three and to the four*

Snoop Doggy Dogg and Dr Dre is at the door. »

Dans le minibus Ford Transit, ils sont une quinzaine à secouer la tête sur le morceau *Nuthin' But A G Thang*, comme s'ils se trouvaient à l'arrière de la Chevrolet Impala décapotable, modèle 1964, celle du clip des rappeurs de Compton. Certains jeunes s'encanaillent en marquant la cadence d'un mouvement répété de l'avant-bras.

Puis vient le refrain, et tous gueulent joyeusement :

« *It's like this and like that and like this and uh*

It's like that and like this and like that and uh

It's like this and like that and like this and uh. »

L'ambiance est délicieuse.

Ben est aux anges. Il a travaillé dur ces dernières semaines, il les attendait, ces vacances. Elles étaient l'unique perspective plaisante depuis la pause hivernale et les partiels, le point vers lequel tout devait converger. Enfin, elles sont arrivées.

La promotion de jeunes en master à UCLA se rend à Idyllwild, station bucolique dans les montagnes de San Jacinto, à cent vingt miles de Los Angeles. Là-bas, ils célébreront Spring Break, dans un camping en pleine nature, à l'écart des orgies des élèves de premier cycle qui ne pensent qu'à boire et baiser sur la côte mexicaine, où on peut se torcher jusqu'à la mort, sans devoir attendre ses vingt et un ans. Cela dit, boire et baiser, ils n'ont rien contre, Ben pas moins que les autres. Il s'agit juste de le faire de manière plus civilisée, plus réfléchie, plus adulte, en somme.

Il a levé le loquet et fait coulisser légèrement la vitre sur sa gauche. Le vent s'engouffre et l'ébouriffe un peu, couvre les paroles de la chanson. L'air est tiède, se réchauffera à mesure que la route se cabrera vers l'est. Il se sent bien, pourrait presque somnoler. Charger ses batteries avant les nuits de fêtes et l'alcool.

Il ne connaît pas les étudiants autour de lui, ou alors uniquement de vue. UCLA est une université énorme, chaque faculté éparpillée dans de nombreux bâtiments. Il a deux bons potes dans un autre minibus qui suit derrière, et une partie de sa classe est sur place depuis la veille.

Le Transit roule bon train sur la six-voies. Les quartiers défilent. Sur le bois d'une palissade, Ben distingue une fresque à l'effigie de Rodney King et des slogans hostiles à la police. Puis les échangeurs, le flux qui se fluidifie, les *trucks* monstrueux, la laideur des villes satellites, celle des zones industrielles, les stations-service, la poussière, l'horizon de montagnes et de désert. Le grand sifflet qui gère la playlist, assis à côté du conducteur, sans doute inspiré par le paysage, lance un morceau des Highwaymen, suivi du classique *A Horse With No Name*. Et soudain, l'Amérique se fait plus profonde.

Ben tire le paquet de Philip Morris de sa poche. Il tapote une cigarette côté filtre contre sa cuisse, la fait habilement pivoter entre ses doigts, regarde sa voisine de banquette, hésite.

– Ça te dérange si je m'en grille une ? Je soufflerai par la fenêtre.

– Non, pas de problème.

– Dis-moi, vraiment.

– Pas de problème, répond-elle en souriant.

– Merci. Je… je vais arrêter, bientôt.

Il allume sa clope, pousse la vitre jusqu'à la butée et s'applique pour que la fumée s'échappe hors de l'habitacle. *Putain, que c'est bon*, songe-t-il. Puis il balance le mégot sur le bas-côté. La musique est toujours aussi plaisante, c'est de bon augure pour les veillées de la semaine. Sa voisine dodeline de la tête. Elle doit penser comme lui.

Après chaque chanson, celui qui choisit les titres se retourne vers l'assemblée pour savoir si ses cassettes font l'unanimité dans le véhicule. Le gars derrière lui, particulièrement excité, le gratifie d'un pouce en l'air et réclame « plus fort », mais le volume est déjà au maximum.

– *By the way*, je m'appelle Benjamin. Enfin Ben, quoi. Première année de master de droit.

– Jessica, première année aussi. De littérature contemporaine. Mes amis m'appellent Jess, c'est original, n'est-ce pas ?

– Alors enchanté, Jess.

– Enchantée, Ben.

« *Then I look at you*
And the world's all right with me
Just one look at you
And I know it's gonna be, it's gonna be, it's gonna be
A lovely day
Lovely day, lovely day, lovely day, lovely day
Lovely day, lovely day, lovely day, lovely day. »

La kyrielle de minibus prend à gauche par une route de montagne plus étroite, qui serpente gravement. La lumière perce la canopée des pins et une odeur résineuse s'instille jusque dans les habitacles. Encore un virage, et le Ford se gare. Ben en descend, s'étire, va aider à décharger les glacières et le matériel.

Ceux arrivés hier ont déjà bien installé le camp, ça a de la gueule. Les tentes sont rangées sous de grands arbres, à l'abri des rayons rutilants du soleil. Le bar et les frigos sont très bien fournis. Les filets des terrains de volley tendus, les tables de ping-pong dépliées, les aiguilles des conifères balayées, les parasols autour de la piscine déployés. Il ne manque rien.

Benjamin laisse ses affaires dans un coin et débute sa visite. Il a toujours aimé l'envers sauvage de la Californie. Les reliefs couverts de pins ponderosa et de trembles, les cornouilles, les rivières, les lacs, les falaises qui tombent en à-pics dans l'horizon, la ronde des rapaces. Ces territoires doivent être semblables à ceux qu'ont découvert ses aïeux lors de la fameuse conquête de l'Ouest. Exception faite, bien sûr, de quelques barbaries architecturales telles que le bâtiment principal du camping qui jure franchement au milieu de la forêt, avec ses tôles blanches et sa façade sans charme. Il accueille un réfectoire et une salle pour danser. Derrière se trouvent les sanitaires collectifs, qui inspirent, jusqu'ici, plutôt confiance. Plus loin, à côté du bassin où des jeunes barbotent bruyamment, un chapiteau couve des tables et une buvette où l'on diffuse du Bob Marley.

> « *And they saying iron like a lion in Zion*
> *Iron like a lion in Zion*
> *Iron lion Zion.* »

« Pour les nouveaux : le camping est immense et réservé à nous seuls, inutile de serrer vos canadiennes ! Profitez de l'espace. Et, point important, pas de nourriture dans les tentes, y a des ours par ici ! Le réfectoire reste ouvert 24 heures/24, faites pas les cons ! »

Ben s'installe non loin d'un ruisseau dans lequel, pense-t-il, il ira pisser la nuit, si besoin. Il observe autour de lui, c'est formidable, ils sont coupés du monde. Il a entendu dire qu'il y avait une cascade, un peu plus haut, à une demi-heure de marche par un sentier. L'eau y est froide mais on peut s'y baigner. Il y fera un tour dans l'après-midi, sauf si le programme propose une activité de groupe plus alléchante. Ils auront l'embarras du choix. Ça c'est sûr, il ne va pas s'ennuyer. Une joie intense irradie son corps, produisant une sensation de fourmillement au niveau de la nuque et des épaules. Fils unique, Ben n'est jamais parti en vacances avec des jeunes de son âge. Ses parents voulaient toujours visiter quelque chose d'intéressant. Ici, le lieu d'une bataille célèbre, là, un endroit à la formation géologique remarquable. Faire du tourisme culturel, du tourisme qu'ils voulaient « intelligent », avec le présupposé que la vie est trop courte pour tout découvrir, et qu'il n'est donc pas question de perdre un été dans un hôtel-club sur une plage de Floride ou de Cancún. En soi, il s'agissait de moments agréables, surtout quand ils partaient à l'étranger et découvraient des cultures exotiques. Mais il ne s'amusait pas. Benjamin ne s'est jamais amusé en vacances. En fait, cela ne lui avait jamais traversé l'esprit jusqu'à présent, mais dans sa famille, on n'est pas malheureux, seulement on ne s'amuse pas. Jamais.

Il laisse son sac sous la tente et remonte le Zip de la fermeture Éclair.

En revenant vers le cœur du complexe, il aperçoit quatre camarades de sa promo. Des types sympas, qu'il apprécie. Ils jouent aux dominos à l'ombre et fument des joints peu chargés en herbe.

– Tiens, Ben, ça va mon gars ? T'as fini par arriver. Va te chercher une bière et un sandwich sous la tonnelle ! Tu remplaces Erik dès la prochaine partie. Il fait honte au jeu, tellement il joue mal.

Plus tard, avec ses quatre amis, Ben débouche du chemin rocailleux sur la cascade située en amont du terrain de camping. Depuis plusieurs minutes, ils entendent des cris de jeunes qui se plaignent de la température de l'eau. Des cris de jeunes femmes, surtout. Ils échangent des sourires complices. Un peu à la traîne, Erik et Elijah portent une glacière remplie à ras bord de bières et sodas. Voilà qui devrait leur faire marquer des points.

La chute d'eau n'a rien d'impressionnant, le débit est assez lent et la rupture n'est pas plus haute qu'un pommeau de douche. Le creux dans la roche en dessous est profond d'un bon mètre et la flotte si cristalline qu'on peut voir ses pieds au travers. Mis à part sa fraîcheur, c'est la piscine naturelle idéale. Nul doute qu'elle restera fréquentée tout au long de la semaine et Ben songe qu'ils ont bien fait de s'y rendre dès le premier après-midi. D'autant qu'il croit apercevoir sa voisine de minibus qui se baigne. Elle souffle avec vigueur pour supporter l'eau froide, comme si elle se livrait à un exercice d'endurance, de ceux que pratiquent les yogis, par exemple. Elle a gardé son T-shirt. Il épouse ses formes. Ben n'avait pas remarqué, tout à l'heure, qu'elle avait une si belle poitrine. Le regard toujours rivé sur elle, il s'assied sur un rocher et décapsule une Budweiser.

– Tu la connais ? demande Erik.

– Pas vraiment, c'était ma voisine lors du trajet.

– Elle est pas mal, dis-moi.

– Ouais. Pas touche, répond Benjamin.

La nuit, les fumées s'élèvent en panache par-dessus les barbecues. Les galettes tortillas sont garnies avec les morceaux de bœuf ou de poulet saisis à la flamme et encore bien juteux. Un trait d'une sauce plus ou moins épicée, quelques légumes grillés et une cuillère de riz complet, le compte est bon. Ben déchire la chair d'une enfilade de ribs de porc, et se fait servir un grand verre de blonde. Ils ne manquent de rien et surtout pas de boissons. De la bière, encore de la bière et des hards.

Les spots jaillissent en points multicolores par les fenêtres de la salle des fêtes accompagnés de mélodies énervées. Ben avait vu juste, les DJ sont bons et pointus. Aux titres de Kicks Like a Mule succèdent ceux de 2 Unlimited, Dr. Alban et House of Pain. Mais c'est avec The Prodigy que la soirée bascule dans ce n'importe quoi qu'une part de chacun est venue chercher.

« *I'll take your brains to another dimension*
I'll take your brains to another dimension
I'll take your brains to another dimension
Pay close attention. »

Torse nu comme les autres garçons, il improvise des danses qu'il s'imagine maîtriser, et dans cette ambiance où tous en sont au même point, l'illusion est parfaite. Prodige des rythmes et de l'alcool. Autour, les premières chopes font tomber les dernières barrières de la bienséance. Sous l'effet des substances, les contours se dissolvent et, dehors, les arbres jadis droits dans leur tronc, ondulent gaiement ; ils sont si flous que Ben peine à uriner sur leur écorce.

Plus tard, la soirée se disloque et s'essaime ; sous le chapiteau, dans la piscine, ses émanations éclatent en combustion de joie spontanée.

Il a besoin d'un peu de calme et d'une clope. Il aime fumer quand il est saoul.

– Pour quelqu'un qui doit bientôt arrêter, tu parais bien accroc !

– Hey, Jess, salut. Je t'ai vue cet aprèm sous la cascade.

– Ouais, putain, c'était vivifiant.

Ben se surprend à loucher sur ses seins. Il se reprend. Il n'a pas été éduqué comme ça.

Jessica sourit, elle a perçu sa gêne. Il lui fait l'impression d'un bon gars.

– Tout va bien ?

– Oui, enfin, tout cet alcool, j'avais plus l'habitude.

– Mais c'est normal, c'est Spring Break ! Ça donne envie de se laisser aller, tu crois pas ?

Jessica est bien imbibée, elle aussi, Ben remarque la puissance de son haleine.

– Viens, on va se chercher une bouteille de chardonnay et la boire dans un coin ! propose-t-elle.

Il n'en croit pas ses oreilles. C'est trop beau.

– Carrément.

Ils dégotent une bouteille de blanc dans un frigo et vont s'installer sur une table, à l'écart, au niveau des terrains de volley. Ils boivent au goulot et se racontent leur vie. Jess vient d'une famille bourge, type nouveaux riches californiens. Elle a grandi dans des villes de Blancs, et a fréquenté des écoles sans problèmes.

Elle a joué dans l'équipe de crosse de son lycée et a gagné des prix d'orthographe. Elle pense que son père est un beauf avec un gros portefeuille et sa mère une sorte de femme soumise moderne. Elle a choisi d'étudier la littérature parce qu'elle aime les livres et a toujours souhaité percer le mystère des grands auteurs. Elle s'intéresse particulièrement aux Français du XXe siècle, et surtout Camus. Ben aime ses parents, il a le sentiment qu'ils ont toujours tout fait pour lui. Son père est un homme sérieux et strict, sa mère une femme effacée qu'il ne qualifierait pas de moderne. Il a choisi le droit parce qu'il souhaite rejoindre le FBI, et ce depuis tout petit.

Ils plaisantent à propos des rêves de gosses. Puis, avec le vin qui monte, ils abordent des sujets plus personnels, Ben est célibataire, il a vu une fille au premier trimestre, mais ça n'a pas marché. Jess vient de quitter son ex, il est resté à Lake Forest d'où elle est originaire et ça devenait de plus en plus difficile d'entretenir cette relation à distance. Elle déteste sa coloc aussi, une petite grosse lubrique qui se fait prendre tous les week-ends par un mec différent et laisse traîner alternativement capotes et tampons dans la salle de bains commune.

– Mais attends, ça peut pas tomber mieux. On a une chambre qui se libère le mois prochain. Le type part en échange au Canada. On cherche quelqu'un de…, Ben cherche ses mots, quelqu'un de cool. Comme toi. La maison est à Westwood Village, tu trouveras pas mieux placé.

– Bah faut voir, mais pourquoi pas. Franchement, ça me semble super.

Ils fêtent cette perspective en avalant chacun une grande lampée de vinasse. Peut-être celle de trop. Jess se relève, manque de tomber, se redresse. Ben lui saisit le bras. Il la sent vacillante.

– Ben, c'est trop cool de t'avoir rencontré, hoquète-t-elle. Je suis si heureuse de passer la semaine avec toi.

Ben aussi est heureux.

– Ça te dérange de me ramener à ma tente ? Je crois que j'ai forcé sur le chardonnay.

Il la conduit jusqu'à son emplacement, elle titube, il la soutient. Elle s'arrête, elle a besoin de respirer. Repart d'un pas chancelant. S'arrête à nouveau. Enfin, ils trouvent sa tente. Ben tire sur la fermeture Éclair et elle se vautre dans sa guitoune de Nylon. Puis, ce n'est pas tant le silence qu'une clameur constante et lointaine. Il reste quelques secondes à attendre. Il est bien sec lui aussi. Inspire de grandes bouffées d'air pour vaincre la nausée. Il ne peut refréner un sourire. Il irait bien la rejoindre sous la toile. Y réfléchit. Juge qu'il serait idiot de précipiter quoi que ce soit. Que dans le meilleur scénario, ils se gerberaient l'un sur l'autre, et ne pourraient se revoir ensuite sans éprouver un sentiment de honte extrême. Au fond de lui, il est incroyablement léger. Cette Jessica, c'est une bénédiction tombée du ciel. Il est sur le point de tourner les talons pour aller chercher un tronc isolé sur lequel pisser quand la canadienne de Jessica se met à trembler. Elle en ressort, en culotte et maillot de corps légèrement transparent. Elle l'attrape par la nuque et l'embrasse avec entrain.

– Je t'avais même pas dit au revoir. Quelle ingrate !

Puis, elle rit.

– À demain Benjamin. J'ai aimé cette soirée.

Et de nouveau, sans qu'il ait le temps de comprendre, elle disparaît dans sa Coleman.

*

Chez les Landisier, ce soir, à table, tout le monde tire la gueule. Surtout Jacques, incapable de se contenir.

– Tu fais un gosse, tu lui donnes tout, tu lui forges un avenir. Il te crache à la figure. Voilà ce que ça donne les enfants trop gâtés. Voilà comment on est récompensés d'être de bons parents. À ce compte-là, si c'était à refaire, eh bien, non merci ! Trop de libertés, qu'on t'a laissées, et pour quoi en échange ? Du cinéma ! Du cinéma ! C'est exactement ça, du cinéma.

Il écrase son poing sur la table. Les couverts en bondissent, retombant en bruits métalliques.

– Le nom Landisier, c'est pas n'importe quoi, à la fin. C'est une chance, une chance formidable, quasi incomparable, et avec, une obligation. Juste une. Perpétuer ce domaine. Poursuivre une tradition, un art, un artisanat. Tu ne peux pas être idiot au point de ne pas comprendre quelque chose d'aussi basique.

Il se sert deux grandes louches de bouillon, sans arrêter de vilipender.

– Mais Monsieur préfère la traîtrise, Monsieur préfère le cinéma. Le cinéma c'est quoi ? C'est du vent !

Rien que de l'air, ça vaut à peine un pet, le cinéma. Tu salis notre nom, Bruno, le mien encore, je pourrais l'avaler, ce serait une belle manière de me remercier pour ce que j'ai fait pour toi, cependant je l'avalerais, j'en ai vu d'autres. Mais celui de mon père, celui de mon grand-père… Ça, vois-tu, petit malin, je ne peux pas l'accepter. Je ne peux pas !

Bruno a le cou enfoncé dans les épaules. Il a essayé de discuter déjà, a tenté la confrontation frontale aussi, sans arriver à persuader son père de quoi que ce soit. Ce soir, il compte laisser passer l'orage. Il faut dire qu'ils n'en sont pas au premier échange houleux sur le sujet. Un soir sur deux, il revient dessus, Jacques, et sa fureur ne fait que croître.

Depuis la classe de seconde de Bruno, le ver est dans le fruit. Il y a d'abord eu le club théâtre du bahut, puis le club cinéma. Ils ont monté un court-métrage avec des camarades. Une histoire de jeunes qui s'ennuient devant un écran de télévision et décide de détourner des programmes avec le bric et le broc à disposition. Le concept n'était pas franchement original mais ça a bien fait rire les amis. L'été suivant, avec l'argent des vendanges, Bruno s'est offert une Super 8 Kodak pour ses propres projets. Lors de l'année 1992, il a eu l'idée de filmer trois secondes, chaque jour, le même pied de vigne. Le montage a été un enfer, à cause du son essentiellement. Mais formateur, aussi.

Il a réservé le premier visionnage à son père, vingt minutes de cep qui grandit, verdit, donne des fruits qui mûrissent, et se fane. Jacques ne s'est montré guère enthousiaste. Très vite, il s'est mis à secouer la tête et à soupirer. Il a prétendu que l'exercice était vain, qu'il niait le principal, à savoir que le vin doit tout au temps et que vouloir l'accélérer constituait au mieux une preuve d'ignorance, au pire une insulte au métier. Bruno a soutenu qu'au contraire il s'agissait de montrer ce que c'était, une année, comment ça transformait un cep en lui-même, mais dans une version nouvelle, qu'un an plus tard la plante était à la fois identique et différente, que c'était ça, selon lui, un millésime.

– Un millésime ? Un millésime ? a répété Jacques en se moquant. Non ce n'est pas ça un millésime. Mais je suis heureux que ça t'intéresse.

Cela avait surtout convaincu Bruno de tenir le paternel à l'écart de ses productions. Jusqu'à ce début d'année, où il a fait toutes les recherches, s'est bien informé, a élaboré un dossier et s'est préinscrit en école de cinéma. À ce stade, dos au mur, il a bien fallu annoncer la nouvelle, qui depuis crée tant de remous dans le foyer. Non, pour lui, ce ne serait pas une inscription en sciences de la vigne et du vin, et les fameux cours d'œnologie du professeur Ribereau-Gayon.

Jacques aspire son bouillon. Y jette quelques croûtons frottés à l'ail. Ne touche pas à la bouteille de rouge. Le silence est retombé sur le dîner. Bruno fuit les regards, sa mère aussi.

Quand il a terminé, le père se lève et va laver son assiette, tout seul comme un grand.

– Je ne prends pas de dessert, merci, mon fils, de m'avoir encore coupé l'appétit. Je me couche tôt, il y a une vigne à palisser demain. Je suis désolé de ce petit métier que j'exerce.

*

Ce n'était pas censé être si soudain. On leur avait expliqué, l'enchaînement des contractions qui se rapprochent de plus en plus, qui débutent plusieurs jours avant l'accouchement, pour préparer le col de l'utérus. Qu'il faut se rendre à la maternité quand l'intervalle avoisine les dix minutes, même un peu moins. Qu'en faisant ainsi on ne prend pas de risque, que cela dure encore des heures avant la perte des eaux et la naissance. William Smith était intervenu, il est statisticien, il sait ce qu'est une marge d'erreur, il connaît l'allure d'une loi normale. Il accepte le risque, à la limite l'incertitude, mais pas le jeu, pas la loterie. L'obstétricien qui connaissait tout aussi bien l'allure d'une loi normale, avait répondu qu'il n'y aurait ni erreur, ni jeu, et qu'en cas de doute, ils pouvaient tout aussi bien appeler la maternité, de jour comme de nuit.

Bill démarre la Volvo en trombe. Ils ont balancé une valise dans le coffre, tout est précipité. Lucy est à côté, elle souffre. On dirait que ses cavités oculaires se creusent de minute en minute et que ses yeux n'en finissent pas de tomber au fond. Bill aimerait lui dire de ne pas s'en faire, mais il n'en a pas la force. Il est mort d'inquiétude. À peine quittée la rue où ils habitent, elle perd les eaux sur les cuirs de la nouvelle auto. Ce n'était pas censé être si soudain.

– Je sens qu'il arrive, je le sens. Le bébé arrive.

– Respire, chérie. Respire. Essaie de te retenir.

– Me retenir de quoi, putain ? C'est pas une envie de pisser. Je sens ce bébé qui me glisse entre les cuisses. Me retenir de quoi ?

– Je fais au plus vite. Vraiment, je me dépêche.

William roule aussi rapidement que possible. Il est concentré sur l'itinéraire et n'hésite pas à griller un feu quand cela est possible. Par chance, Oklahoma City est une ville faiblement encombrée, en milieu d'après-midi. Une camionnette de livraison roule au pas devant eux. Bill klaxonne.

– Il peut pas bouger de là, celui-là, gueule-t-elle dans l'habitacle. Putain de merde !

À ce moment précis, c'est peu dire que William craint sa femme. Elle est survoltée, il décèle un trait cinglant dans ses yeux qu'il n'avait jamais perçu auparavant. Il a peur qu'elle explose, il a peur aussi pour le bébé, il redoute par-dessus tout de devoir assurer l'accouchement, ici, dans cette voiture, garée sur un trottoir de l'avenue. S'il est bien certain d'une chose, c'est d'en être incapable.

– On y est presque, on y est presque. Fais tes exercices de respiration. Hein, ceux qu'on t'a appris. On y est presque.

Il murmure pour lui-même : « Ce foutu médecin va m'entendre. On a tout bien fait. »

Lucy exécute ses exercices de respiration. Son souffle est lourd. Ça ressemble exactement aux expirations des femmes sur le point d'enfanter dans les films. *À quel point le travail a-t-il déjà commencé ?* Bill se demande.

– On y est presque !

– Grouille-toi, putain. Je le sens, je sens qu'il arrive. Putain Bill, le bébé est là !

Il entre sur le parking de l'hôpital avec soulagement. Si elle doit faire cela sur le bitume entre deux Chrysler, il n'aura pas à assurer les gestes. Lucy souffre, mais il se sent déjà moins paniqué, il a fait sa part du travail. Ouais, il a accompli sa part, du très beau boulot ! C'est une pensée de lâche, il en conviendrait s'il n'était pas déjà affairé à courir comme un dératé pour trouver des brancardiers.

– Ma femme est dans ma voiture, sur le parking. Elle accouche. Il faut la prendre en charge.

L'hôtesse à l'accueil de la maternité ne semble pas alarmée.

– Vous êtes monsieur ? Votre femme est suivie chez nous ?

– Smith, c'est Lucy Smith. Bien sûr qu'elle est suivie ici. Vous croyez quoi, à la fin ?

La petite bonne femme à lunettes tourne les pages d'un registre, toujours impassible.

– Faut plus perdre de temps, là.

– Oui, oui, attendez une seconde, j'appelle des aides-soignants. Vous les guiderez jusqu'à votre voiture.

Et elle décroche son téléphone.

Dans la Volvo, Lucy est exténuée. Elle a l'impression que le bébé est coincé dans son vagin, qu'il se débat pour sortir, que ça les détruit tous les deux. *Que fait-il ?*

Elle pense par interjection et phrases de trois mots. Parfois quatre, quand elle les ponctue par un *putain* ou un *bordel. Il m'abandonne.* Elle essaie de crier à l'aide. Voudrait sortir. Mais elle n'a pas la force d'ouvrir la porte. Elle étouffe. *Je meurs. Je meurs, putain. Je perds l'enfant. Aidez-moi.* Les sons ne jaillissent pas de sa bouche. Ils sont comme prisonniers dans son crâne, et avec, une infinie tristesse mêlée de total désespoir. William avait tous les attributs du bon mari. Comment peut-il l'abandonner, ici, dans cet état, se débiner aux aurores de la paternité ? Une nouvelle contraction lui provoque une grande crampe qui irradie le bas du dos, jusqu'à l'abdomen. Cette fois, elle n'y peut rien. Le bébé se présente. Dieu que ça fait mal. Elle va le faire toute seule dans cette bagnole.

Il est au bar. Lucy en est certaine. Bill est parti boire un verre. Sans doute du whisky. Cette pensée la trouble d'autant plus que William n'est pas franchement porté sur l'alcool. *Il boit. Et je meurs. Je meurs seule.* C'est très clair, son mari l'a enfermée dans ce véhicule pour aller se saouler. Il n'y a pas pire goujat sur terre. La contraction se calme. Elle soupire. Elle est trempée de diverses sécrétions. Le répit l'apaise, une minute. Elle a peut-être encore une chance de s'en sortir. Elle pousse sur ses fesses et pivote doucement, au prix d'un dur effort. Elle actionne la poignée et la portière s'entrouvre. Elle songe, *j'ai réussi.* L'issue est là, devant elle. Cet idiot de William avait mal fermé la porte. Elle glisse sur le dos, et elle touche enfin le macadam. Elle va s'y traîner dans cet hosto. Elle ne va pas déposer les armes si vite. Elle a un enfant à sauver.

Deux hommes en blouse blanche tractent le brancard. William court à côté. Devant, c'est irréel, il aperçoit les deux pieds de sa femme qui sortent de la Volvo. *Que fait-elle*, s'inquiète-t-il.

– C'est ici ! Vite, avant qu'elle ne tombe !

Bill accélère : Chérie, qu'est-ce que tu fais ?

– Trop tard, je sors.

William pose le bras sur la carrosserie, au niveau du côté de caisse, pour faire comme barrage à sa femme.

– Ils vont te conduire sur une civière, ne bouge pas.

– Salopard, salopard.

– J'ai fait au plus vite chérie, ils vont te prendre en charge, tu n'as pas à t'en faire.

Les deux types placent le brancard en position basse et la saisissent chacun par un bras. Lucy souffle, elle semble plus calme. Ils l'asseyent sur la civière, la font tourner à quatre-vingt-dix degrés et l'allongent. Bill lui prend la main, elle la retire.

– Tu pues l'alcool, geint-elle.

Sans que Lucy comprenne comment, elle sort d'un ascenseur et arrive dans une pièce équipée, où on la fait asseoir sur un fauteuil gynécologique. Elle entend des bips et ne perçoit plus que des fils et des diodes. Un maïeuticien installe le stéthoscope obstétrical pour mesurer les battements cardiaques du bébé. Tout semble en ordre. Une infirmière pose un cathéter sur la main gauche de la maman. Pour l'instant, on ne lui administrera rien, mais on préfère ouvrir une veine, par précaution.

– Le col est un peu dilaté, il est ouvert à trois sur dix, vous allez bientôt accoucher, vous avez bien fait de venir. On passera en salle de naissance d'ici quelques minutes. Essayez de vous décontracter, tout s'annonce très bien.

Un instant, elle se demande si elle n'a pas oublié le bébé dans la voiture, s'il n'est pas sous le siège, abandonné, en train de pleurer. Elle aurait coupé le cordon toute seule. Elle n'en a pas le souvenir. Cela la pétrifie. Mais une nouvelle contraction la secoue. Elle l'accueille en souffrance mais avec soulagement, l'enfant est encore en elle.

– Tout s'annonce très bien, répète-t-elle, en soupirant.

William est resté dans un coin. Il regarde l'infirmière préparer sa femme, la changer, la nettoyer. Elle passe un gant de toilette sur son bas-ventre et ses cuisses, applique une solution antiseptique, demande si elle lui fait mal, si elle peut lui plier une jambe, puis de nouveau l'étendre. L'urgence a cédé devant des gestes précis, professionnels, des automatismes. Cette absence de hâte le surprend.

– Monsieur, approchez-vous, c'est important que vous souteniez votre femme.

Lucy est en sueur. Bill la trouve blême, terriblement éprouvée. Mais son visage lui semble plus doux. Au moment où ils quittent la salle d'examen pour le prétravail, elle tend son bras vers lui et murmure :

– Tu es beau mon amour. On va avoir un bébé.

Déjà, une nouvelle contraction déforme son visage de douleur. Sa veine cave est enflée, droite sur son front, grise comme un tatouage.

Dans la salle de naissance, le docteur salue Lucy. Lui dit qu'il est heureux de la voir, que c'est le grand jour. Il discute avec une sage-femme et semble soudain embêté.

– Madame Smith, il est un peu tard pour une péridurale, on va faire sans. Votre col s'ouvre vite, c'est très bien.

– Je ne veux pas de péridurale, souffle-t-elle entre ses dents serrées.

S'ensuivent des complaintes, des hurlements, des longues exhalations, une injure lâchée, impossible à contenir, et encore une autre. Deux heures passent, sans que rien se produise. William ne sait que faire, s'approche de sa femme, se sent inutile, demande s'il peut l'aider, ne reçoit pas de réponse, se retire doucement plus loin dans la pièce, s'avance de nouveau, regarde, susurre : « Courage, chérie, courage. » Encore des expirations, par grandes bouffées saccadées, encore une injure.

– Le col est ouvert, complètement, Madame Smith. C'est parfait, on va faire sortir le bébé, tout va bien se dérouler, vous verrez. Vous vous souvenez, on retient sa respiration, et on pousse aussi longtemps que possible.

Et un cri. Un cri de nourrisson. C'est un garçon.

Le cordon est sectionné, l'enfant posé sur le ventre de Lucy. Il est beau. Le plus beau des enfants du monde. Il portera le prénom d'un acteur, la star de *La Grande Évasion*, de *Papillon* et de *La Tour infernale*, il s'appellera Steve.

*

Le soleil est haut dans le ciel, il fait bon, dans les vingt-cinq degrés, avec un léger vent. Des oiseaux gazouillent depuis la canopée, les arbres se balancent mollement par leur cime. Les stigmates de la fête de la veille sont déjà quasi effacés, quelques employés de la société de nettoyage engagée pour la semaine, trimballent d'immenses sacs de détritus jusqu'au coffre de leur pick-up. Ben contourne le chapiteau, puis le bâtiment principal et descend en direction de sa tente pour aller se munir d'un short de bain. Il rallonge un peu son chemin pour passer là où, s'il s'en souvient bien, se situe celle de Jessica. Elle est plantée sous un long pin à l'écorce rougeoyante, en haut duquel pépie une famille de golden-winged sparrow.

Benjamin ralentit en passant devant, allège son pas pour percevoir les sons qui pourraient émaner de derrière la toile. Il épie, n'entend rien. Il est bientôt midi, elle est peut-être déjà debout. Si elle n'est pas à la piscine, il poussera jusqu'à la cascade. Il faut qu'il la voie.

Ce soir-là, les fumets de viandes grillées laissent place aux odeurs non moins réconfortantes d'un feu de bois et de la pâte levée. Le four à pain, qui lui avait jusqu'alors semblé abandonné, est désormais l'épicentre du camp. Une demi-douzaine de pizzaiolos s'agitent autour, étalant, garnissant, enfournant et désenfournant de larges pizzas base tomate aux goûts variés : anchois, câpres, champignons, chorizo, saucisse de porc, viande hachée, jambon, cheddar, artichauts, pepperoni, poivrons, jack cheese, jalapeño, ananas, olives noires, mozzarella, bacon, tomates séchées, oignons, maïs, courgettes, sauce barbecue, speck, burrata, tomates fraîches, saucisse piquante italienne, pignons de pin, gorgonzola, œufs, thon, mortadelle, sauce chipotle, merguez, aubergine, ail, roquette, olives vertes, lardons, pommes de terre, emmental, pickles, laitue, cèpes, pesto de basilic…

Ben et ses quatre camarades sont parvenus à attraper un pichet de bière et une pizza de deux pieds de diamètre, parmi les premiers. Ils se sont mis un peu à l'écart, sous la guirlande multicolore qui éclaire de plus en plus, à mesure que le ciel s'assombrit, et qui donne à l'endroit un air de guinguette. Ben est assis en bout de table, entre Erik et Elijah. C'est amusant, ces mecs n'étaient pas tant ses potes que ça, jusque-là. Il les aimait bien à la fac, il allait cloper avec eux, souvent, entre deux cours, mais sans plus… Il les observe se découper une longue part étroite, bien coulante comme celles qu'on sert dans les Little Italy, et plaisanter sur les filandres de fromage qui s'allongent depuis le plat jusqu'à leur bouche.

– À quoi tu rêvasses, Ben ? demande Elijah. Si j'étais toi, je laisserais pas trop passer mon tour niveau pizza.

– Je me disais juste qu'on passait un bon moment, les gars.

– Et comment, qu'on passe un bon moment !

La musique est douce, pas trop forte, juste le volume qui permet de s'entendre. C'est un titre qui a fait fureur l'été dernier. Le chanteur s'adresse à une femme, lui dit qu'elle apporte le soleil, qu'elle le fait briller et qu'elle illumine le ciel comme son cœur.

– Au fait, s'enquiert Erik, tu l'as revue la gonzesse du minibus, celle qui a…

Erik mime une grosse paire de seins avec ses mains.

– Oui, on a passé la fin de soirée ensemble hier. C'était très chouette. Mais je l'ai pas vue aujourd'hui, ni à la piscine, ni à la cascade. Et pas ce soir non plus. Nulle part.

– Ah merde, mâchouille Erik, la bouche pleine de mozza.

– Elle est peut-être partie à cette excursion de deux jours que le programme proposait. La virée jusqu'aux crêtes du mont San Jacinto. Ils dorment en refuge et observent les étoiles. Moi, ça me disait moyen.

Elijah roule un joint, il ajoute :

– En plus, ça caille là-haut, y a peut-être bien encore de la neige.

Ben n'a pas entendu parler de cette activité, à vrai dire il n'a pas encore pris le temps de se pencher sur le programme. Il se dit que Jess lui en aurait parlé, si elle s'était inscrite à un trek dans la montagne. Enfin, il imagine.

– Bordel, qui veut passer Spring Break à s'user les pieds sur des rochers ? interroge Erik.

– On verra bien, souffle Ben. Peut-être qu'on se croisera dans la soirée, qu'elle est juste partie avec des copines, faire… J'en sais rien, un truc.

– Vu comme elle est gaulée, garde quand même un œil dessus, la prochaine fois.

Erik se fend d'un clin d'œil et se gausse. Il ne perçoit pas la peine de son camarade. Ce n'est pas grave, pense Ben, ça confirme juste la réflexion qu'il se faisait tout à l'heure. Ces gars, ils sont géniaux, mais ce ne seront jamais ses meilleurs amis.

L'obscurité est totale désormais. Les DJ ont lancé des playlists plus dansantes et l'alcool s'est progressivement insinué dans les veines des fêtards. Comme la veille, la soirée est sur le point de basculer.

Benjamin cherche Jessica dans la foule. Il croit l'apercevoir mais non, c'est une autre fille qui lui ressemble vaguement. *Elle est où, putain ?* Il n'a pas rêvé, à la fin. Elle lui a bien dit qu'elle était heureuse de passer la semaine avec lui. *Passer la semaine avec lui, c'est pourtant clair*, pense-t-il. Et ce baiser ? Ce n'était pas juste un vulgaire baiser de piste de danse. Ce baiser avait du sens. *Ce baiser avait du sens.*

Il a beau s'enfiler de longues rasades de bière, l'ivresse ne gagne rien. Il est désormais seul attablé, tandis que la bande se déchaîne sur la piste de danse improvisée dehors, dans la fraîcheur des nuits de printemps. Erik se frotte à une fille sur les notes de *Rythm Is a Dancer* du groupe allemand Snap !

« Rhythm is a dancer
It's a soul's companion
You can feel it everywhere. »

Ben soupire. *Relou*. Se lève et va se coucher, demain est autre jour.

*

Parricide, crime de lèse-majesté, traîtrise, insulte à la lignée, déloyauté… Ces termes ont été maintes fois déclinés, dans de longues tirades aux arguments souvent fallacieux.

Le baccalauréat D arrivait et les inscriptions pour le premier cycle devaient être bouclées en fin de semaine. Après des mois de tensions, il fallait prendre une décision à propos de l'orientation de Bruno. Jacques le fit monter à son bureau. Il lui demanda de fermer la porte derrière lui, et lui assura que sa voix ne monterait pas. Il allait capituler.

– Dès le début, je savais que tu préparais un coup tordu avec ta caméra. Je le savais, et j'ai voulu me persuader que non, parce que tu es mon seul enfant et que j'ai toujours eu confiance en toi.

Bruno perçoit l'émotion dans la voix de Jacques, qui se reprend.

– Le cinéma, mon fils, le cinéma, que crois-tu ? C'est une affaire de famille ! Et toi, tu es dans une famille de vins, pas de films ! Tu vois autour de toi, dans mon bureau, des affiches, des pellicules, des décors, des statuettes de récompense ? Tu vois ce genre de choses ? Non, et pour cause. Quand nous invitons nos amis à dîner, tu rencontres des acteurs, des producteurs, des réalisateurs, peut-être ? Non plus. Cela aurait dû te donner matière à réfléchir.

Si tu étais né en Chine, il y a quelques années, ils t'auraient arraché à nous, les communistes ; ils t'auraient coulé dans le creuset de la révolution culturelle et tu aurais fait un métier quelconque, peut-être boulanger, peut-être ouvrier, peut-être pharmacien, peut-être cinéaste, oui, pourquoi pas, après tout. C'est un emploi respectable, je n'ai jamais dit le contraire.

Bruno fait une petite moue.

– Mais ici, en France, il y a des métiers de famille, et le vin en est un. Alors, écoute-moi bien, car je ne le dirai qu'une fois. Si ça t'amuse de perdre quelques années en fac de cinoche, eh bien vas-y. Oui, vas-y ! Vas-y franchement. Va observer comment les fils Belmondo, Delon, Depardieu s'en sortiront mieux que toi. Va voir comment les métiers de famille restent dans les familles. Mais note bien que tu as intérêt à reprendre ce domaine, un jour ou l'autre. Et si ce n'est pas le cas, alors il te faudra changer de nom, car tant que tu ne seras pas revenu à cette terre, tu n'en seras pas digne. Et pardon pour ce que je m'apprête de dire, mais crois-moi, si tu n'y reviens pas, je m'assurerai que tu ne sois pas enterré à côté de ceux qui ont mis ce Château dans les plus belles caves du monde. Tu seras un paria, même après ta mort. Crois-le bien. Si tout cela est clair, tu peux disposer, maintenant.

*

Parfois, tout converge. Comme ce mercredi 3 mars 1993. Tout, les routes, les pensées, les gens qui marchent dans la rue, les émotions, les attentes.

Aussi, les articles dans les journaux, les discussions de comptoir, les rêves des enfants et de leur père, les espoirs et les peurs. Tout vers un même point, un même lieu.

Thierry s'est réveillé tôt, pas foutu de dormir davantage. Il s'en doutait. Il passe la matinée au bistrot, son maillot Duc de Bourgogne blanc par-dessus son vieux sweat Fruit of the Loom. Il écoute les habitués discuter du match sans se mêler, boit deux allongés, relit deux fois *L'Équipe*. Dans un long article, le journal sportif met en garde l'A.J. Auxerre contre la tornade néerlandaise qui pourrait bien s'abattre sur le club bourguignon et réduire son épopée européenne à néant. Thierry hausse les épaules. Les journalistes parisiens ne semblent pas accepter l'idée qu'un petit club de province hisse ses couleurs en quart de finale de la coupe UEFA. Ce n'est pas censé l'étonner. Lui, il y croit.

Vers midi, il commande une tranche de rillettes accompagnée de cornichons gros comme un pouce, puis une omelette salade avec de la moutarde forte et un demi aussi. Il n'a pas faim pour un dessert, mais se fait servir un nouvel allongé. Il commence à sentir le sang pulser dans ses veines.

Autour, la ville s'anime drôlement. Les cafés se remplissent à mesure que le match approche. Des voitures se garent le long de l'Yonne, il se raconte que les embouteillages vont jusqu'à la sortie d'autoroute. Sur les places, les hommes ne sont plus vêtus que de bleu et de blanc. Ils se déplacent par bandes, entonnent des chants, sautillent comme des puces.

Vers 15 heures, le stade aspire toute la ville comme la bonde d'un lavabo.

Thierry suit le flux. Il ne parle pas, a le regard rivé vers ses vieilles godasses, n'ose lever la tête, de peur de rencontrer une connaissance et de devoir dire un mot, chose dont il se sent bien incapable. Il ne saurait décrire son état, un mélange de stress, d'excitation et de joie. Mais aussi de la gravité, comme s'il se dirigeait vers un moment solennel, dont il se souviendrait toute sa vie. Au loin, on perçoit le battement d'un tambour, tel celui d'un cœur, répétitif, rapide, tel celui de *son* cœur, rapide, répétitif. Il ne fait plus si froid, il ne fait plus si gris, il prend à gauche, la route de Vaux.

Devant les grilles, il y a de l'attente, plus de dix-sept mille places ont été vendues. Toutes ces personnes, il faut contrôler leur billet, les fouiller, surtout les Hollandais, qui patientent devant leur parcage, colonie de grands blonds convaincus de leur supériorité et assaisonnés à la bière. Derrière un cordon de policiers, ils adressent des doigts d'honneurs aux fans locaux, ces gros connards.

Des insultes fusent : « enculés, pédés », « *klootzak, flikker* ». L'ambiance est chaude.

Quand il pénètre enfin dans sa tribune, la tribune Tennis, Thierry perçoit les vibrations des chants jusque dans la moelle de ses os. Malgré les températures hivernales, des types sont torse nu autour de lui, ils se tiennent par les épaules, sautent un peu sur la gauche, un peu sur la droite, chaque rangée dans la direction opposée, suscitant une impression de vagues et de confusion. Thierry s'amarre à son voisin et le voilà lui aussi de ce mouvement. Il crie, il crie ce que les autres crient. Et ça lui libère le nœud qui s'était tricoté dans son ventre, depuis l'aube. Oui, ça le libère tout à fait. Il sent que cette soirée est spéciale. *Historique.*

– Si on gueule comme ça pendant tout le match, on va tous perdre notre voix, confie-t-il à celui qu'il empoigne désormais comme un frère.

– Ouais, c'est sûr. Putain, j'espère pas, je me marie ce samedi, j'aurai l'air malin si on ne m'entend pas quand je dirai oui je le veux, répond l'autre.

Il est 18 heures, les équipes sortent du tunnel. L'A.J.A. en blanc, l'AJAX en vert.

La rencontre démarre sur un rythme enlevé. Auxerre encaisse rapidement un but, mais dans les gradins rien ne faiblit. Les supporters sautent d'un seul homme, les chorégraphies et les chants sont sommaires et puissants. Thierry a à peine le temps de douter, de se dire que l'article de *L'Équipe* avait raison de juger la marche trop haute pour son club, que déjà Auxerre égalise. Première jubilation. Et encore un, juste avant la mi-temps. 2 – 1, quel spectacle ! Il a le souffle court quand vient la pause, il a transpiré au moins autant que les joueurs. Heureusement, son nouvel ami revient avec une bière, qu'il adjoint d'un « faut reprendre des forces ».

La seconde période est tout aussi légendaire, Amsterdam égalise d'entrée, mais les Blancs poussent pour l'emporter. L'équipe est à la hauteur de l'événement. Quatre-vingt et unième minute, corner pour l'A.J.A., Pascal Vahirua enveloppe son centre, la balle s'élève dans les airs, elle replonge vers la surface, lobe le gardien. C'est direct ! But ! 3 – 2. La tribune explose, chacun se déchaîne en une suite de mouvements incontrôlés. Puis, en une apothéose comme seul le sport sait produire, à la dernière seconde, Martins dans l'entre-jeu décale Laslandes, lequel remise la balle sans contrôle vers Dutuel, l'attaquant fixe la défense, dribble, tire, poteau rentrant. Thierry est propulsé vers l'avant, les rangs sont en liesse, fusionnent presque, chacun s'étreint et s'embrasse, comme un jour d'armistice. 4 – 2, qui aurait pu imaginer pareil scénario ? Dans le cul, les Bataves prétentieux ! Dans le cul, et bien profond !

Le soir, le lit flotte dans la chambre. Ses oreilles bourdonnent. Dans ses tympans résonnent encore les chants de supporters, et le tambour, le tambour qui ne cesse de tambouriner. C'est sa chance d'aimer ce club, cette équipe comme un pied de nez aux grands clubs, comme ce village d'irréductibles Gaulois qu'aucun empire ne saurait conquérir.

Oui, l'A.J. Auxerre, c'est aussi cette idée, celle que le petit peut défaire le fort, que rien n'est insurmontable, qu'on peut tenir tête aux grands en étant plus malin, qu'une ville bordée de champs et de vallons peut mater des métropoles, des capitales avec des quartiers d'affaires, des tours et des aéroports ; que rien n'est écrit, qu'en dépit des statistiques et des probabilités, les exploits sont possibles, qu'ils sont reproduisibles saison après saison ; c'est une idée qui s'étiolera tout au long de la vie de Thierry, parce que le foot comme le reste, de plus en plus, devient une question de gros sous, dans des proportions que rien ne peut plus combler, et bientôt ce ne sera même plus que les petits ne battent pas les grands, pire, ce sera qu'ils n'auront plus aucune chance. Et ça Thierry, avec ses maigres qualifications, avec ses fringues de prêt-à-porter mal taillées, avec sa coiffure de péquenaud, avec ses fautes de grammaire, avec ses dents tachées par la vie, avec son goût pour le foot et les plaisirs simples, avec son goût pour les frites, le steak, la mayonnaise et le rouge, oui, ça, il l'aura bien compris, il l'aura bien compris parce qu'à un certain stade, c'en devient facile à comprendre.

*

Benjamin est allongé sur un rocher en surplomb de la chute d'eau et son bassin naturel. Il digère les deux sandwichs au thon, la pomme et les milk-shakes caramel salé sirop d'érable qu'il a engloutis en guise de petit déjeuner. Il lit *East Is East*, de T.C. Boyle, bouquin qu'il juge drôle, quoiqu'un peu sévère avec la société américaine. C'est bon de buller au soleil, le matin. En dessous, des jeunes s'éclaboussent et boivent des jus colorés. Ils sont arrivés un peu après lui, assez tôt tout de même, à une heure où la majorité des étudiants cuve encore sous sa tente. Ben les regarde. Éprouve un vague désir de les rejoindre, supplanté de loin par une franche envie de fumer. Il sort son paquet, s'en grille une lentement, laissant les cendres remonter la cigarette sans s'inquiéter. D'où il se trouve, l'horizon dessine un arc beige à peine incurvé. Des rapaces le survolent, des insectes y stridulent. On raconte que depuis le sommet des reliefs alentour, par temps clair, il est possible de percevoir l'océan. Ben tire sur la dernière latte de son mégot et se remet à sa lecture.

D'ici une heure ou deux, ses camarades le retrouveront et la journée pourra débuter pour de bon.

L'après-midi, les garçons ont décidé d'une expédition dans la forêt. Leur intention est de remonter le cours d'eau au-delà de la cascade et voir jusqu'où ça les mène. Ils imaginent une sorte de petit glacier, peut-être des congères, peut-être une source, peut-être les chutes Victoria elles-mêmes. La marche est pénible, aucun chemin ne suit le ruisseau, il faut se diriger dans la végétation et le profil escarpé. Erik est à la traîne. Ses amis lui demandent si ça va, et comprennent qu'il souhaite surtout faire savoir que sa nuit a été courte. Une fois donnée l'occasion de raconter comment il a ramené une dénommée Melody dans sa canadienne, la fatigue lui est moins pesante et il retrouve son entrain, fier comme Artaban.

Après une heure d'ascension, ils s'arrêtent au niveau d'une clairière. Elijah sort du tabac, des feuilles et de l'herbe. Ils fument un pétard en discutant de la saison des Lakers et des dernières années du Show Time. Erik revient à sa Melody, à la douceur de leur nuit. On sort un paquet de cartes. C'est aussi bien que de randonner en terrain difficile.

– On s'en roule un second et on descend ?

– Allez !

Vers 17 heures, ils reviennent au camp. Ils ont soif. Une douche, nouvelle tenue et rendez-vous vers le chapiteau pour une bière.

– Hey, Ben ! Ben ! Salut. Ah je suis contente de te voir. On vient de rentrer et j'espérais te croiser pour te présenter mes nouveaux amis aventuriers !

– Salut, Jess.

Il ne peut refréner un large sourire.

– Alors, je te présente Adam, Margaret, Matthew, Suzy, Greg, Ezequiel.

Ben salue chaque membre du groupe sans même essayer de retenir les prénoms.

– On était tout là-haut ! On a dormi dans le refuge, juste avant les neiges éternelles. C'était une véritable ascension, tu vois, comme les alpinistes. Enfin sans cordes, ni mousquetons, mais tout de même. Tu te rends compte, ça fait loin !

Jessica pointe le pic San Jacinto avec son doigt et Ben acquiesce pour montrer que oui, il se rend compte.

– On a appris des milliards de choses. Tu savais que les Indiens Cahuilla appelaient ce pic Aya Kaich, c'est bien ça, les amis ? Aya Kaich ?

Elle se retourne vers un type qui hoche la tête.

– Ça veut dire *falaises lisses*. *Falaises lisses*, c'est poétique. C'était la maison du dieu Dakush. Dakush, hein ? Je ne dis pas n'importe quoi ? Enfin bref, c'était la maison du fondateur légendaire du peuple cahuilla. Un véritable lieu sacré, en fait. On a regardé les étoiles la nuit dernière, le ciel était si dégagé. Et vous ?

Vous avez fait la méga teuf ? Niveau nourriture, ça devait être mieux que nos pâtes déshydratées.

Ben n'a pas le temps d'en placer une. Il allait dire qu'il s'est couché tôt.

– Je suis heureuse d'être tombée sur toi, on pourrait boire un verre, c'est l'heure, non ? Les gars, une bière, ça vous dit un apéro ? Joins-toi à nous, Ben.

– Je suis avec…

Ben se retourne vers ses camarades, chacun déjà une canette à la main.

– Parfait, il y a de grandes tables, on va s'installer tous ensemble. Salut les garçons, je suis Jessica. Vous prenez un verre ? Alors, je vous présente Adam, Margaret, Matthew, Suzy, Greg, Ezequiel…

Erik adresse un clin d'œil à Ben.

Il aurait préféré se retrouver seul avec elle, et reprendre leur discussion là où le chardonnay l'avait laissée. Mais elle semble avoir développé une attitude des plus grégaires depuis sa virée vers les cimes. Ses amis ont l'air franchement quelconques, pourtant. Ils déblatèrent des platitudes à propos de la nature, des montagnes et des Indiens Cahuilla, qu'aucun ne connaissait la veille au matin, et qui constituent désormais le peuple le plus fascinant que la Terre ait porté. Au moins, il est assis à côté d'elle. Il peut sentir le parfum de ses cheveux propres. Elle lui apparaît plus belle encore que lors de la première soirée ou dans le minibus. Ses cheveux blonds, son nez fin, son petit côté Sharon Tate.

Elle a noué son T-shirt, en passant le bas dans son col, cela laisse son ventre à nu. C'est plutôt sexy.

– C'était sympa l'autre soir. Tu sais, quand on a pris la bouteille de vin et qu'on est allé discuter.

– Oui, c'était dément. Je ne me souviens pas de tout, j'aurais pas dû tant boire !

– Ah, oui, répond Ben, un peu déçu.

– Mais je me souviens du principal, sourit-elle.

Il repense au moment où elle l'a embrassé.

– Et quel était le principal ?

– Bah ta proposition de colocation, pardi ! J'y ai réfléchi en marchant. Beaucoup. J'en ai parlé avec Adam, le grand en face de ton ami. Écoute, on se connaît presque pas, mais tu m'inspires confiance. Alors c'est oui ! Un grand oui !

Victoire ! se dit Ben, qui ne s'inquiète plus de cette histoire de baiser. Quelle excellente nouvelle, il a envie de la prendre dans ses bras. Des baisers, il y en aura d'autres, et bien plus, songe-t-il.

Mais lors de cette nouvelle soirée qui, après le barbecue et les pizzas, fait la part belle aux burgers, il ne trouve pas d'occasion pour un aparté. Elle ne le fuit pas, non, mais reste avec ses amis et danse avec lui comme avec les autres garçons. Et le lendemain, elle semble ravie de le voir mais pas au point de prévoir des activités en sa compagnie, pas au point d'aller dérober une nouvelle bouteille de vin, encore moins de se laisser raccompagner à sa Coleman. Elle l'appelle « mon coloc adoré » ou « mon nouveau voisin de chambre », elle propose qu'ils dînent à la même table le jeudi, et ils descendent six margaritas lors de la soirée mexicaine. Elle est ivre, mais ne joue pas au jeu de la séduction vers lequel il essaie maladroitement de la guider. Elle semble même davantage portée sur Adam, grand type musclé avec des cheveux courts, comme on en trouve pléthore en fac de sport ou à l'armée. Le vendredi, ils se croisent à peine et le samedi matin, elle insiste pour qu'ils soient de nouveau côte à côte dans le Ford, pour leur *way back to Los Angeles*.

Le trajet est peu animé, la musique calme, la route monotone, la moitié du Transit roupille. Jess somnole, en partie renversée sur lui. Elle s'anime cinq minutes quand est diffusé *Blue Hotel* de Chris Isaak, chantonne à voix basse, puis se rendort.

Il songe qu'il devrait peut-être lui parler. Lui confier qu'il l'aime bien. Qu'il a aimé qu'elle l'embrasse. Il soupire. Bien sûr, il n'a pas le courage de lui dire ça. Mais l'insinuer, oui, ça, il peut essayer. Lui raconter qu'il a aimé sa manière de le remercier, le premier soir. Sa manière de lui dire merci. *De me remercier de t'avoir conduite jusqu'à ta tente*, répète-t-il dans sa tête.

Au niveau de l'échangeur avec la 710, le trafic se ralentit et les coups de klaxon réveillent Jess.

– Merci de m'avoir laissée dormir à moitié sur toi.

– Pas de problème… J'aime, il toussote, j'aime ta manière de me remercier.

– Ah bon, qu'est-ce qu'elle a ?

– Euh, rien, Ben toussote de nouveau, rien, je disais ça comme ça.

Dans l'habitacle, pas un bruit sinon celui des voitures autour et la voix de Sting dans l'autoradio. Il se referme un peu. Une question le taraude soudain : et s'il l'avait inventé, ce baiser ? Et s'il avait halluciné à cause de l'alcool ? Il pousse la vitre pour fumer. Il observe Jess encore dans les vapes. Une intuition le traverse. Cette fille, elle va lui en faire baver.

« And if there's one guy, just one guy
Who'd lay down his life for you and die
It's hard to say it
I hate to say it
But it's probably me. »

*

Dans la vieille Berliet, prêtée pour l'occasion, Isabelle patiente à côté de Lucien. Son père est fier et volubile. Il répète qu'il est content, qu'il fait frais mais beau, que c'est une journée idéale. Isabelle acquiesce, pour rien au monde, elle ne gâcherait son bonheur. Depuis qu'un diagnostic a été posé sur le mal dont souffre sa femme Marianne, il convient de les savourer, les journées idéales. Il n'y en aura plus tant que ça.

Elle souffle. A envie de vomir. Satanées nausées. Elle passe la main sur le crêpe, au niveau de son ventre. Il est encore plat, impossible de soupçonner un début de grossesse. Tant qu'elle ne se vomit pas dessus, le secret est bien gardé. Ils ont annoncé à leurs proches qu'ils avançaient la cérémonie pour permettre à sa mère d'y assister, en bonne santé. En santé suffisamment bonne, auraient-ils pu dire. Ce n'est qu'un demi-mensonge. À la campagne, avoir un enfant hors mariage, ça fait parler. On ne vous condamne plus comme jadis, mais ça fait parler. Quant à l'avortement, ils n'ont même pas abordé le sujet avec Dominique. L'IVG est une bonne chose, elle en est convaincue, mais pour les autres, pas pour elle.

La voiture redémarre, s'avance jusqu'à la place. Elle observe l'église. Le porche est désert, tous les convives sont à l'intérieur, sûrement déjà assis, peut-être en train de commenter l'attitude ou l'accoutrement de Dominique. Il doit être debout, à attendre. Est-ce qu'il sourit ? Est-ce qu'il a peur, un peu, lui aussi ?

Lucien ouvre sa portière. Elle tire sur sa traîne et sort de la voiture. Elle rabat son voile sur son visage, marche doucement sur le parvis. Ses talons frappent les pavés, il ne s'agirait pas de se retrouver par terre. Elle prend une grande inspiration. Les regards rivés sur elle l'impressionnent d'avance. Elle passe son bras sous celui de son père.

– Tu as fait un bon choix, c'est un gars bien, lui souffle-t-il.

Elle ne répond pas. La décision est déjà irréversible, il n'y a que dans les films que la mariée part en courant, quitte le fiancé devant l'autel, laisse l'assemblée en plan pour retrouver un amour de jeunesse. De toute façon, c'est Dominique, son amour de jeunesse. Il n'y en a pas d'autres.

Elle franchit le narthex, tire sur un pli de sa robe. Sa tête est légèrement baissée, elle n'a pas encore levé les yeux sur ses proches. Le *Canon* de Pachelbel lui fait monter une larme. Les invités se lèvent. *Et voilà, c'est le grand jour*, pense-t-elle. Lucien fait un pas en avant, et elle se redresse. Elle salue d'un petit geste ceux qu'elle reconnaît parmi les rangs clairsemés, soutient le regard de Marianne plus que les autres. La nef est courte, quelques mètres durant lesquels elle ne doute pas. Parce qu'à ce stade, il n'y a pas à douter. Elle coche une nouvelle étape aujourd'hui. Une étape du grand agenda de la vie, dans lequel on naît, on va à l'école, on trouve un travail, on trouve un homme, on l'épouse, on fait des enfants, on prend sa retraite, et on meurt. Elle s'est toujours dit que si la majorité reproduit ce schéma, c'est sans doute que personne n'a trouvé mieux.

La main de Lucien se dérobe doucement, elle la sent glisser sur son flanc et son bras. C'est le moment où Dominique s'avance vers elle, et l'aide à gravir la petite marche.

– Tu es très belle, dit-il de sa voix cassée, quasi inaudible. Tu es très belle.

Janvier – février 2017

– L'homme souffre si profondément qu'il a dû inventer le rire, écrivait Friedrich Nietzsche dans une formule restée célèbre. Et si nous nous penchions sur lui, ce soir ? Sur le rire. La poilade. La franche et belle rigolade. Et si, pour reprendre la formule populaire, nous nous en taillions une bonne tranche ? J'accueille pour ce premier numéro des *Mots du monde* de l'an de grâce 2017, un auteur que nous avions découvert ensemble pour son premier roman, *Les Vagues et la digue*, et qui nous revient armé d'un formidable récit, intitulé *Le Petit Rigolo*, je vous demande d'applaudir chaudement Stéphane Malino. Je vous en prie, installez-vous, cher Stéphane.

Stéphane a pris de l'assurance depuis ses premiers passages télévisés. Il se déplace de façon fluide, une main dans la poche de son chino Scotch & Soda, sa chemise Paul Smith ouverte sur quelques poils de torse, des Stan Smith aux pieds. Il a l'air de ce qu'il est.

Il s'installe sur le canapé, plie une jambe par-dessus l'autre, tire doucement sur son col, et observe avec un sourire satisfait la longue et belle mèche de Matthieu de Bailly, plus que jamais au firmament de l'aisance cathodique.

– Alors, vous revenez, dix-huit mois après votre fantastique premier roman, avec un livre coup de poing, dans lequel vous vous attaquez à la rigolade.

– Je suis honoré de votre invitation, cher Matthieu. Oui, tout à fait. Je vous remercie de faire d'emblée la distinction entre le rire et la rigolade. On les confond parfois, mais ils ne sont pas de même noblesse. Le rire est vital, salvateur, je le considère comme sacré. La rigolade, en revanche, c'est autre chose. Je m'y suis vautré, j'en ai usé sans limite, je m'y suis adonné de manière crasse. *Le Petit Rigolo* est un récit de contrition, de repentance envers l'être déplorable que j'étais, il y a quelques années.

– Déplorable ?

– Oui, et je pèse mes mots. Cet être, je ne veux pas tant l'excuser que le montrer, décortiquer sa saleté, je veux que le lecteur comprenne les mécanismes qui amènent un jeune homme travailleur et cultivé à glisser dans la vulgarité et la bêtise, la plupart du temps au détriment des autres.

– Justement, entrons un peu dans l'intrigue. On suit durant tout le texte le personnage de Yannick, inspiré de vous-même, nous l'aurons compris. Dès les premières pages, il intègre une école de commerce de province, après une classe préparatoire éreintante qui n'a pas épargné son ego. Ce jeune homme, pourtant bien sous tous rapports, devient grossier, méchant, se plaît à chanter des chansons paillardes, à montrer son postérieur et même ses parties quand il a trop bu. Il raille ceux qu'il appelle les *polards* ou les *nobods*, c'est-à-dire les étudiants qui ne sont pas fêtards, qui ne jouent pas le jeu de l'amusement permanent. Yannick aime particulièrement les blagues homophobes, racistes, antisémites, qu'il prodigue au nom de l'ironie et plus largement du droit à la moquerie. Et même, lit-on, au nom d'une coquetterie de l'intelligence qui autorise à dire les pires stupidités, tant il est évident qu'on ne les pense pas.

– Ce personnage, c'est moi, presque en édulcoré. J'étais rédacteur dans le journal étudiant de mon école. J'ai été recruté par l'équipe précédente pour ma capacité à blesser les gens, à frapper là où ça fait mal, aussi fort que possible. Et je n'ai pas manqué à ma mission. J'ai ridiculisé des dizaines de camarades, au nom d'une sacro-sainte coolitude, qui n'était rien de mieux que de la méchanceté.

Stéphane s'arrête, décroise ses jambes, reprend : après avoir publié mon premier roman en 2015, j'ai éprouvé de l'effroi. L'idée que mes écrits antérieurs refassent surface me terrorisait. Combien de fois me suis-je dit : et si ? Et si quiconque dévoilait le monstre que j'ai été ? Et si quiconque exhumait nos dessins pornographiques, dans lesquels le viol était une plaisanterie, rien de moins que l'exaucement du désir brûlant mais refréné d'une femme en chaleur ? Et si on récitait nos blagues sur les Chinois, sur les Juifs, sur les homos ? J'ai eu peur. J'ai eu peur, ce soir-là, en revenant de votre émission, peur qu'on publie un de mes articles misogynes ou xénophobes sur Twitter et qu'on déclare : regardez qui est le vrai Stéphane Malino.

J'avais une épée de Damoclès au-dessus de la tête. Elle ne m'a pas fendu le crâne et j'aurais pu continuer de faire semblant d'oublier, semblant d'avoir changé, semblant d'être un autre homme.

Matthieu est penché vers l'avant, le dos légèrement voûté par-dessus ses notes. Il acquiesce et regarde ce jeune auteur déjà si à l'aise sur un plateau. Il tient une bonne séquence, il connaît son métier, le public adore l'autoflagellation.

– Et finalement, quand j'ai compris que rien ne sortirait, au lieu de me satisfaire de m'en tirer à bon compte, au lieu d'être soulagé, j'ai ressenti une honte intense. Une honte indescriptible. Pendant plusieurs semaines, j'ai vomi mon reflet dans le miroir, j'ai maudit chaque compliment qu'on me faisait. Je ne parvenais plus à dormir, plus à manger, j'ai même pensé au pire.

Stéphane ne tremble pas, sa voix est posée, précise.

– Vous avez envisagé le pire ? Et vous vous êtes dit, plutôt que d'en finir avec vous-même, finissons-en avec le mensonge, c'est cela ? C'est bien la raison de votre ouvrage ?

– C'est cela, Matthieu de Bailly. J'ai réalisé que je devais sortir moi-même les cadavres de mes placards. Il fallait me purger, voyez-vous. Mais il fallait le faire en littérature. En fait, au stade où j'en étais, il y avait la mort ou la littérature, sinon rien. Je m'y suis adonné dans un souffle qui, peut-être, fut celui de Rousseau lorsqu'il rédigea ses *Confessions*. Il ne s'agissait pas simplement de m'excuser, c'eût été beaucoup trop simple. Je voulais faire l'anatomie du petit rigolo que j'avais été. Je souhaitais dire les motifs, dire les influences, il fallait disséquer le phénomène pour l'atteindre vraiment.

Stéphane saisit le verre devant lui, le porte à sa bouche, avale deux traits d'eau, sans se hâter, sans trembler, sans non plus donner l'impression de s'interrompre.

– Voilà, tel était mon projet. Au fond, mes turpitudes n'ont pas vraiment d'intérêt. Qu'importe si je suis un pauvre type. Un triste sire. Par le truchement de l'acte littéraire, par le coup de plume précis et cinglant, et en prenant le prétexte d'un personnage, ce Yannick qui est mon double, j'ai désiré viser un système tout entier. J'ai voulu taper fort.

Malino connaît son discours, ne se ménage pas. Il se sent bien sur ce plateau. Il est persuadé d'être convaincant. Pourquoi le croirait-on insincère ? Pourquoi jouer à ce jeu sadique, si ce n'est par pure volonté de pénitence ? Ses aveux sont puissants, accrocheurs, télévisuels. Dès demain, les libraires passeront des nouvelles commandes et rehausseront les piles de son bouquin sur leurs tables, son éditeur décidera d'un nouveau tirage, il sera bon pour un tour chez Ruquier, voire Ardisson.

Matthieu de Bailly reprend : c'est en effet dans cette étude méticuleuse de ce que vous appelez *le vrai esprit de sérieux*, que votre livre prend toute son ampleur. Au moment, par exemple, où vous vilipendez l'esprit Canal qui, selon vous, a tué le rire en France. Quand vous vous en prenez aux ayatollahs du vitriol qui, je vous cite, *prospèrent tels des parasites sur l'abaissement d'un autrui innocent, souvent plus talentueux et aimable qu'eux-mêmes*, et de mentionner alors les tirades de Christophe Alévêque ou de Stéphane Guillon.

– Bien sûr, il fallait les nommer. Voyez d'ailleurs leurs réactions quand on remet en cause leur travail, quand on ose prétendre que leurs propos sont blessants. Grand Dieu, ils hurlent au manque d'humour, au manque de légèreté, à la censure. Ces messieurs – ce sont toujours des hommes –, peuvent cogner autant qu'ils le désirent, mais si on les attaque alors, attention, les murs de la démocratie tremblent ! Eh bien, sachez que quand nous rédigions des articles orduriers dans le journal de notre école, nous étions exactement pareils. Rien n'était sérieux sinon notre droit à détruire, notre droit à pulvériser des élèves sans défense, notre droit sacré et inaliénable à tout souiller. On badinait avec tout sauf avec notre morgue. En cela, nous étions des êtres hautement dégueulasses !

Des êtres hautement dégueulasses, Bailly sourit intérieurement, il sait quand ses invités sortent une phrase préparée à l'avance. Qu'importe, il tient le moment fort de son émission, celui qui sera découpé en petits clips d'à peine une minute et partagé de manière virale sur les réseaux sociaux.

Pour l'appuyer, il se propose de lire quelques passages du livre.

Stéphane écoute la voix de l'animateur articuler ses mots. Il ressent de nouveau la même sensation que lorsqu'il était venu la première fois évoquer ses écritures, sur ce sofa. En plus fort.

Cet homme en face de lui, il le sait, a couché avec la belle Jessica. Il l'a niquée. Lui a fait des choses terribles, a répandu ses semences sur son corps. Il observe les mains de Matthieu, les imagine pleines des seins lourds de sa professeure, de cette poitrine de femme mûre qui tient encore fièrement devant les années et la gravité. Cette langue qui déclame ses phrases, cette langue de journaliste lettré, oui, s'est posée sur elle. Oh que oui, il l'a léchée !

Stéphane esquisse un sourire. L'instant est exquis. Il aimerait le magnifier, interrompre la lecture, demander à Matthieu de lâcher son livre, et de répondre à cette question qu'il se pose depuis des années : « Alors, comment elle est, au pieu ? »

– Merci, Stéphane Malino, pour ce livre important. Merci d'avoir eu le courage de l'écrire et de l'assumer ici dans *Les Mots du monde*.

– Merci à vous de m'avoir invité. Mon message, j'espère, portera au-delà des excuses que j'adresse à mes victimes. Il est temps, je crois, de se lever collectivement contre un système qui s'abrite derrière l'impératif de légèreté pour imposer sa lourdeur. Mon roman est une pierre à cet édifice, à ce grand mouvement qui prend forme et qui bientôt ne s'arrêtera plus.

*

La sépulture de Bruno est installée sur un tertre en surplomb du château Landisier et du village de Saint-Julien-Beychevelle. À l'ombre d'un vieux chêne, elle donne sur les vignes et, en contrebas, sur la Garonne, que les tempêtes hivernales ont chargée de limons et qui s'écoule lentement de cette couleur sombre qui est aussi celle des soirées tristes. Le tombeau est simple, un bloc de granit gravé d'un nom et des années 1972 et 2016, court pont entre deux siècles. Le vent balaye les dernières ramures tombées de l'arbre, et baffe les couronnes de cyclamens et d'iris déposées devant la pierre.

Jacques s'assied à côté chaque matin, bravant la pluie et le froid. Il rumine en silence. Ne peut s'empêcher de penser que son Icare de fils s'est brûlé les ailes, dans ce pays lointain et violent, dans ces contrées de l'Ouest à peine apprivoisées des hommes, encore sauvages. Sa mâchoire se contracte. Il n'avait qu'un enfant, qu'un héritier pour ce domaine dont le dernier millésime aura un goût de sang et de cuivre.

De la main, il chasse les feuilles humides collées sur la tombe tandis que son pull-over se trempe d'eau et que ses os se glacent. Bruno est revenu à sa terre, celle du château, celle des ancêtres, celle qu'il aurait dû cultiver à son tour, pour en extraire ce que les hommes produisent de meilleur.

Ils n'ont jamais repris leur conversation de l'époque, celle que Jacques qualifiait de commun accord avec son fils. Il était resté convaincu que

Bruno reprendrait le domaine un jour, même après la nomination aux Césars, même après l'installation à Hollywood, même lorsque sa réussite était devenue éclatante et indéniable. Il pensait que ça faisait partie de ses plans, après le cinéma, quand il serait las de cette vie de lumière, de vent et de fumée. Toutes ces années, et jusqu'à l'accident, il avait vu en Isabelle la garante d'un engagement tacite. Elle avait tous les attributs d'une force de rappel.

Pour cela, Jacques l'aimait et l'aime encore comme sa propre fille.

Il remonte la fermeture Éclair de son ciré, se relève pour partir, ne peut empêcher les larmes de couler. Il ne pleure que lorsqu'il est seul. Il déplie le vieux mouchoir brodé, s'essuie les pommettes et redescend à travers ses vignes, desquelles s'envole une nuée de corbeaux.

*

14 janvier 2013
Pour Stéphane,

Jessica Dahlgren, née au MemorialCare Breast Center de Laguna Hills, dans le comté d'Orange, sud de Los Angeles, Californie.
Elle a l'air de venir d'une famille riche. Golf dans la ville où elle est née. Son père travaille dans l'immobilier. Promoteur. Sa mère, pas trouvé. Peut-être femme au foyer ?

Études : peu d'informations sur ses plus jeunes années. École primaire : Lake Forest Elementary School. Photo d'une kermesse, elle est déguisée en papillon avec des ailes roses et des paillettes sur les joues. Elle porte des couettes, est blonde (jolie fille !). Lycée à Portola High School, toujours dans le comté d'Orange. Elle est dans l'équipe de crosse féminine, appelée Bulldogs (elles jouent en violet, ça a l'air d'être un sport étrange, tu regarderas la page Wikipédia). Son nom est dans le listing de l'équipe qui a participé au tournoi féminin annuel de San Diego en 1988, les Bulldogs ont terminé treizièmes (pas top !). L'année suivante, elle gagne le deuxième prix d'orthographe et est distinguée au concours de nouvelles du lycée. Elle est au tableau d'honneur de l'école. Elle obtient une bourse pour l'Université de Californie à Los Angeles, UCLA (au nord de Los Angeles, comme son nom l'indique). C'est une des meilleures facs du pays.
Université : première année, j'ai retrouvé sur un site des bulletins de notes. Elle a fait sociologie, sciences comportementales, langues. Elle obtient que des A ou des B. Je sais pas ensuite pour les trois années suivantes. Elle est inscrite comme volontaire dans une association d'aide aux sans-abri. Lors de sa dernière année, elle suit des cours de français et prépare un mémoire sur Boris Vian (il a une fiche Wikipédia). Elle obtient un B. Son mémoire est disponible dans les archives de l'université, mais ne fait pas partie de ceux qui ont été numérisés (pour l'instant, seulement ceux qui ont reçu un A sont accessibles en ligne).
Elle arrive en France en 1995 et étudie à la Sorbonne. Tu dois pouvoir consulter les listes d'élèves sur place. J'ai trouvé une photo d'un groupe d'amis sur copainsdavant.linternaute.com. Elle est très belle, en effet ! On dirait Jennifer

Lawrence ! La photo a été postée par un dénommé Éric Missilier, qui est aujourd'hui professeur de français au lycée en forêt de Montargis. J'ai fait quelques recherches mais à part cette photo, rien ne le relie plus à Jessica. En revanche, très intéressant, il y a Matthieu de Bailly aussi sur la photo (tu connais ?). Cela fait trois ans qu'il a une émission à la télévision, mais surtout c'est son ex !

Amour : y a pas grand-chose sur sa jeunesse. Il y a une photo avec un type nommé Benjamin Crawford qui date de l'époque de l'association d'aide aux sans-abri à UCLA. On ne sait pas s'ils sont ensemble mais ils ont l'air proches. J'ai pas fait trop de recherches sur ce mec parce qu'il travaille au FBI (lol, je t'assure). C'est un criminologue, sa thèse à lui est numérisée sur le site de la bibliothèque de UCLA, ça parle de tueurs en série ! Il donne des cours depuis l'année dernière. Je sais pas si c'est son ex, lui aussi, mais il a l'air stylé en costard (même si un peu moche, je trouve). Ensuite, il y a Matthieu de Bailly. Il a une émission depuis 2010 à la télé. Avant, il faisait aussi de la radio, sur France Culture notamment. Et puis il a travaillé dans plein de journaux. J'ai retrouvé des photos de lui à la remise d'un prix littéraire dans un café qui s'appelle le Café de Flore à Paris. C'est là que j'ai vu Jessica Dahlgren à son bras. C'est sûr, ils étaient ensemble. Je les ai vus sur d'autres photos, tous les deux avec Beigbeder par exemple, le mec qui était au *Grand Journal* sur Canal+ et qui a fait le film *99 Francs*. Je sais pas trop quand ça s'est terminé, mais Matthieu de Bailly est au bras d'une autre journaliste en 2007. Depuis, rien. J'ai pas trouvé une seule photo d'elle avec un homme, même sur Facebook.

Goûts : pour en savoir plus, j'ai créé un faux compte Facebook, au nom de cet Éric Missilier dont je parlais précédemment. Elle a accepté l'invitation, j'ai pu voir toutes ses photos (je t'ai fait une capture d'une où on voit un peu sa poitrine, j'espère que ça te plaira, lol). Elle aime bien les vidéos drôles de chatons. Elle en partage souvent. Elle a commenté « *Four more years !* », sous une vidéo d'une amie américaine qui annonçait la victoire d'Obama aux élections. J'en déduis qu'elle est démocrate. Elle poste aussi pas mal de bouffe : elle adore les fraisiers et les macarons à la framboise ! (Genre elle poste des photos de macarons, tous les mois.) Elle a mis une photo d'elle triste en 2011 pour la mort d'Amy Winehouse avec écrit en dessous : cœur brisé. Elle a aussi commenté la mort d'Annie Girardot et de Cesária Évora (je connaissais pas), par des *Rest In Peace*. Elle a l'air d'aimer les bijoux fantaisistes, notamment les boucles d'oreilles. Je crois que c'est une amie à elle qui les fabrique dans un magasin de la rue de Béthune (tu dois voir où c'est).

Voilà le principal, de toute façon je te passe les identifiants du compte Facebook, tu pourras l'espionner toi-même (utilisateur : Éric Missilier, mot de passe : opérationJessica2012).

Maxime Richard

*

Il y a un flash-back au milieu de l'épisode 2 de *The Last Fighters*, dans lequel Alktor se réfugie au creux d'une minuscule grotte martienne. Il attend plusieurs jours, replié sur lui-même, sans rien entreprendre, pas même manger ni boire.

Parmi les fans, cette scène a donné lieu à de nombreuses conjectures. Le démon exprimait-il des doutes, des remords ? Était-il conscient de sa métamorphose monstrueuse ? Disposait-il, au fond, d'encore un peu d'humanité ? S'agissait-il d'un clin d'œil à la colère d'Achille, celle qui causa tant de défaites aux Archéens ? Était-ce une référence à la mort du général Pausanias, emmuré dans le temple d'Athéna, et qui trépassa reclus comme un damné du Moyen Âge ?

Ces questions sans réponse ont participé au formidable engouement pour l'univers de ces superhéros, où chaque interprétation donne une nouvelle dimension à l'histoire, et dont les exégèses se déclinent à l'infini d'un blog vers une fanfiction, jusque dans les rêves des plus fervents adeptes.

Steve n'a pas ouvert ses volets depuis près d'un mois. Il est resté cloîtré chez lui pour les fêtes de fin d'année, prétextant être atteint d'une mauvaise grippe pour ne pas honorer les invitations familiales. Cela fait trois semaines qu'il ingurgite des nouilles coréennes déshydratées, parfums kimchi, BBQ, bœuf épicé, curry japonais, hot chicken, fruits de mer, champignons noirs. Son appartement empeste l'ail et l'épice asiatique bon marché.

Il a le teint livide, des poches se sont creusées sous ses yeux, il transpire une sueur malodorante. Saigne du nez. Il ne dort que grâce à la kétamine, ou d'autres médicaments qu'il a volés à son père, année après année, et qu'ils utilisaient jadis avec ses amis pour des expériences psychotropes lors de Tornado parties. Ses bras le démangent, le prurit l'empêche de dormir. Il s'est tant griffé qu'il a les chairs à vif du coude jusqu'au poignet. Du pus suinte de certaines éraflures.

Il n'a pas rallumé un ordinateur depuis son arrestation et considère son téléphone avec grande méfiance. Le FBI l'écoute. Il a retourné trois fois son appartement pour débusquer leurs micros, sans y parvenir. Ce sont de grands professionnels. Steve n'en peut plus, la télévision est une plaie, les médias s'en prennent à Trump, sans lui laisser sa chance. C'est évident, la chaîne locale s'est rangée du côté des Noirs. Elle a attendu la semaine d'investiture pour diffuser une série de reportages sur l'émeute raciale de Tulsa, honteusement renommée le massacre de Tulsa.

Ce qu'ils ne veulent pas nous foutre dans le crâne, ces manipulateurs, ces truqueurs, ces falsificateurs qui débitent des mensonges comme une chiasse ! Le journaliste compare la nuit du 31 mai au 1er juin 1921 à la Nuit de cristal de novembre 1938. C'est la nouvelle théorie de la gauche, il faut plaindre les gentils Afro-Américains et blâmer les méchants Blancs, les comparer aux nazis. Qu'à cela ne tienne, il attrape son téléviseur et le fracasse au sol. Il ne lui manquera pas. Il ne suit même plus de basket depuis que Kevin Durant est allé vendre son derrière à Golden State.

Il passe ses journées à lire des textes de Gary Allen, à maugréer et à se gratter. Le reste du temps, il s'allonge sur ses draps puants et observe le plafond. Il pense à Timothy McVeight, se demande à quoi aurait ressemblé sa vie si ce type avait chargé un peu plus de nitrate d'ammonium et de nitrométhane dans le camion Ryder. Sa mère aurait trouvé un autre homme pour élever ses enfants. Lui aurait alors bénéficié d'un meilleur exemple et n'aurait pas viré pédale. Son frère ne serait pas devenu un collabo des Noirs et des médias gauchistes et se montrerait un peu plus reconnaissant et loyal envers lui.

Il frictionne sa peau. Bien sûr que Steve en veut à ce McVeight pour son manque d'ambition.

Que fait Alktor dans sa grotte, tandis que les héros poursuivent leur bataille, et que Greg The Shield se transforme en spectre ? Que fait Alktor quand Neutron devient un puissant combattant, qu'il rejoint la cause des justes et s'apprête à sauver la terre ? Que fait Alktor dans ce trou sombre et encaissé ?

Il se repose, il réfléchit, il fomente son prochain coup.

*

Marine dépose son sac Fendi, modèle baguette, offert lors de son dernier anniversaire par Cyril, son copain, sur la table à manger de son appartement parisien. Ils habitent le 20 rue Raynouard, dans le 16e arrondissement, proche de la station Passy, laquelle permet un accès rapide à la Défense, où elle travaille, et au quartier des Champs-Élysées, là où se trouve le cabinet d'avocats d'affaires de Cyril. Cela dit, la plupart du temps, il finit ses longues journées après la fermeture du métro et retrouve son logis en taxi, dont l'abonnement est entièrement financé par son employeur. Un piège déguisé en privilège. Ce soir encore, il rentrera à une heure pas possible, mangera un yaourt grec avec du miel, prendra sa douche rapidement et se couchera à côté d'elle, faisant tout son possible pour ne pas la réveiller, sans y parvenir.

Elle lui écrit un message pour lui souhaiter bon courage, se rend dans la cuisine, remplit un verre d'eau, avale un Doliprane. « Enfin le vendredi soir », soupire-t-elle en passant un vieux T-shirt publicitaire. Elle dépose un album de Joseph d'Anvers sur sa platine, le vinyle crépite, puis, comme un chuchotement, la musique commence. Elle a hérité du goût de sa mère pour la chanson française.

Depuis qu'elle est auditrice dans un cabinet du Big Four, sa vie consiste à se saouler de tableaux Excel, de réunions d'équipe interminables et de rapports comptables. Les chiffres, les chiffres, les chiffres et dans des cellules aux bordures noires, des formules qui se transforment miraculeusement en chiffres. Elle en fait des cauchemars de ce métier bien payé et socialement valorisé. De son tailleur. De ses chemisiers. De ses bijoux en or scintillant.

Son emploi ne lui laisse le temps de rien. Le pire, ce sont les allers-retours en province. Rien que cette semaine, elle s'est rendue à Roubaix, Angers et Saint-Nazaire pour inspecter trois usines du même groupe agroalimentaire, charlotte sur la tête et masque sur le nez.

La face A se termine et le disque tourne en silence. Marine meurt de faim. Chaque midi, elle s'autorise un mini-sandwich, une mini-tarte ou une mini-salade Cojean qu'elle avale en deux crocs devant son écran d'ordinateur, en sirotant un jus détox, toujours le même, pomme granny-smith, citron vert, kiwi, céleri branche, feuilles d'épinards.

L'homme de ménage philippin a réceptionné dans l'après-midi les commissions commandées grâce à une nouvelle application qui permet de recevoir ses courses moins d'une demi-heure après la commande. Il a entassé les trois sacs kraft au réfrigérateur, y compris celui contenant le dentifrice, le Sopalin et ses Tampax.

Elle trie les denrées. La pastèque n'est pas de saison mais c'est un aliment riche en citrulline, idéal pour le cœur. L'ananas est pourvu en minéraux et contribue à réguler le pH du sang, le saumon source d'oméga 3, les poireaux d'antioxydants, les soupes de légumes de fibres et vitamines, tout y est, tout est bio. Elle hésite. Vérifie le ticket. « Les brocolis, voilà, je me disais bien, souffle-t-elle. On peut vraiment pas leur faire confiance. » Elle contemple son frigo désormais bien rangé. Elle soupire. La flemme l'emporte.

Va pour Allo Resto, et des sushis, cède-t-elle.

Les vendredis soir ont perdu de leur superbe depuis qu'elle a quitté son école de commerce. Jadis théâtre de tous les excès, ils sont désormais l'acmé de la mollesse, le moment où la tension accumulée la semaine s'évanouit. Marine ne désire rien de mieux qu'un interminable sommeil dans son lit retrouvé. Elle bâille. Le paracétamol commence à produire son effet. Elle se vautre sur un fauteuil, attend, elle ne sait quoi, finalement, allume le téléviseur, zappe d'une chaîne à une autre sans conviction.

« Ah oui, c'est vrai. C'est ce soir ! »

Leurs derniers amis en commun ont relayé la nouvelle sur les réseaux. Stéphane est reçu par Matthieu de Bailly, pour son nouvel ouvrage. Elle s'était dit qu'elle regarderait, et puis a oublié, comme les gens occupés oublient le superflu. Elle se redresse, augmente le volume. Bien sûr, elle aurait dû lire son premier roman. Ça lui aurait fait plaisir de le féliciter. Elle sait à quel point son ex réalise son rêve de gosse. Il lui ânonnait déjà des extraits de ses projets quand ils étaient ensemble. C'était plutôt mauvais, mais il y mettait du cœur. Oui, elle en est certaine, il aurait aimé qu'elle le complimentât. Mais le temps est passé, elle n'a pas vraiment lu ces derniers mois, et elle a fini par convenir qu'il était trop tard pour lui écrire. Son deuxième bouquin sera peut-être une occasion de se rattraper.

Derrière l'écran, elle découvre un garçon nouveau. Décontracté, convainquant, malicieux. Elle ne connaissait pas le vice qu'elle devine dans sa rétine, ce soir. Elle ne l'imaginait pas non plus capable d'une telle aisance. Elle écoute plus attentivement. Hausse les épaules. Est-ce parce qu'elle est éreintée qu'elle trouve la discussion vaine et prétentieuse ? Est-ce parce que cet homme est devenu un inconnu au fil des ans que les confessions auxquelles il se livre ce soir l'indiffèrent ? Est-ce parce qu'elle n'a jamais réussi à tomber amoureuse de lui, que ce soir encore, elle lui trouve quelque chose de faux, de ridicule, de grotesque ?

Sur la table basse, son portable vibre. C'est sa mère. Marine regarde l'appareil pivoter lentement sur lui-même. Elle éteint la télé, s'apprête à répondre, attend encore quelques instants, jusqu'à ce que le téléphone se fige et s'éteigne. « Désolée maman », murmure-t-elle.

Isabelle l'appelle quasiment chaque jour. Elle a besoin de parler. Lui demande de sa voix faible et quémandeuse : « Je te dérange ? » *Oui, putain, tu me déranges.* « Non, on peut discuter si tu veux. » Et elles restent en ligne, parfois plus d'une heure. Et elles reviennent toujours sur les mêmes histoires, la mort de Bruno, le lieu de sa sépulture, la vie seule, si loin, la question du retour en France, mais où ? Et elle lui jure qu'elle ne s'en remettra pas, que c'est impossible, que c'est trop difficile. Elle radote que c'est peut-être bien un meurtre, qu'on n'a toujours pas trouvé trace du conducteur de l'autre voiture, que Bruno était une personne enviée, jalousée. Elle s'énerve, parfois, elle pleure un peu. S'en excuse. Se reprend.

Marine n'a pas toujours la force.

Les sushis arrivent. Menu B6 Plus. Deux brochettes au poulet, une bœuf fromage coulant, une saumon teriyaki, six makis concombre avocat, six californias thon rouge, riz vinaigré, soupe miso, sauce salée, wasabi, lamelles de gingembre, paire de baguettes, deux serviettes en papier... 17,90 euros.

*

– Vous devrez apprendre l'anglais. Vous en avez conscience ?

À travers la baie vitrée, Clarice observe le dôme doré des Invalides, le pont de l'Alma et, encore à droite, comme un miracle au cœur de Paris, la tour Eiffel.

– Là-bas, les événements vont plus vite, il faut tout comprendre, tout de suite. Nos clients vous adorent, mais ils n'accepteraient pas que vous ne soyez pas parfaitement prête. Nous allons nous assurer que c'est bien le cas. C'est notre travail. C'est pour cela que nous intervenons à ce stade du processus.

Clarice contemple l'eau pétillante dans la bouteille en verre, devant elle. Elle est d'une marque qu'elle ne connaît pas et qu'elle imagine réservée aux grandes tables de la capitale.

– Aux États-Unis, tout est plus grand, plus... impressionnant, pour ainsi dire.

Impressionnant, c'est exactement l'adjectif qui lui est venu quand elle est entrée dans ce bureau. Peut-on encore parler d'un bureau, d'ailleurs ? Ce marbre sur le sol, ces moulures au plafond, l'éclat du bois des meubles... Où est-elle tombée ? À Versailles ? Quel édifice ! La tasse à café est d'une porcelaine si fine qu'on perçoit au travers le niveau du cappuccino à l'intérieur. C'est à peine si elle ose le boire.

– Les termes du contrat vous satisfont, c'est ce que nous a confirmé votre agent. Ils nous paraissent tout à fait standards. Je vous propose que nous revenions ensemble sur certains points.

En quelle matière est cette chemise ? En soie, en flanelle, en organsin ? Et combien coûtent les bagues que cette femme porte aux doigts ? Il y a de quoi racheter tout son village, l'église et ses sarcophages avec.

– Vous cédez votre droit à l'image, notamment pour les produits dérivés, qui peuvent être très nombreux pour ce type de film.

Clarice se sent plouc. Elle a en face d'elle une femme d'âge mûr, au summum de la classe. Des pieds à la tête, elle reconnaît les fringues de grands créateurs. Elle portera ce genre de tenues, si elle va à Cannes, un jour.

– J'insiste pour l'anglais, vous devez vous entraîner jour et nuit s'il le faut, c'est très important. Votre agent ne nous a pas rassurés sur ce point. Le tournage commence dans quatre mois.

Elle imagine que son pedigree de starlette de la téléréalité doit faire sourire dans cette agence. Cette histoire de piscine, d'abri qui coule, ces soixante-dix jours en maillot de bain, à donner en pâture aux téléspectateurs la moitié de ses fesses et de ses nibards. Qui était assis sur ce siège avant elle ? Omar Sy, Jean Dujardin, Catherine Deneuve ?

– Les produits dérivés ressemblent parfois beaucoup aux acteurs, surtout les figurines et les masques. Il faut en avoir conscience. Vous ne pouvez pas exiger de droits dessus, même si votre visage était répliqué trait pour trait. Vous donnez littéralement votre apparence au personnage.

Sous le pont de l'Alma glisse un Bateau-Mouche. Il est couvert de touristes chapeautés de bonnets et ligotés d'écharpes. Les flashs se reflètent jusque dans les cristaux du lustre style Louis XV qui pend au plafond. À moins que ce ne soit les éclats du soleil, qui point légèrement derrière la vitre. Et l'éblouit.

– Mademoiselle Malcuit, ai-je toute votre attention ?

– Excusez-moi, madame. Je n'ai pas l'habitude d'être…

– Je veux juste que vous compreniez. Nous travaillons depuis longtemps avec ces studios. Ce contrat est important pour vous mais aussi pour nous. Ce serait terriblement dommageable et gênant qu'il y ait un quiproquo.

– Oui, bien sûr, acquiesce Clarice en rougissant.

– Donc c'est bien clair pour vous, si vous ne respectez pas la clause de confidentialité, si vous parlez de ce film à qui que ce soit avant qu'il soit tourné et même qu'il ne sorte, vous perdriez tout. Votre salaire, bien sûr, mais pire encore. En fait, vous perdriez tout espoir de refaire du cinéma un jour. Je vous garantis que nous nous appliquerions à ruiner votre carrière.

– Je comprends.

La femme se radoucit : c'est très bien. Croyez-en mon expérience, je devine déjà en face de moi la future grande star que vous allez devenir.

*

On n'y peut rien à la nostalgie, c'est comme une envie de fumer.

Benjamin Crawford aspire une bouffée de sa cigarette électronique goût amande, s'installe sur un siège de son salon de jardin et écoute l'écoulement de la fontaine à poissons, où vivotent quelques carpes japonaises. Il a cette chanson dans la tête, elle provient de la bande originale du film *La La Land*. C'est le genre de mélodie entêtante que l'on fredonne jusqu'à la nausée. Il laisse ses épaules se détendre et les sons de Valley Village parviennent jusqu'à lui. Il entend le bruit d'un pick-up qui démarre, le chant d'un oiseau sur un toit, le ronflement d'un taille-haies. Le quartier est tranquille et riche, un havre pour classes bourgeoises, au nord de Los Angeles.

Cela faisait longtemps qu'il n'était pas allé au cinéma. La dernière fois c'était avec Oriana, une jolie trentenaire italienne qu'il avait rencontrée dans un couloir de UCLA après avoir donné un cours de criminologie. Elle officiait à la bibliothèque universitaire pour l'année. C'était une soirée banale. Presque cliché. Ils avaient mangé une pizza de Papa John's, avaient pris deux places pour le dernier Sorrentino, celui avec Michael Caine et Jane Fonda, avaient bu ensuite des margaritas dans un bar mexicain puis avaient fait l'amour chez elle, dans son minuscule appartement de Santa Monica, sur un canapé-lit inconfortable. Tout cela ne connut aucun lendemain mais la douceur de ce souvenir érotique perdure.

Il vapote de nouveau. Le parfum amande est franchement chimique. *Bon sang, qu'elles me manquent mes bonnes vieilles clopes*, songe-t-il, en déposant le tube de métal sur la table de jardin en bois.

Cette fois-ci, il était seul, au dernier rang du Vista Theater, une des plus vieilles salles de la ville, avec sa belle façade rouge style égyptien et ses grands lustres en pyramides inversées. Sa secrétaire lui parle de ce film, chaque jour depuis sa sortie. Comme quoi, Hollywood serait encore capable de comédies musicales rythmées et émouvantes.

« *La la Land*, quel bon titre ! Il y a tout dedans, la mélodie, bien sûr, l'abréviation de la ville aussi, et, vous verrez, il y a aussi une sorte d'hésitation, c'est très fort », qu'elle lui a répété, au moins à cinq ou six reprises.

Hier, il avait besoin de se changer les idées après un de ces mauvais samedis passés au bureau, alors pourquoi pas, il s'est dit. Depuis, cette histoire d'amours contrariées lui laisse un goût amer.

On n'y peut rien à la nostalgie, c'est comme une envie de fumer.

Les nuages s'amoncellent dans le ciel californien, poussés par le vent d'ouest. Leur forme évoque des animaux velus, des lapins, des moutons, un ours avec un bras immense. Il rêvasse en méditant sur la morale du film. Ce pourrait être : réussir sa vie requiert des sacrifices ; personne ne peut tout avoir ; le couple est une prison d'où il faut s'échapper pour accomplir de grandes choses. Ou alors, au contraire : seul l'amour a de la valeur, tout le reste n'est que dérive égotique, ambitions mal placées, perte de temps, et Mia et Sébastien ont tout perdu à ne pas finir ensemble. Bien sûr, ces réflexions le conduisent à interroger ses propres choix. Quelles valeurs ont toutes ces années d'accomplissement professionnel, ce soir sur son fauteuil en acacia ? Il a quarante-cinq ans, a toujours vécu seul, n'a rien d'autre que son job comme sujet de conversation. Et d'ailleurs qu'en dit-il de ce métier fabuleux ? Rien d'intéressant, tout ce qui pourrait rassasier la curiosité d'un auditoire est classé secret-défense. Il en dit ce qu'en dirait n'importe quel type en manque d'imagination. Que c'est exigeant, qu'il ne faut pas trembler, que l'être humain est décidément bien tordu. Et il tait le reste, les emmerdes, la paperasse, ses collègues au bord de la crise de nerfs.

C'en est trop, il va chercher le paquet de cigarettes caché dans le tiroir de la commode à vaisselle. *S'il faut se faire des nœuds au cerveau, alors donnons-nous les moyens.* Il s'en allume une, se sent soudain plus alerte, plus concentré. Ben doit bien se l'admettre, il n'a aimé qu'une seule femme de toute sa vie, elle est en France, et c'est à peu près tout ce qu'il sait. « La France », soupire-t-il.

La seule logique derrière cette distance, c'est qu'il a obtenu un A à son mémoire, et elle un B. Deux lettres ont suffi à tout faire diverger. Et celles qu'ils ont échangées ensuite n'ont rien rapproché. Il tire une grande bouffée sur sa clope.

Les premières gouttes de pluie rebondissent sur le mobilier extérieur et des bourrasques font se pencher les branches des arbustes. Benjamin ne bouge pas.

Et s'il y allait, en France, et s'il laissait de côté tous ces tracas, toute cette politique idiote ? Pas vrai que ça lui a coupé la respiration de lire cet étrange rapport sur Jessica ? N'a-t-il pas été heureux d'y trouver son nom, malgré les années ? N'a-t-il pas cherché sur Internet à quoi ressemblait ce Matthieu de Bailly ? N'a-t-il pas éprouvé de la jalousie à son égard ? Ne le déteste-t-il pas comme les hommes haïssent leurs rivaux depuis la nuit des temps ? Et s'il n'était pas trop tard ? Et s'il était possible de couper la dernière scène de cette romance pour que se réalise le *happy end* espéré de chaque spectateur ?

L'averse est passée et ses cheveux sont plaqués sur son crâne. Il n'a pas froid. Non, il se sent bien, il se sent enfin animé par un projet. Il revient au sec, passe une serviette dans sa tignasse, se frictionne le cuir chevelu, va dans son bureau, allume l'ordinateur. Les billets pour Paris ne sont pas trop chers.

Il n'achète qu'un aller.

*

Steve décolle doucement les plaies du drap sur lequel elles ont reposé lors des quelques heures de son mauvais sommeil. Il a fait très chaud hier. Des températures record pour un mois de janvier, du moins si on croit l'agence de surveillance des événements météorologiques d'Oklahoma. Les plaies ont suinté. Elles sont laides, ressemblent à des brûlures infectées, boursouflant et gondolant sa peau. Il se gratte et arrache une nouvelle squame sanguinolente. Il la laisse tomber à côté du lit. Il n'a pas tellement mal.

Il s'étire, va dans sa cuisine et donne un coup de pied dans une canette de Bud froissée. Un liquide blond et mousseux s'étale sur le sol. Le frigo est vide, il n'a plus de café, même pas l'immonde Maxwell House instantané qui le dépanne quand ses réserves sont vides. Il passe un grand T-shirt noir, un hoody et sa vieille doudoune Old Navy. La météo est complètement folle, il gèle de nouveau, et la semelle de ses Air Jordan glisse sur la dalle, à peine franchie la porte. *Un jour, c'est le réchauffement climatique, un jour, c'est le refroidissement climatique, va savoir ce qu'ils inventeront demain...*

Dehors, la lumière l'aveugle. Il glisse ses lunettes de soleil sur son nez. Il a un goût infect sur la langue. Crache par terre. Titube un peu. Il doit se réhabituer à sortir, à entendre le piaillement des oiseaux.

Après quelques mètres, il s'arrête, plonge les mains dans les poches de sa doudoune, et fait demi-tour. Il a oublié sa carte d'identité. *Merde, fais chier*. Il retourne dans sa chambre, enjambe les draps emmêlés sur le sol. Il aurait juré l'avoir laissée sur sa table de nuit, où il empile tous les documents vaguement importants. Il jette une facture au pied du lit, parcourt un prospectus électoral datant de l'an passé, fourre deux papiers dans ses poches, continue de chercher. *Putain, elle est où, bordel ?* La fatigue le gagne. Il décide de s'allonger. Se frotte vigoureusement l'avant-bras. Le plafond se tord en de légères ondulations psychédéliques. « Quel idiot ! » Il plonge sa main dans la poche arrière de son baggy, sort la carte plastifiée. C'est bien son permis. Il éprouve soudain beaucoup de lassitude, hésite, et se redresse. *On se reposera quand la mission sera terminée, Capitaine Alpha !*

Il s'ébouriffe, ses cheveux sont collants de sueur et de saleté, il fourrage dans un tiroir et sort son vieux bonnet du Thunder. « *Here we go !* »

Le sol est une patinoire, et Steve peine à se rétablir lorsqu'il dérape. Il monte dans le bus, ne valide pas de titre de transport, s'assied à côté d'un Indien, le remarque, se lève, s'assied un peu plus loin. Une musique des Voidz tourne en boucle dans sa tête. « Ta gueule, murmure-t-il. Ferme. Ta. Gueule. » L'Indien se retourne. *Qu'est-ce qu'il a ce Nègre des prairies ?* Steve renifle. Toujours cette aigreur dans la gorge.

Il descend au croisement de la S Mingo Road et de la 51ᵉ, clopine sur le trottoir défoncé, et entre dans l'Action Arms. Le vendeur porte un nom grec et arbore un visage de boxeur, caractérisé par la forme écrasée de son nez et le cartilage martyrisé de ses oreilles.

La transaction est rapide, ses papiers sont en règle, il paie cash un Glock 19 et une boîte de munitions 9 mm Luger. À travers le sac en plastique, il soupèse l'arme. Il l'imaginait plus lourde.

Quand le visage de sa mère apparaît derrière la porte, Steve se sent soulagé. Jadis, lors des exécutions collectives, pour leur épargner des instants pénibles, les bourreaux liquidaient ceux dont la culpabilité était la moins certaine en premier. Lucy le fixe, son visage exprime de l'inquiétude mal dissimulée derrière un sourire. Elle s'apprête à prendre son fils dans ses bras, lui dit qu'elle est heureuse de le voir mais, intuition maternelle, sent qu'il y a un problème. Steve sort son flingue, et lui demande de ne pas rendre tout cela plus difficile. Les traits de la mère se crispent, elle est pétrifiée. Il tend le pistolet et l'abat de trois balles tirées à la suite. Les coups de feu alarment Bill, qui sursaute sur son canapé. Il se lève et accourt dans l'entrée. Le sang coule déjà du corps de sa femme. Steve se tient droit, solidement campé sur ses deux jambes.

– Mais… Qu'est-ce que tu as fait, bordel ?!

Steve fixe son père droit dans les yeux.

– Steve, vite, putain, il faut appeler une ambulance.

William s'approche effectuant des pas de côté, penché sur la gauche, le regard rivé sur Lucy, sa main droite devant son visage, comme pour se protéger d'un prochain tir.

– Recule !

– Steve, enfin !

Bill ne peut refréner ses sanglots. Il saisit le visage de son épouse, son expression figée d'effroi.

– La touche pas !

– Steve, ta pauvre maman, geint le père.

– Recule et mets-toi à genoux !

– Steve, bordel, qu'est-ce que tu as fait ?

– Je suis venu te soulager de cette longue vie inutile qui n'a que trop duré, déclame Steve, reprenant mot pour mot la formule d'Alktor à la fin du troisième épisode de *The Last Fighters*. Mets-toi à genoux, présente-lui tes excuses pour toutes ces années, et présente-moi tes excuses aussi ! Fais-le ! Fais-le, à genoux !

Bill balbutie un *pardon* à peine audible, il est penché sur sa femme, à genoux, le moignon posé au sol.

La douleur déforme son visage. Mais Steve n'a aucune pitié devant sa faiblesse. C'est trop facile, à la fin, espérer inlassablement que les autres plaignent cet homme, encore et encore, tout ça parce que ce McVeigh n'a pas été capable de terminer le travail. Steve tient le Glock bien droit, éprouve la crosse dans sa paume, prend le temps de viser entre les deux yeux de son père, et tire deux fois.

Dans le réfrigérateur, il trouve un blanc de poulet et de la sauce barbecue Sweet Baby Ray's. Il découpe la viande blanche et fibreuse en petits morceaux qu'il trempe dans la purée rougeâtre. Il a une faim de loup. Il emporte l'assiette dans le salon et s'assied devant la télévision. Son père regardait un match de NFL, avant son arrivée. Les Packers de Green Bay mettent une rouste aux Lions de Détroit. Aaron Gordon fait un chantier du diable dans la défense des pauvres bleus et blancs, alternant jeux courts et longs, s'autorisant même une course de vingt-cinq yards pour marquer son deuxième *touchdown* de la partie. Steve regarde sa montre. Il est 13 h 30. Il attrape une feuille d'essuie-tout et enlève le gras sur son visage grêlé de cicatrices d'acné. Tyler ne va pas tarder.

Il lui demandera de s'asseoir et de ne pas s'inquiéter pour leurs parents qui n'ont pas eu le temps de souffrir. Il exigera des excuses pour l'avoir balancé à la police. Mais Tyler, sous le choc, n'arrivera pas à articuler le moindre mot. Le cadet ne cessera de revenir au corps de sa mère couché dans l'entrée, vidé de son sang. Steve lui décrira cette journée passée au poste, ce qu'il a ressenti quand il a compris d'où venait la traîtrise. Il reviendra sur les humiliations incessantes qu'il a subies à cause de cette famille. Il prendra le temps de longs silences, observant le visage décomposé de Tyler, paralysé par l'effroi.

– Et tout va se terminer aujourd'hui, mon gars. Je les épargnais pour toi, parce que je pensais que tu avais encore ta chance. Mais tu es constitué de la même matière, friable et purulente, mon gars. Quand j'aurai actionné la gâchette contre toi, et tiré assez de fois pour être certain de ne pas te condamner à l'infirmité, toi aussi, je collerai le canon sur ma tempe et nous serons tous enfin quittes.

*

La porte de l'avion se referme et le Boeing commence à cahoter doucement en marche arrière. À l'horizon, au niveau de la bande d'herbes jaunes qui ourle les pistes, l'air ondule et se floute sous l'effet de la chaleur provenue des réacteurs d'un autre long courrier venant d'atterrir. Il y a un peu de buée sur le hublot. La femme sur le siège à côté dort déjà.

Au Bureau, il a dit qu'il partait en vacances et rien de plus. Plus d'un an sans faire de pause, tout le monde a compris. Et puis, Paris, au mois de janvier, le musée du Louvre, la tour Eiffel et Notre-Dame, quelle destination charmante, pour se changer les idées ! À la machine à café, on lui a indiqué un petit restaurant du quartier Latin, un café place Lino-Ventura, un traiteur grec à Montorgueil, une exposition à l'Orangerie. Ben a griffonné ces conseils sur un Post-it qu'il a oublié avant de partir. Un jeune agent a insisté pour lui montrer les photos de sa lune de miel en France. Sur chacune d'entre elles, le couple lève un verre de vin vers l'objectif et affiche le même long sourire figé. Ben l'a félicité.

Hier, Justin est venu lui souhaiter bon voyage, juste après la pause déjeuner. Il avait son sourire de geek tout excité. Il a demandé pourquoi la France et posé toute une série de questions relatives au choix de la destination. Frustré par les réponses sans relief de son chef, il a lâché le morceau :

– T'y vas pour la fille du rapport, c'est ça ?

– Mystère.

– Dis-le moi, ça nous fera un secret. Un de plus !

– Je t'enverrai une carte postale, promis. Il y a certainement un aquarium, à Paris. Tu veux quoi ? Une raie, un requin ?

– Rapporte-moi une tasse plutôt ! Je vais commencer une collection.

Les roues perdent le contact avec le bitume et chacun dans l'appareil ressent la poussée. Ben tapote l'accoudoir qu'il a conquis sur sa voisine endormie. L'avion se penche, les habitations sont encore proches. Puis un nuage, puis le ciel.

Ben avale mécaniquement le sachet de mini-bretzels que lui a servi l'hôtesse. Il fait défiler la liste des films proposée par la compagnie. *Douze heures de vol, c'est ça ? Eh ben, on n'est pas arrivés*, pense-t-il en tapotant le patch de nicotine collé sur son épaule. Il attrape sa serviette dans le coffre au-dessus de lui. Il a acheté un roman de James Lee Burke à l'aéroport. Cela fait des années qu'il n'a pas lu un bon bouquin. C'est le moment de reprendre les bonnes vieilles habitudes. Il ouvre le cartable, mais au lieu de sortir le roman, il se saisit du rapport sur Jessica. Le dépose sur la tablette. Il lit à voix basse : « Il y a une photo avec un type nommé Benjamin Crawford qui date de l'époque de l'association d'aide aux sans-abri à UCLA. On ne sait pas s'ils sont ensemble mais ils ont l'air proches. J'ai pas fait trop de recherches sur ce mec parce qu'il travaille au FBI (lol, je t'assure). C'est un criminologue, sa thèse à lui est numérisée sur le site de la bibliothèque de UCLA, ça parle de tueurs en série ! Il donne des cours depuis l'année dernière. Je sais pas si c'est son ex, lui aussi, mais il a l'air stylé en costard. »

Ils ont l'air proches. Ah oui ? A-t-on vraiment été proches ? Jess, dis-moi, comment je vais te retrouver ? Et qu'est-ce que je vais bien pouvoir te raconter, hein ? Benjamin, se retourne, observe les personnes autour de lui.

Ben, bordel, qu'est-ce que tu fous dans ce zinc ?

Automne 2018

« *Hello Hollywood, and welcome to the third Walk of Fame ceremony of 2018 !* »

Leron Gubler est installé sur une petite scène devant le Dolby Theatre, face au Captain, au niveau des étoiles de Céline Dion, Penny Singleton et Ray Dolby. Ce président de la chambre de commerce d'Hollywood est un homme sympathique, la belle soixantaine, costume sombre, broche dorée au revers de sa veste et sourire digne des meilleures publicités de dentifrice. Derrière le pupitre, il est tout à son affaire, rompu à l'organisation des intronisations de la marche des célébrités sur Hollywood Boulevard. Celle-ci est un peu spéciale pour lui, c'est la dernière qu'il présidera. Depuis longtemps, il avait prévu de se retirer en honorant une star de tout premier ordre, a eu l'occasion plus tôt dans l'année quand vint le tour de Michael Douglas, mais a préféré pousser jusqu'à ce jour, pour rendre hommage à celui qui fut aussi son ami.

« *Today we are celebrating one of Hollywood's most successful producer of our time, and a very good friend of mine. A man whose talent, inspiration and vision we miss so much. Today we honor with the 2 651st star of the Hollywood Walk of Fame, my dear fellow, Bruno Landisier.* »

Une foule dense et hétéroclite, composée d'amis, de gens du milieu et de touristes, applaudit. Isabelle et Marine sont au premier rang. Émues, elles écoutent Leron discourir sur la carrière de Bruno.

« Nous conserverons dans nos cœurs l'image d'un surdoué, d'un amoureux de tous les cinémas, de tous les genres, y compris les plus difficiles et avant-gardistes. Et, bien sûr, nous nous souviendrons de lui comme celui qui aura fait basculer notre industrie vers un nouveau record, celui qui aura franchi un nouveau cap ; Bruno, tu es à jamais le producteur aux trois milliards ! »

Des cris enthousiastes s'élèvent de l'assemblée à la mention de la somme prodigieuse.

Autour de l'attroupement, l'aventure continue. Cette commémoration est une des nombreuses manifestations jalonnant les semaines avant la sortie de *The Last Fighters 5*, *Kate's Sacrifice*, le sacrifice de Kate. Le département marketing de la société de production de Bruno a jugé judicieux d'intégrer cette cérémonie du Walk of Fame dans la campagne de promotion du prochain opus. Elle a même financé les 40 000 dollars réclamés par le Hollywood Historic Trust pour édifier la dalle étoilée. Des cabotins vêtus comme les personnages principaux de la saga arpentent le boulevard, se faisant prendre en photos avec les enfants et distribuant des échantillons de produits dérivés conçus spécialement par des partenaires du film, notamment des biscuits Oreo à l'image d'un héros, ou des mini-canettes de Pepsi à l'effigie de Neutron, Kate, Greg ou Alktor. Marine observe ce spectacle, étonnée que l'éloge funèbre se mêle à l'opération publicitaire.

– C'est un jour de célébration, lui chuchote Isabelle à l'oreille, l'enterrement est passé depuis longtemps. Bruno serait si fier, il a toujours rêvé que son nom rejoigne ce boulevard.

– Y a des types déguisés en superhéros qui dansent, à même pas dix mètres de là où on rend hommage à un mort. Tu ne trouves pas ça obscène ? Il est où le respect ? Ça ne te révulse pas ?

– Non, Marine, c'est… enfin c'est une fête, tu comprends, souffle Isabelle, agacée des remarques de sa fille.

Les collègues producteurs et réalisateurs de Bruno se succèdent sur l'estrade, à présent. Ils soulignent l'intuition de Landisier, son incroyable capacité à croire en des projets fous. L'auteur de la série de comics, *The Last Fighters*, est venu lui aussi. Il a passé six mois en cure de désintoxication, a meilleure mine, s'est fait refaire les dents. Il s'approche du pupitre, s'excuse de ne pas mieux connaître Bruno, mais tient à raconter leur unique rencontre.

« Je l'ignorais à l'époque, mais il avait vu dans mon œuvre quelque chose que je ne percevais pas moi-même. Je crois qu'au fond, il était aussi un artiste. Je le remercie pour cela… C'était une grande star. »

Il fait beau pour un mois d'octobre, une odeur de glace à la vanille flotte dans l'air, et de granité à la fraise.

Après une bonne heure de discours, Isabelle reçoit des mains de Gubler un cadre avec une reproduction de la stèle. On lui demande de poser devant l'étoile en granito. La veuve s'accroupit, observe à droite une pizzeria qui vend ses spécialités à la part et, au sol, juste à côté du carreau dédié à Bruno, une bouche d'aération. Dès demain, des passants marcheront sur ce faux marbre gravé d'un nom qui leur sera inconnu. Des chewing-gums viendront se coller dans les creux des lettres et dans le contour en laiton. Un flash. Encore un autre. Isabelle sourit.

Oui, Marine a raison, cette étoile est une plaque funéraire obscène, plantée dans ce lieu qui a perdu le sens des réalités à force de prospérer sur les fictions. Mais qu'importe. Qu'importe si ce sont des tombes profanées, souillées par les semelles crasseuses de touristes errants. Combien dans ce monde rêveraient d'avoir leur signature sur ce trottoir ? Combien de vies s'épuisent, suent soirs et matins, pour entrer dans ce club d'à peine trois mille noms ? C'est bien une coquetterie française, non, pire, une coquetterie parisienne, que de faire la fine bouche devant une telle consécration.

Oui, elle sourit davantage, elle sourit comme elle a appris à sourire ici, et avec cette joie bien véritable, remontent les souvenirs heureux. Elle se remémore ce jour-là, où il avait glané les droits de cette franchise de superhéros. L'état dans lequel il se trouvait, le soir en revenant chez eux. Il avait dévalisé un des cavistes les plus réputés de Los Angeles de toutes ses bouteilles de dom pérignon. Bien sûr qu'il rejouait un fantasme de son adolescence. Bien sûr que tout était conforme à une vieille promesse, une de celles que les enfants se font et que les adultes ne savent tenir. Il avait invité tous leurs amis, lesquels s'étonnaient de tant de faste pour un événement d'apparence si trivial. Ne passait-il pas toutes ses journées à acheter des droits ?

Bruno savait quel trésor il venait de s'approprier. Quand les convives furent partis, avinés comme de joyeux cochons, il se jeta dans la piscine tout habillé, et Isabelle le rejoignit. Il nagea jusqu'à elle, elle déboutonna sa chemise, il fit glisser son string le long de ses jambes fines, elle déboucla sa ceinture, il s'approcha encore, se serra, elle attrapa son sexe et le fit entrer en elle, gémissant et éclatant de rire tout à la fois. Quand ils se couchèrent, alors que la lumière de l'aube délimitait au loin les monts San Gabriel, il était convaincu que cette saga graverait son nom sur Hollywood Boulevard.

– Encore quelques photos, voilà c'est parfait. C'est votre fille ? Dites-lui de venir, elle doit être si fière de son père. Venez, jeune fille.

– Ce n'est pas… enfin… Viens, Marine, oui, viens aussi sur la photo. Viens avec moi, je suis si contente.

Avec ces clichés, c'est comme si pour la première fois, la peine se transformait, le deuil touchait à sa fin, les réminiscences passaient du noir et blanc à la couleur.

*

Cela fait trois ou quatre ans que les hirondelles se rassemblent juste derrière chez lui à la fin de l'été pour leur grand départ vers l'Afrique. Dominique regarde la colonie grossir chaque soir un peu plus, sur les fils électriques et de téléphone. À la télévision, ils disent qu'avec le réchauffement climatique, les oiseaux partent de plus en plus tard et qu'un jour, peut-être, ils resteront toute l'année dans nos régions tempérées. C'est une bonne nouvelle pour eux, d'ailleurs. Ce périple les fatigue et, au niveau du détroit de Gibraltar, des centaines de spécimens se font découper les ailes par les pales des éoliennes.

Elles pourraient très bien rester en Afrique toute l'année, elles y trouveraient suffisamment de nourriture et de matériaux pour nicher. L'instinct les jette sur cette route, l'évolution a ancré ce voyage en eux, à une époque où la Méditerranée n'était qu'un étroit bras d'océan. Elles dormaient rive droite et se nourrissaient rive gauche, comme le font certains Parisiens. Chaque année la distance s'allongeait de quelques centimètres, rien d'insurmontable. Mais désormais…

Il y a peut-être un gène du voyage ou de la fougue, chez les humains aussi. Un caractère qui remonte aux ancêtres nomades. Aux barbares de l'Est sur leurs chevaux, aux barbares du Nord sur leurs drakkars, aux barbares du Sud sur leurs chameaux.

Une disposition dont Dominique n'a pas hérité. Ou alors de manière récessive.

Le téléphone sonne, c'est Thierry.

– Salut Dominique, qu'est-ce que tu fais ?

– Je regardais les hirondelles, elles se regroupent derrière chez moi pour leur migration. C'est fascinant. De si petits piafs… tout ce chemin, quand on y pense.

– Ah ouais, les grues sont parties, y a une semaine, je dirais. Tu viens pas au match ce soir, des fois ?

– Non, mauvais comme on est, on va encore perdre. Surtout contre Lens, je crains le pire.

– Ça, c'est possible. Ils ont besoin de notre soutien… Enfin je te comprends.

– Oui.

– Je voulais te dire, j'ai refait des examens hier. Tu sais, pour vérifier les polypes dans mon intestin. Ils vont peut-être m'en recouper un morceau.

– Mince Thierry, je suis désolé.

– T'inquiète pas, c'est pas plus méchant que la fois précédente, on en a des mètres de boyaux… Bon, on se voit bientôt, alors ?

– Oui. Fais attention à toi, quand même.

– Ah oui, je voulais te dire, t'as entendu, y a des gars sur Internet qui disent qu'on devrait pas se laisser faire par leur taxe sur le carburant. Je trouve ça bien vrai. Pourquoi que ce serait nous qui payons. Tu vas pas me dire qu'on pollue plus que les autres. J'ai jamais pris l'avion, moi. Ces gars-là, ils disent qu'on devrait protester, t'en penses quoi ?

– Ils ont bien raison, répond Dominique, toujours envoûté par le regroupement des oiseaux migrateurs qui, pour se rallier, se mettent à piailler étrangement.

– Ouais, on devrait peut-être lui faire bouffer sa chemise au Macron. Ça lui remettrait les idées en place.

Dominique raccroche, quitte la fenêtre, ouvre le réfrigérateur, se décapsule une bouteille de Kronenbourg, la boit à même le goulot.

Maxime descend de sa chambre. Il a les yeux rouges, les cheveux ébouriffés, ses vêtements sont couverts de terre. C'est quasi tous les jours le cas, depuis qu'il est revenu à Quarré-les-Tombes.

– C'était qui ?

– Thierry.

– Ah, d'accord, souffle-t-il. Il va bien ?

– Pas trop, non. Mais Maxime, regarde-toi, tu pourrais au moins te laver, un peu. Bon sang ! Où as-tu traîné encore ?

– J'étais dans les bois.

Dominique secoue la tête.

*

En décembre 2017, la météo à Dijon était exécrable. 99 millimètres de pluie cumulés sur le mois et une température moyenne d'à peine cinq degrés Celsius. Un temps à rester chez soi, devant son ordi. Ça tombait plutôt bien, Max n'avait pas de meilleur plan. D'autant plus que ses affaires florissaient comme au printemps. Le bitcoin en particulier connaissait un pic jamais observé auparavant, depuis que la Bourse de Chicago l'avait adoubé le 9 décembre, en introduisant dans ses valeurs d'échange les premiers contrats spéculatifs formulés dans cette cryptomonnaie. Une semaine plus tard, une unité de bitcoin s'échangeait pour presque vingt mille dollars. Les geeks étaient en train de gagner des millions, l'heure d'empocher la mise avait sonné.

Les monnaies numériques se stockent généralement dans des portefeuilles appelés *wallets*, hébergés sur des plateformes de devises. Maxime avait placé son magot dans la plus importante d'entre elles, Coinbase. Dessus, il détenait les deux Bitcoins glanés grâce à son arnaque américaine, payés par un certain Steve Smith pour dézinguer des membres de l'équipe du film *The Last Fighters 4*. Cette histoire rocambolesque allait lui rapporter plus de trente-quatre mille euros. Il n'osait y croire.

Ce soir-là, le vent ronflait sous les soupiraux et par la fenêtre, il observait les pigeons lutter pour rester accrochés aux toits et balcons. *Qu'est-ce que c'est con, un pigeon.* Il a rentré ses coordonnées bancaires, lu rapidement le montant des frais associés au virement et cliqué sur le bouton d'acceptation des termes juridiques. À cet instant, la page du site s'est figée. Impossible de quitter. Il a fallu redémarrer manuellement l'ordinateur, renseigner de nouveau l'identifiant et le numéro client. Mais les deux bitcoins avaient disparu. Max s'est déconnecté, reconnecté, s'est gratté la tête, s'est dit que le transfert avait eu lieu. Il s'est rendu sur le site de la Caisse d'Épargne. Rien à signaler. Il a trouvé tout cela assez contrariant mais ne s'est pas inquiété outre mesure. Coinbase prévient ses clients que les fonds sont acheminés dans un délai d'une semaine.

Dix jours plus tard, Noël était passé, il était resté seul chez lui, occupé à ses jeux vidéo et ses différents trafics *online*. Il avait à peine répondu à l'appel de son père et au texto de sa sœur. L'argent n'était toujours pas arrivé et la plateforme n'affichait aucun mouvement dans l'historique. *C'est quoi ce bordel.*

Soudain, tout lui a semblé étrange. Il s'est souvenu des échanges avec le commanditaire, à quel point cela lui avait paru facile de le berner. Il s'était senti malin, puissant, avait aimé la sensation de leurrer un pauvre type. Il a commencé à douter.

Maxime a épluché point par point chaque programme de son ordinateur, chaque dossier, tout ce qui laisse une trace dans la machine. Il a fini par trouver le mouchard. Quelques lignes de codes capables d'aspirer le moindre de ses documents, de l'observer par sa webcam, de l'écouter via son microphone.

Un frisson a parcouru son corps, le glaçant de la pointe des pieds jusqu'au sommet de la tête. Il est allé vomir. A secoué ses mains pour évacuer l'angoisse. Est revenu vers son ordinateur, craignant désormais de l'approcher. *Putain, putain, putain. C'est pas possible. C'est qui, bordel ? Le FBI, le FSB, la DGSI, le Mossad ?* Il a fourragé dans sa caisse à outils, s'est saisi d'un marteau et a détruit méthodiquement chaque composant de son PC. Puis il a sorti son téléphone de sa poche, en a extrait la carte SIM, l'a découpée avec des ciseaux avant de réduire l'appareil en paillettes métalliques. Convaincu que sa chambre était infestée de micros, il a coupé l'électricité chez lui, a réuni quelques habits dans un sac à dos et a quitté la ville à pied.

Deux jours plus tard, trempé, affamé et au bord de l'hypothermie, il a toqué à la porte de la maison familiale à Quarré-les-Tombes.

– Je ne peux pas t'expliquer, mais je dois vivre ici quelque temps, ça te dérange ? a-t-il grelotté.

Dominique, sidéré par la vision de son fils, ressemblant au dernier des clochards, a répondu bien sûr que non, et lui a servi un bol de soupe brûlante. Il a remis une bûche dans la cheminée et a allumé tous les radiateurs de l'étage qui, à force d'être éteints, ont exhalé une odeur de poussière calcinée.

– Cette fois-ci, j'ai merdé, papa. Je ne sais pas à quel point mais j'ai merdé. J'ai vraiment besoin de ton aide.

– Repose-toi, tu me raconteras tout cela plus tard.

– Merci, j'avais peur que tu me… J'avais nulle part où aller.

Maxime a retiré ses chaussettes. Ses pieds étaient couverts d'engelures sanguinolentes.

– J'ai pas commis de crime non plus, je te rassure.

– J'espère…

Dominique a regardé son fils en silence. Il semblait pensif. Un peu triste. Ça a dû durer environ une heure. Une heure sans un mot, sans véritablement de regards non plus.

Une fois que Maxime a terminé son potage, Dominique a dit :

– Reste ici autant que tu veux, je ne suis pas ta mère. Si tu n'as rien fait de trop grave, alors j'aime autant pas savoir. La vie est suffisamment compliquée.

– Merci.

Max est monté à l'étage, s'est allumé un joint, s'est senti légèrement perdre pied, a cru entendre des bruits de bottes devant sa chambre, puis la lamentation d'un loup.

*

Neuf heures de décalage horaire. C'est dur. Marine a passé dix jours à Los Angeles. Sa mère tenait à ce qu'elle soit présente pour la cérémonie du Walk of Fame de Bruno. Elle comprend. Seulement ses périodes de congés ne sont pas extensibles et il faut reprendre le travail à la sortie de l'avion.

Le réveil s'alarme de sa sonnerie stridente. Elle plisse les paupières. Était-ce une sieste, était-ce une nuit ? Et où est-elle au juste ? Cette chambre n'est pas la sienne. Ces murs mauves et vert pomme, quelle faute de goût ! Son esprit s'éclaire progressivement. *Ah, oui, putain, Brest.* Il est sept heures moins le quart et la nuit est encore noire quand elle tire la longue tige qui rabat les rideaux sur eux-mêmes. Dehors, les éclairages de Noël font luire les flaques sur la chaussée. Le vent les froisse. Il fait deux degrés.

Sa douche est moulée dans une cabine en plastique que la chaîne Ibis Budget ose appeler *salle de bains.* Son jet coule tiède, constant, triste. Marine ferme les yeux, oscille d'une jambe à l'autre, se rendort presque debout. Petit déjeuner au rez-de-chaussée. Le café est clair, le jus d'orange jaune fluo, le jambon rose fluo, la gelée de groseille rouge fluo, le pain a le goût de l'eau, le beurre est bon, nous sommes en Bretagne. À 8 h 30, avec un jeune collègue fraîchement sorti d'école, elle présentera une dizaine de diapositives à des cadres dirigeants d'une boîte spécialisée dans la robotique. Leur objectif est d'élaborer une stratégie globale pour l'entreprise au regard de sa situation financière. Le cabinet de Marine propose ce service dans l'annexe au rapport comptable, espérant vendre, après l'audit des comptes, une mission de conseil.

En arrivant dans la salle de réunion, on lui apprend la présence de trois représentants syndicaux, dont un moustachu de la CGT. Il ne manquait plus que cela.

« Sur ce *slide*, nous constatons une perte de rentabilité de votre produit phare, que nous appelons "vaches à lait" dans cette matrice BCG avec laquelle vous êtes peut-être familiers. Cette rentabilité est impactée par la concurrence asiatique sur les microcomposants. Nous proposons trois voies à implémenter pour retrouver des *mark-ups* comparables aux exercices précédents. La première, nous l'appellerons le *clever downsizing*, ou recentrage intelligent. Elle consiste à se *focusser* sur le cœur de l'activité en sous-traitant une partie de la production, typiquement la confection des puces, et en recherchant des gains de productivité sur certaines fonctions support. La seconde est l'*upgrading* stratégique. Elle consiste à déplacer la production vers de nouveaux produits plus *technology-intensive* sur lesquels les marges sont supérieures. C'est une transformation sur le long terme qu'il faut entreprendre rapidement et qui nécessitera une révision des compétences au sein de la *supply chain* : plus d'ingénieurs, moins d'ouvriers qualifiés. Pour reprendre la matrice BCG, vous contrez le glissement des produits "vaches à lait" vers les produits "poids morts" en investissant dans les produits "étoiles", qui seront les "vaches à lait" de demain. »

L'assistance suit, les cadres acquiescent.

« Enfin, la dernière stratégie est une hybridation des deux premières. Vous réorganisez votre *supply chain* avec une perspective de *cost-killing* sur vos produits les plus concurrencés et un investissement fort en *R&D* sur les produits innovants. Dans la simulation qui s'affiche sur le tableau 7, vous continuez de toucher le même montant de C.I.C.E. et d'exonération de charges patronales sur les bas salaires, mais vous doublez votre Crédit d'Impôt Recherche, ce qui n'est pas négligeable… »

Marine ne peut refréner un bâillement. Elle essaie de se concentrer pour terminer au mieux son *deck*, tout en esquivant le regard de ce ronchon de la CGT qui secoue la tête chaque fois qu'elle termine une phrase. *Il ne doit pas piger un mot, ce connard*, suppose-t-elle. Déjà, les questions fusent. Elle y répond aussi bien que possible, bientôt suppléée par la verve de son comparse aux dents longues, lequel ne manque pas de profiter de ses instants de faiblesse pour briller devant le client. Dans son costume Celio, ce junior a déjà réponse à tout, en particulier aux saillies des syndicalistes, qu'il qualifie volontiers de conservateurs apeurés, suscitant l'hilarité autour de la table. Il sait où taper, il connaît son camp, il ira loin.

Plus tard, dans le train, ce même junior fanfaronnera sur sa joute oratoire, se félicitera d'avoir mouché ces individus hostiles au développement économique, empêtrés dans une idéologie dépassée et indécrottablement du mauvais côté de l'histoire. Il soutiendra qu'un cabinet comme le leur devrait s'en tenir à *closer* des gros *deals techs* et mettre des *no go* aux petits chantiers de merde à faible valeur ajoutée. Il ajoutera qu'il se verrait bien rejoindre une start-up dans quelques années, et confessera admirer les jeunes entrepreneurs de la Silicon Valley qui ubérisent le monde. Marine fera semblant d'écouter, puis sombrera dans un sommeil lourd, la tête collée à la vitre du TGV, un filet de bave coulant le long de son menton et jusque sur son chemisier.

Elle rentre chez elle, pose ses affaires. Il est 18 heures, Cyril ne sera pas là avant minuit, autant dire qu'elle a largement le temps de faire une sieste et retrouver un peu d'énergie. Ce *jet-lag* serait-il enfin l'occasion de croiser son mec et même, s'il en a la force, de faire l'amour ? Elle a bon espoir. Elle enlève son pantalon, passe un vieux T-shirt trop large et s'allonge sous la couette. Le lit tangue comme un vaisseau ballotté par la pleine mer. Elle commence à rêver, les palmiers de Los Angeles, la pluie fine et latérale de Brest, le TGV qui cahote et se transforme en avion, lourd de kérosène. De sa soute chutent des confettis de bagages. Une sonnerie retentit. Le système de sécurité s'est enclenché. La sonnerie résonne une nouvelle fois. Marine ouvre les yeux.

Ce n'est plus ce rêve étrange, quelqu'un appelle à l'interphone.

– Oui ?

– Marine ?

– Oui, répond-elle de sa voix fatiguée.

– C'est Stéphane.

– Stéphane ?

– Oui, Stéphane. Stéphane Malino, ton… ex, voilà. J'ai un truc à te demander.

– Mais qu'est-ce que tu fais là ?

– J'ai juste un truc à te demander, ce ne sera pas long.

– Bah, monte. 3e étage, gauche.

Elle se précipite dans sa chambre, enfile un jean et un sweat des San Diego Padres acheté dans un outlet, lors de son semestre à UC Irvine. Elle a le visage défait, son mascara a coulé sous ses yeux. Il toque. Elle se jette un peu d'eau fraîche sur les joues pour se réveiller et raffermir ses traits.

– J'arrive ! Une seconde !

Stéphane est derrière la porte quand elle ouvre. Il est à la fois différent et identique, à la croisée d'un souvenir et de la réalité. Il se tient droit, a le teint légèrement hâlé, est bien habillé, en tout cas beaucoup mieux qu'à l'époque. Il a la main dans sa poche, adopte une attitude décontractée qu'elle juge d'emblée théâtrale.

– Je te dérange, n'est-ce pas ? Ça fait plaisir de te voir !

– Je… j'allais faire une sieste, j'étais aux États-Unis, il y a seulement deux jours pour… Enfin, c'est une longue histoire. Tu voulais me demander quelque chose ?

– Ah, désolé, écoute, j'en ai pour cinq minutes. Je peux entrer ?

– Ouais, enfin… Tu ne pouvais pas, je sais pas, m'appeler, me demander sur Facebook, ou Instagram ?

– Tu as dû changer de numéro, parce que celui que j'ai n'est plus attribué. Et nous nous sommes mutuellement bloqués sur les réseaux sociaux à la suite de notre séparation, donc…

Marine se frotte les yeux, invite Stéphane à gagner le salon, s'apprête à lui proposer une bière ou un Coca, se ravise. *Qu'il dise ce qu'il a à dire, et qu'il dégage !*

– C'est super, chez toi ! Tu es mariée non ? J'adore la déco.

– Fiancée.

– OK, cool. Bah félicitations, comme on dit.

Stéphane balaye rapidement des yeux la pièce principale, posant son regard sur les étagères de livres, desquelles il espère voir saillir le dos de ne serait-ce que l'un de ses deux ouvrages.

– On m'a donné ton adresse, je passais dans le quartier et donc…

– Je t'écoute, coupe Marine sur un ton plus sec qu'elle ne l'aurait voulu.

Stéphane s'assied sur la méridienne, semble chercher autant ses mots que la bonne posture pour les prononcer.

– Tu sais que je suis écrivain, désormais. Bon, pas encore un grand écrivain, mais tout de même…

Je passe à la télévision de temps en temps, et à la radio aussi.

– Oui, excuse-moi. Vraiment, j'ai une vie de fou, je comptais te féliciter pour tout ça. C'est génial, tu dois être content. Je n'ai pas eu le temps de tout lire, enfin j'ai presque tout lu.

Marine craque ses doigts en parlant, elle songe *putain c'est quoi ce traquenard.*

– Je te dirai ce que j'en pense quand j'aurai terminé, promis.

– Pas de problème, je comprends, je ne viens pas pour vérifier si tu me lis. Ce serait trop bizarre, dit-il en forçant un petit rire.

Elle le regarde, sans rien dire, d'une expression éteinte.

– En fait, voilà, je suis venu te voir car pour un auteur, le choix du sujet est très difficile. Je te l'assure. D'autant plus à mesure que la carrière avance. Si je peux employer le mot carrière, bien sûr.

– D'accord, répond Marine, essayant malgré tout de se donner un air intéressé.

– Il vient toujours un moment où il faut se confronter à l'histoire. La grande histoire. Celle avec un grand H. Tu vois, l'histoire c'est comme une falaise énorme. On ne peut pas grimper tout en haut tant elle est riche et massive. Le travail des écrivains, c'est d'installer des prises dans les failles pour aider les lecteurs à gravir quelques segments. J'aime bien cette métaphore, elle est parlante, je trouve.

Stéphane, se détend, il croise ses jambes. Il aime bien son image de prises sur la falaise. À ce stade, il ne dirait pas non à un *drink*. Il opterait pour un cocktail amer, type Martini dry ou Negroni. Un truc italien.

– Oui, c'est sûr. Et donc, c'est ce que tu recherches ?

– Je me souviens que quand nous sortions ensemble, tu avais perdu ton grand-père. Tu m'avais raconté que c'était un résistant, là-bas, en Bourgogne.

Marine écarquille déjà les yeux, il poursuit.

– C'est un sujet très important, la Résistance aujourd'hui. Tu devines pourquoi, j'imagine. De nos jours, chacun se veut résistant de quelque chose, c'est la grande prétention de l'époque. Alors, je dois écrire dessus, et j'aimerais raconter l'histoire de ton grand-père ! Si tu es d'accord, j'entends.

Marine déglutit pour étouffer un rire. Il n'a fallu qu'une phrase, à peine, pour que Stéphane redevienne ce gentil loser qu'elle a bien fait de quitter, il y a longtemps. Désormais, chacun de ses gestes, chacune de ses paroles, revêt une tournure ridicule. Elle pourrait l'écrabouiller comme un insecte sans défense.

– Tu voudrais bien me raconter ce que tu sais ? Est-ce que tu as des documents, des objets ? Pas besoin de grand-chose. Nous, les écrivains, on se nourrit d'éléments infimes, de détails minuscules. Je peux gratter trois pages à partir d'un simple morceau de tissu, si c'est nécessaire. C'est pas tant un talent, que beaucoup d'exercice.

– Je ne crois pas que ce soit une bonne idée, tranche Marine.

Stéphane se redresse.

– Quoi ? Qu'est-ce qui n'est pas une bonne idée ?

– Tout ça, en fait. Venir chez moi. T'asseoir dans ce salon. Vouloir écrire sur mon grand-père.

– Ah bon ?

– Oui, c'est n'importe quoi. Tu délires.

– Attends, Marine, je pensais que nos différends étaient derrière nous, que tu serais flattée de…

– Ça n'a rien à voir avec nos différends et je ne suis flattée de rien du tout. Je t'encourage vivement à trouver autre chose pour ton prochain livre. Pour escalader ta falaise. J'étais sur le point de faire une sieste avant que tu arrives, merci de me laisser dormir.

Le rouge monte aux joues de Stéphane. Il se lève, se rassied, se relève. A-t-il déjà éprouvé autant de gêne ?

– Franchement, Marine, je suis désolé. Je ne voulais pas te déranger ni même vouloir m'immiscer de nouveau dans ta vie. Désolé, vraiment, que tu le prennes comme ça. Je m'en vais, je te laisse. Mais pardon d'insister, c'est tout de même un projet à considérer.

Elle lui indique la sortie et Stéphane file dans l'encadrure de la porte, son blouson de nouveau zippé jusqu'au cou.

– Et ton petit frère, il pourrait m'accorder un entretien, tu crois ?

– C'est ça, merveilleuse idée ! Il est retourné vivre dans la maison familiale, passe le voir, il te racontera tout ce qu'un type comme toi voudra entendre. Allez *ciao*, Stéphane.

*

Thierry renverse une palette Europe sur les cendres incandescentes. Des projections de poussière rougeâtre s'élèvent dans l'aube et de courtes flammèches s'attaquent au bois. *Bon sang, qu'il fait pas chaud !* Le rond-point de Jonches au nord d'Auxerre est bloqué depuis quatre jours. Les Gilets jaunes s'y relaient. Ils sont une trentaine déjà à 6 heures du matin. Une automobiliste ralentit au niveau du barrage filtrant. Baisse sa fenêtre, distribue une dizaine de sachets remplis de croissants, son mari est boulanger. Elle repart en klaxonnant sous les applaudissements. Les manifestants espèrent tenir jusqu'à samedi, première journée nationale.

Thierry a rejoint le mouvement dès le début. Il n'aime pas la politique. N'y comprend pas grand-chose. Seulement, les types autour de lui ont raison. Les gens comme eux sont ciblés. Pourquoi ? Vaste question à laquelle chacun ici a sa réponse. Ils ne seraient pas assez beaux, pas assez connectés, ne parleraient pas anglais, ne liraient pas de livres, ou pas les bons, ne se rendraient jamais au théâtre, au concert ou au musée, s'habilleraient mal, n'iraient jamais à Paris, regarderaient la télé, se déplaceraient en voiture. Cette dernière explication apparaît plus convaincante. Thierry a pris une amende de soixante-dix balles, pas plus tard que samedi dernier, pour avoir roulé à 88 kilomètres-heure sur une route où on pouvait faire du quatre-vingt-dix, il y a un an encore. Mais à quoi pensent-ils dans les ministères ? Il n'y a pas de tramways, de métros, ni de RER dans la région. Déjà qu'il n'y a presque plus de trains…

Une femme prend la parole : « Ils veulent tuer le peuple ! Taxe sur le carburant, hausse de la CSG, baisse des APL pour nos enfants ! Macron veut nous éradiquer, nous ne nous laisserons pas faire ! Macron démission ! » Tout le monde reprend : « Macron démission ! »

Un type avec des lunettes, une barbe et une mauvaise peau, cigarette au coin du bec, s'exprime comme un sociologue : « Il y a les gagnants et les perdants de la mondialisation, deux espèces dans un même pays. Ils vivent les mêmes phénomènes socio-économiques mais en subissent des conséquences opposées. Cela fait des années qu'on fait tous semblant d'ignorer ce problème. » Il emploie le mot « logiciel » quasi à chaque phrase et Thierry n'est pas sûr de tout à fait comprendre : « c'est impossible pour eux de raisonner dans notre logiciel et pour nous dans le leur », « dans leur logiciel, nous sommes des poids morts, des boulets. Pour Macron, les premiers de cordée ont une chaîne au pied, il ne l'exprime pas ainsi mais c'est son logiciel de pensée, il n'est pas idiot, il agit en cohérence » ou encore « le logiciel de La République en Marche, c'est le malthusianisme social. » Un homme avec un bonnet noir et des gants répète : « T'as raison, t'as raison. »

Plus tard, après son service, Dominique se gare un peu au sud du barrage. Il s'approche à pied, un gilet jaune à la main. « Mets-le, camarade », lui conseille une femme blonde, entre deux âges, parka beige, jean délavé, bottine en fausse moumoute. Dominique lui sourit et enfile sa chasuble.

– Salut, Thierry !

– Dominique, te voilà des nôtres, alors !

– Oui, toujours solidaire des luttes, tu sais bien. Enfin…

– Je dis salut à tout le monde et on y va. Tu restes dîner ensuite ?

– Ah, si tu veux, j'essaierai de joindre Maxime, histoire qu'il ne m'attende pas.

Ils montent dans la voiture, Rex saute dans le coffre, et se dirigent vers l'hôpital. Thierry doit effectuer un scanner et subir une série d'examens intrusifs. Il sera en surveillance pendant quelques heures et pourrait avoir besoin de médicaments contre la douleur. On lui a conseillé de se faire véhiculer. Il avait droit à une ambulance, mais Dominique a proposé ses services et c'est tout aussi bien.

Le soir, ils dînent d'une soupe, d'une baguette de pain et d'une terrine de campagne. Thierry est affamé mais son ventre le fait souffrir et il doit se contenter de quelques cuillerées de potage aux 9 légumes Knorr.

– Ils vont rouvrir, qu'ils m'ont dit. C'est pas plus grave que la fois précédente, mais je n'échapperai pas à l'opération. On verra ce que montre la biopsie, mais bon…

– Eh bien, je t'aiderai, ne t'en fais pas.

– Merci, Dominique, t'es un chic type. Je te revaudrai tout ça, un jour. Je sais pas comment…

– Je trouverai, t'en fais pas, je te dis.

Dominique laisse passer un silence, puis demande :

– Et donc, ces manifestations, les Gilets jaunes, ça va nous emmener où, tout ça ?

– C'est pas à moi qu'il faut demander, répond Thierry en rigolant. Je crois que j'avais envie qu'on m'écoute, une fois dans ma vie. Les sujets politiques, habituellement, je ne sais pas trop quoi en penser. Ça ne me dérange pas d'avoir une petite vie.

– Ouais, ça, moi non plus.

– Mais faut pas qu'on nous le reproche trop fort. C'est pour ça qu'on en est là.

– Pour le droit à mener nos petites vies ?

– Ouais. J'ai l'impression que c'est pas plus compliqué que ça, soupire Thierry. Tu veux un morceau de fromage, un dessert ? Je dois avoir des yaourts ou des compotes…

– C'est bon va, j'ai de la route, et je ne veux pas rentrer tard. J'espère que tes collègues ne boucheront pas la départementale. Tiens-moi au courant pour tes analyses.

*

Comment résumer les deux années qui viennent de s'écouler ? Une occasion manquée, une démission, une reconversion, un nouveau départ. On dirait les chapitres d'un mauvais livre de développement personnel intitulé « La Résilience en 4 étapes », pense Benjamin assis confortablement sur son siège de la Business Class, alors, qu'à nouveau, sous l'estompement des nuages, Paris se dessine derrière le hublot. *C'est ça, un nouveau départ ! Hors de question de trembler.* Il redresse son siège et ajuste sa ceinture pour l'atterrissage.

Il y a deux ans déjà, l'avion s'est posé sur une piste de Roissy-Charles-de-Gaulle. Ben Crawford s'est rendu devant le tapis roulant numéro 4, a saisi sa valise renversée sur son flanc gauche, la poignée en plastique arrachée. Dehors, il pleuvait.

Il se souvient d'avoir jugé la langue française très peu mélodieuse quand, dans le taxi qui l'emmenait vers Paris, les protagonistes d'une émission de radio s'écharpaient à grande voix et dans une totale confusion. Le chauffeur n'a pas consenti à baisser le volume lorsque Ben lui a demandé. « C'est bientôt les élections, en France », a-t-il répondu laconique. Au bout de cette cacophonie hertzienne, Ben s'est fait déposer devant le Novotel des Halles où il avait réservé une chambre. Il y a dormi trois nuits, a fait un peu de tourisme, se rappelle avoir mangé dans une brasserie appelée Loup, rue du Louvre.

En bon enquêteur, il s'est rendu là où la piste de Jessica s'estompait, à Lille, une ville au nord, terriblement froide, où la pluie tombait plus dru encore que dans la capitale. Il a pensé aux palmiers de Los Angeles, au vent doux de l'hiver, aux longues plages de sable chaud, aux effluves de chili qui s'échappent des *food-trucks* le soir sur Lincoln Boulevard. *Jessica, qu'es-tu venue faire ici ?*

À peine posées ses affaires au Novotel Lille Centre Grand-Place, il s'est présenté à l'école où Jessica enseignait, selon les indications du rapport rédigé sur elle, unique source d'information pour retrouver sa trace. Un homme à l'accueil l'a dirigé vers la directrice adjointe du programme grande école, qui l'a dirigé vers la responsable des modules pédagogiques.

– Mademoiselle Dahlgren ne travaille plus à la Sumaco, depuis plus de deux ans. Elle a obtenu son concours et sa titularisation dans un lycée parisien. Sa réussite nous a fait très plaisir.

– Vous pouvez m'indiquer lequel ?

– Vous êtes un ami ? Un membre de sa famille ?

– Un vieil ami. Un vieil ami californien.

La femme a fixé Benjamin une seconde.

– Le lycée Lavoisier, si je me souviens bien.

Il a regagné son hôtel, a récupéré son bagage, a payé la note, est reparti le soir même en TGV. Le jour suivant, il a traversé le jardin du Luxembourg, un latte Starbucks, taille venti, à la main. Au niveau de la statue du faune dansant, il a arraché le patch de nicotine collé sur son épaule et s'est grillé une cigarette, puis directement une seconde. Il avait acheté un paquet plus tôt le matin, convaincu qu'il en aurait besoin quand le stress de retrouver Jess se ferait plus intense. Il s'est assis à une table du café Le Luco, situé au bout de la rue Henri-Barbusse, où se trouve la cité scolaire Lavoisier. L'endroit lui semblait stratégique. Si Jessica ne passait pas par-là, il se posterait de l'autre côté le lendemain, et ainsi de suite. Faire le guet est une compétence de base d'un agent du FBI, fût-il chef de service.

Il a commandé un café, un verre d'eau et un cendrier. À 13 heures, un cheeseburger. Deux cappuccinos dans l'après-midi, puis un Fanta Orange.

Vers 17 h 30, une femme a déboulé, dans les 1,60 m, cheveux longs et blonds, cartable à la main, jean moulant des jambes assez fines, manteau noué à la taille par une ceinture. C'était elle. Ben l'a reconnue tout de suite. Elle marchait sans hâte vers la bouche du RER B. Il s'est levé, a glissé deux billets de vingt sous le cendrier, s'est avancé sur la chaussée sans prendre gare aux voitures, a fait deux pas de course, avant de ralentir, avant de s'arrêter, la laissant descendre dans les profondeurs de la ville, sans bouger, sans rien entreprendre, comme foudroyé. Il s'est rendu compte qu'il n'avait pas la moindre idée de ce qu'il lui aurait dit, s'il l'avait interceptée.

Le soir, il a commandé au room service une salade César à 14 €, un saumon teriyaki à 18 €, une crème brûlée à 8 € et une bouteille de mouton-cadet 2013 à 39 €. Il a mangé devant la télévision mise en sourdine, a fini la bouteille de vin, a éteint la lumière, a pleuré jusqu'au sommeil.

Deux jours plus tard, il était au Bureau, faisant bonne figure devant ses collègues qui ne pouvaient s'empêcher de lui raconter leur Paris de carte postale sans se douter que cette ville n'était pour lui rien de mieux que le tombeau d'un amour déçu.

Les mois suivants, la pression sur le FBI n'a fait que croître. La Maison-Blanche exigeait que l'enquête sur l'ingérence russe dans les élections de 2016 soit close. En mai, le directeur du Bureau, James Comey a été démis de ses fonctions par le ministère de la Justice. Dans ses tweets, Trump le qualifierait successivement de visqueux, de m'as-tu-vu, de frimeur, de détraqué et finalement de pire directeur du FBI de l'histoire. Début 2018, c'est l'adjoint de Comey, James McCabe qui a été sommé de prendre la porte.

@realDonaldTrump : « Le moralisateur James Comey était son chef et a fait passer McCabe pour un enfant de chœur. Il savait tout des mensonges et de la corruption qui régnaient aux plus hauts niveaux du FBI ! »

Le Président aurait pu ajouter : « *You're fired.* »

Las de s'en prendre aux hommes, en mai 2018, le Président a assigné l'agence tout entière en justice, reprochant au Bureau d'avoir infiltré sa campagne. Il a tweeté : « Si c'est vrai, c'est le plus grand scandale de tous les temps », ce qui vaut, finalement, pour de nombreuses accusations, en particulier les infondées. »

Benjamin a décidé de jeter l'éponge à son tour, fatigué de mal faire son travail à cause de conflits politiques absurdes. Il a négocié un poste de professeur en criminologie à UCLA pour la rentrée de septembre 2018 et a laissé derrière lui sa charge d'agent spécial, chef de service aux crimes en ligne de l'antenne du FBI à Los Angeles. Le métier de ses rêves. Le métier pour lequel il avait tant sacrifié. Il l'a quitté par indulgence envers lui-même, lui qui l'avait obtenu, paraît-il, pour son indulgence envers les autres. À chaque médaille, ses revers. Quelques jours avant son départ, il a défendu avec succès la candidature de Justin Laitner Junior au grade d'agent, lui faisant promettre préalablement qu'il revêtirait désormais des costumes noirs sur chemises blanches. Cette nomination resterait sa plus belle réussite professionnelle, dira-t-il plus tard. Elle l'a aidé à quitter ses fonctions l'esprit apaisé. Et il n'a pas versé une seule larme pour son pot de départ.

En décrochant ses diplômes encadrés au mur, Benjamin s'est rappelé la fierté de ses parents le jour de l'obtention de son doctorat. Son père ne fut jamais aussi expressif de toute sa vie, ni avant, ni après. Il lui dit qu'avec sa mère, ils étaient heureux de l'avoir pour fils et ajouta quelque chose du genre : « Tu pourras faire tout ce que tu veux de ta vie. » Ben a compris plus tard que son père évoquait en fait ses propres entraves, et qu'il voulait se convaincre que, grâce à son intelligence, son fils disposerait des clefs pour faire sauter les verrous qui rendent l'existence si heurtée et contrainte. Mais son père se trompait. L'intelligence ne suffit pas.

Lors de ces deux années, la silhouette de Jessica disparaissant dans la bouche du métro parisien n'a cessé de hanter Benjamin. Elle était juste devant lui, à portée de voix, et pourtant il n'a pas su articuler un mot, pas même héler son nom. Souvent il a rêvé de cette scène. Il s'approche, va à sa rencontre, mais sa voix est cassée et ne prononce qu'un murmure inaudible. Parfois, il la saisit par le bras, elle se retourne, mais ce n'est pas Jessica. C'est une autre femme, une collègue, la caissière du 7-Eleven, l'actrice d'un film visionné récemment, ou même sa mère.

La criminologie est une science récente et fertile. Elle puise dans la sociologie, la philosophie, l'économie, la psychologie, la biologie et même certains pans de la mathématique pour étudier le phénomène criminel. Benjamin s'est remis à ses lectures, est retourné dans les salles froides des tribunaux d'État observer le dérapage des vies. Il a enrichi ses cours de nouvelles doctrines, s'est formé à la théorie des jeux, a exploré les champs de la philosophie morale, du constructivisme social, de l'interactionnisme symbolique, de l'ethnométhodologie.

Ses élèves ressemblent à ses camarades de l'époque. Certains veulent devenir magistrats ou avocats, d'autres chercheurs ou profs de fac, d'autres encore souhaitent travailler pour une agence ou une police d'État. Certains ont un amour immodéré pour l'ordre et la sécurité, d'autres trouvent des excuses aux pires salauds que la terre ait jamais pondus. Il leur a demandé de faire un exposé sur un fait divers récent et de l'inscrire dans une généalogie d'affaires criminelles. Le but est de construire une matrice, un système du passage à l'acte meurtrier. La semaine dernière, une élève a présenté un cas de familicide survenu à Tulsa en Oklahoma, l'an passé : l'affaire Smith.

« L'étude de cas correspond à ce que nous appellerons un famillicide. C'est-à-dire le meurtre d'une famille entière, ici tous les membres de degré 1 du tueur : les deux parents, le petit frère et lui-même par suicide. Le but de cette présentation est de restituer l'acte meurtrier d'un point de vue psychopathologique, comme une tentative de fuite face à une impasse de la subjectivité. Avant de passer à l'acte, le meurtrier était confronté à une double angoisse, celle de la perte du lien de filiation et du lien fraternel. Pertes qui menacent son économie objectale, narcissique et identitaire, déjà mise à mal par un réseau de fragilités et d'échecs biographiques. Cette histoire comporte une série de similitudes avec l'affaire, très connue, de Ronald DeFoe Junior survenue en 1974 à Amityville, Long Island. Mais les cas diffèrent aussi en ce que… »

Ben lui a attribué la note de A.

Pour son plus grand plaisir, Benjamin a aussi retrouvé l'atmosphère des colloques où les courants s'opposent, et les désaccords se règlent tard le soir, autour d'une bière ou d'un verre de bourbon. Cela lui a permis de présenter à Saint-Louis l'ébauche de l'article qu'il rédige actuellement : « *Online Crimes, New Categorizations and Evidences* ». Il a reçu de nombreux compliments sur ce travail et a été invité pour le présenter en décembre, à l'Université Paris 1, la Sorbonne.

Cette fois-ci, tu ne peux pas manquer ta chance, songe-t-il en quittant l'airbus d'Air France. *Et si tout se déroule bien, tu l'écriras toi-même ce bouquin de développement personnel.* La Résilience en 4 étapes, *par Benjamin Crawford.*

Il sourit à cette idée, et tend son passeport au douanier.

*

Maxime se réveille. S'étire. Bâille. À côté du lit, un livre corné attend d'être rouvert. Il descend au rez-de-chaussée, son père est déjà parti travailler, la maison est calme et silencieuse. Il rallume la cafetière, attend une dizaine de minutes que la résistance réchauffe son contenu. Il le boit en observant le bosquet derrière chez lui. Il ira s'y promener tout à l'heure.

Cela fait bientôt deux ans qu'il n'a pas allumé un ordinateur, presque autant qu'il ne s'est pas rasé la barbe. Il se tient à l'écart des technologies et de leurs mouchards. Il a bien acheté une vieille télévision et une Super Nintendo dans une brocante, mais elles ne sont connectées qu'à elles-mêmes. Cinquante euros les deux, qu'il a payé. Il joue à Mario et Super Soccer, un jeu de foot dans lequel l'équipe de Colombie a sa préférence parce que Carlos Valderrama est le seul joueur à peu près différenciable des autres.

Il démonte régulièrement les coques en plastique de tous ses appareils pour vérifier qu'aucun micro ne l'écoute. Pour l'instant, il n'a rien trouvé.

Chaque journée se ressemble. Il s'est désengagé de tout, a laissé son ancienne vie en plan sans se soucier de rien. Il aime penser qu'il a disparu, qu'il s'est évanoui, qu'il est mort. Quand il sort de chez lui, il ne parle à personne, détourne le regard s'il croise quelqu'un dans le village, se réfugie sur les chemins et dans les bois. Il flâne, fait semblant de pêcher ou de chasser. Il parle à haute voix, se murmure des histoires d'espionnage dans lesquelles les puissances mondiales se sont liguées contre lui. Il ne leur donnera plus rien, il ne travaillera jamais pour eux, elles n'aspireront plus ses données comme les vampires le sang des innocents, il restera tapi ici, dans ces forêts de conifères, se nourrira de la sève des arbres, boira l'eau des rivières. Depuis qu'il est revenu dans le Morvan, il touche à quelque chose d'essentiel, comme un retour aux sources. L'herbe l'aide grandement dans cette quête, elle donne au monde de nouveaux contours, que Maxime juge plus véritables, plus conformes à sa manière de concevoir les choses. Le cannabis est un grand révélateur, le loup son animal totem, les rivières le sang qui coule dans ses veines. Tout est plus logique. Comme ranimé.

Il passe une parka, ferme la porte derrière lui, prend une grande inspiration et traverse le champ dans lequel s'enfoncent ses bottes en caoutchouc. La pluie ne le dérange pas, elle lave le monde de ses nombreuses impuretés. Il pénètre la forêt par un saut-de-loup. Le sol crépite sous son poids, des écorces se rompent. Cette terre a été foulée par des armées, des héros, des envahisseurs. Désormais, elle est sienne, il peut l'arpenter à l'infini. Humer l'odeur de sous-bois et cueillir ses fruits. Il tire sur une branche, elle craque, il la fait vriller jusqu'à l'arracher de l'arbre. Le bois est dur, solide, il frappe l'air en un souffle. Maxime sort son Opinel, ajuste l'extrémité du bâton en coupant net ses fibres, puis grave trois lettres dessus MDL, *Max de Lydda*. Il replace le couteau dans la poche arrière de son jean, éprouve sa raideur contre sa cuisse.

Plus loin, en lisière de forêt, un couple apparaît sur un sentier. *Que foutent-ils ici, ces deux-là ?* Max s'approche, longe les arbres jusqu'en bordure des champs. Il les reconnaît, ce sont deux vieux du village qui s'aventurent sur son territoire. *Alors, les anciens, vous en avez donné combien des Juifs pendant la guerre ? Cette fois-ci vous ne vous en sortirez pas à si bon compte.* Max fraie entre les arbres, évite leurs ramures, enjambe les ronces et les racines, sautille d'une souche à l'autre, et se jette enfin dans un fossé d'où, caché par la fougère, il les observe arriver vers lui. Il replie ses jambes, prêt à bondir, prêt à se lancer la mâchoire en avant et mordre comme un lynx affamé. Son cœur bat, puissant dans sa poitrine.

L'homme tient un parapluie dans sa main droite, il abrite sa femme. Ils marchent lentement, se baladent. Maxime les entend discuter. Il reste immobile tel un fauve, un prédateur aux aguets. Ils sont à sa hauteur désormais. Le vieux porte une paire de Reebok blanche et sa femme des chaussures de marche. Max retient sa respiration encore une seconde. L'excitation monte en lui. Ils le dépassent, ils ne l'ont pas vu. Max n'en peut plus, il va exploser de rire. Il se redresse. Les fougères crissent. La vieille se retourne. Il a juste eu le temps de s'accroupir. L'opinel est écrasé contre sa fesse, il l'attrape, le garde dans sa paume. Le couteau est froid. Il attend encore. Le couple s'arrête, le vieux refait ses lacets, puis ils reprennent leur chemin. Maxime les laisse s'éloigner.

Il rentre chez lui, met de l'eau dans la casserole, un peu de gros sel, verse le riz lorsqu'elle frémit, puis ouvre une boîte de sardines à l'huile, et déjeune en silence.

*

« … et c'est pourquoi le support numérique ne saurait être considéré comme un nouvel espace du crime, mais qu'il faut l'envisager, en ce domaine aussi, comme une révolution. Des nouveaux criminels émergent et, avec eux, de nouvelles victimes. En ligne, le rapport au mal est plus ténu, une personne peut être attentive à respecter la loi dans l'espace public tout en se livrant à des délits parfois graves sur Internet. Ma conclusion est que nous devons totalement revoir notre logiciel et que les classifications d'antan ne sont plus opérantes. J'espère que ma tentative de catégorisation vous convaincra. Je suis à l'écoute de vos questions. Merci de votre attention ! »

L'amphithéâtre applaudit. L'audience est ravie. Les questions fusent. Benjamin répond à la première par un « quand je dirigeais le service des crimes en ligne de l'antenne du FBI à Los Angeles… » qui fait son effet.

Il est midi, la session matinale de la conférence se termine, et Ben prend à peine le temps de saluer les élèves et professeurs qui sont venus le féliciter pour sa présentation. Il descend les escaliers de la Sorbonne deux par deux et rejoint déjà le boulevard Saint-Michel.

Dix minutes plus tard, il s'installe à la terrasse couverte du Luco. La carte n'a pas changé, toujours ce dégradé de gris et cet imprimé de la tour Eiffel barré par le nom du café. Il s'installe face à la bouche de RER, se demande si le serveur le reconnaîtra. Il lui adresse un salut de la main auquel le garçon oppose un « J'arrive », froid et laconique. Voilà qui a le mérite d'être clair.

– Je vous écoute ?

– Je vais prendre le cheeseburger. Il était très bon, la dernière fois…

– Quelque chose à boire ? coupe le serveur sans relever la tête.

– Un Coca zéro fera très bien l'affaire et… oh, attendez une seconde. Je reviens, je reviens tout de suite.

Benjamin se lève. Cette fois-ci, il n'aura pas attendu longtemps.

« Jessica ! Jessica ! »

Elle se retourne.

– Jessica, attends !

– Benjamin, mais c'est bien toi ?

– Mais oui, quel hasard. Je… je déjeune, ici, dans ce café. Mon Dieu c'est incroyable, tu n'as pas changé.

– Tu me flattes, arrête. Je travaille juste à côté, dans un lycée. Et toi, alors, c'est dingue, que fais-tu à Paris ? J'en crois pas mes yeux !

– Je participe à une conférence à la Sorbonne. Je suis professeur désormais, j'ai démissionné du FBI. Ça devenait impossible. Tu veux… Enfin il y a tant à dire, on pourrait peut-être déjeuner ensemble, qu'en penses-tu ? Je viens à peine de commander.

– J'adorerais, j'ai tellement de choses à te raconter, je ne sais même pas par où commencer. Mais, là, je ne peux pas, je suis déjà en retard. Tu es en France jusqu'à quand ? Demain soir, tu serais disponible ?

– Demain soir ? Oui, bien sûr, demain soir c'est parfait.

– Alors, disons demain soir, à cette sortie de RER, vers, je ne sais pas moi, 19 h 30. Je suis si surprise de te croiser, si on m'avait dit ça ce matin… Je ne l'aurais pas cru une seconde. Ça paraît irréel.

– Et moi donc ! Ça n'a aucun sens, quel hasard, vraiment ! Tiens, c'est ma carte, y a mon numéro, dessus.

L'après-midi passe à une vitesse folle. Une jeune doctorante présente une étude sur le passage à l'acte. Son approche neurobiologique permet de cartographier les zones actives du cerveau lors d'une action violente. Celles-ci sont nombreuses, elles se situent aussi bien dans les parties archaïques que dans le lobe frontal, siège de la pensée, de la volonté et du sens moral. La violence n'est pas plus un instinct primitif qu'une décision raisonnée, soupesée par l'intelligence. « Le criminel est tout à la fois sauvage et civilisé », conclut-elle. La phrase plaît à Benjamin, il la note sur son carnet.

L'exposé suivant est beaucoup moins passionnant. Il retrace la succession des lois sécuritaires en France, depuis les attentats de Toulouse et Montauban. L'esprit de Benjamin vagabonde, il ne pense plus qu'à ses retrouvailles avec Jessica. Elle semblait honnêtement heureuse de le voir, presque émue. Lui-même avait la voix chevrotante. Plus de vingt ans plus tard, il a éprouvé les mêmes sensations qu'à l'époque de leur rencontre sur la route de Spring Break. Comme si le temps et la distance n'avaient rien érodé. Il gribouille : *L'être aimant est tout à la fois sauvage et civilisé.* Cette pensée lui provoque un sourire, assez mal venu étant donné que toute l'assistance se concentre sur la série d'attaques djihadistes en France.

Ben se reprend, fronce les sourcils.

*

La résistance, voilà qui est fondamental. C'est la grande posture de l'époque. Prenez Donald Trump, à sa manière c'est un résistant. Tout autant que ses ennemis d'ailleurs, les écologistes, les féministes... Partout, aujourd'hui, le pouvoir est si affaibli que même ceux qui le détiennent se définissent comme des résistants. C'est passionnant ! Et maintenant, le mouvement des Gilets jaunes en France. Encore un mouvement de résistants.

Lucien, lui, était un vrai résistant. De ceux qui se sont battus pour notre dignité à tous...

– Et patati et patata. Ce n'est qu'une ébauche d'introduction. Mais tu vois déjà, c'est fort !

– Eh bien...

Stéphane observe Maxime. Le petit frère de son ex est comme paralysé devant la porte du pavillon familial. Il le cueille à froid avec un extrait de son livre, mais tout de même il pourrait s'animer un peu. Est-ce sa littérature qui lui fait un tel effet ? Qu'est-ce qui ne va pas au juste ? Il le reconnaît à peine. Le trouve plus mince, plus timide, comme s'il revenait de plusieurs années de goulag, le corps et l'esprit cassés par des gardiens tortionnaires. Et cette épaisse barbe, quelle idée !

– Pardon, je te parle de mon futur roman, j'aurais peut-être dû mieux contextualiser ma venue, je…

– Non, non c'est bon… je t'écoute.

Ils se regardent, chacun un peu décontenancé.

– Du coup, reprend Stéphane, tu es rentré vivre chez ton père, c'est ta sœur qui me l'a dit. Tu en avais marre de la ville ? On se sent mieux à la campagne, un peu coupé du monde, c'est ça ?

– Oui, j'avais besoin de… enfin…

Maxime est troublé, il regarde autour de lui. Il trouve les questions de Stéphane très intrusives. Cela l'inquiète. Que fait-il ici, au juste ? Il se gratte la barbe. Écrivain n'est peut-être qu'une couverture pour lui. Stéphane est arrivé, a à peine dit bonjour, et s'est lancé dans la lecture d'un extrait. Même les Témoins de Jéhovah s'y prennent mieux pour déranger les gens. Ce mec est louche. Maxime fourrage de nouveau sa barbe. Il y a sept ou huit ans, ce même type lui avait demandé de trahir des secrets de hackers. Et maintenant, que veut-il encore ? À la solde de qui travaille-t-il ?

– C'est ça, ajoute Stéphane, tu avais besoin de revenir à tes racines, je parie. C'est très fréquent, de nos jours. Nos générations citadines n'en peuvent plus de toutes ces injonctions. La ville, le travail, le couple, les enfants ! N'est-ce pas ?

– Oui, bah…

– Je comprends très bien, figure-toi. On est sur la même longueur d'onde, tous les deux. J'en reviens à ce texte, donc, comme tu l'auras compris, ce Lucien, c'est ton grand-père.

– Mon grand-père ?

C'est logique finalement, pense Max.

– Oui, Lucien Michot. Voilà, je veux parler de lui. J'étais en couple avec Marine, quand il est mort. J'avais été très peiné d'ailleurs, pour ton grand-père.

– Merci, c'est... cool.

– Écoute, ça va te paraître original mais je ressens en moi un besoin. Quelque chose d'indescriptible. Une pulsion, presque. Je dois parler de la Résistance. C'est une nécessité. Ça y est, c'est le moment, j'entame mon troisième roman, j'ai déjà fait le récit à l'eau de rose, l'autofiction pénitente, et maintenant, il me faut... qu'est-ce qu'il me faut, tiens ? À ton avis ? Hein ?

– Ben, euh, j'en sais rien, un truc sur la Résistance, du coup, j'imagine.

– Exact. Il me faut un grand roman. Ça signifie que je dois faire résonner notre monde contemporain avec la grande histoire. Celle que j'aime qualifier d'histoire avec un grand H. C'est là que je pense à la Résistance. C'est là que le sujet s'impose à l'auteur. C'est un thème transverse. Je crois que j'ai eu l'idée du siècle, en définitive.

– D'accord, je comprends.

– Je cherche, je me documente, je pense au destin d'un résistant français, et hop, Lucien Michot, bien sûr, c'est évident.

– Ah ?

Maxime sent le piège, cette tirade n'a ni queue ni tête. Il réfléchit, le plus rapidement possible. Son ordinateur piraté. Ce type qui lui avait demandé un rapport sur une Californienne qui, bien sûr, il s'en souvient, avait été en couple avec un agent du FBI.

Maintenant, les questions sur son grand-père… Stéphane est venu le confronter ; est venue l'heure de sa grande déportation.

Il est acculé. Il prend une grande inspiration, et en une seconde décide que, non, il ne se rendra pas.

– Et pourquoi, tu n'as pas demandé à Marine ? Si elle t'a dit que j'étais ici, c'est que vous vous êtes parlé.

Bien envoyé, songe Maxime.

– Oui, bien sûr, c'était super de la revoir. On s'entend très bien, tu sais. Mais, elle n'a pas le temps, elle travaille trop. C'était pas pratique pour elle. Dommage, parce qu'elle avait très envie d'évoquer avec moi votre grand-père. Tu sais, je parlais exactement de ça quand je disais les vies citadines, les injonctions… Tu vois ? Bref, avec le week-end qu'on a passé à Lille, toi et moi, à l'époque, je me suis dit, allons voir Max, ce sera tout aussi sympa !

Maxime avale sa salive. Il observe par-dessus l'épaule de Stéphane, ne voit aucune voiture ou camionnette susceptible de l'embarquer. Il soupire.

– Très bien, je comprends, dit-il. Je ne m'attendais pas à ce qu'ils t'envoient, toi ! Mais ça va, je ne veux pas en savoir plus. Entre, on discutera mieux à l'intérieur. Mon père est au travail. C'est une machination mondiale, je ne peux pas lutter. Lucien était mon grand-père et je l'aimais. Je l'aime encore.

Stéphane ne comprend pas, mais acquiesce et entre dans la maison.

– Je suis prêt à mourir les armes à la main !

– C'est ce qu'il disait ?

– C'est ce qu'il disait et c'est ce que je te dis aujourd'hui. Je n'aurai qu'une version et ne la changerai pas même sous la torture. Je préfère trahir la vérité que son souvenir. Le loup est mon animal totem.

– Attends, je note, je note. Super, j'espérais que nous commencions aujourd'hui. Ce genre de phrases, c'est exactement ça ! C'est avec ça qu'on construit un roman ! L'animal totem, c'est fort, ça c'est de la littérature. Continue, envoie !

– La première histoire qu'il nous a racontée et dont je me souviens, c'était à propos d'un rossignol. Et c'était déjà une histoire de résistance à l'envahisseur, alors elle devrait te plaire. Dans cette région, au Moyen Âge, il y avait des chevaliers. L'un d'entre eux, nommé Renaud, fils d'Aymon, roi des Ardennes, était à la tête d'une armée chrétienne…

*

Le lendemain, la conférence se termine vers 17 h 30. Benjamin a participé à la table ronde finale. A été discret. S'est contenté de propos généraux. A regardé sa montre toutes les cinq minutes. N'a pas pu refréner son large sourire quand le modérateur a signifié que l'heure était venue de conclure.

L'air est frais dans Paris, il ne pleut pas encore. Il marche à bonne allure, se dirige vers la place Saint-Sulpice. Un article sur Internet plaçait en première position de son « top 5 macarons à Paris », les recettes d'un certain Pierre Hermé, dont une des boutiques se situe rue Bonaparte. Il a bien noté que Jess avait une préférence pour le parfum framboise. Seulement, ici visiblement, on l'accommode : rose, litchi, framboise ; pistache, framboise ; thé vert matcha, framboise.

– Vous n'avez pas de macaron framboise, framboise, framboise, n'est-ce pas ?

La vendeuse hausse les épaules.

Sa douzaine de gâteaux achetés, il rentre à son hôtel, prend une douche, choisit de beaux vêtements. Il se regarde dans le miroir, se trouve vieux, gros, endimanché. Il a les mains moites et une terrible envie de fumer.

Bordel, Ben, tu as passé l'âge de te mettre dans un état pareil.

Des questions tournent en boucle dans son esprit. Peut-il aimer une femme qu'il n'a pas vue depuis vingt ans, une femme qui l'a fait souffrir, une femme qui n'a jamais été intéressée par lui ? Est-ce de l'amour ? Est-ce de la nostalgie ? Est-il en train d'essayer de venger une vexation passée ? Et pour se prouver quoi, au juste ? Qu'il vaut mieux que ce joueur de baseball ridicule avec lequel elle sortait à l'université ? N'est-ce pas évident ? Il déboutonne sa chemise, réajuste son col. Son entreprise ressemble au scénario d'une comédie romantique typiquement américaine dans laquelle, après moult rebondissements, le bon ami de jeunesse s'avère être l'amant idéal de la jolie Californienne un peu paumée. La honte le gagne.

Quand il arrive au rendez-vous, Jess est déjà là. Elle n'est pas particulièrement apprêtée, mais lui semble légèrement plus maquillée que la veille. Elle sourit en l'apercevant de l'autre côté du boulevard. Il ouvre les bras pour lui faire un *hug*. Elle se penche pour lui faire la bise. Ils trouvent cela amusant. Elle connaît une sorte de cave à vin, dans le quartier, dont la charcuterie et les fromages sont exquis. Il est heureux de l'y suivre. Voilà, c'est ici qu'elle travaille, dans cet endroit si plaisant, une sorte de retour dans le passé pour elle qui a aussi étudié dans le 5e arrondissement. « Je vivais juste au-dessus, à gauche, dans une petite rue sous ce boulevard. C'est fou comme le temps a passé. » Elle raconte sa jeunesse parisienne, les lieux où elle aimait sortir, ses amis de l'époque qui sont tous devenus profs, qui récitaient de tête des poèmes d'Éluard et de Gérard de Nerval. Puis elle s'est séparée de Matthieu, elle a commencé à travailler, a changé de quartier, les immeubles haussmanniens se sont transformés en ensemble des années 1970, le kilomètre de marche en trajet de trains régionaux, les soirées littéraires entre amis en soirées seule devant la télé. « C'est pour rompre avec cette vie de con que j'ai décidé de changer d'air. Je suis allée à Lille, c'est une ville charmante, je te la conseille pour ta prochaine visite en France. » Benjamin hoche la tête, « j'adorerais la visiter », murmure-t-il. « C'était bien, mais mes contrats étaient précaires, j'étais embauchée pour une année ou deux, jamais plus. Je donnais des cours d'anglais, alors que j'avais suivi un cursus en lettres modernes françaises. Quand je me suis fait naturaliser, car je suis française, figure-toi, je me suis mis un coup de pied aux fesses et j'ai préparé un concours pour enseigner dans des conditions très confortables.

Je donne des cours de littérature française, maintenant, tu te rends compte ? J'ai eu la chance d'être affectée dans un lycée tout proche de là où nous nous sommes retrouvés. Les élèves sont excellents, je suis comblée. Et toi, alors ? » Benjamin vit toujours à Los Angeles, il n'a pas véritablement dévié de ses objectifs de jeune adulte, sinon très récemment quand il a claqué la porte du FBI. Il est content d'être titulaire à UCLA, lui aussi a bouclé la boucle.

– Et puis, ça me donne l'occasion de venir te voir en France !

– Tu plaisantes ? Tu ne m'as même pas écrit. Heureusement qu'on s'est croisés par hasard.

– J'ignorais où tu étais, depuis quand nous ne nous sommes pas donné de nouvelles ?

Ils réfléchissent, s'accordent pour dire que cela fait une éternité. Elle a l'élégance de ne pas mentionner ses lettres maladroites, et lui ses réponses humiliantes.

– Voilà, c'est ici, tu verras, c'est succulent. J'espère qu'ils ont de la place. On dirait bien que oui !

Ils s'asseyent l'un face à l'autre, l'ambiance est décontractée, légèrement bruyante. Il explique le sujet de l'article qu'il a présenté à la Sorbonne, à quel point la criminalité numérique l'intéresse ; elle parle de la mémoire, le thème de culture générale sur lequel ses élèves devront disserter en fin d'année lors de leurs concours. Il commande un verre de chablis, elle de bordeaux. Ils plaisantent à propos d'un étudiant qui la draguait à la Sumaco, et qui est désormais une sorte d'écrivaillon mondain.

– Figure-toi, qu'il s'était rencardé sur moi, je ne sais toujours pas comment. Il m'avait même acheté une boîte de macarons en forme de cœur.

– De macarons ? répète Ben.

– Une sorte de petits gâteaux meringués à l'amande. C'est délicieux, faut que tu goûtes. Quand je suis arrivée en France, je n'arrivais pas à m'en passer, j'en mangeais presque chaque jour. Bon, après quelques temps, tu fais le tour, mais je ne sais pas ce qu'ils mettent dedans, c'était une drogue ! J'adorais ceux à la framboise, en particulier. Et ce petit pervers devait le savoir puisqu'il n'y avait que ça dans la boîte.

– Que des macarons ?

– Que des macarons à la framboise.

Jessica ne cesse de rire et Benjamin comprend qu'il gardera son cadeau pour lui.

– C'est fou, ça… Il avait dû mener son enquête. J'imagine qu'il était tombé amoureux de toi.

– Sans doute, s'esclaffe Jess. Enfin… C'était un peu flippant, à l'époque.

Elle se calme.

Tu es en couple, toi ? Je ne t'ai même pas demandé.

La question est posée, sans artifice, sans malice, sans passion, comme on pose cette question à un vieil ami avec lequel rien ne pourrait jamais se produire.

– Eh bien… Non, enfin…

– Ça va, ça vient ? C'est ça ? C'est le destin des quadras dans les grandes villes… Pas foutus d'être en couple, pas foutus d'être célibataires. Rien n'est plus simple que la rencontre, rien n'est plus complexe que l'engagement, de nos jours. La seule certitude, c'est qu'on finira seul !

– C'est ce que tu penses, Jess ?

– Laissons ces histoires déprimantes de côté. J'ai fini mon verre, tu prends quoi ?

Vers 22 heures, il pleut, et ils sont passablement avinés.

– Tu rentres quand en Californie ?

– Mon vol est demain. Mais je peux le décaler.

Ben se rend compte que cette remarque va un peu loin. Il se reprend.

– Je veux dire, je reviendrai. Bientôt.

– Tu te souviens, on allait souvent à la séance du soir au cinéma quand on était colocataires ? On regardait toujours les pires nanars. C'était quoi déjà, celui avec le terroriste qui s'évade de prison, et le scientifique à deux balles qui dit : *Relax, I am a genius !*

– *Hologram Man*, répond Ben en éclatant de rire.

– Oui, c'est ça.

Et tous les deux, hilares, récitent en chœur : « Vous allez subir une peine de traitement holographique. »

– Ça te dirait pas de voir un film ? propose Jessica, sur un ton redevenu sérieux.

– Là, maintenant ?

– Ouais, ce serait cool non ? Tu dormiras dans l'avion demain.

Ben n'osait espérer une telle proposition, bien sûr que ça lui dit !

Ils marchent vers l'UGC Montparnasse, ses énormes panneaux rectangulaires, le boulevard qui luit dans les flaques, la devanture du Pomme de Pain qui clignote, et les bus, dans le couloir du milieu, lancés à toute blinde vers l'ouest.

*

Les Derniers Combattants 5, le sacrifice de Kate.

Le capitaine Alpha a pris la fuite vers les confins. Il lutte contre sa mutation difforme. Des membres poussent sur ses flancs, des bras, des jambes, des pinces et des tentacules. Sa peau est parsemée d'exanthèmes purulents desquelles suinte un sang bleu comme de l'encre. Son âme, surtout, l'inquiète, elle s'assombrit. L'instinct de mort le gagne. Il doit s'éloigner encore du système solaire, se trouver à une distance prodigieuse pour être certain de ne jamais pouvoir y retourner, quand il sera entièrement converti à la noirceur.

Retour sur terre. Le Conseil de sécurité s'est rassemblé à l'ONU. Aucune solution n'a émergé. Au contraire, les relations sino-russes ne cessent de se tendre. Le Kremlin a dépêché des chars et des lanceurs nucléaires le long du fleuve Amour, tandis que Pékin fait transiter une vingtaine de régiments depuis la frontière indienne vers le nord.

La France, le Royaume-Uni et les États-Unis adoptent malgré tout une position commune intitulée : *War everywhere but on Earth, La guerre partout sauf sur Terre.* Une mission de l'agence spatiale européenne et de la Nasa prépare l'envoi de satellites tueurs en orbites lointaines autour de notre planète. Leur objectif : tuer toute vie extraterrestre, sans distinction ni discernement.

Pendant que l'Occident prépare son *Bouclier de feu* contre les mutants, dans son laboratoire de Berkeley, Kate Swelton travaille à un antidote. La chimiste en est convaincue, les mutations sont réversibles. Il suffit de collecter l'ADN de tous les astronautes envoyés sur Mars. Elle pourra ensuite concevoir un virus-médicament capable de redonner à chacun sa forme humaine.

Le Pentagone la reçoit, mais lui annonce qu'il est trop tard. Il faut abandonner tous ceux qui sont partis et nettoyer la galaxie. La jeune femme est abattue. Elle ne peut rester sans rien faire, d'autant qu'elle est enceinte d'Alan. Elle se rend à Houston où elle apprend que les satellites tueurs sont sur le point d'être lancés. Peu avant, une navette ira évacuer la station spatiale internationale. Elle convainc le commandant de la mission de l'emmener. C'est un proche du capitaine Alpha, il s'appelle Clark et il espère aussi que l'antidote de Kate sauvera son vieux camarade.

– Quand nous arriverons à la station, nous laisserons ce vaisseau pour l'évacuation des astronautes et nous en récupérerons un autre amarré à la structure. Il est défaillant et ne nous permettra pas de revenir sur Terre, mais si nous parvenons à soigner nos amis où que nous nous trouverons dans l'espace, je suis sûr qu'on viendra nous chercher.

– Bien reçu, commandant !

– Regardez derrière vous, j'ai volé deux combinaisons anti-zétons. Ce sont des prototypes fabriqués dans des usines secrètes. Mettons-les sans plus attendre.

– Bravo, vous avez pensé à tout.

Kate enlève sa combinaison et le commandant observe les bandelettes serrées autour de son ventre, censées cacher sa grossesse.

– Kate, pour l'amour du ciel, dans votre état c'est du délire.

– Et laisser des satellites tuer le père de cet enfant, ce n'est pas du délire à votre avis ?

Une musique épique retentit.

La scène du changement de module est un peu confuse, mais on retrouve Kate et le commandant Clark en route pour Mars.

– L'intensité de la pesanteur est plus faible ici, je vais me mettre en orbite et nous nous rapprocherons en spirale.

Une explosion se fait entendre.

– Bordel, c'était quoi, ça ?

– Les tirs de satellite, commandant !

– Déjà ? Ils n'ont pas attendu longtemps. Kate, cramponnez-vous !

Un tir atteint la navette qui diverge de sa trajectoire et s'écrase violemment sur la planète rouge. Clark est blessé. Son bras est prisonnier de l'épave spatiale. Il ne peut pas bouger. Kate lui tend son vaccin.

– Commandant, dès que vous sentirez la moindre anomalie dans votre corps, injectez-vous une dose. La combinaison ne vous protégera pas indéfiniment. Je vais trouver les autres et les sauver. Nous allons y arriver ! Tenez bon !

In memory of Bruno Landisier.
Fin de l'épisode 5.

Embrasser une fille au cinéma, Ben n'a jamais su faire. Pourtant, c'est connu, ça marche presque à tous les coups. Il n'a même pas essayé de lui prendre la main. *Quel con.* Son avion est dans quinze heures, demain il sera trop tard.

Jessica applaudit. Elle semble enthousiaste. Ses dents sont encore rosies par le vin.

– Eh bien, j'ai trouvé ça pas mal du tout ! Je devrais plus souvent aller voir les films de superhéros ! Tu as vu les quatre autres ?

– Je crois que j'ai vu le premier à la télévision, il y a longtemps. T'as raison, c'était très regardable. L'actrice qui joue Kate est super ! Vraiment.

– Ouais, elle est géniale. Sa tête ne me disait rien. Attends, je vais vérifier son nom sur mon portable. Ah, c'est marrant, elle est française, figure-toi. Elle s'appelle Clarice Malcuit. C'est son premier film.

– On dirait pas, elle faisait quoi avant ?

– Elle a participé à une émission de téléréalité. Ils disent qu'elle a obtenu ce rôle après que la précédente Kate a reçu des menaces de mort suite à sa prestation controversée dans le quatrième volet. C'est aussi le cas de l'acteur qui joue Alktor, mais l'article précise que c'est moins gênant puisqu'il n'apparaît pas sous forme humaine dans l'épisode. Oui, ça c'est sûr ! Qu'est-ce qu'il y a, Benjamin ? Pourquoi tu me regardes comme ça, j'ai dit une bêtise ?

– Jessica, excuse-moi, mais j'ai envie de t'embrasser.
– Alors, fais-le !

*

Vous lancez une pièce en l'air. Si elle donne pile, vous tombez dans l'oubli. Si elle donne face, vous menez une petite carrière merdique de starlette méprisée. Dans le meilleur des cas, vous participez à des débats sans intérêt dans des émissions sans intérêt, regardées par des personnes à qui on ne prête pas d'intérêt. Pile vous perdez. Face vous perdez. Ainsi soit-il. Les candidats ne sont pas supposés être du côté des gagnants dans l'industrie merveilleuse de la téléréalité.

Mais quand Clarice Malcuit a jeté la pièce en l'air, celle-ci a virevolté, a rebondi une première fois, puis une seconde et s'est posée sur sa tranche, nette, immobile et stable.

Le casting est resté secret jusqu'à la sortie du film. Rien n'a filtré. Les acteurs précédents n'avaient pas convaincu les fans, et la production souhaitait que la nouvelle équipe soit jugée sur pièce. Quelques heures après le lancement aux États-Unis, Clarice Malcuit était en top des *trends* sur Twitter, et Google ne dénombrait pas moins de seize millions de recherches associées à son nom ou celui de son personnage. Elle a crevé l'écran. Il se murmure dans les coursives d'Hollywood qu'elle pourrait être la surprise des récompenses de début d'année.

Depuis toujours, elle y croyait, à son destin de vedette du cinéma.

Dans son autobiographie, elle écrira plus tard en introduction :

« J'ai participé à *La Piscine* sans malice. Il n'y a pas mille routes pour une jeune femme sans réseau, sans code, sans formation, et qui, en plus, vit loin de Paris. Quelle autre voie pouvais-je prendre ? *La Piscine* m'a donné le petit élan qui me manquait, le reste n'est que travail, chance et rencontres. J'ai joué dans *The Last Fighters 5* et *The Last Fighters 6*, j'ai reçu beaucoup d'amour lors de cette période et après ces deux succès, ma carrière était lancée.

Mon message est-il de croire en la lumière, coûte que coûte ? Franchement, je n'ai plus cette naïveté, tout ce qui est possible n'est pas probable. Et puis, j'ai plusieurs fois baissé les bras. Mon premier petit copain m'a quittée, sur un banc à Dijon, après avoir partagé avec moi la formule boisson-cookies d'une pâtisserie industrielle. J'ai cru alors qu'il m'avait prise pour une idiote. Il avait fait semblant de soutenir mes projets pendant des années. Ce soir-là je me suis sentie complètement nulle. J'ai cru que je n'irais nulle part, jamais. J'étais sur le point d'abandonner.

Mais, quelques semaines plus tard, j'ai reçu un courrier de Bruno Landisier. C'était un grand producteur hollywoodien, à l'époque. Le premier à avoir atteint trois milliards de dollars de recette pour un film. C'était le beau-père de mon ex-petit ami.

Dans cette lettre, j'ai appris que celui qui m'avait traitée comme un goujat, celui que je pensais foncièrement mauvais, avait finalement bien soutenu ma cause. Il avait cru en moi, avait envoyé mes vidéos, les enregistrements de mon jeu. Landisier ne pouvait pas me proposer de rôle, il ne pouvait pas soutenir ma candidature à un casting, mais il pouvait m'assurer que j'avais du talent. Il m'encourageait à trouver un chemin.

Je ne sais pas s'il faut y croire coûte que coûte, mais ce que je sais, c'est qu'il ne faut jamais cesser de trouver de nouvelles voies vers ses rêves. »

*

À partir d'un certain âge, perdre le goût de la vie est fatal. Jacques et sa femme n'auront pas survécu longtemps à leur fils. Elle mourut la première, en mars 2017 et lui, dix-huit mois plus tard, d'une rupture d'anévrisme. Ils sont enterrés tous les deux à côté de Bruno, sous le vieux chêne.

Isabelle a reçu un courrier de France, lui indiquant qu'elle était légataire universel de la famille Landisier. Le testament avait été déposé chez un notaire bordelais, après la mort de Bruno. Il contenait une lettre dans laquelle Jacques s'adressait à elle comme sa fille.

« *Les hommes passent, ils ont toujours passé, et ne font que cela, mais la vigne, elle, garde son cycle immuable, qui est celui des saisons. D'où que je me trouverai, ma chère Isabelle, je serai heureux de vous savoir à la tête du château Landisier, domaine classé quatrième grand cru et qui a encore tant à donner aux hommes.* »

Elle a beaucoup pleuré, et elle pleure beaucoup, encore, en relisant ces mots.

Sans hésiter, elle est revenue chez elle, à Saint-Julien-Beychevelle, fille d'un deuxième héritage, y cultiver le vin et les souvenirs.

PARTIE III

Le Polygone de Willis

Quelques mois auparavant, chaque soir, à la télévision française, un homme en costume noir et chemise blanche nommé Jérôme Salomon récitait un décompte. D'abord les infectés, puis les malades en état grave, et enfin les morts. Sa prise de parole permettait aux Français de se figurer l'ampleur de l'épidémie de coronavirus dans leur pays ainsi que son évolution. Cela devait aussi légitimer le fait qu'on leur interdise de sortir de chez eux.

On aurait pu faire pareil avec les cancers, les crises cardiaques, la grippe, et même des maladies plus rares ou exotiques, mais les autorités devaient se douter que la population finirait par se lasser et on abandonna cette météo funèbre après les semaines les plus aiguës de la pandémie. Ainsi, 860 personnes sont mortes le 23 mars 2020, 762 le 14 avril, 166 le 2 mai, et chaque fois autant de familles pour mettre un nom sur l'une d'entre elles.

Pour conjurer ce drame collectif, les citoyens étaient invités à applaudir leur personnel soignant, aux fenêtres, tous les jours à 20 heures. Dominique participa de ce cérémonial, quelques soirs. À Quarré-les-Tombes, la crise semblait lointaine, le printemps était doux, il profitait de son chômage partiel pour préparer le potager et bricoler dans la maison. Maxime continuait de sortir sans se soucier de l'épidémie, passant de longues journées en forêt. Marine appelait son père une fois par semaine, pour prendre des nouvelles. Elle donnait de précieuses et confidentielles informations glanées auprès d'amis médecins, chirurgiens ou chargés de mission dans des cabinets ministériels – lesquelles se révélaient fausses la plupart du temps.

Puis elle se plaignait des conditions de confinement extrêmement difficiles à Paris. « On aurait dû se confiner dans la maison de famille de Cyril au Cap-Ferret, répétait-elle en boucle. Télétravailler à deux, dans cette ambiance funeste, slalomer entre les clodos pour faire ses courses… Enfin, vous ne pouvez pas comprendre. » Et elle raccrochait. Dominique était tout de même heureux de retrouver ce semblant de lien.

Fin mai, il fit même parvenir une lettre à Isabelle. Il espérait que tout allait bien pour elle malgré cette situation si trouble. Il en profita pour raconter deux décennies de sa vie, des épisodes sans importance, les changements de gare, de poste, Maxime revenu à la maison… Il décrivit ce fils étrange, qui ne paraissait pas malheureux, mais dont la vie n'était plus qu'errance et secrets. Il ajoutait qu'il avait sans doute besoin de sa mère et qu'il espérait qu'elle et lui se rabibocheraient, un jour. Avec maladresse, aussi, il essaya de solder leur histoire, de le faire dignement, comme s'il y avait encore, dix-huit ans plus tard, un *on-ne-saurait-quoi* à sauver ; un *on-ne-saurait-quoi* qu'on pourrait nommer l'honneur, les souvenirs, le passé et, en somme, le sens d'une vie. Après de longues hésitations, il ajouta qu'il était au courant pour son deuil, et qu'il en était bien désolé. Les semaines suivantes, il guetta chaque jour le courrier, jusqu'à recevoir une réponse.

Elle fut courte, sans chaleur ni acrimonie, disait merci pour l'essentiel.

En septembre, il y eut un appel de Thierry lui annonçant qu'il avait « chopé cette saloperie de Covid », pour reprendre son vocable. Certainement à l'hôpital où il se faisait suivre pour son cancer des intestins. Au début, ce n'était pas plus inquiétant que ça, il toussait, avait des maux de tête et de la fièvre. Mais son état se dégrada, selon le schéma classique et vicieux des cas les plus critiques : détresse respiratoire, fatigue généralisée, mise en coma artificiel.

Dominique allume le contact. À la radio on ne compte plus les morts. On évoque plutôt la dette publique, la reprise économique, on prie pour que l'embellie estivale se prolonge durant l'automne et que la pandémie soit enfin derrière nous. On ne parle plus tellement des pangolins, pas encore de l'ARN messager. La voiture s'engage sur la départementale 10, dans une heure, il sera à Auxerre.

Les affaires de Thierry ont été rassemblées dans une boîte. Il n'y a pas grand-chose, ses papiers, ses vêtements. Thierry possédait peu. Il n'était pas un homme tentaculaire. Dominique demande s'il peut voir le corps. On lui répond que non. Que c'est trop compliqué. Il comprend. Il s'en doutait. Il signe des documents, prend des rendez-vous.

Il organisera les obsèques, et adoptera le chien. C'est tout ce qu'aurait souhaité son vieil ami. Ça, et revoir l'A.J.A. en Ligue 1, revoir les blanc et bleu sortir du couloir dans un stade plein. Le speaker demander : « Supporters de l'A.J.A., êtes-vous là ? » Répéter plus fort : « Supporters de l'A.J.A., êtes-vous là ? » Revoir cette équipe de perpétuels *outsiders* tenir la dragée haute aux clubs des grandes villes, enchaîner les exploits en Coupe d'Europe. Oui, il aurait aimé revenir à ses années.

Le 29 mai 2022, quand le miracle se produira et que le club icaunais obtiendra sa promotion vers l'élite, au bout du bout du suspense, après tant de saisons à ne plus y croire, Dominique ne pourra retenir ses larmes. Il sifflera le vieux Rex, lui caressera le crâne en chuchotant, « Ton maître serait si content. On ira au cimetière demain, lui annoncer la nouvelle. »

*

C'est le grand jour ! Trois semaines après l'explosion, William peut sortir du Mercy Hospital. Son corps a cicatrisé, les blessures sont superficielles, à l'exception de sa main, bien sûr. Le moignon est bandé jusqu'au coude. Une infirmière viendra refaire les pansements chaque jour jusqu'à totale guérison.

– Je vais vous manquer, n'est-ce pas ? Vous pensez que vous trouverez un nouveau patient avec qui parler de basket-ball ?

L'infirmier est hilare.

– Vous commenciez à peine à aimer ce jeu. J'ai hâte que vous perdiez une jambe, nous pourrons reprendre là où nous en étions !

– Comptez sur moi !

Lucy a passé une jolie robe fluide, qui se gonfle avec la brise. Elle porte les stigmates de cette période où elle s'est occupée seule des deux garçons, mais ses cernes s'effacent derrière son sourire au moment où Steve saute dans les bras de son père. Lucy est belle à sa manière, d'une beauté simple et limpide qui est celle des Américaines protestantes.

Pour la première fois depuis l'attentat, ils sont tous les quatre réunis dans le foyer d'Oklahoma City, et le printemps n'a jamais semblé tant fécond.

– Bienvenue chez toi mon amour !

– Bienvenue papa ! récite Steve.

L'état d'excitation de l'aîné est sans précédent. Il court dans tous les sens dans le jardin, trébuche. Bill se lève. Lucy pose sa main sur son épaule. Steve peut bien tomber sur la pelouse grasse, il ne se fera pas mal. Plus personne ne se fera mal.

– Pour fêter ce grand jour, devine ce que j'ai préparé ? Mon fameux mac & cheese, avec des filets de poulet croustillants !

– Oh, chérie !

– Et regarde, Steve t'a fait un beau dessin avec des fleurs et des oiseaux. Steve, bichon, viens par là. Montre à papa le dessin que tu as fait à l'école !

L'enfant accourt, il est écarlate de sueur et de vie. Il se précipite dans sa chambre et revient avec un gribouillage censé représenter son père en superhéros qui sort de l'hôpital.

– Merci, mon fils, et merci Lucy pour ce festin, j'ai rêvé de tes macaronis toutes les nuits dans ma chambre. Oh, et voilà mon bébé !

Lucy lui tend Tyler qui se réveille à peine. Quelques cheveux ont poussé sur son crâne depuis le mois dernier. Bill l'enroule entre son buste et son bras droit, et le berce.

– Tu vas rester ici maintenant, papa ? demande Steve, soudain inquiet.

– Oui ! Papa ne va pas repartir de sitôt, mon lapin.

– Et ça te fait mal, demande-t-il encore, en indiquant le gros bandage qui pend sous sa manche gauche.

– Non, mon chéri, Papa n'a pas mal. Papa est très fort, répond Lucy.

William lève les yeux vers sa femme.

– Je crois que c'est le plus beau jour de notre vie !

*

Deux randonneurs ont trouvé un squelette humain dans une grotte à l'entrée du Griffith Park. Il n'avait ni papiers ni téléphone sur lui. À côté, comme blotti contre le corps, reposait la carcasse d'un passereau, à peine plus grosse qu'une pomme de pin.

Le macchabée devait être mort depuis assez longtemps, les os avaient été nettoyés par les insectes, les coyotes et les rongeurs. Il ne restait autour d'eux que quelques morceaux de vêtements déchirés, gris de poussière.

Dans un ourlet de ce qui avait été un pantalon, la police a découvert un vieux flyer publicitaire pour un film de superhéros. Le papier était fin et friable, il se déchirait le long de sa pliure. L'agent chargé de recueillir les pièces l'a montré à son collègue.

– Tu te souviens de ces trucs ? Des millions de tracts avaient été imprimés, même qu'on en trouvait plein les caniveaux. C'est écrit en espagnol. Si je traduis bien, ça dit : *Les souvenirs laissent aussi des belles traces.* Ce pauvre gars devait être hispanique, j'imagine.

– Sans doute un clochard venu mourir ici après une rixe. Regarde l'état de la clavicule gauche. Fracturée nette. Il a dû souffrir, le bougre.

– Sans doute.

L'enquêteur a tendu le prospectus vers le ciel pour mieux l'observer en transparence.

– Ce devait être un clochard patriote, viens voir, on dirait qu'il y a un cœur autour du mot « América ». Bon, c'est un peu effacé, mais ça ressemble vachement à un cœur dessiné avec du sang. T'es pas d'accord ?

– T'es un romantique, toi. Allez, prélevons un os pour l'analyser et fichons le camp d'ici.

*

Jess, pourquoi tu es toujours en retard ? Jessica boutonne sa veste, vérifie qu'elle a bien le carnet de présence, les copies corrigées et les supports de cours dans son cartable.

La cabine d'ascenseur l'attend sur le palier, elle descend les trois étages de l'immeuble du 14e arrondissement dans lequel elle vit depuis sa prise de poste à Lavoisier. Elle court dans l'avenue Jean-Moulin, manque de se prendre les pieds dans une trottinette électrique mal garée, contourne les vélos rangés dans la station Vélib'. Des pigeons s'envolent devant elle. Elle arrive place Victor-et-Hélène-Basch. Embarque métro Alésia, ligne 4. Elle sort à l'arrêt Vavin. Un SDF lui demande un peu de monnaie, elle n'a pas le temps. Le boulevard du Montparnasse rugit comme un vieux lion mourant. Elle marche à grands pas et sent déjà les fibres de son chemisier s'imbiber de sueur. L'hiver est doux. Elle déteste devoir se presser. Vraiment, elle déteste. *De quelle maladie je souffre pour ne pas être capable d'être ponctuelle ?*

À gauche la rue Henri-Barbusse. Elle marche vite et de travers. Son cartable est lourd, cinquante dissertations de sept ou huit pages. Un professeur qui dure connaît un bon ostéo, en voilà un proverbe à retenir. Elle traverse la rue du Val-de-Grâce et entend déjà la sonnerie de la cité scolaire retentir. Elle n'aura pas le temps de déposer ses affaires dans son casier avant le premier cours. *Merde.*

Dans la classe, les élèves sont déjà assis quand elle entre. Elle replace un peu ses cheveux. Ils l'observent, sont calmes, attendent leurs devoirs.

« La médiane est de 8,5. Dix-sept élèves ont plus de 10, six moins de 5. En moyenne, j'ai retiré 2,3 points à cause de l'orthographe. Relisez-vous, pour l'amour du ciel ! Je vous l'ai déjà dit. Vous devez avoir terminé de rédiger vingt minutes avant la fin de l'épreuve. Vous faites une première relecture rapide, vous écrivez une courte conclusion et vous prenez minimum, mais vraiment, grand minimum, dix minutes pour tout relire attentivement. On ne peut pas tolérer, au niveau qui est le vôtre, des fautes d'accords masculin féminin, singulier pluriel. C'est terminé, le cours élémentaire.

Gaëlle, 12, c'est très bien. Lucie, 7, tu perds 3 points d'orthographe, c'est dommage ! Hugo, 7. Samantha, 9. Marie-Cécile, 11, tu vois quand tu veux. Gaspard, 8. Yassine… »

Elle enchaîne ensuite avec l'autre classe. Les première année n'ont pas de thème d'étude. Les professeurs ont toute liberté sur le programme. Depuis septembre, Jessica remonte le temps. Les récits mésopotamiens, l'Antiquité grecque, puis romaine, les textes religieux, les chansons de geste du Moyen Âge, Rabelais, les auteurs de la Pléiade, les Lumières et, en cette fin d'hiver, le grand siècle du romantisme. Il faut aller vite, donner des clefs, puis passer à autre chose. Elle construit chez ces jeunes gens une culture mondaine et élaborée, la culture des bourgeois français. Ils sont si compétents dans l'art de tout retenir.

Midi, la journée de cours est terminée. Elle lambine en salle des profs. Salue le collègue de maths, un grand sifflet sympathique qui joue aux échecs sur son téléphone. Un tract syndical placardé sur le tableau de liège retient son attention.

« La nouvelle réforme c'est : moins de moyens pour l'école publique ; plus d'inégalités entre les élèves ; des programmes déséquilibrés ; un pont d'or pour les établissements privés. »

Elle sourit, depuis qu'elle est en France, il y a toujours une nouvelle réforme de l'Éducation nationale.

Elle sort, le soleil au zénith point parmi quelques nuages. Elle traverse la petite cour et, devant la porte, c'est bien lui, tout souriant.

– Bonjour, madame la professeure de français !

Elle éclate de rire.

– L'avion était en avance, ou quoi ?

Benjamin, une main dans la poche, son sac en bandoulière, un bouquet de roses dans l'autre.

Elle se jette dans ses bras.

– Je croyais que tu n'arrivais que dans un mois. Quelle surprise !

– J'en pouvais plus d'attendre. Ça n'avait aucun sens. Et puis, avec ce virus chinois qui semble se répandre à toute vitesse, je ne voulais pas risquer de me retrouver coincé en Californie pour des semaines.

– Ne me dis pas que, toi aussi, ce truc t'inquiète ? C'est rien du tout.

Il la serre contre lui.

– Mon Dieu, tu vas devoir m'attendre quelque part avant d'entrer chez moi, j'ai rien préparé encore. C'est le méga bazar !

– Mes affaires arrivent par bateau dans une dizaine de jours. Tu auras le temps de me faire un peu de place. On va pouvoir commencer à regarder les logements. C'est formidable !

Et c'est ainsi que Benjamin et Jessica s'installèrent ensemble en février 2020 à Paris. Quelques jours plus tard, ils furent confinés dans le petit logement de Jess. Ils déménagèrent durant l'été et, lors de la rentrée suivante, Ben prit un poste de *visiting professor* en criminologie à l'Université Panthéon-Assas, Paris 2.

Longtemps, ils s'extasièrent du bonheur de s'être retrouvés, et souvent se demandèrent pourquoi cela était survenu si tard. Ils regrettèrent un temps de ne pas avoir d'enfant, entreprirent les démarches pour adopter, puis, devant les difficultés, abandonnèrent. En août 2036, Jessica prit sa retraite. Ils décidèrent de retrouver la côte ouest américaine et emménagèrent dans un pavillon à Lakewood, au sud de Seattle, bâti sur les rives d'un grand lac poissonneux. Ils étaient trop vieux pour la fournaise californienne, trop vieux pour retourner à ces jolies villes où ils avaient grandi, et dont l'air était pollué par les fumées d'incendie, huit mois de l'année.

Ben mourut à l'âge de quatre-vingt-deux ans, d'une dislocation soudaine de la carotide. Quand les secours arrivèrent, son cerveau avait déjà subi des lésions fatales, le système vasculaire de suppléance, appelé aussi polygone de Willis, n'avait pas permis de l'irriguer suffisamment en sang. Il était resté en bonne forme jusque-là, un miracle avec les cigarettes qu'il avait grillées depuis l'adolescence. Son nom a été gravé sur une plaque dans le hall de l'immeuble du FBI, à Los Angeles. Celui de Justin Laitner Junior serait inscrit en dessous, quelque temps plus tard.

Jessica vécut encore quelques belles années, et s'éteignit dans la maison de retraite des *Coastal Rhododendrons*. Le personnel se souviendrait d'elle comme d'une femme douce et généreuse, s'exprimant parfois en français l'œil amusé, fredonnant quelques notes d'un très, très vieux tube, *blue hotel, on a lonely highway*.

*

– C'est devenu une habitude de vous recevoir, il faut dire que chaque fois vous nous surprenez un peu plus en vous affirmant comme un auteur incontournable du paysage littéraire français, merci Stéphane d'avoir accepté notre invitation et merci d'ouvrir cette saison des *Mots du monde*, nouvelle formule.

– Merci Matthieu de me recevoir, le soutien et l'intérêt que vous portez à mon œuvre me touchent au cœur.

– Après un roman d'amour, intimiste et poétique, après une saillie sans concession contre l'esprit de rigolade et votre moi passé, vous nous revenez cette fois-ci avec une fresque historique teintée de réflexions sur notre époque contemporaine. Vous vous trouvez toujours là où l'on ne vous attend pas et, à chaque fois, c'est bien simple, vous faites mouche. Dans ce troisième livre, vous entreprenez un travail méticuleux de reconstitution historique, en vous intéressant à un jeune résistant bourguignon, Lucien Michot.

– Oui, Lucien Michot, je vais vous dire, c'est un homme formidable. Il est le résistant par excellence. Je me suis beaucoup documenté, j'ai rencontré son petit-fils, là-bas en Bourgogne, et j'ai été ému d'écouter son histoire. En 1943, il a à peine seize ans quand il rencontre Armant Simmonot dit « Théo », premier franc-tireur et partisan de l'Yonne. Il s'engage plus tard dans le maquis Verneuil, le plus grand de la région, qui deviendra le 1er régiment du Morvan, rattaché à l'armée française. Il sera de ces braves qui se battront dans l'hiver de l'Est, reprendront le ballon d'Alsace et croiseront le fer jusqu'en Allemagne.

C'est un homme dont l'histoire n'était censée rien retenir et, pour cause, il n'a laissé de nom à aucune rue, à aucun monument, il est mort et enterré dans une petite ville au nom macabre, Quarré-les-Tombes. C'est un héros comme il y en a eu des milliers, mû par une cause, une cause pour laquelle il était prêt à sacrifier sa vie. Et c'est l'objet de mon roman : à travers cet homme, je voulais parler d'un esprit, un esprit très français. L'esprit de résistance.

– Et c'est justement là où votre livre devient un grand texte. Vous ne racontez pas seulement l'histoire de ce Lucien, mais vous allez bien au-delà, vous disséquez la psyché française. Et pour ce faire, vous remontez jusqu'à Charlemagne, si je ne me trompe pas…

– Oui, pratiquement, sourit Stéphane.

– Pour finir avec les Gilets jaunes.

– L'entreprise à laquelle je me suis livré est colossale. Lucien est un personnage allégorique. Il est le fil conducteur d'une idée. Nous avons tous en nous les ressources de ces hommes de 1944, et ce qu'ont fait les Gilets jaunes, l'année dernière, et ce qu'ils continuent de faire aujourd'hui, sous de nouvelles formes, nous le prouve. Je soutiens ce mouvement, je leur dis « Bravo », je leur dis

« Continuez », je leur dis « Vous êtes les derniers d'une longue lignée de combattants. Les siècles vous regardent, vos ancêtres vous regardent, ils sont fiers de vous ! »

– Et ceux qui vous regardent, mon cher Stéphane, ce sont les jurys de prix littéraires. Vous êtes de toutes les listes, et l'automne s'annonce des plus fastes.

– Matthieu, merci de le dire, vous me flattez. Mais vous comprendrez que quand on se lance dans un tel récit, quand on s'intéresse à des personnages aussi forts que Lucien Michot, la consécration de son petit ego par des prix, aussi prestigieux soient-ils, paraît bien secondaire.

– Merci, Stéphane Malino, je rappelle que votre roman *Debouts au pays des tempêtes* est à retrouver dans toutes les librairies et est chaudement recommandé par *Les Mots du monde*.

*

Chère Clarice,

Merci de votre vidéo que j'ai bien reçue. La qualité est amplement suffisante et importe peu à ce stade. Vous devez beaucoup compter pour Maxime, car cet envoi est le premier et seul échange que j'ai eu avec lui, à ce jour… Mais c'est une autre histoire.

Je ne suis pas directeur de casting, ni réalisateur (je l'ai été brièvement, mais je n'ai pas, hélas, le talent suffisant pour faire carrière dans cette profession). Je ne pense pas que ce soit une bonne chose pour vous de vous faire bénéficier de mon réseau américain. Pour être direct, je pense même que ce serait une mauvaise idée, qui n'aboutirait à rien, ou rien de bon. Il faut avoir roulé sa bosse (si vous me permettez l'expression), avant de venir se frotter à ce monde-là.

Je peux seulement vous dire ces mots, qui ne sont pas en l'air : Vous êtes talentueuse. Vous accrochez le regard. Vous êtes charismatique.

Je suis incapable de prédire si vous serez ou non actrice de cinéma un jour, mais je ne peux que vous encourager à trouver une voie vers cet objectif. Travaillez plus que les autres. N'écoutez pas trop les conseils. Faites-vous confiance.

Cinématographiquement,

Bruno Landisier
Le 29 octobre 2012

*

Le lendemain, Dioclétien n'avait pas décoléré quand Georges de Lydda comparut de nouveau devant lui. Le tyran ordonna donc qu'on suspendît Georges à un chevalet pour le tourmenter jusqu'à ce que son corps rompît de toutes parts et que ses entrailles se déversassent sur le sol. Voilà qui lui passerait l'envie de dédaigner les dieux de l'Empire. La torture n'accomplit pas ses effets, Georges résistait, sans douleur sembla-t-il.

L'empereur exigea alors que des clous chauffés à blanc fussent plantés dans la plante des pieds du Cappadocien jusqu'à ce qu'il se vidât de son sang par les extrémités. Georges endura.

Il fut alors plongé au cœur d'une fosse remplie de chaux vive dans laquelle ses chairs durent se dissoudre et son corps tout entier fondre sans laisser de fragments. Mais, le lendemain, il se présenta sain et sauf face au despote. Les gardes n'en crurent par leurs yeux. Deux d'entre eux se confessèrent devant le Christ, à haute voix.

Ils furent décapités.

On fit venir des confins un magicien nommé Athanase. Dioclétien lui intima l'ordre de faire cesser la sorcellerie chrétienne par tous les moyens. Le magicien prépara un premier poison. Georges le but et rien ne se produisit. Alors que le mage préparait une seconde potion plus létale encore, le saint lui dit : « Ne crains rien, car Dieu est à tes côtés. » Georges but le venin et ne tomba pas malade. Athanase, vaincu, se prosterna devant lui, et loua son Seigneur.

Il fut décapité à son tour.

Une nouvelle fois, on jeta le héraut du Christ en prison. Des jours et des nuits, les gardes le supplicièrent, usant de machines diaboliques, de substances léthifères, d'inventions sadiques, le coupant, l'étouffant, le scalpant, l'émasculant.

Mais, chaque matin, il était guéri par les anges.

On organisa finalement un procès en bonne et due forme. Georges se présenta serein : « Ô tribunal, je viens vers toi aujourd'hui, vers toi et ton Apollon de pierre, moi avec mon Seigneur Jésus le Christ. »

La sentence ne se fit pas attendre. Il fut condamné à la décapitation.

Le jour de l'exécution, une foule accompagna Georges jusqu'à l'échafaud. Il demanda quelques instants à ses bourreaux, pour prier son Dieu, informé par lui qu'il n'y aurait, désormais, nulle résurrection. Puis, il tendit son cou, on le lui trancha. Sa tête roula au sol dans une flaque d'eau et de lait, que des matous errants vinrent laper.

Son martyr s'acheva le vingt-troisième jour de Pharmouti, un dimanche, à 9 heures. Il érigea Georges de Lydda en saint des Combattants.

*

Les arbres sont ses frères véritables. Ils conservent tous les secrets des âges en leurs veines. Ceux de fées calcifiées dans la roche, ceux des preux chevaliers, ceux de leurs ennemis, ceux des grands résistants, dont les actes ont lavé tant d'honneurs, ceux des promeneurs discrets qui ne demandent rien de mieux qu'un peu d'air et d'espace. Les arbres sont les gardiens de ce territoire.

Maxime se rend chaque jour dans la forêt au Duc. Comme le reste de ce vaste monde, elle souffre de la chaleur. Elle craque comme un orage, lorsqu'un hêtre assommé par la sécheresse se fissure de la cime aux racines. Dès le mois de mai, les étangs alentour miroitent tels des noyaux de centrales nucléaires, et s'assèchent totalement au cœur de l'été, laissant des colonies de poissons crevés sur leur flanc. Les chênes perdent leurs feuilles, les sapins leurs épines, certains se fendent en deux comme de pauvres pailles en bambou.

Il erre à la recherche d'il ne sait quoi.

Le carnet de Lucien disait vrai. Au crépuscule, quand le sol se dissipe, ils se réveillent, les fantômes. Ils naissent de la terre et voguent à sa surface. Ils s'envolent tels des nappes de poussières quand on ouvre en grand une maison fermée depuis l'hiver. Combien de sarcophages gisent sous ses pas ? Combien de temps encore laisseront-ils s'échapper les morts et leurs histoires ? Combien de temps faudra-t-il pour qu'on les ait définitivement oubliés ? Combien de temps ?

Le soleil rase l'horizon. Un rossignol sonne l'heure de revenir au nid. Chaque battement d'ailes coûte aux oiseaux. Max a le visage couvert de terre. Il est aux aguets, allongé dans de hautes brindilles jaunes, il attend le phénomène. Son cœur s'emballe un peu.

La terre soudain s'évapore. Ça y est, les voilà. Par centaines. Il croit discerner le spectre de son grand-père. Un pauvre ectoplasme sans mémoire, incapable de se définir comme héros ou salaud, pleurant d'être un peu les deux. Plus loin, celui de Thierry, l'ami simplet de son père, et, là-bas, le gros con prétentieux que sa mère aimait. Et il y en a tant d'autres, qui surgissent du sol comme de la mauvaise herbe, et qui viennent tout hanter.

Un jour, c'est inéluctable, ce sera le fantôme de son père qui percera l'humus. Puis, aussi, celui de sa mère, elle qui n'aura su l'aimer du berceau à la tombe.

Et le sien.

Le personnage de Cándido Rincón est emprunté au roman *América (The Tortilla Curtain)* de T.C. Boyle, que je considère comme un chef-d'œuvre de la littérature contemporaine.

Le récit de la mort de François Mitterrand est une retranscription du journal télévisé de France 2, le 8 janvier 1996. Elle est disponible sur la chaîne YouTube de l'Institut national de l'audiovisuel.

Les retranscriptions du procès de Thimothy McVeight proviennent du site Internet du professeur Douglas O. Linder de l'université du Missouri, à Kansas City. Je les ai traduites moi-même, et légèrement transformées par souci de concision. À l'exception de William Smith, personnage de fiction, les noms des victimes ont été conservés tels quels. Ce roman leur rend hommage.

J'ai beaucoup appris sur les maquis du Morvan grâce au livre de Joël Drogland, *Des maquis du Morvan au piège de la Gestapo. André Rondenay, agent de la France libre*, publié aux éditions Vendémiaire.

Je remercie tous ceux qui, par leur lecture, leur soutien ou leurs encouragements, m'ont permis de mener cette histoire à bien.

J'aimerais dédier ce roman à la mémoire de ma grand-mère Geneviève et à celle de tonton Georges qui m'a transmis de nombreux documents sur le Morvan et la Bourgogne. Tous deux ont bien connu la beauté des paysages nivernais.

Enfin, je profite de cette page pour dire à mon petit Théophane que je l'aime grand comme le monde.

pca cmb
édition pré-presse
livres numériques

44400 Rezé

Achevé d'imprimer en novembre 2023
sur les presses de Normandie Roto Impression s.a.s.
à Lonrai (Orne)
pour le compte des Éditions Payot & Rivages
60/62, avenue de Saxe -75015 Paris
N° d'impression : 2304764
Dépôt légal : novembre 2023

Imprimé en France